TIGEST GIRMA

ETERNAL RUIN

TRADUCCIÓN DE
ELENA MACIAN MASIP Y
VICTORIA SIMÓ PERALES

ALFAGUARA

Papel certificado por el Forest Stewardship Council®

Título original: *Immortal Dark 2. Eternal Ruin*

Primera edición: noviembre de 2025

Printed in Spain – Impreso en España

ISBN: 978-84-10190-25-2
Depósito legal: B-17.351-2025

Compuesto en Punktokomo, S. L.
Impreso en Rotoprint by Domingo, S. L.
Castellar del Vallès (Barcelona)

AL 90252

A las chicas negras que aman con toda el alma y merecen ser correspondidas.

A las chicas Habesha que sueñan con su hogar.

Advertencia sobre el contenido: *Eternal Ruin* es la continuación de la historia de Kidan Adane en la Universidad de Uxlay con sus compañeros vampiros. Incluye conceptos fuertes como el maltrato infantil, el vampirismo, la muerte, escenas sangrientas, asesinatos, lenguaje malsonante y violencia. Lectoras y lectores, el nuevo semestre acaba de empezar.

UNIVERSIDAD DE UXLAY
U
Pon la mente por delante de la sangre,
pero si brota la sangre, úsala como tinta
CASA PIRAN
Facultad de Medicina
CASA ROJIT
Hospital Rojit
Facultad de Moda y Tejidos
Facultad de Historia
GRAN SALÓN ANDRÓMEDA
Jardín de María
Panadería Mordiscos
Facultad de Lenguas y Lingüística
CASA DELARUS
Construcciones e Ingeniería Ajtaf
Jardín de Silia
CASA AJTAF
CASA FARIS
Café Azum Buna
West Corner Tea
Conservatorio de Música Qaros
ZAF HAVEN
CASA QAROS

Casa Goro
Monasterio de los Mot Zebeyas
Facultad de Ciencias Alimentarias
Cementerio de Ahnd
Recinto de Prácticas de los Sicion
Pilares de Hulet
Biblioteca Moderna Ajtaf
Departamento de Seguridad
Tribunal de los Mot Zebeyas
Facultad de Arte
Torres Arat
Fuente Desta
Jardines de Hanna
Casa Makary
Plaza de Resar
Plaza de la Universidad
Facultad de Derecho Makary
Facultad de Filosofía
Residencia Universitaria
Gran Biblioteca Solomon
Casa Umil
Fuente de la Niebla
Casa Adane
Plaza Sheba
East Corner Café
Museo de Arte Umil
Facultad de Psicología
Edificios Sost Sur
Casa Temo
Casa Luroz
Prisión de Drastfort

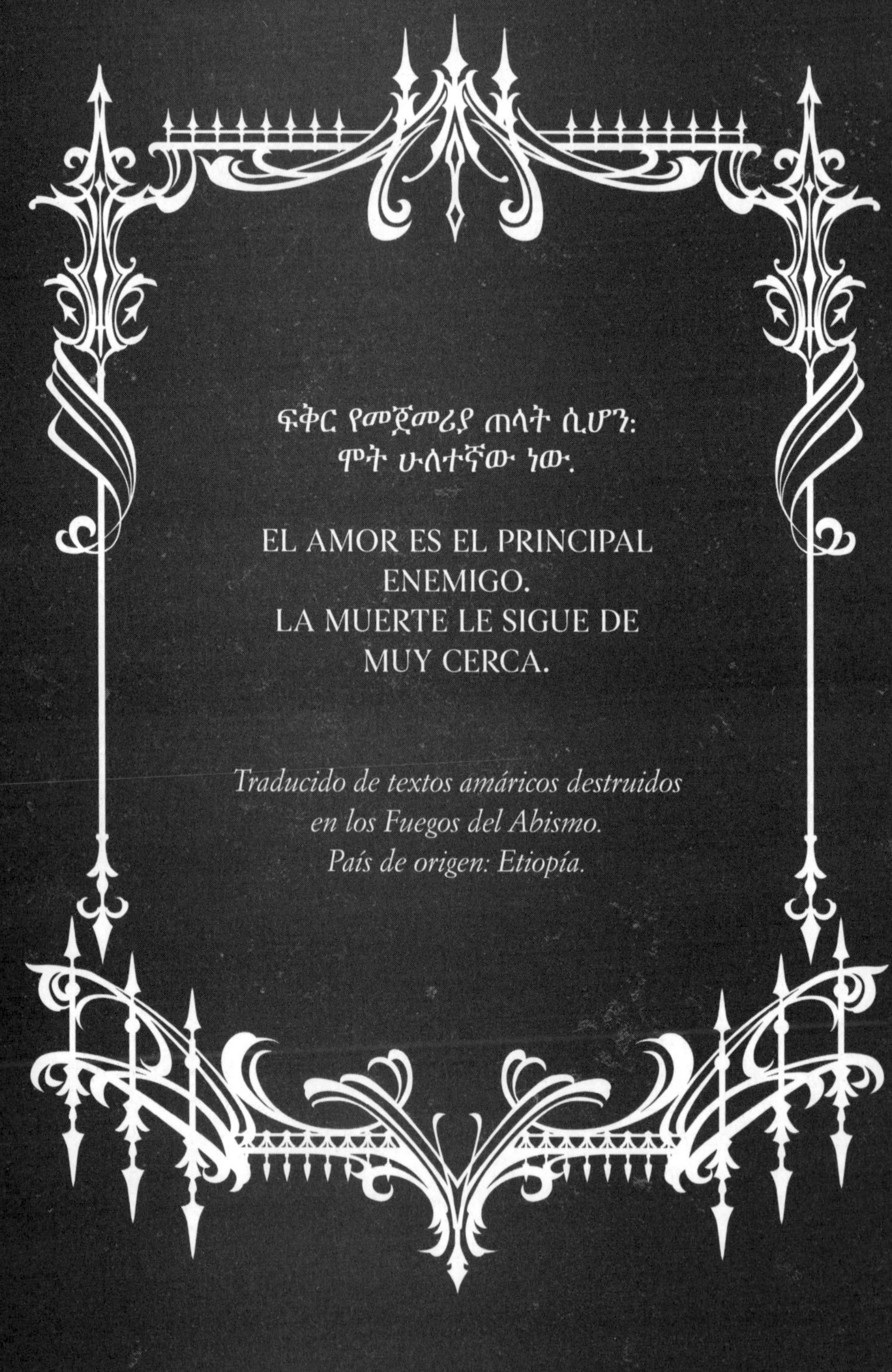

ፍቅር የመጀመሪያ ጠላት ሲሆን፡
ሞት ሁለተኛው ነው.

EL AMOR ES EL PRINCIPAL
ENEMIGO.
LA MUERTE LE SIGUE DE
MUY CERCA.

Traducido de textos amáricos destruidos
en los Fuegos del Abismo.
País de origen: Etiopía.

Lecciones del Último Sabio

Sobre el origen de los vampiros

Como todas las cosas peligrosas, él vino del abismo.

El abismo se extiende entre dos montañas entrecruzadas que se confunden con un cúmulo inmóvil de nubes oscuras. Sin embargo, los nativos de esas montañas son conscientes de dos verdades.

La primera, que nada de lo que cae al abismo regresa jamás. Ni un mínimo resto de hueso se puede hallar en el fondo de los precipicios. Los cuerpos humanos se esfuman como si un pliegue del universo se los hubiera tragado, y nadie vuelve a verlos nunca.

La segunda, que en una noche de eclipse lunar surgió un hombre del abismo con la piel oscura como las tinieblas y el cabello del blanco ardiente de las estrellas. Llevaba la muerte pegada a la planta de los pies y allá donde pisaba se marchitaba hasta la última brizna de hierba, e incluso la misma tierra se corrompía.

Antes de que apareciera aquel hombre, el depredador más temido por las gentes de las montañas era el león, pero incluso esa bestia salvaje sangraba cuando algo la hería; no ese ser. No había arma, flecha ni lanza capaz de perforar su piel de hierro. Los nativos intentaron huir, pero la tierra negruzca les rodeaba las piernas dejándolos inmóviles e indefensos mientras el engendro abría la horrible boca y sacaba los colmillos para absorberles la sangre entre los chillidos de los pobres infelices.

Le llamaron Varos el León Nocturno.

El Primer Vampiro.

Tras años de sangre y muerte, el abismo ofreció otra alma al exterior. Aquel hombre portaba una máscara resplandeciente y un anillo rojo, armas de plata prendidas al cuerpo. Las plantas de sus pies resplandecían como soles y allá donde posaba los pies la tierra sanaba; la podredumbre se transformaba al instante en exuberante verdor.

Los nativos se postraron de rodillas y lloraron. Por fin había llegado su salvación.

Le llamaron Yonas el Pájaro del Sol.

El Primer Sabio.

* De acuerdo con el mito descrito en Ye Abyssi Tarik, páginas 3-6.

1

KIDAN

La muerte aguardaba en la casa de Kidan Adane y esa noche se arrepentiría de haberla visitado.

Encerrada en uno de los talleres privados de carpintería y metalurgia de la Facultad de Arte, Kidan concluyó la relectura de *Armas de la oscuridad* y cogió la herramienta que le permitiría matar vampiros: un cuerno de impala.

Esa noche, Samson Sagad moriría.

Y Kidan usaría por fin el fuego del infierno para liberar a su hermana de su yugo.

Solo de pensar en June le temblaron los dedos. Dibujó con ellos el cuadrado de siempre en la superficie de su escritorio. Kidan sacudió la cabeza, se ajustó las gafas de protección y se concentró.

Primero Samson tenía que morir.

Los dedos de Kidan olían a ceniza de cigarrillo, pero ni el fantasma de Mama Anoet podía alcanzarla en ese lugar. Cada día, durante cuatro horas, Kidan iba a la sala de la cuarta planta con vistas al cementerio de Ahnd y se encerraba allí para raspar un cuerno de impala contra la piedra de afilar y arrancarle virutas curvadas. Era un trabajo pesado, pero el proceso de deconstruir un objeto, aunque fuera uno como ese, le proporcionaba paz mental. En ocasiones se imaginaba que usaba las manos desnudas para hacer trizas un objeto. Estuvo a punto de suceder unos días atrás, cuando June había aparecido en su puerta con el puto Samson. El pomo de metal se había hundido bajo el puño de Kidan. Llevaba desde entonces buscando ese hilo de poder, concentrándose para romper objetos mediante el mero contacto. Pero, por lo que parecía, solo la rabia hacia June era capaz de despertar en ella esa destreza.

Ahuecó la palma de la mano junto al borde de la mesa, recogió las virutas empujándolas con la otra y las depositó en un pequeño recipiente negro. Echó mano de un soplete y de unos gruesos guantes negros y se detuvo un momento para echar un vistazo al escritorio vacío que tenía delante.

Un recuerdo acudió a su mente: Susenyos, inclinado sobre las reliquias que ella había destrozado, explicándole cómo rearmar los objetos rotos con el ceño fruncido entre sus cejas rectas.

Habían hablado por última vez cuatro días atrás, al principio de las vacaciones de invierno, el día que June se había presentado en su casa. Ahora eran aliados y habían acordado cooperar para dominar la casa juntos. Así pues, ¿por qué se había marchado de repente?

Le dijo que esperara a que volviera y nada más.

La mano de Kidan se desplazó instintivamente al cuello al recordar su ardiente mordisco en los Baños de Arowa; el sólido contorno de su cuerpo bajo la camisa empapada, tan cerca del suyo. Sacudió la cabeza para ahuyentar las imágenes. Sin embargo, cuanto más tiempo tardaba él en regresar, más se obsesionaba con las antiguas conversaciones y las ardientes caricias, que colocaba bajo la lente de un microscopio para tratar de entender qué había entre los dos.

Él le dijo que no la culpaba por haber perdido la inmortalidad en la Casa Adane, pero tampoco había vuelto a tocarla desde entonces.

En sus momentos más sombríos, Kidan pensaba que no volvería a verlo. Susenyos huía de algo, de un peligro del que no quería hablarle. El asunto había inquietado a los padres de Kidan lo suficiente como para aplicarle una ley punitiva que le impedía abandonar Uxlay. Pero ni siquiera el miedo a la ley de la Casa Adane conseguía que Susenyos permaneciera allí para siempre.

Ahora él era humano.

En todas las habitaciones de la Casa Adane. Ya no tenía nada que perder.

La mano de Kidan tembló ligeramente cuando la llama azul del soplete brotó como una pequeña lanza y le iluminó el rostro.

«Espérame antes de hacer nada», le había dicho Susenyos.

La paciencia no era el fuerte de Kidan.

Acercó el fuego al fondo del recipiente y observó cómo las virutas se retorcían tratando de escapar del calor antes de convertirse en cenizas.

Perlas de sudor le brotaban de la frente mientras ejecutaba los pasos mecánicamente: raspar, quemar y recoger la ceniza, y dejaba que sus pensamientos se desvanecieran. Necesitaba una gran cantidad de cenizas de impala. Una bolsa entera, como poco.

Y ya la tenía.

Ahora venía la parte complicada.

Kidan estiró la boca de un globo negro e introdujo la ceniza con ayuda de un embudo. Después de atar el globo lo levantó con una sonrisa. Ya tenía siete globos rellenos de ceniza de cuerno de impala.

Después de limpiar el escritorio con desinfectante, Kidan abandonó el taller con la cuerda que unía los globos sujeta en la mano.

El campus de Uxlay era una ciudad fantasma. La mayoría de los alumnos estaban de vacaciones en África, visitando a parientes lejanos. Pero Slen y Yusef se habían quedado y esperaban su llamada.

Volvió a mirar la hora. Como antiguos vampiros renegados, Samson, Arin y Warde tenían tres horas al día de iniciación obligatoria. Kidan habría llorado de agradecimiento ante el profesor Andreyas por haberle concedido semejante libertad.

Al sur de las Torres Arat, la Casa Adane parecía un ser deteriorado y agotado. Kidan no sentía el impulso de incendiarla como la casa donde había pasado su infancia. Sin duda albergaba más maldad que la casita de Mama Anoet y la atormentaba con visiones de pesadilla. Sin embargo, algunos días, muy de vez en cuando, el sol ocultaba los antiguos paneles de madera y la casa adquiría un aire intemporal. Llevaba varias generaciones en Uxlay. Era el único legado tangible de sus antepasados que conocía y le parecía adecuado que la sobreviviese.

Además, Kidan esperaba que, si la trataba con cortesía, la casa le dejara dominarla.

Etete abrió la puerta principal con una sonrisa. Debía de haber estado amasando pan, porque tenía manchas de harina en los codos oscuros y el pelo afro peinado en una breve corona en torno a la cabeza. Al instante Kidan notó que cedía la tensión de sus hombros. El fuerte aroma del pan recién hecho le dio la bienvenida.

Kidan tragó saliva con dificultad y notó que se le encogía el estómago. Echó un vistazo a la estrecha escalera que llevaba arriba.

—¿Está aquí?

Al parecer, Etete dedujo de inmediato que Kidan hablaba de June.

—No, está con la decana.

Kidan suspiró aliviada y el nudo de angustia en su barriga se aflojó. Justo después de que June apareciera, la decana Faris la había llamado a su despacho, sin duda para que le explicase dónde demonios había estado y qué intenciones tenía. Kidan también quería saberlo, pero antes de pensar en June tenía que ocuparse de Samson. A su hermana le convenía que Kidan hubiera descargado algo de rabia antes de que hablaran.

Se deshizo de esos pensamientos y rodeó el pomo con los dedos intentando mellarlo como la otra vez.

«Venga, con un poquito de fuerza».

El pomo no se hundió. Ni siquiera se movió.

Apretó los dientes y lo probó unas cuantas veces más antes de darse por vencida. Tanto mostrarse amable con la casa para nada. Volvería a intentarlo más tarde. Ahora tenía trabajo que hacer.

Cruzó el pasillo y arrastró una silla al centro de la sala. Había cinta adhesiva en el cajón del escritorio de Susenyos y Kidan cortó un trozo con los dientes antes de encaramarse a la silla. Pegó los globos al techo con cuidado de que estuvieran todos a la misma distancia.

Los suaves movimientos de Etete la interrumpieron.

—Deberías esperar al dranaico Susenyos.

—Puede que no vuelva —dijo Kidan reanudando su trabajo.

La mirada preocupada de Etete le quemaba como fuego. La casa destelló con el latido azul de su propia tristeza. No le hizo caso.

Ahora solo tenía que esperar el regreso de Samson. Al pensar en él el fuego acarició los pies de Kidan, magnificado en el salón por su rabia recién descubierta. Era evidente que ese era el poder que tenía que aprender a usar.

—Ha llegado esto para ti —le dijo Etete. La cocinera llevaba un sobre negro en las manos.

Kidan bajó de la silla y lo cogió despacio. A Susenyos le encantaban las cartas y por un instante se le aceleró el corazón al pensar que se la pudiera haber enviado él. Todavía llevaba consigo la carta que le había escrito Susenyos. Pero este sobre lucía impresos unos símbolos que Kidan no conocía: una flor blanca de cinco pétalos, una pantera que mostraba los colmillos, una majestuosa águila, un órix solitario y una gema azul. Decoraban la parte inferior de una torre alta y espeluznante. Un dolor sordo le recorrió el cuerpo. Kidan comprendió, alarmada, que estaba esperando a Susenyos. Debería alegrarse de no tener que soportar su arrogancia y sus exigencias. Y no es que no lo hiciera. Se sentía aliviada incluso. Resoplando un suspiro irritado, rasgó el sobre.

Felicidades por haberse graduado en Dranacti. Estamos encantados con sus progresos.

Una vez más, la invitamos cordialmente a la Torre Arcana para dar comienzo a su cortejo. Ya se incline hacia el Abismo, se decante por la majestuosa Águila, prefiera a la Pante-

ra antes que al poderoso Órix o simplemente se maraville ante la Piedra Azul, la torre le abre sus puertas.

El cortejo empieza el día siete de cada mes.

Esperamos su respuesta.

Con afecto,
Las Sociedades Arcanas

Kidan frunció el ceño mientras miraba la carta por un lado y por el otro, tratando de desentrañarla.

—¿Qué es esto?

—Te invitan a contraer matrimonio —respondió Etete—. Quieren que vayas a buscar marido. Una antigua tradición de Uxlay.

«Matrimonio…». Kidan abrió los ojos de par en par. Solo tenía diecinueve años y casarse era lo último que le pasaba por la cabeza.

Debía de ser una especie de broma.

Etete soltó una risita y le sonrió a Kidan como lo haría una abuela, con una expresión cariñosa y paciente. Kidan desvió la mirada y carraspeó para aclararse la garganta. No le gustaban las cosas que le recordaban a la familia que nunca tuvo. Y eso exactamente era lo que había logrado el sobre. La idea del matrimonio otorgaba al recuerdo de sus padres una claridad insoportable: las manos entrelazadas, la promesa de amar a Kidan y a June hasta el fin de los tiempos.

Todo eso para acabar muriendo antes de que sus hijas cumplieran seis años. Tal vez fuera un pensamiento irracional, pero, si sus padres de verdad hubieran amado a Kidan y a June, algo tan simple como la muerte no los habría mantenido alejados. A Kidan eso no la habría detenido.

Inspirando profundamente, empujó los recuerdos de sus padres a un rincón sombrío de su mente antes de que la casa pudiera captarlos. No tenía sentido revivir esa parte de su vida.

—Dice «una vez más». —Kidan frunció el ceño—. Pero solo he recibido esta carta.

Etete observó de reojo las escaleras que llevaban a la primera planta. Cuando miró a Kidan, exhibía una sonrisa furtiva.

—El dranaico Susenyos descartó la primera.

Kidan se había esperado cualquier explicación: que la carta se hubiera perdido por el camino; que Etete se hubiera olvidado de dársela... Que Susenyos la hubiera ocultado no se le había pasado por la cabeza.

—Ah, ¿sí? —preguntó en tono indiferente, tratando de disimular la sorpresa—. ¿Cuándo?

—Creo que fue la noche que le arrancaste los colmillos.

Esta vez Etete acompañó sus palabras con un gesto elocuente. Kidan desvió la mirada y luchó contra el impulso de disculparse.

—Me pregunto por qué no me la dio —dijo Kidan mientras acariciaba la carta con una pequeña sonrisa.

Etete la estudió con expresión burlona. Kidan enderezó la espalda de inmediato y carraspeó.

—No digo que me importe. Soy demasiado joven para pensar en el matrimonio, la verdad.

—No te angusties. Tu madre se sintió igual que tú antes de conocer a Aman.

Kidan se quedó pensando. Le habían dicho que los actis como ella solo contraían matrimonio con individuos de las Sociedades Arcanas: un grupo de humanos normales del mundo exterior. Pero dudaba que nadie dispuesto a formar parte de una sociedad compuesta por vampiros y humanos fuera normal. Sin embargo, esa debía de ser la procedencia de su padre, Aman.

A Kidan le interesó el tema a su pesar.

—¿Sabes algo de esas sociedades?

—¿Si sé algo de ellas? —La risa de Etete surcó de arruguitas su rostro ajado—. Procedo de ellas.

—¿Qué? ¿En serio?

—¿Has visto a alguien beberse mi sangre? —Arqueó las cejas grises—. Yo no soy acti. Me casé con un miembro de esta universidad.

Kidan negó con la cabeza, perpleja de que hubiera tardado tanto en darse cuenta. Pero el semestre anterior había estado tan pendiente de encontrar a June que no había prestado atención a nada más. No se lo podía permitir.

—Fui miembro de la Orden del Águila —dijo Etete con voz gutural mientras seguía con los ojos el símbolo del Águila bajo la torre—. Y el Águila siempre contrae matrimonio con las Casas Ajtaf, Makary o Delarus. Después de que me divorciara, tu abuela encontró un resquicio legal que me permitió quedarme. Me contrataron como cocinera, y aquí sigo desde entonces.

La abuela de Kidan era una entidad lejana, igual que su madre. Había muerto antes de que Kidan pudiera memorizar su amor. Los pensamientos sobre su familia desbordaron el rincón de su mente en el que estaban confinados y se derramaron. Fue como tener un fluido negro en el cerebro, una oleada de agua oscura, densa por la pérdida, con los ecos de una Kidan que sonreía a menudo porque las personas que más amaba la querían lo suficiente como para permanecer en su vida.

«Concéntrate en el presente —se ordenó—. En los que siguen vivos».

Pensar en los muertos no era muy distinto a permanecer quieto mientras alguien te machacaba a golpes. Kidan prefería estar en movimiento, pertrechada con un arma. Estrujó la carta entre los dedos.

—Deberías irte antes de que vuelva Samson —le dijo Kidan a Etete, y añadió sin poder evitarlo—: Por favor.

La mujer suspiró y Kidan se encorvó una pizca al oírla. Detestaba decepcionarla. Pero Etete limpió la cocina, se cambió el turbante y se marchó.

Kidan estuvo a punto de llamarla cuando comprendió que se había quedado sola en la casa. La alfombra se ablandó como barro que cubriera sus tobillos en el instante en que se acomodó en el frío sofá. No había fuego en la chimenea. Susenyos se encargaba de encenderla y ella no se había molestado en aprender a hacerlo. Tenía un bolsillo lleno de chinchetas y en el otro llevaba una pistola.

Reinaba una calma sorprendente.

Suficiente como para que se aventurara a exhalar con suavidad.

Fue un error.

El oscuro mobiliario y los suntuosos almohadones se desvanecieron y tres visiones cobraron vida, cada una semejante a una daga afilada clavada en su pecho.

El cadáver de GK.

El último vídeo de June.

La ausencia de Susenyos.

Kidan se fue hundiendo en el sofá cada vez más hasta que tuvo la sensación de que el asiento no tenía fondo. Si nadie la sacaba de allí, moriría asfixiada.

Su dolor debería estar recluido en el observatorio. No debería sorprenderla allí. Intentó moverse, pero su cuerpo estaba compuesto de agua. Lo único pesado era su mente. Era por Sunsenyos. Desde que se marchó, la casa se había tornado errática y las sensaciones se derramaban unas sobre otras, jugando con su sentido de la realidad.

«¿Dónde te has metido?».

Justo cuando sus huesos empezaban a disolverse, unos pasos repentinos resonaron en el porche. Un estremecimiento recorrió la casa. Una advertencia.

Las visiones se dispersaron como una nube de insectos.

Los pies de Kidan encontraron el suelo, sólido y ardiente.

Respiró varias veces con rapidez y se dobló sobre sí misma. Ese salón siempre alimentaba su rabia, que había vuelto y se enroscaba como la cola de un dragón alrededor de sus piernas.

Kidan se irguió despacio y aferró la pistola con un puño tembloroso.

Samson había llegado.

2

KIDAN

KIDAN ACARICIÓ EL BRAZO DEL SOFÁ PARA TRANQUILIZARSE A SÍ MISMA y a la casa.

La tarima crujió angustiada bajo las pisadas de Samson, que martilleaban como una lluvia intensa según se encaminaba al estudio que hacía las veces de sala de estar. Su rostro se empapó de resentimiento cuando posó los ojos negros en Kidan. Una vieja alfombra y una mesa de cristal ovalada se interponían entre los dos: los tesoros favoritos de Susenyos, que estaban a punto de convertirse en daños colaterales, una vez más. La alfombra, tejida con lana Saui, se mancharía de sangre y la hermosa mesa que él tanto apreciaba por las trazas de cristal del mar rojo que brillaban bajo la superficie se haría añicos.

Kidan estuvo a punto de sacudir la cabeza. Pensar en los tesoros de Susenyos en lugar de emprenderla contra ellos con un hacha era nuevo y peligroso, una señal de algo que no quería examinar de cerca.

Samson avanzó y sus botas dejaron un rastro de barro en la alfombra. Un músculo se crispó en la mandíbula de Kidan. El vampiro nefrasi habría podido pasar por el hermano de Susenyos, aunque no estaban biológicamente emparentados. Compartían el mismo tono de piel: un marrón oscuro que era antinatural de tan terso, casi reflectante bajo la luz directa del sol, y la nariz recta. Pero ahí terminaban las similitudes. Samson llevaba el pelo cortado al rape, una elección que dejaba a la vista la larga cicatriz que partía de su oreja y se perdía en su hombro. Como si alguien hubiera intentado partirle la cabeza con un hacha y hubiera fallado.

Por desgracia.

Sus ojos desalmados ojearon la triste decoración del techo con desagrado. Los globos se apiñaban bajo el círculo de velas de la lámpara de araña y proyectaban largas sombras en el techo, que recordaban a siete hombres embozados en una capa, reunidos en torno a una hoguera.

—¿Qué es eso? —ladró Samson.

—Es el cumpleaños de mi amiga —respondió Kidan con absoluta naturalidad, algo que sabía que le fastidiaba, así que se regodeaba en ello—. ¿Quieres un trozo de pas…?

—Quítalos —ordenó él—. Y tráeme mi sangre.

Kidan inspiró profundamente y aferró con más fuerza la pistola de su bolsillo. «Su» sangre. La sangre que corría por las venas de ella. Como si su cuerpo ya no le perteneciera. Esa parte del acuerdo era la más humillante.

Samson extendió su mano metálica; otra cosa que le diferenciaba de Susenyos. Llevaba todo el antebrazo izquierdo cubierto de metal. Kidan se puso en pie con gran esfuerzo y sirvió un vaso de su propia sangre. Se quedó inmóvil con la intención de que él se acercara hasta situarse justo debajo de los globos.

Samson cruzó la alfombra y tomó el vaso. Se la bebió como si estuviera muerto de sed. Se enjugó los labios, ahora rosados, y su piel se encendió como si hubiera tomado el sol. Sus despreciables ojos se tiñeron de rojo mientras él volvía a respirar con una satisfacción nauseabunda.

Una oleada de odio incontenible se apoderó de Kidan, que estuvo a punto de dispararle en ese mismo instante.

La primera vez que él le había pedido su sangre, ella se negó.

Los ojos líquidos de Samson se habían iluminado como los de un lobo hambriento antes de rodearle la garganta con la mano y estrujarle la tráquea. El guante de metal estaba tan gélido que Kidan había notado el frío en la planta de los pies. Luego le hizo un corte en el cuello con su garra y vertió la sangre en un vaso, como si Kidan fuera un pellejo de vino, antes de empujarla a un lado.

No bebía directamente de su cuerpo. No la dejaba acercarse a su mente corrupta, algo que ella interpretaba como un pequeño gesto de misericordia.

Así que Kidan acudía a las donaciones de sangre del Hospital Rojit, como una graduada más, se la hacía extraer y luego la traía a esta casa.

—Tu única tarea, heredera, es conseguirme la máscara y decirme cuál es la ley de la casa —le dijo él a la vez que se limpiaba el líquido rojo de los labios.

Los ojos de Kidan se posaron en el vaso vacío. Esta era la pesadilla que un día temió que estuviera sufriendo June.

«Nadie ha bebido de mi sangre».

Esas habían sido las palabras de su hermana. June no había matado, no era ninguna asesina, y no era posible alimentarse de los actis que no mataban. Lo mismo pasaba cuando las acosaban en la infancia: June cerraba los ojos y se acurrucaba en un rincón hasta que ella se ocupaba del asunto.

Kidan habló sin mirar a Samson.

—Te lo he dicho mil veces: leer una ley requiere tiempo; dominar una casa requiere tiempo. Las clases empiezan el jueves. Hasta entonces, tendrás que ser paciente.

Samson sacó los colmillos al percibir su tono y ella dio un respingo. Recordó sin desearlo la fuerza de esos brazos, cómo le había estampado la cabeza contra el banco de aquel salón de actos abandonado, y se estremeció. Él había estado dispuesto a hacerle algo mucho peor, y lo habría hecho de no ser por Susenyos, quien le había dado la pista que le salvó la vida.

Samson no tenía piedad y su rabia siempre burbujeaba justo debajo de la superficie.

Igual que la de ella.

Situándose debajo de los globos, Kidan hundió las dos manos en los bolsillos.

—Quiero que te marches.

Como un lobo que huele la carne, Samson se acercó lentamente.

—¿Te atreves a darme órdenes?

—Estoy esperando invitados. —Echó un vistazo a los globos mientras hablaba en tono indiferente—. No quiero que vean quién se bebe mi sangre. Es un tanto embarazoso.

El rostro de Samson se desencajó según se intensificaba su ira, como ella sabía que pasaría. Alargó sus garras rematadas por unas monstruosas uñas negras. Podía degollarla de un solo zarpazo, de un solo corte. El corazón de Kidan percutía como un tambor. Por la fuerza de la costumbre, sintió el deseo de acariciarse la muñeca con la mano, extraer poder de su pulsera de mariposa. La pastilla azul la ayudaba a ser invencible, a no tenerle miedo a la muerte.

Sin ella, era demasiado humana y tenía que pensar en cosas tan inoportunas como la supervivencia.

Samson saltó al techo, todo potencia y músculo, y rasgó los globos.

Sonaron tres explosiones, un sonido brutal que desató en ella una emoción de la que no se creía capaz; una emoción que la incitaba a correr. En el interior del bolsillo, Kidan dibujó las cuatro esquinas de un cuadrado, su símbolo para el miedo. Su cuerpo la había traicionado. La desagradable conciencia del peligro que estaba corriendo la había paralizado; a diferencia de antes, Kidan ahora tenía cosas que perder, cosas por las que vivir.

No podía morir aquí. La ceniza de los globos cayó flotando sobre sus caras. Si Kidan fallaba, moriría.

Corre. Corre.

«No, dibuja un triángulo. Ahora».

Lo hizo con gran esfuerzo, a fuerza de pura rabia. Y fue como un soplo de aire fresco.

La ceniza caía con lentitud, una lluvia casi hermosa, dándole tiempo a recuperarse. La expresión de Samson mudó de un asco furioso a puro desconcierto cuando las partículas negras se le metieron en los ojos. En la nariz. En la boca.

—¿Qué...?

Se atragantó y se frotó los ojos con los puños. Retrocedió un paso mientras intentaba aclararse la garganta.

—¿Qué demonios has…?

«Venga —se gritó Kidan internamente—. Mátalo».

Funcionó. Lanzó a toda prisa un puñado de chinchetas y los globos que quedaban se destruyeron con gran estrépito. El aire, ahora negro y denso, envenenaba al monstruo. A Kidan le escocían y le lloraban los ojos, pero no tenía tiempo para lágrimas. A veces temía que, si empezaba a llorar, ya no podría parar. En vez de eso tosió dos veces y se tragó buena parte de la ceniza de impala que tenía en la boca, que viajó por su garganta hasta su estómago. Tal vez eso la protegiera, la tornara ponzoñosa.

Sacó la pistola. Bien, ahora no temblaba, y esperó a que Samson abriera un ojo ensangrentado.

—Estaba deseando hacer esto —dijo Kidan, y le disparó al estómago. Notó una sacudida en el hombro, pero estaba preparada. Una satisfacción primaria le recorrió las venas.

No había espacio para el miedo.

—¡Por todos los infiernos! —gritó él y se desplomó hacia atrás mientras intentaba apartarse.

Era a él al que Kidan había estado buscando. No a Sunsenyos. Esa era la sombra que había rondado los jardines de su antigua casa y le había arruinado la vida.

—Acabaré con tu puta vida. —Ella apenas reconoció el veneno de su propia voz.

Samson la maldijo en amárico, una maldición dura, rápida y cortante.

—¡Tu amigo morirá!

GK.

Como por arte de magia, la casa repiqueteó igual que la cadena de falanges. Kidan atisbó los ojos cálidos y suaves que siempre la advertían de la presencia de la muerte.

Su burbuja de rabia amenazaba con estallar y los dedos empezaron a temblarle en la pistola. Tuvo la sensación de salir flotando de su cuerpo y mirarse con asco, como lo haría GK.

«Asesina», le diría horrorizada. La mano de la muerte que destruiría todo lo bueno y bondadoso. Pero la destrucción nunca había sido la intención de Kidan. Ella quería proteger. Mama Anoet tuvo que morir para que June estuviera a salvo. GK tuvo que convertirse en vampiro para poder vivir. GK lo entendería. Volvería a ver el bien en ella. Lo único que tenía que hacer era ganarse su confianza de nuevo. Devolverle la humanidad.

«¿Y si nunca te perdona? —le susurró el lado más cruel de la casa, desbaratándole el pulso—. ¿Entonces qué?».

Los ojos de Samson destellaron triunfantes como si pudiera oír los salvajes latidos de su corazón.

«Concéntrate».

—Encontraré a GK —musitó Kidan. Lo deseó—. Después de enviarte al infierno y alejarte de June.

Él trató de reír, pero solo emitió un gruñido.

—June me escogió a mí.

Kidan vaciló un instante al escuchar esas palabras. La figura de Samson se desdibujó y volvió a dibujarse. Él se abalanzó sobre ella antes de que Kidan pudiera orientarse. Samson le pateó las piernas haciendo que se estrellara de lado contra el suelo. Notó un dolor agudo en la sien. Kidan hizo esfuerzos por incorporarse. El brazo metálico de Samson se hundió en su hombro arrancándole un grito. Ella se retorció para apartarse y volvió a dispararle en la zona del hombro, y él lanzó un rugido. Kidan se sentó sobre su cuerpo a horcajadas, inundada de adrenalina, y le pegó la pistola al pecho.

—Es mi hermana. —Su visión se emborronó, la voz le temblaba de rabia—. Me la quitaste.

Nada le impediría matarlo. Arrastró el arma hacia el lado izquierdo de su pecho, justo donde debería estar su corazón. Empezó a presionar el gatillo. Por un segundo, los ojos de Samson reflejaron miedo, que tituló un instante sin que él pudiera evitarlo, igual que los de Kidan antes. Como si él también tuviera algo por lo que vivir. Eso solo podía significar una cosa: amaba a alguien o alguien le amaba.

Kidan se acercó aún más, tratando de escudriñar la negrura absoluta de su mirada. ¿Qué alma tenía la desgracia de haber despertado su atención? Quizá debería torturarlo, arrebatarle a quienquiera que amase, como le había hecho él.

La expresión temerosa se esfumó con rapidez excesiva, impidiéndole ver nada más. Kidan frunció el ceño al verlo esbozar una sonrisa frágil.

—Justo a tiempo, *wendem*.

Kidan levantó la cabeza de golpe cuando una figura alta apareció en la entrada. No había oído que se abría la puerta. Para haber perdido su sigilo inmortal, su compañero vampiro seguía moviéndose en absoluto silencio. Le miró con la boca abierta. Le resultaba raro verlo finalmente en la casa. El corazón le latía cada vez más desbocado.

Había vuelto.

—Pajarillo —dijo Susenyos observando su rostro ceniciento y sus trenzas sueltas. Algo muy próximo a una sonrisa asomó a su tono de voz—. Estoy casi celoso. Antes me usabas a mí de diana.

3

KIDAN

SUSENYOS SAGAD SE ERGUÍA EN SILENCIO ANTE KIDAN. LA LUZ QUE entraba por el enorme ventanal le iluminaba un lado de la cara. Ella se había quedado sin aliento ante la súbita aparición.

Susenyos le echó un breve vistazo a Samson antes de volver a mirarla, y la casa cobró vida, alimentada por la unión de sus mentes. El fuego envolvía a Kidan como una segunda piel, que la arropaba en lugar de chamuscarla. Elevó una comisura de los labios al sentir una oleada de puro alivio.

La luz se reflejaba en los ojos oscuros de Susenyos, que le respondió con una pequeña sonrisa. Resultaba aterrador sin ella, embozado en la belleza robada de un eclipse. Pero en contadas ocasiones, como esa, irradiaba calidez. Kidan sentía una pizca de orgullo al saberse capaz de sacar a relucir una faceta distinta de Susenyos.

Sin ese odio tan activo hacia él…, hacia sí misma, Kidan no sabía qué quedaba entre los dos. Pero era una fuerza con vida propia, una bola concentrada de energía magnética que amenazaba con estallar cada vez que se acercaban el uno al otro. Otras veces, sin embargo, la energía era más suave, una mano extendida al borde de un precipicio que la alejaba del abismo, como ahora.

El ser que tenía entre las piernas intentó moverse y rompió su ensoñamiento.

Kidan volvió a mirar abajo y le arrancó un aullido a Samson cuando le hundió la bala en el hombro.

El sufrimiento maligno de su rostro era fascinante. Como si ese dolor físico pudiera llegar a equiparar todo lo que le había hecho a ella. Kidan estaba dividida entre alargar la tortura o matarlo de una vez.

Le clavó la pistola en la herida y la sensación no fue muy distinta a la de pinchar una fruta demasiado madura. Él lanzó un grito desesperado y su sangre empapó los dedos de Kidan, salada y metálica. La intensa mirada de Susenyos la estaba despistando. Notaba cómo se demoraba en distintas partes de su cuerpo según descendía a sus muslos abiertos. Un rubor le ascendió por el cuello.

—¿Te vas a quedar ahí plantado? —Kidan levantó la vista un momento.

—No se me ocurriría interrumpir a un genio en plena faena. —Susenyos hablaba en murmullos y en su voz acechaba algo oscuro que ella no supo identificar—. Enséñame cómo pones fin a una vida, *yené* Roana.

En otro tiempo esas palabras le habrían horrorizado, pero ahora solamente la inundaron de una energía deliciosa.

—Si me matas —gruñó Samson a través de sus resuellos—, las espadas se perderán.

El intento arrancó una sonrisa a Kidan.

—Eso nos da igual.

Por Kidan, como si las reliquias del Sabio caían en un agujero negro; le traía sin cuidado.

Pero Susenyos avanzó un paso.

—Tres personas deben conocer la ubicación de una reliquia, por si ocurriera algo. Es la costumbre nefrasi.

—Esa era tu costumbre —escupió Samson, y un reguero de sangre oscura le resbaló por la comisura de los labios—. Si me matáis ahora, nunca encontraréis las espadas.

Se rumoreaba que tres reliquias, la del Sol, la del Agua y la de la Muerte, liberaban a los vampiros de todas las restricciones.

Un trueno atravesó las facciones de Susenyos. Las paredes paneladas que tenía cerca ya no ardían con un fuego violento, sino que se ondulaban finas como cortinas. Trazas de preocupación habían penetrado en su mente. Esas reliquias tenían poder sobre él. Siempre serían su máxima prioridad. A Kidan se le secó la garganta.

—No le escuches —le pidió Kidan respirando con rapidez.

—Perderías… otro siglo… buscándolas. —A Samson le costaba formular las palabras, en parte por la debilidad y en parte por la furia—. Y si Lusidio las descubre antes que tú, ¿entonces qué?

A Kidan no le interesaban nada esas chorradas.

—Cállate ya.

Sin embargo, Susenyos se había quedado paralizado al oír el nombre. Volutas negras de algo que solo podía ser terror le envolvían los pies, una manifestación de emoción que solo ellos podían ver. Extinguieron el fuego de Kidan y se precipitaron hacia ella como anguilas. Enroscadas a sus tobillos, quemaban como hormigas rojas. El pánico se apoderó de ella. Estaba esperando a que Susenyos hablara, a que le diera instrucciones como hacía antes, cuando la casa magnificaba en exceso sus emociones. Pero él estaba paralizado. Casi ni la veía. Kidan le había visto torturado por las visiones de su pasado en el observatorio, pero esto era más aterrador, porque no oponía resistencia.

Él siempre oponía resistencia.

—Yos —le llamó Kidan con la esperanza de hacerle reaccionar.

Él no respondió.

Kidan aferró la pistola con más fuerza e invocó su propia rabia dibujando un triángulo en Samson. Un manto de fuego descendió del techo. Ella lo acogió y dejó que le llenara los pulmones; que extinguiera los dedos de oscuridad que se alargaban hacia ella.

Susenyos resopló y miró sorprendido los debilitados tentáculos negros.

Samson forcejeó para liberar los hombros, que seguían inmovilizados contra el suelo.

Ahora o nunca.

—Nos vemos en el infierno —dijo Kidan.

Apretó el gatillo al mismo tiempo que una fuerza la embestía por el costado. Sus dos brazos se desviaron dolorosamente. La bala impactó contra la pata de una silla haciéndola estallar. El arma salió volando de su mano y patinó por el suelo girando sobre sí misma antes de detenerse. Ella intentó recuperar la pistola, pero una figura la empujó hacia atrás y la sujetó contra el suelo.

Susenyos se cernía sobre ella con expresión severa.

—¿Qué cojones estás haciendo? —le gritó Kidan mientras las llamas los envolvían como un tornado.

La expresión de Susenyos era sombría y lanzó una mirada de odio hacia la forma tendida de Samson, todavía vivo.

—Él tiene razón. Antes necesito la reliquia.

«No podía hablar en serio».

Kidan se retorció debajo de Susenyos mientras lo maldecía con tanta potencia que por poco le estallan los pulmones.

—Tenemos que acabar con él ahora. ¡Es nuestra oportunidad! Te lo juro por Dios, Yos, te mataré si le sueltas. ¡Matará a GK!

Susenyos le devolvió una mirada resignada pero resuelta. El forcejeo de Kidan perdió intensidad a medida que una cruel decepción se apoderaba de ella. Por fin habían llegado a un acuerdo: trabajar y matar juntos. No podía abandonarla ahora.

—No me hagas esto —le susurró Kidan, odiando la forma en que se le había suavizado el tono.

Él bajó la mirada, pero su voz no delató la menor emoción.

—Nunca habíamos estado tan cerca de reunir todas las reliquias.

Ella empezó a gritarle, pero Susenyos la retuvo en el sitio. Al cabo de un rato, despacio, la soltó. Desconcertada por esa súbita rendición, Kidan se quedó quieta un momento antes de gatear hacia la pistola.

Pero fue otro quien la recogió.

Un hombre enorme, el doble de alto que Kidan, se inclinaba sobre el arma. Sus brazos parecían troncos de árbol y su rostro inspiraba terror. Le llamaban Warde y era uno de los acólitos de Samson.

Kidan se puso en pie a toda prisa.

Detrás de él, entrando con aire tímido, estaba June.

La visión de Kidan se tornó pulsante.

Los ojos redondeados de su hermana buscaron los suyos. Era increíble el poder que tenían sobre ella, cómo le estrujaban el corazón.

El salón volvió a transformarse e imitó el azul profundo que se ve en el fondo del mar. Le provocó una sensación de pérdida tan honda que Kidan no pudo demorarse en ella mucho rato. Cerró los ojos con fuerza y pensó en otra cosa, en algo que no le provocara tanto dolor.

Pero la casa magnificaba cualquier emoción que invadiese su mente. Y Kidan se sentía sola y asustada. Quería recuperar a su hermana. Abrió los ojos. Tenía que ser valiente.

«Vuelve conmigo», le suplicó en silencio.

Su hermana torció el gesto mientras observaba la escena. Samson hizo esfuerzos por levantarse y clavó las garras en el sofá de cuero buscando el equilibrio. Rasgó el tejido y cayó hacia atrás aferrándose la herida. La preocupación inundó el rostro de June, que miró a Kidan un instante.

Ella contuvo el aliento y levantó la mano una pizca.

«Por favor, ven conmigo».

June se acercó a Kidan. Estaba cada vez más cerca hasta que casi se tocaron..., y entonces pasó de largo.

Los hombros de ambas se rozaron, con suavidad y brutalidad, como una hoja que roza un tren a toda velocidad.

Kidan emitió un sonido entrecortado y le temblaron las rodillas.

Su hermana se inclinó para sostener la figura tambaleante de Samson.

—¿Cómo estás?

Kidan hizo una mueca de dolor al percibir la dulzura de su voz. Cuánto la echaba de menos. Su primer pensamiento, incluso ahora, fue que su hermana estaba viva.

Estaba sana y salva.

—Me recuperaré —gruñó Samson al mismo tiempo que se extraía una de las balas.

Igual que cuando June apareció por primera vez, con las largas trenzas rizadas y el rostro resplandeciente, el sabor ácido de la traición inundó la boca de Kidan. Después de pasar más de un año buscando a June y de matar a Mama Anoet, allí estaba su hermana, de pie junto al vampiro que quería sembrar el caos en el mundo. Kidan no reconocía esa versión retorcida de June, tan fría y calculadora con su propia hermana. No creía que perdonara jamás a June por marcharse. Y cuando su hermana supiera que Kidan había asesinado a su madre adoptiva, tampoco ella la perdonaría.

Había tantas cosas que quería gritarle a June, preguntarle por qué, por qué, por qué.

Y ya no podía esperar más.

Con ayuda de June, Samson se incorporó gruñendo de dolor. Todavía tenía una bala en las tripas.

—Warde.

Samson suspiró con fuerza.

El gigante pasó junto a Kidan y notó su sombra en la cara. Una gruesa cadena de huesos repiqueteó en torno a su cuello. El sonido llamó la atención de Kidan, que se volvió a mirar cómo el silencioso vampiro levantaba a Samson sin esfuerzo.

¿Era un Mot Zebeya como GK? Solo ellos llevaban cadenas de huesos.

June siguió a Samson escaleras arriba sin dirigirle ni una mirada a Kidan. A ella le ardió el pecho y dobló los dedos con rabia. Cuando se dio la vuelta, Susenyos la estaba mirando.

Hilos dorados bailaban detrás de sus hombros y tejieron letras de una belleza inquietante.

«Si Susenyos Sagad pone en peligro la Casa Adane, la casa a su vez le quitará algo que para él tenga el mismo valor».

La mirada de él se posó un instante en la inscripción, pero su rostro permaneció sorprendentemente impasible. Como potenciales amos de la casa, solo ellos dos podían leerla.

Al menos de momento. Kidan se preguntó cuánto tardaría June en ser capaz de leer esas frases también.

Puede que Susenyos estuviera pensando lo mismo.

Kidan habría pensado que él estaba perfectamente si no hubiera oído el lento y aterrador tañido de los tambores de guerra que latía en las paredes. Él era humano en esa casa, tan vulnerable a la muerte como ella.

Y Kidan estaba furiosa con él.

—¿Quién es Lusidio?

Por culpa de ese nombre la había traicionado.

La casa se estremeció ante su pregunta.

Grietas visibles semejantes a enredaderas negras se extendieron por suelos y paredes. Kidan trastabilló hacia atrás con los ojos muy abiertos.

Esa emoción… nunca la había percibido en él. Rabia sí. Pero nada tan frío, como miedo cristalizado.

La mandíbula de Susenyos se tensó al ver el estado de la casa. Se quedó mirando la puerta.

—Ya te lo diré —respondió en tono brusco.

Se encaminó a la puerta principal a toda prisa, casi corriendo las últimas zancadas. Kidan se quedó en el sitio un instante antes de cruzar la sala. Se acercó a la ventana que había junto al perchero de la entrada, apartó las cortinas y lo vio apoyado contra la cancela exterior. Sus hombros subían y bajaban a toda velocidad.

La casa le afectaba a él con más fuerza. Ella sabía bien lo que era sentirse abrumada, pero eso era diferente. En ocasiones la mente calculadora de Susenyos no parecía del todo centrada en Samson, sino también en Kidan. Como si ella fuera un problema con el que no contaba y estuviera discurriendo cómo resolverlo cuanto antes.

4

KIDAN

KIDAN SE PASEÓ POR LA SALA, ENVUELTA EN PENACHOS DE LLAMAS rojas, mientras esperaba que June volviera a bajar. Cuanto más pensaba que su hermana estaba arriba, más intenso era el ardor de su piel. Incluso cuando Warde se marchó por fin, taconeando al pasar por su lado, June seguía encerrada con Samson.

Fue la gota que colmó el vaso.

«A la mierda».

Kidan subió a toda prisa al viejo dormitorio de Susenyos. Oía el rugido de la sangre en los oídos. Abrió la puerta de golpe. Samson estaba tumbado en la cama, sin camisa, con los repulsivos agujeros de las balas a la vista, la piel destrozada. Tenía la mano izquierda entre las manos de June, libre del guante de metal y cubierta de lo que parecían hojas. Antes de ver a Kidan, su hermana exhibía una suave sonrisa, como una enfermera de guerra que atendiese a un soldado herido. Fue solo un instante, pero había alegría sincera en los ojos de June mientras atendía a ese monstruo.

Kidan rara vez enfermaba, pero, cuando lo hacía, era June la que le preparaba sopa. Agria, herbal y un horror para las papilas gustativas, pero siempre funcionaba. June pegaba el dorso de los dedos a la frente de Kidan y decía: «Odio que estés enferma».

Se le hizo un nudo en la garganta, pero se lo tragó.

Kidan se acercó a la cama como un vendaval y tiró del brazo de June para obligarla a levantarse, haciendo caso omiso de su chillido agudo.

—¡Kidan! —protestó June cuando por fin encontró la voz—. ¡Suéltame!

Ella se limitó a clavarle los dedos con más fuerza. No lo suficiente como para hacerle daño. June gimió. El sonido remplazó el olor de cigarrillos baratos y el aire impregnado de alquitrán. Mama Anoet solía aferrarles los brazos así. Les clavaba los dedos encallecidos en el hueso cada vez que empleaban demasiada agua para lavarse el pelo y las sacaba de la ducha a rastras. June temblaba y gimoteaba con los ojos muy abiertos.

Y ahora miraba a Kidan con el mismo miedo tembloroso.

A Kidan se le secó la lengua y la necesidad de disculparse la inundó como una ola.

«Perdona, June. No quería hacerte daño. Yo no soy como ella. Solo quiero hablar…».

Samson se incorporó a duras penas presionándose con la mano la barriga herida. Una sombra en la noche. El monstruo al que June había escogido por encima de ella.

Todo vestigio de culpa se evaporó.

—No la toques, heredera —gruñó, pero su voz sonaba forzada, débil.

A Kidan se le heló la sangre en las venas. Sin pronunciar una palabra, arrastró a June a su dormitorio, la obligó a entrar y, cerrando la puerta, respiró pesadamente contra la hoja.

Una rabia peligrosa se reflejaba en su cara, en sus mismas venas. Cuando se dio la vuelta, June la miraba sorprendida, sujetándose el brazo. Durante un instante le recordó a Ramyn Ajtaf, frágil y condenada a morir. Necesitada de la protección de Kidan. Sacudió la cabeza para despejarse mientras deseaba ser capaz de ver las cosas tal como eran por una vez. Mal por mal. Bien por bien.

Kidan no era Mama Anoet. June no era Ramyn Ajtaf.

Y ella estaba dispuesta a descubrir quién era su hermana en realidad.

—Habla. Ahora.

5

KIDAN

KIDAN Y JUNE ADANE, LAS ÚNICAS HEREDERAS SUPERVIVIENTES DE su casa, se miraron tanto rato que la habitación mudó en agua.

Los pulmones de Kidan se anegaron; deseó que el tiempo se acelerara. Necesitaba que su hermana hablara y la arrastrara a la orilla. Kidan casi lo veía. Cómo sobrevivirían a esto.

No hacía falta gran cosa. Una simple disculpa. Un largo abrazo.

Se habían peleado otras veces. La cosa nunca había llegado tan lejos como ahora, pero lo resolverían, si querían. Kidan prefería tratar de perdonar a su hermana que soportar su odio.

June solo tenía que disculparse. Reconocer que había cometido un error. Decirle a Kidan que todavía la quería.

Sería tan fácil volver a lo de antes... Solo necesitaba una explicación articulada.

En vez de eso, las primeras palabras de June fueron:

—¿Tienes la máscara?

Lo dijo con suavidad, con la habitual timidez de su hermana, pero la frase fue más afilada que un cuchillo y cortó el último lazo que las unía.

Un alambre de púas oprimió el corazón de Kidan; el dolor se derramaba por su pecho con cada respiración.

Una reliquia.

Ese era el motivo de tanta conspiración y traición entre Susenyos y Samson, y ahora entre Kidan y June. La búsqueda de las reliquias del Último Sabio: una máscara, un anillo y las espadas. Una vez que las tuvieran localizadas, los vínculos con los vampiros se romperían. Por fin serían libres de beber sangre de cualquier humano, tendrían acceso a sus capacidades reprimidas y podrían reproducirse sin morir.

Samson Sagad estaba en posesión de la reliquia del agua: la doble espada. La Casa Adane albergaba la reliquia del sol: una máscara. La reliquia de la muerte, la sortija de rubí, seguía perdida en el tiempo.

Y allí estaban ellas, enfrentadas como niñas que se pelean por un juguete. Kidan sintió ganas de gritar.

La rabia se derramó por su voz.

—¿Me abandonaste por una reliquia?

La figura menuda de June se empequeñeció aún más.

—Samson la necesita.

Kidan casi lo vio todo negro, le temblaron las narinas.

—Entonces ¿ya está? ¿Estáis juntos?

Notó una pequeña sensación de placer al ver a su hermana encogerse avergonzada.

—No estoy con él en ese sentido. —Un ramalazo de ira, nada habitual en ella, asomó a su voz—. Le estoy ayudando.

—¡Me abandonaste! —rugió Kidan, y las paredes de la habitación se incendiaron con una energía que surgía de la médula de sus huesos. Todo lo que Kidan había reprimido brotó en aquel poderoso rugido.

June no era consciente de lo cerca que estaba Kidan de estrangularla.

—¿Te puedes hacer una idea de lo mal que lo pasé mientras te buscaba? No podía respirar, no podía dormir. Pensaba que te estaban torturando, que se estaban alimentando de ti y… y… sabe Dios qué más. —La voz de Kidan se rompió en pedazos—. ¿Cómo pudiste marcharte?

June arrugó la cara como si le doliera oír eso. Nunca se le había dado bien gestionar el dolor de los demás e incluso se le saltaban las lágrimas con las canciones sobre un amor perdido. Bien, eso era lo que Kidan quería. Que su hermana entendiera el calvario que había vivido. Porque, madre mía, ¿cómo podía no saber lo que sus actos habían supuesto para Kidan? Tiempo atrás les bastaba una mirada para entenderse, pero ahora un velo flotaba entre las dos.

Kidan aferró las delicadas manos de su hermana y miró en las profundidades de esos ojos color miel que tan bien conocía. Estaba desesperada por salvar la brecha que las separaba.

—Las cosas que dijiste en ese vídeo… no son verdad. Tú no me dejarías si no tuvieras una buena razón.

Vetas azules surcaron las paredes, la tristeza de sus recuerdos, que agrietaba la rabia como si fuera cristal.

—Ya te dije cuál era la razón —respondió June con una voz suave como pétalos, los ojos clavados en sus manos unidas—. Necesitaba sentirme a salvo y los nefrasis me ayudaron. Ahora yo tengo que ayudarlos a ellos.

Un viento frío como el zafiro revoloteó en derredor y Kidan se sintió vacía. De nuevo esas palabras envenenadas.

—A salvo —repitió en tono monocorde—. ¿Te marchaste porque no te sentías segura conmigo?

Le respondieron el silencio de June, el ceño fruncido y su reticencia a mirar a Kidan a los ojos.

—¿Fue porque no te creí cuando me dijiste que alguien te estaba siguiendo?

Kidan había borrado aquel vídeo en particular, pero algunas noches la casa lo reproducía con absoluta claridad para recordarle su error. Y ahora la atormentaba.

June no respondió. Sus ojos miraban a todas partes excepto a Kidan.

—Intenté arreglarlo, June. Te busqué.

—No quería que me buscaras —respondió ella por fin.

No, todo eso no tenía ningún sentido. June era indulgente. June era amable. No se marcharía si no tuviera un motivo.

—Dime qué hice mal —le suplicó Kidan, aunque sabía que debería callarse—. Dime qué puedo hacer para solucionarlo. Para que volvamos a estar como antes. Haré lo que sea.

La desesperación que delataba su voz era verdaderamente patética. Pero se trataba de su hermana. La única alma en este mundo, además de ella, que había llorado la muerte de sus padres y que había sobrevivido a la educación de Mama Anoet.

Tenía que intentarlo. Luchar, al menos una vez.

June rompió el contacto, como si le hubiera leído el pensamiento. Retrocedió. El dolor se agolpó en la garganta de Kidan. El gesto hablaba con más claridad que mil palabras. La pulsera que ella le había hecho —una mariposa y un dije de tres puntas— todavía brillaba en la muñeca de June. Kidan lamentó que la llevara puesta. Le recordaba a sus momentos de mayor intimidad. A las historias de los Tres Vínculos que le contaba a su hermana en susurros noche tras noche, para ahuyentar las pesadillas de June, como quien canta una nana.

Primer vínculo: los vampiros solo podían alimentarse de las ochenta familias acti.

Segundo vínculo: los vampiros habían perdido su fuerza y sus poderes.

Tercer vínculo: los vampiros solo podían convertirte si renunciaban a su propia vida.

«Estamos a salvo, June. Estamos totalmente a salvo. El Último Sabio se aseguró de ello. Vuelve a la cama».

Era evidente que no había bastado.

Tras un largo silencio, June levantó la barbilla. Sus ojos estaban llenos de una resolución implacable.

—¿Tienes la máscara?

Kidan notó que se partía en pedazos. Un objeto. Los últimos diecinueve años que habían pasado juntas, yendo a clase, escondiéndose de Mama Anoet, celebrando sus cumpleaños antes de tiempo, reducidos a polvo por un puto trasto. No tenía sentido. No era posible.

—¿Eso es lo que quieres? —susurró Kidan—. ¿Con la máscara te darás por satisfecha?

June titubeó mientras se revolvía en el sitio.

—Sí.

Kidan tragó pura bilis y le preguntó con voz chillona:

—¿Y cuando la tengas qué?

Una leve vacilación. A continuación:

—Nos marcharemos.

Kidan cerró los puños. Le escocían los ojos por las lágrimas reprimidas. La crueldad de June la había dejado sin aliento. Se lo había esperado y, sin embargo, el dolor era nuevo en cada ocasión.

—¿Volverás a marcharte?

«Deja de suplicar —le susurró una parte de sí misma—. Eres penosa».

Cuando June volvió a hablar, lo hizo en un tono resignado, derrotado. Como si el vínculo entre las dos se hubiera roto irremediablemente.

—Tú tienes tu vida, Kidan. Y yo tengo la mía.

June avanzó hacia la puerta y el corazón de Kidan empezó a latir a un galope aterrado. Aferró la mano de su hermana con rabia.

—Si eso es lo único que quieres, no lo vas a tener. —La voz de Kidan quedó reducida a puro rencor—. Me aseguraré de que nunca la consigas. Te lo juro por lo que más quieras.

Su hermana se quedó helada. Kidan esperaba que eso la hiciera reaccionar. Que el miedo la obligara a disculparse. A volver.

Pero los delicados rasgos de June no reflejaron miedo. Y sus palabras aún menos.

—Pues entonces la encontraré yo misma.

Kidan parpadeó estupefacta antes de susurrar con rabia:

—Yo soy la heredera. Para que tú heredaras la casa y consiguieras la máscara, yo tendría que morir.

Sonoros tambores reverberaron durante cada segundo que su hermana permaneció callada. Era tan brutal lo que implicaba ese silencio que Kidan la soltó. June, que aborrecía la muerte, que lloraba solo de pensar en un insecto aplastado, ni siquiera pestañeó ante la mención de la muerte de su hermana.

¿Cómo era posible que no dijera nada?

June se dio media vuelta, anegando la habitación en olas de una corriente implacable.

—La decana me preguntó si sabía cuál era la ley de la Casa Adane. Tú la conoces, ¿verdad?

Kidan no respondió.

—Ya. Eso también tendré que averiguarlo por mí misma.

Tras eso, June se marchó.

Kidan trastabilló hacia la cama y se desplomó en ella. Echó mano del teléfono para buscar los vídeos que June había grabado cuando tenía catorce años.

«Hola, chicos. Ha ocurrido otro incidente que ha sido un tanto embarazoso. Estábamos en una fiesta y como que me he desmayado. Pero Kidan estaba allí. Siempre cuida de mí».

La respiración de Kidan se entrecortó mientras trataba de identificar alguna emoción oculta, de precisar el momento en el que su hermana había decidido que no merecía la pena seguir a su lado.

No estaba en sus vídeos. Esa distancia fría e insalvable no existía en aquel entonces. June la quería. Kidan lo oía en sus recuerdos. Lo único que superaba al amor que June sentía por Kidan era el miedo que le inspiraban sus pesadillas recurrentes. Sin embargo, parecía más retraída en cada vídeo, sus ojos más vacíos. Y luego estaba aquella grabación en la que Kidan obligaba a June a tomar la medicación porque no se creía que alguien la estuviera siguiendo.

Debió de ser entonces. Ese fue el instante en que decidió que no podía más.

Porque Kidan ya no podía ayudarla. Ni siquiera ella tenía el poder de irrumpir en la conciencia de alguien y librarla de sus demonios.

La única vez que Kidan falló a June, ella la abandonó.

Un puño de hierro le estrujó el corazón. Intentó ahuyentar el pánico, ordenar a la habitación que se transformara, pero no lo hizo. Una vez que la ansiedad y el terror se instalaban, tenía que abandonar la estancia en la que estuviera para poder volver a respirar. Pero la puerta estaba muy lejos y ella jadeaba demasiado. Le temblaron las rodillas cuando se obligó a incorporarse y doblarse sobre sí misma, arrastrando las trenzas por el suelo.

Respira. Una voz que no era la suya tintineó en su mente. Kidan se sobresaltó. *Levántate y camina.*

Se aferró al edredón y se puso en pie sobre unas piernas temblorosas. Haciendo muecas de dolor con cada paso, avanzó.

El pasillo, ahora un suelo forestal, estaba limpio de ese ambiente oprimente. Esa voz extrañamente familiar desapareció tan pronto como estuvo a salvo.

Estaba harta de que todo el mundo la abandonara. La familia siempre debería quedarse. Su compañero tendría que prometerle que se quedaría.

Kidan apretó los dientes y se enjugó el escozor de las lágrimas que amenazaban derramarse. La lealtad había desaparecido y solo importaba lo que ella ofrecía a los demás. Ahora entendía que solo tenía una manera de asegurarse de que no prescindieran de ella.

«Vincúlatelos. —Esta vez fue su propia voz, rebosante de una malicia que le estremeció el alma—. Haz que te necesiten. Siempre».

Susenyos le había dicho que su verdadero poder era la capacidad de dictar cualquier ley en su propia casa, y ahora entendía el aliciente de esa capacidad.

Kidan dominaría la casa. Decretaría sus propias leyes. Rascó con los dedos sus formas en el suelo: triángulo, cuadrado.

Tres leyes. Solo necesitaba tres leyes.

1. Que Samson se arranque su corazón de mierda.

2. Que GK vuelva a ser humano.

Esa era una esperanza secreta a la que se aferraba. Y cada vez que soñaba con ello, una energía nerviosa la recorría. La casa había tornado humano a Susenyos, así que ¿por qué no también a GK? Si le ofreciera eso, GK la perdonaría. Entendería por qué le había obligado a transformarse en vampiro: para salvarle la vida, no porque ella fuera la mano de la muerte.

La pared que tenía delante se convirtió en los ojos traicionados y aterrados de GK cuando ella le había encerrado en la cripta de

Uxlay. Sacudió la cabeza, decidida a seguir adelante con su plan. Sí, tenía que dominar la casa antes de traer de vuelta a GK. Volvería a ser un vampiro cada vez que saliera de la casa, pero al menos parte del tiempo recuperaría su antiguo yo. Tendría tiempo de acostumbrarse a su vampirismo. Y si quería quedarse dentro todo el tiempo, encontrarían la manera de hacerlo.

A Kidan no le importaría vivir en esa casa con todos sus amigos. De hecho, sería muy reconfortante. Llenar el silencio con la risa contagiosa de Yusef o con el violín de Slen por las noches.

Y también promulgaría su última ley. La que le hacía dar saltitos de impaciencia, la que hacía que se muriese por visitar al profesor Andreyas ahora mismo y suplicarle que le enseñara los putos secretos para dominar una casa, porque no podía esperar.

3. Que June experimente el dolor que yo he sufrido.

6

KIDAN

KIDAN SE DESPERTÓ EN EL PASILLO.

Había vuelto a soñar con GK, todo el tiempo escuchando el repiqueteo de su cadena de huesos. Soñaba con él a menudo últimamente. GK intentaba hablar, pero ella nunca entendía lo que decía.

Solo captaba sus ojos fríos, empapados de traición. Las pupilas castaño claro ensombrecidas a un caoba dorado. Las garras que surgían de sus dedos. No se demoró demasiado en ello; los recuerdos de su cuerpo ensangrentado y de su transformación le provocaban náuseas.

Los quejidos de angustia que escapaban de June mientras dormía resonaron a lo largo de la noche, un sonido que Kidan había escuchado toda la vida. Por eso se había cambiado de ropa y había vuelto al pasillo. Para quedarse cerca, por si acaso. Las pesadillas de June no habían cesado; seguían los mismos terrores que le atenazaban el cuerpo y hacían que se retorciera hasta que Kidan la despertaba cada noche... Era como si nada hubiera cambiado. Solo que esta vez Kidan no entró en su cuarto. En vez de eso, apretó los dientes y leyó un libro bajo la luz de la bombilla hasta que June se tranquilizó y Kidan pudo volver a dormir.

No paraba de preguntarse cómo demonios habían acabado así. Aunque lo había vivido, Kidan no se lo podía creer. June quería apoderarse de la casa. ¿Cuánto tiempo pasaría antes de que la Dranacti la animara a quitarle la vida a Kidan?

Kidan se desperezó con un bostezo. Reinaba el silencio. Pálidos rayos de sol bailaban en la alfombra y calentaban su figura acurrucada. Fue entonces cuando cayó en la cuenta. Alguien la había tapado con una manta.

Frunció el ceño preguntándose quién habría sido y buscó el gastado libro que había estado leyendo obsesivamente.

Mitos tradicionales de Abyssi.

Kidan repasó con el dedo la marca de GK alrededor del nombre «nefari», una manera singular de referirse al nefrasi. Él la había ayudado a descubrir el secreto de Susenyos en ese libro, y había más enigmas enterrados entre las gastadas páginas. Buscó la sección titulada «Los Tres Vínculos y las Tres Reliquias». Tenía que averiguar cómo, exactamente, se podían romper los vínculos; por qué diablos June y Samson estaban tan desesperados por conseguir la máscara.

Pero los capítulos apenas desarrollaban el tema antes de pasar al mito siguiente. Había un breve borde en zigzag entre las páginas, como si hubieran arrancado unas cuantas. Pero las páginas no estaban numeradas, así que no podía estar segura.

Según Slen, en otro tiempo hubo muchos ejemplares de esa obra. Un día empezaron a desaparecer. La Casa Adane poseía el último original. *Mitos tradicionales de Abyssi* era la versión simplificada de *Ye Abyssi Tarik.* Y la leyenda contaba que Abyssi, un lugar misterioso ubicado entre dos montañas superpuestas, había dado a luz al primer Sabio y al primer vampiro. Sin embargo, nadie conocía la leyenda completa, pues cada página estaba escrita en una lengua africana distinta.

Kidan deslizó el dedo por el borde dentado del interior del libro, casi liso si no sabías que estaba ahí. Susenyos había dudado antes de darle el libro. Ella atribuyó sus dudas a que revelaba el origen del nefrasi. Pero, por lo visto, había algo más que no quería que Kidan supiera.

Tanto como para arrancarlo antes de darle el volumen.

Con un gesto automático, Kidan se palpó la muñeca con los dedos. Pero la pulsera de la mariposa y la pastilla azul que contenía ya no estaban allí. Susenyos la había obligado a entregársela. Algunos días Kidan volvía a sentir deseos de morir. Se trataba de un pensamiento pasajero, como el color del cielo o su cita favorita de *Los amantes locos,* pero la casa lo captaba y lo amplificaba. Cuando eso sucedía, Kidan se sacaba del bolsillo una hoja de papel doblada, como ahora.

Observó la perfecta caligrafía inclinada, el cuidado y el cariño que rezumaba cada frase.

Las primeras líneas siempre le encogían el corazón.

Queridísima Kidan:
Hay muchos males grotescos en este mundo. Créeme, yo los he conocido todos. Sin embargo, el más temible de todos es el de la mente.

Ese era el secreto que más la avergonzaba. Leía la carta cada vez que necesitaba el recordatorio, en los momentos en que el mundo la oprimía por todos los frentes.

Él quería que viviera.

«Para que le consigas la reliquia», le susurró una voz cruel.

Dobló la carta y se apretó los puños contra los ojos. No, eso no era verdad. ¿O sí?

—Todavía llorando tus penas en los pasillos, por lo que veo —dijo una voz grave y sonora, rompiendo el silencio de la mañana.

Kidan dio un respingo y el corazón se le subió a la garganta. Susenyos subió la escalera y se recostó contra la barandilla con los ojos brillantes.

—Pensaba que ya lo habías superado.

Ella se tensó y volvió la vista hacia el antiguo dormitorio de Susenyos, ahora el de Samson. Esperaba que saliera en cualquier momento.

Él siguió la trayectoria de su mirada.

—No está ahí. Ha dormido en mi habitación, cómo no. Qué predecible.

Kidan todavía tenía la carta en la mano y la escondió a toda prisa debajo de la manta.

—Ahora podemos hablar —dijo él—. Tu hermana también se ha marchado.

Más relajada, Kidan observó a Susenyos. Parecía el mismo de siempre: alto, esbelto, la piel de un tono marrón frustrantemente claro y las mandíbulas enmarcadas por las trenzas *twist*. Los ojos de color carbón. Todavía parecía un rey perdido, un rostro regio destinado a ser inmortalizado en un lienzo. Un tipo de belleza injusto que guardaba demasiados secretos.

El fuego se alargó desde los pies de Kidan y acarició la parte inferior de los zapatos de Susenyos, que esbozó un amago de sonrisa.

—¿Por qué ardes, pajarillo?

—Por tu culpa he perdido la pistola —dijo ella, maldiciendo a la casa por delatarla de ese modo.

—Te conseguiré una nueva —replicó él en tono desdeñoso y luego sonrió—. ¿Y qué? ¿Cuándo vamos a matarla?

—¿A quién?

Kidan se quedó atónita.

—A la traidora de tu hermana. ¿Quieres hacer los honores o los hago yo?

Le miró boquiabierta hasta que notó un tic nervioso en la cara.

—No la vamos a matar.

Él enarcó las cejas con una expresión casi burlona.

—¿Amenaza tu posición de heredera, te abandona sin motivo y se supone que no tenemos que hacer nada al respecto?

Kidan abrió la boca y la cerró mientras una ola de dolor le recorría el pecho. Con Susenyos era fácil ser sincera, aunque fuera peligroso.

—La odio —reconoció por fin.

La sonrisa de él se ensanchó. Normalmente, Kidan lo encontraba guapo. Ahora tenía ganas de atizarle un puñetazo.

—Pero no voy a matar a mi hermana.

El suspiro que soltó Susenyos le puso los pelos de punta.

—Me impediste matar a Samson. Él es nuestro enemigo.

Susenyos entornó los ojos al percibir el tono de Kidan.

—Solo le salvé la vida porque necesitamos las espadas. ¿Qué valor aporta la vida de tu hermana?

Kidan negó con la cabeza, incapaz de entender a qué venía tanta violencia.

Valor.

Ya puestos, ¿qué valor aportaba la vida de Kidan? ¿Por eso él la mantenía con vida? Y si dejaba de ser valiosa, ¿qué haría con ella?

Él escudriñó los ojos oscuros de Kidan.

—¿A qué viene esa expresión? No me estarás juzgando otra vez, ¿eh, *yené* Roana?

—No quieres matar a June por lo que me ha hecho a mí —formuló ella con cuidado—. Te preocupa que lea la ley de la casa. Que averigüe que habla de ti.

Él le devolvió la mirada con la misma dosis de ferocidad.

—Puedo tener más de una razón para matar a alguien, pajarillo. Tuve cinco en su día para matarte a ti.

Kidan estuvo a punto de sonreír, pero no dejó que la despistara.

—Si June lee la ley, se lo contará a Samson, ¿verdad? No me digas que eso no se te ha pasado por la cabeza.

Ahora no hubo la menor traza de sonrisa. Un estremecimiento recorrió la columna de Kidan ante la súbita frialdad que se había apoderado del rostro de Susenyos.

—No lo permitiré.

—No vas a tocar a June —dijo Kidan despacio. Se levantó echando la manta a un lado—. Yo me ocuparé de ella. Dominaré la casa y me vengaré.

En lugar de expresar la ira que Kidan esperaba, la mirada de Susenyos viajó por sus piernas desnudas, lenta y cuidadosa, como si no estuviera acostumbrado a verla así. Había olvidado que seguía vestida con un pantalón corto y una camiseta holgada. Se ruborizó mientras volutas de una leve neblina inundaban el pasillo. Los aromas, fuertes y conocidos, de los Baños de Arowa les envolvían los hombros.

¿Era el deseo de Kidan o el de Susenyos?

Esperó a que él hiciera su típico comentario sarcástico, uno que le provocara ganas de acariciarle o de atizarle, pero no lo hizo. Se limitó a seguir regodeándose en su imagen, con calma, como si ella fuera una obra de arte.

Sentirse observada con tanta atención la hizo ruborizarse. Como si él supiera que había mucho más en su interior que explorar y disfrutar. Cosas horribles, malvadas. Pero también sueños más dulces. Cosas que jamás le diría a nadie, salvo quizá a él. Verse a través de sus ojos titilantes la tornaba imprudente.

La neblina se espesó y la boca de Kidan se hizo agua.

Susenyos se inclinó y ella se quedó inmóvil, consciente de cada uno de los movimientos de él. Le quitó el libro de los mitos de Abyssi y los dedos de Susenyos le rozaron la pantorrilla al ascender. Lo hizo con tanta suavidad que ella no lo habría notado de no haber estado tan atenta. Kidan tomó aire y contuvo la respiración. No sabía si él lo había hecho adrede. Se quedaron allí, sin hablar, un buen rato hasta que la necesidad de acercarse fue casi dolorosa.

«Concéntrate en el libro».

Carraspeó para aclararse la garganta y habló:

—Faltan algunas de las páginas. Sobre las tres reliquias y los tres vínculos.

Kidan estudió el rostro relajado de él buscando trazas de verdad.

—Hay suficientes mitos sobre las reliquias como para volverte loca, si se lo permites.

Sonaba sensato, pero había cautela tanto en sus palabras como en la precaución de su postura, erguido ante ella.

No debía de separarlos más de un paso de distancia, suficiente para abrazarse, pero el libro y su conocimiento perdido eran un frío recordatorio de los obstáculos que tenían que salvar.

La mirada de Kidan descendió al agrietado lomo de cuero.

—«Que te haya mentido, Kidan, no es mínimamente comparable a los horrores que he cometido». Eso me dijiste una vez. Que siempre protegerías el conocimiento que tienes sobre las reliquias, pasara lo que pasara.

Él nunca lo había negado, algo que, por extraño que pareciera, ella le agradecía. Como dos estafadores, podían ser sinceros acerca de sus secretos.

—El conocimiento no siempre es poder. También es una cárcel —dijo él—. Los estudiantes de Dranacti entran cada semestre en la Torre de Filosofía libres y despreocupados, hasta que descubren la realidad de lo que deben hacer. Ya nunca podrán dejar de saberlo, y tú tampoco. Eso también es una maldición.

Sin el vampirismo, el intenso brillo de la piel de Susenyos se atenuaba y era más fácil regodearse en su visión. La casa le cambiaba, le borraba la despreocupación inmoral y le otorgaba un aire melancólico.

—No recuerdo quién era antes de adquirir conocimiento sobre las reliquias —prosiguió él en tono quedo, con un deseo ardiente en las pupilas negras—. Sueño con ellas, las idolatro y he malgastado incontables años en su búsqueda. Eso es lo que hace el conocimiento. No te acerca a nada, te separa. Te sume en la soledad.

Kidan quiso borrarle esa expresión grave.

—Pero, si lo compartes conmigo, podré hacerte compañía. ¿No fue eso lo que juramos hacer?

Kidan recordaba la ceremonia de compromiso con absoluta claridad. Sus propias palabras antes de que él le enterrase los colmillos en la garganta.

«Me comprometo a tratarlos como iguales y a no pedirles más de lo que pediría a los de mi propia sangre».

Como Susenyos no dijo nada, Kidan se arriesgó a avanzar un paso. Ahora estaba tan cerca que habría podido contarle las pestañas. Él la observó con suma atención, pero no se apartó.

La niebla que los envolvía se espesó, y, en ella, una realidad fatal que Kidan no podía seguir negando cobró vida: la casa había sido insoportable sin él. Fría como una cáscara, triste como su viejo apartamento. Sin el sonido de su escritura inclinada o el sencillo placer de levantar la vista y encontrarle junto a la chimenea de la sala, concentrado en un libro o en una reliquia, parecía privada de la luz del sol. Era algo que solo pudo descubrir en su ausencia: que su presencia la reconfortaba hasta extremos enojosos.

El abandono fue su primer idioma y a través de este medía su conexión con los demás. Por eso la ausencia de June y GK le había dejado un vacío tan grande. Y Kidan había rogado no sentir nada cuando Susenyos se marchara; no con tanta rapidez, no por él. Pero hubo un destello, el sabor de algo adictivo. No era tan complicado como el amor ni tan sencillo como una atracción, sino una perturbadora necesidad de tenerle cerca.

No sabía cómo llamarlo.

Kidan solo descubriría el alcance de ese sentimiento si él la dejaba. Y se negaba a que sus sentimientos estallaran en el mismo instante en que la abandonara.

Así que tenía que quedarse.

En esa casa.

Con ella.

Kidan observó la curva de sus labios gruesos, suaves y engañosos. Nadie podía imaginar que debajo escondía unos caninos tan monstruosos. Pero su propia piel recordaba las afiladas puntas de sus colmillos, como un par de espinas venenosas: rápidos, dolorosos y luego embriagadores. Se preguntó qué sensación produciría notar esos labios contra los suyos; si su boca era capaz de la suavidad y el cuidado con que los dedos habían acariciado su áspero cabello.

«No dejes que te bese. Será la última cosa que hagas».

Se le calentó la nuca y se le contrajeron los músculos en la parte baja del vientre. Tal vez por eso él la había detenido el Día de Cossia, por miedo a cortarle la lengua en pedazos. Pero cada vez le costaba más no pedirle que lo hiciera de todos modos.

Que le demostrase que aún la quería, cuando nadie más lo hacía.

Y en ese pasillo, en ese instante, él era humano. El beso no dolería.

Kidan alargó la mano para acariciarle la mejilla, sin poder evitarlo. Él se quedó petrificado como granito. Envalentonada, le deslizó los dedos por la mandíbula. Quería ver la sonrisa triunfante de Susenyos ante el hecho de que ella hubiera iniciado algo.

En vez de eso, dio un respingo. Como si Kidan estuviera hecha de espinas y no de carne.

Ella retiró el dedo al instante.

La incomodidad se grabó en los rasgos de Susenyos como si el hecho de que ella le acariciase fuera algo pecaminoso, cuando él había hecho mucho más tantas veces que no podía contarlas. Kidan no entendía las reglas de su relación.

Se armó de valor, tratando de ocultar el ardor de sus mejillas. El silencio que los devoraba era insoportable, más denso que el humo.

Susenyos se frotó la mandíbula y se dio media vuelta.

—La decana Faris quiere hablar con nosotros. Vístete.

Él ya estaba avanzando hacia las escaleras.

Kidan pestañeó desconcertada. No era propio de él evitar la confrontación. ¿Por qué no mencionaba su iniciativa? Revisó su mente buscando la manera de retenerlo un poco más y la encontró.

—¿Y qué hay de Lusidio? —le preguntó en tono molesto—. ¿No me vas a hablar de eso?

Susenyos se quedó petrificado y se volvió a mirarla despacio, como ella sabía que haría. ¿Qué significaba ese nombre?

La nube de dulce aroma abandonó el pasillo. En su lugar, enredaderas negras se desplegaron por el suelo. Susenyos les echó un vistazo con aire de frustración. Ese terror paralizante era visceral, sólido en lugar de agua que te ahogaba. La inquietaba.

—¿Quién es Lusidio? —repitió.

La quietud perturbadora de los ojos de Susenyos flaqueó. Y entonces hizo algo que Kidan nunca le había visto hacer.

Pestañeó dos veces. En rápida sucesión.

Le había visto cerrar los ojos, sí. Para despejar una emoción, las largas pestañas en reposo durante unos instantes de paz. Pero nunca algo tan involuntario, tan humano. Una señal de miedo que le traicionó.

—Es un vampiro renegado. —La respuesta fue tensa, una conversación finalizada antes de comenzar—. Un alma que es una suerte no llegar a conocer.

—¿Y?

—Nada más.

No, algo más flotaba en sus ojos. Seguía ocultando gran parte de su pasado.

—¿Fue él quien le hizo algo a tu corte? —Kidan escudriñó su rostro—. ¿Fue de él de quien escapaste?

Igual que la última vez que le preguntó por el peligro al que habían sucumbido los nefrasis, no dijo nada. Se negaba a hablar incluso a punta de pistola.

Como si debiera obediencia a alguna otra ley.

Adoptó una expresión de fría indiferencia.

—¿Otra vez desconfiando de mí, pajarillo?

—Si me dijeras la verdad, no lo haría.

—Lo dudo. Llevas la desconfianza en los huesos. Una vez te volvió contra mí, así que no tengamos prisa por repetirlo. —Le dio la espalda—. Vístete. Ya vamos tarde.

Mientras veía la alta figura de Susenyos alejarse, a Kidan se le ocurrió otra ley que pensaba promulgar.

4. Que Susenyos diga la verdad acerca de todo.

7

KIDAN

DESDE QUE KIDAN SE LLEVARA LA CORONA DE SUSENYOS, ÉL LA había ido desnudando poco a poco, arrebatándole distintas prendas; era un nuevo juego entre los dos. Kidan pensaba en ello mientras se enfundaba unos pantalones marrones y un jersey gris y se ataba una corbata de la Universidad de Uxlay en torno al cuello. Susenyos nunca llegó a devolverle la que le había quitado el semestre anterior. Ni el pasador con la esmeralda de la Gala Acti. El ganador definitivo del juego sería quien se quedara con la máscara.

Kidan enfiló hacia el extremo del jardín delantero, donde la esperaba Susenyos con una petaca dorada en la mano. Cuando él la vio, sus ojos se posaron en la corbata y una breve sonrisa asomó a su mirada. Kidan luchó contra el impulso de ajustársela y siguió andando. Siempre tenía la sensación de que su mirada la traspasaba como fuego y no sabía cómo interpretarla.

El viento les agitaba la ropa mientras caminaban por la senda que llevaba a la Casa Faris. El aire olía a hojas y tierra empapadas de lluvia. El aroma a madera de hoguera que desprendía Susenyos flotó hacia ella.

Cuando los hombros de los dos se rozaron, Susenyos inspiró rápidamente, torció el gesto como si le doliera algo y se apartó a toda prisa. Kidan procuró que el gesto no le molestara. Él no era su enemigo, pero eso no significaba que quisiera algo más.

Aunque durante el Día de Cossia sí que había demostrado interés.

Susenyos bebió un sorbo de su petaca dorada y frunció el ceño una pizca antes de volver a cerrarla. La sangre de la tía Silia. A Kidan le sorprendía que no se hubiera agotado.

—¿Para qué nos quiere ver la decana? —preguntó Kidan, extrañada de que no le pidiera sangre a ella.

—Seguro que quiere hablar de la situación de la Casa Adane; de que los dos tenemos posibilidades de heredarla. Habrá una reunión del Consejo de las Casas. Las doce asistirán.

Sus ojos realzados por la sangre destellaron al pronunciar esas palabras y Kidan se quedó un momento hipnotizada. La determinación marcaba la mandíbula de Susenyos; llevaba el ansia de poder grabada en cada uno de los rasgos de esa cara angulosa.

Kidan recordó sus palabras, desesperadas y sinceras.

«Lucharé con todas mis fuerzas para no fracasar, pero si finalmente no salgo victorioso, debes estar preparada. Cambiarás la ley actual e impondrás una que devuelva a la casa una grandeza aún mayor que la que yo he perdido».

Ella quería que Susenyos recuperara su inmortalidad, quería ver a Samson muerto, pero eso no significaba que él estuviera de su parte, porque, si conseguía sus propósitos, si acaso conseguía dominar la casa antes que ella, ¿para qué la necesitaría?

Ya estaba empezando a excluirla.

—No puede haber dos herederos. Eso rompería la casa —discurrió ella, pensando despacio—. Tendrás que hacerme una cesión.

Una mueca cruel se dibujó en las comisuras de los labios de Susenyos.

—¿Disculpa?

Si Susenyos le confiaba la casa, si le demostraba que Kidan le importaba más que la reliquia o la ley, ella confiaría en él plenamente.

Se detuvieron. La luz de la farola en forma de león se reflejó en ellos. El acero brillaba, pulido por la lluvia.

—No le voy a ceder la Casa Adane a nadie —replicó él con firmeza.

—Es mi legado familiar.

—Me temo que tu legado familiar es morir antes de que cumplas los cuarenta. No dejaré que te lleves la Casa Adane a la tumba.

Kidan se quedó sin aliento. ¿Acababa de decirle que moriría pronto?

¿Qué cojones?

—¿De verdad crees que la Casa Adane debería ser tuya? —La voz de Kidan se tensó una pizca—. ¿Aun habiendo dos descendientes vivas y coleando?

Él no dudó.

—Sí.

Su arrogancia merecía un buen puñetazo en la mandíbula. Cuando lo fulminó con la mirada, Susenyos volvió a beber de su petaca. Esta vez puso cara de asco, como si la sangre estuviera envenenada.

—¿Qué pasa? —le preguntó Kidan. ¿Cuánto tiempo hacía que no le pedía su sangre?

—Nada. Vamos.

Tragándose su frustración, Kidan dio media vuelta sobre los talones. Algo había cambiado en los últimos cuatro días y ella no lograba adivinar qué era.

Como todas las casas de Uxlay, la Casa Faris estaba protegida por una fila de árboles altos y frondosos que hacían las veces de muro entre las calles de adoquines que conducían a la universidad y las casas familiares. Pero la Casa Faris daba la sensación de estar más protegida. Altísimas columnas y varios balcones de piedra blanca y mármol negro les dieron la bienvenida. La estructura de madera de la Casa Adane resultaba patética en comparación, apenas capaz de sobrevivir a una noche de tormenta. Por primera vez Kidan sintió la necesidad de reforzar su casa con acero. Limpiar el jardín. Echar nuevas raíces. Sus padres no estaban allí para ocuparse del edificio, así que la tarea le correspondía a ella. Igual que le había correspondido cuidar de June.

Notó un doloroso pinchazo justo debajo de las costillas. A veces le dolía pensar cómo habría sido ella si sus padres hubieran vivido. No recordaba haber sido una niña. Debió de serlo, claro. En algún momento. Pero tenía la sensación de haberse convertido en una persona recelosa, violenta y solitaria de la noche a la mañana. Le había afectado a la mente. Las cosas obvias y sencillas se le antojaban complicadas. Necesitaba aprender a cómo experimentar una alegría despreocupada de nuevo o a hacer amigos, incluso a disculparse. Debía aprender a llegar a casa y cerrar los ojos, sabiendo que estaba a salvo.

El acero reforzado no bastaba para esas cosas. Necesitaba el poder de las leyes para crear un verdadero hogar. Recuperar una fracción de lo que había perdido.

Los pasos de Susenyos se ralentizaron tras ella. Kidan despegó la vista de la casa, esperando que él no hubiera visto el anhelo de sus ojos.

—La decana intentará arrancarnos la verdad —dijo—. Vamos a entrar en su casa, con sus leyes. Sé muy cuidadosa.

Ella siguió mirando a otra parte.

—Kidan.

Pocas veces expresaba Susenyos la necesidad de que ella le escuchara, pero le reventaba cómo perdía el aliento cuando le oía pronunciar su nombre.

Las hojas oscuras que había a sus pies tenían el mismo tono que los ojos de Susenyos.

—La última vez que la decana convocó una reunión del Consejo de las Casas, tus padres fueron asesinados. Yo asistí con Silia. Esto no pinta bien. No bajes la guardia.

Ella enderezó la espalda y notó las palmas de las manos pegajosas.

«Asesinados».

Kidan no preguntó más. Se estremeció al pensar en cómo se desmoronaría si conociera los detalles de su muerte. No saber era más seguro. Era lo mejor. Después de muchas semanas, se acordó del morboso diario de la tía Silia: «Uxlay se ha vuelto contra la Casa Adane». Las pistas que había reunido Kidan solo habían señalado al 13° como amenaza evidente. ¿Sería posible que uno de ellos hubiera matado a sus padres?

«No lo pienses», se ordenó con firmeza y se volvió a mirar a Susenyos.

En la entrada de la Casa Faris, dos sicion, soldados del ejército de élite de Uxlay, los inspeccionaron buscando alguna traza de plata. Susenyos estiró los brazos y dejó que le cachearan. Una sonrisa furtiva bailaba en sus labios. Nadie le revisó el paladar. No encontraron su clavo de plata secreto.

Una vez que les dieron el visto bueno, recorrieron el alfombrado pasillo decorado con grandes espejos y retratos, que daba a un distribuidor de techos altos. Al otro lado de una puerta de color cedro pulido, sentadas a una mesa ovalada y tallada con la forma del continente africano, once personas ocupaban sendos asientos. Tras ellas, solemnes como torres nocturnas, se erguían sus compañeros vampiros.

Detrás de la decana Faris y su compañero, había hombres y mujeres de cabello cano sentados sobre una tarima. Sus cadenas de falanges, largas y blanqueadas, destacaban sobre las túnicas informes.

Kidan reconoció al Mot Zebeya sentado en el extremo izquierdo. Lo conocía de la ceremonia de transformación de Sara Makary. Una vez abordó a GK y a Kidan para ofrecerse a leerle el futuro, una predicción acerca de cuándo moriría ella.

Las palabras de GK resonaron en su pensamiento y se le saltaron las lágrimas.

«No quiere lecturas, pero yo me encargo de su protección».

Y, si bien no sabía dónde estaba, Kidan presentía que GK todavía cuidaba de ella. Cada vez que creía oír su voz y el tintineo de su collar de falanges, sabía que la estaba observando, esperando a que ella lo trajera de regreso a casa y volviera a convertirle en humano.

Kidan se acercó a una silla tallada que estaba desocupada y tomó asiento. Era incómoda y al instante se hundió en ella. Se deslizó hacia el borde y enderezó la espalda mientras los amos de las casas Delarus y Makary la miraban con desprecio. Yusef y Slen también estaban allí. La invadió el alivio al ver esas caras conocidas.

Slen ocupaba el asiento de la Casa Qaros, mientras que Yusef se quedó de pie al lado de su tía abuela como su sucesor. La tensión en los hombros de Kidan cedió una pizca. Slen la saludó con un breve gesto de la cabeza. Yusef le dedicó una sonrisa radiante.

En la mesa, delante de Kidan, el mapa de Etiopía estaba tallado en la suntuosa madera. Alrededor, los países de los que descendían las doces casas originales brillaban en color… rojo. Susenyos avanzó, se cortó la muñeca y dejó que la sangre se derramara en la madera ahuecada. Una vez que la hubo llenado, se retiró.

—Compañeros patriarcas y matriarcas —empezó la decana con firmeza. Lucía el emblema de la Casa Faris, un pájaro negro con el ojo de plata—. Gracias a todos por venir. Extiendo mi agradecimiento a los Mot Zebeyas, Guardianes de la Muerte, custodios de nuestras leyes, por garantizar el desarrollo justo y honesto de esta reunión.

Uno a uno, un coro de huesos cantó según los ancianos Mot Zebeyas inclinaban la cabeza a modo de saludo. Llevados al monasterio en la niñez, los Mot Zebeyas vivían al margen de la política de las casas, exentos de las lealtades familiares. Ofrecían un valioso servicio a Uxlay, pero seguía siendo un destino terrible y solitario. GK no solo había sobrevivido a la ausencia de sus parientes de sangre, sino que se había convertido en una persona amable e íntegra. Kidan se preguntaba si el germen de su propio dolor y de su rabia no sería el haber conocido el amor de una familia y no saber cómo seguir existiendo sin él.

—Las reuniones del Consejo de las Casas se celebran desde la absoluta honestidad —prosiguió la decana—. Si a alguno de ustedes le supone un problema atenerse a la verdad, que se ponga en pie, por favor.

Kidan miró a Susenyos con incredulidad, pero él se limitó a tensar la mandíbula. Aunque todos los miembros del consejo parecían incómodos, ninguno se levantó de la silla.

—Muy bien —dijo la decana, e hizo un gesto con la mano.

El profesor Andreyas, atemporal con su piel color caoba y sus trenzas pegadas, se acercó a la mesa con grandes zancadas y depositó una pequeña caja de madera delante de cada miembro. A juzgar por las muecas de los presentes, debían de contener veneno.

—Viertan la mezcla en la sangre de su dranaico —ordenó.

Kidan cogió la suntuosa caja y la abrió. El olor de un torbellino de hierbas le asaltó las fosas nasales, y se apartó. Olían igual que la extraña colección de hierbas de June, las que juraba que curaban las migrañas. De vez en cuando June se las frotaba a Kidan en las sienes y, pasada una hora, Kidan abría los ojos sin dolor. Suspiró y dejó que el recuerdo la atravesara sin un gesto de sufrimiento. Luego, cuando se sintió preparada, agitó la caja y vertió el polvo en la sangre de Susenyos.

La decana esperó a que todo el mundo hubiera terminado.

—Si algún alma de esta habitación cuenta una mentira, la mezcla de su casa se volverá negra. Esa es la ley que rige en mi casa en estos momentos.

Kidan se volvió a mirar a Susenyos a toda prisa, pero él permaneció impertérrito, con los ojos fijos al frente.

Ella devolvió la vista a la mezcla con un nudo en el estómago.

No bajar la guardia era un eufemismo. No cabían las mentiras en este sitio.

La tía abuela de Yusef era la más anciana de la mesa. El crespo cabello gris descendía hasta el chal que se había echado a los hombros. El emblema de la Casa del Arte, la llama azul en forma de mujer, brillaba en el pañuelo oscuro.

Yusra Umil habló despacio, con acento extranjero.

—¿Quién ha muerto esta vez? Solo convocas estas reuniones cuando muere alguien.

—Ese no es el único problema. Hay niños en la mesa. —Un hombre vestido con elegancia perteneciente a la Casa Delarus fulminó con la mirada a Slen y luego a Kidan y a Yusef—. ¿Qué hacen aquí?

—Koril Qaros espera su audiencia formal. Slen se ha graduado en Dranacti y es la siguiente en la línea sucesoria. Yusra pidió que Yusef estuviera aquí.

La decana Faris habló con tranquilidad, aunque su tono sugería que no admitiría más protestas.

Slen miraba al frente con frialdad y Kidan notó una punzada de satisfacción cuando el hombre de los ojos color ámbar desvió la mirada.

La decana continuó.

—Y Kidan Adane es la única graduada de su casa. De momento.

El impulso de esconderse fue indescriptible cuando las penetrantes miradas de todos los presentes escudriñaron a Kidan de arriba abajo para concluir que no daba la talla. Algunos giraron la cara al instante con un resoplido desdeñoso. Unos cuantos siguieron estudiándola con atención: una mujer de rostro anguloso de la Casa Piran y un hombre musculoso de la Casa Temo. Mikhail Temo tenía fama de ser el atleta más rápido de Uxlay y su rostro grave estaba impreso en las banderolas que pendían a lo largo de la pista de atletismo. No tendría más de cincuenta años, igual que la mujer que estaba sentada a su lado, Adjoa Piran. Kidan solo sabía una cosa sobre la matriarca de la Casa Piran por los rumores que corrían por ahí: era soltera y sin hijos, algo que debilitaba su posición como heredera.

Adjoa estaba sentada muy recta, con las manos pulcramente unidas sobre el regazo, los gruesos rizos en torno a la cabeza como una corona. Enfocó la mirada únicamente en Susenyos, con un atisbo de rabia en los ojos oscuros, antes de posarlos en Kidan.

Entonces su expresión reveló compasión, incluso pena.

—Llevo años oyendo los rumores. —La decana Faris interrumpió los pensamientos de Kidan. Tenía unos ojos agudos como los de un halcón—. Maquinaciones para quebrar la ley universal de Uxlay, ambiciones egoístas que amenazan con romper la paz y la seguridad que hemos disfrutado durante generaciones. Hoy, el 13° ha decidido hablar finalmente. Tengo en las manos su moción oficial.

Kidan enarcó las cejas. Sus ojos recorrieron la sala a toda prisa. El fantasma de Tamol Ajtaf apareció en el extremo de la mesa sonriendo con crueldad. El hielo se extendió por las venas de Kidan. Tenía esperanzas de que inducirle el coma a Tamol habría disuelto al 13°, pero el grupo se había recuperado y había escogido un nuevo líder. A su espalda, Susenyos se había quedado muy quieto. Las cosas no tenían buena pinta.

—¿El 13°? —Adjoa Piran se inclinó hacia delante y sus rizos rebotaron contra su frente oscura—. ¡Están conspirando para destruir Uxlay! ¿Y nosotros vamos a tener en cuenta su moción?

Kidan se alegró de que hubiera alguien lo bastante inteligente como para señalar lo que ella estaba pensando, palabra por palabra. Antes de que Kidan estrellara su coche con Tamol en el asiento del copiloto, el odio que a este le inspiraban las Casas Adane y Faris —las dos Casas Fundadoras— era abrumador.

«Una nueva estructura de herencias y derechos de propiedad —había dicho con un destello de sus ojos verdes—. La posibilidad de que cada casa pueda decretar sus propias leyes, como las Casas Fundadoras».

Ese era el sueño de las Casas Fronterizas. Ya no querían seguir sosteniendo la ley universal que hacía de Uxlay un lugar indetectable.

—No es eso lo que propone su líder —dijo la decana.

—¿Quién? —quiso saber Mikhail Temo—. ¿Quién es su líder?

Kidan también quería saberlo.

—Prefiere permanecer en el anonimato.

A un lado de la mesa estalló la indignación, una serie de voces alzadas y puños golpeando la superficie, mientras que Ajtaf, Makary y Delarus seguían sentados con miradas arrogantes y ansiosas. A nadie se le escapaba que los tres eran orgullosos integrantes del 13°.

—Bueno, pues oigamos la moción —propuso Yusra Umil con un gesto de su mano arrugada.

La decana cogió las hojas.

Kidan contuvo el aliento, nerviosa sin saber muy bien por qué. Un día, un fajo de papeles como ese le había cambiado la vida. En el exterior del antiguo apartamento de Kidan, la decana Faris le había entregado el testamento de sus padres, que nombraba heredero a Susenyos. El nauseabundo sabor de la traición fue intenso. Y ahora Kidan volvía a notarlo, pegado a la garganta como podredumbre.

La decana Faris empezó a leer.

8

KIDAN

—El 13° no desea romper la ley universal de Uxlay y dejar a la institución indefensa. Quiere despojar a las Casas Fundadoras de un poder desmesurado y carente de control. —La voz de la decana siguió adelante, imperturbable—. A las Casas Faris y Adane se les ha permitido promulgar cualquier ley desde su posición central mientras las Casas Fronterizas permanecían sujetas a restricciones. Es una injusticia flagrante. El 13° exige que todas las casas puedan optar al decanato y que, en consecuencia, a todas las casas se les conceda la oportunidad de conseguir una posición central. Creemos que solo un decano debería tener acceso a un poder semejante. Y el 13° exige la inmediata retirada de la Casa Adane de la posición central en Uxlay. Actualmente no cuenta con un decano o un dueño, por lo que debería convertirse en una Casa Fronteriza.

Las palabras se estrellaron como un puño contra las entrañas de Kidan, raudas y despiadadas.

Se oyó una exclamación ahogada. Kidan tardó un instante en darse cuenta de que la había soltado ella. Su cuerpo había reaccionado antes de que su mente pudiera dilucidar las consecuencias de lo que estaba oyendo.

Una mano se posó con suavidad en su hombro provocándole una descarga de calor en el cuerpo. El gesto apaciguó el rugido del océano y le permitió volver a notar la mesa, la silla.

Susenyos. Su inmortalidad. GK. June. Sus cuatro leyes. Todo se estaba desmoronando.

Él apartó la mano con la misma rapidez, pero el contacto había bastado para centrarla. Yusef lo miraba todo con ojos grandes y oscuros. Slen, pendiente de la decana, escuchaba con atención, casi con los ojos brillantes. A Kidan se le retorcieron las tripas. La ambición de Slen era una bestia enjaulada que salivaba ante una tentación demasiado suculenta como para rechazarla. Pero ya había escogido a Kidan en otra ocasión. Había escogido revivir a GK después de asesinarlo. Slen volvería a ponerse de su lado. El problema eran los demás.

El deleite en la cara ancha de Ajtaf resultaba insoportable. Se parecía mucho a su hijo, la piel de un tono marrón claro y los ojos verdes, apagados, que carecían del calor que tenían los de Ramyn Ajtaf.

Con la cara ardiendo, Kidan estampó el puño contra la mesa. La sangre se derramó por los lados.

—No pueden hacer eso. Necesito promulgar la ley de mi casa.

Las facciones de la decana adoptaron una expresión mordaz.

—Todo el mundo en Uxlay quiere decretar su propia ley, pero nosotros no trabajamos para alimentar la codicia individual de nadie. Somos una comunidad que necesita Casas Fronterizas y Casas Centrales que sean fuertes.

Kidan se mordió el labio y apretó los puños. La inmovilidad de Susenyos delataba la rabia que sentía. Sin embargo, a diferencia de ella, se le daba muy bien ocultar sus emociones.

Pero hasta él debía de haber alcanzado su límite, porque suspiró con amargura.

—Si les dais a las Casas Fronterizas la oportunidad de ocupar una posición central, la violencia teñirá Uxlay de rojo mientras compiten por el poder. Las Casas Fundadoras deben seguir encabezando la institución, como ha sido siempre. El decanato debe pertenecer a Faris o a Adane.

Todos los miembros del Consejo parecían estar deliberando sobre el cambio con voz queda.

El pánico estalló en el pecho de Kidan como una bandada de mil pájaros. Sin la Casa Adane, no tenía nada. No era nada. June y Susenyos no la querrían para nada. Y GK... GK moriría tan pronto como Samson tuviera noticias de lo sucedido.

—No pueden hacer eso —repitió Kidan en un tono casi suplicante al mismo tiempo que se echaba hacia delante—. Mis antepasados fundaron Uxlay. Tenemos derecho a reclamar la posición central como Fundadores.

Los demás la miraron sin la menor traza de emoción.

Makary se recostó contra el respaldo y se pasó los dedos por las grasientas canas.

—Hablas de tradición, pero tus padres la rompieron el día que nombraron heredero a un dranaico.

Delarus hizo una mueca de asentimiento. Llevaba una rosa bordada en su traje a medida.

Kidan pestañeó aturdida. Un tambor le retumbaba en los oídos. Los demás miraban a Susenyos. Una desconfianza colectiva se iba acumulando como nubes. No importaban las diferencias que tuvieran entre ellos: la desconfianza que les inspiraban los vampiros los unía. Eran muy capaces de dejar que la Casa Adane pasara a un segundo plano si con eso evitaban que la controlara uno de ellos.

Los ojos de Susenyos eran cuchillos afilados que apuntaban a la decana; su mandíbula oscura, una línea tensa. Si estuvieran en cualquier otra parte, muy probablemente la habría matado.

—Eso no será un problema —dijo Kidan intentando controlar el temblor de su voz—. Porque Susenyos ha accedido a cederme la Casa Adane.

Él se puso rígido a su espalda y su penetrante mirada proyectó una ola abrasadora que le perforó el cráneo. El corazón de Kidan se aceleró, pero mantuvo la cabeza alta.

Y, como era mentira, la mezcla que tenía delante se volvió completamente negra.

«Mierda».

9

KIDAN

—¿Por qué nos mientes? —se rio Delarus—. Esto es lo que pasa cuando invitas a niños a sentarse a la mesa.

Los presentes intercambiaron miradas, algunas de extrañeza, otras de recelo. Todos observaban el charco de líquido negro que Kidan tenía delante.

Aunque le ardía toda la cara, Kidan se apresuró a rectificar.

—Quiero decir que me cederá la casa.

Por sorprendente que fuera, a pesar de la ola de energía siniestra que proyectaba, Susenyos guardó silencio.

—¿Y por qué iba Susenyos a renunciar a un regalo como ese? —preguntó la matriarca de la Casa Rojit, una mujer con un solo ojo.

—Porque lleva catorce años tratando de dominar la casa y no lo ha conseguido —respondió Kidan.

Le reventó notar que se le encogía el estómago. Pero no tenía alternativa.

Debía enseñarles los dientes a esas personas.

Tres de ellos, Ajtaf, Makary y Delarus, rieron por lo bajo. Kidan se aseguró de memorizar sus caras. Algún día lo pagarían.

—El Salvaje Susenyos —medio gruñó Makary con deleite— es incapaz de domesticar una casa.

—Quizá debería habérmela vinculado como hiciste tú con tus once esposas —replicó Susenyos en tono brusco—. Pero no te ha dado muy buen resultado.

El hombre se puso tan furioso que casi se le salen los ojos de las órbitas.

—¿Cómo te atreves? Esa acusación está totalmente fuera de lugar. Mi dranaico te hará pedazos durante el Día de Cossia…

—¿Y por qué esperar hasta entonces? —contraatacó Susenyos al tiempo que avanzaba dispuesto a pelear.

El vampiro Makary sacó las garras también, largas y negras. A Kidan se le erizó el vello de la nuca. No podían luchar ahí. Iba contra la ley…

El profesor Andreyas desapareció del extremo de la mesa como humo inhalado por una cámara de vacío. Los papeles de la decana salieron volando, un revuelo de plumas blancas. En un abrir y cerrar de ojos estaba plantado entre los dos vampiros a punto de abalanzarse el uno contra el otro. Kidan tenía el corazón en la garganta. El hombre debía de ser más rápido que cualquier vampiro que hubiera visto.

—Susenyos. —El profesor habló con un tono de voz quedo y cauto—. Retírate.

Susenyos tuvo que hacer un gran esfuerzo para volver junto a la silla de Kidan. Makary resopló y le fulminó con la mirada.

Reinó el silencio durante unos instantes. Las duras miradas erizaron la piel de Kidan; saber que esas personas tenían tanto poder sobre ella le hacía hervir la sangre. La necesidad de gritar se agolpó en su garganta. Estaba enfadada con la decana por empujarla a una contienda con su hermana y ahora esto: nuevos buitres que reclamaban el legado de su familia.

Adjoa Piran, para sorpresa de todos, tomó la palabra.

—Es una moción, ¿no? Habrá que votar.

Kidan entrecerró los ojos con desconfianza. El modo en que los ojos oscuros de Adjoa escudriñaban los suyos la ponía nerviosa. La mujer buscaba algo en su expresión.

—La tradición es la piedra angular de Uxlay —dijo Adjoa cuando por fin apartó la mirada—. Si Susenyos está dispuesto a ceder la casa —se interrumpió con el tenso asentimiento de Kidan y el ceño silencioso de Susenyos—, le debemos lealtad a la Casa Adane y deberíamos tener un tiempo para reflexionar antes de tomar una decisión tan importante.

—Mira cómo defiendes ahora a los Adane. —Los gruesos brazos de Mikhail Temo se tensaron. Sus ojos exhibían la misma mirada compasiva hacia Kidan, pero se endurecieron cuando volvieron a posarse en Piran—. Sus fantasmas te dan las gracias.

La expresión de Adjoa se agrió y sus penetrantes ojos miraron a Mikhail con una expresión letal.

—Ya estamos otra vez. —El resplandeciente hombre de la Casa Luroz bostezó. Las piedras preciosas brillaron en su cuello y en sus dedos—. Decana Faris, ¿podemos acabar con esto?

—Mot Zebeyas, ¿cómo proponéis que abordemos esta cuestión? —preguntó la decana Faris rompiendo la tensión. Inclinó la cabeza antes los silenciosos Mot Zebeyas, que lo observaban todo sin hacer el menor movimiento. Habían permanecido tan quietos que Kidan había olvidado que estaban presentes.

El devoto que Kidan había reconocido crujió como una hoja de papel antiguo cuando se puso en pie. Habló sin apresurarse y el ritmo lento disipó el ambiente de urgencia que se había apoderado de la sala.

—Cada casa acudirá al tribunal de los Mot Zebeyas con sus dranaicos para deliberar y ofrecer su voto. Recibiremos a una casa el cuarto día de cada semana, el jueves, el día que el Último Sabio y Demasus crearon los Tres Vínculos, el Día de la Reconciliación y la Paz—. Sus ojos pensativos se posaron en todos los presentes, uno a uno—. Empezaremos por la Casa Ajtaf, la casa con más dranaicos, y terminaremos con la Casa Adane, la que tiene el menor número de dranaicos. Que la sabiduría del Último Sabio os acompañe a todos.

Cuando terminó, los presentes se quedaron sentados en silencio. ¿Sabiduría? ¿Acaso se podía hablar de tal cosa cuando todos los que estaban sentados a esa mesa se estaban peleando por conseguir más poder? Kidan se puso de pie despacio, todavía vibrando de rabia. Yusef inclinó la cabeza como para darle ánimos mientras se dirigía a la puerta sosteniendo el brazo de su tía. Slen se detuvo un instante junto a la puerta para mirar directamente a Susenyos.

Sus ojos parecían decir: «Cuidado».

A Kidan le escocía el cuero cabelludo, pero no miró atrás. La ira de Susenyos, a punto de desatarse, le pisaba los talones cuando salieron de la casa principal.

«Al final le has quitado la casa —le susurró a Kidan una vocecilla interna—. Pues claro que te odia».

Pero ella aplastó la sensación de pánico. Susenyos no heredaría la casa. La necesitaba, y eso significaba que no se marcharía.

Como si le hubiera leído el pensamiento, una mano se posó en la cintura de Kidan. Ella se puso tensa de inmediato y su mente se quedó en blanco.

—Sígueme.

Susenyos habló en tono quedo, junto a su oído, con una voz grave y peligrosa.

Dejó la mano en su espalda un ratito más mientras el corazón de Kidan latía a toda potencia. Susenyos dobló los dedos y ella habría jurado que había notado las puntas de sus garras antes de que los retirara.

¿Qué le dijo en cierta ocasión?

«Usar las garras suele suponer que hemos dejado que nuestra naturaleza se adueñe de nuestra mente por completo y que hemos pasado a ser más monstruos que humanos».

Armándose de valor, Kidan le siguió.

10

SUSENYOS

SUSENYOS SAGAD HABÍA SENTIDO UNA VEZ QUE TODOS LOS HUESOS del cuerpo se le rompían e iban al espacio, donde la dulce agonía se reunía con la nada, y a pesar de todo prefería esa agonía a ser humano.

Por eso había memorizado el límite exacto entre la Casa Adane y los terrenos de Uxlay, la frontera que lo despojaba de su inmortalidad, y se aseguraba de no cruzarla nunca a menos que fuera absolutamente necesario.

—Detente —dijo mirando al suelo.

Susenyos se había quedado parado tres pasos por detrás de Kidan, entre la maleza del jardín de la Casa Adane, controlando la respiración. Oía el crujido de la vieja puerta con el viento; los ruidos suaves que hacía Etete mientras amasaba su pan favorito: *ambasha.*

Pero lo más importante era que sus oídos no captaban la presencia de su antiguo amigo; Samson no estaba allí.

Acababan de llegar y todo estaba tranquilo. Bien.

No quería público para lo que estaba a punto de hacer.

Kidan se detuvo y se volvió a mirarlo. El sol de la tarde que caía a su espalda bañaba su piel marrón y desdibujaba los contornos de sus resueltos ojos. Susenyos se preguntó por qué estaba condenado a considerar hermoso aquello que más daño le hacía.

Pero no era el momento de ponerse a admirar la belleza de su compañera.

En un abrir y cerrar de ojos, Susenyos empujó a Kidan contra el anciano sauce llorón, cuyas ramas largas hasta el suelo los protegían del mundo exterior. Cerró la mano en torno a su cuello, alrededor de la corbata, y un círculo rojo le incendió la visión. La respiración de Kidan se entrecortó ante el súbito contacto.

—No ha pasado ni una semana y ya te estás volviendo contra mí. Quizá debería matarte aquí mismo.

Susenyos conocía el aroma de su miedo; lo saboreó el día que le arrancó a Titus Levigne la columna vertebral. Agrio, con un regusto a ceniza. Lo aguardó con placer y aprensión a partes iguales, medio esperando que Kidan saliera corriendo.

Aunque la chica se mostraba cautelosa, había demasiado coraje en su mirada. Cuanto más rato seguía quieto, mayor era la seguridad que brillaba en los ojos de ella; una seguridad que era casi... confianza. Confianza en que no le haría daño, y debajo de esa confianza..., un deseo frustrante. Y, que Dios le ayudase, a él ese deseo le gustaba.

Él había sido el objeto de su odio durante mucho tiempo. Eso le dio sustento durante una buena temporada, ardiendo como hielo del océano. Pero lo que ahora anhelaba era algo peligroso, algo que ella no ofrecía a nadie porque le iba el alma en ello.

—Me vas a ser leal. —Susenyos procuró no inspirar su embriagador aroma mientras hablaba; roble nocturno y rosa abisinia—. Dilo.

Los ojos de Kidan se iluminaron al oír las palabras.

—Pero eres tú el que me necesita.

Él gruñó al percibir su ansia de poder.

—No te voy a ceder la casa.

—La casa es legítimamente mía.

—¿Lo es? —replicó él—. Tu familia me escogió a mí. Tú me has tendido una emboscada. Deberías haberlo hablado antes conmigo.

—Lo intenté. Dijiste que no.

Susenyos soltó una carcajada tensa.

—¿Y entonces tomaste la decisión por mí?

Kidan guardó silencio un momento antes de pestañear.

—No tenía alternativa. Iban a votar para que la Casa Adane se convirtiera en una Casa Fronteriza.

A Susenyos le temblaron las narinas. La decana Faris era una zorra calculadora. Pero no era eso lo que le frustraba, sino las palabras de Kidan, la jaula que entrañaban.

«Eres tú el que me necesita».

—Yo no necesito a nadie —dijo Susenyos. El hambre latía en sus colmillos. Cuanto más tiempo pasaba en presencia de Kidan, más le costaba privarse de ella—. Pero te voy a decir lo que quiero. Quiero confiar en ti. Poder pasar una semana entera sin considerarte mi enemiga. Quiero poder destrozar a las personas que nos amenazan sin que tus actos impulsivos nos hundan en la miseria. Quiero que obedezcas y cambies la ley de la casa. Que me devuelvas lo que me robaron. Sé un buen pajarillo. ¿Me harás ese favor?

Tal como él se esperaba, llamas sagradas cobraron rugiente vida en la mirada de Kidan.

—¿Has terminado? —le espetó ella—. ¿Me dejas ahora que te diga lo que quiero yo?

Susenyos estuvo a punto de sonreír. Observó su peligrosa boca mientras ella le despellejaba. Empezó diciéndole que se fuera al infierno. Luego le pidió que le devolviera la pistola. Y por último que la ayudara a matar a Samson.

¿De verdad solamente habían pasado unos días separados? Susenyos rara vez notaba la presión del tiempo. Era un inconveniente del que se había librado y, sin embargo, había sido consciente de cada segundo transcurrido durante la última semana. Como si volviera a ser humano y estuviera atado al reloj implacable. Era una idea de lo más desconcertante.

—¿Me estás escuchando? —le preguntó ella frunciendo el ceño—. ¿Por qué sonríes?

Él le rozó con los dedos allí donde ansiaba acariciarle: los labios. Ella profirió un suspiro entrecortado y su retahíla se paró al instante mientras su pecho se hinchaba y se deshinchaba a toda prisa. Susenyos le presionó los labios con el pulgar y notó su calor derramándose en su piel. Levantó los ojos y captó el súbito cambio de emoción, la alarma y el deseo que luchaban en el rostro de Kidan. Un suave rubor se extendió por la luminosa piel marrón de la chica. Sus vasos sanguíneos latían bajo la fina capa de piel de los labios.

«Así —pensó él—. Así es como deberíamos sentirnos al tocarnos, con todos los sentidos electrificados».

Antes, cuando ella le había rozado la mejilla en el pasillo, se había sentido incómodo. Anestesiado, pero a la vez horriblemente invadido. Como si fuera un nervio expuesto, hueso roto y músculo desollado.

No podía dejar que le acariciara como humano. Él no lo merecía.

Pero podía tocarla ahora. Podía hacer cualquier cosa.

Adivinando sus intenciones, ella tragó saliva con dificultad.

Los ojos de Kidan le recorrieron el rostro hablándole en un lenguaje secreto. Allí habitaban la penetrante intensidad de su odio y el agua densa de su pena. Su deliciosa rabia. Pero esta manera de mirarlo ahora, franca y rebosante de necesidad, le hacía olvidar que ella albergaba más traición en el dedo meñique que el arma de su mayor enemigo.

—¿Qué haces? —jadeó ella.

«¿Qué estaba haciendo?».

Tenía pensado no tocarla en absoluto; ni dentro ni fuera de la casa. Pero con qué rapidez se saltaba sus propias reglas cuando ella estaba involucrada.

«Es peligrosa».

Susenyos trató de concentrarse en esas palabras y no en la respiración desigual que bailaba en la base de su pulgar.

—Me has herido ante el consejo. ¿Qué debería hacer contigo?

Los caninos le agrandaron las encías hasta que no tuvo más remedio que abrir la boca. A menudo era una herida reciente la que le despertaba los colmillos. Pero no había cortes ahora, nada que explicara por qué estaba perdiendo el control a pasos agigantados, por qué su boca flotaba peligrosamente cerca del cuello de Kidan.

«Ya basta». Tenía que serenarse.

Pero sus colmillos se acercaron aún más mientras su pulgar seguía jugueteando con el labio inferior de ella. Solo podía pensar en sangre caliente, profusa. Le estiró de la corbata, un diseño rojo y negro de Uxlay decorado con el emblema de los dos leones dorados, se la desató y se la guardó en el bolsillo sonriendo. Qué minúsculo trozo de tela para proteger su deliciosa garganta. Le sujetó las gruesas trenzas por detrás de los hombros y le abrió el cuello de la camisa.

Apareció una muesca entre las cejas de ella, el remolino del deseo atenuado por el desconcierto.

Kidan observó los colmillos, habló con tono distante.

—Quieres mi sangre.

Hasta la voz de Susenyos estaba sedienta.

—Siempre.

Solo era sed de sangre. Seguro.

—Pues bebe.

Susenyos notó algo raro en el tono de voz, pero esa maldita palabra siempre le impedía pensar con claridad. Y ahora mismo sus colmillos pensaban por él. Agachó la cabeza y la suave piel se le antojó el cielo contra el duro puente de su nariz.

Notaba las venas, las tres, dos de ellas reunidas en una, y, cuanto más rato se quedaba quieto, más sangre circulaba. Las sensaciones bailaban en los labios de Susenyos mientras se desplazaba arriba y abajo por el cuello. No era un mordisco, sino un beso. La respiraba.

Ella le aferró los brazos con tanta fuerza que le pellizcó la piel.

—Hazlo de una vez.

Con qué rapidez le había alcanzado. Ahora estaba igual de hambrienta que él.

Susenyos sonrió.

—¿No estarás disfrutando con esto, eh, pajarillo?

Siguió presionándole la vena con los labios. Puede que ella hubiera ganado el juego de la casa, pero no la dejaría controlar cada parte de él.

Volvió a concentrarse en la sensación de sus largas trenzas envueltas en su puño. Como las lianas de los árboles de Farah, rutilantes entre trocitos de sol. Las hojas se mecían con el viento en derredor, un círculo de cortinas deshilachadas que los aislaba del mundo.

—¿Qué es, exactamente, lo que quieres que haga? —susurró contra el oído de ella—. ¿Besarte?

Se sintió arrastrado al recuerdo de ella inclinándole la cabeza sobre su hombro, dulce y ansiosa durante el Día de Cossia. Él estaba indefenso, totalmente a merced de la escena que tenía delante, un cuerpo digno de ser idolatrado. Y entonces ella había pronunciado aquellas malditas palabras. Le había pedido que bebiera con angelical inocencia.

Trató de apaciguar el ansia de sus colmillos trazando besos perezosos por su cuello, arañándole con los dientes el lóbulo de la oreja, suavemente.

No bebería… No hasta que ella necesitara que lo hiciera.

—Ya hemos hecho esto antes. Dime lo que quieres. Dime dónde quieres mi boca.

El gemido ahogado que escapó de los labios de Kidan le provocó una oleada de placer. Ella no lo reconocería. Incluso el Día de Cossia tuvo que arrancarle aquellas cinco maravillosas palabras. Así que le sorprendió que ella se moviera y, dejando que sus mejillas entraran en delicioso contacto, le plantara besos fervientes, fieros —más dientes que labios, centímetro a tormentoso centímetro— a lo largo de la mandíbula hasta llegar a la boca. Kidan le pegó el cuerpo para que se encendieran juntos, el uno junto al otro. Él se concedió permiso para perderse en el calor del momento y le deslizó la mano por la cintura, las caderas y los muslos. Ella siempre le había gustado como ahora, arrojada y sin miedo. Cogiendo de él lo que quería.

La emoción de la urgencia lo paralizó un instante.

Kidan se quedó petrificada también. La realidad los atrapó, rápida y cruel.

La voz de Kidan sonó enfadada.

—Te he dicho que lo hicieras.

Susenyos estuvo a punto de reírse.

—¿Ahora yo tengo la culpa de que quieras besarme?

Ella retrocedió despacio, sonrojada, la mirada velada.

—No volverá a suceder.

—Si quieres un beso, solo tienes que pedirlo. Aunque te voy a decir que no.

Ella abrió la boca ligeramente y la sonrisa petulante de Susenyos se ensanchó. Zafándose del abrazo, Kidan se abrochó deprisa y corriendo el cuello de la camisa.

—¿Porque sería lo último que hiciera?

—Sí —respondió él, disfrutando del ritmo irregular de su corazón.

Pese al enfado de Kidan, la curiosidad era más fuerte que ella.

—¿Por qué?

—Porque, cuando un vampiro besa a un ser humano, muchas veces tiene que enterrarlo.

Kidan se quedó helada. Levantó la cabeza de golpe.

—¿Va en serio?

—Por desgracia, sí. El mordisco de un vampiro libera recuerdos y a veces esos recuerdos son tan eufóricos que no podemos dejar de beber. El placer puede convertirse en tragedia en un abrir y cerrar de ojos, así que intenta no besarme, pajarillo.

Kidan entrecerró una pizca los ojos oscuros, pero también había auténtica decepción en ellos. Susenyos estuvo a punto de volver a sonreír.

En vez de eso, retrocedió un prudente paso mientras un frío sentido común se apoderaba de él. No podía permitir que Kidan tuviera la casa y además de eso fuera la dueña de su hambre y deseo.

Haciendo caso omiso del dolor de colmillos, puso más distancia entre ambos. Tenía que asistir al cortejo de sangre y recuperar el control.

—Entonces ¿me vas a ceder la casa?

Kidan levantó el mentón desafiante. Le estaba poniendo a prueba, eso estaba claro. El problema era que a Susenyos no le volvía loco tener que demostrar nada a nadie.

El odio que a ella le inspiraban los vampiros, unido a sus prejuicios, la había inducido a considerarle un ser cruel e indigno de confianza. Puede que Susenyos fuera cruel, pero la confianza se forjaba. La habían forjado a través de la sangre y pese a todo, por alguna razón, ella insistía en poner a prueba el frágil puente que los unía.

Los ojos oscuros de Kidan no revelaban nada, pero el corazón le latía con fuerza. Pesado, sordo. Un ritmo aterrado que él reconoció de los Baños de Arowa cuando le pidió que se quedara con ella.

Susenyos torció la cabeza mientras escuchaba el fiero latido.

La decana Faris había ganado la ronda de largo. No había negado de manera rotunda el derecho de Susenyos al testamento, y eso significaba que no podía provocar una revuelta entre los vampiros de Uxlay. Sencillamente estaba anunciando una moción que empujaba a la Casa Adane a la frontera.

Taimada como cualquier gobernante que se precie. Su padre le habría aplaudido.

—Muy bien —se oyó decir, sin molestarse en ocultar su irritación—. Te cederé la casa. Pero es la última vez que me haces pasar por el tubo.

Las pupilas de ella se dilataron, revelando los trazos en abanico de su iris. Renunciar por fin a la casa lo atravesó como plata lamida con sangre.

Catorce años.

Y había fracasado.

¿Sería capaz Kidan de dominar la casa antes de que el Consejo de las Casas votara? ¿Podía confiarle aspectos tan valiosos como su vampirismo o las reliquias que llevaba buscando más de un siglo?

«No tienes alternativa», le susurró una voz. Y él odiaba no tener alternativa.

La vibración del teléfono se abrió paso hasta sus pensamientos. Un mensaje de Arin. Letal como una espina negra. La vampira que había ayudado a transformarlo.

El profesor Andreyas mantenía a los tres renegados muy ocupados, pero Arin debía de estar dispuesta a hablar finalmente. Por fin podía empezar a ejecutar sus planes.

Kidan lo miró con curiosidad mientras él se guardaba el teléfono en el bolsillo.

—Yo encontraré las espadas —le dijo—. Tú consigue la máscara.

—¿Entonces te marchas?

Algo más acechaba en la voz de Kidan, pero no supo descifrar qué era.

—Sí, volveré pronto.

—¿Y luego? ¿Cuando tengamos las reliquias?

Él la recordó durmiendo en el pasillo, tratando de leer las páginas de los mitos de Abyssi que él mismo había destruido. Susenyos miró la siniestra bestia que era la Casa Adane y de nuevo a la chica humana que podía someterla.

—Uno de los dos se rendirá ante el otro —dijo.

Aunque Susenyos no haría tal cosa ni muerto.

11

SUSENYOS

SUSENYOS NO IBA A ENFRENTARSE A ARIN TAWENDYO DESARMADO. Se quedó parado delante de los edificios de arenisca roja de Sost Sur, listo para echar mano de sus armas. Era una hermosa obra de arquitectura, pulida y brillante hasta el último centímetro, a diferencia de la Casa Adane, que siempre parecía cubierta por una capa de polvo. Por lo general, a Susenyos le gustaba la opulencia y el peligro de Sost. Le encantaban los sonidos de placer que se filtraban a los pasillos, el olor a cobre dulzón que salía de la sala del cortejo de sangre. Sin embargo, ahora se sentía incómodo.

Intentó quitarse de la cabeza los dulces ojos marrones que le recordaban al desierto en el ocaso mientras recorría los salones dorados de Sost Sur. Pero todavía notaba el contacto de Kidan en la piel, la llamada de su sangre. Y no era solo hambre lo que le reconcomía.

Susenyos estaba teniendo visiones de podredumbre negra en el interior de la Casa Adane.

Era por ese nombre.

Las tres cicatrices que le recorrían la parte inferior de la espalda proyectaron una oleada de dolor por su columna vertebral.

Lusidio.

Hacía décadas que no lo oía. Y luego había salido de los labios de ella con una mirada inquisitiva, tan curiosa e inocente, estrellando dos mundos que había tenido la esperanza de que nunca llegaran a encontrarse. Kidan pertenecía a Uxlay, donde estaría sana y salva. Esperaba que la mayor amenaza a la que tuviera que enfrentarse fueran los humanos con intenciones asesinas.

Que le dejara a Lusidio a él, esa pesadilla infernal creada para los que carecían de alma. Susenyos estaría preparado esta vez. No retrocedería ni dudaría. Recuperaría a su gente y se armaría con las reliquias para la guerra que se avecinaba. Y solo su mejor soldado podía ayudarle a hacer ambas cosas.

Arin.

Su piel cobró vida y se caldeó solo de pensar que se iba a reunir con su pueblo. Lo tenía todo a su alcance. Era la misma sensación que tuvo la víspera de la coronación, el mundo listo para que lo conquistase, rebosante de promesas.

Los nefrasis eran despiadados e inteligentes, pero por encima de todo eran su pueblo, o el de Samson.

La idea sería ridícula si no estuviera tan furioso.

Susenyos dividía a los nefrasis en tres grupos: guerreros, estrategas y amantes. Los guerreros luchaban, los amantes mantenían los vientres calientes y los estrategas discurrían qué caminos tomar, cuáles evitar, cómo hacer que fluyera el dinero. Era su pensamiento colectivo el que les había permitido descubrir las espadas en el mar del Atlántico, cerca de una pequeña isla llamada Cuckoo.

Cuando tuvo que escoger a quién convertir en vampiro, encerrado en la sala del trono de su padre al aire fresco de las montañas de Gojam, Arin le instó a redactar una lista.

—Solo trescientos. Ni uno más —le dijo, rotunda como una espada.

Susenyos los quería a todos. Al jardinero que saludaba a diario en su juventud de camino a las clases de lectura, a sus amigos y a sus familias, a su maestro de leones, a su amigo Samson. ¿Por qué no salvarlos a todos de la muerte?

Quiso morir cuando tuvo que redactar esa lista. Y fue todavía peor cuando Lusidio destruyó a su gente.

Llegó a sus aposentos y se quedó paralizado.

La puerta estaba abierta.

Aunque ese espacio era común, se consideraba de mala educación irrumpir sin permiso en un espacio que alguien había reclamado como propio. Susenyos entró despacio. En parte tenía esperanzas de que fuera la cucaracha del dranaico de la Casa Makary, al que se había enfrentado en la reunión, que hubiera venido a terminar lo que habían comenzado.

Ni siquiera la ley de Uxlay le castigaría si el otro era el primero en atacar.

Y como aquel día había sido verdaderamente infernal, los ángeles le sonrieron por fin. No era el dranaico de Makary. Sentado en el sofá gris, con la barbilla apoyada sobre la mano cubierta de metal, estaba Samson el Usurpador.

—Así que el profesor Andreyas ya ha terminado de enseñarte cuándo morder y cuándo ladrar —dijo Susenyos al mismo tiempo que aguzaba los oídos para saber si Arin o Warde estaban por allí.

No había nadie más.

—Así que este... —Samson le lanzó la palabra con asco—. Este es el lugar en el que has decidido esconderte. Sometido a leyes y restricciones absurdas que nos colocan a la altura de los perros.

—Uxlay es restrictivo pero útil. Aunque dudo que sea por eso por lo que me miras con odio.

Un gruñido hizo que le palpitara la cicatriz.

—Nos abandonaste.

Ahí estaba. Sesenta años después de que dejara a Samson y a su gente en las celdas de tortura del campamento de Lusidio. El ajuste de cuentas que pensó que nunca llegaría.

—No tuve elección —dijo Susenyos con palabras ya bien ensayadas, con tranquilidad, sin alterarse.

Samson salió volando de su silla y se abalanzó sobre él echando el puño hacia atrás con toda la fuerza de su vampirismo. Susenyos no se apartó. Recibió el impacto en toda la cara. Su cráneo vibró cuando el golpe lo estampó contra un escritorio y luego de espaldas contra la pared. El dolor fue espantoso, pero lo saboreó, dejó que le calentara toda la cara y ardiera. Pronto se mitigaría. Esa era la magia de su inmortalidad. Podía encajar mil golpes y sobrevivir. Necesitaba que Samson viera que no se hundiría fácilmente.

Necesitaba recordárselo a sí mismo.

La sangre goteó por la camisa de Susenyos desde un corte en la piel. Frunció el ceño. Otra camisa de Delarus confeccionada a medida a la basura. No le importaba sangrar, pero sí que le estropeara tantas prendas elegantes.

Susenyos se deslizó la lengua por la boca y tocó el clavo de plata que llevaba alojado en el paladar. El impulso de lanzarlo al tórax de Samson fue casi insoportable. Pero el muy cabrón tenía que vivir hasta que tuviera la doble espada a buen recaudo.

Samson desapareció de su vista.

Algo se movió en la visión periférica de Susenyos, un destello metálico.

Se proyectó hacia delante, agarró la mano enfundada en metal que le apuntaba a la cara y estrelló a Samson contra la pared deleitándose en el sonido de su gemido.

Necesitaba demostrar una teoría.

Le arrancó a Samson el guante de la mano izquierda y lanzó un grito de satisfacción. Samson tenía los dedos ennegrecidos. Sus venas, antes verdosas, mostraban ahora el color del carbón y un grosor antinatural, pulsante, una infección que avanzaba por su interior como un gusano. Lo único distinto de la última vez que lo viera eran dos tiras de extrañas hojas que envolvían el brazo de Samson.

Eso era podredumbre negra. Las visiones que le atormentaban en la Casa Adane. La enfermedad que mató a su prometida.

—No deberías ser capaz de permanecer en pie y mucho menos de luchar conmigo —dijo Susenyos frunciendo el ceño—. Medio día. Ese era tu límite. Pero me han dicho que llevas pululando por aquí toda la semana.

La podredumbre negra consumía todo lo que tocaba: plantas, animales, seres humanos. En el caso de los vampiros, se adhería como una sanguijuela y se alimentaba sin cesar de energía eterna.

No tenía cura.

Y Samson no debería tener fuerzas para luchar a esa hora del día.

Samson levantó los pies. Pateando con fuerza, rompió las costillas de Susenyos y lo envió volando al sofá. Le costaba respirar. Sabía que esa lucha llegaría antes o después. Y mejor allí que en la Casa Adane.

—¿Cómo te las arreglas para soportar el dolor? —le preguntó Susenyos. Su pecho subía y bajaba a toda velocidad.

Una luz triunfante asomó a los ojos de su enemigo.

—Crees que esto es igual que la última vez que luchamos. Las cosas han cambiado, *wendem*.

La última vez que se enfrentaron, bajo la lluvia torrencial del castillo de Gojam, el rayo golpeó dos veces. El propio Dios estaba mirando, escogiendo al vencedor, decidido a desterrarlos a ambos al inframundo al que pertenecían.

Los dos habían fracasado en su misión esa noche. Su sangre había enrojecido los charcos y habían destrozado el castillo de la difunta emperatriz, la madre de Susenyos. Sus golpes sonaron más fuertes que el trueno. Y, sin embargo, no se habían matado. La batalla fue casi vergonzosa.

La plata activada por la sangre de Susenyos nunca acertaba en una arteria vital y sus garras se hundían en cualquier centímetro de carne salvo en aquella que estaba cerca del corazón de Samson. Su adversario había fallado de manera parecida. A juzgar por la mandíbula tensa de Samson, él también recordaba la hierba empapada de barro y sus resuellos.

—Si las cosas han cambiado —dijo Susenyos despacio—, ¿por qué no me apuntas al corazón? ¿O no eres capaz de matarme?

Susenyos extendió las garras, listo para el ataque. El cebo no funcionaría, pero deseó que lo hiciera. Si Samson intentaba arrancarle el corazón, Susenyos encontraría las fuerzas para destruir por fin a su amigo de infancia.

Cuando Kidan le había apuntado con la pistola al corazón, Susenyos se había desplazado hacia delante para detenerla o ayudarla mucho antes de oír el nombre de Lusidio.

—Esa noche comprendí algo —respondió Samson. Una extraña calma se había apoderado de su miserable voz—. Tu muerte no me proporcionaría alegría. Quiero que sufras. Eso es lo que mereces, y me aseguraré de que suceda.

Susenyos soltó un gruñido.

—Tu existencia ya implica suficiente sufrimiento.

Samson soltó una carcajada siniestra, como la risa de un cuervo.

—No, sufrir es perder a la gente que mejor te conoce. Es ser etiquetado de cobarde por tu propia gente. Que te consideren un príncipe egoísta y consentido.

—Emperador —gruñó Susenyos.

—Dejaste de ser su emperador el día que los entregaste a Lusidio. Pero yo los saqué de aquel infierno. Los guie de vuelta a la luz.

La rabia le tensó las venas. Samson era un espejo que reflejaba sus peores recuerdos y siempre le atormentaría, siempre le debilitaría si no lo mataba ahora mismo.

Cuando Susenyos recibió el aviso de que un grupo de investigadores de Uxlay estaba a punto de descubrir la segunda reliquia —una máscara—, decidió huir de las torturas de Lusidio con Iniko y Taj para encontrar la máscara él mismo. Fue egoísta dejar a su gente atrás.

Pero no tuvo más remedio.

Las reliquias siempre tenían prioridad.

Al menos, eso se dijo. Despacio, un año se fundió con el siguiente y con el siguiente mientras él permanecía allí, representando el papel de ciudadano de una universidad, que buscaba el asentamiento del Último Sabio en Axum con Yodit Adane, la anterior decana de Uxlay.

Fue… tranquilo. Y luego vergonzoso.

Eso fue antes de que oyera hablar del Gran Incendio San Er y de que el sol cayera del cielo.

—Hace veinte años —Susenyos habló despacio mientras notaba cómo sus costillas se recosían y sanaban—, oí que todos habíais muerto en el Gran Incendio San Er. Fui a buscaros.

Susenyos había experimentado toda clase de sufrimientos durante su larga vida, pero ninguno podía igualarse a la pena que se apoderó de él aquel día, infinita e insoportable. Recordaba dónde estaba cuando oyó la noticia, leyendo *Ebid Fiker* en el jardín de Hanna, y una abeja se había posado en una extraña rosa negra. Iniko se quedó rígida, con el rostro desencajado por la rabia y la tristeza cuando se lo contó. Una guerra horrible había estallado entre los lusidios y los nefrasis, y los nefrasis habían perdido.

Quemados en fuego sagrado.

Taj e Iniko le acompañaron a buscar la antigua corte nefrasi, pero no encontraron ni rastro de ellos. No hallaron supervivientes, aunque Susenyos sospechaba que alguno debía de haber sobrevivido. Iniko guardó cinco años de silencio por su pueblo caído. Taj se anestesió con cantidades ingentes de sangre y hierba. Y Susenyos... Susenyos se encerró en la sala de los tesoros de la Casa Adane, donde se dedicó a pulir todas y cada una de las pertenencias de su pueblo. Para tenerlas cerca, como un bibliotecario fantasma.

El semestre anterior, después de que Titus Levigne mencionara la palabra «nefrasi», una peligrosa esperanza se había apoderado de él.

La esperanza de poder reparar sus errores después de tanto tiempo.

—Usaste el fuego para fingir que habíais muerto y escapar de Lusidio —continuó Susenyos, incapaz de impedir que la admiración se filtrara a su voz—. Fuiste muy hábil.

—No necesito tu aprobación —le escupió Samson—. ¿Acaso crees que deberíamos darte un premio por venir a examinar nuestros huesos carbonizados? ¿Qué me dices de los cuarenta años previos a eso? ¿Mientras nos desollaban, nos arrancaban los colmillos y nos torturaban? ¿Qué hiciste, *wendem*? —Estiró los largos brazos para señalar las paredes tapizadas—. Languidecer escondido en un paraíso como hacen todos los príncipes mimados.

Susenyos era demasiado listo como para ofenderse por que le llamaran «príncipe mimado». Sin embargo, el insulto y la intención subyacente —enfatizando la palabra como un castigo, igual que hacía su padre— lograron que le hirviera la sangre.

A la mierda las leyes de Uxlay. Estaba a punto de asesinar a Samson allí mismo.

Fue Taj el que rescató a Susenyos de la carnicería que se disponía a cometer. Su amigo llamó a la puerta abierta y asomó la cabeza.

—Perdón por la interrupción, pero los sicion vienen hacia aquí. ¿Podríais dejar vuestra encantadora reunión para otro momento?

Samson avanzó hacia Taj y agachó la cabeza para gruñir:

—Eres la mayor escoria sobre la faz de la Tierra, ¿lo sabías?

Taj sonrió.

—Tus palabras me hieren en lo más profundo, pero en parte me gustan.

—Te crees especial porque te llevó consigo —dijo Samson.

—Soy especial. Más especial que tú —musitó Taj.

Samson lanzó un gruñido y aferró la camisa de Taj para arrastrarlo hacia su cuerpo.

—Pronto te abandonará.

Fulminando a Susenyos con la mirada por última vez, Samson salió de la habitación no sin antes recoger su guante de metal para enfundárselo de camino al exterior. Taj silbó y agitó las rastas.

—Todavía está obsesionado contigo.

Susenyos se frotó la mandíbula y se acercó a su armario. Echó mano de un arma de plata y comprobó que su hoja ondulada estuviera afilada.

—Voy a reunirme con Arin. Luego voy a recuperar a mi gente.

Taj asintió despacio al captar el tono peligroso de Susenyos.

—Ya nos dirás lo que quieres que hagamos.

Susenyos deslizó el arma en la costura oculta del abrigo confeccionado por Delarus. La hoja se alojó junto a su ejemplar de *Ebid Fiker,* de Chimand Alizo. *Los amantes locos.* Resiguió con el dedo los bordes del pomelo cortado por la mitad de la portada para centrarse. Llevaba consigo ese libro y sus espadas de dragón a todas las batallas.

Si moría, aunque Susenyos no pensaba hacerlo, quería que lo enterraran con ese libro. Así volvería a verla, a la Sabia que le había salvado la vida. Aquella cuyo retrato había pintado y colgado en la sala de los tesoros. Sabría de una vez por todas si era real o no.

VOTACIÓN DE LAS CASAS DE UXLAY

CASA AJTAF
234 DRANAICOS

TRAS SUS DELIBERACIONES, LA CASA AJTAF HA DECIDIDO QUE LAS CASAS FRONTERIZAS DEBEN PODER OPTAR AL DECANATO. APOYAN LA MOCIÓN DE QUE LA CASA ADANE PIERDA DE INMEDIATO SU POSICIÓN CENTRAL.

Declarado en el tribunal de los Mot Zebeyas
el jueves 8.

Universidad de Uxlay

Segundo semestre

Estudiante: Kidan Adane

Casa: Casa Adane, Departamento de Arqueología e Historia

Lista de materias

Amárico intermedio, *Facultad de Lenguas y Lingüística*

Dominio de la Ley de la Casa, *Facultad de Filosofía*

Taller de Metalurgia y Carpintería, *Facultad de Arte*

Literatura obligatoria

Fidel: un silabario, de Adeba Debalke

Dominar la cultura antes que la ley, de Demasus y el Último Sabio

Dominar el poder antes que la ley, de Demasus y el Último Sabio

Deconstrucción de objetos, de Ron Hail

12

KIDAN

KIDAN ADANE NO SE DEJABA ENGAÑAR POR LA BELLEZA DE LA UNIversidad de Uxlay.

El campus centelleaba con las capas de lluvia que descendían por las viejas piedras y las convertían en cristal reflectante. Era lógico que la Torre de Filosofía estuviera siempre empapada de lluvia, que la lavaba de la sangre de los estudiantes. La estatua negra del chapitel desaparecía tras las nubes abultadas, pero los hombros encorvados de las figuras eran inconfundibles. Kidan también se sentía así, abrumada por el peso de todos los actos que había cometido, condenada a recordar las dos vidas con las que había contribuido a alimentar a esa institución voraz. Se ciñó la bufanda más arriba para tratar de protegerse las orejas del frío cortante. La bufanda todavía olía a melocotones. Igual que Ramyn. Hundió la mano en el bolsillo para acariciar el diario de GK. Un sentimiento de culpa la recorrió entera, pero quería llevar consigo la bufanda y el diario para acordarse de Ramyn y GK, un modo de tenerlos cerca el primer día de clase, junto con Slen y Yusef, que caminaban a su lado. Se había prometido acordarse siempre del grupo original y, en el caso de GK, traerlo de vuelta a casa.

Durante un segundo Kidan imaginó que el fuego atrapado en las farolas en forma de león se propagaba, bajaba por los postes como lava, serpenteaba por los pasillos hasta la Gran Biblioteca y los edificios de los vampiros y limpiaba de desgracia ese lugar.

«Mátalo».

«Acaba con todo mal».

Una parte de Kidan se moría por responder a la antigua llamada, algo en lo más profundo de sus huesos exigía despertar, porque la habían creado para limpiar este mundo de algo.

Pero ¿de qué?

Kidan ya había interpretado mal el mensaje en una ocasión. Pensó que era ella el gran mal, la plaga que había que destruir, hasta que Uxlay abrió sus puertas doradas e idolatró a asesinos como ella. Sin embargo, si valía la pena salvarla, con todas sus partes corrompidas, ¿qué era lo que tenía que morir? Algo tenía que pasar, estaba pasando ya, porque Kidan aún no era libre. La cadena que le ataba el tobillo se había alargado, sí, pero había algo que la mantenía sujeta al suelo. La asfixiaba como una banda que le oprimiese los pulmones.

Tenía que acabar con algo.

Y estaba haciendo lo posible por encontrarlo.

Yusef se caló el cálido gorro de lana hasta las orejas mientras estudiaba con un recelo evidente a los alumnos que pasaban por su lado.

—Para de hacer eso —murmuró Slen, que respiraba en el interior del enorme cuello de su jersey.

—¿Cómo quieres que pare? —susurró él. Un aroma de almendras procedente del chocolate caliente de su taza le envolvía—. Cualquiera de ellos podría ser miembro del 13°. Estamos jodidos.

Kidan no quería darle la razón para no aumentar su ansiedad. Entre Samson y su hermana, casi había olvidado que Uxlay albergaba otra amenaza.

En vez de eso, Kidan preguntó:

—¿Cómo está tu padre?

Yusef se quedó de piedra y se rascó la mejilla.

—Hum, no le he visitado. He ido varias veces a Drastfort, pero no me decido a entrar. —Resopló—. ¿Qué le voy a decir? «Hola, papá, ya sé que llevo toda la vida pensando que eres un asesino despiadado y pasando de tus cartas, pero ahora que he matado a una persona, casi que te entiendo. Sé que es cosa de esta maldita universidad…».

Se interrumpió al darse cuenta de que Slen y Kidan habían dejado de andar hacía un par de pasos.

—Puede que esté nervioso.

Kidan sonrió con dulzura.

—Te acompañaremos.

Omar Umil era el único adulto decente que conocía.

Él suspiró aliviado exhalando una nube de vapor.

—Gracias.

Kidan también observaba a los alumnos que pasaban, pero no por el asunto del 13°. Esa mañana June no estaba en casa. En el dormitorio de invitados que su hermana había ocupado había faldas largas y jerséis gruesos esparcidos por todas partes como si se los hubiera probado.

Slen la miró de reojo y sus inteligentes ojos ataron cabos a toda prisa.

—Estará con su guía. Las clases de Dranacti no empiezan hasta la semana que viene.

Kidan intentó fijar la ardiente mirada en la Torre de Filosofía.

—No debería acercarse a este sitio. ¿Qué se cree? ¿Que se va a graduar en Dranacti y dominar la casa antes que yo?

—Te sorprendería lo que es capaz de hacer la gente cuando está muy motivada —dijo Slen—. Céntrate.

Ahí estaba otra vez. Ese extraño desasosiego que parecía rondarlas a las dos en todo lo concerniente a los estudios.

Dranacti había destruido su sentido de la moral y, cualquiera que fuera el precio que exigiese el curso de Dominio de la Ley de la Casa, Kidan estaba dispuesta a pagarlo. Solo le preocupaba que Slen pudiera compartir su determinación.

—Estoy centrada. Dominaré la casa y traeré a GK de vuelta.

A la mención del nombre, el tiempo se ralentizó. Una herida expuesta.

La cara de Yusef perdió su luz.

—¿Por dónde empezamos a buscar?

—No podemos hablar de eso aquí —dijo Slen, mirando de reojo a los alumnos y a los vampiros que pasaban por su lado—. Antes concentraos en ser los amos de las casas. Solo entonces podremos llevar a cabo nuestras búsquedas privadas a través de nuestros dranaicos.

Kidan entendía la estrategia de Slen, pero eso no significaba que le gustara. No podían usar a los sicion, así que todo dependía de ellos. En teoría, una vez que Kidan reclutara más compañeros para la Casa Adane, podría ordenarles que buscaran a GK por todo el país.

—¿Y qué pasa con Susenyos? —preguntó Yusef—. ¿No puede ayudar?

Kidan miró al suelo, enfadada.

—Me impidió matar a ya sabéis quién.

Slen arrugó el entrecejo.

—¿Por qué?

«Por una puta reliquia».

—No lo sé.

A una parte de Kidan le preocupaba que a Susenyos no le importase GK. Que no estuviera en su lista de prioridades.

Slen titubeó con una pregunta en los ojos.

—Por cierto, no es verdad, ¿no?

—¿El qué?

—Lo que le dijiste a Samson el semestre pasado. Que podía tener acceso a tu casa y a la reliquia. —Sus facciones permanecieron inmóviles; estaba totalmente concentrada—. La Casa Adane no tiene la reliquia. Eso solo fue un rumor que hizo que mataran a tus padres, ¿verdad?

Yusef también se detuvo a escucharlas.

Aunque se le aceleró el corazón, Kidan hizo esfuerzos por tranquilizarse. Si el rumor sobre la reliquia volvía a correr por Uxlay, era muy posible que Kidan y June no sobreviviesen.

«Deja de preocuparte por June».

Kidan no tuvo claro por qué mentía cuando respondió:

—No es verdad.

Nadie dijo nada durante un rato. Pero los penetrantes ojos de Slen permanecieron clavados en los suyos, tan agudos como para captar cualquier inconsistencia. Cualquier mentira. A Kidan se le secó la lengua, pero no desvió la mirada. En el silencio, la expresión de Slen siguió siendo indescifrable, sin revelar lo que estaba pensando. Kidan albergaba esperanzas de poder arrancarle a Slen esa máscara de hierro algún día y mirar directamente al interior de su alma.

Atisbaba destellos de vez en cuando en las reuniones nocturnas en la Torre de Filosofía, cuando Kidan practicaba sus lecciones de amárico. Slen sonreía un poco cuando Kidan destrozaba las palabras y la animaba a volver a probar. El idioma todavía le recordaba a un precipicio escarpado, terroso, afilado, sin ondas ocultas que lo suavizaran. Pero a Kidan empezaba a gustarle la estructura de la gramática. Igual que un puzle, cuando tenías las piezas suficientes, podías armar una nueva palabra con relativa facilidad.

La nueva palabra favorita de Kidan era *dem.* Susenyos la pronunciaba a menudo cuando pensaba que ella no estaba escuchando.

«Sangre».

Le gustaba practicar con Slen, recuperar los pasatiempos que sus padres le habían arruinado. Y por un momento, en su habitación de una siniestra torre, Slen parecía menos… agobiada por todo, algo que en su caso significaba que estaba a gusto.

Y, mintiéndoles ahora, Kidan esperaba evitar que corriera más *dem* cerca de Slen y Yusef.

Pero, en el fondo de su corazón, un pensamiento desagradable había florecido en las cenizas de la traición de June. Ella era el motivo por el que no les había dicho a sus amigos la verdad, y la odiaba aún más por ello. Si su propia hermana era capaz de traicionarla a cambio de seguridad, de poder, ¿quién no lo haría?

13

KIDAN

KIDAN MIRÓ SU REFLEJO EN LA VENTANA SALPICADA DE LLUVIA DE SU clase de filosofía.

La bufanda le cubría la barbilla, pero veía el arco de sus labios secos, un destello de vida en sus ojos oscuros. Como una película que captara un lento renacimiento. Sintió el impulso de inclinarse hacia el cristal sepia y preguntar: «¿Quién eres ahora?».

Porque esa chica no existía unos meses atrás. Puede que los vampiros fueran un compendio de cien caras, de cien emociones cambiantes, pero las chicas también. No porque fueran inmortales, sino porque se transformaban al más mínimo cambio. Mariposas, las llamaba Mama Anoet.

Kidan se palpó la muñeca, insoportablemente desnuda. Llena de nada salvo de su larga e interminable vida.

«Quiero vivir —le dijo en aquella torre a Susenyos—. Es mi vida y puedo hacer lo que quiera con ella».

Siempre había sospechado que, cuando una chica moría, se llevaba más de una vida con ella, pero ahora estaba segura. Su cuerpo no le parecía lo suficientemente elástico como para albergar todo lo que podía ser.

«Pero vivir es muy peligroso —pensó—. No sé en qué me convertiré».

Sacudió la cabeza y se concentró en su pantalla. Sus nuevos identificadores de graduados les daban mayor acceso a la historia de Uxlay. Estaban esperando al profesor Andreyas. Kidan introdujo su nombre de usuario y una página negra se abrió por sí misma, con los leones dorados de Uxlay a ambos lados de la barra de búsquedas.

EL PORTAL DEL GRADUADO

Pon la mente por delante de la sangre, pero, si brota la sangre, úsala como tinta.

Bienvenida, Kidan Adane.

Inspiró hondo y se sorprendió a sí misma buscando un nombre:

Lusidio.

Solo apareció un resultado.

Lusidio, líder de los lusidios, también conocido como Mano de Hierro y Dientes del Diablo. Los autóctonos del norte de Etiopía, de donde procede, le llaman Chiraq.

Cuando intentó seguir buscando le saltó una alerta.

ACCESO RESTRINGIDO

—Qué raro —dijo Kidan. La frase atrajo la atención de sus amigos.

Slen también frunció el ceño.

—El Portal de Graduados debería darnos acceso a todo. ¿Por qué ocultar información sobre un vampiro renegado?

—Puede que sea demasiado peligroso para estar en él —dijo Kidan con la vista clavada en el nombre.

Yusef sacó su libreta de bocetos y tres carboncillos distintos y los alineó en la mesa como si se tratara de instrumentos quirúrgicos.

—¿Y si mejor no buscamos a renegados peligrosos? La última vez que lo hicimos, acabamos con ellos como compañeros.

Ya no llevaba la mano vendada, pero la cicatriz seguía ahí. Parecía una minúscula explosión en mitad de la palma que se alargaba hacia los dedos. A Kidan se le encogió el corazón cuando empezó el doloroso ritual. Yusef echó mano de un lápiz, pero le costaba cerrar los dedos. Arrugando la frente por la concentración, pegó la punta del carboncillo al papel. Intentó dibujar. Sus trazos, de normal perfectos, oscilaban como si estuvieran sufriendo un terremoto.

El fuego había dañado los huesos de Yusef de manera permanente. A Kidan le hirvió la sangre al recordar la cruel sonrisa de Arin cuando vertió perfume sobre su mano y le prendió fuego junto a la de GK. Fue una broma pesada de Samson, una tradición nefrasi. El precio que tuvieron que pagar por resucitar a GK. Kidan ahuyentó de su mente el resto de los recuerdos. Habían acordado no hablar de GK más que en la cripta en la que murió. Sería su secreto hasta que encontraran la manera de traerlo de vuelta a casa.

Al momento se oyó un violento desgarro cuando Yusef arrancó el papel y lo tiró a un lado. La alegría se esfumó de sus ojos brillantes. A Kidan siempre le sorprendía la rapidez del cambio. Yusef era una persona distinta antes y después de coger un lápiz.

—Mi prima empieza hoy orientación. Quería que dibujara para ella, pero no creo que la vea estando así. —Observó su mano rígida—. Ni siquiera sé qué decir. Ya sabéis, cuando la gente me pregunta por qué ya no puedo dibujar. Prefiero las vendas.

Un silencio penetrante los devoró.

Slen escudriñaba la tristeza de Yusef con mirada sombría. Luego se quitó el guante sin dedos y cogió la mano de Yusef. Él se quedó muy quieto, con los ojos marrones abiertos de par en par. Kidan también pestañeó sorprendida. Era muy raro que Slen tocara a nadie.

La expresión de Slen no reveló nada. Como si fuera lo más normal del mundo. Con sumo cuidado, deslizó el guante por los dedos rígidos de Yusef.

—No tienes que decir nada —le aseguró—. Les digas lo que les digas, te creerán. Tú decides.

Una sorpresa amable tiñó las facciones de Yusef.

—¿Como qué? —El tono de Yusef ya se estaba animando—. ¿Que me quemé tostando pipas de calabaza?

Ella enarcó las cejas.

—Claro.

—No, espera. Rescaté a un niño de un edificio en llamas. Soy un auténtico héroe.

Slen se apartó y mostró las cicatrices de su propia mano desnuda.

—Los héroes mueren de manera trágica. Piensa algo más interesante.

Esta vez la sonrisa de Yusef fue tan amplia que Kidan no pudo evitar sonreírle a Slen también.

—Ya vale —dijo Slen al tiempo que se subía el cuello de la chaqueta.

Kidan rio por lo bajo negando con la cabeza. No era la primera vez que se sentía agradecida de contar con ese par.

Yusef acarició el guante y sus labios se curvaron.

—Gracias.

Slen le miró de reojo. Asintió.

Algo circuló entre los dos, demasiado leve como para descifrarlo.

Los zapatos del profesor reverberaron en el pasillo antes de que se abriera la puerta.

—Bienvenidos a Dominio de la Ley de la Casa.

Las palabras del profesor Andreyas flotaron en esa aula horriblemente vacía. El semestre anterior la clase estaba repleta de alumnos inquietos y nerviosos. Ahora solo estaban ellos tres.

Kidan se sintió como un insecto bajo su mirada escrutadora. Sus vetustos ojos y su rostro de ébano siempre le daban el aspecto de un cuadro que hubiera cobrado vida.

—Deberíais estar orgullosos de haber llegado tan lejos. Nunca había tenido tantos alumnos en esta clase. —Les clavó los ojos por turnos—. Di clases a vuestros padres en esta misma sala. Omar Umil, el artista. Koril Qaros, el músico. Mahlet Aman, la historiadora.

Los nombres de sus padres generaron un ambiente pesado en el aula. Kidan agachó la cabeza. Oír el nombre de su madre le provocó una sensación rara en la piel, como si llevara prendas demasiado ajustadas o un abrigo que se le hubiera quedado pequeño.

El rostro de Slen se endureció ante la mención del maltratador de su padre, mientras que Yusef, por su parte, adoptaba una expresión culpable.

Si acaso el profesor se fijó en sus reacciones, se guardó de demostrarlo.

—Actis, el semestre pasado tuvisteis vía libre en Uxlay para completar vuestros estudios de Dranacti, pero a partir de este año os perseguirán a vosotros. Es el precio que tenéis que pagar por haber puesto fin a una vida, a saber, correr el peligro de que os arrebaten la vuestra. Claro que podéis defenderos como mejor os parezca. Es poco probable que algún alumno apruebe Dranacti este año. Aún no he conocido a la promoción, pero dudo mucho que sean tan prometedores como vosotros.

Prometedores. Qué gracioso era el profesor.

—A ver, ¿quién sabría decirme cuál es el objetivo de una casa?

Se acomodó en una esquina de su amplia mesa.

—Ser dominada —respondió Slen al momento.

—No, que te domines a ti misma —la corrigió el profesor. Ella frunció el ceño—. Las casas se crearon para enseñar autocontrol a los humanos. Algunos amos meditan a solas en cuevas durante años y comprenden la importancia de conquistar la mente y el cuerpo antes de poner un pie en sus casas. Por consiguiente, no hay diferencia entre una casa y su dueño. Son uno y el mismo. La casa refleja la mente, comparte el cuerpo y manifiesta la voluntad. Domínate a ti mismo y dominarás la casa.

«La casa refleja la mente, comparte el cuerpo y manifiesta la voluntad».

Kidan escribió las palabras, absorbiendo la lección con ganas. No era la primera vez que lo oía. Que una casa y su dueño no eran entidades separadas, sino una sola. Le intrigaba cómo funcionaba el asunto.

Por encima de todo, entender esta clase era crucial para sus planes.

—Las casas obedecen una única ley, solo una. Para decretar una ley en una casa, hay tres criterios importantes que tenéis que aprender. Los abordaremos durante el curso. Pero antes debemos comentar dos temas. Dominar la cultura y dominar el poder.

Kidan notó un cosquilleo en los dedos. Se inclinó hacia delante.

—Os asignamos lecturas durante el descanso. ¿Qué aprendisteis en *Dominar la cultura antes que la ley*?

Como siempre, Slen fue la primera en responder.

—La traducción aarac que he encontrado sobre el tema principal es «la cultura define la ley». No es posible decretar una ley sin conocer los parámetros de la cultura.

—¿Todos estáis de acuerdo con la afirmación?

Asintieron.

—Entonces compartid vuestras fuentes.

A diferencia de la última vez, Kidan estaba preparada.

—Una pequeña aldea del macizo etíope se rige por leyes distintas a las que gobiernan la ciudad. En las zonas rurales, una persona podría matar a un anciano para evitarle el sufrimiento de la enfermedad, mientras que el mismo acto sería considerado un delito en la mayoría de las zonas urbanas.

El profesor asintió.

—Una casa no es distinta de una aldea o un país. Adopta la cultura del amo y establece una ley. Si pretendierais cambiar las leyes, igual que si se lo pidierais a un país, ¿creéis que os dejaría?

Kidan frunció el ceño. La respuesta obvia era que no. El profesor Andreyas guardó silencio para que fueran asimilando la complejidad de la asignatura. Igual que Dranacti, nada sería sencillo ni fácil de entender.

—Antes tendrías que entender la cultura del amo —dijo Yusef al mismo tiempo que examinaba su nuevo guante—. Proponer una ley que encajara con sus tradiciones.

Slen echó un vistazo a sus apuntes, escritos a mano con su letra rápida y desordenada.

—Tiene razón.

Yusef esbozó una pequeña sonrisa.

—Mis palabras favoritas.

Kidan no sonreía. Por muy muerta que estuviera, la ama actual de la Casa Adane era su madre.

Para promulgar una ley, Kidan tendría que entender la cultura de Mahlet Adane. Tragó saliva con dificultad.

El profesor habló en aarac, un sonido que a Kidan le recordaba un río rápido y sinuoso.

Slen lo tradujo al momento y lo añadió a sus notas.

«Para dominar una casa uno debe mirar con los cuatro ojos de la cultura o cerrarlos de manera permanente».

Según sus lecturas, los cuatro «ojos» o Cuatro Aspectos de la Cultura eran la lengua, la fe, la postura política y los valores. En el texto, cada una se correspondía con una pregunta.

¿En qué idioma sueña la dueña de la casa?

¿Cree la dueña que la creación fue obra del Último Sabio o de Demasus Colmillos de León?

¿Cree la dueña de la casa que el poder debe residir en la comunidad, en la tradición o en los individuos?

¿Cree la dueña de la casa en el coraje, en la venganza, en la lealtad, en la responsabilidad o en la familia?

—Debéis dar vuestra propia respuesta a esas preguntas y compararlas con las de los dueños anteriores. Luego tenéis que decidir si vais a heredar su cultura o vais a cortar lazos.

Kidan agudizó los oídos.

—¿Cortar lazos?

—Escuchad con atención. Para heredar una cultura, tenéis que soñar en la misma lengua, creer en la misma fe, compartir las opiniones políticas y los valores del amo anterior. Los Cuatro Aspectos deben coincidir. Para cortar lazos, los cuatro aspectos deben ser distintos.

Kidan se quedó atónita.

—Pero ¿cómo es eso posible? Puedo profesar la misma fe que… mi madre. —Intentó tragarse el nudo que tenía en la garganta. Pensar en su familia perdida ya le estaba pasando factura—. Y tener otras opiniones políticas. La realidad es más complicada.

Slen expresó que estaba de acuerdo con un golpeteo del boli.

—La cultura no se puede dividir en blanco y negro. Siempre habrá semejanzas y diferencias entre un padre y su hijo.

El profesor escuchaba con la cabeza inclinada hacia la ventana. Su rostro anguloso era impecable, sin edad, como las palabras escritas.

—Por eso heredar una casa entraña tanta complicación. Es casi imposible estar en perfecta sintonía con un amo anterior, a menos que pases mucho tiempo con él o con ella. De ahí que la posesión de una casa acostumbre a ser más sencilla para un hijo o una hija, que comparte línea de sangre con el dueño anterior. No es posible engañar a una casa para que crea que compartes su cultura. Está conectada con tu mente y con tus intenciones. No es algo que se consiga en un semestre, ni siquiera en un año, a menos que seas excepcional. El tiempo que requiere dominar una casa suele ser de siete años. Mahlet Adane tardó cuatro. Omar Umil, seis. Koril Qaros, tres.

Kidan se sintió como si llevara una piedra en el estómago. «Siete años…».

Aplastó el pánico que le anudaba la garganta y negó con la cabeza.

—La decana me dijo que dominó su casa cuando tenía veinte años.

Una espiral de luz asomó a los ojos graníticos del profesor.

—Como ya he dicho, solo los alumnos excepcionales lo consiguen. La decana Faris es un caso raro. Posee una mente sin igual. La cuestión es: ¿estaréis vosotros tres a la altura de vuestro mítico legado y seréis alumnos excepcionales también?

Se burlaba, pero también parecía interesado. Como un gigante que observara el juego de unas hormigas.

El peso de lo que se cernía sobre ellos oscureció el aula. La mandíbula de Slen exhibía un gesto una pizca crispado, los ojos fijos como una flecha. Si alguien estaba destinado a ser excepcional era ella.

Yusef se frotó la mano con aire pensativo. El pie de Kidan rebotaba contra el suelo. Cualquier otro desafío no la habría arredrado. Pero ¿hurgar en la vida de los muertos? Ya notaba los golpes por toda la carne.

¿Por qué no le encargaban que volviera a asesinar? A Kidan le habría encantado hacer una visita a Ajtaf o a Makary.

—Debéis meditar a fondo qué decisión vais a tomar —continuó el profesor con seriedad—. Diseccionad vuestra propia identidad y analizad de qué podéis prescindir. Romper con una cultura no es muy distinto de amputarse una extremidad. Sin embargo, heredar una cultura se ha comparado con tener una soga alrededor del cuello. Depende de vosotros.

Fuera como fuese, estaban jodidos.

Excepto Yusef. Él sonreía.

—¿Qué pasa? —preguntó cuando notó que le miraban con los ojos entornados—. La herencia es el camino más fácil.

Kidan y Slen intercambiaron una mirada rápida. Qué agradable debía de ser albergar tal certidumbre, perderse en el seno de la propia familia, entre sus lenguas y sus creencias. A diferencia de ellas, Yusef tenía a su tía abuela, la actual ama de la Casa Umil, para que le guiase. Kidan ni siquiera tenía a su hermana.

—¿No hay una tercera opción? —insistió Kidan—. ¿De verdad los cuatro aspectos tienen que coincidir o ser completamente distintos a los del amo anterior?

—Te voy a dar un ejemplo que todo el mundo conoce —dijo el profesor con una sombra de sonrisa en el rostro—. Susenyos Sagad.

Ella bajó el mentón con un gesto de sorpresa.

—Heredó la Casa Adane hace catorce años. Las leyes de Uxlay dictan que uno no puede tomar posesión de la casa a menos que viva a solas en ella durante veintiocho días consecutivos. Sin embargo, esa solo es la ley Uxlay. En el instante en que Mahlet Adane lo nombró su heredero, la casa le dejó que intentara dominarla. Así pues, ¿por qué ha fracasado una y otra vez?

Kidan recordó a Susenyos en el observatorio, de rodillas, bañado por la luz de la luna, tratando de conquistar su dolor noche tras noche. Desesperado por cambiar la ley de la casa. Algo amargo se le encharcó en las entrañas mientras analizaba las cuatro preguntas, que entraban y salían como un latido.

Seguramente sus valores no coincidían con los de Mahlet.

—Susenyos fue incapaz de separarse del todo de la cultura de la Casa Adane, pero también de heredarla por completo, así que se quedó atascado.

La palabra «atascado» descendió como un mazazo. Pero Kidan no conocía a su madre lo suficiente como para saber lo que compartían y lo que no.

¿Heredar o cortar por lo sano? No tenía ni idea.

Y no quería saberlo. Se las había ingeniado para no descubrir nada sobre su madre con el fin de minimizar la sensación de pérdida, pero aquí estaba Kidan de nuevo, dejándose crucificar por Uxlay.

Cerró los puños con tanta fuerza que se clavó las uñas en las palmas de las manos.

—Muy bien, empezad a investigar la cultura de vuestras casas.

El profesor se interrumpió de repente y sacó el teléfono del bolsillo.

Leyó algo en la pantalla y levantó la cabeza. Sus ojos oscuros saltaron al portátil de Kidan como si supiera que había buscado información sobre vampiros renegados.

—A la decana le gustaría hablar con vosotros tres.

—¿Por qué? —quiso saber Yusef.

El profesor Andreyas evaluó a Kidan con la mirada tanto rato que ella enderezó la espalda.

—La curiosidad que os inspira Lusidio está a punto de ser satisfecha.

14

SUSENYOS

Susenyos estaba en el frondoso bosque que rodeaba la Universidad de Uxlay.

La nota de Arin le había llevado allí. A una serie de casas de piedra en el corazón del bosque que en sus tiempos habían servido como puesto de avanzada. En uno de los refugios derruidos habían pintado el símbolo de un monstruo plateado, el nefari. Susenyos había puesto el nombre del monstruo a su gente, los nefrasis. El símbolo pretendía infundir terror a cualquiera, un susurro de que se acercaba un ajuste de cuentas, y se habían servido bien de él en sus aventuras para marcar sus territorios. Si estaba pintado de rojo, significaba sangre.

Ahora el símbolo estaba cubierto de sangre fresca.

Susenyos sonrió a pesar de saber que era él quien estaba marcado. Entró en uno de los refugios, en guardia, probando los tablones desiguales en los que apoyaba los pies.

Reinaba el silencio.

La habilidad de Arin era fundirse con cualquier entorno. Ni siquiera el agudo sentido del oído de Susenyos podía notar su presencia.

—¿Y bien? —gritó.

Fue un error.

Los tablones estallaron a sus pies. Un puño los reventó y estuvo a punto de arrancarle la barbilla. Los ojos de Susenyos destellaron cuando la mirada felina de Arin le clavó los suyos en pleno vuelo. Solo duró medio segundo, pero bastó para que se entendieran a la perfección.

Arin se retorció, lo aferró por los hombros y le clavó las garras tan hondo que le arrancó un gruñido antes de empujarlo con la fuerza de un dios al mismo agujero del que ella había salido.

Era más profundo de lo que pensaba. Susenyos arañó las paredes buscando un asidero, pero descubrió que eran resbaladizas. Estuvo cayendo un rato antes de patinar sobre la tierra.

Era una especie de pozo excavado justo debajo del pequeño refugio.

Cuando levantó la vista, vio la silueta de Arin, sus ojos de un rojo ardiente. Su pecho se hinchaba y se deshinchaba a toda velocidad.

—¿Podemos ser civilizados? —gritó él, enjugándose el agua de los ojos.

Ella le respondió con una sonrisa que contenía la misma calidez que un carámbano.

El conjunto de cuero de Arin se fundía con su piel de obsidiana y costaba distinguir ambas cosas salvo por los múltiples nudos de sus botas de tacón y las joyas de imitación de plata que le perforaban la nariz y la clavícula. Había tenido que renunciar a la plata auténtica cuando se unió a Uxlay. Un gesto que sin duda le hacía hervir la sangre.

Susenyos tocó con la lengua el clavo de plata que le perforaba el paladar. No dudaba de que Arin también llevaba plata escondida.

—¿Cómo está nuestro ejército? —preguntó él con cierto grado de desenfado.

—Teníamos un ejército. El que tú abandonaste.

Arin habló en amárico con un acento claro y cortante como piedras negras hendidas.

—Ayúdame a capitanearlo de nuevo —pidió Susenyos mientras pensaba cómo volver a salir—. Tú y yo siempre hemos sido los mejores. Samson es impulsivo. Le motivan cosas mezquinas. No puede liderarlos. Ayúdame a quitarle la reliquia. Tú sabes dónde guarda las espadas.

Ella no respondió, pero algo le dijo a Susenyos que sabía dónde estaba. Arin no permanecería en la ignorancia.

En vez de eso, ella sonrió mostrando los colmillos. A Susenyos, el gesto todavía se le antojaba aterrador, tan siniestro como el primer día que lo vio siendo un niño humano.

Cuando se conocieron en el exterior del castillo de su padre, ella le dijo: «Tienes los músculos de un ratón».

Arrogante como era, Susenyos la desafió a luchar, y en un abrir y cerrar de ojos el cielo era lo único que veía. Sabía cómo eran los ángeles, le había salvado uno tiempo atrás. Pero cuando Arin se cernió sobre él en aquel entonces, con la boca de un león entre los exquisitos labios y unos ojos de carbón en los que ardía una sola brasa, supo que estaba mirando el verdadero e innegable infierno. Permaneció allí tendido y derrotado varios minutos, doblando los dedos de pura vergüenza, antes de salir corriendo tras ella para pedirle que le ayudara a ser más fuerte.

Que lo hiciera digno de proteger a su pueblo del ejército de dranaicos que iba a invadir su país.

Y ella lo hizo.

—Samson no se rindió —le dijo ella con retintín—. Luchó hasta el final. Los nefrasis escogerán al más fuerte. Yo escogeré al más fuerte. Bueno, ¿por qué huiste como un gato con la cola cortada?

Susenyos intentó retroceder un paso para alejarse de las palabras que se le clavaban en la carne como cuchillos, pero ella se desplazó a la par.

—¿Por qué huiste como un débil humano?

Los colmillos de Susenyos se alargaron ante el tono, punitivo como el de su padre.

—Sobre todo, ¿por qué te llevaste a Iniko y a Taj contigo? ¿Para qué los querías?

La expresión del Susenyos se endureció.

—Me ofrecían un buen escudo durante la huida.

Los labios pintados de Arin se alargaron, aunque sus ojos seguían siendo de acero.

—La celda de Samson estaba al lado de la tuya. Y también la de tu primo. Escogiste a esos dos y averiguaré por qué. Justo antes de matarlos.

La respiración de Susenyos se alteró una pizca, una inspiración involuntaria que se camufló con la corriente de aire, pero los ojos de Arin se iluminaron. Maldito fuera su oído.

—¿Empiezo con Taj? —le preguntó ella con un tono de voz voluptuoso—. Ya sabes que no puede mantener la boca cerrada. Iniko podría ser más complicada, pero conseguiré aflojarle la lengua.

Cuando los vampiros de Lusidio les tendieron la emboscada, hicieron falta un centenar de ellos con sus espadas de plata activadas con sangre para conseguir arañar siquiera la mandíbula de Arin. En otras circunstancias, Susenyos se habría detenido a observar sus movimientos letales, cómo sus garras de uñas negras perforaban arterias con precisión clínica y los implacables golpes que asestaba con las palmas de las manos. Su corte podría haber pasado semanas enteras bajo aquella espantosa lluvia, liquidando a un vampiro tras otro, pero los lusidios, como perros rabiosos, parecían multiplicarse.

Le resultaba horriblemente doloroso pronunciar la frase siguiente, pero no le quedaba otra opción:

—Probaré mi sinceridad. Demostraré mi lealtad a los nefrasis.

«Y luego te obligaré a revelarme la ubicación de la reliquia».

La figura de Arin caminó en torno al hueco, como una luna que orbita alrededor de la tierra.

—Juraste que un emperador estaba por encima de esas cosas. Que no le demostrarías nada a nadie salvo a los ángeles.

Susenyos miró la pared mientras trataba de bloquear los recuerdos de la crueldad de su padre. Le habían puesto a prueba casi toda su vida, le habían obligado a justificarse una y otra vez. Al parecer, nunca estaba a la altura.

Entregarse a un juicio como ese le quemaba el alma.

Pero eran las palabras de Kidan las que no se podía quitar de la cabeza. Perduraban como un aroma persistente y se le hundían en el alma contra su voluntad.

«Todo tiene que ver con esta casa —le había dicho mirándole con esos malditos ojos, grandes y absorbentes—. Los echas de menos, Yos, y eso te está matando».

No podía permitirse volver a perder a su gente.

—Muy bien, demuestra que eres sincero, pues —dijo Arin con un brillo en los ojos felinos—. Pero, primero, tu castigo.

Antes de que un estremecimiento recorriera la columna de Susenyos por la dulce violencia que emanaban las palabras, Arin descargó el puño contra el suelo.

El estrépito fue atronador.

El hoyo se derrumbó y Susenyos notó la sacudida en los mismos huesos. Intentó saltar, pero la altura era excesiva y grandes piedras se precipitaban sobre él. Maldiciendo, aterrizó de espaldas y se protegió la cara mientras una montaña de pedruscos le sepultaba. Tenía las extremidades atrapadas por el peso del mundo entero y cada uno de sus huesos rotos cantaba una melodía de agonía.

El rugido de la montaña al desplomarse saturó sus oídos… Luego, silencio.

Jadeaba cuando la oscuridad le devoró.

Tenía las extremidades agarrotadas, inmóviles, y una oleada de miedo se apoderó de él.

No era la primera vez que Arin enterraba vivo a Susenyos. Era experta en corregir los defectos de sus vampiros y habría sido vergonzoso que el líder de los nefrasis, emperador de la provincia de Gojam, se arredrara en los lugares estrechos y oscuros.

La humedad de la piedra mojada le trajo recuerdos que había reprimido. La podredumbre reptándole por la piel, viajando por sus venas con un calor abrasador. Y el grito de ella, su prometida, Talaa.

Susenyos intentó ahuyentar la imagen. Pensó en el sol, en su luz divina bañándole en suaves olas. Pensó en la Casa Adane, en el retrato de la Sabia que le salvó. Y en una chica de ojos como el desierto nocturno, que quiso destruirle. Y luego besarle.

Kidan.

Su compañera.

Una sonrisa asomó a sus labios. Se quedó en ese lugar, acariciando los recuerdos, encontrándose con ella junto al fuego del jardín, con un pajarito en las manos, acompañada de la muerte, que la rondaba como una sombra omnipresente.

El tiempo dejó de existir y él se hizo hueco en el suelo para acomodar el cuerpo. La vio entonces, a la Sabia de sus sueños, la presintió en las regiones oscuras de su mente.

—Estás a salvo —le susurró ella. Su voz era una y muchas al mismo tiempo, sanadora—. No dejaré que mueras.

Susenyos la creyó. Dejó que le distrajera de la presión asfixiante de las piedras sobre su cuerpo, de una sed de sangre tan insoportable que habría querido arrancarse los colmillos.

—Llegarán pronto.

Cuando su cuerpo inició el doloroso proceso de devorarse a sí mismo, Susenyos oyó el crujido de las piedras que se movían. Gracias a Dios. Movió un dedo.

Pasado un momento, un haz de luz le golpeó directamente en un ojo, y cerró los dos. El repentino exceso de estímulos era insoportable; cada partícula de polvo, cada rayo de luz le perforaba las córneas.

—Pareces casi muerto. —Taj le sonrió desde arriba—. Pero vivo.

Susenyos apenas tenía fuerzas para echarle la bronca por haber tardado tanto. Se limitó a liberar una mano y la levantó.

Taj le lanzó una bolsa de sangre.

La atrapó y sus colmillos se alargaron solo de verla, aunque su estómago retrocedió. Sin hacer caso, Susenyos se acercó el líquido a la boca.

Y al momento lo escupió.

Se suponía que debía saber a puro alborozo. Conciencia divina en cada átomo de su cuerpo, dentro y fuera, que lo llevaría más allá del cielo. Se suponía que debía sanarlo.

Iniko apareció en la boca del pozo. Su presencia siempre resultaba un tanto incongruente, con sus prendas de cuello alto pertenecientes a la época victoriana. Era cosa de Arin, una apuesta perdida. Dos siglos más tarde, Iniko seguía siendo fiel a su palabra y se vestía con las mismas prendas que despreciara una vez.

—¿Qué pasa? —le preguntó Iniko.

—Sabe a rayos. Como barro. Te dije que me trajeras sangre fresca, Taj.

—¿De qué hablas? Es sangre de hoy. No me digas que ahora solo quieres sangre caliente. Desde la ceremonia de compromiso estás muy raro.

Susenyos frunció el ceño, se quitó los pedruscos de encima y agarró la cuerda que le había lanzado Iniko.

De vuelta en el piso, agitó las *twists* para sacudirse el polvo y los restos de escombros y le lanzó la bolsa a Taj.

—Se ha estropeado.

Taj la atrapó al vuelo y la probó. Sus ojos castaños se tiñeron de rojo.

—Es sangre fresca.

Iniko también bebió y enarcó una ceja.

—Está buena, Yos.

—¿No será que ahora solo te vale la sangre de Kidan?

La sonrisa burlona de Taj se apagó cuando vio que Susenyos se tensaba al oír el nombre de la chica.

Sus colmillos se abrieron paso sin que pudiera evitarlo a través de la carne. Recordar su aroma a madera de roble y a rosa le nubló la visión.

El rostro de Iniko se endureció.

—¿Te has alimentado de alguien más desde la ceremonia?

Susenyos lo había intentado, pero toda la sangre le sabía a podredumbre. Incluso la de Silia.

Taj se lo estaba pasando en grande con las desgracias de Susenyos.

—Qué tradicional por tu parte, Yos. Pensaba que la monogamia de sangre era un mito.

Susenyos frunció el entrecejo según iba captando lo que estaban insinuando sus amigos.

—No —jadeó.

Iniko le miró a los ojos después de estudiar la sangre que Susenyos rechazaba.

—Es la única explicación.

El corazón de Susenyos latía a toda potencia en su pecho, un ritmo constante que le viajaba a la sien. No se encontraba bien.

Iniko pronunció las malditas palabras.

—Jurado a un mortal.

De golpe, el mundo se derrumbó sobre él.

¿Cuándo había oído esas palabras por última vez? Hacía décadas. Cuando le admitieron en Uxlay, Andreyas las había pronunciado. El Último Sabio nunca quiso que los vampiros bebieran de múltiples actis. Quería parejas monógamas. Uxlay trató de promoverlo una vez, antes de que el intento fracasara estrepitosamente. Los vampiros arrastraban un hambre excesiva, un deseo incontenible; de ahí que se permitiera el cortejo de sangre.

Era un modo de probar la sangre de los actis de otras casas.

Taj se estaba riendo. Un sonido alto y puro.

Por lo general era su sonido favorito del mundo, pero no ahora.

—¿Cuándo..., cómo? —Susenyos apenas podía hablar.

La alegría de Taj cesó abruptamente.

—¿No sabes cómo ha sucedido? ¿Quieres decir que no lo has escogido tú?

—¿Ha sido sin pretenderlo? —preguntó Iniko.

—Entonces ¿me puede pasar a mí también? Ay, madre, no. Piensa, Yos —le pidió Taj al mismo tiempo que se ajustaba la banda dorada a la frente—. Seguro que has hecho algo.

Susenyos estaba pensando.

Él no lo había escogido. Nunca escogería algo así.

La figura de Taj se emborronó ante él. Le sacudía por los hombros con una expresión de puro pánico.

—¿Has bebido demasiada sangre suya? ¿Le muerdes en una parte concreta del cuerpo? Yo siempre muerdo en el cuello. ¿Debería cambiar? Quizá los hombros…

Susenyos se zafó de sus manos con un gruñido.

—No lo sé.

Iniko había sacado el teléfono y estaba buscando en la inmensa base de conocimientos de Uxlay.

—Tranquilizaos los dos. No será difícil de encontrar… Aquí: «Jurado a un mortal, un vínculo que se crea cuando un humano está dispuesto a dar algo más que su sangre. El mortal le entrega su vida y el vampiro está dispuesto a protegerla. Así pues, cuando el humano muere, el vampiro elige morir con él. Es el juramento de un inmortal a un mortal, cuya sangre será la única que pueda beber el vampiro».

Se hizo el silencio. Susenyos le arrebató el teléfono para leer las comprometedoras palabras por sí mismo.

¿Habría sucedido en los Baños de Arowa? ¿Cuando mordió a Kidan en el cuello por primera vez? Fue una experiencia sobrenatural, oscura y eufórica, porque él había atisbado su falta de deseo, lo cerca que estaba ella de renunciar a todo, a su preciosa vida.

Y él quiso apartarla de aquel filo tan peligroso por encima de cualquier otra cosa.

Pero eso… Eso no.

—¿Hay manera de deshacerlo? —preguntó Susenyos con urgencia, la voz tensa.

Iniko frunció el ceño.

—Aquí no dice nada.

Taj maldijo por lo bajo. No había la menor traza de humor esta vez.

Susenyos soltó un bufido de incredulidad. ¿Cómo pudo ser tan descuidado?

Por eso no podía soportar tenerla cerca. Por eso la idea de tocarla le aterraba y le excitaba al mismo tiempo. No podía dejar de pensar en el suave contorno de sus labios, en sus curvas contra las palmas de sus manos, en su encuentro el Día de Cossia, cuando le visitó en el más inoportuno de los momentos.

El hambre le clavaba los dientes en violentos calambres, pero no le hizo caso.

«Harás caso omiso. No puedes permitir que te gobierne más de lo que ya lo hace».

En un tono exento de cualquier alegría, ordenó:

—Ni una palabra de esto a nadie.

—Claro que no —respondieron los dos.

Susenyos se frotó la mandíbula.

—Taj, necesito que te acerques a la hermana. Ella debe de saber dónde está el escondrijo nefrasi. Samson debió de ocultar allí la espada...

Taj levantó las manos para interrumpirle.

—No, otra vez no.

—¿Qué?

—Me dices que me acerque a Kidan. Lo hago. Luego me dices que no le puedo dar mi ropa en la Gala Acti.

Susenyos entornó los ojos.

—Querías darle tu camisa.

—Era mi mejor jugada. Y habría funcionado.

Observó a su amigo durante un segundo, percibiendo los matices ocultos de decepción, y enarcó una ceja.

—¿El problema es que Kidan no te escogió como compañero?

Taj giró la cabeza y resopló.

—Eso me da igual. El problema es que no paras de cambiar de idea.

Sí, sin duda el problema era ese.

A Taj rara vez le importaba quién le escogía de compañero. Era el único vampiro de Uxlay que había servido en las doce casas sin protestar. Era raro que se comprometiese con una casa durante demasiado tiempo. Y aún más raro que solicitara compromiso con una casa específica.

—Escúchame. Me da igual lo que le pase a June Adane. Haz lo que tengas que hacer y gánate su confianza. No cambiaré de idea.

Taj se lo quedó mirando un rato por si veía alguna vacilación en Susenyos. Luego sonrió de oreja a oreja.

—Perfecto.

Susenyos lanzó un profundo suspiro y devolvió la atención a su problemático descubrimiento. Si estaba condenado a alimentarse solo de la sangre de Kidan, ¿qué cojones iba a hacer?

Que Arin le hubiera enterrado no era nada. Este era el verdadero castigo.

15

KIDAN

La decana recibió a Kidan y a sus amigos en la sala del té. Vestida con una americana verde chillón, la decana Faris les sirvió un largo chorro de infusión de citronela.

Cogieron una taza cada uno. Kidan y Slen no probaron la bebida. Yusef disfrutó de la suya al mismo tiempo que alargaba la mano para alcanzar una pequeña pasta rellena de frutos secos troceados. Los labios de la decana hicieron amago de curvarse detrás de su propia taza.

Empezó con una disculpa.

—Siempre prefiero ser la primera persona que ofrece información sobre Lusidio. Después de esta conversación os daremos acceso.

Lusidio... Debía de haberles saltado una alerta a los Sicion cuando Kidan buscó información sobre él. Intercambió una mirada con Slen. Las dos sentían curiosidad, pero el misterio y la súbita invitación las había puesto nerviosas.

—En primer lugar, ¿por qué creéis que sirvo el té en esta habitación? —preguntó la decana—. ¿Qué sabéis de la Casa Faris?

Kidan no sabía gran cosa. Los impasibles ojos de Slen, sin embargo, ya se habían puesto a trabajar. Saltaban del rostro de la decana a los distintos elementos de la sala para reunir información. Las cortinas temblaron y Kidan habría jurado que las oyó susurrar. Como si hubiera fantasmas allí dentro. Se estremeció.

La piel color bronce de la decana Faris parecía joven bajo el candelabro en forma de araña que colgaba del techo, pero en la mujer no había nada que sugiriese suavidad. Estaba alerta, vigilante. Incluso el emblema del cuervo que llevaba prendido a la costosa chaqueta parecía mirarlos con su pupila untuosa, las alas brillantes bajo las llamas.

—Mi padre me contó lo que pasó en la Casa Faris.

Slen habló en un tono apagado. La mención de su padre siempre privaba de cualquier vitalidad a su voz.

—Continúa —dijo la decana.

—Un vampiro perdió el control. Mató a tres de sus hijos cuando cursaban el primer año en Uxlay. Era un renegado.

Un frío implacable se apoderó del ambiente. O quizá fuese Kidan la única que notaba cómo los tablones se congelaban. Una frialdad antigua le ascendió por la columna hasta el hueco de la nuca. No podía ni imaginar una pérdida tan desgarradora.

Yusef habló con suavidad, haciendo una mueca de dolor.

—He oído… que fue para enviar un mensaje. Para provocar una guerra con los renegados.

—Sí. El vampiro trabajaba a las órdenes de Lusidio —dijo la decana—. Lusidio ordenó el ataque.

Un fuego sobrecogedor prendió dentro de Kidan, detrás de sus ojos, como si estuviera robando luz de las velas suspendidas sobre ellos.

—¿Les declararon la guerra?

Fue Kidan la que formuló la pregunta, aunque no reconoció el tono áspero de su voz.

La decana la escudriñó un instante y bebió un sorbo de té.

—No. Si yo hubiera mordido el anzuelo, se habrían perdido muchas vidas.

Los labios de Kidan se afilaron.

—¿Entonces no hizo nada?

—¿Qué habrías hecho tú?

—Tiene todo un ejército de vampiros. Úselos.

No se percató de que había levantado la voz hasta que Yusef le apoyó una mano en el brazo. Suspiró, tratando de calmarse.

—Los vampiros no son herramientas sin cerebro que se puedan esgrimir. No son armas. Son nuestros iguales.

La decana Faris entornó sus ojos de halcón.

Kidan desvió la atención, cerrando los puños. Esa historia le recordaba a sus padres. Asesinados sin que nadie los vengara. Y supo, por la mirada impávida de Slen, que ella estaba de acuerdo con la decana.

—Tres niños… No uno, sino tres. —Una descarga de inesperado dolor estremeció las palabras de Kidan—. Debería haberlos vengado.

La taza tembló en la mano derecha de la decana, que, por lo demás, no perdió la compostura.

—Todas las almas de Uxlay son hijos de alguien. También se encuentran bajo mi protección. ¿Debía abandonarlos para satisfacer mis ansias de venganza?

Kidan negó con la cabeza y las trenzas rebotaron en torno a sus hombros. La rabia que se había apoderado de ella era aguda y no podía desencajar la mandíbula. Kidan haría cualquier cosa por sus seres queridos y no podía entender cómo alguien tan poderoso como la decana había permitido que ese crimen quedara impune. Debería haber destruido a Lusidio. Se quedó de piedra. Eso debía de ser lo que intentaba hacer Susenyos.

Yusef miraba la mesa con una tristeza silenciosa. Slen, en cambio, observaba a la decana como quien analiza un concepto interesante.

La decana habló con tiento.

—Como ya sois graduados, ha llegado el momento de que sepáis más sobre los vampiros renegados. La mayoría están dispersos y han optado por una vida en soledad. Pero algunos viven en comunidades de renegados, la más importante de las cuales es la que lidera el tirano Lusidio. Sigue siendo nuestra mayor amenaza y se esconde en un lugar protegido, como Uxlay.

Una onda rizó la superficie del té de Kidan como si la propia casa se estremeciera. Uxlay llevaba varias generaciones protegida por la ley universal: ninguna persona no autorizada, humano o vampiro, podía encontrar la universidad.

Kidan frunció el ceño.

—Pero hacen falta actis para forjar una ley fronteriza. Dueños de las Casas Fronterizas.

—Sí. Tiempo atrás hubo ochenta linajes acti. Uxlay está formada por doce. Los lusidios cuentan con treinta y una.

Todos abrieron los ojos de par en par. Kidan dejó de respirar y la ira la abandonó.

—¿Tantos? ¿Y por qué querrían las familias acti colaborar con él?

Las palabras quedaron en suspenso cuando su propia deducción le oscureció las facciones.

La decana se lo confirmó.

—Algunos lo hicieron por decisión propia, pensando que es más natural que un vampiro gobierne nuestra sociedad. Y algunas familias se unieron a él por la fuerza. Son esclavos de sangre.

Su tono se tensó al pronunciar la palabra y las cortinas de la mansión Faris se agitaron. Una vez la decana regañó a Kidan por emplear esa palabra. Porque Kidan la había usado para referirse a Uxlay, en lugar de aplicarla a quien correspondía. Ahora la horrible palabra le tensaba la piel. Samson no era el peor ser que existía ahí fuera.

«¿Y si Lusidio descubre las espadas antes que tú, entonces qué?».

Esas fueron las palabras que impidieron que Susenyos matara a Samson. Kidan dejó su taza.

Yusef se estremeció.

—Entonces las historias sobre los campos del horror, ¿son todas ciertas?

La decana asintió con aire funesto.

—Solo los graduados como vosotros conocen el verdadero alcance de lo que acecha fuera. Hacemos lo posible por proteger a los actis de una vida como esa. Lusidio forjó una ley universal usando las treinta y una casas, además de sus vampiros, para alimentarse de actis por la fuerza y torturarlos.

—Es asqueroso.

Slen hizo un gesto de repugnancia con los labios.

«Por fin», pensó Kidan. Slen también se había horrorizado.

—Por petición vuestra, recientemente Uxlay ha abierto las puertas a Samson Sagad, Arin Tawendyo y Warde Wesfin como compañeros vuestros.

Se quedaron petrificados, sin saber adónde quería ir a parar. ¿Acaso la decana sabía por qué habían hecho un trato con los nefrasis?

Kidan casi oyó la voz de Slen en su mente.

«Tranquilízate».

—Me pregunto —continuó la decana— si sabíais que los nefrasis estuvieron un día a las órdenes de Lusidio.

La luz de la sorpresa se abrió paso por los graníticos ojos de Slen. Kidan, por su parte, se había quedado lívida.

En los recuerdos de Susenyos había atisbado una oscuridad espantosa, largos tentáculos de sombras que provocaban horribles gritos y torturas infinitas. Se había preguntado qué era.

—Muchos vampiros experimentan un gran sufrimiento bajo las torturas de Lusidio. Pero solo unos pocos elegidos han escapado de sus garras y han hallado refugio en Uxlay. Dos de tus compañeros, Kidan, sirvieron en su día a la bestia que ordenó la ejecución de mis hijos. Si me vengo de ellos como sugieres, ¿qué crees que debería hacerles a Susenyos y a Samson Sagad?

Kidan entreabrió la boca y volvió a cerrarla.

—No... no lo sé.

La decana le sostuvo la mirada un buen rato.

—Sé cuidadosa. No te guíes por la rabia.

Slen habló despacio.

—¿Y por qué admitieron a los renegados en Uxlay?

—Buena pregunta. La abuela de Kidan, la antigua decana, insistió mucho en ofrecer refugio a todos los que estaban sufriendo.

Admitimos a ocho renegados junto con Susenyos, Taj e Iniko, algunos de los cuales nos prestan ahora un valioso servicio. Como es natural, tras el ataque a mi familia, quise expulsarlos. —La decana se detuvo y sus ojos se desviaron un momento a un retrato que colgaba de la pared trasera. Era una pintura al óleo de tres jóvenes alumnos de expresión seria. Lo había pintado Omar Umil—. A aquellos que demostraron su lealtad les permitimos quedarse. Y esos nuevos nefrasi tendrán que demostrar lo mismo antes de que Uxlay los acepte del todo. Mi compañero está pasando mucho rato con los tres. Sin embargo, si me decís que están aquí para perjudicar a Uxlay, les diré a mis sicion que los liquiden esta misma noche.

Yusef jugueteó con la orilla de su jersey color mostaza. Sería un jugador de póquer penoso. Aunque Kidan no era mucho mejor. Lo que había descubierto sobre el pasado de Susenyos la había perturbado. A pesar de todo, intentó que no le temblara la barbilla.

Tenían que pensar en GK.

Y si reconocían que habían traído a unos peligrosos renegados a sabiendas, podían acabar en los tribunales de los Mot Zebeyas. A pesar de todo, Kidan sintió el inexplicable impulso de contar la verdad. Algo en el interior de su pecho tiraba de ella contra su voluntad.

Por suerte, Slen tomó la palabra.

—Los renegados nos dijeron que estaban aquí para unirse a Uxlay, no para hacerle daño.

Pasado un buen rato, la decana Faris bebió un sorbo de ese té tan amargo.

—Muy bien. En ese caso, volvamos a mi primera pregunta. ¿Por qué paso la mayor parte del tiempo aquí?

Slen echó un vistazo a las cortinas color marfil, a las altas siluetas de las torres de Uxlay y a las de Arat, que se erguían más allá. Guardó silencio un instante.

—¿Sucedió en esta sala?

La decana dejó su taza en la mesa, satisfecha.

—Sí, aquí reside mi dolor. Esta sala alberga mis peores recuerdos. El vampiro renegado me hizo sentar aquí, donde estamos ahora, y asesinó a mis tres hijos. Me transmitió el mensaje de Lusidio.

Que Uxlay estaba destinado a la destrucción. Que era una profanación que yo liderara esta institución y que los vampiros volverían a ser libres de los vínculos.

La imagen que acudió a la mente de Kidan fue la de un rostro malvado, unos colmillos monstruosos, una piel empapada en sangre infantil. Cerró los ojos, compartiendo el dolor de la líder de Uxlay.

Cuando volvió a abrirlos, Kidan vio a la decana Faris bajo una luz nueva y aterradora. Dura como el hierro. Inquebrantable.

—Y sin embargo siempre toma el té en esta sala —observó Kidan.

—Exacto. Ese es el nivel de control mental que se requiere para dominar una casa. Para imponer vuestra voluntad y heredar la cultura de vuestros ancestros; quiero que lo recordéis. Los sacrificios que se esperan de vosotros como miembros de Uxlay.

Los tres tenían la misma expresión que si hubieran bebido ácido. Pero, al parecer, esa era la reacción que buscaba la decana. Los quería cautos, en guardia.

—Llevas en la Casa Adane el tiempo suficiente, Kidan. ¿Cuál es la ley escrita?

Kidan no se esperaba el súbito cambio de tema. La decana buscaba una reacción concreta. De nuevo sintió el impulso de confiarle lo que había descubierto. Kidan se clavó los dedos en el muslo.

No le podía hablar a nadie de la ley.

Por sorprendente que fuera, no le tembló la voz.

—Todavía no me ha sido revelada.

En el rostro de la decana se insinuó una sonrisa. No la creía.

—Ya veo. Tal vez tu hermana tenga mayor fortuna.

Kidan bajó la mirada a la reluciente tetera. Si June leía la ley de la casa, ¿cuánto tardaría en revelársela a Samson o a la decana?

—¿Podemos marcharnos? —preguntó Kidan. La fuerte infusión de citronela le estaba nublando el pensamiento.

—Sí, buena suerte con los estudios.

Kidan miró al suelo mientras salían. Solo el revuelo de una falda verde oscuro le hizo levantar la mirada.

June estaba allí y parecía tan sorprendida como ella. Las dos se miraron en ese distribuidor que de repente parecía demasiado pequeño.

Yusef carraspeó.

—Tú debes de ser June. Soy Yusef…

—Yusef —le interrumpió Slen con firmeza. El chico cerró la boca.

Los ojos de June iban y venían de uno a otro como si tratara de adivinar quiénes eran.

—June —la llamó la decana desde su silla—. Entra.

June pasó junto a Kidan. De nuevo Kidan reaccionó sin pensar. Agarró el brazo de su hermana para obligarla a acercarse.

—Cuidado con lo que le dices.

La advertencia de Kidan fue puro hielo.

Su hermana siguió mirando al frente sin emitir el menor sonido. Una bufanda roja de Uxlay, nueva e inodora, le rodeaba el cuello. De verdad iba a estudiar allí.

Fueron las manos de Slen y de Yusef las que obligaron a Kidan a seguir andando. June pasó junto a la hoja grabada de la puerta y la cerró. Kidan notó la mirada de otros ojos y, cuando se dio media vuelta, descubrió que Warde la estaba observando. Llevaba una cadena de huesos colgada del grueso cuello. ¿Le había pedido Samson que siguiera a June a todas partes?

Cuando Kidan pasó por su lado, Warde inclinó ligeramente la cabeza y los huesos de su cadena tintinearon. Se le antojó un saludo y una advertencia.

16

KIDAN

KIDAN TENÍA LOS GLOBOS OCULARES DESTROZADOS TRAS LA HORA larga e interminable que había pasado en la Gran Biblioteca Solomon. Se había tomado las palabras del profesor Andreyas al pie de la letra y ya había terminado de leer los textos que les había asignado. Slen y Yusef estaban recopilando textos filosóficos sobre el dominio de la casa, esperando ejemplares traducidos e incluso eligiendo algunos libros de ficción. El misterio en torno al dominio de las casas ponía nerviosa a Kidan. Solo se sentiría a gusto una vez que supiera cómo hacerlo exactamente; no quería más interpretaciones vagas. En los Archivos Históricos Adane había encontrado buena parte de la investigación de Mahlet Adane y de sus diarios personales. Afortunadamente, no todo estaba escrito en amárico, pero la información tampoco estaba organizada. No había fechas ni manera de conocer qué significaban los esbozos aleatorios de leones. Ni el número veintiuno.

Kidan estaba obsesionada con los símbolos, concretamente con las formas geométricas. Su madre tenía la misma manía, en su caso con los números. Un número escrito en los márgenes se repetía una y otra vez como si no pudiera quitárselo de la cabeza.

21. 21. 21. 21. 21. 21. 21. 21. 21. 21. 21.

Resiguió el número, bailando sobre la curva del dos y luego trazando la línea recta del uno. ¿Era un código? ¿O lo había usado Mahlet para catalogar sus emociones como Kidan? Cada detalle que descubría sobre su madre sumaba unas cuantas hebras más al lazo perdido. Como si Kidan pudiera devolverla a la vida aprendiendo más sobre ella.

Cuando no se estaba volviendo loca con eso, buscaba leyendas sobre el funcionamiento de las reliquias y los vínculos, pero cada una decía algo distinto. Algunas afirmaban que someter las reliquias al fuego liberaba a un demonio, otras decían que los vínculos no podían romperse.

Kidan echó un vistazo a otro libro, lo añadió a su montón y bostezó. Pasaban de las dos de la madrugada y Yusef roncaba suavemente con la cabeza apoyada en su escritorio. Slen se desperezó y fue al baño.

Desplazándose a otro pasillo, Kidan buscó *Psicología de la transgresión*, una petición de Slen. Con el grueso volumen en la mano, regresó a su sitio. Se quedó parada al ver un pequeño libro con los bordes de las páginas irregulares; uno que ella no había retirado de los estantes. No había título en la portada ni en el lomo. En la ajada primera página, en cursiva, aparecía la palabra *Aseracti*. El subtítulo decía: *Sumisión y control: domina la casa, domínalo todo.*

Kidan miró en derredor e incluso recorrió los pasillos preguntándose quién lo habría dejado ahí. Vio un carrito empujado por un ayudante y a unos cuantos alumnos cansados que bostezaban bajo las lámparas en forma de león. Nuevos estudiantes de Dranacti, con toda probabilidad, los compañeros de clase de June. Kidan se sacudió esos pensamientos antes de que la atacaran.

Habían escrito una nota en el interior del libro. «Usa esto para dominar tu casa rápidamente. No se lo digas a nadie».

Un escalofrío le ascendió por la columna. ¿Se lo habría dejado Samson o de nuevo su difunta tía Silia? Ella dijo que contaba con una persona de confianza en Uxlay. Quienquiera que fuera estaba dispuesto a ayudarla desde las sombras. ¿Por qué? Cuando

Slen volvió y le preguntó qué había encontrado, Kidan no dijo nada del nuevo libro. Si de verdad *Aseracti* podía ayudarla a dominar la casa, tenía que ser la primera persona en hacerlo. Aunque a Kidan le desagradase, un ambiente tácito de competición se había instalado entre los tres. Aquello no era la Dranacti. No se necesitaban unos a otros para dominar la casa. Y el primero en hacerlo dictaría el tono de su amistad. Tenía que ser Kidan. La mirada de Slen se demoró sobre ella un instante de más, pero no insistió.

Kidan aprovechó la oportunidad para volver al libro, con cuidado de mantener en secreto el contenido.

«Primera lección: la Dranacti enseña que la casa es un reflejo del alma, la mente y el cuerpo. Domínalos y dominarás la casa. Es una idea estúpida e intangible. Y te obliga a perder años enteros de vida. Uno no se comunica con la casa, la allana».

Una corriente de aire enfrió la nuca de Kidan, aunque la calefacción estaba encendida. En la biblioteca siempre reinaba un cálido resplandor, era un refugio del frío que de normal se acumulaba en los antiguos edificios acastillados. Se sumergió rápidamente en los morbosos títulos de los capítulos, hojeando las páginas a toda prisa. *Los tres pilares de la necesidad. Bloqueo de la casa. Sobre la jerarquía de los vampiros, casas y humanos. Resurción.* Los temas desprendían algo malsano, pero increíblemente poderoso, como ponerle un bozal a un dragón para ascender a los cielos.

Aseracti era… una filosofía. Parecida a la Dranacti, pero más siniestra, si acaso era posible.

Cuando sus teléfonos sonaron, Kidan dio un respingo y cerró el libro de golpe.

«Tranquilízate», se dijo.

Slen enarcó una ceja. Yusef se despertó. Se frotó los ojos y forzó la vista hacia el teléfono.

—Mierda —dijo al mismo tiempo que se enderezaba.

Kidan echó un vistazo al suyo. Una alerta del despacho de los Mot Zebeyas.

VOTACIÓN DE LAS CASAS DE UXLAY

CASA FARIS
124 DRANAICOS

TRAS SUS DELIBERACIONES, LA CASA FARIS HA DECIDIDO QUE LAS CASAS FRONTERIZAS DEBEN PODER OPTAR AL DECANATO. APOYAN LA MOCIÓN DE QUE LA CASA ADANE PIERDA DE INMEDIATO SU POSICIÓN CENTRAL.

Declarado en el tribunal de los Mot Zebeyas
el jueves 15.

Despacio, Kidan dejó el teléfono sobre la mesa. Un latido constante y amenazador le saturaba los oídos. La decana Faris… había votado que la Casa Adane perdiera la capacidad de dictar sus propias leyes. ¿Era un castigo por no haberle revelado cuál era la ley actual? ¿Por qué diablos ponía el decanato a disposición de todas las casas cuando le venía mejor dejar las cosas como estaban? La empatía que Kidan había sentido hacia ella un rato atrás se esfumó al instante.

Yusef ya estaba hablando.

—Eso no significa que los demás no vayan a votar a tu favor. Solo es un voto. No dejes que te afecte.

—Es la casa de la decana —dijo Slen con voz entrecortada—. Su voto es más poderoso que cualquier otro.

Yusef la miró con dureza, pero, si Slen se percató, no dio muestras de ello. Por un momento Kidan sintió la tentación de formularle a Slen una pregunta peligrosa acerca de su propia lealtad. Las palabras ascendieron por su garganta y se le atascaron en la punta de la lengua, agrias como sangre. ¿Y si la respuesta de Slen era la misma que la de June? Kidan no podría soportarlo. En vez de eso, dobló los dedos en torno al tratado *Aseracti*, aferrándose a él como si fuera un salvavidas. Ya había encontrado una cita en el libro que le gustaba. Decía que la lealtad era para los niños hambrientos y los hombres ciegos; a aquellos que podían ver y que estaban bien alimentados les traía sin cuidado.

Una Casa Fundadora había votado contra ella. Kidan tenía que empezar a abrir los putos ojos y a dejar de pasar hambre.

17

SUSENYOS

SUSENYOS SE SENTÍA AL BORDE DE LA MUERTE. Necesitaba sangre.

La situación le recordaba a los crueles ciclos de hambruna que los nefrasis sufrían cada década más o menos, cuando los actis a los que estaban vinculados morían o se marchaban. Arin no había tratado de atacarle de nuevo después de enterrarle vivo, seguramente porque Susenyos ya tenía un aspecto horrible. Pero sabía que solo era cuestión de tiempo. Tenía que darse prisa y convencerla de que le apoyara.

Lo único que los nefrasis necesitaban siempre, por encima de la venganza, era sangre. Los sicion se aseguraban de mantener un control perfecto del flujo de sangre. Un error y todo el campus entraría en confinamiento.

Así que Susenyos negoció.

Tres bolsas de sangre le había costado su preciosa colección de primeras ediciones; dos meses en el hospital Rojit (que implicaba ofrecer su cuerpo a la ciencia para que le hurgaran y le manosearan como si fuera un trozo de carne) y un contrato con un apocado vampiro de Delarus por el que se comprometía a saldar sus cuentas durante el Día de Cossia.

Acompañado de Taj e Iniko, Susenyos esperó a Arin en un destartalado motel pertrechado con una nevera portátil llena de bolsas de sangre.

—¿Y si intentamos matar a Arin? Recuperemos directamente a los nefrasis —propuso Taj al mismo tiempo que lanzaba su navaja automática al aire y la volvía a atrapar—. Y al decir «recuperemos» quiero decir que los recuperéis vosotros. Yo os pasaré las armas.

Susenyos estaba recostado contra la ventana tomando bebidas alcohólicas y café para aplacar el hambre, pero apenas le funcionaba. Había pasado todo el día en los Edificios Sost Sur, pululando por la sala de los cortejos, donde el olor de la sangre era brutal. Ese tufo colectivo casi le había inducido a suplicar de rodillas, pero no había ningún acti interesado.

El Salvaje Susenyos solo era para los más atrevidos.

Pero Susenyos sabía que, aunque alguien hubiera accedido, no habría podido beberse la sangre. Se frotó la dolorida mandíbula. No sabía cuánto tiempo podría mantenerse alejado de Kidan.

No se le había pasado por alto el vaso vacío que descansaba en la Casa Adane, con los laterales bañados con restos de sangre. Saber que Samson se alimentaba de ella le enfurecía más de lo que podían expresar las palabras. Pero, si quería matarlo, antes tenía que hacerse con las espadas.

Iniko tenía los ojos clavados en la puerta.

—Arin es demasiado fuerte. Necesitaríamos veinte de nuestros mejores guerreros, como poco, para hacerle un arañazo siquiera.

Susenyos asintió con un gesto de dolor.

—Haremos lo que sea necesario para recuperar a los nefrasis.

Una vez que tuviera consigo a su gente, se ocuparía de Arin.

—Me alegro de que por fin estemos haciendo esto —dijo Iniko, observándole—. Yo…

Un revuelo de cuero estalló antes de que Iniko tuviera tiempo de expresar su pensamiento. Salió disparada hacia atrás agitando los brazos y las piernas, y se estrelló contra la pared.

Susenyos y Taj se irguieron, buscando las armas de plata.

Una bota de tacón se apoyó sobre el contenedor de sangre.

—Perdón, llego tarde —dijo Arin mirándose las garras—. A Andreyas le gusta mucho hablar. Ah, y así es como se hace un arañazo, Iniko.

Iniko se incorporó y se sacudió el polvo del abrigo. Le sangraba la herida de la mejilla.

La escena le recordó a Susenyos la primera vez que los tres se habían enfrentado a Arin. Eran humanos entonces. Les dio una paliza de muerte, pero Arin valoró su valor lo suficiente como para perdonarles la vida. Así era ella. Respetaba el sacrificio y la lealtad; por eso no podía perdonarle a Susenyos lo que había hecho.

Dos vampiros entraron tras ella.

Sorprendido, Susenyos levantó el mentón. Biruk y Henok. Eran tan amantes de la gastronomía como él. Insaciables. Ansiosos por probar cualquier cosa, lo que fuera. Perfecto.

Fue Henok, alto y desgarbado, el primero en entrar. A Susenyos le vino a la mente el súbito recuerdo de estar con él en su corte cuando eran niños, robando platos de asado de la mesa de su padre y siendo azotados con cuerdas de piel de león.

Aunque le dolían todos y cada uno de los huesos, Susenyos sonrió.

Los dos le miraron con las bocas entreabiertas.

—¿Y-yos? —A juzgar por su expresión, Biruk no creía lo que veían sus ojos—. Arin nos dijo que estabas vivo, pero…

—Biruk —le cortó Henok, que retrocedió un paso mientras evaluaba a Taj y a Iniko—. No le hables.

Henok se quitó el pendiente de plata, que tenía forma de daga, y se cortó la lengua a toda prisa. Iniko reaccionó al instante: sacó su cuchillo de doble hoja y, practicándose un corte en el brazo, apoyó la hoja contra la sangre.

Un espasmo amargo recorrió a Susenyos, pero lo ahuyentó.

En vez de eso descargó la rabia contra Arin, que estaba observando cada una de sus expresiones. Era otra prueba.

Pretendía demostrarle lo que le había hecho a su propia gente. Enfrentarlos unos con otros.

—Iniko —dijo Susenyos.

Ella bajó el arma.

—No hemos venido a luchar —añadió él.

Solo preguntas y confusión le aguardaban en las miradas de los otros dos.

—Pensaba que habíais muerto —dijo Susenyos—. Os buscamos… después.

—Ojalá hubiéramos muerto.

El tono funesto de Henok era nuevo. Los últimos sesenta años le habían quitado las ganas de bromas.

—Nos prometiste que conquistaríamos el mundo.

La voz de Biruk sonó más queda; su rostro siempre revelaba todo lo que sentía.

El sentimiento de culpa retorció las tripas de Susenyos ante el dolor que Biruk proyectaba. Desvió la mirada. Taj e Iniko miraron al suelo.

—Y lo haremos —dijo Susenyos endureciendo su voz—. Cumpliré mi promesa. Destruiré a Lusidio.

Arin le estudió con recelo; aun después de dos siglos a su lado, Susenyos todavía no entendía cuál era su juego en cada momento.

—¿Qué hacemos aquí? —preguntó Arin.

—Os hemos traído sangre —dijo Taj, señalando la bolsa.

Una chispa prendió en los ojos de Biruk y sus iris se transformaron en anillos rojos.

Los nefrasis solían alimentarse de cuatro actis que compartían entre todos: un hombre de setenta años de la moribunda Casa Abel, un matrimonio fugitivo de las casas Luroz y Sada y una universitaria gótica de Casa Chamo que había escapado de los lusidios.

Bebían cuatro gotas de los actis que tenían disponibles con la esperanza de poder encontrar más sangre. Y era una tortura.

Susenyos sabía que los más voraces de los suyos, Biruk y Henok, eran los que más habían sufrido. Incluso cuando eran niños humanos, podían devorar una oveja entre los dos; su apetito era casi aterrador.

Arin propinó un golpecito a la tapa de la nevera y vio las bolsas de sangre.

—Queremos actis. No sangre agria en una bolsa. —Frunció el ceño.

Taj resopló una carcajada.

—¿Quieres que nos maten?

Susenyos empezaba a verlo todo rojo oscuro y sus garras luchaban por liberarse. Los actis no eran fáciles de conseguir.

—¿Tu lealtad reside con los nefrasis? —le preguntó Arin con frialdad.

Iba a matarla.

—Sí —respondió apretando los dientes.

—Pues entonces esto no nos sirve. Samson les ha prometido actis vivos muy pronto. Todo Uxlay. O bien se ofrecerán, o bien los tomará por la fuerza.

Susenyos cerró los puños. Tuvo que contenerse a fondo para no abalanzarse sobre ella.

—No forzamos a los actis. —El tono duro de Susenyos le sorprendió incluso a él—. No somos Lusidio.

Arin le observó un momento con atención y algo cambió en su mirada.

—Los nefrasis deben alimentarse para convertirse en un ejército poderoso. Trae sangre fresca. Cuatro actis por lo menos.

Taj negó con la cabeza de lado a lado.

—Eso es una misión suicida. Solo podemos conseguir bolsas de sangre.

Susenyos le lanzó a Arin una mirada feroz.

—Aunque consiga actis vivos, tú nunca bebes de la carne. ¿Por qué ahora?

Arin llevaba siempre una petaca negra. Una vez Susenyos la había tocado y ella le había roto el brazo. No compartía sangre ni se alimentaba delante de él.

—Tú dijiste que las bolsas de sangre eran para las cucarachas. ¿Acaso nos hemos convertido en insectos? —replicó ella fríamente, mirándose las garras negras.

Susenyos se arrepintió de sus palabras. Comprendía la expresión de desafío y orgullo en los ojos de Henok. Décadas atrás, disfrutaban del apoyo de muchos actis, que los alimentaban como a reyes.

—Será complicado acceder a los actis. Andreyas tiene bien entrenados a los sicion —objetó Susenyos.

Por sorprendente que fuera, Arin sonrió. No con la sonrisa escalofriante que mostraba antes de abrir a alguien en canal, sino como si él acabara de hacer una broma.

—Andreyas. El nombre de un humilde pastor. ¿Ahora lidera Uxlay, pues?

—Es el compañero de la decana. —Arin torció el gesto al escuchar esa palabra, pero Susenyos prosiguió—: Es viejo. Puede que más que tú. Yo no le desafiaría.

—Has perdido la seguridad en ti mismo junto con tu sentido de la lealtad.

El gesto de Susenyos se crispó.

—En Uxlay hay leyes.

—¿Y desde cuándo nos gobiernan?

Él miró al techo para reunir paciencia. Las leyes de Uxlay eran una soga al cuello y le reventaba tener que defenderlas.

—Ese Andreyas, si es tan viejo como dices, tal vez sepa dónde está la Reliquia de la Muerte —dijo ella con un dejo peligroso en la voz.

—Te resultaría más fácil exprimir sangre de una piedra. Si nota que eres una amenaza para Uxlay, te destruirá.

Una llama ardió en la mirada de Arin.

—Nada que tú no hayas intentado.

A lo largo de los últimos dos siglos, Susenyos había tratado de matar a Arin cuatro veces. Siempre sobrevivía. Algo le decía que volvería a intentarlo ese año.

—Muy bien —se oyó decir Susenyos, haciendo caso omiso de la exclamación de sorpresa de Taj—. Traeré actis para alimentar a los nefrasis, pero solo aquellos que estén dispuestos y ansiosos. Nunca seremos como Lusidio. Nunca.

Arin le dedicó una pequeña sonrisa con algo parecido a aprobación en los ojos.

—Puede que tu elección de esconderte en este patético campus sirva para algo finalmente.

—Antes quiero hablar con ellos —exigió—. ¿Dónde está el escondrijo nefrasi?

—Lo sabrás cuando nos hayas demostrado que estás a muerte con nosotros.

Le miró con desdén. Era experta en el arte de hacer que cualquiera se sintiera insignificante.

Susenyos se ordenó no saltarle al cuello. A pesar de todo, no apartó la iracunda mirada hasta que los tres se desvanecieron en las sombras. Entonces Susenyos se dejó caer pesadamente en la repisa de la ventana mientras le brotaba el sudor a lo largo de la frente.

Sus colmillos se estaban tornando sensibles al contacto de su propia lengua.

—Necesitas beber de su sangre —dijo Iniko con firmeza.

Susenyos soltó una carcajada empapada de dolor.

—He sido mi propia perdición.

La ironía de todo ello no se le escapaba. Buscaba las reliquias para esgrimir poder y liberarse de Lusidio y, sin embargo, se había atado a una chica que una vez quiso matarlo. Quizá todavía quería hacerlo.

Susenyos no recordaba haber vuelto a sus aposentos, aunque sospechaba que Iniko y Taj le habían llevado allí. Se despojó de la camisa, se acostó en la cama y se quedó mirando al techo. El silencio era excesivo. Las paredes de insonorización se instalaron poco después de que los vampiros se quejaran del incesante correr del agua en los Baños de Arowa, de las fiestas nocturnas y los actos de alimentación. Pero él buscaba un latido muy concreto: el de ella.

Notaba el dolor de su desgracia en los colmillos. No había podido pegar ojo desde el día que había abandonado la Casa Adane. Nunca pensó que fuera posible echar de menos y odiar un lugar al mismo tiempo. Sin embargo, la casa colgaba suspendida entre los dos sentimientos. Añoraba la habitación que había adaptado a su gusto, el sol que le rozaba como la caricia de una diosa para despertarlo de un sueño profundo. La mayoría de los dranaicos odiaban los penetrantes rayos del sol matutino, pero él los adoraba. Yacía medio desnudo y dejaba que lo abrasaran como acero blanco. Era la única hora del día en que notaba su presencia. La presencia de la Sabia que vio cuando estuvo al borde de la muerte. Alargaba la mano hacia el calor y dejaba que la luz del sol se le enredara en los dedos mientras él trataba de alcanzar algo que era inaprehensible.

«Corre y sobrevive». La suave voz le perseguía desde la primera vez que la oyó, conocida y extraña a un tiempo. «Encuentra tu poder».

El olor a tinta y a papel de los pergaminos le envolvían con suavidad entonces. Y él se dejaba envolver por aquellos a los que no abandonó. Por aquellos por los que era fuerte.

Por encima de todo, sin embargo, echaba de menos la sala de estudio en la que abría las *Cartas al Inmortal* que recibía, junto a la temida chimenea, levantando la vista para ver el semblante frustrado de Kidan mientras se esforzaba con la Dranacti y dibujaba esas curiosas formas. Ella se había hecho un hueco en esa casa, en la mente de Susenyos, sin su permiso, y ahora no se podía imaginar esa sala sin ella.

Solo que ahora todo se había tornado sombrío. El dolor y la pérdida de su vampirismo despojaban del calor a la luz del sol, apagaban el aroma de esas cartas, le arrebataban a Kidan de entre los dedos. Susenyos se había arrodillado ante su padre una vez y la casa volvía a postrarlo de nuevo. Se sentía como en aquel entonces, débil, suplicando un castigo más clemente, igual que un niño.

También había miedo —un miedo conocido, que le hacía temblar las rodillas— a que Samson descubriera su secreto y le arrancara el corazón.

Estaba mejor fuera. Fuera era más fuerte.

Cuando dormía, siempre tenía el mismo sueño. Empezaba con un bosque, una joven moribunda y tierra corrupta que sangraba líquido negro.

Esta noche fue distinto.

Soñó con Kidan. La tersura de su piel, cómo sus curvas se adaptaban a la perfección a las manos de Susenyos mientras su voz se derramaba sobre él. Imaginó que salía de sus aposentos y seguía su aroma embriagador. Podía perseguirlo con facilidad por los pasillos y recodos; madera de roble con un matiz de rosa molida. Una mezcla intoxicante creada para torturarlo. Ella se quedaba dormida en un rincón de la biblioteca con el delicado rostro enterrado entre los libros y evitando la casa igual que él. Susenyos notaba el suelo mientras se deslizaba hacia ella. Usaba las garras, que ya asomaban, para apartarle las trenzas. El hambre que llevaba dentro se retorcía y se anudaba.

Infinita.

18

KIDAN

KIDAN ADANE ESTABA EN UNA CELDA PEQUEÑA Y HÚMEDA. Notaba un olor fétido en el ambiente, denso como niebla pútrida. Intentaba respirar lo mínimo para no inhalar el hedor. Pero aún más preocupantes eran los calambres que notaba en el estómago, la lengua y la boca secas como minas de sal agrietadas. Se estaba muriendo de hambre.

El hambre siempre había sido una sensación incómoda, pero nunca insoportable. Notaba que su cuerpo se devoraba a sí mismo recurriendo a las últimas reservas de grasa y consumiendo músculo y tejido.

«Comida. Necesito comida».

Pero ni siquiera la comida podía saciar esa ansia enloquecedora. Necesitaba que algo rojo y líquido suavizara el papel de lija de su garganta y saciara su sed.

«Sangre. Sí, sangre».

La palabra introdujo un rayo de conciencia en su mente. Estaba soñando.

Alargó los brazos en la profunda oscuridad y descubrió que una cadena de falanges le colgaba de las manos marrones.

GK... De nuevo soñaba con GK. La cuarta vez desde su muerte. Nunca le veía la cara, solo las manos y la cadena de falanges.

Oía el tintineo.

Un recuerdo de sus paseos a primera hora de la mañana la invadió y la cripta se esfumó.

Los terrenos estaban desiertos y la niebla todavía besaba la hierba recién cortada. Kidan siempre se estremecía en el vacío absoluto de la mañana, con la falta de distracciones que suponían los alumnos bulliciosos o del aroma del café y las pastas en el ambiente. Odiaba la quietud de estar sola. Las falanges de la cadena de GK tocaban una melodía misteriosa que les hacía compañía según avanzaban por el camino invadido de maleza del exterior del campus. GK le enseñó el monasterio de las montañas. Como Mot Zebeya, GK se sentía cómodo en el silencio prolongado, pero Kidan siempre se agobiaba y a menudo le formulaba preguntas para que sus pensamientos sofocantes no la devorasen entera.

—¿Y cómo crees que se llama el Último Sabio?

Los ojos de GK siempre se iluminaban cuando contaba cosas de su fe, y Kidan le preguntaba por el Último Sabio, por Demasus Colmillos de León y por la creación de la Dranacti.

El viento jugaba con sus cadenas y un jersey de cuello de cisne le ocultaba parte del mentón.

—Nadie lo sabe salvo Demasus. Esa es la gracia. Los ancianos nos enseñan que los nombres son lazos poderosos en sí mismos, tan vinculantes como cualquier ley. El Último Sabio también le puso a Demasus un nuevo nombre. Al final se entendían sin palabras.

Ella le miró de reojo.

—En realidad no te crees todo eso, ¿verdad?

—Pues claro que sí.

—Yusef te llamó Giorgis. —Kidan sonrió—. Supongo que ahora estás vinculado a él.

GK lanzó una carcajada exasperada.

—No me desees eso.

Ella levantó la cabeza hacia el cielo despejado, sonriendo.

—Pero yo creo que Giorgis no te pega. Leí sobre una figura mítica que visita a los huérfanos y les deja un trocito de pluma para que puedan hablar con él siempre que quieran. Tú me recuerdas un poco a él.

GK esbozó una sonrisa dulce.

—¿Y cómo se llama?

—Kasayn.

Kidan abrió los ojos de golpe y le dio un vuelco el corazón. Todavía se estaba recuperando de haber oído la voz de GK junto al oído, tan vívida y tan próxima.

Se había quedado dormida leyendo el diario del chico. Una página en concreto que no se podía quitar de la cabeza. Contenía los símbolos de Kidan: un triángulo, un cuadrado, un círculo, dibujados en un bucle constante. Algunos formaban patrones más complejos.

Tal vez fuera una coincidencia. Pero intuía que ahí había algo más.

Una explicación a la extraña conexión que compartían.

Kidan.

La voz aterrada procedía del interior de su mente. Kidan se quedó rígida, cerró los ojos y los abrió. Parecía la voz de GK, pero sufriendo. Se le erizó la piel de los brazos.

—Es la casa —dijo en voz alta, temblorosa.

Pero la casa manipulaba visiones, creaba ilusiones en el mundo exterior. Esto parecía proceder del interior de su alma, como una llamada que no podía explicar.

Mordiéndose el labio con fuerza, gritó:

—¿GK?

Nada. Absolutamente nada. Kidan se rio por lo bajo e intentó volver a dormirse. Llegó a sus oídos un levísimo repiqueteo. Huesos. O los crujidos de una casa vieja.

Dios mío, no dejes que pierda la cabeza ahora.

Pero una parte de sí misma le susurró que era demasiado tarde para eso.

19

KIDAN

A KIDAN, LA PRISIÓN DE DRASTFORT ERA EL SITIO QUE MENOS LE gustaba del mundo. Los muros de ladrillo, como los de una fortaleza, los registros y el escrutinio constantes le ponían la piel de gallina. Por no hablar del tufo a hormigón y alcohol rancio que conocía de los días que había pasado en la cárcel, esperando el juicio, antes de que la decana Faris la rescatara.

Kidan y Slen esperaban cerca de la pared mientras Yusef y su padre se miraban. El silencio se alargó y Kidan se revolvió inquieta al mismo tiempo que se rascaba el cuello del jersey. Yusef nunca estaba callado. Los zumbidos y los sonidos, como el crujido de las semillas tostadas, formaban parte de su naturaleza. El precioso tono de sus ojos castaños se había empañado, casi igual que la noche que Slen lo trajo a la Casa Adane con el jersey y la cara ensangrentados.

La noche que cometió un asesinato.

Una vez que pasaron los controles, los ojos de Omar Umil se dirigieron de inmediato a la mano herida de Yusef. A la rigidez que delataba. Su atención se desplazó más arriba y posó la mirada en el broche de plata con el emblema de su casa que llevaban todos los graduados. Kidan aún no se había acostumbrado al suyo, la montaña clara y la montaña oscura que titilaban en su manga.

—¿Quién? —preguntó Omar con voz ronca por la falta de uso.

Yusef se sobresaltó al oír el sonido y luego siguió la trayectoria de la mirada paterna. Se tocó el broche dorado que llevaba en el pecho.

—Rufeal Makary —respondió con voz queda.

Omar los observó uno por uno, fijándose en sus broches de plata, sin perder el aire de intensidad que le envolvía y sin pestañear, como un león en la noche. Slen se volvió a mirar a Kidan, que apenas podía respirar.

Por fin, Omar... sonrió.

—Ese es mi chico.

Yusef levantó la cabeza de golpe al mismo tiempo que soltaba una exclamación de incredulidad. Kidan también respiró aliviada.

A pesar de todo, Yusef tardó un rato exagerado en ser capaz de articular palabras.

—¿No... no estás enfadado?

Era una pregunta que lo abarcaba todo.

—Esos gusanos Makary llevan décadas detrás de nosotros. Tratando de disolvernos y absorber nuestra casa. Me encarcelaron. Tú has acabado con uno de ellos. ¿Que si estoy enfadado? Estoy orgulloso.

Kidan no veía la cara de Yusef, pero él se pasó la manga por los ojos. La emoción de sus palabras le encogió el corazón.

—Siento mucho haberte dejado aquí solo —le dijo—. Voy a arreglar las cosas. El 13° lo pagará. Te sacaré, papá. Te lo prometo.

Mientras los dos hablaban, Kidan y Slen se retiraron a un rincón. Slen los observaba atentamente con una arruga entre las cejas.

—No lo entiendo —dijo, y las palabras eran tan poco propias de ella que Kidan se volvió para prestarle toda su atención—. Arrestaron a Omar porque Yusef testificó contra él. En los últimos catorce años, no le ha visitado ni una sola vez. Yusef ha desdeñado todas sus cartas, todos los intentos de su padre de que viniera a verlo. Son actos imperdonables. Omar debería odiarle.

—Algunos hijos tienen suerte —respondió Kidan pensando en Mahlet Adane.

¿Le habría perdonado ella algo así?

Slen parecía estar sumida en sus pensamientos, con los ojos color café clavados en Yusef, que sonreía de oreja a oreja. Un atisbo de emoción cruzó su mirada, casi un anhelo, una chispa de fuego antes de que recuperara la frialdad.

—Mi hermano se ha marchado —dijo Slen.

—¿Qué significa que «se ha marchado»?

—Se ha ido de Uxlay y no va a volver.

Kidan oyó las palabras bajo cientos de capas de piedra, vibrando de emoción.

«Se ha ido».

Cerró los puños con rabia.

—Después de todo lo que hiciste por él.

Su ira fue como un objeto con filo de acero y Slen la miró con atención.

June era exactamente así. Indiferente. Egoísta.

Esta vez, la voz de Slen rezumó determinación.

—Muy en el fondo siempre me preocupó tener que enfrentarme con mi hermano algún día por la herencia de la Casa Qaros. Me preguntaba si la casa se interpondría entre nosotros como lo hizo entre mi padre y sus hermanos. Era el único escenario en el que no sabía cuál sería mi reacción. Ahora lo sé.

Slen frotó los dedos entre sí, como si pulsara las cuerdas de un violín. Se le daba más o menos bien ocultar sus emociones, pero siempre había pequeñas señales como esa por las que todo lo que decía sonaba falso o como si sus palabras albergaran sentidos alternativos que Kidan tuviera que traducir.

—¿Y los otros miembros de tu familia? —preguntó Kidan—. ¿No se interpondrán en tu camino?

Solo la casa de Kidan tenía dos miembros vivos. En el caso de las demás, las reglas de la herencia eran más complicadas. Kidan dudaba de que Koril Qaros hubiera mencionado a su hija en el testamento.

—Como arrestaron a mi padre, la casa está asignada temporalmente a un nuevo heredero —explicó Slen—. Mi familia pronto lo escogerá. La decisión estará entre mi tío y yo.

Aunque hablaba en un tono sereno, bajó los ojos un momento.

—¿Tienes algún plan?

Ella asintió.

—Fue mi abuelo el que quiso abandonar el pastoreo para que nos dedicáramos a la música. Respeta el desarrollo y el progreso. Bastará con que demuestre que tengo pensadas grandes cosas para la Casa Qaros. Me apoyarán.

Ahí estaba otra vez, ese atisbo de deseo con el que Kidan debía llevar cuidado. Fuera cual fuese su plan, seguro que era importante.

Siempre había sabido que debía ser cuidadosa con las ambiciones de Slen, pero ahora la temía. Ya le habían costado la vida a GK, y si Slen se dejaba llevar por ellas, ¿qué sería de los demás?

«No puedes confiar en ella», le susurró una voz al oído. Una cita de *Aseracti.* «La lealtad solo es para los hambrientos».

—¿Y qué pasa con la casa de Yusef? —preguntó Kidan para distraerse.

—No necesita el acuerdo familiar. Su tía abuela le nombró heredero cuando tenía siete años.

Aunque había respondido con rapidez, Kidan notó una ligera tensión en la mandíbula de Slen.

Tal como Kidan lo entendía, una casa, en teoría, podía ser reclamada por cualquier descendiente que asimilara la cultura consolidada o cortara lazos con ella.

Incluso June podría arrebatarle la casa a Kidan.

Pero Uxlay tenía leyes dentro de las leyes. Exigían que se completaran antes los estudios de Dranacti y que se redactaran los testamentos de sucesión.

—¿Vas a heredar o a cortar lazos? —le preguntó Slen.

A Kidan le temblaban un poco las manos mientras se dibujaba un cuadrado en el muslo.

—Todavía no sé lo suficiente sobre mi madre. —Su voz no sonó tan despreocupada como pretendía. Una brizna de nostalgia la traicionó—. ¿Y tú?

—Voy a heredar.

Kidan enderezó la espalda de golpe.

—¿Qué? ¿De Koril? No hablarás en serio.

Había una expresión resignada en los ojos apagados de Slen.

—Recibí una carta de mi padre. Solo decía una cosa. «Fabricantes de lana. Músicos. ¿En qué nos convertirás ahora?». Tengo más cosas en común con mi padre que diferencias. Puedo hacer míos sus Cuatro Aspectos de la Cultura. Es el camino más fácil.

Las carcajadas de Yusef atrajeron la atención de ambas. Se instalaron en el corazón de Kidan, que se mareó de pura necesidad. Si al menos tuviera un progenitor que la ayudara, todo sería distinto.

—Voy a esperar fuera —dijo Slen.

Ella tampoco podía más.

Kidan siguió a Slen al exterior, no sin antes intercambiar un breve gesto de despedida con Omar Umil. Tuvo la sensación de que le pedía lo mismo que la última vez que lo visitó: «Protege a mi hijo».

Cuando Yusef terminó, enfilaron hacia el East Corner Café en silencio. Yusef miraba el suelo, perdido en sus pensamientos.

Kidan le empujó con el hombro.

—¿Todo bien?

—Catorce años en la cárcel. —Se le saltaron las lágrimas con una nueva emoción—. No puede pasar ni un día más allí dentro. Tengo que sacarlo.

Si los padres de Kidan estuvieran vivos y en la cárcel, ella habría incendiado la prisión para liberarlos. Las hojas secas que cubrían la calle flotaron a su paso cuando se sintió infundida de un nuevo impulso y una nueva vida. Lanzó un gran suspiro. Había decidido que no podía seguir evitando saber más cosas de sus padres.

Una vez instalados en su rincón del East Corner Café, Kidan sacó su portátil e introdujo el nuevo identificador. Inspiró profundamente y, por primera vez, escribió el nombre de su madre.

Después de pasarse toda la vida evitando el recuerdo de sus progenitores, había llegado a dominar esa habilidad.

«Han muerto. ¿Para qué?». Nunca había querido saber cómo había sucedido ni ningún otro detalle que la hiciera sentirse más unida a ellos.

Solo le importaba June.

Hasta ahora.

Ahora tenía la sensación de que June estaba aún más lejos que el año anterior. Kidan era una graduada, no una chica devorada por el sentimiento de culpa que le provocaba lo que le había hecho a Mama Anoet.

Tenía amigos. Un futuro.

Y tenía que decidir si heredaría su legado o cortaría por lo sano.

Estaba mirando los resultados por encima, sin prestar demasiada atención —premios y menciones, fotos de sus padres en la Gala Acti—, cuando una entrada le quitó el aliento.

El asesinato de Mahlet Adane y Aman Yisak.

20

KIDAN

EL DEDO DE KIDAN SE DEMORÓ SOBRE EL TITULAR CON UN MOVIMIENTO pulsante que movía y emborronaba las palabras. El corazón se le aceleró y le aporreó las costillas con fuerza.

«Ya sabes que se murieron», se dijo con firmeza.

Pero conocer los detalles era harina de otro costal. Hasta ahora, sus padres habían sido una entidad lejana que flotaba en las inmediaciones, y sabía que si seguía leyendo cobrarían peso y pasarían a ser una parte de sí misma que le habían robado.

Kidan no lidiaba bien con las cosas que le arrebataban.

No. Sigue bajando.

Volvía a estar en aquella habitación oscura como la boca del lobo, con solo cinco años y el cosquilleo de una respiración cálida y fantasmagórica en el cuello, un monstruo que la vigilaba. Kidan cerró los ojos con fuerza y lamentó no tener a June a su lado para que le diera la mano y leer juntas la información sobre sus padres. Seguro que sus grandes ojos se llenarían de lágrimas. Kidan frunció el ceño. No debería estar pensando en proteger a June. Ahora estaba sola.

Tomó aire unas cuantas veces antes de empezar a leer el artículo.

Las muertes sobrecogedoras no son nada nuevo en Uxlay, pero ninguna ha causado una conmoción tan violenta en el campus como la de los jóvenes padres Mahlet Adane y Aman Yisak, cuyos cuerpos ofrecían una estampa horripilante cuando aparecieron recostados sobre la mesa del comedor, intactos salvo por la ausencia del corazón. Se cuenta que los agujeros eran tan grandes que se podía ver a través de ellos.

Kidan se echó hacia atrás y notó que le subía por la garganta el café que se acababa de tomar.

Les arrancaron… los corazones. Los dejaron sentados a la mesa del comedor. Las facciones que recordaba del retrato que colgaba de una pared de la casa mudaron en bocas abiertas y ojos sin vida.

Los dranaicos de la casa Susenyos Sagad y Tasi Lonar descubrieron el crimen.

El asesino, tristemente conocido como Daric el Cruel, permaneció seis semanas encerrado en la Prisión de Drastfort antes de que lo encontraran muerto. Su corazón también había desaparecido.

La identidad del asesino de Daric se desconoce.

Los corazones de los Adane nunca fueron recuperados.

Página de necrológicas de Uxlay
Recopilación de todas las defunciones
Año 2009

Los dedos de Kidan dibujaban cuadrados y triángulos en la mesa, miedo y rabia, una y otra vez.

Buscó su teléfono con dedos temblorosos y le envió un mensaje de texto a la única persona que conocía las respuestas a sus preguntas: Susenyos.

Necesito hablar contigo.

Kidan apenas le había visto desde la Reunión del Consejo de las Casas y su conato de beso junto al sauce llorón. Conociéndole, Susenyos estaría buscando las espadas, pero ahora le necesitaba.

Buscó una imagen de Daric, un vampiro alto y musculoso que a menudo aparecía sonriente en las fotos. Dibujó un triángulo en la mesa mientras el corazón le bombeaba la sangre con fuerza.

Reconoció a la persona que le acompañaba en una foto: una joven Adjoa Piran, a la que habían fotografiado saliendo de la Gala Actis con un vestido elegante y los ojos brillantes.

Daric era un vampiro que había jurado fidelidad a la Casa Piran. Y había asesinado a los padres de Kidan.

Luego alguien le había matado a él.

Kidan miró la foto de su madre en el portátil; sus ojos oscuros parecían querer leerle la mente. Mahlet Adane tuvo que graduarse para dominar su casa y decretar una ley, lo que significaba que había sacrificado una vida.

Así pues, ¿debía atribuir Kidan su propia violencia a su madre y no a los vampiros? ¿A quién había matado Mahlet mientras estudiaba la Dranacti? ¿Estuvo motivado su acto por los celos creativos y el deseo de venganza, como el de Yusef, o fue algo más calculado, como el de Slen? ¿O acaso actuó por motivos parecidos a los de Kidan, un impulso de protección tan fuerte que no pudo desoírlo, una ira blanca que se apoderó de su misma alma? Las preguntas se arremolinaron y zumbaron en su mente hasta que Uxlay desapareció en la nada.

Kidan necesitaba saberlo.

Todo.

En la base de datos de Uxlay, su madre había escrito varios artículos en amárico, cuya complejidad y profundidad Kidan nunca podría comprender.

Un vacío se extendió entre sus costillas cuando buscó los Cuatro Aspectos de la Cultura y respondió la primera pregunta en nombre de su madre.

¿En qué idioma sueña la dueña de la casa?
En amárico.

¿Cree la dueña que la creación fue obra del Último Sabio
o de Demasus Colmillos de León?

¿Cree la dueña de la casa que el poder debe residir en
la comunidad, en la tradición o en los individuos?

¿Cree la dueña de la casa en el coraje, en la venganza,
en la lealtad, en la responsabilidad o en la familia?

Kidan tenía razón acerca de la lengua de su madre. Se sintió como si hubiera encontrado un puente a todas las preguntas que tenía sobre sí misma. Un camino a su propia procedencia. No importaba si la mujer era una leyenda o era real, si Kidan lograba acceder a su linaje a través de un mensaje o de una señal. Pero ¿cuántos años tardaría en aprender la lengua? ¿En «soñar» en ella?

Cortar lazos ya le parecía más fácil, aunque la mera idea le resecaba la boca.

Slen y Yusef habían abierto sus textos de *Dominar el poder antes que la ley* en la mesa de la cafetería y discutían sobre Arin, pero Kidan apenas los oía.

—Yo la evito a toda costa —decía Yusef—. Si no me ve, no se acordará de que existo. El profesor Andreyas la mantiene ocupada. Juro que le vi sonreírle a Arin en su despacho.

—El profesor no sonríe —dijo Slen.

—Exacto. Fue raro.

Una ráfaga de viento agitó los árboles que flanqueaban la plaza Sheba y revolvió los papeles y los libros de los estudiantes.

Kidan se fijó en una chica muy guapa con una falda larga que se echaba hacia atrás las trenzas rizadas.

Todo se detuvo en seco.

June exhibía una gran sonrisa, rodeada de un grupo de alumnos. A gusto e integrada. Así iba ella por el mundo ahora, sin importarle a quién dejaba atrás. Había sitios en Uxlay que a Kidan le habría gustado enseñarle, como la fuente resplandeciente o los dónuts espolvoreados de azúcar de la panadería Mordiscos, pero verla por allí lo estropeó todo. Le recordó lo egoísta que había sido su hermana.

«Tú tienes tu vida, Kidan. Y yo tengo la mía».

—Basta de estudiar. —Kidan cerró el portátil de golpe y se lo guardó en la bolsa—. Vamos a divertirnos.

Yusef se puso de pie también con una sonrisa.

—Las palabras que nunca me canso de oír.

Slen suspiró como si quisiera discutir antes de ver adónde miraba Kidan. El dolor de su expresión debía de hablar por sí mismo, porque Slen asintió despacio y cerró el libro. Kidan cruzó el patio acompañada de sus amigos con la mirada clavada en un punto muy concreto.

Se abrió paso entre el corrillo de June sin disculparse y se sentó en el respaldo de un banco. June soltó un gritito de protesta cuando la bota de Kidan le golpeó la taza de café. La enderezó a toda prisa con expresión aterrada.

Una oscura satisfacción se propagó por las venas de Kidan.

—Hola. —Kidan sonrió de oreja a oreja. Slen y Yusef se reunieron con ella, uno por cada lado—. Soy Kidan y acabo de aprobar Dranacti. Estos son Slen y Yusef. ¿Alguien nos quiere preguntar algo?

21

KIDAN

UN ABUSÓN LLAMADO NOEL ANDREW ATERRORIZABA A JUNE EN LA infancia cada vez que tenía ocasión. Plantaba libros con todas sus fuerzas en su pupitre para despertarla de golpe, la llamaba drogadicta y zombi, le decía que tenía el mono y una vez intentó besar a June cuando se quedó dormida en una fiesta.

Kidan lo arrastró a su dormitorio y le golpeó hasta que sangró entre los gritos de ánimo de los demás alumnos. Luego, cuando se dieron cuenta de que no iba a parar, el entusiasmo mudó en chillidos angustiados que le pedían que lo dejara ya.

El fondo del estómago de Kidan se perdió en un abismo, y esperó a que el resto de su cuerpo desapareciera también. En vez de eso, se quedó paralizada en un cristal de pesadilla, donde el tiempo se inclinaba hacia el lado en el que tener miedo implicaba que todas las cosas malas del mundo iban ahora dirigidas hacia ella.

Cuando June despertó, no supo lo que Noel había hecho. Solo que no volvió a molestarla más.

Todas esas ocasiones en las que había salvado a June, en las que la había protegido…, al final no habían servido para nada.

El corrillo en el que Kidan había irrumpido la miraba con los ojos muy abiertos. Fueron lo bastante educados como para no pedirle que se apartara y algunos incluso se acercaron un poco a ella. Kidan reconoció a unos cuantos alumnos del semestre anterior que probaban suerte con Dranacti por segunda vez, curtidos por el suspenso. El broche de plata que llevaba en la manga atraía sus miradas ávidas.

La envidia era una motivación horrible.

—¿Cómo lo hicisteis? —le preguntó una chica al cabo de un rato. Llevaba el broche de bronce de la Casa Rojit, un helecho, prendido al jersey blanco—. El profesor Andreyas dice que lo normal es que solo un alumno se gradúe.

Un tenso intercambio de miradas parpadeó entre los alumnos, los primeros estadios de la rivalidad y la competitividad. Todo parte de la Dranacti. Kidan hizo una mueca. Se fomentaba la desconfianza, se les animaba a asesinar, y ninguno de ellos tenía ni puta idea.

El instinto, por bochornoso que fuera, le decía que sacara a June de ese sitio.

June no era una asesina. Apenas podía soportar que Mama Anoet se pusiera enferma. ¿Qué diría cuando se enterara de que Kidan la había asesinado? June pensaría lo peor de ella, la odiaría todavía más si cabe. Su instinto de protección se ahogaba en una ira agitada, más intensa cuanto más la obviaba Kidan. Acabaría enfermando si no le daba salida.

Yusef titubeó un momento y algo oscuro cruzó por su cara antes de que la sonrisa fácil volviera a apoderarse de su expresión.

—Yo suspendí dos veces. ¿Mi mejor estrategia? Buscar a la chica más lista de la clase y seguirla a todas partes.

Slen le miró entornando los ojos antes de volverse hacia la chica Rojit.

—Encuentra tu propósito. La razón por la que quieres aprobar debe ser más fuerte que tus miedos y tus carencias.

La chica Rojit asintió con vehemencia.

—Debe de ser por eso por lo que nos emparejaron a partir de nuestras respuestas.

Como Kidan sabía muy bien, la primera tarea que el profesor asignaba a los alumnos de Dranacti era la Balanza de Sovane. Y ella había pagado el precio traicionando a Ramyn Ajtaf.

June se sentó al lado de una chica de mejillas redondeadas que llevaba gafas doradas.

Kidan la señaló con la barbilla.

—¿Es tu compañera?

Aunque su hermana enderezó la espalda por la sorpresa, no respondió.

La chica lo hizo por ella con un aire de desafío en el gesto del mentón.

—Sí, soy Qara Umil.

Esa debía de ser la prima de Yusef.

Kidan trató de evitar que la imagen de Ramyn la remplazara. El olor de los melocotones dulces de la bufanda de Ramyn le hizo cosquillas en la nariz. ¿Sería capaz June de traicionar a Qara?

—¿Queréis que os cuente una historia que os ayudará a entender a Sovane Ezariah? —propuso Kidan con una voz fría como una montaña de hielo—. ¿El príncipe que tenía dos mentes y dos almas?

Esta vez todos se acercaron un poco, deseosos de aprender.

Slen y Yusef se echaron hacia atrás para cederle el centro de la escena.

—Es la historia de dos hermanas que un día estuvieron muy unidas. Nunca habían pasado ni un día entero separadas, desde que estaban en el útero de su madre. Hasta que un aciago día, secuestraron a la hermana más guapa, que desapareció sin dejar rastro. Puf. —Kidan hizo chasquear los dedos. Ahora todos estaban pendientes de cada una de sus palabras—. Y resulta que la hermana mayor, que era una tonta, se volvió loca tratando de encontrar a su hermana perdida.

Un silencio tenso se cernió sobre ellos, hinchado como nubes grises.

Kidan se aseguró de no mirar a June. Su hermana la observaba.

Una sonrisa maliciosa se dibujó en los labios de Kidan.

—Durante catorce meses y veinte días, la hermana estúpida no paró de buscar. Pero ahora viene lo más interesante. No habían secuestrado a la hermana guapa. Ella había decidido marcharse. Había encontrado una nueva familia que la ayudaba a… ¿Qué frase usó? «Sentirse segura».

En su tono no había nada más que veneno. Unos cuantos alumnos apartaron los ojos.

A Kidan le daba igual.

—Espera, eso no lo entiendo —dijo Qara—. ¿Se marchó sin decírselo a su hermana?

—Exacto.

La respuesta de Kidan fue una risa seca y extemporánea.

Algunos estudiantes se revolvían en el sitio y jugaban con las mangas, incómodos, pero ellos no importaban. Kidan por fin miró a June para poder fijarse en cada mueca de dolor o de repugnancia en su mirada.

—Bueno, ¿y por qué pensamos que la hermana guapa abandonó a su melliza?

June agachó la cabeza y miró al suelo. Siempre lo hacía cuando estaba a punto de llorar.

Kidan devolvió la atención al grupo, sintiéndose como el imperturbable profesor.

—¿En qué se parece esta historia a la de Sovane?

Una chica de Ajtaf con el emblema de una torre dorada jugueteó con su libro.

—Sovane Ezariah tuvo que renunciar a su buen corazón para poder gobernar desde la estrategia. Acabó convirtiéndose en un líder frío y astuto. Quizá esa sea la lección de esta historia. Algunas personas prefieren el poder al amor, a la familia.

Slen se inclinó hacia delante con una expresión de aprobación.

—¿Cómo te llamas?

La chica de pelo corto sonrió.

—Tal Ajtaf.

—Me caes bien —dijo Kidan, y Tal sonrió con timidez.

—A lo mejor —intervino Qara Umil con una expresión dura en los ojos— se escapó porque su hermana no era una persona agradable.

Kidan saltó del banco y clavó la mirada en Qara.

La otra se echó hacia atrás y se empujó las gafas al puente de la nariz. Kidan se acercó un poco más a Qara. A sus inocentes ojos castaños. La Dranacti pronto se los apagaría. El ambiente cambió y una especie de canturreo sonó dentro de Kidan, alimentado por el miedo que emanaba de los estudiantes.

La temían y ella apenas había hecho nada.

Intentó no sonreír.

—Puede que tengas razón —dijo Kidan. En alguna parte del grupo alguien ahogó una exclamación—. Es la única explicación, ¿no? La hermana tonta debía de ser cruel, horrible, agresiva. La hermana guapa debía de sentirse atrapada.

Despacio, Qara asintió pestañeando.

Kidan los miró desde una gran altura.

—¿Has oído eso, June? Tu compañera piensa que hiciste bien en escapar.

Qara giró la cabeza hacia June a toda prisa, con los ojos abiertos de par en par. Las miradas de todos apuntaron a June como flechas. Ella temblaba. Nunca le había gustado ser el centro de atención. Kidan la miró con cierta compasión. Eso no era nada, absolutamente nada comparado con lo que June le había hecho pasar a ella.

Los ojos color miel de su hermana se tornaron vidriosos, pero June no lloró. Kidan se habría sentido mejor si lo hubiera hecho. En vez de eso, recogió sus cosas y se marchó a toda prisa. Qara la siguió con un ceño en el rostro.

Otro recuerdo acudió a la mente de Kidan. Vio a June escapando de los matones del colegio y pasando el rato con ella en el taller de carpintería. Contándole que no sabía hacer amigos, que nunca encajaba. El recuerdo se disolvió en el presente con la misma rapidez y dejó a Kidan con una sensación de frialdad y desconexión.

Yusef observaba a Kidan con recelo. Pero quizá se lo imaginó, porque al momento su amigo se volvió hacia ella y sonrió de buenas.

—Vale, buena suerte a todos, andando.

Los alumnos se levantaron y empezaron a desfilar hacia la Torre de Filosofía. Agotada, Kidan se recostó contra el banco.

—Tengo un poco de tiempo para darte otra clase de amárico —propuso Slen, observándola con atención—. Quedamos en el aula tres dentro de una hora.

Kidan asintió casi sin oír las palabras. Un fuerte latido le saturaba los oídos y las facciones heridas de June entraban y salían de su visión. Estaba satisfecha y sin embargo tenía ganas de vomitar.

La mirada fija de Yusef le provocó picores en la cabeza.

—Te vuelves una persona distinta en su presencia.

Kidan suspiró despacio.

—Necesito dar un paseo —dijo cogiendo su bolsa.

Durante los paseos era cuando más echaba de menos a GK. Él siempre se fijaba en la gente por si la acechaba algún peligro, así que ella no tenía que hacerlo. Sus huesecillos tintineaban.

Se estaba equivocando. Antes la amable sonrisa y los cálidos ojos de June la centraban. El mundo habría podido arder hasta el último centímetro y Kidan no se habría preocupado siempre y cuando tuviera a su hermana. No podían estar así.

Se internó en el pasillo que discurría por la parte exterior de la Facultad de Arte y respiró hondo bajo el retrato de la primera decana de Uxlay y el profesor Andreyas. Era una pintura al óleo en tres colores: negro, marrón y un toque de dorado ardiente para los broches de la casa que llevaban prendidos al pecho. Las dos montañas en intersección, una clara y una oscura, de la Casa Adane. Rahel Adane, la antepasada de Kidan, estaba sentada con la espalda recta. Los ojos oscuros que corrían en su línea de sangre saltaban a la vista. El profesor no había cambiado nada en absoluto, con las trenzas pegadas al cuero cabelludo y la piel marrón oscuro que tanto le favorecían.

¿Se habían peleado sus antepasados con sus hermanos, igual que ellas? ¿Compitieron Mahlet y la tía Silia alguna vez por la Casa Adane? ¿Y dejaron que eso las separara?

Una sombra dobló la esquina y Kidan se apartó de la pintura. Durante un segundo albergó la esperanza de que fuera Susenyos.

De hallar consuelo en esa cara conocida. Pero un brazo de metal captó la luz y destelló. La siniestra expresión de Samson reflejaba un interés nuevo y empalagoso. Desde allí debía de tener vistas directas de la plaza Sheba y podría haber presenciado su encuentro con June.

Los hombros de Kidan se tensaron y la rabia se propagó por sus venas. ¿Por eso parecía tan complacido?

Aparte de exigirle sangre una vez al día, Samson pasaba las horas, bien en las clases obligatorias del profesor Andreyas, bien escapando de Uxlay como si el conformismo de los dranaicos se le antojara insoportable. Era raro encontrarle en mitad del campus.

Y desconcertante ver un amago de sonrisa en sus labios.

22

KIDAN

La voz de Samson era áspera como granos de arena.

—Los pequeños desaires tal vez te proporcionen satisfacción a corto plazo, pero el placer se desvanece pronto.

Se situó ante ella, una figura alta hecha de metal y furia.

—Lo he oído —continuó en tono burlón—. El cuento que le has contado a June. Cuánto dolor acarreas.

Así que las estaba mirando.

Kidan le observó con atención, desde la cicatriz de la cara a los zapatos brillantes, y dijo:

—Vete a la mierda.

La sonrisa surgió despacio, curvada en las puntas como una serpiente.

—¿Por qué crees que traje a June? Sabiendo lo que te hizo.

—Porque necesitas atención desesperadamente. Eso dice Susenyos.

La sonrisa de Samson se perdió en un gruñido oscuro. Kidan retrocedió cautelosa y echó un vistazo a los alumnos que charlaban al final del pasillo. No se atrevería a intentar nada en público, ¿verdad?

Samson giró la cara y habló mirando al edificio. Ella lo prefería así. Le entraban picores solo de ver esos ojos contaminados.

—Cuando vuestra madre de acogida nos dijo dónde estabais, yo quería que las siguientes en la línea sucesoria, las hermanas mellizas, heredasen la Casa Adane —dijo, y Kidan aguzó los oídos—. Pero June insistió en que solo nos la lleváramos a ella. Lo suplicó, de hecho. La expresión de sus ojos era... casi desesperada. Yo no quería separaros, pero ella necesitaba ser libre. Quería escapar.

Kidan cerró los dedos y los abrió, ya sin ganas de luchar. ¿Cuántas veces tendría que oír lo mismo sin derrumbarse?

—Pero tú lo pagaste con vuestra madre de acogida y la quemaste viva.

Kidan se estremeció cuando el sentimiento de culpa reptó por su interior.

—Oh, sí, lo sé —prosiguió él, ahora sonriendo—. Pero la encantadora June no lo sabe. Porque su única petición fue que nunca os mencionara, ni a ti ni a... ¿Cómo se llamaba? Mama Anoet. Quería olvidarlo todo.

A Kidan le rechinaron los dientes. Samson se lo estaba pasando en grande. No quería darle la satisfacción de que supiera las ganas que tenía de gritar.

La mirada de él descendió al puño cerrado de Kidan.

—Te ayudaré a castigar a June.

Ella se puso tensa, sin saber si le había oído bien.

—Pensaba que estaba contigo —dijo, obligándose a hablar con calma.

—Y está conmigo. De hecho es mi favorita. —Se volvió hacia el patio de hierba. Los alumnos estaban sentados en los bordes del cuadrado, inclinados sobre libros. Otros yacían en la hierba con las cabezas apoyadas—. Pero todo aquel que abandone a su familia debe ser castigado. Es la única regla que rige mi vida y ni siquiera June está exenta de cumplirla.

A juzgar por el destello de sus ojos apagados, debía de estar diciendo la verdad. A pesar de todo, Kidan se sentía enferma solo de oírle hablar de su hermana con rabia o con afecto. No quería que mencionara a June y punto.

—Perder a una hermana —dijo Samson con una mirada penetrante— es un tipo de dolor diferente.

Kidan recordó lo que le había dicho Susenyos. Que el día que cumplió quince años, la hermana de su amigo fue asesinada por unos asaltantes y los dos persiguieron a los agresores para vengarse. Ahora estaba segura de que hablaba de Samson.

La mirada de Samson se desplazó por encima de su cabeza hacia Susenyos e Iniko, que recorrían el camino de adoquines y cruzaban las puertas negras de hierro de los Edificios Sost Sur. Kidan enderezó la espalda y avanzó un paso antes de detenerse.

¿Había recibido su mensaje? ¿Por qué no le respondía?

Al instante, una ira de un rojo vivo tiñó las facciones de Samson.

—Es para volverse loco verlos ir por ahí tan frescos.

Todo eso no tenía nada que ver con ella ni con June.

«Abandonado…». Él era una víctima de esa palabra tanto como ella.

Una sensación corrosiva se encharcó en las entrañas de Kidan. No quería entender el odio de Samson, aunque en ese instante hablara el mismo lenguaje que ella, aunque nadara en la misma bazofia repugnante.

Los ojos de él volvieron a posarse en los suyos, casi sedientos de sangre.

—Dime lo que más le dolería y yo te proporcionaré la clave para hacerle daño a June.

Algo malvado se extendió entre los dos, súbito y repugnante.

«¿Qué estás haciendo?». Kidan se sacudió de encima el hechizo de Samson. Se disponía a alejarse cuando un sonido, dulce y quedo, la detuvo en seco. Era su hermana, acompañada de Qara Umil. Sus risas se abrían paso por el espacio como una canción que avanzase brincando por el pasillo. Su intento de humillarla había fracasado.

Oculta en las sombras, Kidan las observó.

La voz de Samson flotó junto a su hombro.

—Te quema por dentro, ¿verdad? —le susurró—. Verla sonreír. La línea es sumamente fina. No los quieres muertos, porque una parte de ti necesita que existan, pero también quieres que entiendan tu dolor. Porque, mientras no lo hagan, no encontrarás la paz.

Kidan esperaba que su cara no delatara con qué exactitud acababa de describir Samson sus sentimientos. Movió los dedos para dibujarse un cuadrado en el muslo, y no porque tuviera miedo de él, sino porque lo tenía de sí misma. Si Kidan seguía escuchándole, acabaría cruzando una línea.

Mordiéndose el carrillo, le empujó y siguió andando.

—Muy bien. Te lo diré yo primero, heredera —le gritó Samson girando sobre sí mismo con excesivo deleite.

Kidan se obligó a seguir andando, pero la risa de su hermana estaba cerca, chirriante, envolvente. Burlona. En vez de eso, redujo el paso.

Un sonido satisfecho se dejó oír tras ella, como un lobo feliz con su comida. Le perturbaba ceder.

—Warde.

Kidan se dio media vuelta con las cejas enarcadas y la cara ardiente de odio.

—He visto llorar a June muchas veces a lo largo del último año. Llora por los enfermos, por los heridos, por los muertos. Pero nunca la he visto tan destrozada como la vez que unos vampiros renegados secuestraron a Warde. No comía, no hablaba. Tenía la mirada perdida. No le encontrábamos. Pero June, no sé cómo, se las arregló para ir ella sola al campamento de los renegados y rescatarlo en persona. Salió ilesa. —Él frunció el entrecejo como si aún no se lo pudiese creer—. Warde le da fuerzas, y puede que yo no lo entienda, pero su vínculo es poderoso. Le traje a Uxlay por ella, porque no habría venido sin él.

Kidan se dio la vuelta y vio al gigantesco vampiro junto a un árbol, a poca distancia, echándole un ojo a June.

Siempre estaba ahí, vigilante. Por momentos le recordaba a GK, luego a ella misma. Atento a la menor señal de peligro, listo para salvar a June.

Samson apareció ante ella, demasiado cerca. Kidan dio un respingo, pero igualmente miró sus ojos de carbón.

—Te puedo entregar a Warde.

El corazón le latió despacio al principio y luego se le aceleró. Las sombras de los dos se alargaron, una alta, la otra breve, y sin embargo se fundieron en una como tinta derramada en papel. Kidan intentó imaginar lo que él decía. Su hermana sufriendo por un extraño. Negándose a comer o a hablar. Esa fue Kidan durante más de un año. ¿Qué había hecho Warde para merecer el amor de June?

¿Era el remplazo de Kidan?

Su voz se tornó irreconocible.

—¿Le vas a matar?

—No, el verdadero dolor solo procede de la esperanza. La esperanza en la reunión. —Era como si hablara consigo mismo—. Como tú y el chico devoto. Es la esperanza de volver a verlo lo que te duele.

Los dientes de Kidan castañetearon de furia.

—Eres malvado.

—Me han llamado cosas peores. Puedo quitar a Warde de en medio. —Su voz prometía peligro—. Y espero que me respondas pronto acerca de Susenyos.

Ella notó un escalofrío en la columna.

—¿Por qué piensas que yo sé lo que le puede hacer daño? Tú le conoces desde hace más tiempo.

Él sonrió sin despegar los labios y su cicatriz se onduló.

—Sí, pero ahora no le conozco. No sé lo que valora, lo que odia, lo que teme. Necesito saberlo para poder planificarlo con cuidado.

Tras eso, desapareció en un revuelo, un borrón de sombras. Los ojos de Kidan volvieron a posarse en June; dirigió la rabia hacia su hermana para apaciguar su inquietud por Susenyos.

Buscó el teléfono a toda prisa. Seguía sin haber respuesta. Un vacío se le extendió por dentro.

«¿Por qué narices pasaba de ella?».

Kidan estaba dividida entre dirigirse a los Edificios Sost Sur para preguntarle a Susenyos por qué no le respondía o mantener su orgullo intacto. Puede que fuera cosa suya, pero tenía la sensación de que quienquiera que fuera el primero en buscar al otro perdería ese juego de poder en el que se habían embarcado desde que él le cediera la casa. Pero, por otro lado, Kidan no sabía cuánto tiempo soportaría sentirse así.

«No le necesitas. Él te necesita a ti».

Kidan repitió las palabras una y otra vez. Sin embargo, con cada repetición le sonaban más y más falsas.

23

JUNE

ALGUIEN ESTABA VIGILANDO A JUNE ADANE.

Warde caminaba a su lado sin hablar, entre el tintineo de su cadena de Mot Zebeya, pero no parecía que él percibiese una amenaza. Sin embargo, June estaba segura de que los estaban vigilando. Cada vez que se daba la vuelta, el brillo de una cinta dorada se perdía en las sombras de los edificios o de los árboles.

June sabía mucho de cintas. De lo obstinadas y engorrosas que eran y cómo tendían a quedarse atrapadas en las cosas. La suya siempre se le enredaba en las trenzas rizadas, pero le gustaba lo que le recordaba. El espía debería haber escogido una prenda menos problemática si no quería que June reparase en su presencia.

Tiempo atrás, June apenas podía dormir o recorrer las calles a solas por el terror que le inspiraban los vampiros, las sombras que aparecían en los pasillos del instituto. Sin embargo, desde que había conocido a los nefrasis y a Warde, ya no tenía nada que temer.

Suspiró y volvió a mirar su horario del semestre. No dejaría que nadie le estropeara las clases. Aquella era su última oportunidad de experimentar todo lo que pudiera. De ser una estudiante estelar. De hacer amigos humanos. De protagonizar su primer beso. De enamorarse.

Universidad de Uxlay

Segundo semestre

Estudiante: June Adane
Casa: Casa Adane, Departamento de Arqueología e Historia

Lista de materias

Química de los alimentos y microbiología, Facultad de Ciencias Alimentarias
Medicina tradicional africana, Facultad de Medicina
Introducción a la Dranacti, Facultad de Filosofía

Literatura obligatoria

Parásitos transmitidos por contaminación alimentaria, de Anton Goro
De las raíces a las hojas, de Wadu Rojit
Introducción a la Dranacti, de Demasus y el Último Sabio

A primera hora de la tarde, June fue al laboratorio. Estaba deseando probar una nueva mezcla de hierbas para curar cicatrices. También tenía que conseguir hojas de *sauag* para la mano herida de Samson. La podredumbre negra le provocaba dolor, sobre todo por la noche. Él solo la escuchaba de noche mientras le estaba tratando. Tenía que tranquilizar a Samson, recordarle lo que era realmente importante.

Poner a salvo la máscara.

«Nunca se debe coger una reliquia vinculada a una ley».

Fue la primera lección de June y se la machacaron casi a diario después de ese día. Igual que ella, Kidan no podía tocar ninguna de las reliquias. June hizo una mueca de dolor e intentó no pensar en su hermana. Era un arte que había llegado a dominar a lo largo del año anterior. A veces se le olvidaba, deseaba cosas inútiles. Pero sus pesadillas siempre le recordaban que no había vuelta atrás.

Volvió a ver la cinta dorada. Se reflejó en el suelo moteado de sol del laboratorio. Alguien estaba sentado en el edificio de enfrente… vigilándola.

Warde había cerrado los ojos en el asiento que June tenía delante. No existía una amenaza real. De ser así, Warde se habría dado cuenta.

June frunció el ceño y siguió trabajando en su pócima.

Nunca era consciente de la hora y odiaba los relojes con toda su alma. Así que no fue nada raro que solo el brillo dorado del sol poniente la informara de lo tarde que llegaba a Introducción a la Dranacti.

—¡Warde! —exclamó, dejando el mortero en el banco—. Tengo que irme.

Él abrió los ojos y se levantó sin protestar.

«Deberías llevar reloj», le dijo Warde.

«Me compraré uno cuando pruebes mis dónuts», le respondió June mentalmente.

«Los Mot Zebeyas no se permiten caprichos como los dulces».

June guardó en frascos sus pociones, se despojó de la bata de laboratorio a toda prisa, cogió su bolsa y cerró la puerta al salir. Había recorrido la mitad del pasillo cuando volvió la cabeza hacia el ventanal y atisbó una figura que se movía. Era rápida como el rayo. Sin duda se trataba de un vampiro. Se le aceleró el corazón. Samson se enfadaría si se enteraba de que estaba siendo tan descuidada. Aquello no era su antiguo hogar, aquí tenían muchos enemigos.

Pero ya se ocuparía de eso más tarde.

June cruzó el patio a la carrera y entró en la siniestra Torre de Filosofía. Había llegado la última. Se abrió paso entre los nerviosos alumnos, que parecían a punto de vomitar o de echarse a llorar, y se sentó en la última fila pasándose las trenzas rizadas por detrás de la oreja una y otra vez.

—La balanza de Sovane. —La anciana voz del profesor flotó en el aula—. ¿Qué habéis descubierto sobre el príncipe Ezariah?

June cruzó los brazos sobre el pupitre y apoyó la cabeza en ellos. Se le estaban… cerrando los ojos.

«No, no».

La clase empezó a desvanecerse a su alrededor, se tiñó de verde, un prado ondulado con un pilar de piedra... June estaba abandonando este mundo, entrando en otro...

—June Adane —ladró el profesor.

June se incorporó como si la hubieran electrocutado. Sus grandes ojos recorrieron la clase, donde un montón de alumnos la miraban boquiabiertos. Encogió los hombros, pegó la barbilla al pecho y clavó la vista en el pupitre.

¿Se había dormido?

Ay, por Dios, no.

—¿Te aburro? —El profesor habló en un tono cortante como fragmentos de hielo.

Ella negó con la cabeza con tanta vehemencia que las trenzas le rodearon la cara como si llevara bufanda.

—Explícate antes de que te expulse —le ordenó él.

Todos los ojos estaban pendientes de ella. June se sintió transportada de vuelta al instituto, a las bromas crueles de los alumnos, que la llamaban zombi o drogadicta o le decían que quería llamar la atención. Fue incapaz de responder.

El profesor Andreyas asintió.

—Muy bien, estás expulsada. Recoge tus cosas y...

—Perdone, profesor —le interrumpió una voz nerviosa. El profesor se volvió a mirar a Qara Umil, la compañera de June.

Qara era una chica muy guapa de piel marrón y gafas doradas. Se encogió bajo la fuerza brutal de esa mirada y June lo entendió perfectamente.

—June y yo estuvimos... estudiando hasta muy tarde. Las dos estamos muy cansadas.

June levantó la cabeza sorprendida y entornó los ojos con gratitud.

—Estudiando —dijo el profesor con retintín—. Muy bien. En ese caso deberías demostrar si tu empeño ha dado fruto o si nos estás haciendo perder el tiempo a todos.

June respondió con inseguridad.

—No… no le entiendo.

—Te formularé una pregunta. Si no sabes responder, os expulsaré a ti y a tu amiga. Puede que repetir el semestre os ayude a estudiar más.

Qara agrandó los ojos y abrió la boca para protestar, pero la cerró rápidamente cuando el profesor la desafió con la mirada.

El profesor Andreyas se volvió hacia June y ella habría jurado que la sala se oscurecía salvo por los focos que los iluminaron a los dos, uno en cada punta del aula. No podía permitirse el lujo de fallar.

Tenía que heredar la casa.

Conseguir la máscara antes de que se acabara el tiempo y decidir qué hacer con ella.

—¿Estás lista?

June miró de reojo a Qara, que se mordió el labio y asintió.

—S-sí.

—¿Quiénes eran las Seis Melenas de Sangre?

Los alumnos que tenía cerca se miraron aterrados, temiendo que el profesor les preguntara a ellos a continuación.

Pero June tenía los ojos clavados en el pupitre de madera. El silencio se alargó hasta abarcar un minuto entero. Qara empezó a recoger las cosas con la desdicha grabada en las facciones. June sabía por qué el profesor parecía tan airoso. La información sobre las Seis Melenas solamente aparecía en *Ye Abyssi Tarik,* un libro escrito en cientos de lenguas. Era imposible para un estudiante de primero responder a la pregunta.

Cuidado, le dijo Warde a June a través de su vínculo.

Qara se levantó para marcharse.

—Demasus Colmillos de León. —La voz de June flotó cerca del suelo—. Varos el León Nocturno, Ralonar el León Venenoso, Lidia la Leona Bífida, Helenik la Leona Cornuda y Nira la Leona Silente. Las Seis Melenas de Sangre.

Apenas podía respirar ni concentrarse en los alumnos, que la miraban con la boca abierta.

El profesor Andreyas enderezó la espalda. La sorpresa y la intriga brillaban en sus ojos. June tuvo la sensación de que se asomaba a su misma alma.

—Siéntate, Qara —dijo el profesor Andreyas por fin—. Estás retrasando la lección.

Qara se hundió en la silla con tantas prisas que la madera crujió. Articuló con los labios «gracias» en dirección a June, que le ofreció una pequeña sonrisa a cambio.

A June le dolía en el alma pensar que pronto se plantaría delante del profesor y traicionaría a su nueva amiga.

Qara Umil tendría que suspender. La balanza de Sovane lo exigía.

June se estaba complicando la vida haciéndose amiga de Qara, pero no podía evitarlo.

Porque a June se le acababa el tiempo. Su corazón dejaría de latir el día que cumpliera veintiún años. La mayoría de la gente no conocía con tanta claridad la fecha de su muerte, pero June sí. Y más o menos había hecho las paces con la idea. No se podía hacer nada al respecto. Volvió la cara hacia la ventana tintada, donde el sol hacía lo posible por alcanzarla incluso en esa sala oscura. Sonrió. Aunque una voz poderosa rugía y tronaba en su interior: *No morirás.*

Lo haría.

June lo sabía desde que tenía cinco años. Llevaba una bomba de relojería en el corazón y pronto estallaría.

Pero, antes de que lo hiciera, había varias cosas que quería vivir. Enamorarse. Experimentar su primer beso. Hacer amigos. No muchos, solo unos pocos. Ayudar a Kidan a entender todo aquello.

Otro destello dorado se reflejó en la ventana. June se giró a toda prisa hacia el pasillo y vio una figura que se escabullía.

«¿Quién eres? —se preguntó—. ¿Qué quieres de mí?».

Lecciones del Último Sabio

Sobre las Seis Melenas de Sangre

Tras emerger del abismo, Varos el León Nocturno y Yonas el Primer Sabio libraron una batalla que empapó la tierra de sangre e inundó el cielo de humo. Igualados en fuerza, ninguno de los dos pudo vencer al otro. Finalmente fue la edad la que los separó. El Primer Sabio, que era mortal, falleció, pero no sin antes transmitir sus enseñanzas y su legado a su beteseb y a los Mot'Zebeyas.

Pero Varos siguió viviendo. Siglo tras siglo se alimentó de la tierra convirtiéndola en un yermo de podredumbre negra. Como una sombra en el mundo, Varos transformó a cinco guerreros letales en vampiros. Juntos, se convirtieron en las Seis Melenas de Sangre.

Sus nombres eran los siguientes:

Varos el León Nocturno

Ralonar el León Venenoso

Helenik la Leona Cornuda

Demasus Colmillos de León

Lidia la Leona Bífida

Nira la Leona Silente

Tan solo la fama de una Melena de Sangre ha sobrevivido hasta hoy: Demasus Colmillos de León. Tanto es así que la mayoría cree que fue Demasus y no Varos el que generó a los vampiros. Los otros se escondieron tan bien que se perdieron en las leyendas.

Demasus fue la tercera creación de Varos, el que finalmente le traicionó al decidir que colaboraría conmigo para crear los Tres Vínculos. Nuestro único propósito es asegurarnos de que los vínculos nunca se quiebren. Garantizar que el legado de Yonas pase de padres a hijos. Y que el sacrificio que implica este poder se siga realizando.

* *De acuerdo con el mito descrito en* Ye Abyssi Tarik, *páginas 37-38.*

VOTACIÓN DE LAS CASAS DE UXLAY

CASA MAKARY
100 DRANAICOS

TRAS SUS DELIBERACIONES, LA CASA MAKARY HA DECIDIDO QUE LAS CASAS FRONTERIZAS DEBEN PODER OPTAR AL DECANATO. APOYAN LA MOCIÓN DE QUE LA CASA ADANE PIERDA DE INMEDIATO SU POSICIÓN CENTRAL.

Declarado en el tribunal de los Mot Zebeyas
el jueves 22

24

KIDAN

EN LA BIBLIOTECA, MIENTRAS LUCHABA CONTRA EL SUEÑO, KIDAN IBA alternando entre dos temas: el primero, descubrir más cosas sobre su madre; el segundo, tratar de desentrañar más mitos sobre las reliquias y cómo funcionaban. Era un proceso agotador, pero la ayudaba a no pensar en la propuesta de Samson. Había conseguido responder a la segunda pregunta de su madre sobre los Cuatro Aspectos de la Cultura.

La religión.

En Uxlay había dos religiones principales: una en la que sus adeptos veneraban al Último Sabio, como los Mot Zebeyas, que se llamaban a sí mismos los Guardianes de la Muerte, y otra cuyos adeptos veneraban a Demasus Colmillos de León. En los diarios personales de su madre había visto dibujos de cuernos de impala y de cadenas de huesos, dos elementos que se utilizaban en el culto al Último Sabio. Aquellos cuadernos le recordaban al diario de GK, con sus reflexiones sobre la calma y la paz.

Una oración que rezaba: «Debe doler lo mismo si te cortan un dedo que si te cortan una mano».

Kidan se apoyó en el respaldo y evaluó cuánto había progresado.

MAHLET ADANE

¿En qué idioma sueña la dueña de la casa?

En amárico.

¿Cree la dueña de la casa que la creación fue obra del Último Sabio o de Demasus Colmillos de León?

Del Último Sabio.

¿Cree la dueña de la casa que el poder debe residir en la comunidad, en la tradición o en los individuos?

¿Cree la dueña de la casa en el coraje, en la venganza, en la lealtad, en la responsabilidad o en la familia?

Kidan no creía ni en el Último Sabio ni en Demasus. Suponía que podía empezar a practicar la religión de su madre, acercarse poco a poco a la posibilidad de heredar su cultura, pero aún quedaría pendiente el idioma, que era una cuestión problemática. Y no tenía ni idea de cómo responder a las otras dos preguntas.

Y luego estaba el asesinato de sus padres.

Un asesinato grotesco y cruel.

Notó un cosquilleo en el cuero cabelludo; la sensación de que alguien la observaba. Decidió no hacerle caso, pero aquel pálpito persistía; era una presencia poderosa que se hallaba en el centro de la biblioteca. Kidan alzó la cabeza.

Y se le paró el corazón. Se había quedado de piedra.

Susenyos estaba allí plantado, mirándola. Iba sin camiseta y llevaba las *twists* sueltas, de forma que enmarcaban su mirada férrea y penetrante. Varios de los alumnos que estaban estudiando hasta altas horas de la noche se habían parado a observarlo.

Había algo inquietante en cómo centraba toda su atención en ella. Se plantó a su lado en un abrir y cerrar de ojos y, sin mediar palabra, alargó una mano y la instó a ponerse de pie. Kidan, con el corazón desbocado, obedeció, mirándolo a los ojos. El negro de sus pupilas se había tornado de un dorado rojizo. Le puso una mano en un lado del cuello con firmeza.

Kidan tragó saliva.

—¿Yos?

Él apenas la oyó; había un velo sobre su mirada. Los colmillos le entreabrían los labios y parecían más afilados que antes, como la punta de un cuchillo resplandeciente presionando sobre una piel oscura y brillante. Kidan se puso tensa, y un nudo de expectación y deseo se le formó en las entrañas. Susenyos se acercó a su cuello y el olor a eucalipto y aceite de rosas se le adhirió al pelo. A Kidan se le aceleró el pulso. No pensaría morderla allí mismo, ¿no? Delante de la gente...

Una explosión de dolor agudo se extendió por todo el largo de su cuello. Kidan ahogó un grito.

No había sido un suave pinchazo para que manara algo de sangre. Le había clavado los colmillos hondo, movido por una imperiosa necesidad. Un gemido de placer resonó en su interior mientras recostaba el peso de su cuerpo sobre ella. No tardarían en perderse en los recuerdos del otro; sin embargo, no estaban solos.

No estaban solos y él no le había pedido permiso.

Y aquel pensamiento bastó para que ella recuperase el sentido común.

—Espera, espera —le pidió con la voz entrecortada, dándole unos golpecitos.

Susenyos se apartó, y el movimiento de sus colmillos al desprenderse de su carne la hizo estremecerse y agarrarse el cuello. El vampiro observó sus ojos muy abiertos, el rápido sube y baja de su pecho. Kidan tenía las mejillas ardiendo, como fuego, por debajo de la palma de la mano de él.

Parecía sorprendido; un poco perdido al salir de su estupor. Ella nunca lo había visto así, tan desaliñado e irrespetuoso con las reglas de Uxlay sobre el consumo de sangre. Y, lo más importante, hasta aquel momento, siempre le había pedido permiso antes de beber de ella.

Algo no iba bien.

Kidan alargó una mano para tocarle el hombro y él, tan rápido como una víbora, la agarró de la muñeca para detenerla. Fue entonces cuando emergieron sus garras, negras y afiladas como cuchillos, y le pellizcaron la piel. Se le encogió el corazón. Un par de ojos ardientes se encontraron con los suyos y la implacable violencia que vio en ellos le paró el corazón.

Susenyos tenía pinta de querer devorarla... No sacaba las garras si no estaba rozando el límite. A ella le latía el corazón a un ritmo errático y, durante unos segundos, engullida por una oleada de miedo, sintió que regresaba a sus encuentros más violentos con él, que renacía su antigua necesidad de destruir a todos los vampiros por su naturaleza malvada. Sin embargo, poco después empezó a recordar, de forma dulce y gradual, toda la amabilidad que él le había mostrado a pesar de llevar puesta aquella máscara de monstruo. Recordó cómo la había abrazado en los Baños de Arowa, cómo la había salvado de sí misma.

Susenyos la cogió del lugar donde antes llevaba la pulsera de la mariposa. La muerte le había besado una vez la muñeca, hasta que Susenyos la había apartado de ella.

Y así fue como supo que el vampiro no le haría daño.

—Yos —le dijo en voz baja—. Suéltame.

Hubo algo en su voz que llegó hasta él, que, poco a poco, hizo que su hambre febril se rindiera ante la realidad. La soltó. Ella esperó a que hablase, pero, al ver que no hacía sino mirarla confundido, recogió sus libros a toda prisa, incluida su copia de *Aseracti*.

—Vamos —le dijo.

Él asintió débilmente y Kidan salió de la biblioteca sin hacer caso de los estudiantes que murmuraban. Oyó los pasos del vampiro tras de sí.

Caminaron en silencio un rato. La noche rebosaba calma y silencio. La Casa Adane los esperaba con las luces apagadas, como un gigante durmiente que solo despertaba a su llegada.

Susenyos se detuvo justo antes de llegar al porche. No llevaba zapatos y tenía manchas de hierba en el dobladillo de los pantalones. Sin embargo, el paseo parecía haber funcionado. Volvía a parecer el de siempre, más dueño de sí mismo.

¿Había venido directo de sus aposentos? Tal vez por eso no llevaba zapatos. Siguió la mirada de ella y, por fin, habló.

—Antes estaba herido y necesitaba un poco de sangre. Lo siento, pajarillo. No quería asustarte.

Su voz sonaba desenfadada, y ella lo habría creído de no ser por la expresión sombría de su rostro.

—No me has asustado. Solo estaba sorprendida.

Estaba intentando con todas sus fuerzas no fijarse en que iba medio desnudo. La llave de la sala de los tesoros colgaba de su cuello. Se pasó una mano por el pelo y observó la herida de su cuello tanto rato que a ella le dio tiempo a acariciársela. Todavía manaban de ella unas gotitas de sangre.

Y sus ojos... En las pupilas se le había formado un sol de un rojo ardiente que centelleaba. Se le antojaba distinta a su hambre anterior; más peligrosa, más vacía de deseo y llena de necesidad.

«Hasta el último nervio de mi cuerpo buscará la sangre de mi compañera».

—¿Debería ir a buscar las tenazas? —preguntó ella para rebajar la tensión con una voz sorprendentemente firme.

Él trató de reírse, pero soltó un sonido entrecortado y débil.

—¿Me torturarías?

—Si quieres...

Susenyos maldijo en voz baja y se volvió, frotándose la mandíbula.

—¿Lo disfrutarías tanto como la última vez?

—Por supuesto.

El vampiro esbozó una sonrisa y la calma se detuvo sobre ellos, como una nube.

—Te envié un mensaje —dijo ella—. No me contestaste.

—He estado ocupado —respondió con tono enigmático.

—Me has estado evitando. —Kidan notó una presión en el pecho—. ¿Estás enfadado por tener que cederme la casa?

—Estoy más enfadado por la crueldad del destino.

Aquello no era una respuesta.

—Sé quién es Lusidio —añadió ella con cautela—. Y por qué quieres evitar que se haga con la reliquia.

Al oír aquel nombre, Susenyos se puso tenso de nuevo.

—La decana Faris, ¿no?

—Sí.

Exhaló con fuerza.

—Enemigos tras los muros de Uxlay y enemigos dentro. ¿A quién destruimos primero?

—¿Estás al tanto de lo que han votado las casas? —preguntó ella.

A él se le ensombreció el rostro.

—Esperaba que Makary y Ajtaf votaran en nuestra contra, pero lo de la decana no me lo veía venir. Siempre está tramando algo.

—Pensaba que sacarte de la herencia serviría de algo. Al menos, la siguiente es la casa Qaros. Slen votará a mi favor.

Susenyos la miró con aire divertido.

—¿Sigues confiando en tus amiguitos?

—No empieces. Ya sé que Slen no te cae bien.

—Si se hubiera salido con la suya, ahora mismo yo estaría en Drastfort —replicó con una mueca.

«Me da la impresión de que no debería costarte mucho sacrificarlo a él por tu hermana». Eran las palabras que Slen le había dicho el semestre anterior, cuando estaba bajo el control del 13°. Pero las cosas habían cambiado.

Susenyos la observó con atención.

—¿De qué querías hablar?

Kidan exhaló.

—De mis padres. —Casi tartamudeó al pronunciar la palabra «padres», pero inclinó la barbilla y no hizo caso. Susenyos se había quedado muy quieto. Era evidente que no esperaba que sacara aquel tema—. Lo mataste tú, ¿verdad? Al vampiro que asesinó a mis padres. El que les arrancó el corazón.

Kidan quería mostrarse inexpresiva, pero le temblaba el labio. Él había estado allí. Había visto sus cuerpos.

El rostro de Susenyos se ensombreció.

—Ya está. No lo pienses más.

—¿Dónde está el corazón de Daric? —El vampiro frunció la frente lisa—. Lo quiero.

—Kidan…

—Lo mataste tú, ¿verdad? —insistió.

Susenyos no vaciló. Apretó la mandíbula en un gesto contenido.

—Sí.

—Entonces dime dónde está su corazón.

Kidan temblaba. Él bajó la vista hacia su dedo tembloroso, con el que ella dibujaba sin darse cuenta los símbolos sobre su muslo. Él también movió la mano antes de que ella se detuviera. Ambos se miraban las manos, a pocos centímetros de distancia. Una frenética, del marrón de la tierra, y la otra casi ónice y quieta como la muerte. Ella había visto cómo él, con sus largos dedos, cogía una hoja serrada con la misma facilidad que si fuera una pluma, abrumado por la necesidad de derramar sangre y palabras perturbadoras en nombre de la justicia. Y en ese momento, por un segundo, él la había alargado hacia ella del mismo modo, como por instinto, como si el lugar de ella estuviera entre sus manos. Kidan siempre había querido formar parte del instinto de alguien, penetrar en su inconsciente mismo. Si echaba raíces allí, olvidarla sería difícil. Sin embargo, no podía formar parte de él. Al menos, no si quería estar a salvo. No sin que él le arrebatara mucho más de sí misma.

—Yos —dijo Kidan, con más dureza. La debilidad había desaparecido de su voz—. Necesito saberlo.

Susenyos observó su mirada, expectante, tal vez con la esperanza de que dejara el tema, antes de responder:

—Está debajo de la Casa Adane. Enterré su corazón bajo el salón.

Ella se quedó boquiabierta.

Por supuesto.

¿Qué le había dicho una vez sobre Samson? «Le arrancaremos el corazón del pecho y lo enterraremos bajo nuestra casa».

—Adjoa Piran. —Hasta pronunciar su nombre le sabía a veneno—. ¿Fue ella quien le ordenó que lo hiciera?

—En el juicio la declararon no culpable. No sé por qué Daric lo hizo.

Kidan lo miró a los ojos y en ellos encontró solo verdad. Asintió, hundiendo los hombros.

—¿Por qué?

—Por avaricia. —La violencia resonaba en la voz de Susenyos—. Eso es lo que se rumoreaba. Alguien los traicionó. Se corrió la voz de que la Casa Adane había descubierto la última reliquia en Axum y Uxlay se volvió contra tus padres. Sus propios vampiros se volvieron contra ellos. Por suerte, Dios nos dio el día de Cossia para lidiar con los indignos.

Kidan abrió los ojos como platos al recordar la lista de los asesinatos cometidos por Susenyos que había leído en la biblioteca el semestre anterior. Recordó cómo se había ganado el nombre de Susenyos el Salvaje. Por qué era el único dranaico que quedaba en la Casa Adane.

—Los mataste... uno a uno.

No había piedad alguna en sus pupilas. Una trenza se cruzaba por delante de uno de sus ojos, como si fuese una hoja letal que lo cortara en dos.

—Pues claro.

En momentos como aquel, Kidan pensaba que no habría nadie en el mundo que la entendiera tan bien como él. Porque ella habría hecho lo mismo. Lo había hecho por June. Matar a cualquiera que traicionara a su familia.

Y, sin embargo, también sabía que aquello no era lo único que lo había motivado.

Que no hubiera más dranaicos significaba que no había competencia para hacerse con la reliquia de la máscara. Kidan no lo culpaba por sus segundas intenciones, pero necesitaba saber qué era más importante para él, si la lealtad a la Casa Adane o las reliquias del Sabio.

Se quedaron en silencio mirando hacia el patio delantero, acompañados por los sonidos de los grillos y de los fuertes vientos que soplaban. Habían predicho tormenta para aquella noche. Se alegraba; así dormiría mejor. Las trenzas de Kidan bailaban al compás del viento creciente, acariciando el hombro de Susenyos. Este inhaló y pareció contener el aliento. La inquietud le esculpía el rostro, y verlo tan nervioso la hizo recordar la quinta página de *Aseracti*.

> Todas las cosas actúan por interés propio; hasta el mártir recibe alabanzas cuando está bajo la tumba. Hasta el generoso se siente agradecido por su estatus, por el pedestal desde el que reparte monedas. Toda alma venera a los tres pilares de la necesidad: escapar, dominar y ser amada.
>
> Si conoces el pilar de un vampiro y te interpones ante él, se inclinará ante ti, ya sea por servidumbre o por adoración. No puedes dominar una casa si no dominas a los demás.

—Si quieres mi sangre, puedes tomar un poco. —Apenas había terminado la frase cuando él le tocó el cuello y la atrajo hacia sí, inhalando con fuerza. Ella, sorprendida, se quedó sin aliento. Susenyos respiraba con violencia, absorto en su hambre voraz, y así despertaba la de ella. Tenía el pecho duro y musculoso. Kidan lo cogió de la mano enseguida para mantenerla alejada de su piel encendida. Incluso el tacto de su mano se le antojaba demasiado, pero se obligó a concentrarse.

Él se recompuso lo bastante para soltar una amarga carcajada.

—¿Por qué presiento que viene con condiciones?

Kidan casi sonrió ante lo bien que la conocía.

—Antes solo tienes que decirme cómo funcionan las reliquias.

Susenyos se la quedó mirando y luego exhaló, perplejo.

—Qué mala eres, *yené* Roana. —Ella se estremeció al oír el fuego de su voz—. Pero no pienso negociar contigo por las reliquias.

Ella hizo aletear las pestañas, rindiéndose al aroma embriagador de él.

—Entonces me temo que no puedo ayudarte. Por desgracia, mi otro compañero se ha llevado toda la sangre que podía ofrecer. Igual puedes conseguir su petaca.

Un fuego peligroso llameó en sus ojos.

—Eso tiene fácil remedio. Pero le has dado algo más que tu sangre, ¿verdad? Has estado hablando con él.

Kidan se quedó quieta.

—¿Me has estado vigilando?

—Cuento con varias personas que te están echando un ojo. ¿Por qué lo preguntas? ¿Tienes intención de traicionarme? —Bromeaba a medias, pero su mirada seguía estando alerta, buscando respuestas—. ¿De qué habéis hablado?

Kidan apretó los labios. Cuanto más tiempo permanecía en silencio, más se endurecía la expresión de él. Bien. Si quería ganarse su confianza, tendría que contarle sus secretos. Él frunció el ceño con fuerza, tratando de leerle los pensamientos.

—Dime cómo funcionan las reliquias —insistió.

Ambos, igual de testarudos, se quedaron mirando largo rato. Ninguno se rendía. Susenyos miró hacia la puerta con una expresión inescrutable y luego... sonrió.

Kidan parpadeó, confundida ante aquel cambio repentino.

—Dejemos que sea la casa quien decida qué secretos debemos contarle al otro —repuso él, y se dirigió al porche.

Kidan se volvió despacio.

—¿Qué?

—Ven.

Lo siguió, confundida. Al llegar al umbral, Susenyos respiró hondo, como si se dispusiera a sumergirse en agua fría, y luego recorrió el pasillo a toda prisa, rígido. Kidan tuvo que acelerar para seguirle el ritmo. Sin embargo, Susenyos no la llevó al observatorio, como había hecho tantas veces antes para que ambos se sumergieran en su dolor mutuo: dobló hacia el pasillo que llevaba a la puerta del jardín. No obstante, no salieron para adentrarse entre los arbustos que les llegaban a la cintura, como ella esperaba.

En el pasillo, Susenyos se detuvo frente a una puerta delgada empotrada en la pared, tan pequeña que Kidan nunca se había fijado en ella. Tras esta había cubos, escobas, fregonas y detergentes.

—Si sentimos dolor en la misma habitación, tiene sentido pensar que la felicidad también disfruta de su propio rincón —explicó Susenyos con voz serena—. Y la felicidad tiende a soltarnos la lengua.

Kidan observó sus ojos brillantes y arrugó la nariz.

—Esto es un armario para escobas.

Para su sorpresa, a Susenyos se le iluminó la mirada. Sus ojos se habían tornado marrones; ya no había ni rastro de la ardiente avidez de hacía unos instantes. Sus colmillos y sus garras también habían desaparecido. Aquella fue, tal vez, la primera vez que Kidan percibió con claridad la diferencia entre Yos, el humano, y Susenyos, el vampiro. Parecía ser, verdaderamente, dos personas diferentes, y ella no lograba imaginar lo mucho que eso debía desconcertarle.

—Ten un poco de fe, por favor. Tú primero.

Kidan no se movió.

¿Felicidad? ¿En un armario para escobas?

—¿Crees que me pondré tan contenta que te contaré todos mis secretos? —le preguntó despacio, tratando de comprenderlo.

—Es posible.

—¿Por qué has esperado hasta ahora?

Clavó en ella la mirada oscura.

—Porque no sé cómo me va a afectar a mí.

Kidan tragó saliva. Empezaron a sudarle un poco las manos.

—Pensaba que querías evitar la Casa Adane a toda costa.

—Sí. No hay habitación en esta casa que no sea como entrar en el mismísimo infierno. O como asfixiarme en el observatorio durante horas. —Kidan abrió los ojos cuando unos hilos negros y retorcidos que conocía cobraron vida. ¿Acaso Susenyos estaba pensando en Lusidio otra vez?—. Pero quiero ponerme a prueba. Y me pregunto si habrá algún refugio seguro, algún rincón de esta casa que no esté envenenado. Si es posible sentir algo que no sea dolor cuando estoy así.

«Así». Humano.

—No veo por qué no —contestó Kidan.

Una gran sonrisa se dibujó en sus labios carnosos.

—Pues vamos a descubrirlo, ¿no?

Kidan observó con desconfianza las siluetas oscuras de las fregonas y los cubos. Después de todo el dolor y la ira que aquella casa había magnificado, la felicidad no debería resultarle tan aterradora. ¿Qué iban a hacer? ¿Matarse a carcajadas? ¿Confesarse sus secretos? Le parecía una bobada. Susenyos la miró con una ceja enarcada, desafiante, mientras esperaba. Kidan apretó los dientes y entró en el cuartucho. No sería ella quien se acobardara ante un desafío.

25

KIDAN

Susenyos cerró la puerta después de entrar. Estaban apretujados en la estancia más pequeña de toda la casa. Si alargaba los brazos, Kidan podía tocar las paredes de ambos lados con las puntas de los dedos. Estaban de pie, el uno frente al otro, sin espacio para hacer nada más que rozarse la piel mientras intentaban no tocarse. Teniéndolo tan cerca, su aroma la abrumaba. Intentó no respirar hondo.

Una bombilla mortecina arrojaba sombras bajo los ojos y la nariz de Susenyos.

—Cierra los ojos —le indicó él.

—No.

Él sonrió y esperó.

Y, al cabo de un instante, ella cerró los ojos.

—¿Qué sientes? —susurró él.

—A ti. Respirándome en la cara.

Él se rio de nuevo, abanicándola otra vez con su aliento.

—Concéntrate.

Se permitió relajarse y aclimatarse a la habitación. No estaba llena de telarañas ni tampoco húmeda, llena del hedor de las fregonas. En lugar de percibir todo eso, la rodeó un escenario nuevo. Un aroma silvestre y a pan caliente, la risa embotellada de sus seres queridos y antorchas en la oscuridad. Tambores e instrumentos de cuerda.

—¿Oyes la música? —susurró Kidan al tiempo que abría los ojos.

—Sí.

La música crecía y crecía, cada vez más alta, arrastrándolos a un ritmo conocido. Viajaba por todos los rincones y le iba directa al pecho. Susenyos no pudo contener una sonrisa al ver que ella empezaba a mover los pies al compás.

—¿Por qué tengo ganas de bailar? —le preguntó ella, entrecerrando los ojos en un gesto acusador.

Susenyos alzó las manos como si quisiera defenderse.

—Es tu cuerpo. No sabe qué hacer con toda la energía feliz que fluye a través de él. Hay quien corre y quien salta; otros bailan. Sea como sea, tienes que dejarla salir.

Él debía de sentir lo mismo, porque ¿cómo si no iba a describirlo con tanta perfección? Kidan sintió una calidez embriagadora que se acumulaba en su interior y tuvo que dejarla libre; de lo contrario explotaría. Era repentina, tonta, algo que había conocido brevemente de niña. Estaba maravillada.

Y, aun así, se resistía.

—¿Qué te dijo Samson? —le preguntó Susenyos. Su voz se mezclaba con la música. Estropeaba su ritmo, la devolvía bruscamente a la realidad.

«Concéntrate. Por eso estamos aquí. Para sacarnos secretos el uno al otro», se recordó.

Puso la voz firme. Lo miró a los ojos.

—Que me ponga de su lado.

—No serías capaz —respondió él de inmediato.

Kidan rezaba por que así fuera.

—Mátalo. Si no quieres que me ponga de su lado, mátalo.

Su voz desprendía una urgencia que no quería mostrar.

Una chispa de sorpresa brilló en los ojos de él.

—Estás tentada.

No era una pregunta, sino una afirmación. Kidan apartó la vista, asaltada por la vergüenza.

—¿Por qué cambias de bando con tanta facilidad? —le preguntó. La luz se deslizaba por las suaves llanuras de su pecho—. ¿Por qué te resulta tan difícil serme leal? Si me dieras una pizca de la devoción que malgastas en la traidora de tu hermana y los taimados de tus amigos, seríamos indestructibles.

Su voz era peligrosa. Era como una nana ante la que ella quería rendirse con desesperación, pero que se transformó al llegar a las profundidades de su mente; allí revelaba sus capas escondidas, hasta que una llamarada de ira se instaló en su pecho.

¿Le hablaba de lealtad? ¿A ella?

—Tú abandonaste a tu gente. —Kidan le dio un empujón en el pecho para respirar mejor, pero él apenas se movió. Su cuerpo parecía tallado en piedra—. ¿Qué sabrás tú de lealtad? ¿De que te abandonen?

Adiós a la felicidad. La música y los tambores se apagaron y en su lugar se abrió paso el frío.

En momentos como aquel, deseaba tener más fuerza física para arrojarlo a la otra punta de la casa y hacer que comprendiera lo que era el dolor. La expresión de él había empezado a cambiar.

—¿Vas a juzgarme por un error de hace sesenta años? ¿Vas a permitir que todo lo que hemos superado se pudra?

No soportaba ver la decepción que había en sus ojos. Era algo nuevo, en sintonía con su dolor, una señal que ella no quería percibir. A pesar de su poca disposición, las palabras de Samson habían dado en la llaga.

«Todo aquel que abandone a su familia debe ser castigado. Es la única regla que rige mi vida».

«No —se dijo, enfadada—. No lo escuches». Pero eran tantas las voces que daban vueltas en su mente… Le resultaba agotador.

Susenyos observó con atención sus ojos cansados y, con voz más amable, dijo:

—Concéntrate en esta habitación. Deja entrar a la felicidad.

La habitación le tiraba del pecho, tratando de sacar de él una cierta vulnerabilidad.

—Mátalo y punto. Por favor.

Susenyos la observó largos segundos y se preguntó qué vería en ella. ¿Una heredera digna? ¿Una igual? ¿O solo una Adane más que no tardaría en ser olvidada?

—Muy bien, pajarillo. Me encargaré de él. —Kidan exhaló aliviada—. Me aseguraré de que no se te acerque —le prometió, y ella le creyó.

Quería creerle con todas sus fuerzas.

Una sensación ligera y cálida brotó entonces de su pecho, como una voluta dorada. La música aumentó de volumen, más persistente, más entusiasta, apremiándola a moverse. La felicidad los arrullaba, envolvía sus corazones y les exigía que bailasen.

—No lo pienso hacer. —Kidan se cruzó de brazos, pero tamborileaba con los dedos al compás del estruendo de los tambores—. Me niego.

Susenyos sonrió.

—Haz lo que quieras; yo no pienso resistirme. Lo he intentado en el pasado, pero en esta habitación cuesta sentir algo que no sea felicidad.

Y entonces ella observó perpleja cómo empezaba a moverse de delante atrás y de un lado a otro, danzando en el armario abarrotado. Se quedó boquiabierta.

—Estás ridículo —susurró.

—Eso solo lo diría alguien que tuviera miedo de la felicidad.

Ella enarcó una ceja. Sabía lo que pretendía.

—No tengo miedo.

—Demuéstralo.

Mirándolo a los ojos brillantes, se rindió a la llamada de la habitación. Permitió que sus mentes unidas amplificaran todo atisbo de dicha. Una bandada de luciérnagas cobró vida ante sus ojos. Susenyos alargó una mano hacia ella; entre los dos flotaban pedacitos de luz. Con cuidado, ella deslizó la mano sobre la de él. Tenía la misma temperatura, el mismo tacto. Empezaron a bailar lento, manteniendo las distancias. Era como el reverso de la Balada de los Ojos; tenían la mirada el uno en el otro para que les resultara imposible esconder cualquier emoción que despuntara en ellos. Los instrumentos cogieron ritmo, se oyeron aplausos, vítores de gente. Kidan movía los pies cada vez más y más rápido, siguiendo el ritmo de él. Se sentía un poco ebria, como si estuviera volando. Echó la cabeza hacia atrás y soltó una carcajada. Se habían adentrado en otro universo. Aquella habitación, aquel espacio, estaba tan lleno de luz que le parecía imposible que nada pudiera siquiera rozarla. Rozarlos. Cuando levantó la vista hacia Susenyos, se dio cuenta de que la estaba observando con un asombro crudo, con avidez, como si ella fuese el sol y él estuviera tratando de capturar su belleza.

Debieron de danzar durante horas, de empezar a tocarse sin darse cuenta, llevándose el uno al otro a un ataque de risa absurda. Tiraron escobas y cubos y, cuando ya no podían mover los pies, se dejaron caer al suelo, con las cabezas contra la pared y las piernas dobladas de forma incómoda para caber dentro del armario.

—No quiero salir nunca de esta habitación —confesó Kidan, incapaz de reprimir otra carcajada. Cuando se reía, él reseguía la curva de sus labios, como para asegurarse de que el sonido se originaba en ella de verdad, y a ella le entraban ganas de reír una y otra vez. Respiraban profundo, al compás, y la casa exhalaba con ellos. La música los anegaba y se colaba bajo su piel, llevándolos a un clímax eufórico.

Era una estancia muy pequeña, pero también un destello de lo que podía ser. Si lograban convertir la casa entera en aquello, ¿cómo serían sus vidas?

—Todo este tiempo… ¿Quién me iba a decir que la felicidad estaba atrapada en un armario para escobas? —Kidan suspiró, anonadada. Una parte de ella sabía que aquello no era real, pero decidió no hacerle caso.

Susenyos esbozó una sonrisa perezosa, borracho de todo lo que le rodeaba.

—Es mucho mejor estar tumbados en esta habitación que en el pasillo, ¿no te parece? —Ella asintió con entusiasmo—. Los aplausos y los vítores de la gente, la música... Me recuerda a la ciudad de Farah. Cuando los nefrasis fueron más felices.

—Debes de echarlos de menos —repuso ella con dulzura—. A los nefrasis.

—Más de lo que creía posible. —Le ofreció una sonrisa triste—. No ocurre casi nunca, ¿sabes?

—¿El qué?

—Se supone que cada habitación ha de representar cosas diferentes para cada persona, pero nuestras habitaciones se han fusionado las unas con las otras. Sientes felicidad donde la siento yo. Dolor donde lo siento yo. Es extraño.

—No haces más que decirlo. —Apoyó una mejilla en el suelo de piedra. No estaba frío. En aquella habitación, nada estaba frío.

—Porque es la verdad. —Frunció el ceño mientras trataba de comprender el porqué. Allí no le parecía antiguo ni un monstruo; allí no era más que un muchacho atrapado en el tiempo. Se apartó el pelo trenzado del rostro para poder observarla mejor. Si quería, Kidan podía alargar una mano y acariciarle la mejilla. Le resultaría tan natural como respirar.

Quería decirle lo que estaba pensando sin preocuparse por las consecuencias. Quería ser tan libre como lo había sido el Día de Cossia.

Kidan se fijó en sus largas pestañas y en su piel marrón y luminosa.

—Quizá sea cosa de la habitación, pero me pareces hermoso —susurró. Los ojos de Susenyos parecían contener el universo entero.

Él sonrió de oreja a oreja, iluminando hasta el techo de la estancia.

—Es cosa de la habitación.

Ella suspiró, satisfecha, y se puso boca arriba, observando las chispas de luz de las luciérnagas que salpicaban el techo.

—¿Y yo? ¿Soy hermosa en esta habitación? —preguntó alargando un brazo hacia los insectos, que zumbaban y se derretían en la palma de su mano.

Susenyos se incorporó un poco para asegurarse de que ella pudiera verlo y, con gran pesar, respondió:

—Me temo que te encuentro hermosa en todas las habitaciones.

Kidan esbozó una sonrisa y él resiguió sus labios con avidez.

—¿Incluso en las que intento matarte?

—Sobre todo en esas. La muerte nunca me pareció hermosa hasta que fueron tus manos las que la trajeron.

Oyó el zumbido de las luciérnagas y notó una oleada de calor en las entrañas. ¿Qué le estaba pasando a su cuerpo? Una parte de su ser le dijo que huyera. Aquella naturalidad no era real y no duraría mucho.

«Pero... solo un rato más».

Kidan se incorporó, de forma que quedaron sentados a escasos centímetros de distancia. Necesitaba unos minutos más en aquel mundo.

—¿Sabes qué? —dijo, aunque no sabía adónde quería llegar—. A menudo pienso que en esta casa nunca me tocas. Lo pienso más a menudo de lo que me gustaría.

Kidan puso los ojos como platos al oír su confesión y abrió la boca para recuperarla, pero... él le dedicó una sonrisa tan ancha, tan victoriosa, que no pudo evitar corresponderle. La euforia de aquella estancia hacía que la vergüenza fuese un imposible.

Poco a poco, los dedos de ella se deslizaron al pecho cálido de él. Se quedó muy quieto, respirando de forma irregular. Ella esperaba que se apartara, esta vez, con una presión que le envolvía el vientre.

Pero no lo hizo. Al parecer, la incomodidad tampoco existía en aquella habitación.

—Pienso en el Día de Cossia. En lo que hicimos —añadió.

Él cogió aire con fuerza.

—Kidan...

Una parte de Kidan era consciente de que tanta felicidad atrapada en un espacio tan pequeño, más aún si la habían recibido ellos, de entre todos los demás..., no podía durar. Pero no le importaba.

Pensaba beberse hasta la última gota.

Sin perder la sonrisa, empezó a darle besos lentos y lánguidos en el bíceps, permitiéndose explorar cada centímetro de su cuerpo. Él inhalaba y exhalaba, cada vez de forma más entrecortada. Nunca lo había visto tan visiblemente… alterado. Y verlo así le prendía fuego a cada átomo de su cuerpo.

Recordó sus espadas de dragón blandidas para embestir a sus atacantes, su cuerpo cubierto de sangre, y luego limpio y húmedo por el vapor de los Baños de Arowa, con la toalla sobre el torso, casi convertido en uno con la decoración del techo.

Un cuerpo hecho para la guerra y para la paz. Se apartó de él. El corazón le latía desbocado.

Él la estaba mirando con los ojos entornados, colmados de deseo.

—Tus ojos me piden que cometa actos infames.

Y, antes de que Kidan pudiera admitirlo o negarlo, Susenyos la tumbó boca arriba. Se apoyó en una sola mano y con la otra la cogió del borde de la camiseta y se la levantó. Ella entreabrió los labios y tembló cuando él posó su boca apremiante contra su barriga desnuda. Una descarga eléctrica le hizo arquear la espalda cuando subió por la curva de su pecho, por su cicatriz en forma de luna creciente, por debajo del sujetador y presionó los labios contra ella y murmuró:

—Eres perfecta, tan suave… Tan absolutamente divina.

Le daba vueltas la cabeza; la tierna adoración de Susenyos, las suaves caricias de su lengua la hacían delirar. Le había mordido allí una vez, pero en esta ocasión era dulce, íntimo, tanto que le entraban ganas de llorar. Cómo podía ser ambas cosas a la vez era todo un misterio, pero lo cierto era que ella ansiaba a las dos.

El techo se encendió con más parpadeos mientras ella se mecía entre el deseo y la dicha.

Pero había algo más. Bajo su corazón acelerado se había abierto paso la tristeza. No esa clase de tristeza que la quebraría hasta que ya no lograse soportar ni su propio reflejo, sino un delgado hilo de pena por no haberse permitido nunca un espacio de intimidad como aquel. Sintió tristeza por la persona que era fuera de aquella habitación, por el fervor con el que necesitaba amor y por las cosas impías que había hecho para conseguirlo. Y mírala ahora, mira lo bien que la amaban sin tener que hacer absolutamente nada. No recordaba la última vez que había ocurrido algo así.

Hacía que quisiera decir auténticas locuras.

—Prométeme que no me abandonarás —le pidió sin aliento—. Que cuando consigas todo lo que quieres, la reliquia, tu inmortalidad... Prométeme que no te irás.

Sintió aquellas palabras como un puñetazo en el estómago en cuanto abandonaron sus labios. Sintió la dolorosa verdad que encerraban. Él dejó de adorarla, y sus besos fervorosos fueron remplazados por aire frío. Ella tardó un minuto en aunar el coraje para levantar la vista y mirarlo. Estaba desarmado, desde su largo pelo hasta la expresión abierta de sus ojos. Era aterrador ver con tanta claridad el interior del alma de alguien.

¿Había hablado demasiado?

Él se sentó y se secó la boca con el dorso de la mano.

—Esta habitación es muy peligrosa.

Ella se incorporó también y le acarició el rostro. Él cerró los ojos y se inclinó hacia la palma de su mano. Tocarlo tan a menudo como quisiera, cuando ella deseara... ¿Qué otra dicha podría haber?

—No podría dejarte ni aunque quisiera. —La cogió de la mano y le dio un beso en la palma para luego mordisquearla con suavidad en los dedos hasta hacerla reír—. Ahora estoy jurado a ti para siempre.

—¿Jurado a mí?

Le gustaba cómo sonaba aquello. Le encantaba lo sincero que lo hacía aquella estancia.

Su pelo caía como una cascada a su alrededor, como zarcillos negros. Se enrolló algunos en la mano; le encantaba su textura áspera.

—Es por tu sangre. —Susenyos seguía mordisqueando y tirando de sus dedos, provocándole un placer delicioso que le llegaba hasta los pies—. Me has atado a ti y ni siquiera te has dado cuenta. Estoy maldito. Siempre tendré hambre de ti.

¿Se refería a la ceremonia de compromiso?

—Entonces deja de beber de otros. Bebe solo de mí —le pidió, sabedora de que él seguía visitando la sala del cortejo de sangre. Solo de pensarlo se le encogía el estómago.

Él se echó a reír con la boca pegada a su mano y luego se apartó. Había tanta luz en su mirada que se sentía mareada. Poco a poco, se le oscureció, convirtiéndose en un túnel interminable.

—¿Qué pasa? —preguntó ella.

Él guardó silencio unos instantes. El mundo dejó de moverse por completo, aguardando su respuesta.

—¿Dejarás siempre que beba de ti? —preguntó. Ella asintió a toda prisa—. ¿Hasta cuando estés enfadada conmigo?

—No estoy enfadada contigo.

—En esta habitación, no. Ahora no. Pero fuera lo estarás. Lo estás a menudo. —Ella bajó un poco la vista y él le levantó la barbilla, mirándola con dulzura—. No quiero que tu sangre nos gobierne. No quiero una devoción forzosa. —Le acarició el labio superior, que tenía fruncido—. Quiero que vayas y vengas cuando te plazca. Y quiero lo mismo para mí. Si no, acabaremos resentidos el uno con el otro, *yené* Kidan.

Le encantaba cómo pronunciaba su nombre, pero no así. No cuando parecía tan desgraciado.

—Eso no pasará.

Quería convencerle de que todo iría bien. Mientras se encontrasen allí, en el armario de las escobas, estarían bien.

—Este juramento… Por mucho que ansíe tu sangre, necesito más la libertad.

¿Se refería al juramento de Matir y Roana? Si no quería que siguieran interpretando aquellos papeles, no tenían por qué hacerlo.

Lo miró, levantando las pestañas.

—Ya eres libre, Yos.

—No —susurró, descansando la frente contra la de ella.

Su ánimo se estaba oscureciendo de nuevo, y a ella no le gustaba. ¿Acaso ya no quería ser su compañero? Sin embargo, tenía sentido que estuvieran juntos, como la luna que orbita alrededor de la tierra, una siguiendo a la otra por entre las ardientes estrellas.

—Hay muchas cosas de las que soy esclavo —confesó Susenyos. La luz se había extinguido por completo de sus pupilas.

Y, con aquellas palabras, la energía de la habitación cambió, parpadeó y se quebró. Ambos miraron hacia la rendija de la puerta a la vez, a tiempo para ver como una oleada de azul océano irrumpía en el interior de la estancia.

Kidan se alejó de ella, yendo hacia él, ansiosa por rozar los labios contra los suyos y ahuyentar al frío.

Pero Susenyos se apartó, y esta vez su sonrisa no era sincera. Se puso de pie antes de que a Kidan le diera tiempo a hablar.

—No... —empezó a decir ella, pero se interrumpió. Odiaba lo débil que sonaba su voz.

«No te vayas», quería decir.

Una expresión retraída asomó al rostro de Susenyos. Pena, quizá.

—Ha sido egoísta por mi parte traerte aquí. Tendría que haber dejado que vinieras sola.

Kidan sintió que la anegaba una fría decepción. Miró al suelo. Se negaba a ver cómo se marchaba. Al cabo de un momento, la puerta se cerró tras él.

Y, al irse, se llevó con él toda la luz. Hasta la última luciérnaga. Kidan dobló las piernas y apoyó la barbilla en sus rodillas. La tristeza y la ira se arremolinaban en su interior, como si formasen un pequeño tornado.

Sí, había sido egoísta. Por hacerla probar lo prohibido solo para arrebatárselo luego.

Lo odiaba. De repente, una ola de calor engulló la habitación; la sangre le hervía. La reacción había sido tan potente que Kidan apenas podía respirar.

No, quería que volviera. La estancia se llenó de neblina y de deseo; las llamas dieron paso a un aire dulce.

No, aunque lo hiciera, ella siempre se quedaría atrás. La habitación se derritió, atrapándola como un cemento húmedo, frío e interminable.

Metió los dedos entre sus trenzas. Le dolía la cabeza; sentía una presión creciente tras los ojos. No soportaba el ruido de aquella casa, el zumbido de todas sus emociones.

«Silencio. ¡Necesito silencio! Por favor…».

Como siempre, la casa siguió arañando y golpeando su mente como un monstruo implacable, hasta que solo le quedó una opción, una forma de encontrar la paz… en las complejidades de la filosofía Aseracti.

26

KIDAN

MÁS TARDE, AQUELLA MISMA NOCHE, MIENTRAS LA CASA ADANE gemía y crujía a su alrededor, Kidan leía las páginas de *Aseracti*, asaltada por la ira y la culpa.

Etete la había encontrado en el armario de las escobas, meciéndose hacia delante y hacia atrás, y la había ayudado a salir sin mediar palabra. Le había preparado un plato de *siga firfir* caliente, con *injeras* humedecidas en el guiso de carne especiada, y la había llevado a la cama. Pero Kidan no podía dormir.

> LOS RITOS DEL CONSUMO DE SANGRE Y EL BLOQUEO DE LA CASA
> Para gobernar una casa, uno debe controlar todas sus emociones. El cuerpo aloja a las emociones en distintas partes de sí mismo.
>
> Durante el consumo de sangre, un mordisco en el cuello libera el deseo. Un mordisco en el pecho, libera violencia. En la muñeca, libera la infancia. De forma similar, cada habitación de una casa se hace eco del deseo, la violencia y la infancia.
>
> Sin embargo, si uno bloquea su cuerpo, se hará con el control sobre todas las habitaciones y todas las emociones.

Para bloquear el cuerpo, dibuja ocho símbolos distintos sobre tu cuerpo con tu propia sangre. Luego dibuja los símbolos correspondientes por la casa. Ocúltalos bien. Así, se atemperarán tus emociones y tendrás el control.

A este proceso se le llama Bloqueo de la Casa.

Kidan se estremeció. ¿Qué sería de ella sin sus emociones?

Una sombra cruzó por la delgada rendija de luz que rodeaba su puerta. Oyó el roce de una falda.

June.

Su hermana siempre se aseguraba de moverse por la casa solo cuando Kidan estaba en su habitación. Sin embargo, ese día llamó a la puerta con suavidad. Era más de la una de la madrugada.

June tenía los ojos terriblemente rojos y las mejillas hinchadas y llenas de lágrimas. Kidan sintió que la asaltaban un millón de pensamientos. June había matado a alguien. Había visto algo terrible. Al fin y al cabo, estaban en Uxlay.

Kidan se levantó de la cama sin pensárselo dos veces y corrió hacia ella.

—¿Qué pasa?

June tragó saliva con dificultad y parpadeó para aclararse los ojos de miel.

—Lo siento. No tendría que haber venido. He tenido una pesadilla y quería ver si estabas…

«Y ha acudido a mí», pensó Kidan.

Un alivio doloroso la atravesó.

En el fondo, lo había estado esperando. Últimamente, había espiado a June por los pasillos, preguntándose cuándo la casa empezaría a provocarle emociones insoportables, pero su hermana se limitaba a apoyar una mano en la pared y a curvar los labios en una sonrisa antes de seguir su camino. El observatorio no la torturaba, como a Kidan y Susenyos. Es más, a June le gustaba ir allí a leer. Mientras el sol arrojaba sus rayos sobre ella, pasaba las páginas de *Introducción a la Dranacti* con serenidad. *Introducción a la Dranacti* estaba escrito en aarac, un idioma que June no debería conocer.

Otras veces, su hermana se colaba en la sala de los recuerdos, donde su cinta roja contrastaba con los metales brillantes, y se quedaba a un extremo de las largas estanterías. Allí, se limitaba a contemplar el retrato de la Sabia antes de volver a la planta superior.

Durante aquellos días, lo que June había hecho no era desplazarse a través de la Casa Adane, sino más bien flotar grácilmente entre sus paredes.

Quizá la casa no necesitaba infligirle más dolor, ya que June estaba acostumbrada al sufrimiento desde mucho antes de poner un solo pie en Uxlay. O quizá la casa había decidido que era June quien debía heredarla.

—Me dijiste que ya no tenías pesadillas —repuso Kidan—. Que con Samson y los nefrasis te sentías segura.

—Sí. A las dos cosas.

En persona, le resultaba más fácil discernir cuándo June mentía. Estaba jugueteando con la pulsera de la mariposa, dando vueltas al colgante con tres puntas. Kidan había encontrado ese colgante en la colección de estrellas de plata de Mama Anoet y había fundido dos de sus puntas para crearlo. Y June todavía no sabía que su madre de acogida estaba muerta. Si había alguna esperanza para las dos, no podía enterarse nunca.

—¿Quieres que te cuente la historia? —preguntó Kidan con cautela. No sabía por qué se lo ofrecía, cuando June la había traicionado y apenas le había hecho caso desde que había llegado a Uxlay—. ¿La de los Vínculos?

Siempre la había ayudado con su miedo a los vampiros.

Por un instante, su hermana casi sonrió.

—No creo que me ayude.

—Vale, entonces, ¿quieres sentarte y…?

—No, debería irme. Samson necesita…

—¿Samson necesita qué, exactamente? —Kidan trató de no escupir las palabras, pero le resultaba difícil escuchar lo preocupada que su hermana estaba por un monstruo—. ¿Acaso sabes lo que ha hecho? ¿O te limitas a seguirlo ciegamente?

Vio una sombra de vacilación en el rostro de June.

—¿A qué te refieres?

—A GK —le espetó Kidan. Un resplandor pareció inundar la estancia, como el océano—. Es mi amigo y lo tiene Samson. Haré todo lo que esté en mi mano para recuperarlo, pero tú puedes ayudarme si quieres. Dime dónde lo tiene.

Era una oportunidad para June, para que lo arreglase todo. Y, por su expresión conmocionada, no tenía ni idea.

Se apartó con los ojos como platos.

—No, no puedo.

Algo en el interior de Kidan se marchitó hasta perecer. Nubes de tormenta tronaron en la distancia; el frío se colaba a través de las cortinas y se extendía por el suelo.

—Vete. —Kidan apretó los dientes.

June miró primero a la puerta y luego de nuevo a ella. La miró el tiempo suficiente para que Kidan deseara estupideces. Quería que June se quedase, que por fin la eligiera a ella por encima de todo lo demás. Pero, sin embargo, se marchó a toda prisa.

Kidan fue hacia la puerta y la cerró de un portazo. Las cortinas brincaron del impacto y la lluvia empezó a caer, con enormes goterones que golpeaban las ventanas, implacables.

La ley de la casa se arrastró por la pared que había tras su tocador, devolviendo su atención al presente. Kidan corrió hacia ella y contempló los hilos dorados.

«Por favor, déjame gobernar esta casa».

Las letras le devolvían la mirada, impasibles. Kidan dio un puñetazo a la pared con tanta fuerza que sangró y tuvo que reprimir un gruñido. Cuando la rabia que flotaba en la habitación empezó a devorarle la piel, salió al pasillo dando tumbos y se dejó caer al suelo, deslizando la espalda por la pared.

Allí la esperaba la voz de GK para asfixiarla en su peor miedo.

Una voz gruesa y rebosante de traición.

«Ella te convirtió en una asesina, pero tú me has reencarnado en un monstruo. ¿Cómo voy a perdonarte?».

Kidan inhaló con fuerza; sonaba tan real que se estremeció. Era como si ambos volvieran a estar en aquella cripta y él estuviera de nuevo murmurando oraciones para derrotarla, como si del demonio se tratase.

Sintió el odio que él sentía hacia ella, lo respiraba cada vez que June pasaba por su lado, como si fueran esquirlas de cristal. Lo respiraba cada vez que Kidan pensaba: «Tú eres la razón por la que mi vida se arruinó».

GK opinaba lo mismo sobre ella.

Se había engañado pensando que podría ayudar a su amigo a aceptar su transformación. Como si fuese una serpiente venenosa tratando de enseñar el arte de la curación.

¿Cómo le iba a ayudar ella a encontrar su humanidad cuando la suya propia estaba hecha jirones?

Era una vergüenza pensarlo siquiera. Era una vergüenza presentarse ante él sin poder ofrecerle lo que más quería: la posibilidad de volver a ser humano.

Kidan seguía pensando en él cuando por fin se le cerraron los párpados y la oscuridad la arrastró a un sueño inquieto. Esta vez soñó con unas tierras verdes y vastas, con interminables campos de hierba que le arañaban los tobillos. Una muchacha apareció en la distancia, de pie frente a una gran columna de piedra. Aquella chica extraña estaba hablando con la columna o, mejor dicho, con una figura que había sentada encima. Pero, antes de que Kidan pudiera ver quién era, la hierba se convirtió en los pasillos susurrantes de Uxlay, la tierra se desmoronó bajo sus pies y a ella la asaltó la horrible sensación de ser lanzada del cielo al infierno.

27

SUSENYOS

AQUELLA MISMA NOCHE, EN LOS APOSENTOS DE INIKO, SUSENYOS planeaba un asesinato. Si el 13° iba a ser tan osado con sus votos, lo mejor era advertir a las otras casas de que se mantuvieran al margen. Pero aquel no era el único de sus problemas. Debía alejar a Samson y a sus venenosas palabras de Kidan. No lograba quitarse su súplica de la cabeza: «Si no quieres que me ponga de su lado, mátalo». Y Susenyos aún necesitaba su sangre.

Todavía entonces podía saborearla después de haberla probado en la biblioteca, cuando le había bañado los dientes como la miel. Qué dulce le había sabido. Lo que más le preocupaba era que su hambre nunca había parecido tener voluntad propia. Susenyos siempre había sido capaz de anticiparse a ella y doblegarla. Aquella había sido la primera vez que había perdido el control sobre su cuerpo, y el recuerdo le helaba hasta los huesos.

El armario de las escobas había supuesto un placentero alivio, pero solo había durado unos instantes. Su piel humana había empezado a picarle, y había empezado a sentir las caricias de Kidan igual que antes, como algo terriblemente invasivo. O bien se enfrentaba a sus demonios como humano, o bien sufría el hambre como vampiro. Sin embargo, Susenyos había elegido una tercera opción.

Si tenía éxito, todos sus problemas quedarían resueltos.

—¿Lo tienes? —le preguntó a Iniko con brusquedad.

Ella se sacó una jeringuilla de sangre del interior del chaleco brocado.

La sangre de Tesasus Ajtaf: el padre de Ramyn.

—Tienes que ir con cuidado —le advirtió—. Si te cae una sola gota encima, los sicion irán a por ti en su lugar. —Él asintió—. ¿Cuándo lo vas a hacer?

—Samson vendrá a mí. —Susenyos se permitió sonreír—. Le he dejado un mensaje.

Era una carta de Talaa, su prometida. Talaa solo le había escrito a Susenyos en tres ocasiones, dos para proferir contra él todo tipo de insultos impropios de una señorita y otra para profesarle sus grandes reticencias a casarse con él. Y Susenyos la había modificado ligeramente para que pareciera una declaración de amor. Le resultaba difícil recordarla sin pensar en un cuerpo en descomposición, en las hebras negras y retorcidas. Las cicatrices de su espalda parecieron despertar con una furia renovada y le abrasaron la piel.

Susenyos inhaló con fuerza y dejó que lo anegara el dolor.

En ese momento, Taj entró y se dejó caer de espaldas en la cama de Iniko.

—¿Y bien? —preguntó Susenyos.

—June sabía quiénes son las Seis Melenas del León. —Los ojos de Taj, casi siempre vivarachos, estaban atribulados—. Ha contestado a la pregunta de Andreyas sin parpadear. Me ha impresionado, maldita sea. Y al profesor también.

A Susenyos no le interesaba el misterio que rodeaba a June Adane, pero le preocupaba que se estuviera convirtiendo en una alumna excelente tan rápido.

—¿Crees que aprobará la primera tarea? —le preguntó a Taj. Este asintió.

—Sabe leer aarac. Y amárico también.

Él ya lo sabía gracias al vídeo de June. Al parecer, los nefrasis la habían enseñado bien.

—¿Has hablado con ella?

Taj negó con la cabeza.

—Todavía no.

—Cuando lo hagas, dímelo.

Susenyos se encaminó a la habitación vacía de la que se había adueñado en el edificio solo para vampiros. La ventana estaba muy alta, así que el sol apenas lo rozaba. Lo odiaba. Arrastrarse entre las sombras era propio de criaturas horrendas, y él ya había decidido hacía mucho tiempo que estaba hecho para la luz.

La puerta se abrió tras él y una larga sombra se proyectó en el suelo.

—Al final has venido. —Susenyos se quitó el abrigo y se arremangó—. Bien. Empezaba a aburrirme.

Samson apenas movió la boca.

—Esa carta es una mentira.

—Léemela.

Arrugó el papel en la mano metálica.

—Ella jamás podría haberte dicho algo así. No te amaba…

Susenyos arrancó la pata de una silla de madera, se abalanzó sobre Samson y se la clavó en el estómago, deleitándose con su grito ahogado.

Con cómo se le entrecerraron los ojos.

Le dio unas palmaditas en la mejilla y contempló fijamente sus pupilas desalmadas.

—Siempre caes en la misma trampa.

Y, en un giro implacable y repentino, Susenyos le rompió el cuello. Samson se derrumbó hacia atrás y cayó al suelo como una enorme roca. Todavía llevaba clavada la pata de la silla.

Susenyos suspiró y le echó un vistazo a la sangre que llevaba encima. No serviría de nada tratar de convencer a Samson. Tal vez fuera él quien se sentase en el trono de los nefrasis, pero la fuente de su poder residía en Arin. Respetaban su fuerza más que ninguna otra cosa.

Susenyos sacó la jeringa llena de sangre Ajtaf y volvió junto a su pobre amigo. Abrió la boca de Samson y apartó el labio superior, revelando así los alargados colmillos. Presionó la aguja contra las encías, encima de cada uno de ellos, y vació la jeringa.

Beber de alguien que no fuera tu compañero era ilegal, a no ser que lo hubieras registrado en la sala del cortejo de sangre. Y al profesor Andreyas le decepcionaría que sus lecciones diarias hubieran sido en vano.

A Susenyos no le entusiasmaba tender trampas a sus enemigos. Prefería arrancarles el corazón con su arma de plata y acabar con ellos de un plumazo. Sin embargo, Samson había conspirado mucho tiempo para culparlo a él de la desaparición de June y de la muerte de Ramyn. Había causado una sima de desconfianza tan grande entre Kidan y él que todavía no habían podido cerrarla.

Se lo tenía ganado.

Palpó el pecho de Samson con las manos hasta encontrar un objeto duro: su petaca.

Estaba llena.

Aliviado, cerró los ojos, desenroscó el tapón y respiró hondo. Olía a la fruta más dulce al albor de la primavera.

La sangre de Kidan.

Vacilante, se permitió un sorbito pequeño y tortuoso. Hasta el último nervio de su cuerpo cobró vida, electrificado, para luego desaparecer al instante, dejándolo hueco.

—Mierda —gimió y dio otro trago.

Estuvo a punto de atravesar el metal con las garras. Fue un milagro que aunara el autocontrol suficiente para no terminársela en aquel preciso instante.

Volvió a taponarla negando con la cabeza, aunque el monstruo de sus entrañas le pidiera más a gritos.

«¿Cuánto tiempo podrás aguantar? —le dijo una voz provocadora en las profundidades de su mente—. Tarde o temprano, tendrás que alimentarte de ella y rezar por no matarla cuando lo hagas».

28

KIDAN

KIDAN Y SUS AMIGOS ESTABAN EN LA CRIPTA CUANDO LES LLEGÓ LA noticia al teléfono.

La cripta era el nuevo lugar que habían escogido para recordar a GK y, o bien Kidan se estaba volviendo loca, o era allí donde lo sentía con más fuerza. Tenía la boca seca y mucha sed, y estaba más enfadada de lo que creía posible. Quizá fuera su fantasma, que tenía hechizado aquel lugar, aunque ninguno de ellos se quejaba. Fuera cual fuese el castigo que les impusiera GK, lo aceptarían.

Slen fumaba, acurrucada en su ancha chaqueta para protegerse del frío, y Yusef tenía a su lado una bolsa de pipas de calabaza tostadas. Cada uno estaba en una esquina distinta. Se iban pasando los aperitivos y el café, y solo cuando tuvieron las panzas llenas y calientes pudieron empezar a hurgar en la herida que había dejado GK.

Kidan hojeaba su diario, recorriendo con los dedos las reliquias del Sabio que había dibujado en los márgenes.

Fue Yusef quien empezó, como siempre, a hablar sobre las cosas que haría para compensarle.

—Le gustaban mucho los pastelitos *baklava* que teníamos en el pueblo. Iré a comprarle.

—Es un vampiro —replicó Slen con voz inexpresiva—. No le interesarán los dulces, sino la sangre.

Ambos se estremecieron. Kidan no solía decir nada; pensaba en la expresión traicionada de los ojos de GK y en cómo podría hacer que entendiera y aceptara su nuevo destino.

No le había contado su plan ni a Slen ni a Yusef. No les había dicho que quería hacer humano a GK en la Casa Adane.

Ni tampoco les había hablado de Aseracti.

Ambas cosas no le parecían más que un par de sueños quebradizos, y así sería hasta que pudiera convertirlos en una realidad.

—Quiero dibujar las montañas de Semain para él —añadió Yusef—. Siempre dice que le gustaría mucho visitarlas.

Yusef había empezado a dibujar otra vez, ahora con la mano izquierda. La frustración asomaba a su rostro cada vez que un trazo le quedaba demasiado ancho o una línea no se curvaba como él quería, pero Omar le estaba enseñando. Y, aunque volvía de las visitas a la prisión con una sonrisa, su rostro se transformaba cada vez que cogía un carboncillo. El tarro que Slen había puesto para él y sus «Diatribas debilitantes sobre la creatividad» estaba llenándose ya por segunda vez.

Por desgracia, Kidan también tenía su propio tarro, llamado «Hablar de June».

Cuando Slen y Yusef se lo habían presentado no le había hecho mucha gracia. No hablaba tanto de June. Sin embargo, ese tarro traicionero se había ido llenando a lo largo del día, hasta que Kidan había cerrado el pico y se había quedado mirando el maldito tarro de cristal.

¿Estaba un poco obsesionada? Tal vez. Pero tenía derecho a estarlo.

Slen casi había sonreído, como si pudiera oír su monólogo interior.

—Piensa en todo el trabajo que te daría tiempo a hacer si dejases de estar tan centrada en ella.

Kidan oyó una notificación en su teléfono e hizo una mueca al pensar en leer otro anuncio del tribunal de los Mot Zebeyas.

Pero… El jueves era el día siguiente. Y era la casa de Slen la que votaría. Lo que significaba que la alerta era por otra cosa.

Era la página web de noticias de Uxlay: un titular que anunciaba un asesinato. Kidan se quedó mirando la pantalla tanto rato que fue Yusef quien al final leyó el texto en voz alta, por encima de su hombro.

—Un momento, ¿Tezu Ajtaf está muerto? —Casi se atragantó con un puñado de pipas tostadas.

Era el nombre de pila del padre de Ramyn. Le habían apodado Tesasus, en honor al rey del siglo XVII, por la cantidad de esposas que había tenido. Y ahora… estaba muerto.

Slen cogió el teléfono a toda prisa para leer el resto de la noticia.

—Dice que Samson es el sospechoso de su asesinato. Lo han detenido y está esperando a que presenten los cargos contra él.

Había sido cosa de Susenyos. Kidan apenas sentía el suelo bajo sus pies. Samson ya no estaba, y el líder del 13° tampoco. Había empezado a sonreír, pero entonces la expresión severa de Slen la llevó a preguntar:

—¿Qué pasa?

—No deberías haber hecho eso —le espetó Slen.

—Ajtaf es el líder del 13°.

—¿Cómo lo sabes?

Su tono desafiante la cogió por sorpresa. No sabía por qué estaba tan disgustada, si porque no la hubiera incluido en el plan o porque el 13° hubiese salido perjudicado.

Kidan entornó los ojos.

—¿Qué quieres decir? Tamol está en coma, así que su padre lo sustituyó.

Slen negó con la cabeza.

—No importa. Llegamos tarde a clase.

Kidan frunció el ceño, pero se puso de pie de todos modos.

Yusef se puso entre las dos de camino a las sombrías Torres Arat para rebajar aquella extraña tensión.

—¿Cómo va el asunto de la herencia? —le preguntó a Slen.

—Sigue habiendo algo que no comparto con mi padre, pero no sé qué es.

«La crueldad», pensó Kidan, pero no lo dijo. Todavía albergaba la esperanza de que Slen cortara lazos con su cultura.

—Tenemos la misma fe y el mismo idioma, pero los valores son difíciles de identificar —prosiguió Slen, con cierta frustración en la voz—. Prefería la Dranacti a esta asignatura.

Yusef enarcó una ceja.

—¿En serio? A mí me parece un buen cambio. Esperemos que no nos toque matar a más gente.

Mientras se acercaban al corazón del campus, el aire se tornó frío. Se oían unos cánticos que provenían de la plaza de Resar. Kidan oyó un repiqueteo y la voz de GK, que la llamaba antes de mezclarse con la multitud. Sacudió la cabeza y dobló la esquina.

En los jardines, había cientos de manifestantes apretujados como sardinas. Enfurecidos, gritaban dos consignas:

—¡Queremos cambios! ¡Muerte a las Casas Fundadoras!

A Kidan apenas le había dado tiempo a fijarse en lo grande que era la protesta ni a ver si conocía a alguien entre la multitud antes de que Yusef la cogiera de la mano y tirara de ella rápidamente hacia la Torre de Filosofía. Tuvo que esquivar y apartar a empujones a varios estudiantes, que, al ver a Kidan, chillaron como si fuera una asesina. El corazón le martilleaba en los oídos mientras seguía a Yusef. Oía la voz de GK.

«No estás a salvo».

Con cada paso que daba, las nubes se oscurecían y crecían en lo alto del cielo, amenazando con una tormenta. Se refugió en el edificio, temblando ligeramente.

—¿Estás bien? —le preguntó Slen mientras miraba a la multitud a través del cristal.

—Son… Son muchos.

Kidan había subestimado el alcance del 13°. Le daba la sensación de que todo Uxlay formaba parte de aquella facción.

—La decana se encargará —sentenció Slen con firmeza—. Lo hace siempre.

Cuando llegaron a la sala ocre oscuro, el profesor Andreyas los estaba esperando. Los miró de arriba abajo mientras se acomodaban.

—¿Y bien? ¿Alguno de vosotros ha conseguido dominar su casa?

Kidan todavía estaba demasiado distraída pensando en los manifestantes, así que no lo oyó bien. Cuando comprendió lo que acababa de preguntarles, apretó los dientes. Se estaba burlando de ellos.

—Acabamos de empezar las clases —contestó—. ¿Cómo lo sabremos cuando lo hagamos?

—Si lo hubierais logrado, os habría resultado imposible pasar por alto la señal. Hasta el momento, habéis sido capaces de leer la ley de la casa en una pared o en los muebles. Una vez la casa os considere dignos de ella, la ley se escribirá en la palma de vuestras manos. A eso se le llama Absorción. Solo entonces podréis ordenarle a la ley que cambie, cuando forme parte de vosotros.

Kidan se miró las manos con recelo.

Parte de ella.

—De todos modos, dominar el poder es un objeto de estudio completamente distinto. ¿Qué habéis descubierto en vuestras lecturas?

Kidan trató de ignorar el ruido que se oía de varias plantas más abajo.

—Hay tres tipos de poder: el poder interpersonal, el poder físico y el poder mágico.

—Sí, y, como dueños de vuestras casas, debéis entender qué poder ejercer y en qué momento. Pensemos en el Último Sabio y en Demasus: ¿quién diríais que es más poderoso?

—El Último Sabio —respondió Kidan—. Fue quien creó los Tres Vínculos.

—No, yo creo que el más poderoso es Demasus —repuso Yusef, inclinándose hacia atrás con la silla de forma peligrosa—. He leído en algún sitio que convirtió una ciudad entera en polvo. Si hablamos de poder físico, el más poderoso es él.

Algo parecido a una sonrisa danzaba en el rostro del profesor, pero guardó silencio y se volvió hacia Slen.

—Yo creo que es el Último Sabio —dijo ella, apartándose una trenza corta de los ojos—. Pero no porque creara los Tres Vínculos. —Todos se volvieron hacia ella para escuchar su explicación—. Hubo muchas razones por las que Demasus se negó a rendirse. Podría haber seguido haciendo la guerra durante décadas. Sin embargo, el Último Sabio comprendió algo sobre él y fue capaz de influenciarlo y de llegar con él a un acuerdo de paz.

A Kidan, sus palabras le recordaron a *Aseracti*.

«No puedes dominar una casa si no dominas a los demás».

—Buena deducción, Qaros —dijo el profesor.

Un pensamiento inquietante se le cruzó por la mente. ¿Y si había sido Slen quien le había dejado aquel libro? Pero no, no podía haber sido ella. Se la debió de quedar mirando mucho rato, porque esta se volvió hacia ella y ladeó la cabeza en actitud interrogante. Kidan quería confiar en ella por completo, pero todo le acababa recordando que su conocimiento de las cosas estaba muy desequilibrado entre las dos. Kidan tenía el desagradable presentimiento de que Slen iría siempre un paso por delante de ella y de que, si no lograba alcanzarla, la dejaría atrás.

—Poned a prueba vuestra capacidad de influencia —dijo el profesor Andreyas, llamando de nuevo su atención—. Ved cuáles son las limitaciones y las fortalezas de esta. ¿Cómo convencéis a los demás? ¿Con vuestro conocimiento? ¿Vuestro encanto? ¿Vuestra posición social? Si no sois conscientes de vuestras relaciones de poder, el poder de vuestras casas se desperdiciará con vosotros. Y, por otro lado, pensad en quién os influencia. ¿A qué palabras prestáis atención? O, mejor dicho, ¿la aprobación de quién buscáis más? ¿Cómo habéis cambiado u os habéis abandonado a vosotros mismos para acomodar a estas personas? Escribid su nombre.

Se hizo un silencio. En mitad de aquella calma, el edificio temblaba con la furia de los manifestantes de la plaza, carentes de poder.

Slen fue la primera en coger un pedazo de papel, ocultándolo ligeramente. Kidan abrió su libreta despacio y, tras respirar hondo, escribió cuatro letras con una caligrafía pequeña. Yusef se había girado hacia la izquierda para hacer lo mismo.

La mirada pétrea del profesor se detuvo sobre ellos al cabo de unos minutos. En sus ojos rebosaban siglos de conocimiento.

—Escondéis esos nombres porque os hacen débiles, pero no podréis escondérselos a vuestras casas. Ya hemos establecido que la casa es una encarnación de vosotros mismos, así que, si ese nombre os domina, dominará también vuestra casa.

Kidan arrancó la hoja en la que había escrito el nombre de June.

Nadie en este mundo manipulaba más los actos de Kidan que su propia hermana. Cuando pensaba en las muchas horas que había pasado preocupándose por ella, en sus venas rebosaba una furia indecible.

«¿Cómo dejo de hacerlo? —se preguntó—. ¿Cómo puedo evitar que siga controlándome?».

Los manifestantes coreaban cada vez más alto. El cristal tintado parecía temblar. El profesor frunció el ceño.

—Como Uxlay nos está proporcionando un gran ejemplo sobre las luchas de poder, discutamos por qué hay fricciones entre las Casas Fundadoras y las Casas Fronterizas.

Kidan sintió que se empequeñecía cuando todas las miradas se detuvieron sobre ella.

—La mayoría de la gente cree que las Casas Fundadoras pueden promulgar cualquier ley. Esto las convertiría en dioses, ¿no es así?

Kidan parpadeó, furiosa.

—Pero podemos promulgar cualquier ley. La decana lo hace.

El profesor Andreyas se metió las manos en los bolsillos del abrigo.

—Pensadlo bien, actis. Las casas se crearon para someter y proteger a los humanos. ¿De verdad otorgarían un poder tan absoluto?

A Kidan se le heló la sangre.

—La ley de una casa debe seguir siempre tres criterios. Apuntad. Será nuestra primera lección de Dominio de las Leyes. —Se prepararon para tomar apuntes—. Primer criterio, actis. La ley de una casa solo puede magnificar, duplicar o destruir lo que ya existe dentro de sus límites establecidos.

«Por fin información concreta sobre el alcance y las limitaciones de una casa».

Slen también tomaba apuntes, atenta.

Kidan pensó en qué significaría esto para GK. La ley que ella estableciera, ¿«destruiría» su vampirismo o «magnificaría» su humanidad? Destruir su inmortalidad tenía más sentido, pero tendría que ser muy cuidadosa con sus palabras.

—Por supuesto —intervino Slen—. De lo contrario, sería equivalente a tener poderes divinos. Esa es la razón por la que no ha habido leyes disparatadas.

—Exacto, Qaros. ¿Cómo serían las consecuencias si pudiéramos promulgar cualquier ley?

—Catastróficas.

—Más allá de lo imaginable. Pero primero hablemos de las casas y sus limitaciones. Una sola casa en mitad de ninguna parte tiene unos lindes muy limitados para ejercer su única ley. Esta puede aplicarse sobre el porche, sobre el jardín o sobre un cobertizo, quizá. —El profesor miró a Kidan antes que a los demás. Ella sintió frío—. Sin embargo, ¿qué ocurre si hay una casa cerca? ¿Qué pasa con esos lindes?

Para sorpresa de nadie, fue Slen quien respondió.

—Los dueños de ambas casas pueden llegar a un acuerdo para extender sus lindes si promulgan exactamente la misma ley.

—¿Fuente?

—La ley de Los Lindes de las Casas del Último Sabio y la Ley Universal de Uxlay.

Kidan se recordó que debía leer sobre eso aquella noche.

—Correcto. —Miró por el cristal tintado—. Es una decisión muy importante que debe tomar el dueño de cada casa. Hay diez Casas Fronterizas que rodean Uxlay. Los confines se expanden con cada casa que se añada. Si la ley universal sigue protegiéndonos es gracias a su compromiso y su dedicación. Un pensamiento colectivo. Un pensamiento unido. Son los valores que el Último Sabio tenía en más estima. —Su voz adoptó un tinte más oscuro—. Sin embargo, la avaricia ha creado una fractura en las casas acti. Y Uxlay solo está formado por doce de las setenta y nueve que quedan.

Kidan reflexionó sobre aquella información. Cuanto más pensaba en ella, más comprendía al 13°. Proteger a Uxlay era bastante antinatural y obligaba a las casas a muchos sacrificios.

Se preguntó por qué los Sabios le habían otorgado a los actis la capacidad de dominar su propia casa, cuando era evidente que lo que querían era que acataran una única ley y existieran como una comunidad.

—Por lo tanto, podemos afirmar que las Casas Fronterizas son más fuertes que las Casas Fundadoras, simplemente por la cantidad de territorio sobre el que pueden promulgar una ley. Entonces ¿por qué tenemos casas renegadas? ¿Por qué no tenemos la fortaleza de las setenta y nueve casas? ¿Por qué no somos poderosos más allá de lo imaginable? ¿Y por qué las protestas de ahí abajo son cada día más ruidosas?

Kidan contempló el pedazo de papel arrugado y habló en voz baja. La claridad le sabía amarga, caía sobre ella como lluvia ácida.

—Porque el pilar de la necesidad de cada acti es diferente. Una casa quiere proteger, otra destruir… Hay quien quiere ser amado y hay quien quiere gobernar.

La mirada fría del viejo vampiro estaba fija en ella.

—¿Fuente?

No quería mencionar *Aseracti*. Por alguna razón, creía que el profesor no comulgaría con aquella filosofía.

Así que se aclaró la garganta y respondió:

—La teoría del dominio psíquico.

El profesor la miró tanto rato que se removió en su asiento.

—Pilares fracturados —dijo al fin—. La ruina de una sociedad civilizada.

Kidan se preguntó cuál habría sido el pilar de la necesidad de su madre. Pero, sobre todo, empezaba a darse cuenta de cuál era el suyo y de que jamás podría ser solo una cosa. Kidan quería proteger, ser amada y gobernar. Lo quería todo, lo que significaba que sería como Susenyos, que cargaría con la maldición de estar siempre estancada, a no ser que eligiera un pilar y centrara en él toda su atención.

Tal vez debiera seguir los pasos de su hermana y abandonar a su familia por un poder verdadero e ilimitado. Quizá entonces también Kidan se sintiera «segura».

VOTACIÓN DE LAS CASAS DE UXLAY

CASA QAROS
98 DRANAICOS

TRAS SUS DELIBERACIONES, LA CASA QAROS HA DECIDIDO QUE LAS CASAS FRONTERIZAS DEBEN PODER OPTAR AL DECANATO. APOYAN LA MOCIÓN DE QUE LA CASA ADANE PIERDA DE INMEDIATO SU POSICIÓN CENTRAL.

Declarado en el tribunal de los Mot Zebeyas el jueves 29.

29

KIDAN

KIDAN TEMBLABA. NO PODÍA APARTAR LA VISTA DE LA ALERTA QUE había recibido en su teléfono.

La Casa Qaros —mejor dicho, Slen— había votado en su contra.

Yusef, que estaba sentado en la hierba frente a ella, dibujando, también se había quedado de piedra. Kidan sintió que se le ponía todo el cuerpo del revés. La sangre le zumbaba en los oídos, asfixiando cualquier otro sonido. Debía de seguir en su casa, perdida en sus visiones, porque era imposible que Slen la hubiese traicionado de aquel modo.

No podía ser.

No podía haberle hecho lo mismo que June.

Fue Yusef quien, cuando exhaló con lentitud, ayudó a Kidan a entender que aquello no era ninguna pesadilla.

—¿Lo sabías? —Apenas si era capaz de hablar.

Yusef alzó la barbilla, sorprendido y la miró con ojos oscuros y heridos.

—No, por supuesto que no.

Slen apareció unos minutos después. Venía desde el tribunal de los Mot Zebeyas. Llevaba las trenzas rizadas sueltas hasta la barbilla, gruesas y bien peinadas, y en la chaqueta, que era como una especie de escudo negro a su alrededor, lucía un llamativo broche de plata. Iba vestida igual que siempre, hasta las botas militares, prendas que había elegido de forma deliberada. Una imagen perfecta de control. Lo único descompensado en su aspecto era el guante que faltaba en su mano derecha, porque se lo había dado a Yusef.

Kidan se puso de pie de golpe. Le ardían los ojos.

—Tranquila —le dijo Yusef a modo de advertencia; y su voz flotó en el viento.

Slen se acercó a ellos. Se metió las manos en los bolsillos y alzó la barbilla. A Kidan no le quedó más remedio que admirar su coraje. No había en ella ni una sombra de vergüenza.

—No es nada personal. Solo estoy poniendo a prueba mi capacidad de influencia —dijo Slen, como si así ellos pudieran comprender lo que significaba.

—¿De qué coño hablas? —saltó Kidan, fracasando en su intento de no levantar la voz.

—No escribí el nombre de mi padre. —Los ojos de Slen seguían igual de firmes y oscuros—. En el ejercicio de ayer sobre el poder. Escribí los vuestros. Vosotros dos sois las personas que más influencia tienen sobre mí.

Yusef levantó la vista, sorprendido.

—¿Y? —le espetó Kidan—. ¿Qué se supone que significa eso?

—Significa que para mí sois las dos personas más peligrosas.

A Kidan le hervía tanto la sangre que apenas podía oír su propia respiración. Se abalanzó hacia delante, ansiosa por hacerla recuperar el sentido común de un golpe, pero Yusef le bloqueó el paso.

—¡Quita de en medio!

—Yo también estoy enfadado —le dijo alzando una mano. Su respiración había cambiado; ahora era más errática, tenía los orificios nasales dilatados—. Pero así no arreglarás nada.

—No estoy de acuerdo. Puedo hacerle recuperar el sentido común con un bofetón.

—Eso es lo que ella quiere —apuntó, consiguiendo por fin que lo escuchara—. Piensa en lo que ha dicho. Está poniendo a prueba cuánta influencia tiene sobre ti.

Slen los observó en silencio, con el rostro deliberadamente impertérrito. Sin embargo, estaba claro que los estaba observando, que estaba tomando nota de todo. Kidan estaba a punto de estallar. No podía evitar que la calma de Yusef le resultara sorprendente.

Él siguió mirándola con gesto paciente, hasta que Kidan se calmó. Luego se dio la vuelta y sonrió.

—¿De verdad escribiste mi nombre? —preguntó complacido.

Slen se puso rígida cuando se le acercó. Seguía sus movimientos con la misma cautela que habría mostrado frente a una serpiente. Él le rodeo el hombro con un brazo y, en voz baja, añadió:

—Yo también escribí el tuyo.

Apenas si duró un segundo, pero hubo una chispa, un raro momento de sorpresa, que interrumpió por un segundo la imperturbabilidad de Slen.

Él la soltó y, con un brillo en los cálidos ojos marrones, le tendió las palmas de ambas manos.

—¿Quieres el poder? Cógelo.

—No funciona así —replicó Slen con voz contenida—. Que me lo des implicaría que lo tienes.

—Lo siento —respondió él enseguida—. Dámelo tú entonces.

Se quedaron en silencio unos instantes. Encanto. El profesor Andreyas lo había mencionado como una de las formas de ejercer poder. Slen interrumpió la pausa por fin, se apartó de él y se alisó la chaqueta.

—No lo hagáis más difícil —dijo—. Los dos deberíais votar a favor de esta propuesta. Es un compromiso por las dos partes. Es lo más inteligente.

Inteligente.

Muy propio de Slen.

A Kidan se le ocurrió entonces algo horrible. Pero no podía ser. Tenía que estar equivocada.

—¿Los ayudaste tú a sugerir esta propuesta?

Slen no tuvo que responderle. El silencio fue lo bastante elocuente.

Yusef se volvió de golpe hacia ella.

—Eso no es cierto, ¿verdad?

Slen se acarició un momento la mano derecha, la que no tenía guante, antes de continuar:

—Si no hubiera propuesto que a las Casas Fundadoras se las despojara de su poder, las Casas Fronterizas se habrían marchado de Uxlay y la habrían dejado desprotegida.

A Kidan le hervía la sangre.

—Claro, menuda heroína estás tú hecha.

Slen entornó los ojos.

—Te lo dije el semestre pasado, Kidan. No es posible abandonar el 13°. Más de la mitad de Uxlay forma parte de él.

—No puedo creerte.

Se habían acercado hasta quedar cara a cara, hasta llegar a ese punto peligroso en el que las palabras ya no bastaban y aquella pelea solo se resolvería a puñetazos. De repente, Kidan cayó en la cuenta de que Slen debía de llevar mucho tiempo planeando aquello. ¿Por qué le había enseñado amárico? ¿Por qué habían compartido cafés y sesiones de estudio? ¿Por qué Slen había introducido las manos en el pecho de GK, sosteniendo su corazón, para que pudiera despertar convertido en vampiro? Su pilar de la necesidad siempre había sido gobernar. Solo Kidan había sido tan estúpida como para pensar que había cambiado.

Yusef se interpuso entre ellas y les puso una mano en el hombro a cada una.

—Tomémonos un minuto. Hablemos.

Slen se apartó de él, como si su tacto le doliera. Su mirada estoica iba y venía.

—Sabes que es lo correcto —dijo.

Yusef exhaló al tiempo que Slen se marchaba, una forma negra y dura entre las hojas verdes y la piedra antigua. Si el objetivo de Yusef era demostrarle a Slen lo ridícula que sonaba, había funcionado. Kidan tuvo que apretar los puños para no atacarla.

Yusef se apoyó de nuevo en el árbol con el semblante sombrío. No quedaba nada del encanto de hacía unos segundos.

—No puedes permitir que te vea tan alterada. Quiere que la odiemos.

—Y la odio —gruñó Kidan—. Quiere que las Casas Fronterizas tengan la posibilidad de obtener el decanato porque ella quiere ser la decana. Así podrá mover la Casa Qaros al centro. Lo demás es una puta mentira. ¿Cómo puedes estar tan tranquilo?

—Trabaja para la misma gente que detuvo a mi padre, Kidan. Lo que significa que ha elegido esto conscientemente. Cree que la hacemos más débil y es cierto, ha tomado decisiones por nosotros que han puesto en riesgo su posición en Uxlay.

—¡Pensaba que había cambiado!

Yusef encorvó los hombros.

—Es su familia. No son como nosotros. No apoyarían que fuera la siguiente en la línea de sucesión si no elevara la posición de la Casa Qaros.

Heredar.

Kidan hizo una pausa. Slen le había dicho que seguiría los pasos de Koril.

«Fabricantes de lana. Músicos. ¿En qué nos convertirás ahora? Tengo más cosas en común con mi padre que diferencias».

—Venga —añadió Yusef—. Vamos a visitar a mi padre. Tal vez nos ayude.

Kidan necesitaba distraerse con algo, así que lo siguió sin reaccionar mientras seguía reflexionando sobre las palabras de Slen. Tendría que haber sido más cautelosa con ellos, pero se suponía que los tres habían dejado atrás su rivalidad.

Aseracti había apresado su mente y le repetía: «Estúpida, estúpida, estúpida».

Cuando llegaron a Drastfort, Yusef le contó a Omar lo que había propuesto el 13° y lo que habían votado las casas. Kidan se estremeció. El 13°. Slen. Se habían convertido en una misma cosa.

El rostro de Omar despedía más furia con cada palabra que pronunciaba su hijo, lo que hacía que ella se fuera calmando poco a poco.

—¿Se van a atrever a quitarle la posición central a la Casa Adane? —dijo entre dientes.

Kidan se clavó las uñas en las palmas de las manos.

—¿Cómo convenzo a las demás casas para que voten a mi favor?

Omar se apoyó en el respaldo de la silla. Sus ojos inquietos se centraron por una vez. Cuando por fin habló, lo hizo con amargura.

—En Uxlay siempre ha habido una forma certera de sellar alianzas. La manera más rápida de convencer a una casa es casándose con alguien que forme parte de su orden.

Kidan inclinó la cabeza con brusquedad. Las órdenes. Recordaba vagamente la carta que había recibido al principio del semestre.

Ya se incline hacia el Abismo, se decante por la majestuosa Águila o prefiera a la Pantera antes que al poderoso Órix, o simplemente se maraville ante la Piedra Azul, la torre le abre sus puertas.

El cortejo empieza el día siete de cada mes.

Esperamos su respuesta.

Omar se volvió hacia su hijo con el semblante serio.

—Tú también has de asistir.

Yusef se rascó los rizos sueltos y soltó una risita nerviosa.

—Ahora mismo no busco sentar la cabeza…

—No se trata de amor —lo interrumpió Omar—. Tu tía abuela está más débil cada día. Si quieres que la Casa Umil te ofrezca su apoyo, ser su heredero, debes afianzar tu posición casándote con alguien de nuestra orden: el Abismo.

Yusef tragó saliva con dificultad y agachó un poco la cabeza. No quería aceptar, pero tampoco discutírselo. Kidan también se sentía un poco mareada.

No obstante, la expresión severa de Omar no se borró.

—El verdadero poder de las casas son los hijos —prosiguió—. Los herederos y las herederas. La sangre de los acti debe fluir para que los dranaicos puedan alimentarse. Si se atreven a debatir sobre la posibilidad de quitarle a la Casa Adane su posición es porque vuestra estirpe casi se ha extinguido. Casarse pronto, tener hijos, afianzar nuestra posición. Ese es el idioma de nuestra sociedad.

Solo tenían diecinueve años. ¿Era así como se había sentido su madre? ¿Y su abuela? El peso de las responsabilidades de Uxlay parecía crecer día tras día, aplastándolos bajo las leyes y las expectativas. Kidan quería ser libre, no verse atada a antiguas tradiciones, obligada a casarse. Pero estaba demasiado indefensa. Tenía demasiado miedo.

Si Kidan quería sobrevivir al mes siguiente, necesitaba tener la mente clara. Ya no podía permitirse ninguna distracción. Cuando volvió a casa, se quedó de pie en el pasillo, quieta, hasta que el agudo dolor de su corazón se transformó en algo sólido e implacable.

Cogió su copia de *Aseracti* y la abrió por el capítulo llamado «Bloqueo de la Casa».

«El cuerpo aloja a las emociones en distintas partes de sí mismo. Si uno bloquea su cuerpo, se hará con el control sobre todas las habitaciones y todas las emociones».

Del mismo modo, las distintas habitaciones de una casa representaban las ocho emociones primarias: el miedo, la ira, la felicidad, la tristeza, el amor, el dolor, la confianza y la expectación. Por lo que había leído, Goro, la Casa de la Comida, había conseguido, consumiendo una serie de alimentos, tender puentes más rápido hacia sus emociones. La dulzura de la caña de azúcar creaba felicidad; el limón, repulsión, y el acto de permitir que otro te alimentara magnificaba la confianza. Delarus, la Casa de la Moda, a menudo usaba tejidos específicos para desencadenar ciertas emociones. El tacto de la seda magnificaba el sentimiento de felicidad, la caída de los ropajes negros atraía a la tristeza y atar cuerdas en las muñecas despertaba la ira.

Kidan se apresuró a hacer una lista de sus emociones. De las ilusiones que había atisbado hasta el momento: llamas rojas para la ira, agua azul para la tristeza, el sonido de los tambores para el miedo, el ruido de los papeles al arrugarse para la confianza, el aroma a aceite de rosa y eucalipto para…

Se quedó mirando la lista largo rato; era incapaz de escribir la palabra. Pasó a la siguiente. Las visiones de Mama Anoet y de June en el observatorio eran el dolor. Le asignó un símbolo a cada emoción. Para terminar, dibujó un cuadrado al lado del miedo, un círculo al lado de la felicidad y un triángulo junto a la ira.

No había encontrado en toda su vida tres símbolos que conjurasen mejor sus emociones.

Empezó por el armario de las escobas; allí, dibujó un círculo con sangre debajo de un cubo. Luego empezó a dibujarse otro en el cuello para desterrar aquella emoción.

Oyó una voz y después un repiqueteo. «No lo hagas».

Kidan se dio la vuelta de golpe y, por un segundo, vio los dulces ojos castaños de GK.

«Esto te va a doler. Tu madre no lo habría elegido».

—¿Cómo lo haces? —preguntó en voz alta.

Pero enseguida se desvaneció, quedando fuera de su alcance. Un truco de su mente.

Notó algo gélido en la base de la espalda.

El fantasma de su madre parecía estar sobre su hombro, observándola con decepción. Kidan estaba cansada de hojear las libretas gastadas de su madre y de intentar comprender qué hacer. No eran más que una colección de pensamientos embarullados e incompletos con el número veintiuno escrito tantas veces en una de ellas que había creado un mosaico perturbador. Y luego estaban los dibujos de los leones —seis de ellos—, que trepaban por las esquinas de las páginas como figuras fantasmales. Kidan suponía que eran retratos de Demasus Colmillos de León.

Pero en una página relativamente limpia, con una caligrafía más prolija, su madre había mencionado una vez el Bloqueo de la Casa.

> *Si una casa puede reprimir las emociones a través del Bloqueo de la Casa, ¿puede entonces reprimir también las emociones de sus visitantes? Una perspectiva horripilante.*
>
> *Pero ¿y si ocurre lo mismo al magnificarlas? ¿Y si puedo acentuar no solo mis propias emociones, sino también las de los demás?*
>
> *Lo hice una vez. Manipulé las emociones de un visitante. Imbuí mi propia tristeza en una habitación e inundé mi cuerpo con tanta pena que asomaron lágrimas a sus ojos. Creo que, siempre que un pedacito de emoción permanezca en la mente de una visitante, podré magnificarlo hasta proporciones épicas.*

Este es el propósito de una casa: iluminar, expandir y no encoger.

El profesor Andreyas dice que podemos poner nombre a una técnica que nosotros mismos hayamos descubierto.

Creo que la llamaré Obsculion.

El proceso de otear en el interior del alma de una persona.

Quizá esa era la razón por la que su madre había sido excepcional. Se había dado permiso para sentirlo todo al máximo y luego había alargado los dedos hacia el alma de otros y los había obligado a hacer lo mismo. Pero Kidan estaba cansada de sentir.

Respiró hondo para tranquilizarse y terminó de dibujarse el círculo en el cuello. No quería magnificar sus emociones. Quería claridad.

El fantasma de su madre se desvaneció, igual que una cerilla prendida en un faro ventoso.

Al principio hubo silencio.

Y, entonces, notó una terrible punzada en las entrañas, tan fuerte que se tambaleó. Casi le entraron ganas de vomitar. Su alma se estaba cercenando. Con los ojos llenos de lágrimas, sintió cómo el armario de las escobas se apagaba, cómo las luciérnagas se extinguían para siempre. La felicidad, marchita, quizá aún más empequeñecida, huyó a otro lugar, a una cajita, tal vez, y después… la nada.

Kidan se acarició el cuello y notó que la carne blanda, que la débil elasticidad de su piel, se había endurecido. Cristalizado.

Cogió una escoba vieja, arrancó un pedazo astillado y se llevó la punta al cuello. Notó resistencia, pero no dolor. Es más, no sentía ni siquiera la punta.

Contempló el palo maravillada. Era el mismo estallido de energía que había experimentado cuando June había aparecido en su puerta. Entonces había abollado el pomo, pues su mano se había tornado más dura que el cemento. La casa podía ser una armadura de su propio cuerpo.

Apretó los dientes y siguió adelante con los símbolos. Un cuadrado en el pasillo, una cruz en el observatorio. Cada uno endurecía una parte de su cuerpo, desterrando de él las emociones, hasta que se convirtió en nada más que una armadura. Dura, irrompible.

Una calma dichosa se había adueñado de su mente. Podía pensar con claridad, ver los pasos necesarios para conseguir sus votos. Solo existía la lógica. No había dudas ni vacilaciones.

Y le encantaba.

Kidan se puso de pie, sin sentir el suelo bajo sus pies, y fue al despacho. Cogió los libros de texto de amárico que Slen le había prestado y los tiró a la basura. Tratar de heredar la cultura de aquella casa era un imposible; siempre lo había sabido. Era hora de cortar lazos con ella y asegurarse de que sus Cuatro Aspectos de la Cultura fuesen otros. Lo único que le quedaba por hacer a Kidan era confirmar que su fe, sus ideas políticas y su idioma no tuvieran nada que ver con los de Mahlet Adane.

30

KIDAN

KIDAN ESTABA SOLA JUNTO A LA CHIMENEA APAGADA LEYENDO *Aseracti*. Sin el fuego, la casa entera le parecía una cáscara, ella misma incluida. La filosofía Aseracti le había arrancado toda emoción y ahora vivía en una paz dichosa. El único calor que pudiera encontrar lo hallaría en las enseñanzas de aquellas páginas; cada línea era una respuesta a uno de los problemas a los que se enfrentaba; cada frase, un mantra que la ayudaría a vincularlo todo a sí misma.

Ahora que Samson estaba detenido, ninguna amenaza poblaba aquella casa. Nadie le exigía su sangre para alimentarse.

«Así tendría que haber sido siempre —pensó—, controlando todo lo que me rodea».

Al cabo de un rato llegó Etete, una aparición con un vestido largo y un chal, y le dejó sobre la mesa un plato de *injera* y *wot*.

—Llevas mucho rato leyendo ese libro —comentó—. Deberías descansar.

—Estoy bien —respondió Kidan sin levantar la mirada.

—Aquí hace frío. Enciende el fuego.

—Yo no tengo frío.

Con la armadura de la casa, su carne no sentía ni siquiera las páginas al pasarlas. Era desconcertante, pero aprendería a empuñar la fuerza que la casa le prestaba. Al ver que Kidan no decía nada, Etete suspiró y desapareció en la oscuridad.

Kidan siguió leyendo; una nueva revelación.

> Los huesos son un portal entre los vivos y los muertos. Para los historiadores, son reliquias que no tienen precio. Para los devotos, recordatorios de su fe. Para la casa, son vestigios de sus dueños. Para heredar o cortar lazos, uno debe conocer bien la mente del dueño. Mátalo, recupera sus huesos y estos te revelarán todas las verdades. A este proceso se le llama Resurción.

Kidan levantó la vista. Había una pequeña parte de su ser que, si bien bloqueada en su interior, se había removido al leer aquellas palabras. *Aseracti* contenía enseñanzas para matar a los dueños de las casas, pero sus padres ya estaban muertos. Aquello le facilitaba mucho las cosas.

Trató de sonreír, pero su rostro no sabía bien cómo expresar la emoción.

La puerta principal se abrió y la casa se estremeció a modo de advertencia. Kidan tuvo el tiempo justo de meter *Aseracti* debajo de otro libro y de ponerse recta antes de que Susenyos apareciera en el umbral.

Era la primera vez que lo veía desde que la había dejado sola en el armario de las escobas y le preocupaba que la habitación se ablandara de ira o deseo.

Pero no pasó nada.

Se relajó.

Él la observó largo rato y luego miró los troncos apagados.

—Aquí hace frío.

—Estoy bien.

—¿Por qué ya no te siento? —preguntó al cabo de un instante ladeando la cabeza.

Susenyos debía de haber percibido el cambio de inmediato. Debía de haber notado que la casa se había retraído, que su conexión se había partido en dos. Sus emociones ya no eran visibles, y las de él tampoco.

—Estoy empezando a dominar la casa —contestó.

Los ojos de Susenyos, llenos de preguntas, no brillaban.

Las enseñanzas de Aseracti eran secretas, y comprendía la razón. Si todo el mundo conociera un atajo para dominar una casa, ¿cuántos matarían por él? El mismo Susenyos sería capaz de arrancárselo de las manos para, tras catorce años, hacerse por fin con el control.

Susenyos clavó la mirada en la estatua del león con grandes colmillos que había sobre la repisa. Kidan la había colocado allí esa mañana. La religión Demasus valoraba la fuerza y la capacidad de liderazgo, y los devotos tenían una estatua en forma de león que acariciaban para que les diera fuerza. No le parecía correcto depositar su fe en Demasus, un vampiro, pero sus estrategias de guerra siempre le habían impresionado.

De un modo similar, los Mot Zebeyas, seguidores del Último Sabio, decoraban su monasterio con el ágil antílope del que se extraía el cuerno de impala. Como su madre, creían en la protección y el sacrificio.

Si Kidan quería cortar lazos con la cultura de su casa, debía asegurarse de adorar a una entidad distinta. Para profesar aquella religión no hacía falta mucho. Cada séptimo día, Demasus aceptaba una gota de sangre de sus fieles. Se reunían cada sábado en el vestíbulo comunitario, el día del festín, y había una única blasfemia.

La estatua del impala, que se decía que quemaba la piel de Demasus.

—Las estatuas no dan fuerza, pajarillo. —Susenyos acarició la melena del león—. Estás buscando en el lugar equivocado.

—Tú adoras a una máscara, unas espadas y un anillo. ¿Es ahí donde debería buscarla?

Él entornó un poco los ojos, pero luego casi sonrió.

—Tienes razón. ¿Qué vamos a hacer entonces con tu amiga?

Slen.

Esa debía de ser la razón por la que estaba allí.

Lucía una expresión severa, despiadada cuando quería. Susenyos le había advertido sobre Slen y tenía razón.

Qué fácil sería pedirle que la matara. Y él lo haría.

Pero Kidan acarició el lomo del libro oscuro, pensativa. La claridad era importante.

—Matarla solo hará que las Casas Fronterizas se enfurezcan más.

Él ladeó la cabeza y la miró con ojos inteligentes, tratando de leerle el pensamiento. Pero no había nada que leer. La casa la protegía bien. La servía a ella.

—Hablas de matarla como si nada —dijo con cautela—. Es un soplo de aire fresco, no me entiendas mal, pero ¿por qué ahora?

Kidan le miró a los ojos. En la casa eran distintos, más bien marrón oscuro, y no negros como la tinta.

—¿Sabes lo que es la Resurción? —preguntó con voz tan fría como la estancia.

Él se puso rígido, receloso.

—La Resurción está prohibida en Uxlay.

Aquello no la sorprendía.

—¿Qué sabes al respecto?

—Las casas mataban a sus propios dueños, recogían sus huesos y hurgaban entre sus recuerdos. Se convirtió en una moda horripilante. —La miró con curiosidad—. ¿Cómo has sabido de su existencia?

Pero a Kidan no le interesaba responder a sus preguntas.

—Los huesos de mi madre deberían estar en el cementerio, ¿no?

Hasta ese momento, Kidan no se había visto capaz de hacer algo así, pero al menos, al final de aquel camino, la esperaba la posibilidad de ver los recuerdos de su madre, de responder por fin a las últimas dos preguntas sobre sus ideas políticas y sus valores, y compararlos con los de ella.

Susenyos la miró con solemnidad.

—Daric el Cruel incineró sus cuerpos. No queda nada.

Un pinchazo resonó en su pecho, pero la casa atrapó el sonido y lo engulló.

—Les arrancó el corazón —recordó ella, casi en trance—. Y luego destruyó sus huesos.

Susenyos se acercó a ella y le puso una mano en el hombro, transmitiéndole trazas de calor, como olas inesperadas. Amenazaba con romper en mil pedazos la armadura que la casa le había prestado. Kidan se puso de pie a toda prisa y se apartó. Él frunció el ceño al ver su reacción, pero no volvió a acercarse a ella.

—La Resurción es un estudio común en las casas renegadas —añadió él con cautela—. ¿Cómo te has enterado de que existe?

Que se mostrara preocupado la sorprendía.

—Si sus huesos estuvieran en el cementerio, la habrías usado, ¿verdad?

La mirada se le oscureció al instante.

—No.

Si decía la verdad o no, no importaba. Ella sabía que lo habría hecho para conseguir la reliquia de la máscara. No había nada que no estuviera dispuesto a hacer.

«Si conoces el pilar de un vampiro y te interpones ante él, se inclinará ante ti, ya sea por servidumbre o por adoración».

—Voy a asistir al cortejo de la Torre Arcana —le informó como si nada, como si se dispusiera a ir a la tienda de comestibles—. Omar Umil me ha dicho que una casa votará a mi favor si me caso con alguien de su orden.

Era evidente que Susenyos no se esperaba aquello, porque retrocedió, incrédulo.

—¿De qué estás hablando?

—De matrimonio. De afianzar la posición de la Casa Adane.

La miró como si fuese imposible comprenderla.

—No estarás hablando en serio.

—¿Por qué no?

—¿Que por qué no? —Alzó la voz una octava y luego se rio sin alegría—. Porque esto no es un juego. El matrimonio no es un juego.

Al ver que ella no respondía, abrió y cerró los puños. A Kidan le causaba un cierto placer dejarlo tan desconcertado. Que supiera lo que se sentía, tras lo confundida que la había dejado a ella durante las semanas anteriores.

—¿Me estás diciendo que no sientes nada al imaginarlo? —prosiguió el vampiro. Recorrió la distancia que los separaba, aunque sin llegar a tocarla—. Te casarás con un desconocido. Lo traerás a tu casa, dejarás que duerma contigo en tu cama.

Ella hacía danzar los dedos sobre su muslo, atrapada entre la ira y el miedo. Solo existía el hierro. El poder.

—Quieres que sea dueña de esta casa, ¿no? Cueste lo que cueste —replicó—. ¿Quieres que te devuelva tu inmortalidad? ¿Que consiga la máscara?

Frunció el ceño. Se tomó unos segundos para responder, y al final se forzó a decir:

—Sí.

Ella no hizo caso de la tensión que se le alojó en la barriga.

—Pues deberías estar contento.

—Pero este no puede ser el futuro que habías imaginado. Un matrimonio sin amor, un simple acuerdo. —Seguía hablando en voz baja y apremiante—. Tú ardes por aquellos que amas. Y la de tu matrimonio debería ser la pasión más fervorosa que experimentes nunca. No es fácil romper los votos de un matrimonio.

La atención de Kidan se deslizó hacia el retrato familiar que había al otro lado del salón. Su madre y su padre. Los muchos muertos de su alrededor. Traicionados por objetos, por la búsqueda del poder. Si sus padres se hubieran dado cuenta de ello, tal vez seguirían vivos.

—¿Y por qué debería serlo? No será más que un contrato. —Se volvió hacia él; su voz aún le resultaba extraña—. Las familias de Uxlay se traicionan las unas a las otras todo el tiempo. Se matan las unas a las otras. Mira al padre de Slen y a los hermanos de Ramyn. Mi propia hermana. Si no te arrebatan a tu familia, ella misma te abandona. ¿No es mejor que elija a alguien a quien no amo? Alguien que pueda ayudarme. Alguien a quien pueda usar y…

—¿Cambiar en cuanto lo desees? —la interrumpió con ojos llameantes. Al ver que no decía nada, apretó los labios—. ¿De verdad puedes llegar a ser tan fría? ¿A no tener sentimientos?

—Me has enseñado lo bastante bien —le espetó sin pretenderlo.

En lugar de ira, vio un resplandor en sus ojos oscuros. Era como si su grito fuese la primera cosa placentera que hubiera escuchado de su boca.

—Entonces no sientes nada, ¿no? Puedo irme. Cambiarte por una compañera con mejor carácter.

Se quedó sin aliento, y el mismo pánico que sentía siempre que pensaba en June amenazó con regresar. Se dio la vuelta y se acarició la muñeca, donde se había dibujado el símbolo del miedo.

Lo resiguió con el dedo.

Lo controló.

Y en su voz no quedó más que fuego.

—No te irás mientras yo tenga la máscara —dijo.

La sombra de Susenyos se había quedado quieta. Cuando se volvió para mirarlo, vio que le llameaban las pupilas. Si sus mentes hubieran estado conectadas todavía, aquella habitación habría sido devorada por las llamas.

Aquella maldita máscara permitía que ella lo controlara, le gustase a él o no. Y, mientras encontrase el pilar de su futuro marido y se interpusiera ante él, no vivirían mal.

Al cabo de un rato, Susenyos dijo:

—No hace falta que te cases con nadie.

—Necesito que las casas…

—Irás a la Torre Arcana y anunciarás tu intención de casarte. Solo tu intención —la interrumpió. Algo perturbaba su mirada castaña, y el corazón traicionero de Kidan se encogió, preso de la esperanza, aunque enseguida lo atemperó. Estaba tratando de entender lo que él quería—. Las casas te cortejarán con la esperanza de que te cases con alguien de su orden. Lo único que tienes que hacer es dejar que piensen que tienen la oportunidad de hacerse con esa posición central tan difícil de conseguir.

Kidan iba entendiendo la estrategia. Las palabras que no había pronunciado.

Susenyos asintió. Las cortinas se abrieron y la luz del sol se propagó por la alfombra.

El vampiro se frotó los ojos cansados.

—Cuando domines esta casa, todo esto habrá merecido la pena.

No era una pregunta, aunque sonaba como si lo fuera.

La observó de arriba abajo hasta detenerse en su mirada fija e imperturbable. Vaciló un segundo antes de decir:

—Yo te acompañaré.

—¿Sí?

—Por supuesto. —En su rostro no quedaba expresión alguna, aunque la tensión que había en su voz lo delataba—. Te aconsejaré respecto a tu futuro marido como compañero tuyo que soy. Al fin y al cabo, los dos viviremos con él.

Kidan notó un zumbido en los oídos al escuchar las palabras «futuro marido», sobre todo porque habían salido de la boca de Susenyos. Era impactante cómo las había pronunciado, como si tal cosa. Como si ya fuera un hecho.

Por desgracia, la Torre Arcana estaba lejos de Uxlay, y en cuanto Kidan pusiera un pie fuera de la Casa Adane, sus emociones se le pegarían a la piel como sanguijuelas hambrientas.

31

JUNE

—CÓMO INCITAR A ALGUIEN A ACABAR CON UNA VIDA —LEYÓ una voz desenfadada desde detrás de ella.

June dio un brinco, soltó el subrayador y cerró el libro de golpe. Una mano levantó la rama que había sobre su cabeza y una figura alta quedó a la vista. Estaba sonriendo. Aquello fue lo primero que llamó la atención de June. No quería asustarla, y eso ayudó un poco. El desconocido tenía la piel de un bonito color bronce, el tono exacto del otoño, y no había rugosidades ni imperfecciones en su rostro anguloso. Además, pasaba mucho tiempo sin parpadear. Todo aquello le decía que se trataba de un dranaico.

Pero era la cinta que llevaba en la cabeza, que era dorada y le cubría la frente, lo que reclamó su atención más inmediata.

—Tú —dijo ella, asombrada.

—¿Nos conocemos? —Hasta su voz sonreía.

—Esa cinta… —June estudió los largos lazos que colgaban entre sus rizos—. Me has estado observando.

—Ah, no me he presentado todavía —dijo él—. Soy Taj Zuri.

June recordaba el nombre; a menudo lo oía susurrar en la finca de los nefrasis. Había vampiros que hablaban de él con una sonrisa al recordar sus travesuras, mientras que otros lo categorizaban de traidor, junto con Susenyos Sagad e Iniko Obu.

Si estaba allí, no podía ser para nada bueno.

Un coro de huesos conocido repiqueteó en su mente. Warde estaba con el profesor Andreyas en su clase de orientación, pero debía de haber percibido su angustia y le habló como si lo tuviera al lado. Directo a su mente.

«¿Quieres que vaya?», preguntó.

Taj seguía con los ojos abiertos, pero su mirada no era oscura y peligrosa, como la de Kidan, ni salvaje, como la de Samson.

«No —respondió June al cabo de un instante—. Estoy bien».

«Ten cuidado. No confíes en él».

«No lo haré».

Taj enarcó una ceja con curiosidad al ver que el silencio se alargaba. Luego se autoinvitó a unirse a ella y se sentó a su lado, extendiendo sus largas piernas. June le hizo sitio, lo que le sacó una sonrisa. Llevaba una camiseta demasiado ajustada que le marcaba los músculos de los abdominales, y a June le entraron ganas de ir a buscarle una chaqueta y mirarse los pies.

Estaban debajo de un *wawri* que olía a clavo y a menta y cuya savia se usaba para un brebaje que calmaba el hambre. June había decidido sentarse allí porque le seguía maravillando que Uxlay estuviera lleno de especies de plantas que no eran autóctonas de aquel país. Podía visitar todos sus jardines sin cansarse y tomar notas en su diario, y así podía distraerse y no pensar en el semblante de Qara Umil. En cómo se le había desencajado el rostro cuando había descubierto que había suspendido Dranacti aquel semestre. June había pasado tanto tiempo reconcomida por la culpa que había pensado incluso en dejar el curso.

Pero tenía que seguir allí hasta que supiera qué hacer con Kidan y la máscara.

«No puedes permitir que toque esa máscara». Esta vez no había sido la voz de Warde. Él nunca le daba órdenes, nunca le hacía desear ser capaz de meterse bajo tierra y desaparecer. June tenía siempre dos voces en la cabeza. Por suerte, casi siempre lograba ignorar a la que no pertenecía a Warde.

—Bueno, ese libro que estás leyendo… —Taj bajó la vista hacia el libro de nuevo. Se titulaba *Moral del alma*—. ¿Va sobre cómo incitar a alguien a acabar con una vida? ¿Te importaría explicármelo?

June se puso rígida. «Piensa. ¡Piensa!».

—Es para… Dranacti.

Al escucharla, se le apagó un poco el rostro.

—Ah.

—Es puramente teórico —se apresuró a decir June con los ojos muy abiertos.

—Por supuesto.

Se sumieron en un silencio incómodo. June le observaba los zapatos, unas botas con cordones hasta los tobillos. ¿Qué quería ese vampiro?

—Yo puedo ayudarte, ¿sabes? —Taj le dedicó una sonrisa amable—. Con la Dranacti.

La desconfianza le hizo un nudo en el estómago.

—Eres amigo de Susenyos.

—Y orgulloso.

—Y él me odia.

Taj se inclinó hacia atrás, apoyándose sobre la palma de las manos, y contempló el cielo azul.

—La buena noticia es que Yos suele dejarme a mí a la gente que odia.

June tragó saliva, preparada para avisar a Warde.

—¿Para qué? ¿Para que los mates?

—No, esa es la especialidad de Iniko. —June debió de emitir algún ruido, porque Taj se echó a reír—. Es broma. De hecho, Iniko es bastante maja.

Iniko Obu debía de ser tan maja como un león. Durante el tiempo que había pasado con los nefrasis, se había enterado de que era la soldado preferida de Arin, lo que significaba que le debía de bastar con una garra para matar a alguien.

—Es útil que un vampiro esté de tu lado —continuó Taj—. Dentro de poco te encomendarán una tarea interesante.

Aquello era cierto.

—¿Que un vampiro te entregue una prenda de ropa? —preguntó June.

Taj ladeó la cabeza y sus ojos castaños reflejaron una chispa de luz.

—El profesor no suele anunciar la tarea hasta el día en que la encomienda.

«Ten cuidado», le advirtió de nuevo Warde, y June se mordió el labio. Esa era la razón por la que evitaba hablar con los dranaicos de Uxlay. Sabían todo lo que alguien de la edad de June debía y no debía saber. Y comportarse como si no supiera nada era un desafío constante para ella.

Al cabo de un instante, Taj añadió:

—Es una pena que hayas empezado en Dranacti este semestre. En esta estación no se celebra la Gala, pero sigue siendo mi tarea favorita. Si quieres, puedo guardar una prenda de ropa para ti.

June le miró alzando las pestañas. La estaba observando con atención, totalmente concentrado, como si quisiera memorizar cada curvatura de sus rasgos. Apartó la mirada a toda prisa.

Saltaba a la vista que Taj Zuri quería algo de ella, probablemente, saber dónde se encontraba el escondite de los nefrasis. June no pensaba traicionarlos así, pero eso no significaba que Taj no pudiera ayudarla a ella. Parecía tener ganas de hablar.

—Vale.

Taj curvó los labios en una bonita sonrisa, y ella se preguntó qué habría dicho para ganarse una reacción como esa.

—¿Y tú? —preguntó con cautela—. ¿Qué quieres a cambio?

—Tengo algunas preguntas.

—No puedo decirte dónde se esconden los nefrasis.

Taj no perdió los papeles, aunque ella esperaba, con el alma en vilo, que lo hiciera. A veces, Samson mantenía la calma justo antes de atravesarle el pecho a alguien con el brazo de metal.

En lugar de eso, enarcó una de sus gruesas cejas, desplazando hacia arriba la cinta que le cubría la frente. Se la bajó enseguida, antes de que su piel quedase al descubierto.

—No pasa nada. Háblame de ese libro.

El volumen tenía un lazo con el que June jugueteaba, nerviosa.

—Tengo curiosidad por saber qué hace que la gente quiera matar.

—Qué tétrico —respondió en tono provocador—. ¿Estás pensando en matar a alguien?

Sintió una descarga por lo despreocupadamente que le había preguntado una cosa así.

—Pues claro que no.

Taj estudió su rostro. June esperaba estar mostrándose imperturbable. Odiaba que sus rasgos revelaran todo lo que sentía, y le dolía la mandíbula de estar tan seria. Sonreír le resultaba más natural.

—¿Qué te haría matar a ti? —preguntó, contenta de poder volver el foco hacia él.

Taj guardó silencio unos segundos.

—No lo sé. Nunca he acabado con una vida.

—¿Nunca?

—Nunca.

—Pero eres un vampiro.

—Uno fallido, según Arin. —Taj sonrió, pero el gesto no se parecía al de antes. Parecía un poco forzado—. Yo no mato.

El viento le azotó las mejillas y le movió la falda, cuyo dobladillo le acariciaba los tobillos. Abrió y cerró la boca. No se le ocurría qué decir.

Tal vez le estuviera mintiendo, pero veía cierta dulzura en él. La había visto en cómo había sonreído al saludarla para que no se asustara, en que no había tratado de intimidarla para sonsacarle información. Él también debía de ser fuerte si había vivido tanto tiempo sin arrebatarle la vida a nadie.

Al cabo de un instante, June dijo:

—Me alegro. Eso significa que caminas por el mundo como el Último Sabio quería. Tomando sangre, pero siempre sin matar.

El hombro de Taj estaba varios centímetros más alto que el suyo, y casi le rozaba la manga corta. El vampiro bajó la cabeza, abriendo más los ojos marrones.

—¿Qué sabes sobre el Último Sabio?

Su repentina proximidad le puso los pelos de punta, pero June logró controlar los latidos de su corazón.

—Lo que sabe todo el mundo.

—Hum…

De tan cerca, los ojos de Taj se tornaron líquidos, casi transparentes, pues capturaban la luz del sol poniente. Antes ya le había parecido hermoso, pero ahora veía algo más que la atraía. Parecía la clase de persona que conocía el sufrimiento y no quería causar más.

June se apartó enseguida de la intensidad de su mirada. En la distancia, las agujas de las Torres Arat atravesaban el cielo púrpura y rojo. En el jardín de la esquina, una mata de flores caleri empezaba a abrirse. El aceite de sus hojas oscuras era útil para los vampiros que eran sensibles al sol, como Arin. June tendría que hacerle un brebaje nuevo pronto.

Se atrevió a hacerle otra pregunta.

—Pero ¿qué pasaría si matar a una persona terminara con el sufrimiento de muchas otras? ¿Te empujaría eso a matar?

—La filosofía moral es un infierno, ¿verdad? —respondió él.

June asintió, y él respiró hondo y añadió:

—Depende.

—¿De qué?

—De si quiero a esa persona o no.

June se acarició la pulsera de la mariposa. Las lágrimas amenazaban con nublarle la vista.

—Imagina que la quieres. Que la quieres de verdad.

Taj Zuri no le contestó. Frunció el ceño de forma pronunciada y guardó silencio, pensativo. Aquella pregunta no tenía una respuesta sencilla. Si la hubiera tenido, June jamás se habría escapado. Jamás habría abandonado a su hermana.

Y las pesadillas, y la voz de él en su cabeza, habrían dejado de aterrorizarla. Una persona o el resto del mundo, esa era la pregunta que June debía responder. Taj exhaló con fuerza y dejó que su cuerpo se hundiera más en la tierra, arrastrando los dedos por la superficie.

—Haré todo lo que pueda para salvar a todo el mundo. Moriré intentando todo lo que se pueda intentar.

Una tímida sonrisa acarició los labios de June. Morir intentándolo. Parecía el único camino. Al cabo de otro instante, cerró el libro.

TODAS LAS CASAS NECESITAN UNA ORDEN. BIENVENIDOS A LA TORRE ARCANA.

ORDEN DEL ÁGUILA

ENTRE LOS CIELOS OSCUROS

Casa Ajtaf | Casa Makary | Casa Delarus

ORDEN DEL ABISMO

BAJO LAS CAVERNAS, A TRAVÉS DEL SOL Y LAS MONTAÑAS DE LA NOCHE

Casa Goro | Casa Adane | Casa Umil | Casa Faris

ORDEN DE LA PIEDRA AZUL

CORAZÓN DE LA BELLEZA

Casa Luroz

ORDEN DE LA PANTERA

FUERZA A TRAVÉS DE LO SALVAJE

Casa Temo | Casa Rojit | Casa Piran

ORDEN DEL ÓRIX

PODEROSO ES EL DESIERTO

Casa Qaros

32

KIDAN

A Kidan, las Sociedades Arcanas le intrigaban.

La invitación a unirse a ellas solo se enviaba a los estudiantes negros más excelentes de cada institución universitaria del mundo. Esos estudiantes debían tener raíces africanas y, sobre todo, debían creer en lo sobrenatural. Antes de ser admitidos, se investigaban en profundidad sus ideas políticas y afiliaciones religiosas para que la perspectiva de vivir en una sociedad de vampiros no les hiciera huir aterrorizados.

Susenyos conducía. Iba vestido con un traje elegante con su estampado preferido rojo y dorado. Debía de estar hecho a medida. Con las ventanillas bajadas y la brisa de la noche, que jugaba con el vestido de Kidan, ambos parecían normales, por extraño que pareciera. Un par de estudiantes universitarios de camino a una fiesta, en lugar de a un edificio antiguo en el que encontrar al futuro marido de Kidan.

Susenyos la había mirado más de una vez, admirando su vestido, deteniéndose en los labios rojos. Los ojos se le oscurecían al llegar a su cuello; había decidido llevar su corona dorada, la que ella había convertido en un collar. Las hermosas cruces de rubíes descansaban sobre su cuello como dagas, pero eran las miradas ardientes de él las que la hacían sentir como uno de sus preciados tesoros.

Fuera de la Casa Adane, sus emociones corrían libres y la distraían. Kidan tragó saliva y luchó contra el impulso de acariciarse el collar.

Susenyos inclinaba la cabeza hacia la ventanilla, hacia el fuerte viento, como si no lograra obtener el oxígeno suficiente. Los aros de sus *twists* centelleaban como si estuvieran hilados con seda. En la manga, llevaba puesto el emblema de las dos montañas de la Casa Adane. Plata para ambos. Cuando Kidan lograse dominar la casa, los dos lucirían el emblema de oro. El viento le azotaba las trenzas y se las metía en los ojos, así que se las colocó detrás de la oreja.

—Las órdenes están gobernadas por familias humanas muy influyentes que se dedican desde al comercio mundial hasta al ámbito militar —explicó él con la voz algo áspera—. Son un recurso al que Uxlay podría recurrir algún día. A cambio, solicitan que se les proporcionen dranaicos para ciertos asuntos. Para cambiar el rumbo de una guerra civil, para rescatar a un político secuestrado... Es un equilibrio tan delicado como el que hay entre dranaicos y actis. Uxlay no podría existir sin las Órdenes. No podría producir una nueva generación sin ellas. Cada Orden recluta a estudiantes de universidades muy concretas de todo el mundo; tienen una especie de contrato. Por ejemplo, la Orden del Abismo trabaja sobre todo con universidades del África oriental. Tu padre formaba parte del Abismo, que fue la Orden que fundó las excavaciones Axum.

—¿Me darán información sobre mi padre?

—Las órdenes guardan con celo la información sobre sus antiguos alumnos, pero sí.

Entonces tendría que hacer una visita a la Orden del Abismo para ver qué podía descubrir. Aunque tuviera intención de cortar lazos, necesitaba saber qué clase de personas habían sido sus padres.

Susenyos continuó con su explicación:

—La Orden del Águila está llena de víboras de las que no te puedes fiar. Evítalos.

—Etete era un miembro de esa Orden.

Él entornó los ojos.

—Una rareza. Una entre un millón.

Una sombra de sonrisa acarició el rostro de Kidan. Le gustaba que Susenyos hablase de Etete. Cuando lo hacía, le mostraba una faceta más tierna de sí mismo, más humana.

—¿Por qué no me diste la carta de las Sociedades Arcanas el semestre pasado?

Aquello le cogió desprevenido, y a ella le gustó. Sin embargo, controló su expresión enseguida y miró a la carretera.

—Recibo muchas cartas. Es normal que algunas se traspapelen.

—Sé que la tiraste.

Le había pillado. Susenyos le dedicó una sonrisa.

—Lo último que necesitaba era que declararas tu intención de contraer matrimonio y te quedaras en Uxlay para siempre. Recuerda que quería que te largaras, pajarillo.

Ella lo observó unos instantes, sin saber muy bien qué buscaba.

—Y más adelante, cuando ya querías que me quedara, ¿por qué no me lo dijiste?

Él clavó su mirada oscura en sus ojos, y luego la deslizó brevemente a sus labios.

—Se me debió de olvidar.

A ella le ardieron las mejillas al ver el fuego que danzaba sin reservas en la expresión del vampiro. Sintió un estallido de placer en las entrañas. Quizá Kidan no era la única que no podía controlar muy bien sus emociones.

Se aclaró la garganta y se alisó el vestido.

—Puede que esta noche tenga suerte y encuentre un buen chico humano.

—Me han dicho que son bastante inofensivos. Como conejitos. —La negrura de sus pupilas se negaba a pestañear—. Te aburrirás.

Kidan percibía el aroma a eucalipto y aceite de rosas que emanaba de él, un olor que echaba terriblemente de menos. Debía de haberse bañado antes de salir.

Ella deslizó la mirada a regañadientes hasta el pecho de él, más abajo del cuello de la camisa, donde asomaba la llave dorada.

—Así que me aburriré…

—A ti te gustan los vampiros.

—Pero no puedo tener hijos con vampiros, ¿no?

Vio una chispa en su mirada.

—Más razón para redoblar nuestros esfuerzos.

Kidan apretó los labios y contempló su pecho inmóvil. Habría jurado que Susenyos contenía el aliento, como si fuese a perder el control si se atrevía a respirarla a ella. Quiso descansar una mano sobre su pecho y romper sus contenciones en mil pedazos.

Cuando alzó las pestañas para contemplar su rostro, vio que todavía la estaba mirando.

—Deberías mirar al frente —le advirtió.

Susenyos enarcó una ceja.

—Lo dice la misma chica que estrelló mi coche en el bosque. A propósito.

Kidan se rindió y sonrió. Era difícil no hacerlo cuando estaban a solas, lejos de Uxlay, de la casa y de la máscara.

—He aprendido formas mejores de librarme de mis enemigos.

Cuando miró a la carretera, vio una chispa en sus pupilas. Bajo las luces refractarias de la carretera, lucía un aspecto impecable: no había ni un solo mechón de pelo fuera de sitio; en la piel lustrosa y marrón no se veía ni una sola cicatriz. ¿De verdad le había dicho que era hermoso en el armario de las escobas? Y él le había dicho algo parecido, una frase que quería borrar de su mente, pero que acudía a ella una y otra vez.

«La muerte nunca me pareció hermosa hasta que fueron tus manos las que la trajeron».

—Entonces espero no estar en tu lista.

Ella se volvió hacia la ventanilla para que no le viera sonreír.

La Torre Arcana era una tumba plagada de candelas y escaleras de caracol. Estaban ante la sombra de la enorme columna, cuyas ventanas talladas revelaban pedacitos de luz azul. Kidan notó que un escalofrío le recorría la espalda. Una cortina gruesa y roja marcaba la entrada.

Susenyos mantenía cierta distancia con ella, a pesar de que los actis entraban con sus compañeros.

—¿No me vas a dar la mano? —le preguntó Kidan, tratando de no parecer decepcionada.

—Será mejor que no asustemos a tu futuro marido. Ve tú. Yo esperaré a Iniko aquí.

Ella frunció el ceño, observándolo acelerar el paso. Sin embargo, su expresión se relajó cuando un apuesto chico vestido de forma parecida, con una chaqueta de traje roja, se acercó a ella desde el estacionamiento. Las Sociedades Arcanas insistían en que todos los actis vistieran de rojo, o más bien que «brillaran como una rosa».

—Has venido —le dijo a Yusef sorprendida.

—No podía no hacerlo. Es mi obligación, ¿no? —respondió con voz desenfadada.

Ambos contemplaron la torre con aprensión.

—Odio esa palabra —comentó Kidan—. «Obligación».

—Yo también. —Ahora que lo miraba de cerca, se dio cuenta de que Yusef estaba demacrado. Tenía unas oscuras ojeras—. No puedo evitar preguntarme si… Ya sabes, si tal vez, si Koril Qaros estuviera muerto, Slen no estaría atada al 13°. —Kidan lo miró con cautela. Estudió el dolor que había en sus ojos—. Me pregunto qué pensaría de todo esto. De lo que ha sido de nosotros.

Por un instante, Kidan no supo a quién se refería. Apartó la vista y se centró en el crujido de las ramas. El fantasma de GK estaba justo detrás de ellos, vigilándolos.

—No hago más que pensar en su diario, ¿sabes? —prosiguió su amigo—. Hay cosas que antes no entendía, pero que ahora tienen sentido. Por ejemplo, por qué siempre estaba tan callado y me dejaba a mí hablar sin parar. Por qué accedía a mis peticiones estúpidas. Era hasta molesto que siempre pusiera por delante a los demás. Maldita sea, si casi ni peleó cuando le clavé ese cuchillo en… —Yusef se interrumpió; el rostro se le deformó con una mueca. Sacudió la cabeza, como si estuviera tratando de librarse de una imagen que lo perseguía—. No sé si algún día sabré ser tan altruista como él, pero quiero ser mejor. Tenemos que ser mejores, ¿no? Se lo debemos.

Kidan cerró los ojos con fuerza y recordó el rostro de GK entre las lápidas, la primera vez que se habían visto, con sus cálidos ojos y aquel extraño lenguaje formal.

«Hay que proteger todas las vidas, y, si estás en peligro, es mi deber protegerte».

Trazó un círculo en el brazo de Yusef, que estaba caliente, a pesar del viento frío. Era el único que quedaba del grupo original que no hubiera cambiado.

—Estás haciéndolo otra vez. Lo de los símbolos.

—¿Qué?

Yusef le miró los dedos.

—Cuando no jugabas con la pulsera, dibujabas esos símbolos. No sabía cómo dibujar tu mano para la exposición. ¿Qué significan?

Ella negó con la cabeza y bajó la mano.

—Nada.

Su amigo la miró con curiosidad y asintió. Kidan quería preguntarle a GK qué significaban aquellos símbolos, ya que él también los había dibujado en su diario.

Yusef se recolocó el broche plateado de la Casa Umil en la chaqueta roja y miró al frente.

Una llamarada azul iluminó la Torre Arcana. Despedía un calor tan poderoso que hasta la hierba fría bajo sus pies se iluminó.

—¿Preparada para jugar al retorcido juego de los legados? —preguntó Yusef con la voz teñida de pena.

Kidan buscó a Slen entre la multitud que se acercaba, pero no la vio. Unos instantes después, Yusef y ella cruzaron las gigantescas cortinas y empezaron a subir por la escalera de caracol.

—Un momento… —dijo él—. ¿Qué se supone que tenemos que hacer cuando hayamos entrado?

—Cada planta pertenece a una orden —respondió Kidan, recordando las palabras de Susenyos—. Para poder quedarte en ella, tienes que participar en las ceremonias. Hay una iniciación de bienvenida, una muestra de compromiso vampírico y un recital del Código Arcano. Luego recibirás el interés de los posibles solteros y solteras. Si aceptas el guante que te ofrecen, anuncias que tienes intención de que te cortejen. No aceptes nada. La azotea es comunitaria, y el lugar donde se llevan a cabo las declaraciones.

Llegaron a la primera planta, iluminada por dos estatuas en forma de león con sendas velas azules en las fauces. Kidan acarició la melena del león para que le diera fuerza. Yusef enarcó una ceja, pero no dijo nada. Pedir fuerza formaba parte de la religión Demasus y ella todavía se estaba acostumbrando.

«Bienvenidos a la Orden del Abismo».

Una flor blanca de cinco pétalos resplandecía en la puerta: una rosa abisinia. La única rosa autóctona de Etiopía.

Entraron en una sala circular tenuemente iluminada en la que esperaba gente vestida con túnicas, parecidas a las de una graduación, pero modificadas para llegar solo hasta los muslos. A su llegada, todos se quedaron en silencio. A Kidan empezaron a sudarle las manos. Atisbó varias personas vestidas de rojo; ella no era la única que había acudido en busca de un acuerdo de matrimonio.

Se le acercó un hombre mayor vestido con su túnica y con una banda plateada.

—¿Nombre?

—Kidan Adane.

Abrió los ojos como platos y una chispa asomó a sus pupilas.

—Adane. Te estábamos esperando.

Ella le estrechó las manos suaves mientras pensaba en su madre y en su abuela, vestidas de rojo, ofrecidas ante aquella torre como doncellas.

Casarse. Dar a luz.

Continuar un legado de sangre. La sola idea era arcaica.

Susenyos e Iniko entraron en la sala un instante después. Los miembros de la orden irradiaban un placer y un asombro visibles, y señalaron a los vampiros presentes.

Las gruesas candelas de llama azul arrojaban largas sombras sobre las paredes. Y luego estaba la sangre, que fluía en círculos concéntricos en el antiguo suelo de cristal.

—Para la delicia y el asombro de nuestros curiosos miembros, por favor, demuéstranos que eres una verdadera acti —dijo el maestro de ceremonias.

—¿Disculpa? —respondió Kidan.

Un suave murmullo se extendió por la sala. El maestro de ceremonias dio un paso al frente y bajó la voz.

—Que tu vampiro beba de ti.

El entusiasmo de los rostros de los graduados era patente. Ante sus ojos estaba la prueba de lo que habían aprendido en los libros de texto: que los vampiros y las familias que cargaban con la maldición de alimentarlos eran reales.

Kidan miró a Susenyos.

Y él negó con la cabeza con firmeza.

El silencio que prosiguió hizo que le ardieran las mejillas. Por fin, una voz lo interrumpió, una voz dura y cargada de compasión.

—No tiene por qué demostraros nada. Tenéis su expediente académico. Se ha graduado en Dranacti. —Adjoa Piran iba vestida con un vaporoso vestido rojo. Se abría paso entre las túnicas con mirada afilada—. Dejadla en paz.

Al maestro de ceremonias se le agrió la expresión, pero no medió palabra.

A Kidan le ardía la sangre al contemplar a la mujer que una vez había sonreído al lado de Daric el Cruel. Ella también había acudido con un compañero vampiro: Sacro Tar. Kidan recordaba vagamente haberlo visto en una reunión, analizando con inteligencia el asesinato de Ramyn. ¿Habría contribuido él también a arrancar el corazón de sus padres?

«Sus cuerpos ofrecían una estampa horripilante cuando aparecieron recostados sobre la mesa del comedor, intactos salvo por la ausencia del corazón. Se cuenta que los agujeros eran tan grandes que se podía ver a través de ellos».

El ansia por arrancarle el corazón a Adjoa era tan abrumadora que Kidan debía de llevar el odio escrito en la cara, porque Susenyos apareció ante ella, como una sombra borrosa, y, en voz baja, le dijo:

—Este no es el lugar adecuado, *yené* Roana.

Ella negó con la cabeza y se volvió hacia el maestro de ceremonias, que le había pedido que leyera un fragmento del Código Arcano ante las figuras que esperaban en la oscuridad.

Lo hizo con voz áspera y cortante, tratando de no hacer caso de la mirada de Adjoa.

—El matrimonio es una torre de marfil y solo los divinos pueden subir por sus escaleras. Es la unión de dos mentes, como si se presionaran dos libros distintos para que la tinta de cada uno permeara el otro. Mi nombre es Kidan Adane y espero que mi Casa pueda unirse a vuestra Orden.

Cuando terminó, buscó a Adjoa por la sala, pero debía de haberse marchado de la planta del Abismo. Maldijo para sus adentros y, al darse la vuelta con brusquedad, chocó con un muchacho nervioso que le derramó su copa de champán en la mano. La bebida burbujeante le dejó la piel pegajosa.

—¡Lo siento! —exclamó el chico mientras cogía una servilleta a toda prisa.

—No pasa nada.

Kidan buscó a Susenyos. Lo encontró con una chica acti que no conocía. Apretó los labios al ver que el vampiro inclinaba la cabeza y le susurraba algo al oído en un gesto íntimo. Yusef iba directo a la barra de la esquina, donde estaba el alcohol.

—Soy Rahin —continuó el chico—. Me he graduado en la Universidad de Adís Abeba. Es mi primer año como miembro de la Orden del Abismo.

Kidan lo observó. Era guapo, de la misma estatura que ella, y llevaba un guante de seda metido en la túnica, listo para ofrecérselo a alguien. Se imaginó a su padre en aquella situación, ante su madre. ¿Era así como debía empezar una historia de amor? Tenía que dejar de pensar en sus padres, pero todo parecía acariciar sus recuerdos, todo parecía llamarla a seguir investigando.

—Rahin, necesito pedirte un favor.

El muchacho se puso recto.

—Cualquier cosa.

Kidan suavizó la voz al ver su entusiasmo.

—Mi padre formaba parte de tu orden. ¿Sabes dónde puedo descubrir más sobre él?

Rahin se desanimó visiblemente.

—Lo siento. Los de primer año solo tenemos acceso a tesis y documentos de antiguos alumnos, no a información personal.

Ella sonrió al ver su genuina decepción, pero, entonces, una fuerza que la rodeaba llamó su atención: Susenyos la estaba mirando fijamente, sin rastro de diversión traviesa en su rostro. Por cómo la estaba fulminando con la mirada, cualquiera habría dicho que le había arrancado los colmillos públicamente otra vez. Y, de repente, a ella le brillaron los ojos. Los estaba mirando a los dos. A Rahin y a ella, juntos.

¿Estaba celoso?

Aquello no debería haberla hecho sonreír tanto, pero lo hizo.

En ese momento, volvió la acti con la que Susenyos estaba hablando y le dijo unas palabras. Llevaba un broche con una piedra azul en el vestido rojo, lo que indicaba que pertenecía a la Casa Luroz. Susenyos la condujo hacia la puerta poniéndole una mano en la espalda, y a Kidan se le borró la sonrisa del rostro. ¿Iba a beber de ella?

A Kidan se le puso el estómago del revés.

«¿Y qué? —se dijo—. Tú le negaste tu sangre».

—¿Qué ocurre? —preguntó Rahin, siguiendo su mirada.

—Nada —respondió ella con gesto abatido—. ¿Me puedes enseñar su tesis, entonces? ¿Tienes acceso? Se llamaba Aman Yisak.

Rahin asintió y sacó su móvil. Ella esperó a que entrara con sus credenciales antes de cogerlo.

Yisak, Aman. *Psicología del prisionero: la asimilación y los desafíos de la reintegración en sociedad.* Proyecto de fin de máster, Universidad de Adís Abeba, 1992.

Sinopsis:
Se ha entrevistado a noventa y ocho exconvictos de sexo, etnia y edades distintas. También se han considerado los contextos históricos y culturales de los países en los que tuvo lugar el encarcelamiento. Se observó a doce de los exconvictos en su ambiente laboral y familiar durante seis meses. Este estudio analiza las relaciones interpersonales, la estabilidad laboral y el desarrollo personal de los sujetos.

Luego había una lista de los doce sujetos. Kidan se quedó sin aliento al leer el nombre del último.

Mahlet Adane, veintidós años, un año de condena.

Kidan parpadeó varias veces. ¿Cárcel? ¿Su madre había cumplido condena en la cárcel?

—¿Te ha servido de algo? —preguntó Rahin, nervioso.

—Sí —susurró mientras le devolvía el teléfono—. Gracias.

—De nada. Yo…

Kidan dio media vuelta y salió, cortando al cerrar la puerta tanto el ruido de las conversaciones como al muchacho que se le acercaba. Apenas podía esperar. Sacó su móvil a toda prisa.

Entró en la plataforma para graduados y escribió: «Mahlet Adane, condena en Drastfort».

Respiró aliviada al obtener los resultados. Solo tres artículos.

Ley sobre la Voluntad de Matar
Ofensa de primera categoría bajo la Ley de Condenas de 1979

Nota: Es un crimen informar a un acti novel sobre el precio a pagar en la Dranacti. Si su libre voluntad para matar queda mancillada, su sangre nunca será apta para el consumo. Esto no solo afecta al acti en cuestión, sino que altera gravemente el ecosistema entre dranaicos y actis.

Un humano sano es capaz de alimentar a cientos de vampiros a lo largo de su vida, lo que contribuye a fortalecer las defensas y la cultura de Uxlay, así como a dominar su casa. Quedar descalificado para semejante legado porque alguien se vaya de la lengua es una pérdida imperdonable.

Castigo por Revelación de Dranacti
Un acti condenado por revelación de Dranacti será condenado a:
a: Intercambio (de vida)
b: Prisión (tiempo limitado)

Un dranaico condenado por revelación de Dranacti será condenado a:
a: Prisión (cadena perpetua)
b: Prisión (tiempo limitado)

Delincuentes condenados recientemente por revelación de Dranacti:
Sacro Tar, dranaico (tres años de prisión)
Mahlet Adane, acti, veintidós años (un año de prisión)

Mil preguntas daban vueltas en la mente de Kidan.

Revelación de Dranacti… ¿A quién le había contado su madre la verdad sobre la Dranacti? Le parecía un error estúpido. Pasarse un año entero en la cárcel por no poder evitar…

De repente, sus pensamientos se partieron en dos.

No era ninguna estupidez. No si su madre quería proteger a alguien de una vida de asesinato.

Clicó en el caso y buscó hasta encontrar a la persona a la que su madre le había revelado el secreto.

Adjoa Piran.

Estuvo a punto de romper el teléfono de tanta presión que ejercía con los dedos. Todos los caminos parecían conducir a esa mujer. Y Kidan no pensaba marcharse sin respuestas.

33

SUSENYOS

Susenyos e Iniko caminaban por la planta de la Orden del Abismo en busca de un tipo concreto de acti. Reservado, medio escondido entre las sombras, deseando estar en cualquier otra parte. Esos serían la mejor de las ofrendas.

Pensar que, a apenas unos metros de distancia, Kidan estaba buscando un potencial marido le irritaba sobremanera, más incluso que el asunto de la traidora Qaros. Sin embargo, la Torre Arcana les ofrecía la poco habitual oportunidad de hablar con actis fuera de Uxlay.

De convencerlos.

Así que, aunque hubiera preferido no llevar allí a su compañera, una parte de él ya estaba pensando en las ventajas que tendría para él.

A Arin se le había acabado la paciencia. Le había dado hasta esa noche para proporcionarle a cuatro actis antes de abandonarlo, y ganarse a los nefrasis sin su apoyo sería imposible. Y eso pondría la reliquia aún más lejos de su alcance.

Con la detención de Samson se había ganado un poco su favor; Arin siempre había apreciado las demostraciones de fuerza y astucia. Pero se le estaba acabando el tiempo.

Susenyos mezcló lo que le quedaba de la sangre de Kidan con el alcohol de su copa para alejar la necesidad de alimentarse todo lo posible. Le había resultado casi imposible conducir hasta allí con ella en el coche; su aroma era embriagador en todos los sentidos. Y luego estaba su vestido, que se movía en la oscuridad como una moneda roja que giraba y giraba. Había estado a punto de salirse de la carretera por comérsela con la mirada, por contemplar su cuerpo y sus trenzas sueltas sobre la espalda. Incluso ahora la veía cada vez que cerraba los ojos. Aparecía y desaparecía en su visión como una llama roja que lo provocara, casi suya, pero sin serlo del todo.

Susenyos dio un trago y se estremeció al pensar en el inevitable calvario que le esperaba. Se centró en su objetivo: una graduada de la Casa Luroz que, con la tristeza escrita en el rostro, tenía la barbilla apoyada en la mano.

—¿Sabes una cosa? —empezó a decir Susenyos, acercándose a ella.

La muchacha se puso rígida, como ocurría con todo acti en cuanto se daban cuenta de quién era. Veía las historias de terror escritas en sus grandes ojos. Susenyos el Salvaje, el que había matado a todos los vampiros de su casa. Susenyos el Salvaje, el que engañaba a los humanos para que le dejaran su herencia. Aquello le había molestado durante muchos años, pero ahora ya estaba curtido. Hacía tiempo que no quería ningún compañero nuevo.

Bueno, hasta que había llegado ella.

Por el rabillo del ojo, vio a Kidan hablar con un chico humano. No tardaría en aburrirse.

—Se supone que tienes que participar en el cortejo —le dijo a la chica como si nada—. Hay muchos hombres guapos.

Lara Luroz miró hacia la multitud, aun manteniendo las distancias.

—Ya lo veo.

Estaba desmoralizada.

Y entonces vio que echaba un rápido vistazo hacia la izquierda. A un joven acti de la Casa Delarus. Susenyos se volvió para observarlo, sin que le pasaran desapercibidos los celos que irradiaban del muchacho.

Perfecto.

Amor prohibido.

Algunos actis eran amantes. La Ley de Uxlay prohibía que se casaran y procrearan, pues así se corría el riesgo de que el linaje llegara a su fin y de que tuvieran niños impuros. Otros querían marcharse solo por la emoción de rebelarse. Y luego estaban los expulsados: siempre que cada acti fuera bien recompensado, abandonaría Uxlay de buen grado y se uniría a los nefrasis.

A Susenyos le gustaba llamar a aquellos traidores en potencia Uvas Inmaduras. Frutos que aún no habían dado vino.

El problema era que sacar un número tan elevado de actis de Uxlay sería considerado como confabulación de actis, lo que iba en contra de la Séptima Ley de Uxlay y se castigaba con el intercambio de vida forzoso. La decana Faris enviaría a sus sicion contra los nefrasis y aquellos salvajes cazadores los destruirían.

No. Tenía que elegir el momento perfecto.

Llevarse a las Uvas Inmaduras una a una para que Uxlay no sospechase nada.

—¿No te deja mal sabor de boca? —continuó con voz danzarina—. Que te obliguen a venir aquí a elegir marido. El amor no debería forzarse.

Lara Luroz adoptó una expresión dura.

—¿Qué sabrás tú del amor?

—¿Yo? Mucho. Amé una vez. Era una belleza de piel oscura. Siempre estaba enfadada conmigo. Estaba toda hecha de espinas, salvo por el rojo de sus labios, que para el tacto de mis dedos eran suaves como pétalos. Pero no era para mí. Las estrellas nos separaron, sellando nuestro destino. Y, hasta el día de hoy, me arrepiento de no haber escapado con ella.

Vio cómo el hielo se derretía del rostro de la chica, que lo miraba con los grandes ojos repletos de compasión. La atrajo hacia sí de forma irremediable, como las mareas del océano.

—Veo que tu amor nos está mirando… —añadió, susurrando con suavidad—. Bueno, te está mirando a ti. Me recuerdas a mis oportunidades perdidas.

Ella se puso rígida y se movió, incómoda.

—No sé a qué te refieres.

El muchacho Delarus los fulminaba con la mirada. Le costaba no sonreír.

—Debe de ser una tortura. Fingir que la única persona que deseas no te importa…

Se puso recta y se machó, harta de la conversación. Susenyos miró a su derecha. Kidan estaba… sonriendo.

¿Por qué sonreía?

El chico humano que se le había acercado se estaba frotando la nuca, nervioso y patético. ¿Eso le gustaba? ¿Tanta debilidad?

Cuando notó que la estaba mirando, sonrió con más ganas todavía. Le dolían los colmillos de mirarla.

Se atrevió a dar otro amargo trago. Era una distracción, como mordisquear un fruto para no pensar en la carne.

Pronto necesitaría alimentarse.

—¿Qué le pasó a la chica que amabas? —Lara Luroz había vuelto y reclamaba de nuevo su atención.

Cambió el peso de un pie al otro y se mordió el labio.

—Vacilé. Esperé demasiado tiempo. No repitas mis errores.

—¿Y renunciar a todo? —repuso ella con dureza—. ¿A mi casa? ¿A mi herencia?

La decana la llamaba la Ley del Amor Acti. Los actis podían tener un amante de otra casa siempre que renunciaran a todo y se marcharan de Uxlay. Ninguna casa tenía permiso para ayudarlos cuando estuvieran en el mundo exterior, a no ser que quisiera ser penalizada. La fortuna de Uxlay tenía que destinarse a recompensar a quienes representaban el futuro de Uxlay: los actis que se casaran con miembros de las órdenes y tuvieran hijos que no pusieran fin a un linaje. Hay quien lo juzgaba cruel, pero Susenyos veía el sistema con buenos ojos.

Había peores formas de asegurarse de que los actis procrearan. Se estremeció de pies a cabeza y arrinconó el campo de Lusidio al rincón de su mente que engullía todo lo tétrico.

Bajó la cabeza y, casi rozándole la oreja, le dijo:

—No tiene por qué ser así. Conozco un lugar, fuera de aquí, donde la gente como vosotros puede ser feliz. Incluso rica.

Levantó la mirada hacia él con desconfianza.

—¿Cuál es el precio?

Él le tendió la mano.

—Si me permites…

Vio la batalla que se desencadenaba en sus rasgos, pero, al final, la venció la curiosidad. Le puso una mano en la espalda y la acompañó a la salida. Y, como sabía que ocurriría, el amante de Lara no tardó en seguir sus pasos, abriéndose paso entre la multitud.

Susenyos acompañó a Lara Luroz y a su amante, Raf Delarus, al teatro que había detrás de la Torre Arcana. Iniko no tardaría en llegar junto a Arin.

La pareja estaba nerviosa. Estaban cogidos de la mano y hablaban en susurros, sentados en sus butacas. Raf parecía dividido, a punto de huir.

—No dejaré que os pase nada a ninguno de los dos —les aseguró Susenyos, que estaba sentado al borde del escenario vacío—. No es nada que no hayáis hecho antes, en el cortejo de sangre. Mis amigos solo quieren probar vuestra sangre.

Lara tragó saliva. Susenyos podía oír los latidos acelerados de su corazón.

—Queremos una propiedad lejos de Uxlay y una asignación mensual. Y solo os daremos sangre una vez por semana.

Le gustaba que negociara. Le recordaba a la testaruda acti Laya Chamo, que había escapado del campo de Lusidio y se había presentado en su puerta, magullada de pies a cabeza, para exigir un pago por su sangre. Él había admirado su coraje y le habían ofrecido cobijo un año entero antes de acercarse a ella. Todavía le rechinaban los dientes al pensar en los actis prisioneros en el campo de Lusidio. Los había de dos clases, aquellos que servían a Lusidio con una adoración enfermiza y los que tenían encadenados y muriéndose de hambre. La mayoría pertenecía al segundo grupo. Por mucho que las casas de Uxlay protestaran y conspiraran, la universidad era un refugio seguro comparado con el mundo exterior.

La puerta lateral se abrió y a Raf Delarus casi se le salió el corazón por la boca.

—Tranquilo —le dijo Susenyos.

Arin entró repiqueteando en el suelo con las botas, flanqueada por Biruk y Henok. Tenían los ojos teñidos de rojo y las uñas convertidas en garras negras.

La voz de Henok sonaba errática, desequilibrada. Peligrosa.

—¿Qué hacemos aquí?

—Tengo actis para ti.

Se volvieron de golpe hacia los asientos. Los colmillos se les habían alargado al instante. Susenyos se puso de pie y le hizo un gesto a Lara, que se acercó despacio y con rigidez, como si se encaminara hacia su muerte.

La cogió de la mano. Admiró lo poco que le temblaba.

—¿Cuello o muñeca? —le preguntó.

Ella se acarició el cuello con las uñas pintadas. Se apartó los rizos de la piel marrón para dejar expuesta la larga columna de su cuello. La imagen despertó también su propia sed, aquella necesidad imperiosa que le retorcía las entrañas.

Pero de poco le serviría si su organismo era incapaz de retenerla.

—Ven, Henok.

Henok vaciló. Susenyos reaccionó enseguida: punzó la carne blanda para que apareciera una gota de sangre, y su aroma se deslizó bajo todos ellos como si los lanzara al paraíso.

Henok se abalanzó sobre la chica, pero Susenyos lo agarró del hombro con firmeza.

—Con cuidado.

El vampiro asintió. Cuando Susenyos dio un paso atrás, Henok alzó la cabeza de Lara y la mordió. La chica soltó un suave gemido.

Raf Delarus se puso de pie de golpe.

—¡Ten cuidado con ella!

Susenyos se volvió hacia él y le hizo un gesto a Biruk para que se acercara.

—¿En el cuello o en la muñeca?

Raf se lo quedó mirando con un odio que debía reservarse para las negociaciones con los demonios y luego le extendió el brazo, rígido. Biruk no perdió el tiempo: se aferró a él como un lobo a su presa.

Susenyos sintió cierto orgullo por proporcionar alimento a su pueblo. Lo había echado de menos. Iniko le hizo un gesto desde el otro lado de la habitación, sin dejar de mirar a Arin con atención.

—Ya es suficiente —sentenció Susenyos cuando vio que ya disfrutaban del ebrio y delicioso placer del consumo de sangre—. Curadlos.

Lara se tambaleaba, pero Henok la sujetó y le dio de beber su propia sangre.

Cuando los actis se hubieron marchado, Susenyos se dirigió a Arin, que estaba sentada en el borde del escenario con las piernas cruzadas, observando la escena.

—¿Lo ves? —le dijo—. Podemos beber sangre de forma segura sin tener que recurrir a métodos bárbaros.

—Digno de ver. Pero todavía te faltan dos actis.

—Conseguiré más. Con cuidado.

—Con cuidado —se burló Arin ladeando la cabeza, curvando el cuello como una guadaña—. Con seguridad. Hablas como un humano.

Susenyos trató de no gruñir. Arin sabía muy bien que odiaba que le recordaran que una vez había sido un muchacho indefenso.

—¿Puedo visitar a los nefrasis ahora? —preguntó—. ¿Presentarles a nuestros nuevos actis?

Le costó no volver a preguntar por la reliquia de las espadas…, pero debía ser paciente.

Arin recorrió lentamente su cuerpo con la mirada, reparando en cada molécula de debilidad, hasta detenerla sobre su manga.

Sobre el broche de la Casa Adane. Arrugó el labio; la luz de sus ojos de carbón se apagó. Susenyos se irguió con más firmeza tras percibir el cambio repentino que se había producido en el ambiente.

—Te queda una última forma de demostrar que estás con nosotros. —Sus palabras eran tan afiladas como la punta de una espada—. El sacrificio.

Susenyos se preparó para lo que venía.

—Demuéstranos que los nefrasis son más importantes para ti que esta farsa de universidad —dijo Arin.

—Son mi pueblo. Por supuesto que lo son.

Arin sonrió. Sus colmillos blanco hueso asomaban bajo sus labios, como los de una leona cazadora. La imagen era tan parecida a la primera vez que la había visto que Susenyos supo que sus siguientes palabras acabarían con él.

—Mátala. A la mayor de las Adane. A tu compañera.

Susenyos no se atrevió a dejar que su sorpresa se le reflejara en el rostro. Tras décadas, estaba bien entrenado. Arin ladeó la cabeza, atenta a los latidos de su corazón. Si algo iba a delatarlo era aquel penoso órgano. Cuando era humano, lo había usado en su contra más de una vez. Tanto entrenando como en otros asuntos.

Pero no ahora.

Y, sin embargo, bajo todas sus defensas, el pánico creció como una marea repentina para luego apagarse. En el fondo, hacía tiempo que temía que llegara ese momento. Sabía que tarde o temprano vendría a por él, y, cuanto más enredada estaba Kidan en su vida, mayor era su certeza.

Tenía que elegir entre Kidan o la reliquia.

34

KIDAN

CUANDO ABANDONÓ LA TORRE ARCANA PARA IR EN BUSCA DE ADJOA Piran, el aire de la noche le azotaba la piel. El fantasma de su madre caminaba a su lado, más joven, con el rostro enmarcado por los rizos gruesos y suaves, y los ojos colmados de una determinación muda. Adjoa Piran esperaba en un banco, envuelta en el resplandor de una farola como si de una manta se tratara. Aquella mujer era quien había mandado matar a su padre y a su madre. Kidan sintió que la tierra lisa se resquebrajaba bajo sus pies, que de las fisuras surgía un humo ardiente, pura lava directa de los infiernos para acompañar a la ira que hervía en su interior. Se detuvo cuando le faltaban tres pasos para llegar a Adjoa e intentó tranquilizarse. Un vampiro bien vestido, Sacro Tar, se puso recto y dio un paso al frente a modo de advertencia.

A Kidan se le erizó la piel al ver que iba hacia ella. Deseó que intentara hacerle algo.

—Está bien —dijo Adjoa con voz melodiosa, con demasiada serenidad—. Estaba esperando que llegara este momento. Pero aquí no podemos hablar.

Sacro inclinó la cabeza con suavidad y se apartó.

Adjoa se puso de pie y se dirigió al bosque que había a un lado, tras hacerle a Kidan un gesto para que la siguiera. Kidan los miró a ambos con recelo y se volvió hacia la torre, buscando a Susenyos.

Debía esperarlo. Fuera lo que fuese aquello, se sentiría más segura enfrentándose a ello con él a su lado.

—Él no puede acompañarte —le advirtió Adjoa entornando ligeramente los ojos.

—¿Por qué no?

—Porque no se puede confiar en él.

Kidan estuvo a punto de echarse a reír.

—Confío más en él que en ti.

—¿De verdad? —La mujer ladeó la cabeza—. ¿Sabes lo que está haciendo en este preciso instante? ¿O con quién está hablando? —Al ver que Kidan no respondía, prosiguió—: Se reúne con la vampira renegada que trajiste a Uxlay, Arin Tawendyo.

Arin… Kidan solo la había visto de lejos. Era la vampira cruel que le había quemado la mano a Yusef y que pasaba casi todo su tiempo con el profesor Andreyas.

¿Por qué estaba Susenyos hablando con ella?

Kidan trató de esconder su sorpresa y, con voz dura, le preguntó:

—¿Por qué lo sigues?

Adjoa se puso recta y respondió con frialdad:

—Porque mató a un vampiro de mi casa.

«Bien», estuvo a punto de decir Kidan, pero entonces la mujer echó a andar hacia el bosque, seguida de su vampiro.

Kidan maldijo para sus adentros, pero empezó a recorrer el camino rugoso entre los árboles altos y puntiagudos. Las ramas le arañaban los brazos, y pensó que debería haber cogido un abrigo. Caminaron mucho rato, tanto que, al final, se le agotó la paciencia.

—¡Eh! —la llamó, tratando de alcanzarla—. No pienso adentrarme más.

Adjoa se detuvo en un pequeño claro y miró a su vampiro. Sacro reaccionó de inmediato y rodeó el espacio dos veces, en busca de amenazas.

—Todo despejado —dijo.

Adjoa metió las manos dentro del largo abrigo de pieles rojas, cuyo celo parecía un gato bien alimentado alrededor de su cuello.

—Te pareces a ella, ¿sabes? A Mahlet. Salvo por el pelo.

En otro tiempo, tal vez Kidan se hubiera sentido incómoda, pero esta vez se irguió con orgullo. Estaba harta de que la juzgaran y la consideraran menos que sus padres legendarios.

Adjoa detuvo la mirada sobre el broche plateado de su casa, que Kidan llevaba prendido del pecho. Las montañas gemelas centelleaban en mitad de un océano rojo.

Una profunda pena eclipsó el rostro de la mujer.

—Siento que lleves ese broche plateado.

—Lo que la mayoría de la gente diría es «felicidades» —replicó Kidan con rabia.

—¿De verdad? —A Adjoa se le oscureció la mirada—. ¿Y qué hay digno de celebración en lo que has hecho? —Adjoa se aferró a su broche de la casa, el símbolo dorado de una corona—. ¿Quién iba a pensar que sería Silia quien lo consiguiera, de entre todos nosotros?

Kidan no estaba segura de haberla oído bien.

—¿Mi tía?

—Os sacó de Uxlay a ti y a tu hermana. Os dio la oportunidad de tener una vida normal.

Aquella mujer no tenía ni idea del tipo de vida al que había debido enfrentarse Kidan. En tercero, June y Kidan tenían que esperar en el parque durante horas después de salir del colegio. Mama Anoet no llegaba a casa hasta las seis y si ella no estaba no se les permitía entrar. Así que esperaban en un banco medio roto, con las mochilas bien colgadas de los hombros, y contemplaban cómo los demás padres recogían a sus hijos. Algunos se quedaban en el parque para que los pequeños jugaran un rato y otros tenían mucha prisa y apenas paraban el coche y tocaban el claxon. En realidad, a Kidan no le molestaba que estuvieran malhumorados. Al menos iban a por sus hijos. Cuando se ponía el sol y ya era muy evidente que Mama Anoet se había olvidado de ir a buscarlas, June solía estar dormida y murmuraba en sueños, luchando contra sus pesadillas. Kidan se la echaba a la espalda y caminaba hasta casa, en silencio.

Aquello no era normal. No habían ganado nada con la muerte de sus padres; es más, solo las había herido. Y cualquier alusión a que hubiera tenido una buena vida le hacía rechinar los dientes.

Kidan adoptó un tono frío como el hielo y fue al grano:

—¿Le ordenaste a tu vampiro que matara a mis padres?

Una tormenta se gestó en el rostro de Adjoa. Arrugó la nariz.

—Tu madre era mi amiga.

—El vampiro de tu casa los mató a los dos.

A Kidan le pitaban los oídos de furia. Sopló una ráfaga de viento, levantando las hojas a sus pies.

—Por favor —intervino Sacro con voz amable—. Sé paciente y te lo explicará todo. Esto no es fácil para ella.

—¿Para ella?

Adjoa debió de darse cuenta de que Kidan estaba a punto de enfrentarse al vampiro, porque dio un paso al frente y dijo:

—Adelante. Haz tus preguntas.

¿Por dónde empezar? El aliento de Kidan formaba una niebla ante ella, creando nubes pequeñas y fugaces.

—¿Por qué se arriesgó mi madre a ir a la cárcel por contarte la verdad sobre la Dranacti?

Adjoa se tomó su tiempo antes de levantar la vista de su broche.

—Yo no fui la primera persona a quien tu madre se lo contó. Tras graduarse en Dranacti, Mahlet estaba disgustada con una institución que instaba a sus estudiantes a matar. Tenía la motivación de encontrar un modo mejor. No era capaz de aceptar que un acti tuviera que matar por voluntad propia para poder compartir su sangre. —Su mirada se tornó torturada—. Aunque conocía los riesgos, cada año se lo contaba a un grupo selecto de nosotros para advertirnos y ahuyentarnos. Me dio dos opciones: unirme a su sociedad y luchar para implementar un sistema mejor o marcharme de Uxlay. Solo que, en mi caso, me lo contó un día demasiado tarde. Ya había arrebatado una vida y no había salvación para mí.

Su voz estaba empañada de auténtica tristeza.

Su madre había fundado su propia sociedad... Y estaba en contra de la Dranacti.

De todas las posibilidades, aquello era lo que Kidan menos se esperaba.

—Mi padre descubrió que me lo había contado y la detuvieron por revelación de Dranacti.

La culpa que anegaba la voz de Adjoa se tragaba toda la luz de la luna del claro. Sacó una foto de su bolsillo y se la dio a Kidan, que la aceptó vacilante. Estaba descolorida, pero en ella aparecía un grupo de al menos quince estudiantes sonrientes en un bar. El padre de Kidan estaba allí, con las gafas que adornaban su rostro y un jersey de la Universidad de Addis Abeba. Parecía casi tímido. Su madre alzaba su copa con una sonrisa de oreja a oreja y el pelo suelto y natural, con sus rizos anchos y gruesos. Kidan reconoció a otros tres estudiantes, adultos que pertenecían a las casas Temo, Rojit y Piran. Adjoa también estaba allí, joven y con ojos brillantes.

«Los excavadores, 1994».

—Fue la primera reunión a la que asistí —le explicó Adjoa. Las ramas dibujaban largas sombras en su rostro—. Tu madre había tenido una idea peligrosa. Quería encontrar las míticas reliquias del Sabio y romper los Vínculos de los vampiros, así como el Primer Vínculo, el que hace que los vampiros solo puedan alimentarse de las casas acti.

Kidan levantó la cabeza de golpe. Aquello significaría que ya no habría razón para la que se necesitara estudiar la Dranacti. No habría necesidad de matar.

—Eso es...

Pero no acertó a terminar la frase.

—¿Ambicioso? —sugirió Adjoa—. Fue entonces cuando se fue la mayoría. No lo consideraron más que un sueño. Las reliquias estaban en paradero desconocido y no iba a ser un grupo de estudiantes quien las encontrara.

No lograba asimilar lo que estaba escuchando. ¿Recrear la Dranacti? ¿Romper los Vínculos?

Vio una chispa de arrepentimiento en los ojos de Adjoa, un resto de la esperanza aplastada que había quedado tras el quiebre de un sueño demasiado grande.

Pero ya no era un sueño. La madre de Kidan había descubierto la reliquia de la máscara y la había escondido en el interior de la Casa Adane.

¿Por qué no se lo dijo a los Excavadores? ¿Por qué no rompió el vínculo en ese preciso instante? ¿Estaba esperando a tener las tres reliquias?

Kidan acarició la foto otra vez. Para aquellas personas, su madre... había sido una heroína. Su nuevo descubrimiento le encogió el estómago, aunque no sabía por qué. Mahlet Adane no había permitido que el asesinato la consumiera. Se había impuesto la misión de evitar que los demás también cayeran en la trampa.

Kidan no era una heroína. Estaba dispuesta a volver a matar si era necesario.

De repente, vio clara la respuesta a la tercera pregunta de los Cuatro Aspectos de la Cultura.

¿Cree la dueña de la casa que el poder debe residir en la comunidad, en la tradición o en los individuos?
En la comunidad.

La conexión entre ellas empezó a apagarse como una luz cada vez más mortecina. Se le cayó el alma a los pies.

Kidan levantó la vista de la foto.

—Pero ¿sabes cómo romper los vínculos? Dicen que ese mito está escrito en *Ye Abissi Tarik*. ¿Lo conoces?

Sacro se movió. Clavó los ojos claros en Adjoa y un mensaje mudo viajó entre ellos.

—No, no hemos alcanzado ese nivel de conocimiento.

Era evidente que mentía. La paciencia de Kidan empezaba a agotarse.

—¿Por qué la mató Daric? —preguntó, odiando que en su tono de voz hubiera más pena que rabia—. ¿Por qué?

A Adjoa se le ensombreció el rostro.

—Es un misterio que todavía me quita el sueño. Porque no lo sé. Albergo la esperanza de que tú lo descubras.

Kidan no sabía qué creer.

Les dio la espalda; se le había nublado la vista. La foto de los Excavadores perdía y recuperaba nitidez. Unos ingenuos soñadores. Pero, por lo menos, su madre le había dejado una cosa buena. Aliados. Casas con poder de voto.

Se tomó unos instantes para tragarse la pena. No era momento para distracciones.

—Quiero hablar con los Excavadores —sentenció Kidan, alentada—. Necesito vuestros votos.

35

SUSENYOS

«MATA A TU COMPAÑERA».

Era casi imposible disuadir a Arin cuando algo se le metía en la cabeza. Iniko, que estaba en una esquina, se había quedado inmóvil.

Susenyos se aseguró de que no le fallara la voz.

—Kidan es útil.

—Vi cómo cogiste el broche en la ceremonia. Toda una demostración de lealtad. —Arin hablaba con la voz llena de veneno—. Los nefrasis se inclinaban ante ti. Lo único que deberías llevar puesto es nuestra plata. —En un abrir y cerrar de ojos se plantó ante él. Su esbelta figura engañaba; no delataba el poder del que era capaz—. Mi mayor logro. —El tono peligroso de su voz hizo que Susenyos se pusiera rígido—. Veo las venas que corren bajo tu sien, oigo el martilleo de tu corazón y tus ganas de huir.

En cuestión de segundos tenía su mano encima. Lo había agarrado de la mandíbula, con las garras fuera, con la fuerza suficiente para cortarle la piel. Las esferas negrísimas que eran sus ojos se le clavaron en el alma.

—Nos abandonaste a nuestra suerte —prosiguió Arin—. Lusidio nos torturó, nos mutiló y nos utilizó. Yo te había hecho fuerte, no un cobarde. —Le miró a la cara con desdén—. No te hice para que te convirtieras en el esclavo de una casa acti.

Susenyos tuvo el cuidado de no moverse ni de intentar recolocarse el broche de la Casa Adane. Las montañas estaban boca abajo, y eso le molestaba. Pero los ojos fríos y violentos de Arin percibirían cualquier titubeo, igual que su padre.

Le arrancó el broche con tanta violencia que se llevó un trozo de manga con él.

Susenyos estaba lívido de furia, pero dejó los puños a los lados del cuerpo, sin moverlos.

—¿Quién se inclinaría ante ti así? —continuó en un amárico cortante—. ¿Quién te querría así?

Las profundas cicatrices de la parte baja de su espalda se encendieron de vergüenza. Tenía una maldición grabada a fuego en el alma, casi tan cruel como las garras que en ese momento le sostenían la mandíbula. Él la cogió entonces del brazo y la apartó de su rostro con gran esfuerzo, aunque lo disimuló. Arin tal vez fuese más fuerte que él, por ser más vieja, pero Susenyos estaba empezando a perder los estribos. Le dobló el brazo hacia atrás, tanto que cualquier ser humano habría aullado de dolor.

Ella, sin embargo, parecía aburrida, aunque estuviera a punto de dislocarle el brazo.

—Lusidio morirá —sentenció Susenyos—. No hay nadie sobre la faz de la tierra que lo odie más que yo. Nadie me ha arrebatado tantas cosas como él.

A Arin le brillaron las pupilas, que perdieron aquel odio del color de la brea.

—Al menos no has perdido tu ambición. Debería resultarte fácil matarla, pues.

Le costaba mucho esfuerzo controlar los latidos de su corazón, hacer que palpitara despacio, a un ritmo constante.

—Es la única que puede dominar la casa y recuperar la máscara —le respondió con frialdad.

Arin retrocedió y él la soltó y dobló los dedos hacia dentro.

—June estará preparada. Ella está de nuestra parte.

Una vez más, Susenyos sintió la acometida del odio que le profesaba a la muchacha. Si Kidan la matara…

—Mata a Kidan. Demuéstrame tu fuerza y yo hablaré con los nefrasis. Volverás a liderarlos. Se acabaron las idas y venidas.

Y entonces empezó a marcharse. La conversación había terminado.

—Arin —la llamó al cabo de un segundo—. Mi broche.

Se detuvo, y el repiqueteo de sus botas con ella. Miró atrás; el pómulo marcado resplandecía bajo la luz. Apretó los labios y le lanzó el broche de su casa. Él lo cogió al vuelo, asegurándose de que no tocara el suelo.

—Tu lealtad va sin rumbo y, mientras eso siga así, jamás podrás ser nuestro líder.

La observó marcharse con los puños apretados, pues sabía que había verdad en sus palabras. Miró a Iniko, que inclinó la cabeza un instante y siguió a Arin enseguida. Debía distraerla el tiempo suficiente para que él hablase con Biruk y Henok. Ambos se habían estirado en unas butacas, embelesados por toda la sangre que acababan de beber. Las puntas de sus *twists* aún ardían. Fuera, Iniko le devolvería a Arin algo que había perdido sesenta años atrás: un brazalete forjado con plata antigua. Susenyos esperaba calmar así parte de su resentimiento.

Recién saciados, cuando Biruk y Henok se levantaron para marcharse, aún les brillaba el rostro.

—Esperad —les pidió Susenyos.

Rebuscó en sus bolsillos, sacó un anillo de oro y se lo ofreció a Biruk. Su viejo amigo se quedó sin aliento y las pupilas se le dilataron.

—Está descascarillado, lo siento. —Susenyos acarició la grieta que tenía en un lado, cortesía del hacha de Kidan Adane. Era una pieza demasiado pequeña y no la había localizado—. Comparto casa con una chica bastante violenta.

Biruk alargó la mano con cautela y los ojos llorosos. El anillo había pertenecido a su madre, que había muerto en el parto.

—Gracias —susurró.

Susenyos asintió y esbozó una pequeña sonrisa. Era un alivio poder devolver a su gente sus pertenencias. Había pasado décadas puliendo y cuidando sus tesoros, convencido de que estaban muertos. Jamás se habría imaginado que volvería a hallarse ante ellos.

—Y esta chica tan violenta… —dijo Biruk al cabo de un instante—. ¿Destruyó algo más?

Susenyos reflexionó.

—Convirtió mi corona en un collar.

El otro vampiro ahogó un grito.

—Estará muerta, entonces.

A Susenyos se le dibujó una arruga en la frente.

—Debería estarlo, ¿verdad?

—¿Y por qué no lo está?

Susenyos hizo una pausa y recordó el trayecto en coche. Su corona, alrededor del bonito cuello de Kidan.

—Le queda bien.

Biruk sonrió y negó con la cabeza.

—No puedes sobornarnos con sangre y tesoros —le espetó Henok, cruzando los musculosos brazos por delante del pecho.

Susenyos se metió la mano en el otro bolsillo y sacó un peine de madera tallado en forma de caballito de mar. Henok lo cogió, maravillado, y maldijo en voz baja. Frunció el ceño al ver una grieta en el cuello del animal.

—¿La misma chica?

Susenyos asintió con una expresión compungida.

Henok lo miró fijamente. Susenyos esperó, tenso.

—Y nosotros que pensábamos que estabas viviendo en el paraíso. Te acompaño en el sentimiento.

Susenyos exhaló. Aquello era justo lo que quería. Conversaciones familiares y bromas compartidas. Deseó poder sentarse toda la noche con ellos para ponerse al día, para contarse las últimas seis décadas, pero el tiempo se le escapaba por entre los dedos.

—La reliquia de las espadas… —dijo Susenyos despacio, bajando la voz—. El protocolo siempre ha sido que tres personas conozcan su ubicación. ¿Sabéis a quién se lo dijo Samson?

Biruk apartó la vista.

—No.

—¿No en el sentido de que no me lo vais a decir?

—Samson es el único que sabe dónde está. —Henok suspiró y se colocó el peine en la cabeza llena de gruesos rizos. Tenía el mismo aspecto que el día que se lo había ganado a un comerciante axumita.

—¿Cómo lo habéis permitido? —Susenyos apretó los dientes—. ¿Después de todo lo que sufrimos para encontrarlo? ¿Y si él muere?

—Él nos salvó.

Susenyos giró la cara y se esforzó para no decir nada de lo que se arrepintiera. Oyó a Iniko gruñir. Arin debía de haber rechazado su regalo.

—Decidme dónde os escondéis —les pidió Susenyos a toda prisa, cogiéndolos de los hombros. Ambos lo miraron con expresión de dolor; estaban divididos, pero no lo suficiente para revelarle dónde se escondían. Los zarandeó con ímpetu, clavándoles una mirada penetrante, pero ninguno de los dos abrió la boca. Susenyos los soltó poco a poco. Aquello era culpa suya. Tendría que haber sufrido en la celda de Lusidio junto con su pueblo. Pero había tantas cosas que ellos no entendían… No sabían lo que les esperaba. Las marcas de su espalda se despertaron de nuevo.

Cuando Arin los llamó, Henok y Biruk le dirigieron una mirada de derrota y se marcharon.

Iniko entró cojeando. Susenyos soltó una maldición y corrió hacia ella para echarse su brazo sobre los hombros.

—Estoy bien.

Una vez, Iniko se había destrozado la pierna con una trampa para leones y había pronunciado aquellas mismas palabras. Era siempre todo un desafío encontrar sus heridas, de lo bien que escondía el dolor.

Susenyos la ayudó a sentarse en el escenario y se inclinó hacia atrás, tambaleándose, para apoyarse en la pared. De repente, el agotamiento se había adueñado de todo su cuerpo.

Iniko lo ayudó a enderezarse y lo miró con los ojos oscuros llenos de preocupación.

—Te estás muriendo de hambre.

Poco a poco, pero sí, así era.

La vampira se sacó su petaca del chaleco brocado y le dio un largo trago. Su piel suave y oscura resplandeció y las puntas del pelo brillante se tornaron rojas.

Susenyos negó con la cabeza y se estremeció, golpeado por un repentino dolor en las encías.

—Me niego a estar atado a su sangre. No puedo permitir que nadie más me dé órdenes.

Iniko lo observó en silencio.

Taj y ella eran los únicos que comprendían por qué necesitaba matar a Lusidio. Por qué necesitaba liberar a los demás de su yugo. Iniko se acarició el cuello alto, donde, bajo los caros ropajes, tenía las marcas que tres garras habían dejado en su piel. Taj escondía las suyas debajo de la cinta que llevaba en la cabeza.

Iniko habló por fin, y lo hizo con un tono de voz letal:

—¿Qué clase de compañera deja que su vampiro sufra así?

—Déjalo estar.

—Solo puede ir a peor. Empezarás a reaccionar cada vez más despacio y tus sentidos se adormecerán. Deja tu orgullo a un lado y pídeselo. —Lo miró con una repentina frialdad en los ojos—. O hazle caso a Arin y mátala. Recupera a tu pueblo.

Él cerró los ojos. Tras ellos había empezado a nacer un dolor de cabeza. Sin sangre, no era capaz de pensar con claridad.

De repente, oyeron un ruido en los arbustos de abajo.

Se abalanzaron sobre la ventana de inmediato. O Iniko lo hizo. Le acababan de pegar una paliza, pero se estaba curando más rápido que él. Susenyos se tropezó a medio camino.

Su amiga lo miró con el ceño fruncido.

Él hizo un gesto como quitándole importancia y miró a través del cristal.

Allí había una persona muy borracha a la que otra ayudaba a no perder el equilibrio. Yusef Umil se había tomado unas copas de más y Slen Qaros estaba cuidando de él. Era una escena muy parecida a la del día que habían irrumpido en su casa, tambaleándose, tras su asesinato Dranacti.

Solo que ahora Susenyos quería matar a la chica. Eran sus ojos, esa naturaleza dura como el granito que tenían, lo que siempre le había molestado de ella. Parecían decir que, si se le daba la oportunidad, Slen Qaros no solo lideraría Uxlay, sino que lo mataría sin pensárselo dos veces. Era ambiciosa como su abuelo e implacable como su padre, y aquellas características no harían sino empeorar con los años.

Yusef le dedicó una sonrisa, a pesar de que las sombras ocultaban su rostro.

—Sabes que no voy a dejar de pedírtelo, ¿verdad?

—Cállate. —La chica Qaros le hizo beber agua a la fuerza—. Alguien podría oírnos.

—Has venido —dijo Yusef.

—Solo he venido para llevarte a casa.

Yusef bebió unas gotas de agua y se secó la boca.

—Quiero explorar el mundo. Aprender a dibujar otra vez. Y tú podrías tocar en los mejores conservatorios. ¿Por qué no?

A Susenyos siempre le divertían, sin excepción, los sueños de los mortales. Lo preocupados que estaban siempre en su carrera contra la muerte, ansiosos por hacer que su vida tuviese algún significado.

Slen habló con una determinación férrea.

—Estamos muy cerca de afianzar nuestra posición como dueños. Después de todo lo que hemos hecho…, ¿quieres tirarlo todo por la borda?

El Yusef ebrio era bastante valiente.

—¿Crees que heredar la Casa Umil me dará lo que quiero? Lo único que heredaré será una carga tras otra.

La voz de Slen era tan afilada que podría haber atravesado el hielo.

—Lo que te pasa es que tienes miedo de que te desafíen.

—¡Ya nos han desafiado! —gritó de repente—. ¡A todos! ¿Y a qué nos llevó? ¡A matar a nuestro propio amigo!

Susenyos curvó los labios. La Dranacti no permitía que los humanos se escondieran tras su falsa bondad. Hacía que sus deseos más oscuros salieran a la superficie, acercándolos a los de la especie de la que él formaba parte.

Al fin y al cabo, había hecho que Kidan se asemejase más a él, ¿no? Y aquel pobre devoto, GK, había pagado el precio. Susenyos dudaba que siguiera vivo.

Slen le tapó la boca con la mano.

—¡Aquí no!

Pero el muchacho la apartó de un empujón.

—Mientras estemos aquí, o mataremos, o nos matarán. O nos encarcelarán. ¿Es que no quieres paz?

Yusef la miró a los ojos tanto rato, con tanta intensidad, que el momento se tornó íntimo. Iniko y Susenyos intercambiaron una mirada.

Qué interesante.

Slen respondió en tono contenido:

—No quiero paz si eso significa renunciar a mi legado.

Susenyos siempre había sospechado que Slen Qaros poseía una mente muy aguda y un corazón aún más férreo, características que hacían a los mejores guerreros. Si hubiera estado del lado de Kidan, las dos juntas habrían sido imparables.

Yusef se dejó caer sobre el bordillo y se presionó los ojos con los puños.

Iniko trepó al alféizar de la ventana, silenciosa como una sombra.

—Es nuestro día de suerte. Otro acti para los nefrasis.

—Él no.

Ella frunció el ceño.

—Sería muy fácil reclutarlo.

—Sí —respondió Susenyos mientras contemplaba al patético muchacho—. Pero ella lo necesita. Los necesita a los dos.

Notó que la mirada de Iniko lo atravesaba.

—¿Kidan? —La pregunta rezumaba desaprobación—. Debería haber dejado que le arrancaras el corazón en la Gala Acti —añadió, sin bromear del todo.

—Menuda tragedia habría sido. —Contuvo una sonrisa—. Gracias por haberme serenado.

Iniko exhaló con fuerza.

—El que te serena es Taj. Yo te envalentono.

—¿Y qué querías envalentonarme a hacer ahora?

Se le tensaron los marcados pómulos.

—Descubre si puedes fiarte de ella de verdad.

—¿Y si no puedo? —le preguntó con sinceridad, apoyándose en la pared con todo su peso.

Y no pudo evitar sonreír cuando Iniko repitió una frase que le había dicho una vez a través de un campo de batalla, cuando se enfrentaban a una criatura con el pelo blanco.

—En ese caso, dancemos con las espadas y esperemos no sangrar.

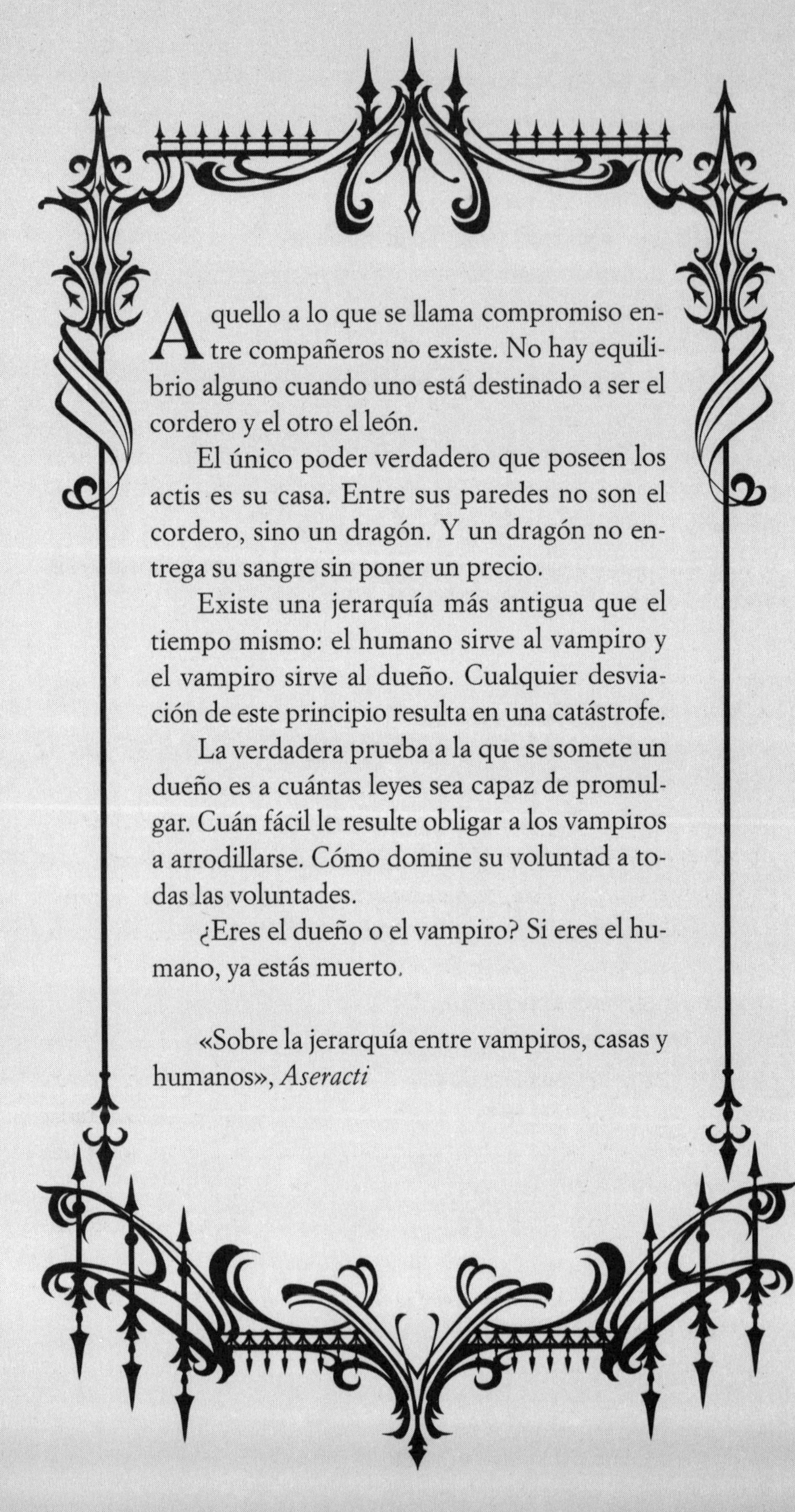

Aquello a lo que se llama compromiso entre compañeros no existe. No hay equilibrio alguno cuando uno está destinado a ser el cordero y el otro el león.

El único poder verdadero que poseen los actis es su casa. Entre sus paredes no son el cordero, sino un dragón. Y un dragón no entrega su sangre sin poner un precio.

Existe una jerarquía más antigua que el tiempo mismo: el humano sirve al vampiro y el vampiro sirve al dueño. Cualquier desviación de este principio resulta en una catástrofe.

La verdadera prueba a la que se somete un dueño es a cuántas leyes sea capaz de promulgar. Cuán fácil le resulte obligar a los vampiros a arrodillarse. Cómo domine su voluntad a todas las voluntades.

¿Eres el dueño o el vampiro? Si eres el humano, ya estás muerto.

«Sobre la jerarquía entre vampiros, casas y humanos», *Aseracti*

36

KIDAN

Kidan llamó a la puerta de los aposentos de Susenyos con una bolsa de su propia sangre.

Su habitación era la número 28, situada al final del pasillo de las bonitas y ornamentadas pinturas. Los retratos torturados que la acompañaban por aquel camino ya no la hacían estremecer, es más, sentía que le daban la bienvenida. Aquel lugar estaba hecho para lo macabro y lo hermoso; era un palacio dorado de inmortales. Y ella había empezado a labrarse un lugar allí y no pensaba salir corriendo asustada. Cuando pasó junto a la sala del cortejo de sangre se llevó una mano al hombro, incapaz de contenerse. Había sentido su mordisco.

No había querido volver a aquel lugar debido a todos los recuerdos que albergaba. Allí, más de una vez, le había permitido a Susenyos ver una parte de ella misma que nadie más veía. Se había mostrado vulnerable en los Baños de Arowa, se había arrodillado ante los demás dranaicos y había intimado con Susenyos en el Día de Cossia.

Si ahora volvía junto a él era solo para recuperar un poco de control.

June la estaba evitando. Pasaba a toda prisa por el baño, salía de la casa en cuanto Kidan entraba en ella y la dejaba sola de nuevo. A veces, Kidan se preguntaba cuán fácil sería todo si June no formara parte de su vida. Si la olvidase por completo. Más de una vez, había cogido su teléfono para borrar sus viejos vídeos, pero no había sido capaz. Eran la única prueba que tenía. Lo único que demostraba que no se había imaginado el amor que su hermana había sentido por ella.

Porque ese era el problema de Kidan. Sobreestimaba el amor y la lealtad de los demás. Pero no volvería a hacerlo.

La habitación que Susenyos tenía allí no era distinta de la otra. Llamó a la puerta. Cuando no obtuvo respuesta, giró el pomo. No estaba cerrada con llave.

Negó con la cabeza y entró. Suponía que un vampiro no tenía mucho que temer.

La habitación estaba amueblada con muebles oscuros y retratos con marcos dorados. De las paredes colgaban unas cortinas rojas. No había ventanas, así que estaba demasiado oscura. Susenyos siempre disfrutaba del sol; sus pergaminos y su cama estaban siempre bañados en la luz que entraba por el enorme ventanal. Aquello no era propio de él.

Abrió mucho los ojos al ver la cama.

No estaba vacía. Susenyos estaba allí, dormido, aunque fuera media tarde.

Dormía sin camiseta, boca abajo, y tenía el torso casi destapado. Kidan ladeó la cabeza y admiró la poderosa curva de sus omóplatos. De repente, se notó la boca seca. La única imperfección de su piel negra era una marca roja. Se acercó a la cama y apartó la sábana que descansaba sobre su espalda, despacio, nerviosa, hasta revelar tres… cicatrices.

La piel de un vampiro era como piedra pulida, dura y lo bastante impoluta para reflejar una imagen. La piel de Susenyos siempre había sido así.

A él no le salían cicatrices. No era posible.

Pero aquellas tres líneas rojas horizontales, desiguales, que le desgarraban la carne, eran un recuerdo sin curar. ¿Se las habría hecho como humano o como vampiro?

De repente, notó que le hervía la sangre de furia. Alguien le había hecho daño. Y, por alguna razón, no se estaba curando.

Esperaba que se despertara de un momento a otro y la sorprendiera espiándola, pero no lo hizo. Se sentó en la cama, que se hundió bajo su peso. Kidan se atrevió a tocarlo de nuevo. Le apartó las *twists* con los dedos, revelando el lado de su cara que no estaba apoyado en la almohada. Tenía el ceño fruncido, como si estuviera inmerso en un sueño desagradable. Ella lo había visto inconsciente, pero nunca dormido. En realidad, siempre parecía estar en pie, con demasiada energía hasta para una corta siesta.

Lo zarandeó por el hombro.

—Susenyos…

Él se movió un poco y se giró para ponerse boca arriba, exponiendo aún más su cuerpo.

—Déjame descansar, Iniko.

Ella apartó la mirada. Le ardían las mejillas.

—Soy Kidan.

Abrió los ojos poco a poco. Negros como el carbón. Vio en ellos su reflejo con nitidez. En un instante, un rojo total y salvaje emergió en ellos, engullendo sus pupilas por completo. A ella le dio un vuelco el corazón. Él, en cambio, se echó hacia atrás y se dio la vuelta. Bajó las piernas al suelo por el otro lado de la cama.

Respiraba de forma entrecortada; le temblaban los hombros.

—¿Qué haces aquí?

—Lo siento… ¿No me has oído?

Él tardó un rato en responder. Lo hizo con voz ronca.

—Ha sido una noche muy larga.

Kidan trató de imaginar qué clase de noche habría sido. ¿Habría llevado allí a alguna chica? Tal vez la acti con la que lo había visto hablar en la Torre Arcana. De repente, una imagen de él en mitad del acto, ese acto, asomó a su mente sin invitación. Imaginó qué expresión tendría en el rostro, qué aspecto tendrían sus brazos, los sonidos que haría…

«Basta».

Se quedó con la mirada fija en el suelo hasta que se le enfriaron un poco las mejillas.

—¿Adónde fuiste después de la Torre Arcana? No sé qué harías, pero es evidente que te dejó agotado.

—Yo podría hacerte la misma pregunta.

Kidan abrió la boca, dispuesta a contarle lo de los Excavadores, pero se mordió la lengua. Mostrarle todas sus cartas sería un error; además, era evidente que él no confiaba en ella tanto como para contarle lo que había hecho con Arin o con aquella acti con la que había estado hablando.

Aseracti mencionaba algo parecido a que todos los vampiros eran esclavos de la sangre. Sin embargo, ella no lo había creído hasta esa mañana, cuando Iniko había ido a hablar con ella.

Había traído una bolsa de su propia sangre para comprobar una teoría. Rodeó la cama y se la enseñó.

El pecho de Susenyos se quedó inmóvil. Sus ojos estaban clavados en la bolsa roja.

—Quiero probar una cosa —dijo Kidan.

A Susenyos le brillaban los ojos. Le ardían las puntas del pelo.

—No la quiero.

Su voz emanaba angustia.

—¿Estás seguro?

La miró con los ojos entornados.

—¿Qué quieres probar?

«Cuánto poder tengo sobre ti».

La habitación se oscureció al mismo tiempo que lo hacía su buena disposición. Era como si pudiera leerle la mente.

—Iniko ha venido a hablar conmigo —admitió—. Me ha recordado cuáles son mis obligaciones como tu compañera.

Susenyos se puso de pie como una bestia. La bolsa se le cayó al suelo. Una imagen le había robado el aliento: la transformación de su cara en algo tan violento e implacable.

—¿Qué te ha dicho? —rugió.

A Kidan se le secó la boca. Qué mirada... No lo había visto tan furioso en mucho tiempo. Desde la noche que había mostrado sus colmillos arrancados ante los miembros de Uxlay.

—¡Kidan! —gritó—. ¿Qué te ha dicho Iniko?

—Me ha dicho que los vampiros prefieren beber de sus compañeros —respondió en voz baja, confundida—. Que la sangre sabe mejor. ¿Es cierto?

Él giró la cara. La intensidad de su furia empezaba a menguar, si bien no había desaparecido por completo.

—¿Por eso estás tan irritado? ¿Porque prefieres mi sangre? —El corazón le latía salvajemente en mitad del silencio—. ¿Por eso casi no soportas estar a mi lado? —Se atrevió a dar un paso hacia él para demostrar lo que acababa de decir. Alzó una mano temblorosa y la presionó contra su pecho inmóvil. Él se puso tenso como un palo—. ¿Por qué no respiras cuando estoy cerca de ti?

Se le contrajeron las pupilas rojas; los colmillos estaban elongados y visibles. Era evidente que estaba famélico, pero su orgullo no le permitía reconocerlo.

Kidan alargó una mano hacia la bolsa de plástico, pero Susenyos negó con la cabeza. Los mechones de pelo rebotaron contra sus duras mejillas.

—¡Bebe! —le apremió—. Antes de que explotes.

Aquella última palabra pareció terminar con su contención. Su mirada oscilaba entre los ojos de Kidan y la bolsa de sangre; fue de una a otra durante lo que a ella le pareció una eternidad. El corazón le latía desbocado.

Susenyos alargó una mano hacia la bolsa.

Y ella la apartó mientras una lenta sonrisa se abría paso en sus labios.

—Antes dime para qué estuviste hablando con Arin.

Los ojos de él llamearon. Los colmillos estaban totalmente fuera.

—¡Kidan!

—¡Yos!

—¡Me muero de hambre! —rugió. A ella se le pusieron los pelos de punta.

—Lo sé. Dímelo rápido.

No había podido contenerse. Jamás volvería a verlo tan vulnerable.

Susenyos emitió un ruido a medio camino entre una carcajada incrédula y una maldición. Seguía dividido, mirando a la sangre y luego al rostro de Kidan. Al cabo de unos segundos, habló con voz contenida:

—Arin puede ayudarme a ganarme de nuevo a mi pueblo.

A Kidan se le borró la sonrisa del rostro.

—¿Los nefrasis?

—Voy a recuperarlos —afirmó con una determinación violenta.

La esperanza floreció en su pecho. Todo se volvió más claro, más vívido.

¿Era eso lo que estaba haciendo? ¿Ir tras su gente?

—No me mires así —le pidió él con recelo, mirándola a los ojos.

—¿Qué? ¿Por qué no me lo habías contado? —preguntó ella—. Esto es bueno. Así podremos encontrar a GK, rescatarlo…

Susenyos negó con la cabeza. Había empezado a pasearse de un lado a otro.

—Precisamente por eso. No lo hago por ti. Lo hago por mí. Eres una distracción, Kidan. Eres un huracán que no hace más que pedir. Salvarte a ti y a los traidores de tus amigos es un lujo que ya no puedo permitirme.

Kidan dejó caer el brazo, que quedó fláccido a un lado de su cuerpo. Se le secó la boca, pero enseguida sintió que la atravesaba una oleada de indignación.

—Siento mucho que salvarme la vida haya sido una carga tan insoportable.

—Más de lo que te crees —le espetó él igual de enfadado—. Es una batalla diaria.

La habitación oscura pareció engullirlos en su silencio. Lo vio en sus ojos. De verdad creía lo que acababa de decir. Notó una punzada de dolor en las entrañas, justo tras su vientre, lo que confirmaba sus miedos. Sí, Susenyos se arrepentía de haberla salvado. De su píldora azul, de la torre, de Samson.

Susenyos la miró a los ojos con una expresión imperturbable. Los ojos de ambos, un par negro como el océano en la noche y el otro del color de la arena más oscura, se encontraron en la orilla.

No podrían haberse sentido más cerca y más lejos el uno del otro ni aun habiéndolo intentado. Un escalofrío oceánico la recorrió de pies a cabeza al presentir que Susenyos se alejaba más y más.

—Trescientos doce —dijo él en un tono de voz que no reconocía, vacío como una tumba—. He sacrificado a trescientos doce de los míos. De las personas más cercanas a mí. Personas que amaba tanto que les impuse la vida eterna para que jamás tuviéramos que separarnos. ¿Qué importa un alma más?

¿Se refería a GK o a ella?

Una llamarada rugió en el interior de Kidan. El fuego descendió por su campo de visión, como las ramas de una vid.

—Debería abandonarte antes de que me traiciones —susurró Susenyos, convencido, como si aquel final fuese inevitable.

Ella tragó saliva y él bajó la vista hacia la columna de su cuello, prendiéndole fuego a su piel. Echó un vistazo a la puerta. Debería marcharse con su orgullo. Esconderse en la Casa Adane.

—Pero te necesito —añadió Susenyos, verdaderamente cansado.

Recorrió la distancia que los separaba de forma lenta y deliberada. Sus avances, propios de un depredador, la empujaron a dar un paso atrás, y luego otro, y otro, hasta que su espalda chocó con la pared y abrió los ojos de par en par.

—Tu sangre es… —continuó el vampiro—. Jamás había probado nada tan divino. ¿Has experimentado alguna vez un hambre tan demencial? ¿Acaso ardes tú por nada con tanta violencia? —Apoyó los dedos en su cuello, casi abrasándola, y le alzó la barbilla—. He intentado resistirme, pero está por todas partes. En el color de tus labios, en las palabras de mis libros, en el olor de un pomelo maduro… No tengo escapatoria. No puedo pensar más que en la última vez que te tuve bajo mis colmillos. En que jamás debí haber parado. Hasta me duele tenerte tan cerca.

Kidan entreabrió los labios, pero no salió de ellos ningún sonido. En ese momento, inmovilizada ante las llamas de los ojos de Susenyos, comprendía lo que le había estado escondiendo todo ese tiempo.

Un hambre insaciable y poderosa.

La última vez que lo había visto tan abrumado, tan famélico, la habría matado si no le hubiera arrancado los colmillos. Ahora, en cambio, el vampiro tenía el control, pero… lo estaba destrozando. Quería salvarla al mismo tiempo que consumirla. Y ella lo necesitaba. Le gustaba el poder embriagador que le otorgaba.

Poco a poco, quitó el tapón de la bolsa de plástico. Él se estremeció al oír el ruido.

Le acercó la pajita a la boca y, en voz baja, le dijo:

—Bebe.

Estaba inmóvil como una roca.

Hasta que dio el primer sorbo con vacilación.

Entonces cobró vida, perfilándose en un color bronce aterrador. En un instante, el cuerpo de Kidan quedó aplastado entre la pared y la pétrea figura del vampiro. Cerró la mano por encima de la suya, apretando la bolsa con avidez, bebiendo con ganas. Los huesos de ella protestaron de dolor, pero era su proximidad lo que más la enervaba. El corazón le latía con fuerza contra el pecho. Lo empujó en el hombro, tratando de conseguir aire, pero él le agarró la mano izquierda y se la inmovilizó sobre sus cabezas, entrelazando los dedos con los suyos.

Y sus garras atravesaron el tapiz que colgaba de la pared.

Sus rostros estaban aún más cerca. Ella emitió un suave sonido, un gemido, tal vez. No tenía forma de escapar, no tenía adónde mirar, salvo a él. A esas pupilas negras que la capturaban, que nadaban en un incendio dorado que se mezclaba con un glorioso carmesí. Kidan contuvo el aliento mientras contemplaba cómo él se rendía a su naturaleza.

No sentía repulsión alguna. No había ni una pizca de odio en ella, por mucho que tratara de conjurarlo, aunque fuera solo un poco. No había ninguna armadura que la protegiera de él. En lugar de eso, una horrible suerte de deseo se le removió en las entrañas, un deseo que la mareaba, la debilitaba.

Cada vez que la rozaba con su piel, su cuerpo la traicionaba con una terrible necesidad.

La bolsa se vació en un instante y quedó convertida en poco más que una bola de plástico entre los dos. La pajita cayó de la boca del dranaico con un ruido sordo. Susenyos jadeaba, seguía aprisionando el cuerpo de ella con el suyo. La miró con ojos tiernos, teñidos de una bruma eufórica.

—Me has destrozado, ¿eres consciente? —le preguntó, con la voz empapada de un sueño febril.

Su tono de voz era demasiado envolvente para ser el suyo propio, pero Kidan quería acurrucarse en esa voz. Quería que terminase de pegarse contra ella y le susurrara aquellas mismas palabras en los labios. Era consciente de que le estaba rogando con la mirada que acabara con su sufrimiento.

Quizá si la tocaba, si la tocaba de verdad, encontraría por fin el odio que sentía por él.

Quizá si se besaban podría volver a pensar en matarlo.

Lo culpaba a él. Aquella necesidad apremiante la estaba sofocando, la estaba convirtiendo en una criatura famélica. Si debían devorarse el uno al otro, que así fuera.

La bolsa de plástico arrugado cayó al suelo, y se quedaron con las manos entrelazadas. Kidan tragó saliva y presionó las palmas de las manos contra las de él, que tenía los dedos más largos, las uñas puntiagudas y con las puntas ennegrecidas. Alzó la cabeza para mirar los cinco agujeros que sus garras habían dejado en la pared y, por un momento, se preguntó cómo se sentirían contra algo más blando.

—¿Qué vería si me mordieras en un dedo? —preguntó ella.

Sus ojos negros seguían ardiendo, como una mancha de aceite en llamas.

—Bondad.

—¿En serio?

Esperaba algo malvado. Se habían sumergido en sus peores recuerdos. En el pecado, en la violencia y el deseo. Y, sin embargo, una necesidad imperiosa la reconcomía.

Mirar dentro de su corazón. No había nada que deseara más que echar un vistazo a su bondad, que ver un pedacito de luz en la oscuridad en la que siempre parecían acabar envueltos.

Alzó la mano hacia su boca carnosa, pidiendo permiso para explorar más.

Y él, sin dejar de mirarla a los ojos, le dio un beso en el pulgar. Lo rozó con uno de los colmillos.

Vaciló, tratando de entender las intenciones de ella.

Y, poco a poco, le atravesó la yema del dedo. Ella se estremeció al ver que de ella brotaba una gota de sangre.

—No me juzgues, *yené* Roana. —Se apartó un poco para sonreírle—. No sé qué te vas a encontrar ahí.

Y entonces sacó la lengua y lamió la gota, y ella dio un respingo.

Su visión empezó a nadar de repente en varias sombras de color, y un ramalazo cálido le atravesó las venas. Emergió en otro lugar.

Era un recuerdo del semestre anterior. De la primera vez que Susenyos había encendido la chimenea en lugar de Etete.

Estaba colocando los troncos en la chimenea cuando Kidan abrió la puerta. Tenía la nariz colorada por culpa del viento implacable de Uxlay, y se pasaría la noche sorbiéndosela si no entraba pronto en calor. Él sonrió para sus adentros mientras ella se quitaba las botas y la bufanda y se sentaba a su lado a regañadientes.

No permitía velas en la Casa Adane. Apenas toleraba aquella chimenea bañada en oro, pero Etete no hacía más que encenderla. Si no lo hacía, ella se pasaría la noche con un escalofrío tras otro y tosiendo en su bufanda. Y, aun así, cada llama en un espacio abierto hacía que su mente se sumiera en el terror más absoluto, que los gritos de su pueblo la atravesaran a medida que se desvanecían de este mundo, uno a uno.

El Gran Incendio San Er aparecía en sus visiones para torturarlo con la culpa.

La primera vez que se habían visto, durante un paseo por el campus en una mañana neblinosa, Kidan estaba calentándose las manos junto a una de las hogueras del jardín cuando se había cruzado con ella. Había elegido ponerse junto a la única cosa en este mundo muerto que despedía calor, y él había visto en las llamas que se le derretían en la piel marrón algo distinto de un final aterrador.

Un comienzo.

Al día siguiente, Susenyos había encendido la chimenea él solo y se había sentado a su lado.

Si tenía esperanzas de sacarla de su habitación, tendría que ser con fuego. Aunque ella no acudió aquel primer día, ni tampoco al siguiente.

Y, aun así, él aunó el coraje necesario para estar frente a las llamas, para enfrentarse a la fuerza de la naturaleza que le había robado toda la paz. Esperando.

Pasarían semanas antes de que ella soportase estar sentada a su lado. Esta vez, calentándose las manos al lado de las suyas.

Había sido demasiado corto. El mundo presente la había llamado de nuevo, con suavidad. Kidan luchó por permanecer en aquel recuerdo, por aferrarse a aquella nueva revelación, pero la imagen de Susenyos y el fuego que crepitaba se desvaneció.

Cuando él dejó de beber, respiraban al unísono. Mirándose a los ojos.

A ella le resultaba difícil apartar la vista.

—La chimenea... ¿La encendías por mí? ¿Aunque me odiases?

El rojo de sus ojos se avivó.

—Ah... Eso es lo que tú pensabas.

—Pero siempre que llegaba a casa... estabas junto a la chimenea. Pensaba que te encantaba.

En sus ojos nadaban miles de secretos.

—Me estaba preparando. Etete me animó a ello. Además, no quería que me vieses titubear. Si lo hubieras sabido, probablemente le habrías prendido fuego a la casa.

—Es lo más probable —susurró Kidan, y ambos sonrieron con timidez—. Gracias. Por haberlo hecho.

El rostro de él aparecía ahora más amable. Los ojos le brillaban de una forma sobrenatural.

Un silencio se alargó entre ellos. Kidan sintió una presión en el pecho; estaba ansiosa por que él volviera a hablar.

No sabía qué acto de bondad le había ofrecido ella, si es que le había ofrecido alguno.

¿Qué habría visto él en su mente?

Y, como si hubiera oído sus pensamientos, le dijo en voz baja:

—Querías que me marchase.

—¿Qué?

—Cuando perdí mi inmortalidad, querías que me marchase de la Casa Adane. —Frunció el ceño un instante, pero enseguida se relajó—. Yo pensaba que era porque no era fuerte, porque, como humano, no te servía de nada. Pero querías protegerme.

De sus palabras emanaba una sorpresa sincera, y a ella le dolió el pecho.

Tenían que dejar de pensar lo peor el uno del otro.

—Podemos ser buenos, ¿verdad?

Susenyos curvó ligeramente los labios y le acarició la mejilla con suavidad.

—Sí que podemos.

—Entonces ¿por qué no lo somos?

Aquella pregunta se le clavaba en el alma. No era la primera vez que se preguntaba aquello sobre sí misma, y tampoco sería la última.

—Porque la bondad requiere una suerte de rendición, y a ninguno de los dos nos han tratado bien cuando nos hemos rendido.

Una sonrisa triste acarició el rostro de ella. June. Kidan solo había sido capaz de ser buena con su hermana, y aquella bondad había quedado destruida.

Susenyos la miró con ojos brillantes, todavía borracho de su sangre.

Kidan siempre había sabido que el único poder que tenía sobre él se lo confería su sangre, pero deseaba más; no podía evitarlo. Alimentarlo así había cambiado su relación, la había afianzado, pero también la había convertido en un simple intercambio de beneficios.

Habrían de cargar con aquella maldición para siempre, desempeñar aquellos papeles de por vida, hasta que algo cambiase. Un vampiro y una acti.

«No quiero que tu sangre nos gobierne. No quiero una devoción forzosa», le había dicho él.

Kidan tampoco lo quería.

Pero de algo estaba segura: no estaba dispuesta a rendirse. No estaba dispuesta a entregar ni su casa ni su corazón.

No hasta que no pudiera establecer leyes que castigaran a su hermana y volvieran a hacer humano a GK.

37

JUNE

JUNE MEZCLÓ UNAS SEMILLAS DE *WAWRI* CON VARIAS PLANTAS AMARILLAS de jardín, un remedio para calmar el hambre mientras esperaba a que Taj Zuri llegase a su laboratorio. Los nefrasis siempre andaban cortos de sangre y June les había preparado aquel remedio durante todo el año anterior, sobre todo para Henok y Biruk.

Aquel día, había ido a visitar a Samson a la cárcel de Drastfort y le había cambiado las hojas de *sauag* de la herida infectada, pero no lograba quitarse su expresión de la cabeza. No había mediado palabra, ni siquiera cuando June había tratado de tranquilizarlo y le había recordado que no le hiciera daño a Kidan, porque todavía la necesitaban. Pero tenía una venganza muda escrita en el rostro. Si su hermana no le entregaba la reliquia de la máscara cuando saliera de prisión… June se estremeció. Samson era despiadado impartiendo sus castigos.

Levantó la vista de la mezcla amarillenta que olía a fósforo. Ni rastro de Taj.

El profesor Andreyas les había dado unas instrucciones muy claras: la tarea no se llevaría a cabo en la Gala Acti anual, lo que para June era muy decepcionante. Habría sido bonito asistir a una lujosa fiesta, o a varias, antes de cumplir los veintiún años. Al menos no tendría que traicionar a un amigo íntimo, como había ocurrido con la primera tarea. Lo único que June tenía que hacer era presentarse a los dranaicos de los espeluznantes Edificios Sost Sur y volver a la Torre de Filosofía con un regalo suyo, y hacerlo antes de la medianoche.

Por suerte, Taj Zuri se había ofrecido como candidato, aunque a June le preocupaba que llegase tarde.

Como June no llevaba reloj, siempre le pedía a Warde que la tuviera informada. Este estaba en el monasterio de los Mot Zebeyas, que se veía desde las puertas nororientales, buscando un refugio que le aliviara del ruido constante de Uxlay.

«¿Cuánto tiempo me queda?».

«Treinta minutos». Cuando Warde hablaba en su mente, lo hacía siempre con gentileza. Era reconfortante, como cobijarse bajo una sombra cuando los rayos del sol son abrasadores.

«¿Dónde está?».

«Deberías coger mi reloj —respondió Warde—. Tanto para controlar el tiempo como para aprobar esta tontería de examen».

«El profesor Andreyas os ha prohibido participar en esta tarea tanto a ti como a Arin. Y prefiero un calcetín sucio que un reloj».

Un gruñido reverberó en su vínculo. Según las leyes de Uxlay, Samson, Arin y Warde tendrían que pasar al menos dos años allí antes de participar en los intercambios de compañero. Por el momento, tenían que guardarle lealtad a Kidan, Slen y Yusef.

«Está aquí…».

—Perdona, perdona, ¡llego tarde! —La puerta se abrió con tanta brusquedad que a June casi se le cayó el matraz.

Taj entró corriendo sin camiseta, botas ni cinturón. June se puso como un tomate al verlo. Nunca había visto a un chico medio desnudo.

—¿Qué…?

—Había más estudiantes interesados. —Taj sonrió y se frotó la cabeza llena de rizos.

June se quitó la bata de laboratorio y fue hacia él. Se la tendió mirando primero a la nevera y luego al techo.

—Ponte esto.

Taj cogió la bata, pero no se la puso. Cuando June alzó la vista, le dedicó una sonrisa amable.

—Cariño, esto no me vale.

Los ojos de June recorrieron sus anchos hombros sin que ella pudiera hacer nada por contenerse. ¿Cómo hacía para estar ahí plantado, tan seguro de sí mismo? Sus ojos de color bronce no abandonaban el rostro de ella, observándola con cada vez más interés.

June se movió un poco y giró la cara.

—Échatela por encima de un hombro.

—Como quieras.

Podía oír la sonrisa en su voz. ¿Se estaba riendo de ella? June se puso recta. Si alguien debía avergonzarse, era él.

—¿Le das tu ropa a cualquiera que te lo pida? —preguntó June, confundida.

—Normalmente sí.

—¿Por qué?

—Porque suele ser la última vez que la mayoría de los estudiantes de Dranacti se divierten. Antes de que las cosas se pongan serias. Me gusta formar parte de la diversión.

June empezaba a comprenderlo. La última vez que habían hablado, él le había confesado que nunca había matado a nadie, pero había algo más. Le daba la sensación de que no quería que nadie sufriera a su alrededor. Si June le pidiera que la llevase a casa en brazos porque le dolían las piernas, lo más probable era que aceptara.

Le dedicó una sonrisa.

Y a Taj le brillaron los ojos.

—¿Y eso a qué viene?

June se volvió y empezó a recoger su puesto de trabajo.

—A nada. Bueno, ¿qué regalo tienes para mí?

—La luna. Esta noche está muy cerca de la tierra.

June sonrió de nuevo.

—Hablo en serio.

—¿Las estrellas? Aunque voy a tardar un rato en recogerlas todas.

—No soy tan avariciosa. Me basta con una —respondió June sin pensárselo mucho. Había olvidado que debía estar en guardia.

La risa de Taj era contagiosa. Tenía una cualidad musical que lo hacía verlo con otros ojos. La luz de la luna que entraba por los altos ventanales rebotaba en su cinta, confiriéndole un aspecto luminoso. Era de una tela realmente hermosa y única: seda Saui, le daba la impresión.

—Pues tu cinta —propuso June—. ¿Me la das?

Taj le sonrió y se la recolocó.

—Me temo que no. Tapa una cicatriz horrorosa.

Una cicatriz. Una combinación de aloe vera y aceite de rosas debería ayudar.

—Quizá pueda ayudarte con eso.

El vampiro parpadeó. Tal vez no esperaba tanta osadía por su parte, pero June era capaz de tratar cualquier herida. Podía fabricar cualquier remedio para calmar el dolor, si no para curarlo del todo. Era lo único que se le daba bien.

Después de su llegada, Samson había tardado meses en hablar con ella y enseñarle la mano que se le estaba pudriendo. Entonces, June se había encerrado en sí misma, a ese lugar vasto y verde donde tanto el conocimiento como sus pesadillas campaban libres, y había pedido una cura para él. Había aprendido que las hojas de *sauag*, tan difíciles de encontrar, podían proporcionar una mejora temporal para la podredumbre negra. Como a todos los nefrasis, a Samson le habían maravillado sus conocimientos, y le había preguntado cómo sabía curar enfermedades tan raras.

«Por los libros —había contestado ella—. Todo lo he aprendido de los libros».

No había otra explicación posible, así que la habían creído.

—No tienes por qué enseñármela si no quieres —añadió June con amabilidad.

Taj se puso tenso. Cogió los extremos de la cinta. Por primera vez desde que se habían conocido, parecía nervioso, lo que, a su vez, la ponía nerviosa a ella. Aflojó el nudo que llevaba en la parte de atrás de la cabeza, tirando de la suave seda y dejando que se deshiciera entre sus dedos, sin apartar la mirada de June.

Tres cicatrices horizontales le atravesaban la frente, rojas y malditas.

June dio un respingo y estuvo a punto de dar un paso atrás. Se tapó la boca con la mano, paralizada. Él bajó la vista hacia la tela dorada y apretó los labios.

—Es horrorosa, ¿verdad?

June casi no lo oía. Le temblaba todo el cuerpo y estaba tratando de serenarse. Aquellas cicatrices estaban más allá de sus capacidades. De las de nadie.

—June —la llamó en voz baja—. No es tan horrorosa, ¿no?

Él sonreía, pero ella no. El corazón le latía desbocado; era imposible. ¿Acaso Taj había conocido… a Varos? ¿A la criatura que la acechaba en sus pesadillas?

Era imposible.

Lo miraba con los ojos como platos, con la boca tapada con la mano tensa.

Taj la cogió de los hombros y ella soltó un débil chillido.

—June —repitió con más firmeza. Los ojos asustados de la chica danzaban entre su frente y su boca—. ¿Por qué tiemblas?

—No… No tiemblo.

—Sí tiemblas —repitió, buscando su mirada—. ¿Por qué?

June casi podía ver los esfuerzos de su mente, tratando de comprender. La miró de arriba abajo, clavándole los dedos en los hombros.

—Me estás haciendo daño —logró decir.

Warde rugió en su mente. «Ya voy».

«No —respondió June de inmediato—. Estoy bien».

Taj se quedó paralizado y luego se apartó de ella con tanto ímpetu que estuvo a punto de chocar con las estanterías de tubos y matraces.

—Lo siento —se disculpó el vampiro, pasándose una mano por el pelo una y otra vez.

—No pasa nada. —La voz de June había recuperado su firmeza, y se había puesto un poco más recta—. Lo siento. Es que nunca había visto una cicatriz como esa.

Warde seguía cerca de ella. Oía el repiqueteo de su cadena de huesos.

Taj dejó la mano quieta.

—Pero tú…

June le sonrió, esperando que fuese una sonrisa bonita, a pesar de forzada.

—Leí en algún lado que algunas cicatrices rojas pueden tener bacterias, lo que les aporta ese color. Eso significa que pueden ser muy contagiosas.

Taj se mostró confundido.

—Contagiosas… June, eso es ridículo.

Ella se rio y agachó la cabeza un poco, como hacía siempre que se sentía avergonzada. El corazón seguía martilleándole contra el pecho.

—Ya lo sé. En fin, no debería creerme todo lo que leo.

Taj la pilló mirándole la frente de nuevo, y su expresión se endureció. Cogió la cinta, se dio la vuelta y se la ató con fuerza. Un silencio incómodo cayó entre los dos. No podía explicarle cómo sabía lo que significaban esas marcas, ¿no?

«Desta, no».

June se quedó paralizada.

Aquella voz que le había hablado a su mente no era la de Warde. Pertenecía a alguien antiguo. Era una voz que la había aterrorizado desde que tenía cinco años. La voz que le había dicho que moriría al cumplir los veintiuno. La que le había dicho que se encargara de que las reliquias del Sabio siguieran escondidas para siempre y que nunca, jamás, se atreviera a sostener una entre sus manos.

«No puedes exponerte», le ordenó. Se estremeció hasta sus huesos.

Y, como un reloj, a June se le empezaron a cerrar los párpados, obedeciendo a la llamada del sueño, que le pedía que se alejara de ese mundo.

—¿Estás bien? —Taj se acercó a ella, preocupado.

June asintió con decisión, luchando por mantenerse despierta.

—A veces me mareo un poco. Dame un minuto.

Se dio la vuelta y cogió el tarrito de cuerno de ciervo que llevaba siempre con ella. Con cuidado, le quitó el tapón para inhalar su fuerte olor. Se puso rígida; se le inflamó la nariz, pero se aguantó, y soportó el sabor horrible que le dejaba en la garganta porque siempre cumplía con su cometido: mantenerla despierta. Lejos de las pesadillas. Lejos de él.

La sombra de Taj seguía allí. Debía de estar preguntándose qué le pasaba. Gracias a sus habilidades de vampiro, debía de haber olido las sales mucho antes de que ella abriera el tarro.

—Debería irme a la Torre de Filosofía. El profesor nos está esperando —dijo sin volverse.

—Sí —contestó él despacio, confundido todavía—. Toma. Me he dado cuenta de que siempre llegas tarde a los sitios.

June se volvió un poco hacia él, agradecida de que sus trenzas rizadas le taparan la cara.

El regalo de Taj estaba sobre la mesa de acero inoxidable. Era un reloj.

A June se le escapó una risita, y Taj le dirigió una mirada interrogante. Por mucho que June tratara de evitar el funesto destino que traía consigo el reloj, siempre la perseguía, contando los segundos que faltaban hasta el inevitable final de su hermana y ella.

Se estaba acabando el tiempo.

Y June debía matar o morir.

Lecciones del Último Sabio

Sobre la coacción

Igual que el Sabio extiende su dominio sobre todos los Mot Zebeyas, Varos extiende el suyo sobre los dranaicos.

Varos, el Primer Vampiro, tiene la capacidad de coaccionar a todos los vampiros.

Marca a sus víctimas con una sola orden, para la que emplea sus colmillos o sus garras. Se manifiesta en el cuerpo en forma de tres profundas líneas y solo se desvanece cuando el acto coaccionado se ha llevado a cabo. A menudo, el vampiro tiene prohibido revelar que conoce la existencia de Varos. Que no es un mito perdido en el tiempo, sino alguien muy real aún hoy, en nuestros días.

Un vampiro con las marcas de una garra es indigno de confianza y tiene los labios sellados. Se le debe matar cuanto antes, pues actúa en contra de su propia voluntad. La mayoría de los dranaicos se tapa esas marcas. Si te encuentras con un vampiro con ellas, mátalo de inmediato.

**No se encuentra en Ye Abyssi Tarik ni en ningún otro texto. Toda alma que haya sido coaccionada muere antes de que pueda levantar una pluma para escribir tal cosa sobre Varos el León Nocturno.*

38

KIDAN

KIDAN ESTABA ESPERANDO A LOS EXCAVADORES EN UN BAR, FUERA de Uxlay, donde el olor de la cerveza y la menta permeaba el aire. El bar de Rita le parecía viejo y abandonado. Las luces tenues y los taburetes le recordaban a los del bar en el que se habían reunido los Excavadores en los noventa.

Se concentró en su plan, en las facciones opuestas de Uxlay:

> *Los Excavadores (Piran, Temo, Rojit) quieren cambiar la Dranacti.*
>
> *Su ayuda externa: la Orden de la Pantera.*

> *El 13° (Makary, Ajtaf, Delarus, Qaros y quién sabe quién más) quiere abrir el decanato a todas las Casas Fronterizas y alternarse en la posición central. Quiere quitar a la Casa Adane de su puesto.*
>
> *Su ayuda externa: la Orden del Águila y la Orden del Órix.*

Todavía no sabía qué votarían las casas Goro, Luroz y Umil, pero no podía resolver todos los problemas a la vez. Esperaba que

Yusef pudiera convencer a su familia para que su casa se pusiera de su lado, pero tampoco estaba del todo segura.

Al día siguiente, la Casa Temo se presentaría en los tribunales de los Mot Zebeyas para declarar su voto, lo que significaba que Kidan no podía fallar. No le serviría de nada aprender cómo cortar lazos con la cultura de su madre si en un par de semanas la Casa Adane era degradada a Casa Fronteriza, a la que solo se le permitiría promulgar la ley que establece que ningún alma puede entrar en Uxlay. Más que nunca, Kidan se aferraba a sus tres leyes: hacer que June pagara, hacer que GK volviera a ser humano y obligar a Susenyos a contarle la verdad sobre las reliquias.

Lo único que tenía eran esas tres leyes, y que Dios la ayudara, pero pensaba promulgarlas.

Se oyó la campanilla de la puerta y entraron tres personas vestidas con largos abrigos. Caminaron juntas hasta el lugar señalado, igual que en la fotografía que se habían sacado en los años noventa junto a su madre y su padre.

Al lado de Adjoa había una mujer negra con un ojo de mirada aguda y un hombre musculoso de piel marrón con una gruesa bufanda.

Osa Rojit llevaba un parche verde oscuro con los bordes decorados con un helecho, el emblema de la Casa Rojit. Kidan había oído muchas historias sobre cómo había perdido el ojo. Algunas contaban que había ocurrido en las revueltas que habían tenido lugar tras el asesinato de los padres de Kidan, pero Slen había mencionado algo más siniestro sobre la Casa Rojit. Le había contado que les gustaba jugar a ser Dios con la medicina, que cosían miembros de vampiros a los humanos y experimentaban hasta llegar a la muerte.

Mikhail Temo era quien más espacio ocupaba en la mesa. Había alargado el musculoso brazo sobre el respaldo. Al ver su corpulencia, a Kidan le costaba creer que antaño hubiera sido el atleta más veloz de Uxlay, tan loco como para competir con dranaicos en lugar de humanos.

Los Excavadores.

Los mejores amigos de su madre.

—Gracias por venir. —Kidan se irguió e intentó imbuir fortaleza a su voz—. Estoy aquí para explicaros por qué deberíais votar para que la Casa Adane conserve su posición central.

Se quedaron en silencio. Sus rostros estaban curtidos por años de política y formación.

Kidan había pensado muy cuidadosamente en cómo convencerlos.

—Creéis que mi madre fracasó en su empeño de encontrar la reliquia, pero no es así —prosiguió. Inhaló con fuerza, preparándose para lo que tenía pensado decir, y alzó la carta que había falsificado como si de un premio se tratara—. Conseguiré la reliquia de la máscara el día que cumpla veintiún años. Mi madre se la confió a alguien fuera de Uxlay.

Kidan dejó la carta sobre la mesa. Ninguno de ellos hizo ademán de cogerla.

Unos tambores erráticos empezaron a resonar en sus oídos.

Había elegido la edad de veintiún años porque ese número estaba garabateado por todas partes en los libros de su madre. La perseguía.

Y había tenido el celo de no contarles que la reliquia estaba, en realidad, en el interior de la Casa Adane, porque no confiaba en que no la asesinaran allí mismo para hacerse con ella.

Kidan casi se creía su propia historia.

—¿Por qué Mahlet no me lo contó? —preguntó Temo. Que hubiera empleado su nombre de pila la puso tensa. A la defensiva. ¿Qué derecho tenían aquellos desconocidos a preservar un vínculo tan íntimo con su madre cuando ella nunca había tenido la oportunidad de construirlo?

Presionó el dedo índice en la mesa de madera y dibujó un triángulo.

—¿Contártelo? —La voz de Adjoa era afilada como un cuchillo—. ¿Por qué iba a confiar en ti?

Al hombre se le ensombreció el rostro.

—Le fui leal hasta el final. Fui yo quien denunció lo que hizo Daric. Cumplí con mi obligación.

Kidan sabía de qué hablaban gracias a los artículos que había leído. La noche que habían asesinado a sus padres, Mikhail Temo había ido a la Casa Adane a entregar unos documentos. Había sido testigo de lo ocurrido a través de la ventana y había dado voz de alarma.

Luego había testificado en el tribunal.

A Daric lo detuvieron inmediatamente después de que les hubiera arrancado el corazón. Kidan sintió que se la tragaba la tristeza. Seis semanas después, lo habían asesinado a él también. Nadie sabía quién lo había hecho; Susenyos se había cobrado su venganza con sigilo.

—¿Qué hacías allí a esas horas? —La frialdad de la voz de Adjoa devolvió a Kidan al presente—. Tú tenías más motivos que Daric para matar a sus padres.

Kidan levantó la cabeza de golpe, intrigada.

Adjoa parpadeó al darse cuenta de que había dicho algo que no debía decir, pero su mirada siguió siendo igual de férrea.

—El hermano de Mikhail murió por la Dranacti. No se nos permite revelar quién le arrebató la vida a quién, pero no es ningún secreto que el año que tu madre se graduó solo hubo una muerte. La de la estrella del deporte Rashil Temo.

Kidan cogió aire con brusquedad. Hacía tiempo que quería saber a quién había matado su madre, y ahí lo tenía. A un estudiante cualquiera que tenía un hermano, una familia.

Su madre, la asesina.

«Matar a la maldad».

Las palabras emergieron en su cráneo con un doloroso estallido. Tras aquellas semanas, todavía le parecían imposiblemente correctas, una orden sagrada que debía respetar. Pero Kidan ya no sabía qué era la maldad. Había perdido la brújula e iba a la deriva, y ahora sabía por qué. Por sus ancestros. Porque sus raíces estaban empapadas de sangre y porque cada generación había seguido el mismo ritual. Había albergado la esperanza de que fueran salvadores, mártires, pero tal vez fuesen monstruos. ¿Habrían perseguido aquellas palabras también a su madre? Debía de ser esa la razón por la que estaba tan desesperada por poner fin a la Dranacti.

Kidan dibujó sus cuadrados para el miedo. No se había sentido tan sola desde antes de llegar a Uxlay, desde aquellos meses de oscuridad en los que buscaba sin parar a June y comía fideos fríos en su asfixiante apartamento.

Adjoa la estaba observando con atención. Algo había cambiado en su expresión, que ahora era casi empática.

—No puedes confiar en Temos para esto.

Un fuerte puñetazo sobre la mesa hizo temblar todas las copas. En el grueso brazo de Mikhail Temo se habían marcado todas las venas.

—Hacía mucho tiempo que había perdonado a Mahlet por lo que hizo. No mancilles nuestra amistad. Era pura. Ambos comprendíamos la maldad que entraña la Dranacti. No es forma de vivir. No para nuestros hijos. Lo que Daric hizo…

—¡Él no lo hizo! —gritó Adjoa, levantándose de golpe y sobresaltándolos a todos—. ¡No tenía ni una gota de crueldad en el cuerpo! ¡No era ningún traidor!

La emoción de su voz resonaba en ese lado del bar. En aquel momento, a Kidan le pareció que veía a la mujer con claridad por primera vez. Calma y compuesta, salvo cuando se mencionaba a Daric. Aseracti llamaba al compromiso entre vampiro y humano la Trampa del Diablo, y Kidan empezaba a estar de acuerdo.

—Lo vi con mis propios ojos, Adjoa —insistió Mikhail—. Vi cómo les arrancaba el corazón.

—Daric ya nos había traicionado antes —intervino Osa Rojit. La melena afro plateada envolvía su rostro como una nube. Miró a Kidan y prosiguió—: Cuando era humano y estaba enfermo, recibió un intercambio de vida de uno de los vampiros de mi casa. Entonces juró servir a la Casa Rojit, pero ¿sabes qué hizo cuando se convirtió en vampiro? Juró compromiso a la Casa Piran.

Daric… había sido humano. A Kidan le sorprendió. Debió de haber desfilado ante los dranaicos, como Ramyn, con la esperanza de conseguir un intercambio de vida. Y lo había logrado.

El rostro de Adjoa parecía más anguloso cuando estaba furiosa.

—Aquello no lo hizo de forma calculada. ¿Por qué tienes que sacarlo siempre a colación?

—Porque cada vampiro que pierde la Casa Rojit lo gana tu casa —repuso Osa con voz pétrea—. No hacéis más que robarnos.

—Un momento —interrumpió Kidan—. Si Daric había sido acti, como nosotros, ¿a qué casa pertenecía?

En la base de datos de Uxlay solo aparecía su nombre de pila.

Se hizo un silencio en la mesa.

—Pertenecía a la casa Temo.

Mikhail Temo apretó los dientes y apartó la vista.

—Era mi hermano menor. Rashil era el mayor.

Tras la conmoción inicial, Kidan empezó a comprender. Si Mahlet había matado a Rashil Temo, Daric debía de haberla asesinado como venganza.

Adjoa clavó los dedos en la mesa.

—Traicionaste a tu propio hermano. Ni siquiera le diste la oportunidad de explicarse.

Mikhail exhaló un profundo suspiro.

—Lo vi, Adjoa. Con mis propios ojos. Fue él quien los asesinó.

Kidan notó un sabor ácido en la boca. No quería seguir hablando de aquello.

Adjoa echó la silla hacia atrás, haciéndola rechinar contra el suelo. La voz le temblaba de ira.

—No es posible revivir a los Excavadores —sentenció—. El grupo está lleno de traidores.

Se dio media vuelta y se marchó. Kidan se levantó de su silla al instante y se apresuró a ir tras ella. No podía permitir que su plan se desmoronase. Había llegado demasiado lejos.

Tras el repicar de las campanillas, notó el frío de la brisa nocturna.

—¡Espera!

Kidan cruzó el camino adoquinado; un coche estuvo a punto de atropellarla. Adjoa recorría la curva del parque con las manos en los bolsillos, y su aliento formaba pequeñas nubes de vapor ante ella. Kidan la alcanzó y le impidió el paso.

—Si no querías que reviviera este grupo, ¿por qué me contaste lo de mis padres?

Las gotitas de lluvia se le quedaban atrapadas en el pelo recogido.

—Mereces conocer su legado.

—Pues ayúdame —la apremió Kidan, dando un paso hacia ella—. Sabes que el 13° quiere arrebatarle la posición a mi casa. Ya tengo los votos en contra de tres casas. No puedo luchar contra ellos yo sola. Necesito vuestros votos. ¿Por qué no puedes dejarlo estar a un lado?

Bajo el halo de luz de la farola, el rostro de Adjoa empezó a cambiar. La emoción empezó a asomar entre los rasgos pétreos.

—Has estado en la Torre Arcana. Se supone que has de encontrar a tu amor, pero no haces más que mirarlo a él. Siempre estás buscando a Susenyos.

Kidan movió los pies, incómoda.

—No sé qué quieres decir.

Una sonrisa triste se le dibujó en los labios, pero no tardó en borrarse.

—Conozco el amor que traen consigo los vampiros. Es un amor que te arruina.

Le vino a la memoria la fotografía de Daric y una joven Adjoa que había visto en la plataforma para graduados. En ella, lucían una sonrisa de oreja a oreja. No se estaban tocando, pero… había algo. Daric tenía el cuerpo inclinado hacia ella en actitud protectora; se le acercaba como si ella fuera su principal fuente de calor, y había entre ellos una intimidad muda.

—Daric y tú… estabais juntos —dedujo Kidan, confirmando sus sospechas.

La mirada de Adjoa seguía siendo dura, pero, cuando habló, fue como si no viera siquiera a Kidan.

—Lo amaba. Sabía que no debía hacerlo. Sabía que elegirlo a él significaría renunciar a mi legado y marcharme de Uxlay. —Su tristeza permeaba el aire, se colaba bajo la piel de Kidan de un modo que ella no esperaba—. Pero no podía marcharme del único hogar que había conocido. No podía dejar a mi familia, a mis hermanos y hermanas. Así que lo intenté. Año tras año, iba a la Torre Arcana y trataba de enamorarme de un chico humano. Todavía lo intento, porque el único modo de asegurarse un legado es con un matrimonio y un hijo.

Kidan bajó la vista. No quería sentirse cerca de aquella gente. Lo único que ella buscaba era un acuerdo. Un contrato.

Pero, y no por vez primera, las paredes que protegían Uxlay se convirtieron en una jaula dorada. Se preguntó por qué todos los actis permanecían allí si tan desgraciados eran.

¿Por qué se quedó allí su madre?

—En aquel entonces fue tu madre quien me salvó. Me recibió con una sonrisa afectuosa y los brazos abiertos. Me dio esperanza: podríamos romper los vínculos para que los vampiros pudieran beber de todos los humanos. Dejaríamos de cargar con la responsabilidad de dar a luz a niños de los que los vampiros pudieran alimentarse. Y Osa y Mikhail tenían sus propias razones para unirse.

Sus palabras estaban manchadas de nostalgia.

—Erais amigos —dijo Kidan.

—Pues claro que lo éramos. —Negó con la cabeza—. Revivo esa noche hasta el día de hoy. La revivo cada minuto y cada segundo tratando de entender qué falló. Daric me llevó a la orquesta. Luego me acompañó a casa, y caminamos bajo aquellas farolas. Me llevó a mi habitación y me dijo que nos veríamos pronto. Me fui a dormir. Y dos horas después empezaron a sonar todas las alarmas de Uxlay. Mi cuerpo se negaba a salir de la cama incluso antes de que me hubiera enterado de lo que había ocurrido. Dejé que las alarmas sonaran a mi alrededor y deseé que se apagaran mientras lo llamaba a él. Pero no respondió. Luego saltó la noticia del asesinato. Pero yo lo conocía, conocía su alma, y sabía que él jamás haría tal cosa.

Kidan tardó largo rato en contestar, pues estaba cautivada ante el dolor de aquella mujer. La maraña de redes tejidas alrededor de las familias hacía muy difícil confiar en nadie. Tenían una historia profunda y enrevesada, tejida sobre demasiadas traiciones, tantas que era imposible sanarla.

«Ayúdame. —Kidan no pudo evitar hablarle a su madre por primera vez—. ¿Cómo arreglo todo esto?».

—¿Qué haría mi madre si estuviera en mi situación? —preguntó Kidan mirando a Adjoa a los ojos—. ¿Cómo arreglaría esto?

Los inteligentes ojos ámbar de la mujer se quedaron clavados en los suyos largo rato, y luego apartó la mirada.

—No te va a gustar.

—No pasa nada.

—Lo que nos une cuando estamos así es el matrimonio. La confianza se ha roto, pero siempre se les podrá convencer con los negocios.

—No lo entiendo.

Adjoa la miró con severidad.

—Si te casas con alguien de la Orden de la Pantera, no tendremos más remedio que apoyarte.

Kidan inhaló con fuerza.

—Y quienquiera que se case conmigo tendrá acceso a mi casa y a su poder legislativo ilimitado.

Adjoa asintió.

—A cambio, la Orden de la Pantera nos recompensará. Nos echará una mano con nuestros negocios en el mundo exterior. Uxlay no puede funcionar de forma independiente.

Kidan reflexionó con cautela.

—¿Y renunciarás a la oportunidad de ser decana y de conseguir la posición central?

—Uxlay ha sobrevivido durante generaciones con las casas Faris y Adane en el decanato. Ese nunca ha sido el problema. El problema es la avaricia. Y el único modo de combatirla es con estrategias. La decana Faris ha votado a favor de la propuesta del 13° para proteger su imagen. Debe parecer una líder justa, pero, confía en mí, desea que esta propuesta fracase tanto como tú.

Tal vez. Pero, mientras la decana Faris protegía su imagen, Kidan debía luchar sola.

El fantasma de su madre asomó sobre el hombro de Adjoa. Le pareció que asentía.

—Si declaro mi intención de casarme con alguien de la Orden de la Pantera, me pondré al resto de las casas en contra.

Adjoa asintió despacio.

—Lo sé. La Casa Goro siempre ha sido leal a la Casa Adane, por tu abuela. Y Yusra Umil es una tradicionalista. Votará a tu favor. Eso significa que seis casas votarán a favor de la propuesta y seis en contra. Un empate es tu mejor opción, porque pasarán tres años antes de que la propuesta vuelva a presentarse. Tiempo suficiente para que cumplas veintiún años y recibas la reliquia. —Adjoa pareció estudiar su rostro, tratando de detectar la mentira, pero Kidan se irguió. Mentir no debería ser difícil. Y Kidan aceptaría de buen grado tanto un año como tres.

A pesar de todo, empezaba a valorar que Adjoa estuviera de su lado. Sin embargo, la idea de casarse, aunque fuera en el futuro, le ponía los pelos de punta.

Se acarició el bolsillo, donde tenía la carta de Susenyos. Y luego dejó caer la mano.

No había otro modo.

—Está bien.

Y volvieron juntas al bar de Rita.

VOTO DE LAS CASAS DE UXLAY

CASA TEMO
97 DRANAICOS

TRAS SUS DELIBERACIONES, LA CASA TEMO HA DECIDIDO QUE SOLO LAS CASAS FUNDADORAS DEBEN OPTAR AL DECANATO. LA CASA ADANE NO DEBE PERDER SU POSICIÓN CENTRAL.

Declarado en el tribunal de los Mot Zebeyas el jueves 7.

39

SUSENYOS

Cuando la Casa Adane estaba vacía, Susenyos viajaba de una habitación a otra en busca de su inmortalidad. Jamás la encontraba, y se maravillaba ante aquel poder que escapaba a su comprensión y se maldecía por su destino a partes iguales.

Fue al observatorio y se arrodilló en el suelo de mármol para saludar primero al sol abrasador del mediodía y más tarde a las solitarias estrellas. Los cielos habían sido testigos de cómo se volvía humano en aquella habitación. Había pasado años luchando contra ello, negándose a aceptar un corazón y una carne tan blandos.

¿Cómo podría aceptarlo?

Era un emperador, un emperador llamado Susenyos Malak Sagad. Los ángeles se postraban ante él. ¿Cómo iba a retroceder hasta convertirse de nuevo en el muchacho que había sido, sin corona y sin poder?

Las visiones sobre su corte lo castigaban en el implacable observatorio. Oía el grito desgarrador que Samson había proferido cuando Susenyos había salido solo de aquel bosque, en el que Talaa había muerto de podredumbre negra. Oía los gritos de Henok y Biruk, que estaban colgados de las cadenas de Lusidio.

Iniko y Taj, marcados como él.

Un sagrado e implacable fuego que había convertido edificios en escombros y a su gente en cenizas.

Los recuerdos de todos sus fracasos lo atravesaban, liderados por la poderosa espada de su padre. «Débil».

El ultimátum de Arin: «Mata a tu compañera».

Todo ello le rasgaba la mente como si tuviera garras, le arrebataba toda la paz.

Jadeando, se abalanzó hacia delante. Una gota de sudor cayó sobre el mármol brillante. Todo le daba vueltas. No recordaba cuántas horas llevaba allí, pero tenían que ser al menos cinco.

El Yos humano jamás podría liderar un ejército. Apenas había podido salvar a su madre y a su prometida. Y, si quería recuperar su fuerza y a su pueblo, tenía que matar a lo único bueno que había en su vida.

Kidan.

Un grito le nació en lo más profundo de la garganta. La cruel tortura de la habitación se había tornado súbitamente aún más despiadada.

Ella nunca aparecía antes de que él se tambalease al borde de la muerte. Antes de que estuviese a punto de perder la conciencia.

«Ya basta, Yos». La voz de la Sabia acudió a él, como un consuelo pecaminoso. Repicaba como las campanas de un templo sagrado. «Sal de esta habitación».

La primera vez que había oído aquella voz tenía diecinueve años y estaba en el bosque de vides negras y raíces podridas. Poderosa como el sol, blandiendo dos espadas, con un anillo rojo sangre y una máscara de madera con detalles dorados que daba vueltas y vueltas. Desde entonces, la había oído cuatrocientas catorce veces, todas ellas al borde de la muerte. Había buscado en todos los libros, había consultado a cada maestro para comprender por qué seguía oyéndola cuando más miedo tenía. Sin embargo, sus respuestas no habían ido más allá del profundo trauma infantil, de un mecanismo de defensa contra el peor de sus miedos.

Todo el mundo buscaba consuelo cuando estaba cerca de la muerte.

Quizá ella no fuera real, pero era una parte de su alma. Era su diosa. Su guardiana contra la muerte.

«Puedo hacerlo —se dijo con gran esfuerzo—. Solo un poco más».

«Si sigues insistiendo, se te parará el corazón».

Se cayó hacia delante y se dio un golpe en la cabeza que hizo que el mundo brillase y luego se tornase oscuro.

Unos dedos ásperos lo despertaron. Le invadió un olor a pan caliente.

—Ven.

Susenyos se puso de pie tambaleándose y salió de aquel cuarto de tortura, como había hecho tantas veces antes. Al llegar al pasillo, inhaló con fuerza.

—Un día —le pidió Etete con voz cansada mientras lo ayudaba a sentarse en el suelo—. Lo único que te pido es no encontrarte tirado un día, aunque solo sea uno.

A pesar de que le dolían todos los músculos, Susenyos le regaló una pequeña sonrisa.

—Gracias.

Ella le acercó un vaso de agua a la boca para aliviar la sequedad de su garganta.

Cuando miraba a Etete, le costaba mucho creer que antaño hubiera pertenecido a ese veneno que era la Orden del Águila.

—¿Cómo están tus niños? —le preguntó.

Ella le dedicó una pequeña sonrisa.

—Bien alimentados.

Etete visitaba a los huérfanos acti que vivían en el internado sin vampiros varias veces por semana. Para ella, eran sus niños. Era una madre sin hijos. Cuidar de los demás formaba parte de su naturaleza.

La había conocido treinta años antes y había intentado cerrarle la puerta en las narices. La Casa Adane no necesitaba otro posible traidor, sobre todo perteneciente a la Orden del Águila. Sin embargo, ahora le dolía saber que sus células morían poco a poco, que sus movimientos se ralentizaban y el dolor de su muñeca empeoraba año tras año.

Susenyos no veía morir a las personas que le importaban. Se lo había dicho una vez y ella le había contestado: «Bueno, pues haré lo posible por ir a morir al pueblo».

Etete lo miró y una chispa de severidad asomó a sus ojos amables. Se puso recto, preparándose para una regañina. ¿Qué habría hecho ahora?

—¿Estás siendo amable con ella? —le preguntó.

Se relajó un poco.

—Está… distante —contestó.

—Hum… Al menos ya has dejado estar tus jueguecitos.

Susenyos resopló indignado. A Etete no le había hecho ninguna gracia que Susenyos encerrase a Kidan en la azotea ni que tiñera de rojo su habitación, aunque a él ambas cosas le habían parecido brillantes.

—Tampoco es que se fuese a hacer daño —masculló.

Etete observó el pasillo, donde había una bombilla que parpadeaba. Suspiró pesadamente.

—¿Y tu pueblo? Te has llevado el anillo de Biruk y el peine de Henok. ¿Los has visto?

Sonrió. Etete conocía cada tesoro de los nefrasis, así como a quién pertenecía, igual que él, y del mismo modo los limpiaba.

—Sí.

—¿Cómo te has sentido al volver a verlos?

Esta vez, Susenyos dibujó una sonrisa ancha, orgullosa.

—Mejor de lo que imaginaba. —El pasillo se transformó, revitalizado con el sabor de las reliquias y el poder—. Pero tal vez tenga que hacer algo —añadió, incapaz de sostenerle la profunda mirada—. Para recuperarlos a todos, tal vez tenga que dejar la Casa Adane atrás.

Etete se quedó pensativa unos instantes. Susenyos se preguntó si sabría a qué se refería.

La vida de Kidan podía darle todo lo que había perdido sesenta años antes.

Apenas hacía unos meses que la conocía. Los nefrasis, en cambio, llevaban doscientos años grabados en su alma. La lógica le decía que se la entregase a Arin en aquel preciso instante. Sin Kidan, ya no sufriría el hambre, ya no estaría jurado a un mortal. ¿O se condenaría tal vez? ¿Moriría junto a ella?

Todavía no había encontrado la forma de escapar de aquella unión.

Susenyos se metió la mano en el bolsillo trasero y sacó la carta sin nombre.

Creo que nací para morir. Nada de lo que hago parece tener sentido o, lo que es peor, hiere a quienes me rodean. Hasta los pensamientos que creo bondadosos terminan ansiando sangre. Hay algo en mi interior que no debería estar aquí, algo duro y con los bordes afilados que quiere salir. Quiere destruir el mundo, deshacerlo y rehacerlo, romperlo en mil pedazos solo para complacerme. Cuanto más lucho contra esta hambre, más pierdo. Se está adueñando de mi cuerpo, de mi mente y de mi corazón. No lo soporto más. Quiero paz y tranquilidad. Necesito terminar con ello yo misma antes de que gane. Por favor, dime cómo soportarlo.

Etete cogió la carta con amabilidad y la leyó. La tristeza asomaba a sus rasgos con cada palabra.

—Se siente perdida, pero tú también. Te presentaste ante Uxlay y te comprometiste a ser su compañero. No la abandones ahora.

La culpa lo consumía, pero se estaba quedando sin opciones. Arin no esperaría mucho más tiempo. Susenyos se frotó la cara con la mano.

—Tenía miedo de que la mataras la noche que la casa te quitó lo que te quedaba de inmortalidad. —Etete miró un agujero que había en la pared, que Susenyos había hecho lanzando enfurecido unas espadas Nefrasi—. Pero hiciste algo que jamás te había visto hacer.

Viste su dolor antes que el tuyo. Y, si tienes paciencia con ella, empezará a hacer lo mismo por ti.

Susenyos asintió con suavidad. Una sonrisa trataba de asomar a sus labios. Etete siempre era la voz de la razón, siempre era demasiado buena.

—Gracias —le dijo—. No solo por ahora, sino por todo... Gracias por ser mi amiga.

Etete guardó silencio unos segundos y luego se rio con suavidad. El movimiento hizo que sacudiera ligeramente la melena afro llena de canas.

—¿Amiga? Sí, creo que eres mi amigo. Supongo que debería darte las gracias por haber permitido que siga formando parte de este mundo.

Oía la admiración que entrañaba su voz. Por Uxlay y por los vampiros.

—¿Por qué no te conviertes en una de nosotros? Podría encontrarte un intercambio de vida. Hoy mismo, si quieres...

Negó con la cabeza y él se calló de golpe.

—Me asusta una vida sin fin. Ser humano es aceptar a la muerte como tu compañera. Me gusta bastante la muerte. Camino de la mano con ella. Y siempre me espera, es una sirviente leal. No querrías apartarme de ella, ¿verdad?

Susenyos no lo entendía. La muerte era el enemigo. Debías matarla con todo lo que estaba en tu mano, porque venía a condenarte, a ti y a todos a los que amabas, al olvido.

Sintió el ardor del hedor de la podredumbre; oyó los gritos de su prometida. Vio el cadáver de su madre llamando a las arañas, aun cuando lo sostenía entre sus brazos.

La muerte sería siempre el enemigo.

Etete exhaló un suave suspiro. Quizá la hubiera decepcionado. Se le erizó la piel, como le pasaba cuando debía presentarse ante su padre, pero ella no le regañó.

En lugar de eso, le pidió lo mismo de siempre:

—Háblame de la ciudad de Farah.

A él se le iluminaron los ojos.

—¿Sobre la guerra?

—No —repuso ella—. Sobre lo que ocurrió después. Cuéntame cómo cuidaste de tu gente después de que perdieran a sus seres queridos.

Esbozó una sonrisa triste. Aquella también era su historia preferida, no porque relatara su gran victoria, lograda con fuerza bruta y desenfrenada, sino porque lo que ella quería escuchar era el relato de un tiempo en el que Susenyos no necesitaba fuerzas exteriores para confiar en llegar a su pueblo y ganarse sus corazones.

40

KIDAN

DECONSTRUCCIÓN DE OBJETOS ERA LA ASIGNATURA PREFERIDA DE Kidan por una única razón: allí era perfectamente aceptable romper cosas en mil pedazos de formas gloriosas. Kidan podía pasarse horas aplastando un pedazo de metal con un martillo sin que nadie pensase que se había vuelto loca. Y los últimos días se había dedicado a liberar su ira sin piedad.

—Romper un objeto es un arte sutil —solía decir su profesora, una mujer tatuada de la Casa Luroz.

El truco estaba en evitar ejercer presión en el centro e ir destrozando desde los bordes, con cuidado. A Kidan le parecía muy difícil; a menudo destruía los objetos por completo. Pero había otras cosas que sí se le daban bien.

Como la joyería. Había fabricado un colgante para Yusef y un reloj de bolsillo para GK. Para Slen, había hecho un pequeño *masenqo*, un laúd con una única cuerda, después de aprender algunas cosas sobre los instrumentos etíopes en sus clases. Aquello había sido antes… antes de todo.

Para Susenyos también había hecho cosas. Cosas que jamás le daría. Una pequeña criatura furiosa. Anillos para las *twists* de su pelo. En ese momento, estaba trabajando en una máscara demasiado ancha que había reconstruido a partir de una mesa de madera rota. Había tallado unas rendijas en la superficie, al tiempo que contemplaba algo antiguo y más poderoso que ella. Aquello parecía ser lo más cerca que estaría nunca de la condenada reliquia de la máscara.

Le resultaba incomprensible que el Último Sabio hubiera elegido algo tan ordinario como unos objetos para subyugar a los vampiros a leyes tan poderosas. Sin embargo, otras veces miraba alguna pieza de metal bajo una cierta luz y se le ocurría que lo único que los humanos dejaban atrás eran sus objetos. Que estos llevaban consigo su historia, sus recuerdos y su voluntad.

El camino hasta la Torre de Filosofía no era largo, pero, con cada paso que daba, las nubes se oscurecían y se hinchaban sobre su cabeza con la promesa de una tormenta. Las protestas habían empeorado desde la reunión del Consejo de las Casas. Kidan tenía que cruzar el patio a toda prisa, de lo contrario, la rodeaban en masa, y si alguien la tocaba haría algo de lo que se arrepentiría. Le recordaba demasiado a los tiempos en los que aquellos periodistas estaban aparcados frente a su apartamento como buitres, deseosos de ponerle la etiqueta de monstruo.

Cuando llegó a la clase de Dominio de la Ley de la Casa, Slen ya estaba allí, acurrucada en su ancha chaqueta. Una parte de ella aún tenía la esperanza de que todo lo ocurrido pudiera borrarse como se limpia un cristal sucio, de que quizá, solo quizá, estar juntas en clase sirviera para reconducirlas hacia su anterior amistad. Slen le dirigió por un instante una mirada inexpresiva. Kidan respiró hondo, pero la otra chica enseguida se volvió de nuevo hacia la pizarra. Kidan se tragó el fuego que le trepaba por la garganta y eligió el asiento que más lejos estaba de ella. Casi junto a la pared.

Yusef llegó unos segundos más tarde, jadeando. Se pasó una mano por el pelo y se excusó:

—Lo siento, señor. He venido corriendo desde Drastfort.

El profesor estaba sentado tras su escritorio, como siempre, mirando la torre de enfrente por la ventana. Jamás había libros sobre su ancha mesa. El profesor hallaba todas sus citas y lecciones en su propia mente, un catálogo infinito de conocimiento.

Yusef fue hacia la mitad del aula y se detuvo. Miró a ambos extremos, reparó en la tensión en los hombros de Kidan y Slen y, con una expresión de abatimiento, se sentó en una silla que había entre las dos.

El profesor Andreyas se acarició la suave barbilla unos minutos antes de ponerse de pie. Su sombra se extendió sobre el suelo gris. Entre dos de sus largos dedos, sostenía un broche dorado.

Kidan se puso rígida. Slen, que había estado tamborileando rítmicamente con el bolígrafo contra el escritorio, se detuvo.

—Raramente me sorprendo —dijo el profesor—, pero tal vez debería dejar de subestimar a vuestro grupo. No creía que ninguno de vosotros fuese a lograr dominar su casa antes de que terminaran las clases.

Kidan puso unos ojos como platos y miró a Slen.

¿Lo había conseguido? ¿Ya?

Slen seguía con la vista al frente. No se dignaba a mirarla. Kidan apretó los puños. ¿Qué pensaba hacer ahora que...?

—Umil —dijo el profesor Andreyas—. Ven a por tu último broche.

Kidan abrió ligeramente la boca. No estaba segura de haberlo oído bien. Yusef se frotó la cabeza, avergonzado, se levantó de la silla y se dirigió al profesor. A juzgar por la rigidez en la postura de Slen, ella tampoco estaba enterada.

El trayecto hacia el broche dorado transformó a Yusef. Su espalda parecía más ancha. Se quitó la mano de la nuca y alzó la cabeza bien alta.

Se quitó el broche plateado de la Casa Umil y se puso el dorado en la manga.

—Gracias, señor.

Incluso su voz había perdido el buen humor que solía acompañarla. Por fin, se dio la vuelta para mirarlas. Sus rasgos le resultaron tan apuestos y familiares como siempre, pero estaban renovados.

«El poder puede ser silencioso, encantador. Una sonrisa».

El profesor dejó que se empaparan de aquel silencio opresivo. El corazón de Kidan latía despacio. En parte, se sentía orgullosa, pero la mayoría de sus pensamientos no hacían más que tratar de dar sentido a lo que acababa de ocurrir.

A cómo le afectaría a ella.

Porque ya no podía contar con el voto de Yusra Umil. Y Yusef estaría dividido entre elegirla a ella y su lealtad a Slen.

El profesor, tan dado como siempre a sacar verdades incómodas a la superficie, fue quien le dio voz a aquel asunto:

—Será interesante ver adónde va tu voto, Umil.

El rostro de Yusef se deformó en una mueca de aprensión. Kidan se quedó mirando una mancha de tinta que había en su mesa. Una vez más, su aversión por el profesor reflotó. GK le había dicho una vez que el profesor disfrutaba diseccionando actos de crueldad en nombre de la educación, y era cierto.

Pero, más que eso, Kidan sabía que la tía de Yusef habría honrado la tradición, pero ¿a favor de quién votaría Yusef, que había matado a GK porque Slen se lo había pedido?

Kidan tendría que haberlo visto venir. Por supuesto que le iba a resultar fácil heredar la cultura de Yusra y gobernar la casa. Kidan los había visto paseando en los jardines. Yusef, con el brazo entrelazado con el de la anciana, caminaba e iba señalando detalles de la arquitectura. Kidan los había observado con una sonrisa y una pizca de celos. Iban de paseo casi cada día, durante una hora. Y luego estaba su padre, que lo había perdonado y le había enseñado de nuevo a dibujar.

Todo aquello debía de haber ayudado.

A Slen se le habían dilatado un poco las pupilas, igual que el día que Yusef le había confesado que había escrito su nombre en el ejercicio sobre el poder. Que no fuera capaz de disimular su sorpresa era una hazaña en sí misma.

—Las Casas Qaros y Adane siguen sin ser dominadas. —La decepción del profesor se propagó por el aula y se le clavó en las costillas. Slen cerró los esbeltos dedos en un puño.

Era una sensación terrible, la de sentirse importante un segundo e insignificante al siguiente. Aunque Kidan se pasara la vida entera con la nariz enterrada en los libros, jamás alcanzaría todo el conocimiento que tenía el profesor. Entraba a sus clases hambrienta y salía de ellas famélica.

Yusef le dirigió una mirada de disculpa antes de volver a su asiento.

—¿Empezamos con la segunda norma sobre legislación? —propuso el profesor, deslizando una mano en el bolsillo del abrigo.

Kidan cogió un bolígrafo y se inclinó hacia delante.

El primer criterio había sido: «La ley de una casa solo puede magnificar, duplicar o destruir lo que ya existe dentro de sus límites establecidos».

—Segundo criterio, actis. Una ley siempre debe estar ligada a una circunstancia.

Kidan reflexionó sobre aquellas palabras. Enseguida entendió cómo se relacionaban con la ley de la Casa Adane.

«Si Susenyos Sagad pone en peligro la Casa Adane, la casa a su vez le quitará algo que para él tenga el mismo valor».

La circunstancia ligada a aquella ley era que la casa estuviera en peligro.

—Por ejemplo, no es posible crear una ley que establezca: «Nadie puede entrar en Uxlay». ¿Por qué no?

Esa vez respondió Kidan, concentrada en el rostro caoba del profesor.

—Porque el término «nadie» no refiere circunstancia alguna. Sin embargo, «Ninguna persona autorizada» o «Ningún alma sin invitación» crea la circunstancia específica en la que puede aplicarse la ley.

—Exacto. Una ley siempre debe estar conectada a un acontecimiento, acción u objeto. Necesita anclarse.

Kidan inclinó la cabeza, algo orgullosa de sí misma. La ley de la decana Faris, «En esta casa las tazas no se sueltan», le vino a la mente. En aquel caso, la circunstancia era la Casa Faris.

Si quería hacer humano a GK, la ley tendría que ser algo parecido a: «Siempre que GK ponga un pie en la Casa Adane, será humano».

Sintió un ramalazo de emoción. Le había llevado algo de tiempo, pero cada vez estaba más cerca.

—Por otra parte, vuestra tarea tiene un componente físico. Ya hemos hablado de los distintos tipos de poder que se pueden ejercer. —El brillo de los ojos del profesor parecía atenuar la luz del aula. Un único rayo de luz mortecina descansaba sobre su hombro—. Pero también debéis experimentar su opuesto, la total indefensión.

A Kidan no le gustaba nada cómo sonaba eso.

—Para enseñaros la importancia de promulgar una ley adecuada, cada uno de vosotros pasará medio día físicamente ligado a su compañero. Iréis dondequiera que él vaya. Obedeceréis cualquiera de sus órdenes. Esta es la tarea del Hilo Rojo.

Se hizo un completo silencio. Y luego todos empezaron a hacer preguntas y comentarios al mismo tiempo.

—¿Físicamente ligados? —preguntó Kidan—. O sea..., ¿atados?

—Con todos mis respetos, señor, eso es una locura —añadió Yusef.

—¿Cuánto mide el hilo? —preguntó Slen.

Kidan se volvió hacia ella:

—¿En serio? ¿Esa es la duda que tienes?

Slen no le contestó, lo que la irritó todavía más.

El profesor Andreyas los dejó terminar.

—El trabajo de vuestros dranaicos será poneros a prueba. Durante este tiempo, deberéis cumplir con cualquier ley que promulguen sobre vosotros. Este ejercicio lo propuso el Último Sabio en persona en *Principios de la Dranacti.* Lo utilizó para enseñar compasión a los humanos, para ayudarlos a entender lo restrictivos que son los vínculos sobre los vampiros y para recordarles que, si heredan una casa, jamás deben abusar de su poder.

«Qué gracioso», pensó Kidan. Porque lo único que se hacía en Uxlay era abusar del poder. El Último Sabio debía de querer destruir aquel lugar.

—Pero, señor..., ¿y si los vampiros abusan de su poder? ¿Y si nos ordenan que hagamos cosas horribles? —Kidan se estremeció.

—Entonces aún aprenderéis mejor la lección.

Se quedó boquiabierta.

—Los dranaicos no están aquí para serviros. Son vuestros compañeros, vuestras sombras. Pensad en qué clase de dueño de vuestra casa seréis durante este tiempo. ¿Seréis generosos o egoístas? ¿O destructivos? Debéis parecerles dignos de esa posición.

Yusef se apoyó en el respaldo de la silla. Lucía una sonrisa triunfal.

—Señor, yo no tengo que hacer esto, ¿verdad? Teniendo en cuenta que ya he dominado mi casa.

El profesor entrecerró los ojos.

—Pues sí. Aprobar esta clase es obligatorio, sea cual sea tu estatus.

Yusef encorvó los hombros. A pesar de sus esfuerzos, a Kidan se le escapó una sonrisa.

El profesor Andreyas abrió el cajón de su escritorio y sacó una cuerda roja con dos muñequeras. En medio había una pinza negra que permitía extenderla casi dos metros antes de contraerla de nuevo.

—El tiempo empezará cuando estéis atados. Seis horas. Si vosotros o vuestro dranaico rompéis la cuerda roja antes de que el tiempo establecido termine, suspenderéis. No hay libertad cuando se juega al juego de las leyes. Tenéis de plazo hasta la próxima clase.

Kidan tenía las palmas de las manos bañadas en sudor frío. Atada a Susenyos… durante la mitad de un día. Podía salir bien o mal. ¿Y qué había de Samson? Le entraron ganas de vomitar.

Slen se frotó los dedos pensando o bien en un cigarrillo, o en un violín.

El profesor Andreyas los miró a los tres.

—Escuchadme con atención, actis. —Su tono autoritario hizo temblar el aula—. No todos los actis deben heredar una casa. Cuando revele el tercer y último criterio, no podréis retiraros tan fácilmente. Reflexionad con espíritu crítico si esta vida es para vosotros. Incluso tú, Umil. Tal vez quieras cederle la casa a otra persona de tu familia.

Yusef acarició el broche dorado con el pulgar y guardó silencio. Si Dranacti ya había sido difícil, Dominio de la Ley de la Casa parecía diseñada para acabar con su determinación, una montaña que escondía desafíos cada vez mayores.

Pero ninguno de ellos hizo ademán de retirarse.

—Muy bien —dijo el profesor—. Recordad: obedeceréis sus instrucciones como si fueran una ley que os ha sido impuesta. Soportad su peso y sus restricciones y esforzaos por comprender que así es como los dranaicos se sienten todos los días. Solo pueden alimentarse de actis que se hayan graduado, su fuerza está dividida en dos y se les obliga a morir si transforman a otra alma.

Kidan miró a Yusef. Lo primero que tenía que hacer era asegurarse su voto. Desde el otro extremo del aula, Slen también lo observaba.

Ambas estaban pensando lo mismo.

Kidan debía darse prisa.

41

KIDAN

DESPUÉS DE QUE EL PROFESOR ANDREYAS LE DIERA LA CUERDA ROJA, Kidan fue en busca de Yusef. Estaba subido en la cornisa de los edificios de arenisca roja Sost Sur, concentrado en su libro de bocetos, en el que dibujaba con la mano izquierda. Llevaba puestos los auriculares. Kidan sabía que debía de estar escuchando alguna canción de Nina Simone.

Se subió en la cornisa de un salto y él dio un brinco, maldiciendo. Cuando se dio cuenta de que solo era ella, se quitó los auriculares y esbozó una sonrisa cómplice.

—Me estaba preguntando cuánto tardarías en venir a charlar conmigo.

Hacía muy buen tiempo; la luz del sol caía formando rayos visibles. Allí, la luz era casi mágica, y destacaba el verde de aquella hierba artificialmente uniforme. En la arenisca se reflejaban todos los tonos de rojo, del óxido al carmesí. Kidan recordó a GK y a Yusef en aquel mismo sitio cuando meditaban y se le encogió el corazón. Parecía que hubiera pasado una eternidad. Tal vez Yusef también iba allí para recordar a GK.

—¿A favor de quién vas a votar? —le preguntó mirándolo a los ojos.

—Vaya, ni un poco de conversación amable antes. Al menos intenta ganarme con tu encanto.

Habría sido fácil bromear, dejarse llevar por sus rutinas de siempre. Kidan deseó poder hacerlo. Sin embargo, cada vez que hallaba una pizca de felicidad, el mundo parecía dispuesto a aplastarla de un pisotón. No le había quedado más remedio que convertirse en algo que no quería ser, en una persona recelosa, siempre con la guardia alta.

—Estás muy guapo —le dijo con voz inexpresiva—. ¿A favor de quién vas a votar?

Él le dedicó una tímida sonrisa.

—Mejor. ¿Sabes qué? Para estar tan enfrentadas, Slen y tú tenéis una forma muy parecida de afrontar las cosas.

Kidan miró a su alrededor, buscando la chaqueta que tan bien conocía.

—¿Ha venido a hablar contigo?

Él asintió.

Vaya, qué rápida.

—¿Qué te ha dicho?

—Que estaba muy guapo y, además, que le recordaba a un joven Picasso.

—Yusef...

Se puso serio y bajó la voz.

—Quiere que vote a su favor.

Kidan intentó mantener una expresión neutral, pero clavó los dedos en la piedra.

—¿Y?

En la distancia, varios manifestantes se habían reunido en un banco para tomarse un descanso. Yusef miró hacia ellos.

—Comprendo por qué las dos queréis ganar. Y una de las dos lo hará. Pero ¿qué pasa con ellos? ¿Cómo los ayuda que ganéis alguna de las dos?

Kidan reconoció varios rostros del semestre anterior. La mayoría eran alumnos de Dranacti que no se habían graduado.

—¿Alguna vez has visitado la residencia universitaria por la noche? —preguntó Yusef, pillándola por sorpresa. Kidan negó con la cabeza—. Si suspendes Dranacti tres veces, ya no puedes alojarte en tu casa. Tienes que mudarte a la residencia o, como les gusta llamarla, «el pozo de los rechazados». Es jodido, ¿verdad? Que te aparten de tu familia porque no has entendido una filosofía demencial… Yo solía ir todos los días y bromeaba con que no tardaría en unirme a ellos, hasta que… me gradué. Ahora se me acercan y se creen que soy un héroe. Casi no duermen. La mayoría están borrachos o colocados y no hacen más que rogarme que les ayude. ¿Y qué hago yo? Les doy la misma respuesta de mierda que les dan todos los graduados. Que estudien mucho y busquen significados más profundos. Porque no podemos contarles la verdad, ¿no?

Kidan guardó silencio y reflexionó sobre sus palabras. Empezaba a verlo bajo una nueva luz, a percibir el peso que cargaba en la mirada. ¿Era dominar su casa lo que había puesto fin a su carácter despreocupado? ¿Cuándo había empezado a acusar el peso de las responsabilidades que venían con su posición?

—Uxlay separa familias, Kidan. Destruye relaciones. ¿Qué quiero, ahora que domino mi casa? Quiero asegurarme de que mis hijos no vengan nunca aquí. No puedo permitir que se conviertan en asesinos. Y no quiero que sean castigados por no serlo. No quiero que luchen por el poder de las casas. Quiero que sean libres.

Kidan parpadeó. Contempló la firmeza de su mandíbula. Aquellos ojos acerados.

Lo primero que pensó fue que GK estaría orgulloso de aquel Yusef. El repiqueteo de los huesos resonó de nuevo en su mente y le dio la sensación de que GK estaba cerca, observándolos a ambos. Tal vez Kidan lo hubiera decepcionado, pero al menos Yusef estaba haciendo lo que él quería. Se mantenía alejado del camino de la oscuridad.

—Eso no son más que sueños. —Las palabras vinieron de detrás de una gruesa columna, inexpresivas y frías como el hielo.

Kidan dio un respingo, sorprendida, pero la ira enseguida empezó a correrle por las venas. ¿Cuánto tiempo llevaba ahí Slen?

Los ojos de Yusef se apagaron, aunque sus labios parecían querer dibujar una sonrisa.

—Eso fue lo que me dijiste cuando te dije que dominaría mi casa antes que tú.

Una sombra de irritación asomó a los ojos oscuros de Slen.

—La única forma de ser libre de Uxlay es entregarle tu casa a la decana y marcharte. De lo contrario, no es más que un sueño.

—¿Crees que no me voy a marchar? —la desafió Yusef.

Ella apretó los labios en una fina línea. Incluso Kidan se sorprendió.

—¿Lo tirarías todo por la borda? ¿Después de todo lo que hemos hecho? —preguntó.

—GK lo hizo. —Yusef bajó la vista hacia su cuaderno.

Kidan echó un vistazo al boceto. Unos ojos cálidos y reflexivos y un jersey de cuello alto que cubría su barbilla. Slen también lo miró, y luego apretó los dientes.

—GK no tenía nada —replicó esta última—. No tenía familia ni legado que sacrificar. Para él era muy fácil apartarse de Uxlay.

Siempre que hablaba así de GK, a Kidan le hervía la sangre.

—Eso no es cierto —le espetó Yusef—. Para él, nosotros éramos su familia.

—¡Quería meternos en la cárcel!

—Quería liberarnos de la Dranacti —replicó Yusef—. Y nosotros...

Se interrumpió y se dio la vuelta.

En los ojos de Slen ya no había hielo, sino fuego.

—No hay nada que pueda liberarnos de la Dranacti. Debemos matar para alimentar a un vampiro. Es un hecho. —Se hizo un silencio que dejó patente toda la frustración que había en su voz—. ¿Quieres paz? —añadió mirando primero a Kidan y luego a Yusef—. ¿Quieres que acaben las protestas? Votad para que el decanato esté al alcance de todas las Casas Fronterizas. Quitádselo a las Casas Fundadoras.

—Casi te creo. —La voz de Kidan estaba llena de veneno—. Con eso de abogar por la paz. Lo único que quieres es que la Casa Qaros ascienda a la posición central. Igual que tu padre.

Slen parpadeó y extinguió las llamas de emoción que había dejado entrever sin querer. Se llevó la mano izquierda a la derecha y se acarició las cicatrices. Kidan se había arrepentido de sus palabras en cuanto las había pronunciado, pero no podía borrarlas. El semestre anterior, Slen había hablado de los abusos de su padre a regañadientes, en un raro momento de confianza, y compararla con él debía de haberla herido, igual que a Kidan le había dolido atisbar en sí misma la crueldad de Mama Anoet. Tal vez sus padres ya no estuvieran, pero su legado permanecía en su sangre, les gustara o no. A Kidan se le había secado la boca; le costaba tragar saliva. A veces tenía miedo de haber heredado ya una cultura, solo que la equivocada. La de Mama Anoet.

Para entonces, Slen debía de haber llegado ya a la misma conclusión sobre su padre.

Yusef se puso de pie y suspiró.

—Tengo una cita para ir a ver a mi padre. Por favor, no os matéis la una a la otra en mi ausencia.

Ambas lo miraron irse, seguido por una sombra de oscuridad. Yusef no podría escapar de lo que le esperaba como dueño de una casa. Tendría que elegir.

—¿Ya tienes tu respuesta? —preguntó Kidan con frialdad—. ¿Quién de nosotros tiene más poder? Por eso haces todo esto, ¿no? Para demostrarnos que no tenemos influencia sobre ti.

Kidan culpaba sus estudios a medias. Las clases del profesor Andreyas siempre les hacían arrancarse el alma, examinar sus partes más podridas y volvérsela a meter en el cuerpo. El único problema era que Slen había decidido que debía arrancarse a Yusef y a Kidan del corazón.

Slen se apoyó en la pared, sacó un cigarrillo, lo encendió y le dio una profunda calada.

—No. Va cambiando entre los tres.

Parecía atribulada. Como si estuviera frente a una traducción muy complicada.

—Pues para —le pidió Kidan, incapaz de contenerse—. Antes de que alguien resulte herido.

No había luz alguna en la expresión de Slen. Casi se había fundido con la sombra de la columna.

—Alguien ha de resultar herido. Es inevitable. ¿Sabías que, después de la muerte del Último Sabio, Demasus habría podido sembrar de nuevo la destrucción? Pero no solo decidió mantener la promesa de la Dranacti, sino que empezó a enseñarla, tal como quería el Último Sabio.

—¿Qué tiene que ver esto con todo lo demás?

—Piénsalo, Kidan. Fue la muerte del Último Sabio lo que influyó en la bondad de Demasus. Creo que será entonces cuando sepamos quién tiene más poder de los tres. Lo veremos en cómo reaccionemos a las muertes de los otros.

Kidan saboreó el humo en la lengua. La ceniza de sus batallas futuras.

—¿Te das cuenta de lo horrible que es eso?

Slen inclinó la cabeza.

—Ya ha pasado una vez.

Pequeñas ascuas llamearon en el espacio que las separaba.

Kidan frunció el ceño un instante para luego reírse con incredulidad.

—¿GK?

Slen asintió. Hablaba totalmente en serio.

—Su muerte provocó una reacción en cadena. Hizo que todos actuáramos de formas distintas a como habíamos actuado antes. Yo lo maté, y sin embargo quería revivirlo. —Frunció el ceño—. Conocía los riesgos. Sabía que podían expulsarnos por llevar a cabo una transformación en muerte y aun así... No me importó. Lo hice.

Kidan siempre había pensado que Slen no estaba tan obsesionada con GK como Yusef y ella, pero tal vez estuviera equivocada. Slen también guardaba a GK en el fondo de su mente; también trataba de entender por qué había ayudado a revivirlo.

Kidan negó con la cabeza.

—Cambiar de opinión no es una debilidad, Slen. Lo salvaste.

—Pero no era a él a quien quería salvar. —Su voz había cambiado. Se había tornado más lenta y reflexiva—. Lo que me convenció fue tu visión de nuestra amistad. Cuando me pusiste el cuchillo en el cuello, en la cripta, por un instante, quise ser tu amiga.

A Kidan se le cerró la garganta. Slen dio un paso hacia la luz; su chaqueta negra parecía fuera de lugar en aquel clima. Kidan no lograba dar con las palabras adecuadas; mil pensamientos y emociones cruzaban por su mente a toda velocidad.

—¿Y ahora? —preguntó, temerosa de la respuesta.

—Ahora veo que ser tu amiga me costará más de lo que pensaba.

No había nada que pudiera responder a aquello. Era sincero, aunque cruel. Estaban siendo castigadas por lo que le habían hecho a GK. Sufrían en el infierno por culpa de sus egoístas decisiones.

Cuando Slen se retiró al camino del pasillo exterior, Kidan se acurrucó contra la cornisa y cerró los ojos. Sus emociones amenazaban con disolverla, pero dio un paso hacia la Casa Adane. Allí, al menos podría encontrar un poquito de paz.

«La muerte te acecha, Kidan. No vayas a casa».

Se quedó paralizada.

La orden reverberaba con fuerza, con un repiqueteo que resonaba en su cráneo. Miró hacia los lados, convencida de que vería los dulces ojos marrones de GK, pero solo vio a una pareja por el camino.

Sacudió la cabeza y siguió andando.

«No vayas a casa».

Se puso rígida.

No se lo estaba imaginando. Era real. GK estaba dentro de su mente. Giró sobre la acera y estuvo a punto de caerse de tanto que buscaba el sonido entre los árboles que se mecían y las nubes oscuras.

«No vayas a casa, Kidan».

—¿Por qué? —gritó—. ¿Cómo lo haces?

Kidan miró hacia el noreste, más allá del cementerio de Ahnd, hacia el monasterio de los Mot Zebeyas, que descansaba en lo alto de una escalinata de mil escalones. Sintió la necesidad de seguir el camino que la llevaría hasta allí. Quizá allí oyera la voz de GK con más claridad. Sin embargo, lo único que sentiría en aquel lugar sería culpa por ver todo lo que había robado de la vida de su amigo.

Sacudió la cabeza de nuevo y subió al porche delantero. La llave le temblaba en la mano.

«¡No entres!».

Kidan irrumpió en la casa, manchando el pasillo de barro. El dolor se detuvo. La sensaciones de su cuerpo, que la reconcomían y la torturaban, se evaporaron. Inhaló con fuerza, dando gracias a la casa. Había llegado a su refugio. Su cuerpo se había convertido en una armadura.

La culpa se le estaba yendo de las manos. ¿De verdad había pensado que era GK quien la advertía? Porque en la Casa Adane no había amenaza alguna. Aseracti le había labrado un lugar lleno de alivio. Si Kidan se salía con la suya, no escaparía nunca de allí, de aquella ausencia de ruido, de dudas y de dolor.

Unas voces en la cocina interrumpieron sus pensamientos.

Susenyos debía de estar en casa.

GK trató, con voz débil, de llegar hasta ella una vez más.

«No estás a salvo».

Pero Aseracti acalló su voz en cuanto ella se lo pidió.

42

KIDAN

DE LA COCINA EMANABAN EL OLOR DEL PAN CALIENTE Y UNAS RISAS familiares. Etete estaba limpiando la encimera y Susenyos comía un pomelo ante su copia abierta de *Los amantes locos*. Ambos se callaron de golpe al verla entrar, lo que dejaba claro que su tema de conversación era la misma Kidan.

Tal vez, si no hubiera encerrado a sus emociones, habría sentido celos de la confianza que había entre ellos. Pero no sintió absolutamente nada.

Kidan y Susenyos no habían vuelto a hablar desde que ella le había dado su sangre en sus aposentos, pero era bueno que estuviera allí.

—He oído que vas a declarar tu intención de casarte con alguien de la Orden de la Pantera. —Susenyos ladeó la cabeza. Su rostro estaba medio oculto entre las sombras.

—Así votarán a mi favor. —Kidan oteó la cocina, fijándose en todo lo que había en ella. Cuánta paz tenía sin sus visiones. Cuánta claridad.

—La Casa Piran asesinó a tus padres. —Había cierta tensión en su voz, pero a ella no le afectaba. ¿Cómo le iba a afectar? Estaba hecha de puro acero.

—No importa —contestó—. Adjoa me apoya. Trabajaremos bien juntas.

A él se le ensombreció el rostro.

—Uno no «trabaja» con personas que han herido a alguien que amas. Lo que se hace con ellos es matarlos. Maldita sea, has tratado de matarme a mí un centenar de veces porque pensabas que me había llevado a June. ¿Y ahora vas a colaborar con alguien que asesinó a tus padres?

Había alzado la voz. Etete los miró, nerviosa.

Pero Kidan no estaba preocupada.

—Colaboraré con cualquiera si así puedo afianzar mi posición —le replicó Kidan. No sentía nervios. No le martilleaba el corazón.

Susenyos frunció el ceño en una expresión parecida a la sorpresa. Luego se volvió hacia Etete, como si no se pudiera creer lo que estaba escuchando, y después la miró de nuevo a ella.

—¿Cuándo vuelves a reunirte con Adjoa Piran? Te acompañaré.

—Me temo que no le caes muy bien. —Kidan se sacó la cuerda roja enrollada del bolsillo—. El profesor Andreyas dice que tengo que pasar medio día con mi compañero. Y aceptar cualquier orden que me imponga.

Susenyos echó un vistazo a la cuerda. Se le prendió una chispa en la mirada.

—¿Obedecer cualquier orden que te imponga? ¿Es la tarea del Hilo Rojo?

Le dio la sensación de que estaba intentando sacarla de quicio, pero respondió de forma inexpresiva.

—Sí. Durante medio día.

Él cogió la cuerda y la acarició antes de metérsela en el bolsillo.

—No en esta casa.

A Kidan le daba igual dónde fuera. Solo era una tarea.

Al cabo de un momento, él levanto la vista y le dedicó una mirada interrogante.

—¿Por qué no siento tu fuego? —preguntó—. No es así como se supone que funciona la armadura de la casa. ¿Cómo has separado nuestras psiques?

Etete le dirigió una mirada penetrante, como si la estuviera apremiando a contarle lo de Aseracti. Como si supiera que todo aquello tenía algo que ver con ese libro. Pero Kidan no hizo caso a ninguno de los dos y entró en el salón. La chimenea estaba encendida. Debía de haber sido cosa de Susenyos. Kidan se sentó frente al fuego, aunque era incapaz de percibir su calor. Acercó los dedos, primero un poco y luego cada vez más, para poner a prueba los límites de la armadura.

Hasta que metió la mano en el fuego.

Y siguió sin sentir nada.

Sonrió.

La ley Adane apareció en los ladrillos de encima de la chimenea, dorada y brillante. Kidan repasó mentalmente las preguntas sobre su cultura y se aseguró de que sus respuestas fueran todas distintas a las de su madre, con la ayuda de los Excavadores y de todo lo que había descubierto.

Idioma en el que sueña: Inglés

Fe en el Último Sabio o en Demasus Colmillos de León: Demasus

Ideas políticas: El poder debe residir en el individuo

Valores: La venganza

Había borrado todas las trazas de la influencia de su madre de aquella casa. Había quebrado cualquier conexión. Había cortado los lazos con sus ancestros de forma definitiva, como si fuesen un miembro gangrenado.

Había llegado la hora.

Kidan tocó la ley con la punta de un dedo y recordó las palabras del profesor sobre la Absorción: la ley de la casa quedaría escrita en las palmas de sus manos. Las letras empezaron a arrastrarse por sus dedos hasta llegar al centro de su palma. Le dio un vuelco el corazón al leer la ley escrita en su piel.

«Si Susenyos Sagad pone en peligro la Casa Adane, la casa a su vez le quitará algo que para él tenga el mismo valor».

Una vez la ley se convertía en una parte de ella, podía cambiarla. Podría por fin traer a GK a casa y hacerlo humano, castigar a June y obligar a Susenyos a confesarle la verdad sobre las reliquias.

Le temblaba la mano. Un dolor agudo emanaba de las letras. Levantó la vista hacia el retrato que había sobre la chimenea y contempló la mirada desafiante y decidida de su madre. Se le hizo un nudo en la garganta, pero se lo tragó. Se mantuvo firme.

Cortaría lazos con ella y se adueñaría de esa casa.

El final de la ley seguía pegado a la pared de ladrillos, negándose a transferirse a su piel. No se diferenciaba mucho de una cuerda, solo que unía dos almas, dos versiones de Kidan, y ella tiraba de ella y recitaba las respuestas una y otra vez.

«Inglés. Demasus. El poder debe residir en los individuos. Venganza».

«No soy mi madre. No soy su hija. No soy mi madre. No soy su hija».

La ley escapó como una goma elástica y volvió a pegarse en la pared.

—No —susurró, inclinándose hacia la chimenea. Algo horrible se estaba quemando. Olía a goma quemada.

Pero le daba igual. Estaba buscando el último hilo que la conectaba a su madre. Todavía debían de tener algo en común, algo que debía buscar y destruir. Si no lo hacía, la casa no se doblegaría a su voluntad.

Una mano la apartó de las llamas. Susenyos tenía las pupilas dilatadas y la miraba conmocionado.

—¡Dios, tu pelo!

Palmoteó rápidamente las puntas de sus trenzas con la fuerza suficiente para que ella volviera a la alfombra.

Eso era lo que se estaba quemando.

Susenyos la enderezó y esperó a que hablase, mirándola con firmeza. Esperó a que se explicara, tal vez. Y, al ver que Kidan no mediaba palabra, cogió el libro que había dejado sobre la alfombra.

Era su copia de *Aseracti*.

Kidan miró a Etete, que había acudido corriendo desde la cocina y los observaba con los ojos muy abiertos.

—¿Se lo has dicho?

—Lo siento. —La mujer parecía realmente arrepentida—. Pero desde que trajiste ese libro a casa no eres tú misma.

Kidan recordó la sensación física que provocaba la traición en el estómago. El nudo, las náuseas. Pero no hubo nudos. No hubo náuseas.

Se volvió hacia el fuego. Estaba segura de que, si metía en él las manos, podría romper lo que fuera que quedase de su madre.

Mama Anoet había ardido en las llamas, maldiciendo a Kidan, mandándola a todos los infiernos. Quizá también tenía que arrojar allí a Mahlet. Miró de nuevo al retrato. No parecía muy pesado.

Sí. Lo quemaría.

—Etete —dijo Susenyos con voz contenida—. Danos un momento.

Etete se fue en silencio, a toda prisa.

—¿Qué narices es esto, Kidan?

—*Aseracti*. Es un libro sobre...

—Ya sé lo que es. ¿Qué coño haces leyéndolo?

Kidan frunció el ceño; no le gustaba su tono cortante. Respondió de todos modos:

—Me está ayudando a dominar la casa.

Entre otras cosas.

—Sal fuera conmigo. ¡Ahora mismo!

Kidan se puso de pie, pero no para ir con él. Se limitó a alargar los brazos para bajar el retrato, para borrar con fuego los ojos de su madre, que la juzgaban, pero Susenyos la agarró de la muñeca y la arrastró hacia la puerta del jardín. Cruzó todos los pasillos y la sacó al exterior, donde el sol caía sobre la hierba demasiado alta y el sauce llorón.

El dolor estalló en su mente en cuanto cruzó el umbral de la puerta. Su alma y su carne se unieron de inmediato, y un temblor se adueñó de todo su cuerpo. Corrió hacia la puerta blanca, pero Susenyos le impidió el paso.

—¿Tienes idea de quién escribió esto? —preguntó el vampiro en voz baja y letal.

—¡Quita de en medio!

Ya se le había hecho un nudo en el estómago. Su carne se tornaba blanda; su corazón, vulnerable. Kidan era inmortal dentro de la Casa Adane y demasiado humana fuera de ella. La repulsión que parpadeaba en los ojos de Susenyos la dejó paralizada. En un arrebato de fuerza y de furia, Susenyos partió el libro de setecientas páginas en dos.

—¿Qué narices te pasa? —gritó ella, contemplando las páginas rotas.

Él casi no podía hablar.

—Esta filosofía está prohibida en Uxlay. ¿De dónde lo has sacado?

Kidan estaba demasiado furiosa para responder. Bien, la ira era reconfortante. Mantenía a raya las espinas que se le clavaban en el corazón.

Le ardió el rostro al contemplar el libro destrozado.

—Lo encontré en la biblioteca.

Solo consiguió que los iris de Susenyos se tornaran rojos.

—No pensé que fueras tan estúpida —le espetó. Se acercó a ella como un león, haciendo que se adentrara más entre la hierba—. Este libro se escribió como una antítesis a la Dranacti. Para destruir todos los vínculos entre actis y dranaicos y, en lugar de eso, esclavizar a tu compañero como dueño de la casa. Para matar a tu propia familia y usar sus huesos. La Resurción. —Hizo una pausa. Había atado cabos—. Aquí es donde leíste sobre ella. No tienes ni idea de quién lo escribió, ¿verdad? Son las palabras de Lusidio, Kidan. ¡Has estado leyendo lo que escribió Lusidio!

Se le secó la garganta. No estaba segura de haberlo oído bien.

—¿Qu... qué?

—¿Cómo te has dejado manipular tan fácilmente? —continuó, furioso—. Los actis que siguen las órdenes de Lusidio utilizan Aseracti para dominar sus casas.

No comprendía cómo los escritos de Lusidio habían llegado a sus manos, pero, sobre todo, no soportaba que Susenyos la estuviese reprendiendo así.

—Si sabías que Aseracti podía ayudarte a dominar la casa, ¿por qué no la usaste? —gritó—. ¡Llevas años intentándolo!

Él exhaló con incredulidad.

—Porque prefiero morir que alcanzar el poder con sus métodos. Prefiero ver cómo mi alma se parte en mil pedazos que perderme. No puedo convertirme en lo mismo que aspiro a destruir.

Sus palabras fueron como si un latigazo le mordiera la piel, empapado en el veneno de sus pensamientos, esos que se preguntaban quién era realmente malvado. Unos pensamientos que había enterrado. Había hecho bien en esconderle aquello a Susenyos. Él siempre lograba desarmarla.

—¿En qué se diferencia Aseracti de *Los amantes locos*? —Alzó la barbilla en un gesto desafiante—. *Los amantes locos* también enseña locura y oscuridad. Pero tú lo lees cada día.

Él la observó con algo parecido a la decepción. A ella se le heló la sangre.

—Si no ves la diferencia, estás perdida de verdad.

Kidan apretó los dientes. Tenía ganas de arrancarle aquella expresión sombría de la cara. Susenyos cogió su libro preferido, con el pomelo que sangraba en la portada, y se lo puso a ella en las manos rígidas. Pasó las páginas hasta detenerse en una en concreto. Las anotaciones, garabatos escritos en los márgenes, estaban en amárico, pero solo había una palabra rodeada en la página con tinta roja y brillante.

A Kidan le costó leerla. Intentó unir las letras y los sonidos en su mente.

—*Teyik* —dijo él en voz baja.

—¿Pedir? —Había reconocido la palabra.

Él le clavó la mirada.

—Esa es la diferencia. Aseracti no te permite pedir, te ordena. Te coacciona. —Algo cambió en su voz al pronunciar aquella palabra—. Pedir es la diferencia entre la guerra y el amor. Entre la sumisión y la lealtad. Entre el abismo y la oscuridad. Es el único puente que importa, la única línea que no podemos cruzar. Nuestra ley, nuestro juramento.

A Kidan le temblaban las manos. El jardín se desdibujaba ante la intensidad del rostro de él. Una nueva emoción asomó a sus ojos, a su aliento contenido: el miedo. Como si cualquier respuesta que ella pudiera darle tuviera todo el peso del mundo y le importase más que las almas que lo poblaban.

Kidan bajó la mirada hacia los pedazos rotos del libro. No importaba que lo hubiese destruido, porque ella recordaba cada palabra.

Y todavía las necesitaba para tener el control.

—Creo que deberías irte.

Él exhaló, anonadado.

—¿Qué?

Lo miró a los ojos sin vacilar.

—Quiero que te vayas.

Él soltó una desagradable carcajada que pareció arrancarse de la garganta y se inclinó ante ella con desdén.

—Como ordenes.

Y, en cuanto se marchó, furioso, Kidan corrió al interior de la casa. Hizo una mueca cuando esta le arrancó las emociones.

«Respira—se dijo—. Solo utilizarás Aseracti hasta que hayas dominado la casa».

El viento abrió y cerró la puerta del jardín y una figura apareció en la distancia abriéndose paso entre las hojas de un árbol. Notó una presión en el pecho. Susenyos se quedaría a su lado, como había jurado hacer.

Pero aquella sombra tenía unos andares distintos. Eran menos elegantes y demasiado rectos, y en un brazo vio el destello del metal.

Kidan dio un paso atrás hacia la seguridad de la casa y buscó su más fría fuerza. Su pelea con Susenyos se desvaneció de su mente y el corazón se le cubrió de hierro.

Dos ojos amenazantes se detuvieron sobre ella. Estaba hecho un desastre, como si hubiese escapado de su tumba apartando la tierra con sus propias manos, y había un brillo demencial en sus ojos.

Samson había salido de la cárcel y estaba allí.

—Heredera, dime que tienes la máscara antes de que te arranque la yugular.

43

KIDAN

«KIDAN». GK GRITABA MUY CERCA DE SU MENTE. «MÁRCHATE. ¡Ahora!».

Pero no tenía dónde ir. Kidan se internó todavía más en la seguridad de la casa.

Las malsanas palabras de *Aseracti* la abrazaron con la rigidez de una estatua y la ayudaron a pensar con claridad.

—¿Cómo has salido? —preguntó sin pestañear.

Samson cruzó la entrada con andares rígidos. Las garras de su mano izquierda ya se abrían paso por sus dedos. Kidan dedujo vagamente que sus intenciones eran violentas, pero que si decía las palabras correctas sobreviviría a su ira.

Era imposible razonar con él. Las palabras surgieron entre sus mandíbulas prietas.

—La máscara.

—Todavía no la tengo.

Samson casi se abalanzó sobre ella, pero Kidan añadió:

—Aunque te puedo ofrecer otra cosa.

Las pupilas de él destellaron.

—Lo único que quiero es la máscara y a Susenyos postrado ante mí. Dime cómo hacerle daño.

Usando la uña negra de una de sus letales garras, levantó la barbilla de Kidan para obligarla a mirarle a esos ojos sin vida. Carecían de la más mínima luz. Algo trágico debía de haberle sucedido para destruir su alma de ese modo.

—Si no me respondes, hoy mismo te traeré la cabeza del chico devoto.

La voz de GK había desaparecido de nuevo y, sin su orientación, Kidan se sintió sumida en la nada más profunda.

El frufrú de un vestido al rozar los tobillos se dejó oír a su espalda. El olor del pan recién horneado le hizo pensar en manos envejecidas y palabras amables.

Etete estaba en el pasillo.

—Suéltala.

Etete habló en tono firme, aunque respiraba entrecortadamente. Estaba asustada, pero quería proteger a Kidan. Mama Anoet había muerto, al igual que Mahlet, y ahora solo tenía a esa mujer que cocinaba para ella y le daba consejos que Kidan desoía.

¿Qué era una madre sino eso?

«No. —GK regresó rompiendo el bloqueo de la casa, *Aseracti,* esta vez a voz en grito—. No hagas eso».

Este debía de ser el último vínculo con su madre que tenía que cortar.

Kidan se entregó al muro que llevaba dentro, lo levantó todavía más, fortificó su corazón.

Le dio la espalda a Etete.

—Etete —le dijo Kidan a Samson con una voz que no era la suya, clavando la mirada en la mismísima oscuridad—. A Susenyos le importa Etete.

Samson ladeó la cabeza y estudió a Etete por encima del hombro de Kidan. Torció los labios.

—¿Esperas que me crea que eso le haría daño?

—Lleva años aquí. Pregúntaselo a ella.

Kidan oyó un grito contenido a su espalda, pero no se volvió a mirar. No podía.

—Si me mientes, heredera, no dudaré en matarte.

Despegó la garra de la barbilla de Kidan y se acercó a Etete.

Todavía se abría un exiguo camino ante ella que la habría llevado al jardín, a la luz. Kidan tuvo la sensación de que iba encogiendo según Samson desaparecía de su campo de visión. No apartó la vista de la hierba cuando el grito de Etete salió disparado como una flecha hacia su espalda.

No llegó a atravesarla, pero siguió resonando en sus oídos un buen rato.

Kidan tocó la pared y notó la inmensidad del poder que le aguardaba en esos muros. No tenía que quemar el retrato de su madre. Este era el sacrificio que se le exigía.

Aunque una parte de sí misma se retorcía horrorizada, Kidan se entregó al camino de la ausencia de apego.

Esperaron a Susenyos en el salón, escuchando el crepitar del fuego. Llegó una hora más tarde, entrando con rápidas zancadas y gritando el nombre de Kidan.

—Tenemos que hablar. No puedo dejar que uses Aser…

Se quedó helado cuando dobló la esquina. Kidan advirtió cómo se le dilataban las pupilas en el momento en el que vio a Samson en el sofá. Un destello de alarma asomó a su rostro. Y en ese instante Susenyos fue el vulnerable, el humano, mientras que Kidan se había convertido en el mismísimo núcleo de la Tierra. Era indestructible.

Con cuánta frecuencia sus papeles se intercambiaban.

Etete, lesionada por el golpe en la cabeza, se arrodillaba en la alfombra entre los dos.

Los ojos de Susenyos saltaron a Kidan como buscando algo, aunque ella no supo qué era. Él tuvo la entereza de recuperarse a toda prisa y adoptar un tono despreocupado.

—La aplicación de la ley es un tanto laxa en Uxlay. —Susenyos posó la mirada en Samson—. ¿Cómo has escapado?

Samson se limitó a levantarse y, acercándose a Etete, la agarró del brazo para arrastrarla sin contemplaciones. Susenyos siguió los movimientos con la mirada, todavía junto a la pared del pasillo.

Las manos manchadas de harina de Etete aferraron la camisa de Samson con un gruñido alarmado.

—Suéltame.

Los ojos de Samson solamente se iluminaron cuando se posaron en los de Susenyos, como rocas oceánicas iluminadas por la luna.

—¿Qué significa esta mujer para ti?

—Es la cocinera. Siento debilidad por los buenos guisos. —Susenyos se cruzó de brazos y se recostó contra la pared—. ¿Por? ¿Acaso tienes hambre?

Samson debió de aferrarla con más fuerza, porque Etete gritó, frágil en sus zarpas. Kidan lo veía todo como si estuviera muy lejos de allí, igual que una espectadora que analiza una jugada de ajedrez.

Los dedos de Susenyos se tensaron, pero lo único que hizo fue sacar *Los amantes locos* y un boli. El corazón de Kidan no se aceleró. No latía en absoluto. Una pequeña porción de su mente le dijo que se levantara, que ayudara a Etete, pero su cuerpo permaneció inmóvil. A salvo.

—Hemos tenido ocasión de charlar mientras tú no estabas. Ruth. De la Orden del Águila —declaró Samson—. Cocinera de la Casa Adane durante décadas. Qué delicia. Yos, aquí presente, debía de estar encantado contigo para dejar que te quedaras todo este tiempo.

La mirada de Etete saltó a Kidan, desorbitada y asustada, pero también desconsolada. No había sentimiento de traición en sus ojos, sino tristeza. Por ella. Kidan buscó una explicación entre sus recuerdos de *Aseracti*. ¿Por qué, en una situación de muerte inminente, podía Etete lamentarlo por ella?

Mil palabras y citas desfilaron por su mente, demasiadas, pero ninguna capaz de resolver el enigma.

Samson obligó a Etete a ponerse de rodillas. Ella chilló y se enredó con su largo vestido estampado. Las manos de Samson, una de metal, la otra de carne, se apoyaron en su cabeza gris.

Un tambor lento y apagado latía al ritmo de la guerra en esa casa asfixiada por el pánico. No era la emoción de Kidan. Era Susenyos, que rozaba la armadura de acero de Kidan, buscando la manera de traspasarla. Estaba asustado.

—Le romperé el cuello como tú me lo rompiste a mí.

Palabras empapadas de violencia.

A pesar de todo, el corazón de Kidan latía a un ritmo normal. Estaba evocando un recuerdo: el día que Etete le enseñó a preparar *injera*. Le dijo que la comida era un lenguaje que debía aprender para sentirse más cerca de casa.

Susenyos seguía marcando algo en su libro.

—Las amenazas no funcionan conmigo, *wendem*.

Etete chilló cuando Samson le aferró la cara por ambos lados y le dobló el cuello para que solo pudiera mirar a Susenyos.

—Has estado conspirando con Arin, ¿verdad? No me ha visitado ni una vez en Drastfort. ¿Qué mentiras envenenadas le has contado?

La ira que destilaban las palabras de Samson debilitaron la habitación y a Kidan con ella. Otro recuerdo ascendió a la superficie. Tras una pelea con Susenyos, Kidan le había gritado a Etete que hiciera algo.

Que la ayudara a librarse de él. En vez de eso, Etete se le había acercado despacio y la había abrazado con suavidad. Kidan se había quedado rígida como un poste. Era la primera vez en dos años que alguien la tocaba con cariño.

Su armadura se resquebrajó una pizca.

El cuello de Etete empezó a girar como si fuera un tornillo. Una vez que llegó a su límite natural, Samson siguió aplicando presión. Etete chilló y los ojos se le salieron de las órbitas.

«Para eso. —Kidan oyó el susurro en un rincón de su mente—. Dile que pare. Enfréntate a él».

Pero no podía mover las extremidades.

¿Cómo lo había hecho para encerrarse en su propio cuerpo?

«Muévete. Muévete».

Pero Aseracti consideraba que así estaba más segura y se negaba a dejarle hacer nada que la pusiera en peligro.

Los ojos de Samson brillaban incandescentes.

—Reconoce que te importa esta mujer.

Susenyos se apoyó el libro en el muslo como un lector que está harto de que le interrumpan.

—Importa muy poco lo que yo diga. La matarás porque crees que significa algo para mí.

Los ojos de Kidan iban y venían entre los dos.

«Sálvala. Sálvala. Sálvala».

La instrucción le palpitaba en los huesos.

Samson esbozó una sonrisa nauseabunda.

—Nos conocemos demasiado bien.

Etete alargó una mano hacia Susenyos. Una pequeña grieta se abrió en la pared, una luz azul que estalló en un millón de pedazos, apenas una minúscula ventana en el dolor desgarrador que lo engullía.

Kidan pestañeó y la imagen desapareció.

—Recuerda, su dolor antes que el tuyo.

La voz de Etete era frágil, como si anunciase el final de algo, pero sus labios se curvaron. Cerró los ojos.

Susenyos hizo amago de hablar, parecía que hubiera cambiado de idea.

El cuello de Etete cayó a un lado en una postura antinatural.

La grieta hizo astillas las paredes de la estancia. El cuerpo de la mujer se tambaleó y cayó de lado.

Kidan se puso de pie. No gritó, pero una fisura en lo más profundo de su alma se agrandó.

Susenyos miraba fijamente la escena, sin parpadear, todavía con la boca entreabierta con el gesto de querer hablar.

Una sonrisa amenazadora serpenteó por el rostro de Samson.

—¿Lo notas ahora? ¿Sientes el dolor que te prometí? Me da igual que exhibas esa expresión aburrida. Conozco tu alma, *wendem*, y está gritando.

Pero nada gritaba en el interior de Kidan.

La muerte, en particular la muerte de las personas que amaba, debería haberla abrasado como si fuera la propia.

Samson agarró a Kidan del brazo y la sacó del salón. Susenyos, como en trance, no despegó los ojos del cuerpo exangüe de Etete.

Después de arrastrar a Kidan al exterior, Samson cerró la puerta.

—¿Qué estás haciendo? —preguntó ella sin reconocer su propia voz.

—Susenyos no abandonará esa habitación. —Samson la miró con atención—. Cuando llegue June, dile que venga a mi dormitorio.

Se frotó el brazo metálico con un gesto de dolor y subió a la planta superior como una exhalación.

Una vez más, las palabras no le provocaron horror. Nada de odio.

Kidan trastabilló y se enfrentó al espejo de la cocina. Observó sus facciones. Su semblante mostraba un horrible vacío, el fuego de sus ojos apagado, el marrón de su rostro desvaído, el gesto de sus labios abatido.

Trató de sonreír, de fruncir el ceño, pero no pudo. Abrió la boca para gritar, pero ningún sonido salió de ella.

De todas las cosas en las que podía convertirse, no era posible que acabara así. Viva, pero no muy distinta a un cadáver. Se había equivocado de camino. Pues claro que sí. Sin su pulsera, sin la pequeña pastilla azul, no había un final divino. Nada que la rescatara de su fragilidad ni de la depravación de su corazón, las dos cosas que le impedían conciliar el sueño. Infinitas posibilidades se desplegaban ante ella, y Kidan era una cobarde que huía de cada versión de sí misma. Tal vez fuera una persona egoísta y complicada que las quería todas, o quizá ansiara cosas que nunca tendría: a su hermana, a sus amigos, y eso le doliese más que un cuchillo en los pulmones, porque era demasiado abrumador para soportarlo; era desmedido.

Salvo que ahora no tenía nada en absoluto. Para esto, daría igual que se le hubiera parado el corazón.

«Lo hiciste —le dijo una horrible voz interior—. Al final te has suicidado».

Al fin y al cabo, había más de un modo de morir.

Kidan se encaminó a la cocina y abrió el último cajón, donde guardaban las llaves de repuesto. Tenía que ver el cuerpo de Etete, entender lo que había pasado para poder sentir algo.

La llave de latón abrió la puerta de la sala. En el interior, los troncos crepitaban y las ascuas ardían con suavidad. Allí no había nadie. Durante un momento se sintió ligeramente aliviada.

Había sido una visión, una manifestación de la casa.

Kidan caminó por la estancia hasta que pisó algo pegajoso.

La sangre empapaba la alfombra, justo donde Samson le había roto el cuello a Etete. Allí al lado, la puerta de la sala de los tesoros estaba ligeramente entreabierta y el tapiz del león colgaba torcido.

Un escalofrío le ascendió por la espalda. No sabía que había una salida a través del gabinete. Pero el rastro de las gotas de sangre se dirigía hacia allí y desaparecía detrás de una estantería corredera.

Susenyos debía de haber sacado a Etete por allí.

Kidan cerró los ojos y otro jirón rasgó su armadura. Se estaba desmoronando y solo tenía dos opciones: sujetar las riendas de la casa con más fuerza o aflojar el nudo y afrontar las consecuencias.

Sintiéndose ingrávida, Kidan recorrió la fila de estanterías hasta llegar al retrato de la diosa, el que Susenyos había encargado. La Sabia aparecía enmascarada, las espadas prendidas a la espalda y un anillo en el dedo corazón.

La figura emanaba poder y Kidan no pudo evitar preguntarse cómo lo hacía. ¿Cómo había adquirido un poder que no fuera corrosivo para el alma? ¿Dónde estaba el equilibrio?

Una especie de tarareo surgió del retrato, como una mujer que cantara. Kidan frunció el ceño mientras trataba de averiguar de dónde procedía. El lienzo estaba rasgado, pero la penetrante mirada de la Sabia no había perdido su garra.

Oyó unos pasos cuidadosos que reverberaron intensos en la cámara metálica. Flores silvestres, el aroma de su hermana. Como si se hubiera pasado la vida en un prado. Kidan inhaló profundamente y se alejó de la casa para viajar a una época en la que sabía quién era.

Una hermana mayor.

Una protectora.

Oyó el frufrú de su falda cuando June se paró a su lado y alzó la vista hacia la imponente figura.

Aseracti susurró dentro de Kidan como el siseo de una serpiente.

«Mátala. Es lo último que te queda por matar».

Lecciones del Último Sabio

Sobre el origen de la Dranacti

¿Cómo sabes que eres bueno?, preguntó Demasus Colmillos de León.

Cuando la pérdida de un alma te provoca un dolor tan intenso como la pérdida de otras diez, respondió el Último Sabio.

No puedes ser bueno y ser el compañero de un vampiro. Debes matar para compartir mi oscuridad.

Yo he matado, dijo el Último Sabio. He asesinado a mi propio hermano. No para compartir tu oscuridad, sino para conocer el dolor que debo sanar. El amor es el principal enemigo. Es lo que muda en destrucción.

Entonces estamos de acuerdo. Al final, arrebatar una vida siempre es necesario.

* Conversación en las cuevas situadas bajo las montañas Semain. No aparece en ningún texto ni documento.

44

KIDAN

JUNE TENÍA LAS MEJILLAS SONROSADAS POR EL VIENTO DEL EXTERIOR y la luz bailaba en sus ojos castaños. Una delicada cinta roja impedía que las trenzas rizadas se le derramaran sobre la cara. A veces Kidan se preguntaba cómo era posible que, habiendo compartido el útero materno, hubieran salido tan distintas. Quizá de haber sido gemelas idénticas su manera de ser habría coincidido también. June no tenía ni idea de lo que acababa de suceder. No sabía que seguramente Kidan acababa de pisar la sangre de Etete.

—¿Qué le ha pasado?

June tocó con el dedo la raja del lienzo.

—Entré aquí con un hacha —dijo Kidan—. Te estaba buscando.

Un destello de sorpresa asomó a las suaves facciones de June. Su rostro se recompuso rápidamente para recuperar el aire hermoso y evasivo de siempre.

El silencio volvió a instalarse entre las dos. El profesor Andreyas había dicho una vez que el silencio era muerte, y Kidan ahora entendía por qué. Era la manera más rápida de matar algo: la amistad, la sororidad, cualquier clase de amor. Su relación se había marchitado entre palabras no pronunciadas a lo largo de semanas y ahora ahí estaban, casi dos desconocidas.

—Todo esto por una máscara —dijo Kidan en tono apagado—. ¿Tú crees que merece la pena?

Era difícil saber qué tenía June en la cabeza viéndola de perfil. Hablaba en su tono de siempre, inocente, igual que en los vídeos.

—¿No es por eso por lo que quieres dominar la casa?

—La máscara no podría importarme menos —dijo Kidan—. Yo quiero salvar a GK.

June torció el gesto.

—¿Salvarlo de Samson?

Eso era solamente una parte.

—Yo le convertí en vampiro —confesó Kidan sin emoción—. Quiero volver a transformarlo en humano. Como Mot Zebeya, detesta...

—No sabía que conocías a un Mot Zebeya. —June se volvió a mirarla de golpe. Eso, por encima de cualquier otra cosa, había captado su atención.

—Porque no sabes nada de mi vida —replicó Kidan en tono cortante.

—Supongo que no. —June volvió a girar la cara hacia el retrato—. Pero la máscara debería importarte.

—¿Por qué?

En un tono de voz grave, remoto, June respondió:

—Rompe las reliquias y romperás los Tres Vínculos.

Kidan torció la cabeza.

—Eso ya lo sé. Pero ¿a ti qué más te da? ¿Por qué quieres liberar a los vampiros?

June escudriñó el rostro de su hermana.

—No te lo ha dicho.

Kidan notó un cosquilleo en el cuero cabelludo.

—¿Quién?

—Tu compañero. —June pronunció la palabra con aire incómodo y sin despegar la vista de la pintura—. Samson y Susenyos no llevan todos estos años buscando las reliquias solamente para romper los vínculos. Las buscan porque están relacionadas con un mito más importante, que aparece en *Ye Abyssi Tarik*.

Ese libro otra vez.

Kidan le había preguntado por él a Adjoa Piran, pero le respondió con evasivas. Y desde luego no quería proporcionarle a June el placer de confesar su ignorancia, pero el asunto le había despertado la curiosidad. Al cabo de unos instantes, la impaciencia de Kidan ganó la partida.

—¿Cuál es el mito?

Los ojos color miel de June se perdieron en el infinito.

—La persona que destruya las reliquias romperá los Tres Vínculos. Pero, por encima de todo, obtendrá el poder de un Sabio. Quieren ese poder.

Kidan retrocedió una pizca. Sospechaba que había algo más, pero eso… Volvió la mirada hacia el retrato. Tuvo la sensación de que los ojos entornados se burlaban de ella por no haberlo adivinado en todo ese tiempo. No tenían que encontrar las reliquias, sino ¿destruirlas?

El ansia de poder de Susenyos tampoco la sorprendía. Pues claro que quería ser invencible, pero ella siempre había pensado que los Sabios eran seres divinos e inalcanzables. Así que ¿cualquiera podía convertirse en Sabio? ¿También Kidan?

—Si tengo que heredar la casa para conseguir la máscara, lo haré. —La voz de June irrumpió en su conciencia a través del zumbido de sus oídos, distante y demasiado chillona—. A menos que tú me lo impidas.

En ese momento Kidan reparó en el cuchillo que asomaba de la manga larga de su hermana.

El bloqueo de la casa se resquebrajó, una brecha inesperada que derramó frío en sus entrañas y la dejó helada.

—¿Has venido a matarme?

La pregunta planeó entre las dos, dos antiguas montañas en el día del juicio final.

June susurró la palabra mirando al suelo.

—Sí.

Fue una patada brutal en todo el pecho de Kidan, rápida e inesperada, que le arrancó el sonido equivocado: una carcajada.

Fue una carcajada grave y vacilante proferida con cada fibra de su ser excepto los ojos.

Porque todo lo estaba provocando su hermana.

Volvía a escoger el poder por encima de la familia, por encima de la sangre. Y ahora Kidan tenía que hacer lo mismo.

Las pupilas de June se dilataban con cada sonido, apartaba la mirada y volvía a enfocarla.

Su hermana se estremeció, pero levantó el mentón al cabo de unos segundos con una determinación nueva y aterradora en la mirada. Era una expresión que reflejaba el comentario de Mama Anoet: «Hay mal en ti, Kidan».

June avanzó un paso.

Un paso que nunca debió dar.

La grieta en las emociones de Kidan se convirtió en un abismo.

Se abalanzó sobre su hermana. June chilló cuando se derribaron la una a la otra y el cuchillo cayó tras ellas. Llevaban mucho tiempo al borde del precipicio y ahora, cuando ya se habían despeñado, se precipitaban en picado a la oscuridad. Las piezas de cerámica llovían desde los estantes y se rompían en violentos fragmentos contra el suelo.

Tras varias semanas reprimiendo sus emociones, Kidan estaba condenada a estallar al más mínimo chispazo. Tenía mucho sentido que lo hubiera provocado June.

La casa había tratado de advertirla. De prepararla. Meses atrás, June la había asesinado en infinidad de habitaciones —vertiendo palabras venenosas en los pasillos, ofreciéndole la píldora azul en el observatorio— y Kidan se había negado a aceptarlo.

Su hermana era buena. Siempre fue lo único bueno de este mundo. Hasta que la traicionó.

Kidan la dominó con facilidad y se sentó a horcajadas sobre el cuerpo de June gruñendo como una bestia salvaje.

¿En qué puto momento todo se había torcido entre ellas?

June luchaba por alcanzar algo en el suelo, un destello plateado: el cuchillo.

El hielo se propagó por la sangre de Kidan. Esto no era una visión. Nadie vendría a rescatarla. Aquí no había ningún bien, solo mal.

«Acaba con todo mal».

Kidan aferró las muñecas de June y se las estampó contra el suelo. Oyó su gemido.

El cuchillo resbaló de los dedos de June. Sus trenzas rizadas se abrían en abanico en torno a ella.

—¿Quieres matarme? —gritó Kidan, toda fuego, privada de entendimiento—. ¡Después de todo lo que he hecho por ti!

Los mismos ojos fríos e insensibles le devolvieron la mirada. Kidan le rompería esa máscara. A ese ser incognoscible. Kidan vio el cuchillo, lo imaginó en sus manos.

—Acaba con todo mal —susurró June.

Kidan se quedó helada.

—¿Qué has dicho?

June no respondió. Kidan cogió impulso para atizarle un puñetazo aplicando toda la fuerza de la casa. Su hermana se encogió, la mejilla vuelta a un lado, los ojos cerrados. La imagen liberó un recuerdo y la chica que Kidan tenía debajo desapareció para convertirse en otra más joven, con los ojos como platos de puro terror y unas extremidades delgadas que se agitaban a ciegas. Kidan siempre la retenía así hasta que la arrancaba de la pesadilla, hasta que June regresaba del lugar en el que se estuviera ahogando. A veces tardaba un ratito, a veces más, pero Kidan siempre esperaba.

Su hermana debía de estar atrapada otra vez, perdida en una pesadilla. Lejos del mundo real.

«Podría volver».

Una voz procedente de su pasado habló.

«Siempre vuelve».

—No —susurró June abriendo los ojos despacio al ver que el puño de Kidan vacilaba—. Hazlo.

A Kidan le temblaba todo el brazo. Se le saltaron las lágrimas. Y, cuando Kidan lloraba, June nunca la dejaba sola; sus pupilas se nublaban también.

—Hazlo, Kidan. —La voz de June temblaba mientras la miraba con el rostro desencajado—. O te mataré.

La sangre goteó por la barbilla de Kidan de la fuerza con la que se mordía el labio inferior. Abrió el puño.

Y cogió el cuchillo.

Los ojos de June se iluminaron y un destello de alivio asomó a su mirada. Incluso hizo amago de sonreír. Fue la primera señal de que la hermana que Kidan conocía estaba regresando.

Kidan sostuvo el cuchillo entre las dos.

Sus ojos oscuros, de nuevo rebosantes de un fuego monstruoso, se reflejaron en el frío acero. Si Kidan hacía eso, destruiría una parte de sí misma. Mancharía la casa con un acto espantoso y tendría que vivir con ello. Al otro lado de sus trenzas atisbó el retrato de la Sabia. Con los ojos ocultos detrás de la máscara, su actitud regia y autoritaria lo decía todo.

«Hazlo», parecía decirle.

Pero ¿a qué precio?

La pulsera de June le resbaló hasta el codo, un dije centelleante y una mariposa. «Las mariposas nos recuerdan que estamos en constante transformación». Y Kidan tenía que transformarse de nuevo, romper el capullo y emerger.

El fuego de Kidan mudó en agua. Lanzó un suspiro entrecortado.

—No puedo... No contra ti.

Cogiendo la mano derecha de June, Kidan le plantó la empuñadura en los dedos y guio la hoja hacia su propio corazón. June se sobresaltó e intentó apartar la mano, pero Kidan se lo impidió.

Y en ese momento la casa le prestó su verdadera y desenfrenada fuerza. Una fuerza que no fue arrancada ni controlada, sino donada. Notó cómo se le endurecían los dedos, sintió que su cuerpo se tornaba irrompible.

—Es inútil. —Kidan emitió un sonido breve. Pero esta vez se le antojó cálido—. Hagas lo que hagas, por muy profundamente que me hieras, yo no puedo hacerte daño. No permitiré que me conviertas en un monstruo.

Cuanto más hablaba, más la envolvía la casa en acero.

—¿Que quieres la máscara, esta casa? Quédatelas. Mátame y cógelas, June.

Los ojos de June iban y venían del cuchillo al rostro de Kidan. La emoción se arremolinaba en el rostro de su hermana, un huracán de sentimientos, antes de que ganara la ira. June se abalanzó hacia delante y sostuvo el cuchillo a dos centímetros de su pecho. Ella permaneció de rodillas, sin luchar, eligiendo en qué concentrarse en esos últimos momentos.

Las lágrimas de June seguían fluyendo, su voz se empapó de angustia.

—Defiéndete.

—Lo estoy haciendo —susurró Kidan cerrando los ojos—. Me estoy defendiendo, más de lo que te puedes imaginar.

En ese momento, Kidan odió la Dranacti con un sentimiento renovado. Había enraizado en el interior de su hermana convirtiendo el odio que albergaba, fuera cual fuese, en una oscuridad indescriptible.

Su madre quiso cambiar eso. Creó a los Excavadores para que ninguna hermana matara a otra, para que ningún hermano muriera. Quería salvar almas. Romper ese ciclo de dolor.

«Lo entiendo —pensó Kidan vagamente—. Ahora lo comprendo».

El cuchillo hendió la carne, violento, sin hacer ruido, y la sangre salpicó como siempre. Evitó el pecho adrede y encontró la palma de su mano, un dolor lacerante que le atravesó la piel.

June correteó hacia atrás y sus ojos se expandieron hasta convertirse en estanques inmensos.

—No pasa nada. —Kidan apretó los dientes a través del dolor—. June...

Su hermana salió corriendo, serpenteando entre las estanterías, con la falda azotándole los tobillos. Kidan se levantó para seguirla, maldiciendo. Para cuando llegó a la sala, no había rastro de su hermana.

Cerró los ojos y apretó el puño contra el escozor de la palma de la mano. Trastabilló por el pasillo hacia el armario de las escobas. No supo lo que estaba haciendo hasta que se arrodilló y apartó un cubo para dejar al descubierto el símbolo: un delicado círculo trazado con su propia sangre. Buscó a tientas un trapo y detergente y empezó a frotarlo. Al principio se emborronó. Luego, con la siguiente pasada, desapareció. También se frotó el cuello. El punto del deseo y la alegría.

Una luz pura, sin filtros, se derramó sobre ella y le caldeó la piel. El entumecimiento desapareció por fin. Las lágrimas brotaron de sus ojos mientras respiraba pesadamente.

Saliendo a trompicones del armario de las escobas, Kidan se acercó a la gastada alfombra del pasillo y la apartó para ver el cuadrado ensangrentado. También lo borró. Las luces parpadearon y la alfombra se convirtió en agua, un miedo espeluznante, un miedo hermoso que la hacía sentir viva.

Se arrastró al observatorio entre lágrimas y apartó el jarrón del rincón. Se desplomó de rodillas contra el mármol e, inspirando hondo, limpió el pentágono al tiempo que se entregaba al dolor.

Pero no estaba sola.

Un penacho de humo negro la esperaba y, en el interior, el dolor de Susenyos. Seguía en la casa mucho después de que él se hubiera marchado. Los tambores de guerra estallaron, más y más potentes, proclamando la presencia de algo desgarrador. Era la casa, que se hacía eco de la verdad. Hasta qué punto a Susenyos se le había partido el corazón.

El dolor de Susenyos se propagó por toda la casa con un sonido incesante, fantasmal, el tarareo de un canto fúnebre. Kidan se acurrucó allí mismo y una lágrima solitaria descendió por su mejilla.

Treinta años. Hacía treinta años que Susenyos conocía a Etete. Siempre era ella la que le rescataba de sus sesiones en el observatorio, y Kidan lloró. No se contuvo ni reprimió la pena. Kidan gritó su dolor, lo dejó latir por cada centímetro de la casa, magnificado hasta el punto de no retorno. Todas las bombillas de la casa se apagaron, las cortinas se cerraron una a una y el cristal abovedado tembló, amenazando con romperse.

Aquello debía de ser el Osculión, el proceso de sentir todas y cada una de las emociones y de dejar que inundasen el cuerpo. Lo contrario del Bloqueo de la Casa, según la madre de Kidan había escrito en su diario. Por un instante apareció el fantasma de su madre, más vívido que nunca, apacible. Tuvo la sensación de que la ayudaba a ponerse de pie y la guiaba por el pasillo al exterior.

Kidan avanzó trastabillando mientras se secaba la nariz.

Tenía que ver a Susenyos. Disculparse. Como en trance, salió de la casa sin notar el suelo que pisaba. Varias personas se la quedaron mirando mientras cruzaba el campus y susurraron algo sobre su mano, pero Kidan solamente tenía un objetivo en mente.

Los vampiros sisearon cuando entró en los pasillos dorados de los Edificios Sost Sur, más allá de los espeluznantes pinchos. Dobló un recodo y luego otro.

Kidan llamó a la puerta de los aposentos de Susenyos y fue Taj quien abrió con expresión apenada.

—No es buen momento.

—Por favor. —Se le quebró la voz.

Los ojos castaños de Taj la miraron de arriba abajo y se apartó a un lado.

Vio a Susenyos sentado en su cama con la cabeza gacha. Iniko, con la cólera grabada en el rostro, estaba de pie junto a la ventana.

—Lo siento —dijo Kidan casi sin voz—. Lo siento muchísimo. Todo es culpa mía. Yo se lo dije. Yo le dije que le hiciera daño a Etete.

Susenyos levantó una pizca la cabeza con la pena grabada en las facciones. Sus ojos se desplazaron a la mano de Kidan. El corte de June todavía sangraba, pero la herida no era nada comparada con sus remordimientos. La mandíbula de Susenyos se endureció cuando la miró a la cara. El corazón de Kidan se rompió un poco más. Susenyos se acercó para plantarse ante ella con cada uno de sus rasgos cincelado en un ángulo despiadado. Un antiguo pánico afloró a la superficie de ella y le secó la garganta.

Había llegado. El momento en que prescindiría de ella por completo. Eso era lo que más temía y ahí estaba. Kidan escudriñó sus ojos con desesperación, pero no encontró en ellos la menor traza de perdón.

Susenyos rebuscó por el estante que había al lado de Kidan y echó mano de una larga cuerda roja.

No, no era una cuerda. Era la cinta para la tarea del Hilo Rojo.

El rostro de Susenyos era una pared de piedra, totalmente indescifrable. Aferró la muñeca de Kidan y le ató la muñequera. A continuación se rodeó su propia muñeca con el otro extremo para quedar unido a ella. Kidan tenía la garganta tan agarrotada como si se hubiera tragado agujas.

—¿Yos? —probó.

—No.

Venganza, eso fue lo único que oyó Kidan en el silencio que siguió a la palabra.

VOTACIÓN DE LAS CASAS DE UXLAY

CASA DELARUS
81 DRANAICOS

TRAS SUS DELIBERACIONES, LA CASA DELARUS HA DECIDIDO QUE LAS CASAS FRONTERIZAS DEBEN PODER OPTAR AL DECANATO. APOYAN LA MOCIÓN DE QUE LA CASA ADENE PIERDA DE INMEDIATO SU POSICIÓN CENTRAL.

Declarado en el tribunal de los Mot Zebeyas el jueves 14.

45

KIDAN

SUSENYOS SALIÓ CON KIDAN POR LA DORADA PUERTA, UBICADA AL noroeste de Uxlay. Daba a unos árboles grandes y frondosos que parecían decididos a tragarse todo el campus.

Kidan habría querido que dijera algo, que le diera alguna pista de lo que tenía pensado hacer, pero él se limitaba a avanzar con determinación entre las hojas. Ella hizo una mueca de dolor cuando las ramas le tiraron del jersey y una ramilla le arañó la mejilla.

Tragó saliva para suavizarse la garganta y preguntó con una vocecilla aniñada:

—¿Adónde vamos?

Silencio.

Cuando intentó reducir el paso, la cuerda que los unía se tensó. Susenyos tiró de su extremo y la hizo trastabillar. Kidan notó dentro el aleteo del miedo.

En el interior de Uxlay, Susenyos se comportaba con prudencia, siempre respetando las leyes y las regulaciones. Pero ahí fuera, a solas, era pura intensidad, como un dragón fuera de su jaula.

—Perdona por habérselo dicho —repitió Kidan intentando que se volviera a mirarla. La cúpula de los árboles atrapó las palabras y se las tragó—. Fue un error, Yos. Y ahora Etete ha muerto, y yo...

Él se detuvo.

El corazón le latía en los oídos, atronador como los cascos de un caballo. Estaban en un pequeño claro en torno al cual se erguían unas cuantas casas. Una se había desplomado como si un monstruo la hubiera derribado desde los cimientos.

Susenyos caminó hacia ella y el acero de sus ojos la hizo retroceder.

—Quiero que te quedes quieta —le ordenó.

Kidan no percibió el menor rastro de la ironía habitual.

—Yos…

—No hables.

Ella estuvo a punto de encogerse de miedo ante la brusquedad de su tono, ante el gesto rotundo de sus cejas.

—Aquello a lo que se llama compromiso no existe. No hay equilibrio alguno cuando uno está destinado a ser el cordero y el otro el león —le dijo, mirándola fijamente, pero, en lugar de la calidez que sus ojos solían transmitirle, Kidan tuvo la sensación de que Susenyos le traspasaba el rostro y el corazón para asomarse a su infamia oculta.

Estaba citando *Aseracti.* El rostro de Kidan se desencajó, surcos de pena y de rabia entrelazados.

—El único poder verdadero que poseen los actis es su casa. Entre sus paredes no son el cordero, sino un dragón. Y un dragón no entrega su sangre sin poner un precio. Existe una jerarquía más antigua que el tiempo mismo: el humano sirve al vampiro y el vampiro sirve al dueño.

—¿Qué estás…?

—Cualquier desviación de este principio resulta en una catástrofe. La verdadera prueba a la que se somete un dueño es a cuántas leyes sea capaz de promulgar. Cuán fácil le resulte obligar a los vampiros a arrodillarse. Cómo domine su voluntad a todas las voluntades.

—Yos, por favor…

—¿Eres el dueño o el vampiro? —Ahora hablaba en un tono más alto, con más vehemencia—. Si eres el humano, ya estás muerto.

Una piedra, fría y pesada, se hundió en las entrañas de Kidan. En aquel momento entendió hasta qué punto eran peligrosos los libros. Con qué facilidad podían unir dos almas a través de la poesía y las confesiones de amor malsano que tanto la atraían, como le había pasado con *Los amantes locos.* Pero también tenían la capacidad de escribirse a sí mismos, con tiento, insidiosos, para romper sus relaciones y destruir las cosas buenas, como había hecho *Aseracti.* Tanto en un caso como en el otro, no supo cuánto la habían cambiado hasta que fue demasiado tarde. Hasta que cerró la última página.

Pero Kidan no sabía ser de otra manera. Tenía que consumirlo todo, la corrupción y el bien, para abrirse un hueco en este mundo que ya la excluyó una vez.

—Tú quisiste que viviera —le dijo a Susenyos, sosteniéndole la mirada—. Me pediste que viviera.

Y eso era lo que estaba sucediendo.

Esta era ella, viva.

Tal vez su camino estuviera plagado de errores, pero, por Dios, se estaba esforzando al máximo.

Susenyos frunció el entrecejo cuando ella hundió los dedos en el bolsillo de sus pantalones y extrajo un papel arrugado. Le temblaba la mano, todavía unida a él por la banda roja. No pudo levantar la barbilla para mirarle.

Ni para decirle lo que era.

Kidan le tendió su carta como si fuera una reliquia del pasado, un objeto mágico que pudiera tender un puente de palabras entre los dos, un camino sanador y bondadoso.

Él no tocó el papel. De hecho, retrocedió como si pudiera debilitarle. Pero las palabras asomaban a través de la hoja como una piel transparente. Susenyos debía de saber lo que eran.

Kidan rogó para sus adentros que él dijera algo.

En vez de eso, Susenyos miró a otro lado.

—Por fin.

Ella giró la cabeza para averiguar a quién iban dirigidas las palabras.

La mujer más hermosa que Kidan había visto jamás acababa de aparecer. Sentada en lo alto del refugio de piedra, exhibía su piel tersa y oscura como obsidiana, las largas piernas rematadas por las botas entrecruzadas a la altura de los tobillos.

Arin Tawendyo.

A Kidan se le anudó la garganta al observar la casa en ruinas de la derecha. Arin era el único vampiro al que había visto agrietar hormigón macizo con un simple golpe de puño.

La vampira le dirigió a Kidan una sonrisa de medio lado; había crueldad en sus ojos. Arin echó mano de una petaca de un color negro casi ónice y bebió. Sus facciones oscuras se tornaron irisadas y las puntas de su cabello se tiñeron de un escarlata intenso.

El miedo se apoderó lentamente de Kidan, que preguntó:

—¿Por qué me has traído aquí?

Susenyos le lanzó una mirada sombría antes de volverse hacia Arin para decirle en tono autoritario:

—Esta es la última prueba. Dime dónde está el escondite de los nefrasis.

¿Prueba?

El pánico de Kidan se disparó de inmediato.

Susenyos no pensaría ofrecerla como una especie de sacrificio, ¿verdad? Kidan tiró de la cuerda que los conectaba, pero, si él lo notó, no le ofreció respuesta alguna. Ninguna pista de que la situación era segura.

Kidan echó un vistazo al claro. Estaban los tres solos. Si tenía que volver corriendo a Uxlay, no sabría ni qué rumbo tomar. Habían llegado allí por el este, a través de esas ramas rotas, estaba segura…

Algo feroz aferró la mandíbula de Kidan, desviando su atención del asunto de la huida. Lanzó un grito ahogado, incapaz de comprender cómo Arin se había desplazado con tanta rapidez. Su velocidad no tenía parangón. Era tan rápida como el profesor Andreyas, puede que más.

La vampira llevaba un piercing en la nariz de plata falsa que casi arrancaba destellos a sus felinos ojos de color negro dorado. Dolía mirarlos directamente.

—Tu «compañera». —Arin pronunció la palabra como si fuera algo pútrido—. ¿A cuántos de sus ancestros has servido?

—A demasiados.

Kidan emitió un sonido, pero no pudo moverse ni un milímetro.

—Muéstrame tu fuerza, pues. —Arin inclinó la cabeza como un ser que careciera de huesos, sin despegar la mano de la mandíbula de Kidan—. Recuérdame por qué te escogí.

Kidan oyó el sonido de un arma al ser desenfundada. Con su visión periférica atisbó a Susenyos, que se plantó a su espalda, rabioso como una tormenta en ciernes.

Sus hojas de dragón, las que había usado para protegerla durante el Día de Cossia, le pincharon la espalda. Le lagrimearon los ojos.

La punta de una de las espadas se arrastró a lo largo de su columna vertebral, provocándole una contracción en las entrañas. El miedo de Kidan creció y se desbordó hasta convertirse en lo único que podía salvarla: ira.

No quería morir mirando a una extraña. Si Susenyos iba a matarla, lo menos que podía hacer era dar la cara.

—Cobarde —dijo a través de la mano de Arin, pero sonó como «caballo».

Arin sonrió sin aflojar la presión.

—¿Qué has dicho?

Susenyos respondió proyectando el aliento contra su nuca.

—Cobarde.

La hoja de Susenyos se proyectó hacia delante, arañando en la carne de Kidan un corte fino y doloroso antes de encontrar otro cuerpo que ensartar, el de Arin.

Un ruido espantoso reverberó en sus oídos, metal perforando carne.

La vampira se quedó paralizada. Su mano soltó a Kidan.

El brazo de Susenyos serpenteó por la barriga de Kidan para atraerla contra su cuerpo antes de clavar la hoja más profundamente y retorcerla.

Arin gruñó abriendo unos ojos como platos. Tocó el filo serrado de la hoja, sorprendida.

Kidan jadeó, todavía pegada al cuerpo de Susenyos, intentando respirar a través del ardor que le provocaba la herida de la cadera.

Ni la más mínima traza de dolor asomó al rostro escultural de Arin. En vez de eso, tensó la mandíbula. La ira incendió sus ojos mientras daba un paso atrás.

La hoja se desprendió arrastrando consigo trozos de carne y la sangre brotó a borbotones monstruosos. Kidan se encogió cuando el terror la inundó.

Su piel humana no tenía la menor oportunidad en una batalla como esa.

—Ya sabes que con eso no basta.

La voz de Arin sonaba entrecortada, pero sus ojos ardían con un fuego casi empalagoso.

Susenyos no estaba asustado.

—Lo sé.

Una vampira vestida con un chaleco de brocado y una flor al cuello de color rojo sangre salió de entre los árboles: Iniko. A la izquierda, Taj columpiaba su espada curvada. Su cinta dorada revoloteaba al viento y la camisa negra le marcaba la esbelta musculatura.

El alivio aflojó las rodillas de Kidan.

Arin los miró a los dos y se rio.

—¿Otra vez?

Taj esbozó una sonrisilla.

—A la quinta va la vencida, ¿no?

El pulso de Kidan se aceleró.

¿La quinta?

Susenyos protegió a Kidan con su cuerpo y extrajo la segunda arma del interior del abrigo.

—Esta vez no fallaremos —dijo, y, si bien Kidan no le veía la cara, estaba segura de que prometía peligro.

El gesto en los labios pintados de Arin se suavizó.

—Muy bien, pues vamos allá. Luchad.

A Kidan le temblaron las rodillas. Arin emanaba algo impredecible, un aire de amenaza que se acentuaba por el hecho de que siempre parecía más divertida que asustada.

Iniko fue la primera en hablar mientras se acercaba.

—La primera vez aprendimos que no te podíamos atacar directamente.

Taj se aproximó por el otro lado.

—La segunda vez..., bueno, descubrimos lo mismo. —Sonrió y agitó las rastas—. Pero la tercera vez te asestamos dos disparos fatales, aunque solo porque te habías trincado varios litros de un vino milenario.

Los ojos color carbón de Arin evaluaron el círculo.

—¿Y ese es vuestro mejor plan? ¿Pillarme borracha?

Taj agachó la mirada.

—No, por desgracia no hay muchas botellas como esa. Esta vez hemos optado por algo más melodramático.

Arin avanzó hacia él con intenciones asesinas y Taj levantó las manos con los ojos achinados por el miedo.

—¿No me vas a dejar terminar?

Aún lo estaba insultando cuando Arin trastabilló. Kidan abrió unos ojos como platos al ver cómo Arin hacía rechinar los dientes e intentaba caminar en línea recta.

Susenyos se limpió la sangre de Arin de las solapas del abrigo. Kidan se percató en ese momento: la punta de su arma estaba casi negra, untada con sangre que parecía... ceniza.

Ceniza de cuerno de impala.

La mirada de Kidan se iluminó.

—La cuarta vez me enseñaste que un buen luchador lamenta cada golpe que no descarga, muere cada vez que yerra los cálculos y memoriza cada derrota hasta que encuentra la victoria en sus errores.

—¿Me has envenenado?

La sorpresa de Arin era sincera.

Los ojos ardientes de Susenyos se volvieron hacia Kidan y ella contuvo el aliento.

—Yo siempre había pensado que el veneno era un arma de cobardes. Una manera de matar muy humana. Pero he descubierto que bien empleado puede ser muy destructivo.

Kidan recordó el día que él le había dirigido esas palabras. Estuvo a un pelo de matarla hasta que ella le hizo conseguirle un intercambio de vida que nunca necesitó.

Un gruñido feroz brotó de la garganta de Arin.

—Con veneno o sin él, no puedes derrotarme.

—No me estás escuchando —le dijo Susenyos, que se agachó para coger un puñado de tierra y hojas—. He aprendido de mis derrotas. No tengo intención de luchar contigo, Arin. Tengo intención de enterrarte.

Taj e Iniko también se habían agachado, cada uno en su propia ubicación, y enterraron las manos a su vez en el manto de hojas. Susenyos tiró de algo, una cuerda o una cadena, al mismo tiempo que Taj e Iniko y la tierra se desplomó.

Arin se precipitó al vacío.

A Kidan le dio un vuelco el corazón cuando los *puffs* afro de Arin se hundieron bajo la tierra.

Se hizo el silencio.

Durante tres minutos exactos. Los hombros de Susenyos permanecían tensos. Respiraba despacio. En guardia.

Estaba agachado justo en el borde del hoyo.

Una mano salió disparada hacia Susenyos y él saltó hacia atrás al instante. Arin se había aferrado a la gruesa raíz de un árbol y la estaba empleando para escapar del inmenso pozo negro. Susenyos volvió a apuñalarle los hombros y ella gruñó de dolor. Buscó algo a lo que aferrarse y encontró la cuerda que colgaba de la muñeca de Susenyos.

El pánico se apoderó de Kidan. Empezó a desatarse a toda prisa, pero era demasiado tarde.

Arin tiró de la cuerda.

El brazo de Kidan salió disparado hacia delante y cayó sobre la barbilla. Un rocío de sangre brotó de su boca. Una presión zumbante le recorrió la mejilla cuando se sintió arrastrada poco a poco hacia el hoyo. Arin se enrolló la cuerda a las manos y tiró con fuerza monstruosa sin despegarle los ojos.

Justo antes de que la pierna de Kidan empezara a caer por el borde, algo le sujetó el tobillo.

—¡Aguanta! —le ordenó Susenyos en un tono rebosante de urgencia.

Arin sonreía, ahora con la garra clavada en la muñeca de Kidan, que no paraba de gritar. Era igual que ser apuñalada por cuchillas de metal.

Kidan no sobreviviría a eso.

Y, aunque lo hiciera, estaría hecha trizas.

La sangre que brotaba de la boca y la muñeca de Kidan caía sobre Arin como lluvia roja.

La maliciosa sonrisa de la vampira se desencajó cuando una gota fue a parar a sus labios y luego a sus ojos. Un gruñido grave resonó en el hoyo proyectándose hasta el infinito. Asqueada, Arin se frotó la cara y la boca. Pero Kidan seguía sangrando sobre ella.

La mirada felina de Arin cambió: el blanco de sus ojos se tornó completamente rojo. Kidan se retorcía para tratar de alejarse. Nunca había contemplado nada tan horrible. Un grito se agolpó en su garganta cuando los ojos inyectados en sangre de Arin se clavaron en ella. Algo malvado y antiguo le devolvía la mirada, impidiéndole apartar la suya. Pero un instante más tarde la presión de Susenyos se redobló en su cintura y tiró de ella hacia fuera. La mano de Arin resbaló y la soltó finalmente.

Arin cayó con una pequeña sonrisa, no como una condenada que se precipita a las fauces de la muerte, sino como quien vuelve a ella para hacerle una visita.

—¡Ahora! —gritó Susenyos sujetando a Kidan contra su pecho resollante.

Grandes pedruscos llenaban los sacos que pendían de las gruesas ramas de los árboles como globos hinchados. Taj e Iniko se apresuraron a cortar los sacos y una cascada de piedras se precipitó sobre el pozo.

El ruido de la avalancha se propagó por todo el claro y cada piedra que se estrellaba contra el fondo le arrancó a Kidan una mueca de dolor.

Arin y sus ojos ensangrentados se habían esfumado.

46

SUSENYOS

ARIN ESTABA ENTERRADA.

Viva y presa del sufrimiento, pero enterrada.

Susenyos jadeó, incapaz de aflojar la presión sobre el cuerpo de Kidan. Ella también resollaba con la cara hundida contra su cuerpo.

Kidan había estado a punto de perder la vida por su culpa.

Al verla desaparecer por encima del borde, le había invadido un terror tan inmenso que jamás hubiera pensado que fuera capaz de sentir algo así.

Arin podría haberla matado. Por rencor, para darle una de esas lecciones a las que era tan aficionada, podría haberle cortado la mano o haberle rajado la garganta. Le habría resultado horriblemente sencillo.

Todo porque Susenyos había querido castigar a Kidan, asustarla un poco. La muerte de Etete le había alojado un cuchillo en los pulmones que le provocaba dolor cada vez que respiraba. No debería haber pasado. No así. Todavía se le saltaban las lágrimas cuando pensaba que al volver a la Casa Adane no vería su amable sonrisa ni sus ojos risueños.

Era lo último bueno que quedaba en ese mundo, una verdadera madre, y había muerto.

—Lo siento.

La frase le llegó en susurros contra la camisa empapada de lágrimas. Susenyos guardó silencio, sorprendido de que Kidan permitiera que la viera en ese estado. Y, por horrible que fuera su crimen, su llanto le despertaba el deseo de perdonarla.

Susenyos la abrazó con más fuerza durante un par de segundos hasta que ese alivio robado se transformó en hambre. Kidan sangraba contra su cuerpo, sembrada de cortes y arañazos, y los colmillos de Susenyos asomaron sin que pudiera evitarlo. Se sentó arrastrándola consigo. Miró sus ojos color desierto, ahora enrojecidos y abiertos de par en par. Le costó mucho no volver a estrecharla entre sus brazos.

—Iniko —gritó apartando la cara—. Ayúdala a lavarse.

No podía curarla sin tocarle la piel y Susenyos estaba seguro de que, si lo hacía, no podría resistirse a beber.

Iniko llegó al instante. Al cabo de un momento Kidan se levantó. Su jersey y sus pantalones estaban mugrientos.

Las garras de Arin habían cortado la cinta roja que los conectaba. Mejor. El profesor Andreyas no podía suspender a Kidan si una fuerza externa interrumpía la tarea.

—Hay un arroyo aquí cerca —le dijo Iniko en tono brusco.

A medida que Kidan se alejaba, la respiración de Susenyos se fue apaciguando y la neblina del hambre empezó a disiparse. Se reunió con Taj en el borde del pozo ahora relleno de piedras.

—¿Es raro que me dé pena? —le preguntó Taj.

Susenyos le apoyó una mano en el hombro.

—No. Esto tampoco es lo que yo quería. Su sitio está con los nefrasis.

Taj suspiró.

—Por no mencionar que encontrar el escondrijo de los nefrasis sin ella será casi imposible.

Susenyos lo tenía presente. Sin el apoyo de Arin, su gente no estaría precisamente ansiosa por escucharle.

También necesitaban a Arin si aspiraban a derrotar a Lusidio algún día. Y si querían encontrar las espadas.

—¿Cómo está June? —preguntó Susenyos, que ahora arrastraba ramas para ocultar las piedras.

—Hum, buena pregunta.

El cambio de tono en la voz de Taj le puso sobre alerta. Su amigo siempre miraba hacia un lado cuando se estaba callando algo.

—¿Qué has averiguado?

—Me parece que June ha leído *Ye Abyssi Tarik.*

Susenyos se quedó paralizado en mitad de un movimiento y negó con la cabeza.

—¿Que lo ha leído? No, no es posible.

Taj adoptó una expresión muy seria, algo tan poco habitual en él que Susenyos le dedicó toda su atención.

—Eso pensaba yo, Yos. Está escrito en tantas lenguas distintas que hasta yo he tenido que saltarme muchos capítulos. Pero, Yos, te lo juro, esa chica es muy lista. Conoce el nombre de todas las plantas que existen sobre la faz de la tierra y prepara remedios raros. —Añadió en voz baja—: Me parece que está al corriente de las marcas de coacción.

Susenyos dejó caer las hojas que sostenía. Como Taj no sonreía, todo en derredor se oscureció levemente. Las nubes se agrandaron y los pocos pájaros que trinaban enmudecieron.

—Le enseñé mis cicatrices, Yos, y me miró con… miedo. Como si supiera lo que me han hecho. Lo que nos han hecho.

A Susenyos le rechinaron los dientes y las tres cicatrices que tenía en la parte baja de la espalda le escocieron igual que heridas recientes.

Obligados a cumplir una sola orden y condenados a morir en el instante en que hablaran de ello.

Ese era el secreto de décadas de antigüedad que los unía a los tres. Un conocimiento que ninguna otra alma debería poseer. Y menos June, una chica humana.

—Y luego está Warde —continuó Taj—. Siempre pegado a ella.

Susenyos también se había fijado. Warde Wesfin no había pronunciado una sola palabra desde la tortura de Lusidio. Pero ya antes de eso, como Mot Zebeya, era un alma sumisa siempre sometida a los prejuicios que inspiraba su enorme tamaño. Aunque le hacía una reverencia a Susenyos cada vez que pasaba, nadie sabía a quién guardaba lealtad Warde en realidad.

—Sigue vigilándola —le dijo Susenyos, que empezaba a notar un cosquilleo en el cuello—. Averígualo con seguridad.

Taj asintió y lanzó una rama a la alfombra de hojas.

Cuando casi habían terminado, Susenyos fue en busca de Kidan.

Estaba acuclillada junto al arroyo, lavándose la cara y refrescándose la nuca.

El sol de la tarde bañaba su piel oscura y desdibujaba los bordes de sus decididos ojos. Ya no estaba llorando.

Iniko se acercó a Susenyos por la espalda, en silencio salvo por un susurro de hojas.

—Voy a ayudar a Taj.

Susenyos dedicó un momento a aspirar el aire, ahora libre de la sangre embriagadora de Kidan, antes de seguir andando. Cuando pisó una ramita, ella giró la cabeza.

Se miraron sin romper el silencio.

—Lo sé —dijo Kidan con suavidad. Una nueva determinación brillaba en sus ojos todavía ligeramente enrojecidos—. Ya sé para qué quieres la máscara. Ahora lo entiendo.

—¿Qué sabes?

El arroyo borboteaba con suavidad, el único sonido que se dejaba oír en el frondoso bosque.

Kidan titubeó un momento y luego se puso de pie.

—Las reliquias romperán los Tres Vínculos, pero eso no es todo, ¿verdad? La persona que rompa las reliquias conseguirá los poderes de un Sabio.

A Susenyos le zumbaron los oídos. Había oído esas mismas palabras siglos atrás y acabó siendo esclavo de ellas. Sí, por eso Susenyos lo arriesgaba todo y ponía en riesgo a todo el mundo en su búsqueda de las reliquias.

Era una verdad que nunca compartía con nadie, porque no solo era peligrosa, sino también una maldición.

Una vez que Kidan lo supiera, nada volvería a ser lo mismo.

La pregunta le salió en tono brusco.

—¿Quién te lo ha dicho?

Ella enarcó las cejas una pizca.

—¿Entonces ella estaba en lo cierto? ¿De verdad quieres ser un Sabio?

—¿Quién estaba en lo cierto?

Kidan sacudió la cabeza y se llevó una mano a la frente.

—June. Lo sabe. Me lo dijo.

Susenyos torció los labios.

—¿Te he mencionado ya que no me cae bien tu hermana? Tengo la sensación de que nuestras vidas serían mucho más sencillas si ella no estuviera aquí.

Normalmente Kidan le habría increpado por decir eso. En su lugar, se tocó la palma de la mano con un dedo mientras miraba al infinito. Eso le recordó algo a Susenyos.

—¿Por qué sangrabas? —le preguntó acercándose al agua—. ¿Antes, cuando viniste a mis aposentos?

Ella cerró los puños.

—June intentó matarme. Por Dranacti.

Susenyos enarcó las cejas. Se había preguntado si llegarían a enfrentarse y al final lo habían hecho.

—¿Y?

—¿Y qué?

—Está muerta, ¿correcto?

—Yos.

Kidan pronunció su nombre como un suspiro, como una sonrisa que no se reflejó en sus labios. Susenyos notó que la tensión de sus músculos se aflojaba.

El rostro de ella asomaba en el agua, dibujándose y desdibujándose.

—Las cosas por fin empiezan a cobrar sentido —dijo Kidan—. En el diario de mi madre había un montón de dibujos que yo no entendía. Como el número veintiuno. Seis leones. Pero ahora entiendo por qué mi madre quería cambiar la Dranacti. Y cómo tenía pensado hacerlo. Quería romper las reliquias, romper los vínculos y convertirse en Sabia.

Susenyos nunca había sido capaz de adivinar lo que Mahlet Adane pretendió en su día. Guardaba sus secretos con celo y se protegía de mil maneras para que él nunca pudiera heredar ni cortar lazos con su cultura.

Pero la veía en Kidan ahora, fragmentos de esa cultura, conectándose de maneras que le costaba entender.

—¿Y eso es lo que quieres tú también? —le preguntó con tiento—. ¿Cambiar la regla que obliga a los actis a matar?

La mirada de Kidan se perdió en los árboles, como si tratara de vislumbrar el campus de Uxlay más allá. Tardó un buen rato en responder.

—Si fuera posible ahorrarles a todos los que vengan el dolor que nosotros tuvimos que soportar, deberíamos hacerlo, ¿no? Ramyn, GK y ahora mi hermana. Todos son víctimas de la Dranacti. —Sus ojos oscuros buscaron a Susenyos—. Pero ¿tú para qué quieres los poderes de un Sabio?

Susenyos inspiró profundamente y le dijo la verdad hasta donde se la podía revelar:

—Para matar a Lusidio.

Ella asintió despacio.

—Podemos hacer las dos cosas, ¿no? Liberar a los actis de matarse entre ellos y deshacernos de un monstruo.

Susenyos la miró ladeando la cabeza.

—Eso es muy ambicioso. ¿Y cuál de nosotros dos tendría el honor de romper las reliquias?

Los pasos de Kidan provocaron un chapoteo en el agua cuando salvó la distancia que los separaba. Susenyos contuvo el aliento para no aspirar su tentador aroma.

—Tú —respondió ella sin más.

La sorpresa de Susenyos fue tan grande que suspiró, dejando que el aroma de roble nocturno y esencia de rosa abisinia le invadiera. Siempre le había encantado la fragancia de las rosas. Le recordaba a la flor que había encontrado en el bosque, en las inmediaciones de su castillo. A una vida construida con esfuerzo y a la belleza divina. Por eso escogía aceites de rosa en los Baños de

Arowa y se empapaba de ellos durante horas. Pero el aroma de Kidan era más puro, sempiterno, las notas exactas que llevaba todos esos años tratando de capturar.

—¿Así, sin más? —Su voz revelaba recelo, pero se fue tornando más brusca—. ¿Me vas a entregar el objeto más poderoso que ha conocido la humanidad?

—Sí.

—¿Por qué?

El rápido pestañeo de Kidan, como el aleteo de un cuervo que tapa el sol, le sacaba de quicio en otro tiempo. Como si no pudiera soportar la más mínima mota de polvo en sus ojos oscuros. Y lo estaba haciendo ahora: agitar las pestañas varias veces seguidas. Susenyos se preguntó cómo era posible que una chica humana que no podía ni mirar a través de una tormenta de polvo pudiera rivalizar con él. Qué veneno la enfermaría, qué hoja la traspasaría, qué conductor despistado podría hacer pedazos sus maravillosos huesos. Y cuando tenía muchas ganas de torturarse, pensaba en aquella pulsera de plata. La que guardaba en una caja con los objetos de Kidan, junto a sus corbatas. Su decisión de entregarle la vida. Como si no fuera lo más precioso de toda la miserable tierra.

—Porque he visto de lo que es capaz ese poder —respondió ella sinceramente, con una mirada velada, perdida—. Dejé que se apoderara de mí. Yo podría dejarme dominar por un poder como ese. Pero tú no, tú sabes conservar tu humanidad.

—Pajarillo —susurró él luchando contra la necesidad de acercarse—. ¿Qué te he dicho acerca de esa palabra?

Un amago de sonrisa asomó a los labios de Kidan. Su labio superior era de un tono distinto al inferior. Este último era más sonrosado, mientras que el superior exhibía un color oscuro, como una tormenta que descendiese sobre una rosa. Esa era su compañera, pensó Susenyos: una delicada flor en ocasiones, una energía con la que lidiar otras veces.

—A veces eres más humano que yo —dijo ella.

Susenyos no pudo evitarlo en ese momento, le apoyó el dedo en la boca. Al principio fue para que dejara de referirse a él como un humano, pero luego no lo retiró. Kidan lanzó un suspiro entrecortado. Él observó sus suaves facciones mientras trataba de desentrañar sus pensamientos.

—Antes, cuando estuviste a punto de caer a ese hoyo, pensé que era la última vez que te veía con vida —le confesó, y se estremeció de nuevo solo de recordar las garras de Arin—. No hay muchas cosas que me aterroricen, pero tu muerte lo hace, *yené* Kidan. Nada me asusta tanto como eso.

Susenyos rara vez percibía los latidos de su corazón de vampiro, pero ahora los notó. Lentos y erráticos, como si el órgano recordase hasta qué punto resultaba aterrador sentir algo por un ser humano sobre el que se cernía constantemente la guadaña de la muerte.

Kidan frunció los ojos. Al principio él pensó que eran lágrimas, pero era un gesto de alivio. Como si llevara mucho tiempo ansiando oír esas palabras.

—Pensaba que el precio de salvarme la vida era demasiado alto para ti —dijo Kidan en un tono serio, pero sus ojos chispeaban, como si reflejaran el sol.

—No —respondió Susenyos con gravedad—. Tu vida no es una carga ni me supone ningún coste. Eres mi compañera. Eso significa que no solo es mi deber, sino también un honor, vivir a tu lado y protegerte. Siento haber tardado tanto en comprenderlo.

Esta vez las pupilas de ella se dilataron, inundadas de luz. Susenyos le apartó las trenzas con la mano libre y luego le sostuvo la cara con la palma. Notó las mejillas ardientes contra su propia piel.

Los ojos de Kidan descendieron al pecho de Susenyos y luego se desviaron a un lado, señal de que su mente se había puesto a funcionar. Una mente peligrosa a la que deseaba asomarse.

—¿Qué estás pensando? —le susurró, ya inmerso en las sensaciones que le inspiraba su presencia.

Las pupilas de Kidan volvieron a enfocarle y un fuego oscuro remplazó la chispa anterior.

—Te conseguiré todo lo que quieres. La reliquia. La ubicación de los nefrasis. Solo confía en mí una vez más, por favor.

La determinación que albergaba su voz le empujó a… creerla, sin saber muy bien por qué. Era muy consciente de que Kidan podía ser letal cuando quería algo con empeño. Sin embargo, no pensaba con claridad.

Susenyos tuvo que luchar consigo mismo para no preguntarle: «¿Y a ti? ¿Qué tengo que hacer para tenerte a ti?».

El pecho de Kidan subió y bajó contra su propio cuerpo y él intentó no pensar en la suavidad de su piel incluso a través de las capas de ropa. Las pupilas de ella se dilataron hasta alcanzar dimensiones desconocidas, como si dejaran entrar más luz para abarcar más detalles de Susenyos. Kidan le miró los labios y levantó los ojos con una pregunta en la mirada.

—Si te beso, no podré parar —le confesó él—. Pero no creo que tenga fuerzas para seguir resistiéndome.

Ella sonrió con languidez. La curva de sus labios era tan atractiva como cualquier arma sagrada. Quería que ese filo le cortase, lamer cualquier gota de sangre que ella le ofreciera.

Kidan respiraba entrecortadamente, compartiendo el mismo aire que él.

—Pues no lo hagas.

Eso no bastaba. Ella no tenía ni idea de lo que estaba a punto de suceder, y Susenyos intentó explicárselo. Pegó la frente a la de Kidan.

—Morder una lengua libera recuerdos de placer. Si te la muerdo, no podré parar.

Ella agrandó los ojos.

El arroyo se deslizaba alrededor de sus tobillos y un pequeño rayo de sol iluminaba la quietud de la escena.

Por eso no pudo besarla el Día de Cossia. No porque no desease notar los labios de Kidan contra los suyos, sino porque no podía.

Pero ella se limitó a decir:

—Bésame de todos modos.

Recurriendo a los últimos restos de voluntad que le quedaban, se libró del clavo de plata con la lengua y lo escupió como una bala. La plata mojada salió disparada hacia sus objetivos, Taj e Iniko, guiada por su sangre, por su voluntad.

—¿Por qué has…? —empezó a preguntar Kidan.

—Para poder sentirte al máximo. —Susenyos rozó los labios contra los de ella y todo su cuerpo gimió—. Pero también para que puedan detenernos si yo no puedo. Madre mía, espero que nos detengan. Y la besó.

47

SUSENYOS

LAS BOCAS SE ABRIERON AL MISMO TIEMPO Y SE UNIERON CON UN JAdeo pequeño y tierno. Se quedaron paralizados ante el precipicio de un deseo tortuoso. Él quería permanecer así para siempre, alargar ese momento hasta que le temblaran todos los huesos y todos los músculos del cuerpo. Sus respiraciones eran pesadas, rápidas, desacompasadas. Kidan emitió un quejido y empezó a deslizarse hacia abajo, pero el brazo de Susenyos le rodeó la cintura para mantenerla erguida. Como un rayo, Susenyos la llevó al árbol más cercano y le apoyó la espalda contra el tronco con cuidado.

—Por favor.

Susenyos no supo quién lo había dicho. Tampoco importaba demasiado. Los labios se unieron y ellos saltaron al precipicio para caer en picado, juntos. Notaba las manos de Kidan en su pelo, en su cuello, aferrándolo con fuerza. No fue tanto el beso lo que le perdió como el contacto de su lengua, que le arrastraba a delirantes oleadas de placer cada vez que tocaba la suya, que lo llevaba a la perdición cada vez que le rozaba los colmillos. Debió de gemir sin darse cuenta, porque ella repitió el movimiento, una danza circular e hipnótica contra su colmillo izquierdo y luego contra el derecho.

Las estrellas estallaron sobre una noche en el desierto y el océano le ahogó arrastrándole a sus profundidades. Susenyos se sintió perdido.

A merced de un hambre infinita, enloquecedora, de Kidan.

—Te necesito —susurró Susenyos con un jadeo apresurado—. Llevo mucho tiempo reprimiéndolo, pero es inútil. Te necesito ahora. Yo...

Los colmillos se alargaron y penetraron la lengua de Kidan antes de que pudiera terminar. Ella siseó, un sonido que él se tragó junto con el pequeño chorrito de sangre. El líquido se deslizó por su garganta sedienta y se acumuló en su estómago como oro licuado, divino.

Entonces se adentró en su mente. En sus recuerdos más placenteros.

Todo aquello que había embriagado alguna vez los cinco sentidos de Kidan le asaltó de una tacada: deslizar las manos bajo su camisa de seda para encontrar el vientre duro de Susenyos; el sensual susurro de sus apodos, privados y pecaminosos; el dolor agudo de sus colmillos rompiéndole la piel; blandir sus armas de plata, cubiertas de sangre enemiga; ojos nocturnos con reflejos de fuego.

Todos hablaban... de él.

Él estaba presente en todo su cuerpo y en toda su mente, poseía hasta la última gota de su placer.

«Madre mía».

Kidan gimió con él, también perdida en el placer. Susenyos sabía que debía verse a sí misma en sus pensamientos, que estaba comprendiendo por fin hasta qué punto la ansiaba.

Los colmillos atravesaron una cuerda, un grifo del que manaba más sangre eufórica. Los liberó y bebió con voracidad. Estaba en las nubes, entre las estrellas. Giraban en un universo distinto y nada importaba excepto eso, ellos, juntos.

Pero muy pronto, demasiado, algo trató de traerlos de vuelta a la tierra. Él se resistió, sin hacer caso de las voces conocidas: Taj e Iniko.

«Dejadnos en paz», gruñó en el interior de sus pensamientos circulares.

Un potente tirón lo separó de la boca de Kidan. Lo arrancó del cielo. Iniko y Taj lo sujetaban por los hombros. Susenyos forcejeó para recuperar la euforia anterior.

—¡Yos! —le gritó Taj, con ojos aterrados—. ¡Basta!

La realidad se desplomó sobre él.

La imagen de Kidan se definió ante Susenyos. Estaba desplomada contra el tronco del árbol con la boca ensangrentada. La sangre le resbalaba por la barbilla y se le encharcaba en el escote.

Tenía los ojos cerrados y una sonrisa enardecida dibujada en los labios destrozados. El latido de su corazón, antes intenso, se había transformado en un pulso desfallecido.

El corazón le latió una vez.

Dos.

Y el pulso desapareció por completo.

Resbaló por el tronco del árbol.

—¡Kidan! —gritó Susenyos, y el pánico aniquiló cualquier vestigio de placer. Taj lo sujetó.

Fue Iniko la que se acercó a ella para tenderla en el suelo. Le pegó la oreja al pecho y se incorporó de inmediato con una expresión de intensa alarma en el rostro.

—Se le ha parado el corazón. Debes de haberle cortado las arterias linguales.

Taj le soltó por fin, pero Susenyos no se podía mover.

No…

Apenas había estado bebiendo unos segundos. Casi nada. Nada. Pero, al parecer, eso no era verdad. Para que hubiera perdido tanta sangre, tuvieron que ser varios minutos.

Un zumbido intenso se apoderó del bosque. Nada parecía real. Susenyos estaba perdido de nuevo, suspendido en una pesadilla.

Iniko alargó una garra y rajó el jersey de Kidan por el centro. Abrió la piel marrón para dejar a la vista el esternón y el corazón. Asomarse a su carne con tanta facilidad, como si un cuchillo caliente hendiese la mantequilla, arrojó sobre Susenyos la verdad que había tratado de obviar.

Kidan era humana.

Daba igual cómo actuara, cuán violenta y fuerte se mostrase, poseía un cuerpo humano, el más débil de todos.

Y él la había desangrado.

—Dios mío —susurró él, acuclillándose a su lado—. Dios mío.

Solo la mano firme de Taj en su hombro le impidió desplomarse en el suelo. Se aferró a la confianza en que Iniko la traería de vuelta.

«Por favor, tráela de vuelta».

Iniko cerró el puño sobre el corte y vertió su propia sangre en el cuerpo. Fluyó de manera continua resbalando por el esternón hasta que los músculos la absorbieron.

Esperaron.

Susenyos se había acostumbrado al latido lento y pesado de su corazón. Un ritmo suave que apaciguaba sus propios pensamientos, que tendían a dispararse. Tras la llegada de Kidan a Uxlay, durante las primeras semanas, notaba ese molesto latido en la parte superior del cráneo, y pegarse dos almohadas a los oídos no le había ayudado. En aquel entonces deseaba que parase, hundirle los dedos en el pecho y arrancarle el corazón.

Fue capaz de tolerar el pulso durante su frágil acuerdo de trabajar juntos, y, el día que Susenyos descubrió que ella tenía pensado poner fin a su propia vida, no fue capaz de dormir. Permanecía despierto contando los latidos. El tenue pulso tenía que continuar para que Susenyos supiera que estaba sana y salva. Con un nauseabundo respingo comprendió que quizá ya nunca podría dormir, porque no volvería a oírlo.

Susenyos profirió un suspiro entrecortado cuando la sangre de vampiro hizo reaccionar al corazón inmóvil. Unió la carne expuesta con lentitud y no quedaron cicatrices, salvo la que Kidan conservaba de la infancia.

Por cosas así… por cosas así siempre daría gracias por ser lo que era. La capacidad de sanar, de arrastrar a alguien de vuelta desde el otro lado de la muerte; ¿qué don podía superar a ese?

Se tapó la cara con las manos.

—Gracias, Iniko.

—Por Dios. —Taj se avino a hablar por fin, con voz ahogada—. Por poco la matas.

—Besarla ha sido una imprudencia.

El tono de Iniko fue como el pedernal y su desaprobación ahondó el sentimiento de culpa de Susenyos.

Apartó las manos y observó el suave sube y baja de su pecho.

Viva. Viva. Viva.

No sería como Talaa. No le fallaría como a Talaa.

Kidan viviría.

Cuando ella empezó a abrir los ojos lentamente, Susenyos cogió su abrigo y la tapó por encima de las prendas cortadas. Apoyó la cabeza en sus muslos. Las mejillas de ella aún estaban cálidas bajo el dorso de sus dedos, congestionadas por las endorfinas que circulaban por su interior. Al notar la caricia, emitió un leve suspiro y buscó su mano con la cara.

El gesto provocó en Susenyos otra oleada de deseo que reprimió a toda prisa.

—Es la última vez que te beso.

Ella emitió un sonido de protesta, recuperando el sentido.

—Disiento.

Una sonrisa triste se apoderó de la boca de Susenyos.

—Se te ha parado el corazón.

—¿En serio? —No había alarma en su voz—. Hum.

—¿Hum?

—Y yo que pensaba que las pastillas eran la manera menos dolorosa de morir. Quién iba a pensar que solo tenía que besarte.

Él la reconvino con la mirada.

—Kidan.

Tenía hojas pegadas a las trenzas y se las retiró.

Una sonrisa tímida, pequeña, asomó a los labios de Kidan.

—¿Ni un besito en los labios?

—Ni eso —replicó él muy en serio.

Kidan hizo un mohín y alzó la vista hacia las ramas que tapaban un cielo morado y anaranjado.

—Al menos me besaste antes de que te contara mi plan.

Sonaron sirenas de alarma que dejaron lívido a Susenyos.

—¿Qué plan?

Kidan se concedió un momento para parpadear hasta estar completamente despierta. Tras morderse el labio enrojecido unos instantes, sus ojos marrones buscaron los de él.

—Le voy a contar a Samson que eres humano en el interior de la Casa Adane.

Lecciones del Último Sabio

Sobre el compromiso

El compromiso con un vampiro es frágil y delicado.

Se mantiene a través de las leyes, los objetos y la sangre de los actis y los dranaicos. En los dos primeros casos se puede romper, pero la sangre circula y se filtra tan infinita como el abismo.

Los vampiros siempre van a necesitar a los humanos. Y tardaron mucho en comprender que los humanos también los necesitan.

Alimentar a alguien es un acto de bondad. Pero ¿ser consumido? Eso implica ser amado.

Por eso no podemos aniquilar a los dranaicos, sino aprender a convivir con ellos. El camino hacia la paz pasa siempre por el compromiso.

**Según las reflexiones del Primer Sabio halladas en Ye Abyssi Tarik, páginas 356-57*

48

KIDAN

EN EL CAMINO DE VUELTA AL CAMPUS, KIDAN LE HABLÓ A SUSENyos del Osculión. Él escuchaba con la mandíbula tensa y, en lugar de separar las ramas para abrirles paso, las macheteaba sin piedad. Cada vez que un golpe le machacaba los oídos, Kidan hacía una mueca de dolor.

Como es natural, el tema de su pérdida de inmortalidad siempre era delicado, y no digamos la propuesta de revelársela a su enemigo.

—Osculión, el proceso de magnificar las emociones en los visitantes —dijo él con semblante inexpresivo—. Lo leí en el diario de Mahlet.

Era lo opuesto al Bloqueo de la Casa. Una sonrisa de alivio rozó los labios de Kidan. Al menos él no se negaba en redondo.

—Sí. Ya sé que no podemos matarlo, pero la casa me puede ayudar a arrancarle la verdad. Acerca de dónde está el escondrijo de los nefrasis, dónde se encuentran las espadas. Pero antes debe existir la semilla de una emoción. Samson todavía no confía en mí del todo, pero empieza a hacerlo…

La voz de Kidan se apagó cuando una pena desgarradora se desplegó en su interior. La muerte de Etete había sido el precio y, sin embargo, no bastaba para convencer a alguien tan cauto como Samson.

Susenyos se detuvo súbitamente, inmóvil como una estatua.

—¿Piensas que decirle que he perdido la inmortalidad contribuirá a consolidar la confianza entre vosotros dos?

—Sí.

Kidan vio transformarse su rostro, ponerse en guardia.

—¿Y por qué no me arrancas el corazón y se lo entregas?

Esas palabras casi la hicieron renunciar, pero siguió insistiendo:

—Quiere castigarte, no matarte. No sé qué le hiciste, pero quiere verte debilitado.

—Yo no soy débil.

Las pupilas de Susenyos se contrajeron, ahora de un rojo diabólico con una chispa dorada en el centro.

Ella se protegió los ojos ante el brillo cegador.

—Deja que piense que ha ganado, Yos. Haz que se sienta poderoso durante un día o una semana para conseguir lo que quieres.

Taj e Iniko se habían detenido varios pasos más atrás. Preferían mantenerse al margen de la discusión que preveían.

—Ni hablar —dijo Susenyos en tono terminante.

—¡Es la manera de hacerle bajar la guardia!

Eso les permitiría librarse de Samson por fin y que todo volviera a la normalidad. Pero, por encima de todo, les permitiría averiguar dónde estaba GK. Kidan ya no podía esperar a dominar la casa para encontrarle. Se enfrentaría a él tal como el Mot Zebeya era ahora y cargaría con las consecuencias. Todo ese tiempo se había portado como una cobarde, asustada de lo que le había hecho y buscando la solución. Pero ya no.

—No.

Kidan sacudió la cabeza.

—Ya sé que te revienta, pero es un buen plan.

—No puede ser un buen plan si me deja completamente indefenso.

Susenyos se quedó mirando el broche plateado que llevaba prendido a la manga, las dos montañas superpuestas manchadas de sangre. Kidan no podía culparle. Era normal que no confiara en ella. Seguramente pensaba que volvería a traicionarle. Ella tenía que confesarle lo que sentía. Se acabaron los secretos.

Sobreponiéndose al impulso de guardar silencio, le habló con gravedad.

—Cada vez que pienso en librarme de ti, noto un ahogo en el pecho. Es agudo, como un mordisco. Me encuentro mal físicamente.

La mirada de Susenyos se desplazó al pecho de Kidan, donde ella se había apoyado la mano, así que continuó:

—Por esa reacción sé que alguien cuenta con mi lealtad. Cuando la idea de que pueda morir me quita la respiración.

Susenyos la observaba en silencio. Eso le proporcionó la seguridad que necesitaba para confesar la verdad con los pies plantados sobre la tierra, donde no habría piedad si se derrumbaba.

—¿Querías mi lealtad? Bueno, pues aquí la tienes. Te la ofrezco, Yos, tal como es. Retorcida. Peligrosa. No todo el mundo la entiende ni la quiere. Ni siquiera sé por qué tú sí. Así que escúchame bien y cree lo que te digo: no permitiré que mueras. No permitiré que Samson te haga daño. No dejaré que suceda. Pero esta es la única manera de conseguir lo que queremos.

Kidan respiraba con dificultad, sus hombros subían y bajaban con cada aliento.

Las hojas susurraban entre sus palabras. La expresión de Susenyos cambió, pero la cautela le impedía dar su brazo a torcer.

—Tengo mis límites, Kidan. Estoy cansado de que seas mi enemiga en la sombra.

—No soy tu enemiga. Nunca volveré a ser tu enemiga.

Los hipnóticos iris de Susenyos la escudriñaron un buen rato y luego se volvieron hacia sus amigos, que los observaban desde la distancia. La expresión de Iniko era recelosa. Taj sonreía de oreja a oreja con ojos chispeantes.

Susenyos se pasó una mano por la cara y musitó algo en amárico antes de volver la vista al cielo.

—Si tu plan falla, moriré del modo más horrible que puedo imaginar —dijo. Las *twists* delanteras se columpiaban junto a su cuello—. Pero, si funciona, conseguiré todo lo que siempre he querido. —Sacudió la cabeza y buscó los ojos de Kidan. El corazón de ella se aceleró. Susenyos volvió la vista hacia Iniko y luego miró hacia atrás—. Bailemos con las espadas y esperemos que no nos desangremos.

49

KIDAN

FALTABAN CINCO SEMANAS PARA QUE CONCLUYERAN LAS VOTACIOnes del Consejo de las Casas y Uxlay permanecía sumida en la incertidumbre. La emoción inicial había mudado en desasosiego a medida que más casas hacían públicas sus posturas. Ajtaf, Faris, Qaros, Makary y Delarus habían votado contra Kidan.

Slen había anunciado que se casaría con alguien de la Orden de la Piedra Azul, seguramente para asegurarse los votos de la pretenciosa Casa Luroz. El voto de la Casa Goro favorecería a la Casa Adane, si el pan horneado con hojas de plátano que le había regalado su dueño se podía considerar indicativo de algo. Kidan ya tenía el voto de los Excavadores.

Y eso significaba que solo una casa seguía indecisa: Umil.

Y Kidan sabía cómo ganarse a Yusef.

En la siguiente reunión de los Excavadores, Kidan observó a los dueños de las casas, que se peleaban como críos. Apenas había gente en el bar de Rita para ser un viernes por la noche. El reservado que ocupaban estaba iluminado por la luz tenue de las guirnaldas luminosas, que creaba sombras en las caras de los dueños. Pero los ojos de Kidan estaban clavados en la puerta.

—He oído por ahí que el 13° está intentando convencer a la Casa Goro de que vote por ellos —comentó Mikhail Temo torciendo el gesto.

—No, Nari es leal a la Casa Adane. —Osa Rojit bebió un trago de su vaso—. Mejor que nos preocupemos por la chica Qaros. Quizá deberíamos deshacernos de ella. Su declaración de que se casaría con alguien de la Orden de la Piedra Azul fue pura estrategia.

Adjoa asintió despacio, frunciendo un poco el ceño.

—Sí, puede que no tengamos más remedio. Si la quitamos de en medio, podríamos comprar a la Casa Luroz.

—¿Qué? —intervino Kidan escandalizada—. No.

«¿Estaban hablando de matar a Slen?».

Los ojos de Adjoa se ensombrecieron.

—Tú quieres votos, ¿no?

—No así —declaró ella con firmeza—. No le vais a hacer daño a Slen, ¿vale?

No les entusiasmaba que una chica de diecinueve años les diera órdenes, pero a Kidan le daba igual. Osa ladeó la cabeza con una sonrisa en el rostro ajado.

—Lo que tú digas, capitana.

Kidan se volvió hacia los otros dos para asegurarse de que estaban de acuerdo antes de relajarse.

Pasado un momento sonó una campanilla y entró Yusef sacudiéndose la lluvia de los hombros.

Kidan se levantó a toda prisa y fue a recibirle. Le llevó a la zona del bar, porque antes quería hablar con él a solas.

Yusef se acomodó en un asiento afelpado mientras observaba el pequeño local.

—Mucho más tranquilo que la sala de reuniones del 13°. Me gusta.

Aunque Kidan sospechaba que el 13° debía de estar tratando de asegurarse su voto, una sensación de traición se expandió por su pecho. Le reventaba que Slen y Yusef se reunieran sin ella.

—Últimamente no he visto a Slen —dijo Kidan despacio—. ¿Qué está haciendo?

Yusef pidió una bebida con sabor a menta.

—Ah, ya la conoces. Traduciendo textos, bebiendo demasiado café, poniendo patas arriba una institución.

Kidan lo estudió con atención: las ojeras de cansancio, el gesto de la sonrisa demasiado forzado...

—Aún no te has decidido, ¿verdad?

—No.

—¿Qué te han ofrecido?

Yusef bebió un sorbo y sonrió sin alegría.

—No me parece inteligente hablar de eso.

Ella se sintió casi orgullosa de él por no compartir sus secretos.

Pero ahora, más que nunca, la Casa Adane tenía que conservar su posición central. Kidan iba a necesitar tanto tiempo como fuera posible para heredar la cultura de su madre del modo correcto y promulgar una ley que le permitiera encontrar la máscara.

—Dijiste que querías cambiar las cosas —empezó Kidan despacio—. Para asegurarte de que tus hijos nunca tuvieran que convertirse en asesinos. Y ahora lo entiendo, Yusef. El problema es la Dranacti. Eso es lo que hay que cambiar.

La imagen de June acudió a su mente: June temblando con el cuchillo, dividida entre matarla o perdonarle la vida. Su hermana reducida a ese horrible estado fue algo más que una llamada de atención.

—Por culpa de la Dranacti perdimos a GK. —Kidan se mordió el carrillo—. Es esa filosofía la que fomenta el resentimiento entre las casas. Imagínate que los actis no tuvieran que matar a nadie para compartir su sangre con los vampiros.

Yusef dejó la bebida despacio y la miró con los ojos muy abiertos.

—Te escucho.

El corazón de Kidan se encogió de pura esperanza y volvió la vista a la esquina donde estaban los Excavadores. Yusef siguió su mirada y por fin reparó en ellos. Los penetrantes ojos de Adjoa mostraban concentración, al igual que las expresiones de Osa y Mikhail. Dejaron de discutir el tiempo suficiente para mirar a Yusef con desconfianza.

Yusef los saludó mientras le susurraba a Kidan por lo bajo:

—¿Por qué me miran así?

Kidan sonrió.

—Porque estoy a punto de contarte un rumor sobre las reliquias del Sabio. Solo que este rumor es verdad.

Más tarde, Yusef estaba sentado en la Casa Adane, listo para hacer de sujeto de pruebas en el Osculión. Samson tenía clase de iniciación con el profesor Andreyas y no disponían de mucho tiempo.

Sin embargo, antes de que llegara Samson, vendría Susenyos y permitiría que lo atara. Kidan tragó saliva nerviosa. Esperaba que todo saliera según el plan y que Samson no tuviera un ataque de rabia y asesinara a Susenyos al instante. Le temblaron los dedos mientras dibujaba un cuadrado irregular.

Cada pocos minutos, Yusef desviaba los ojos hacia el pasillo igual que hiciera su padre una vez buscando telarañas.

—¿De verdad está aquí? —había preguntado—. ¿En alguna parte de esta casa hay una reliquia del Último Sabio?

Kidan había asentido y él había soltado un taco por lo bajo, anonadado.

Ella se lo había contado todo y, aunque pareciera imposible, Yusef solamente la había interrumpido cinco veces antes de que pudiera terminar el relato.

—Una cosa más —le dijo ahora, notando el rugido de la sangre en las venas—. Le voy a sacar a Samson dónde está el escondite de los nefrasis y voy a traer a GK. Y algún día volveré a convertirlo en un ser humano empleando la ley.

Después de quedarse un rato mirando al infinito por encima de la cabeza de Kidan con la boca abierta, una pequeña luz asomó a sus ojos entornados.

—Eres un genio.

Kidan exhaló un gran suspiro. Sabía que Yusef apoyaría su plan, mientras que Slen podía haberlo considerado ingenuo.

Kidan tenía en el regazo una hoja de papel con toda la información que había reunido sobre su madre.

MAHLET ADANE

¿En qué idioma sueña la dueña de la casa?
En amárico.

¿Cree la dueña de la casa que la creación fue obra del Último Sabio o de Demasus Colmillos de León?
Del Último Sabio.

¿Cree la dueña de la casa que el poder debe residir en la comunidad, en la tradición o en los individuos?
En la comunidad.

¿Cree la dueña de la casa en el coraje, en la venganza, en la lealtad, en la responsabilidad o en la familia?
En la responsabilidad.

—Mira. —Kidan le enseñó a Yusef las respuestas—. Me parece que ahora coincidimos en las dos últimas, o, al menos, eso creo, pero el lenguaje es mi mayor problema. Nunca seré capaz de entender el amárico al nivel que lo entendía ella.

Kidan ya había retirado la escultura del león de la repisa y había colocado la figura del impala en su lugar: la representación de la religión Mot Zebeya.

Los ojos de Yusef chispearon.

—¿Te crees que yo soy capaz de hablar somalí tan bien como mi tía abuela? Cada día se ríe de mi pronunciación.

Kidan irguió los hombros.

—Y, entonces, ¿cómo eres capaz de soñar en el mismo lenguaje?

Estaban sentados en la alfombra con las piernas cruzadas, y él se arrastró hacia Kidan.

—Me contó un truco. Se llama «sueña en el mismo lenguaje». No tiene nada que ver con la fluidez. Soñar en un idioma implica estar obsesionado con él. Cuando oyes a alguien hablarlo y ansías poder hacer lo mismo. Cuando ves cartas escritas en esa lengua y te odias un poco por no entenderlas. Requiere rodearte poco a poco de esa lengua, canciones, películas, libros, hasta que empieza a formar parte de ti.

Yusef sonrió.

Kidan le devolvió una sonrisa lánguida. La sensación de estar separada de sí misma se atenuó una pizca. Pues claro que Kidan soñaba en amárico. Lo había hecho desde que lo perdió por insistencia de Mama Anoet.

—Gracias. Eso me ayudará.

Yusef asintió.

—Vale, estoy listo. Oscu… como se llame.

Según las notas de su madre, Mahlet empleaba reliquias, tocaba objetos específicos para evocar una emoción y magnificarla en los demás. Pero nada ayudaba a Kidan a sentir una emoción de manera más intensa que sus formas.

Así que empezó por ahí.

Inspirando profundamente, Kidan dibujó con lentitud un círculo en el suelo con la mano y se llenó los pulmones de una bocanada de alegría infantil. Suprimido el bloqueo de la casa, su piel se caldeó al instante y sintió el impulso de saltar o bailar. Igual que le había pasado en el armario de las escobas.

Dirigió las emociones hacia Yusef y se concentró en su mirada alerta. Kidan sintió una chispa de la alegría de él e instó a la casa a llevarla más lejos, a hacerla latir en su corazón como un tambor.

Al principio no hubo reacción, pero luego él se unió al sentimiento y estalló en carcajadas.

—Hala. Estoy un poco colocado.

Kidan esbozó una sonrisa victoriosa. Dobló los dedos y dibujó el símbolo de la confianza. Dos volutas doradas atravesaron el pecho de Yusef, visibles solo para ella.

La expresión de Yusef se veló.

—¿Cómo te sientes? —le preguntó.

—A gusto, a salvo.

Su voz sonaba casi demasiado relajada, adormilada.

Kidan intentó no hacerse demasiadas ilusiones y cambió de emoción.

—Cuéntame algo que no le hayas contado a nadie.

Las paredes revestidas que los rodeaban se desplazaron hacia dentro y hacia fuera, los cantos de los muebles se suavizaron; el entorno era un reflejo de la seguridad que compartían.

—Me preguntaste por qué le hice eso a... GK, ¿te acuerdas? —le dijo Yusef despacio, cambiando de tono—. Era mi amigo. La persona más bondadosa que he conocido nunca. —Inspiró profundamente para reunir fuerzas—. Y sin embargo cogí ese cuchillo y...

Kidan enderezó la espalda al ver la aflicción en su rostro.

—Tranquilo —lo animó.

—Lo hice porque Slen me lo pidió. —Yusef la miró a los ojos con intensidad—. Es tan sencillo y tan horrible como eso. Haría cualquicr cosa quc mc pidicra. ¿Sabcs lo atcrrador que es? ¿Permitir que otra persona controle tu vida hasta ese punto? Soy un peligro para mí mismo, para todo el mundo, si la escucho. —El sentimiento de culpa seguía grabado en sus facciones—. Pero no puedo evitarlo. Yo solo quiero que sea feliz... y no confío en mí mismo cuando la tengo cerca.

Cerró los puños y Kidan tragó saliva al comprender por fin.

Los Excavadores tenían razón al no tenerlas todas consigo respecto al voto de Yusef. Ni siquiera Kidan estaba segura de cuál sería su decisión final.

Aunque haber invadido su intimidad le provocaba cierto pudor, había funcionado. Podía usar el Osculión con Samson para sacarle información. Simplemente tenía que abrazar sus sentimientos. Todos.

¿Cuántas veces había usado su madre esa técnica?

El poder de las casas era aterrador. La ley reptó por la alfombra, dorada y resplandeciente. Kidan intentó absorberla. La fría cuchilla de la decepción la atravesó cuando la palma de su mano permaneció vacía.

Un suave chasquido procedente de la puerta principal disipó el aturdimiento de Yusef.

Pestañeó y luego desvió la mirada.

—No sé por qué te he contado todo eso.

Kidan estaba a punto de hablar cuando Susenyos, apuesto con su abrigo largo, apareció en la entrada de la sala. Yusef recogió sus cosas a toda prisa y se encaminó a la puerta.

—Buena suerte —le dijo a Kidan.

Ella asintió mientras veía desaparecer sus rizos.

Una vez que estuvieron a solas, Susenyos le dedicó una sonrisa estirando los suaves labios con languidez. Ella se sintió transportada de regreso al bosque. A lo que habían hecho contra el árbol. Kidan había soñado con aquel beso. Y, si lo que se disponían a hacer no la pusiera tan nerviosa, estaría pensando en repetirlo.

Porque Kidan nunca había experimentado nada parecido. Todas y cada una de las terminaciones nerviosas de su cuerpo se estaban recuperando todavía, afectadas por réplicas de pacer. Los ojos, la boca, el cuerpo de Kidan inundaban los recuerdos de Susenyos. Todo lo relacionado con ella le embriagaba. A Kidan le asustaba que nada más en toda su vida llegara a provocarle sensaciones tan increíbles.

Casi le provocaba deseos de abandonar su plan. De permanecer en ese remanso de paz más tiempo. Pero ya era demasiado tarde para echarse atrás.

Como si Susenyos le hubiera leído el pensamiento, la casa manifestó un tufo a bosque putrefacto y raíces negras reptaron por las paredes.

«¿Qué es eso? —se preguntó Kidan intentando leerle el pensamiento—. ¿Por qué le atormenta esta imagen?».

Arrugas de preocupación surcaban las suaves facciones de Susenyos. Pero disimuló a toda prisa.

—¿Dónde me vas a poner, pajarillo?

50

GK

PRIVADO DEL CONSUMO DE SANGRE, EL CUERPO DEL VAMPIRO ENTRAba en un estado de autofagia. El cuerpo no moría, pero se alimentaba de sí mismo en un ciclo continuo y doloroso hasta que el huésped se quitaba la vida.

GK llevaba dos meses sin alimentarse, desde el día que se había transformado. Las personas que le secuestraron, las que se autodenominaban nefrasis, lo mantenían en una celda de hormigón situada en el exterior de su finca.

Durante los primeros días le traían sangre para beber. Él se negaba a consumirla. Luego lo abandonaron en su soledad. Cualquier otra alma habría puesto fin a la situación, de eso estaba convencido. Pero los deberes del Mot Zebeya involucraban meditaciones que duraban todo el día, así como quietud total y absoluta en los nichos de las montañas. GK tenía experiencia en la soledad plena y se sumergió en ella.

En su mente, GK siempre estaría arrodillado en la cripta del cementerio de Ahnd. Esperando, como le habían pedido. Se acercó la mano al pecho y buscó la costilla izquierda, un movimiento que no era muy distinto a que le frotaran fragmentos de cristal en una herida, y tocó la piel ahora curada. Le habían apuñalado dos veces. Yusef y Slen; uno temblando, la otra tranquila como una tormenta silenciosa mientras le separaban el alma del cuerpo.

GK no había gritado. No se había defendido.

Una voz le había dicho que se quedara quieto.

La voz de ella; y, como una bestia encadenada a su amo, él había obedecido.

Kidan Adane.

El puño de GK apretó con fuerza sus cadenas de huesos al evocar el nombre. Ella fue la mano de la propia muerte y le daba miedo. No por primera vez deseó no haber conocido a ninguno de ellos.

Yusef, con sus ruidosas semillas de calabaza tostadas; Slen, con esos ojos tan fríos y las palmas de las manos marcadas; Kidan, con su tristeza buscando a su hermana.

«Me pregunto si la encontró».

GK ahuyentó el pensamiento a toda prisa. Kidan no necesitaba su preocupación, sino su rabia.

Y sin embargo ella estaba presente en aquella oscuridad absoluta. Vislumbraba atisbos de su cara. Los ojos oscuros, que anunciaban calamidad. Y el peligro que la rodeaba, enemigos que la acosaban por doquier. Su cadena de huesos temblaba para advertirle y él se despertaba de golpe, deseoso de prevenirla, hablándole a la celda como un enajenado: «La muerte te acecha, Kidan. No vayas a casa. No estás segura». Todo ello en un patético intento de salvarle la vida. Pero ¿por qué? Él ya no era un Mot Zebeya, un guardián de la muerte, sino una bestia, una abominación.

Le habían matado y le habían revivido con la egoísta intención de arreglar lo que estaba roto, y le habían arrebatado la paz. Ahora no pertenecía a ninguna parte.

No era ni un devoto Mot Zebeya ni una vampiro funcional.

Los resucitados después de la muerte como él eran seres voraces, que mataban a los humanos de los que se alimentaban; de ahí que GK se negase a comer. Día tras día, sufría con cada molécula de su cuerpo y se preguntaba cuándo terminaría el suplicio.

La puerta se abrió y oyó el eco de unos pasos quedos. Reinaba la oscuridad, unas tinieblas tan profundas que GK había olvidado la existencia del sol.

La bombilla del pasillo parpadeó y él siseó de dolor al mismo tiempo que cerraba los ojos. Todavía tenía que hacer un gran esfuerzo para silenciar sus sentidos amplificados.

Al principio oía las voces del piso superior, el sonido de las risas y cientos de pasos que iban de acá para allá. Poco a poco había enseñado a su cuerpo a concentrarse en un solo sonido: el goteo en el interior de las paredes. Se aferraba a él, contaba y contaba hasta olvidarse de sí mismo.

—Bebe —le dijo una voz suave de chica a la vez que dejaba algo en el suelo. A pesar del tono amable, la voz le provocó un dolor penetrante que le traspasó el cráneo. El más mínimo estímulo le sobresaturaba los sentidos.

Aún más horrible que eso fue oír la circulación de la sangre en el interior de sus venas, un flujo tan potente como las aguas de un río bravo. Era humana. Un hambre irresistible se apoderó de él.

«¿Qué hacía allí? ¿Acaso los nefrasis la habían secuestrado también a ella?».

Se pegó todavía más al rincón de su celda.

—No es sangre —le dijo la chica, y el sonido de su voz le obligó a taparse los oídos con las manos—. Es una medicina. Te calmará el hambre.

Despacio, GK bajó las manos y miró el contorno de la botella antes de alargar la mano con tiento. Una medicina…

Pero él no estaba enfermo. ¿Era posible enfermar siendo un vampiro?

Su nuevo sentido del olfato le permitía percibir los olores a través de las paredes y una sola vaharada de ese brebaje le provocó tos. Olía a putrefacción.

La chica soltó una leve carcajada.

—Las medicinas no saben bien. Bébetela, por favor. Te ayudará.

Cada una de sus palabras le arrancaba una mueca de dolor. El maldito tono era demasiado chillón. A través del dolor de cabeza, distinguió las trenzas largas y rizadas y los dedos entrelazados ante sí. GK echó mano de la nauseabunda bebida. Cualquier cosa con tal de que dejara de machacarle los oídos. Percibió hasta la última partícula de la medicina, una mezcla de hierbas con un efecto abrasador. Le inflamó el esófago y vomitó, lo que empeoró el dolor de garganta.

Sin embargo, pasados unos segundos su cuerpo experimentó la sensación de haber encontrado agua por fin tras décadas caminando por el desierto. GK se echó hacia atrás y cerró los ojos. No quería sentirse así, aliviado y cómodo. Ahora le costaría más volver al estado de autofagia.

Pero quizá pudiera permitirse unos instantes de serenidad.

La chica no se marchó. Oía los latidos de su corazón y se sentía como si tuviera la cabeza en el interior de su cuerpo, de tanto que retumbaba.

—Mi hermana te tiene cariño —dijo la chica, que se sentó en el suelo frente a él.

GK levantó la cabeza y atisbó unos ojos color miel y una cara de facciones suaves, redondeadas.

«Kidan».

—¿Quién…?

No pudo terminar la pregunta. Hablar se parecía a tragar agujas.

El cuerpo de GK se tensó; un dolor distinto a cualquiera que hubiera experimentado le atravesó.

Kidan, la chica que un día creyó necesitada de ayuda, de protección, había matado a su madre de acogida. Había encerrado a GK en una cripta y había permitido que Yusef y Slen le asesinaran. Y esta era… su hermana.

—Vete.

Pronunció la palabra con esfuerzo, notando la transpiración en las sienes.

Esa chica… Repasó mentalmente sus conversaciones con Kidan. Si sus recuerdos no le engañaban, se llamaba June. Así pues ¿Kidan había dado con ella finalmente? Pensar en la verdadera personalidad de Kidan arruinó cualquier sensación de felicidad que GK pudiera haber sentido por ella. ¿Cómo era posible que no se hubiera dado cuenta de cómo eran todos? Tantos meses estudiando con ellos, ajeno a la realidad.

Qué tonto había sido.

—Vete —repitió, de nuevo con voz ronca. De nuevo oía el rugido de la sangre y pronto sería su único pensamiento—. Antes de que te haga daño.

June habló con voz queda.

—Necesitas beber sangre. Te ayudaré a controlar la sed, pero debes tomar un par de gotas al menos.

GK negó con la cabeza y empujó la botella que le ofrecía.

—No... Márchate.

La sed de sangre que acarreaba la transformación era incontrolable y él no pensaba arriesgarse a iniciar ese camino.

Ella levantó la barbilla con ademán desafiante.

—Pues entonces vendré cada día hasta que decidas beber sangre.

Las palabras le provocaron desconcierto, y preguntó con esfuerzo:

—¿Por... por qué?

June guardó silencio el tiempo suficiente como para que GK imaginara que le perforaba la carne con los colmillos y le absorbía la sangre como un insecto. Notaba una vibración en los caninos y tuvo la sensación de que tenían vida propia. Le suplicaban que los liberase. Volvió a notar un calambre en el estómago y se sujetó la barriga.

Cuando June habló, había una determinación implacable en su voz.

—Porque Kidan pronto te va a necesitar.

51

KIDAN

ESA MISMA TARDE, CUANDO SAMSON CRUZÓ LA HABITACIÓN AL CABO DE un rato, Kidan ya tenía la sangre preparada en un vaso y estaba leyendo junto a un fuego crepitante. Las ráfagas de calor hacían que se le acumulase el sudor en el hueco entre los omóplatos. Era consciente de cada crujido y de cada corriente de aire, del sol que se derramaba sobre los pergaminos de Susenyos y de las ramas que golpeteaban la ventana. Los muros de la casa no eran distintos de su propia piel.

Samson traía tierra en las botas y, sin hablar, apuró el vaso. Solo estaba lleno a medias, adrede.

Ante de que le ordenara que le diera más, Kidan dijo:

—Necesito que me ayudes con una tarea.

En la mesa de madera descansaba la larga cinta roja que había usado Susenyos para atarse a ella. Brevemente, Kidan le contó a Samson lo que tenía que hacer, procurando que su voz sonara aburrida.

—¿Obedecer a tu compañero durante seis horas? —Sus ojos apagados se desplazaron sobre ella con ansia—. Por fin esa escuela tuya te enseña verdadera servidumbre.

Samson se acercó lentamente a la cuerda y se ató la muñeca con ella. Kidan se puso de pie y, reprimiendo las náuseas que sentía, hizo lo propio con el otro extremo.

En lugar de expresar la rabia habitual, Kidan trató de crear un ambiente cálido y seguro en la estancia dibujándose círculos en el muslo. Intentó envolver a Samson con el sentimiento. Lo visualizó, una ola de color que se dirigía hacia él…, antes de derramarse como un castillo de naipes. Kidan frunció el ceño cuando el sentimiento rebotó de vuelta hacia ella como una goma elástica que se rompe. Un escudo hecho de oscuridad envolvía a Samson.

Si los círculos no funcionaban, probaría con el símbolo siguiente. El triángulo. La rabia.

Al instante, el vaso salió volando de la mano de él y se estrelló contra la pared. Mierda. No era la emoción más adecuada.

—Arin ha desaparecido —gruñó Samson—. ¿La has visto?

Aunque el terror le hacía castañetear los huesos, Kidan no pestañeó.

—No.

Las venas de Samson, verde claro bajo la piel marrón oscuro, se tornaron visibles.

—¿Y a Susenyos?

—Sé donde está.

Él se precipitó hacia Kidan apretando los dientes.

—¿Dónde?

Despacio, Kidan se dibujó el símbolo de la confianza en el muslo. Instaba a la casa a sonsacarlo, pero fue como tratar de extraer agua de un pozo seco. Pues claro que Samson no confiaba en ella.

Osculión precisaba semillas de verdadera emoción.

—Te voy a decir cómo castigarle —empezó Kidan despacio, tratando de reprimir el repentino cambio de color de la casa.

Una leve chispa prendió en los ojos de Samson, cauta, pero también curiosa.

La semilla que Kidan estaba buscando.

—Pero si lo hago tendrás que liberar a GK.

Los tambores estallaron en sus oídos, bajo sus pies. El problema de experimentar todas las emociones que la asaltaban era lo mucho que la desconcentraban.

—Dime.

La lúgubre mirada de Samson se posó en su cara. La necesidad de evitarla se apoderó de ella, pero Kidan se obligó a mirar esos ojos ávidos. Samson le tendía cada vez más hilos y ella sabía lo que tenía que hacer para que le abriera la mente.

—Tú querías saber cuál es la ley actual de la Casa Adane —le dijo Kidan, reprimiendo el aleteo que notaba en la barriga—. Por fin la he descubierto. Tiene que ver con Susenyos. La casa le arrebató el vampirismo.

Samson torció la cabeza y enarcó las cejas. Una minúscula ventana dividió sus pupilas de ónice.

—Será mejor que no me estés mintiendo, heredera.

—No te miento. Te lo enseñaré.

Ella se dio media vuelta para echar a andar, pero él sujetó la cuerda con fuerza y la obligó a parar. Pasado un momento, la dejó llevarle al sótano con el cordón rojo colgando de su mano derecha, ahora conectada con él.

Le costó mucho no usarlo para estrangularlo...

Kidan miraba al frente con la esperanza de que no viera el asco en su cara. Un helor pétreo la asaltó cuando llegaron abajo.

—Está aquí.

Encendió la luz.

Botellas de vino tinto y de licor destellaron en la penumbra. El rancio olor al plástico de las viejas colchonetas cargaba el ambiente.

Y allí, en el rincón, encadenado en la bodega, estaba Susenyos.

A Kidan le hirvió la sangre al verle así. Aunque había intentado preparar a Susenyos para ello, la propia Kidan no se había preparado. Temía no durar ni una hora.

«Confío en ti».

Susenyos le dijo esas palabras mientras lo encerraba, con el rostro dividido por los barrotes.

Para Kidan, esas palabras tenían una importancia inmensa.

Materializaba algo entre los dos.

La expresión petulante de Samson reapareció cuando se acercó a Susenyos. Observó las cadenas con ojos ávidos y brillantes.

—Por todos los infiernos.

Los barrotes estallaron en llamas, casi hasta derretirse.

«Respira», se ordenó Kidan.

El fuego se retiró.

Susenyos se apoyó en el regazo el libro que estaba leyendo como si unos invitados hubieran venido a verle. Guardó silencio, como el artista que era en no revelar sus emociones.

52

KIDAN

—¿CÓMO LO HICISTE PARA SOMETERLO? La voz de Samson rezumaba asombro.

—Le puse algo en el vino. —Kidan se las arregló para que no le fallara la voz—. Le pedí que bebiera. No fue difícil.

Samson esbozó una sonrisa lobuna en dirección a Susenyos.

—¿Te ofrece veneno y te lo bebes de buen grado?

—Es una maestra del engaño —respondió él con tranquilidad—. Como una serpiente.

Kidan se mordió el labio inferior.

—Tú me encerraste aquí una vez.

—Cierto —dijo Susenyos—. Lo hice, ¿verdad? Me disculpo.

Ella enarcó una ceja recelosa.

—¿Sí?

Era extraño lo fácil que les resultaba volver a comportarse como enemigos. Realmente peligroso. Esta versión de ellos llevaba un tiempo esperando detrás de unas tenues cortinas, lista para salir a escena. Dependiendo del punto de vista, a Kidan le costaba saber si estaban representando la alianza o el odio.

«Tenemos que ser cuidadosos —pensó—. Estamos a un pelo de recaer en la antigua dinámica».

Susenyos se arrastró para acercarse al máximo a Kidan, de modo que un haz de luz iluminara la verdadera ira de su rostro.

—Me disculpo por no haberte matado aquel día.

Kidan retrocedió un poco y una línea de calor azul se extendió entre los dos. La de él era más intensa, tanto que incendiaba la de Kidan y devoraba el sótano.

Ah, estaba enfadado. Pero la ira no iba dirigida contra Kidan. Se posaba en su coronilla y caía en cascada por sus hombros como llamas protectoras.

Le sonsacarían la información a Samson y luego le destruirían.

Kidan estuvo a punto de sonreír.

Samson soltó una risotada siniestra que interrumpió las imágenes de la casa. Abrió la verja.

—No le tengas miedo, heredera. Ven. Te voy a enseñar cómo castigamos a los que abandonan a sus amigos.

Los oídos de Kidan rugieron con el retumbar de los tambores, el sonido de la casa para la fatalidad inminente. Sus entrañas protestaron, pero se ordenó permanecer impertérrita.

Samson tiró de la cadena con tanta violencia que se oyó un horrible crujido de huesos. Un grito reprimido vibró en la garganta de Susenyos, que se desplomó en el suelo aferrándose el hombro dislocado.

Kidan dio un paso instintivo hacia él, pero se detuvo a tiempo.

Samson se volvió a mirarla, buscando algún amago de emoción, pero ella borró cualquier expresión de su rostro.

La casa la camufló.

—Bien, heredera. —Samson caminó a su alrededor, ladeando la cabeza. Las manos de ambos seguían unidas por una línea roja de muerte—. Vamos a empezar.

Durante las horas siguientes, Samson la obligó a sostener una vela encendida y a quedarse a su lado mientras él leía los rollos de Susenyos.

—«*Carta al Inmortal* —empezó con una sonrisa burlona—. Mi vida está destrozada. He perdido mi casa en un incendio y a mi marido con ella. Por favor, préstame cualquier ayuda que puedas. Talia Randle. Virginia, 2014».

Quemó la carta y observó cómo se consumía. Kidan se movía cuando él lo hacía. La imagen le provocaba náuseas. Ella estaba quemando la carta también, forjando una conexión más profunda, indeseada, con él.

«Esa es la idea», se recordó.

Susenyos los observaba desde un rincón de la bodega, sujetándose el hombro y resollando con fuerza, silencioso e implacable. Fingía tan bien que Kidan tenía que recordarse una y otra vez que todo era una representación.

—Tantas mujeres que recurren a ti, que te piden protección... ¿Eso te ayuda a sentirte realizado?

El gruñido que profirió Susenyos fue propio de un perro salvaje. Samson abrió otro pergamino y lo leyó antes de rasgarlo por la mitad. El sonido del papel al romperse erizó la espalda de Kidan, salvaje y cruel.

—Como si salvas a mil mujeres, *wendem*. Eso nunca compensará lo que hiciste.

Susenyos echó un vistazo a los trozos de papel rotos y desperdigados por el suelo. Un titileo de pena azul le rodeó antes de que su mirada se endureciera.

—Deberías haberme escrito tú también —dijo en un tono de voz empapado de arrogancia—. En ese caso quizá te habría prestado esa atención que tan desesperadamente necesitas.

A Kidan le tembló el labio al ver la expresión de rabia que se había apoderado de Samson.

—Heredera. Acerca ese fuego a su piel.

Ella dio un respingo.

—¿Qué?

—Quémalo.

Los dedos de Kidan temblaron y dibujó el símbolo de la confianza a la vez que visualizaba el cordón dorado que la conectaba con Samson. Ahora era más largo y más grueso, puesto que había traicionado a Susenyos, pero seguía fuera de su alcance. Él aún no se fiaba.

—¡Ahora!

Samson entornó la mirada y las hebras parpadearon amenazando con desaparecer del todo.

Kidan se apresuró a entrar en la bodega, fijándose sin poder evitarlo en cómo Susenyos retrocedía aún más hacia la pared. Le partía el alma verlo acobardado.

«Dime que pare y lo haré».

Pensaba eso una y otra vez mientras trataba de sostenerle la mirada. Él la observaba con las pupilas dilatadas, marrón oscuro en lugar de negras. Cuando le acercó el fuego a la piel con dedos temblorosos, él se abalanzó sobre ella y le tiró la vela.

Al instante la cadena estaba en torno al cuello de Kidan, el rostro de Susenyos peligrosamente cerca del suyo.

Kidan se quedó sin aire. La cadena no llegaba a estrangularla, pero estaba lo bastante tensa como para resultar convincente. Susenyos tenía la mejilla manchada de tierra. Había una súplica sincera en su respiración rápida y pesada contra ella. Le pedía que lo sacara de allí tan pronto como pudiera.

La cadena repicó contra el suelo de piedra y Kidan tosió frotándose la garganta. Mientras sujetaba a Susenyos, Samson le asestó puñetazos en la barriga hasta que el otro se dobló sobre sí mismo.

—Así eres tú, *wendem.* Haces daño a mujeres indefensas.

La risa grave y sin fuelle de Susenyos reverberó en el sótano.

—Todo esto para poder ocupar mi lugar. Mi corte nunca te reconocerá como líder.

Samson se quedó paralizado.

—Ahora es mi corte.

—¿Tú crees? ¿Entonces por qué Arin apenas te respeta? ¿Por qué Warde se inclina cuando se cruza conmigo? Recuerdan a su emperador.

Samson dobló la mano metálica. Un golpe bien dado y Susenyos podía morir.

Kidan invocó su armadura, preparada para interponerse entre los dos. El corazón le latía a toda potencia.

—Pero te gustan las cosas que yo desecho, ¿verdad? —Susenyos recostó la cabeza contra la pared, sangrando por la boca—. Primero, Talaa…

—No pronuncies su nombre.

Los hombros de Samson subieron y bajaron como los de un monstruo.

Impertérrito, Susenyos continuó:

—Primero Talaa, luego mi corona, mi pueblo. Diablos, Kidan Adane es mía, así que aquí estás tú, suplicándole de rodillas que se una a ti. Quieres todo lo que yo tengo. —Se frotó la boca y escupió sangre oscura—. Es patético.

El cuerpo de Samson vibró de la cabeza a los pies de fría furia. Se abalanzó hacia delante, pero Kidan se interpuso entre los dos. Extrajo el cuchillo de plata que llevaba escondido en la manga del jersey y lo esgrimió.

—¿Qué haces?

Los ojos de Samson se ensombrecieron.

Las emociones inundaron la habitación, resplandecientes como el sol, teñidas de consuelo y confianza. En los ojos de Susenyos se arremolinaron palabras ocultas. Por una milésima de segundo, su mirada se posó en la daga antes de volver al rostro de Kidan. Ella notó una tensión en las entrañas al comprender lo que le estaba pidiendo.

—Mírala —prosiguió Susenyos en tono casi orgulloso, arrogante—. ¿Lo ves? Es mía.

Kidan inspiró.

Exhaló.

Luego se dio media vuelta empuñando el cuchillo y rajó la mejilla de Susenyos.

Él inclinó la cara a un lado y Kidan notó un retortijón en la barriga. El corte no era profundo, pero el chorro de sangre fue espectacular. Susenyos se tocó la cara como si no se pudiera creer que ella le hubiera atacado. Le temblaron las narinas.

Kidan le acercó el cuchillo al ojo y escupió:

—Yo nunca he sido tuya.

Temblaba de la cabeza a los pies, aunque ni una gota de rabia se reflejó en la habitación.

La confianza de Susenyos era absoluta. Sonriente.

Siempre fue la violencia el vínculo que los unía, malsana, oculta o suave. Siempre y cuando siguiera ahí, y había de sobra, nunca se separarían. Era su propio cordón rojo, uno que Kidan jamás quería romper.

Cuando ella retrocedió, la sonrisa de Samson fue inesperada, ancha como un cuchillo. Un escalofrío le recorrió los brazos al saber que ella era el motivo del gesto.

—Me importa un comino lo que os pase a ninguno de los dos —dijo Kidan con una voz que sonó como puro acero—. Yo solo quiero recuperar a mi amigo.

El tiempo se alargó en aquella cámara exigua y oscura, los dos mirándola con cierta curiosidad, con recelo.

Samson alargó la mano metálica para apartar el arma de Kidan.

—Ven, necesito un trago de esa sangre tan feroz.

Ella intentó no vomitar. Con gran esfuerzo, Kidan bajó la mano y subió las escaleras limpiando la sangre de Yos de su daga.

«Lo siento».

El brazo de Susenyos colgaba por fuera de la reja y Kidan habría jurado que sonreía en la oscuridad.

Arriba, la luz de la mañana se derramaba por los grandes ventanales, un extraño contraste con la oscuridad que reinaba en el sótano. June no había vuelto a pisar la casa desde que intentó matar a Kidan. Una parte de ella se alegraba. Así era más fácil, pero no podía arrancarse la preocupación que se iba apoderando de ella día tras día. Pensamientos horribles la atormentaban. ¿Y si algún otro alumno había matado a June y la había enterrado en las inmediaciones de Uxlay? La Dranacti convertía en monstruos a los seres más inocentes.

«Deja de pensar en ella. Sepárate».

Samson se acercó y le ofreció el vaso en el que normalmente Kidan le servía su sangre.

—Córtate.

Kidan dejó el cuchillo sobre la mesa y, en vez de eso, le ofreció el cuello. Samson siempre se había asegurado de no dejar que ella se acercase a sus pensamientos o recuerdos, pero esa sería la manera más rápida de fortalecer su vínculo. Kidan esperaba que su expresión no delatara el asco que sentía.

El recelo titiló en las pupilas de Samson. Kidan incrementó el calor natural de la estancia y le prestó una tonalidad reconfortante. Tiraba de las hebras.

—No me importa —le dijo, clavándole los ojos—. ¿A ti?

Samson se acercó despacio, con un brillo hambriento y confuso en la mirada. Contra el muslo de Kidan, el símbolo del infinito cortado se caldeó.

Él no le mordió el cuello. No quería que atisbara su deseo. En vez de eso, Samson le levantó la muñeca y la arañó con un dedo metálico, que le provocó escalofríos. Los colmillos asomaron, blancos contra la piel oscura, y ella hizo de tripas corazón mientras el vampiro la mordía.

La habitación giró y se distorsionó hasta transformarse en un espacio y un tiempo distintos.

Un recuerdo de infancia... Susenyos ataviado con ropajes regios y una corona sobre el tupido cabello; la misma corona que Kidan había transformado en un collar. Los dos estaban sentados en un prado y el castillo asomaba detrás. Una chica de tez oscura, impecable, asomó a lo lejos, y Samson arrancó un puñado de hierba, evitando sus ojos. Susenyos soltó una carcajada burlona. Tenían dieciséis años, diecisiete tal vez.

—Si sigues comiéndote con los ojos a mi prometida, te los arrancaré —dijo Susenyos con una expresión traviesa en los ojos.

—Ni siquiera la amas.

—¿Y? Nos vamos a casar.

—Antes debería crecerte la barba —le espetó Samson.

Susenyos rodeó el cuello de Samson con el brazo y forcejearon en broma, lo que llamó la atención de la chica. Talaa corrió hacia ellos con el sol radiante a su espalda.

—¿Qué estáis haciendo? —preguntó.

—Nos peleamos por tu mano.

Susenyos le dedicó una gran sonrisa.

—No voy a casarme con ninguno de los dos —declaró ella—, porque no me vais a dar lo que quiero.

Los chicos dejaron de luchar.

—Pero serás emperatriz. Podrás tener lo que quieras.

Susenyos se incorporó.

Samson frunció el ceño.

—Yo recogeré flores para ti cada día. Sé que te gusta adornarte el pelo con ellas.

—¿Qué chica prefiere flores a una corona?

Susenyos se rio y Samson entrecerró los ojos.

Talaa se interpuso entre los dos y su vestido ondeó al viento.

—No quiero nada de eso.

Los dos la miraban hipnotizados por su belleza y tardaron un rato en preguntar.

—¿Y qué quieres?

—Quiero ser inmortal.

La imagen se fundió con el presente y Kidan inhaló con fuerza cuando Samson le retiró los colmillos.

La sangre chorreaba por la barbilla del vampiro y sus iris se habían teñido de un violento color rojo.

—¿Qué has visto?

Kidan pestañeó para alejar el vértigo.

—A Talaa.

—Se suponía que tenía que protegerla.

Kidan se disponía a hablar con suavidad para arrancarle algo más cuando el temporizador se apagó.

Los dos bajaron la vista hacia la cuerda roja. Samson la desató al mismo tiempo que intentaba disipar la niebla de su propia mirada.

—Quédate aquí.

Ella se abstuvo de presionarlo. Todavía no.

—¿Qué vas a hacer?

Sin responder, Samson empezó a bajar las escaleras que llevaban al sótano.

53

SUSENYOS

SUSENYOS SONRIÓ EN LA OSCURIDAD Y SE TOCÓ LA MEJILLA PARA CALmarse el escozor.

Había una especie de alivio extraño en rendirse a la hoja de Kidan, aunque esta casa lo tornara más vulnerable que las torturas de Lusidio. Solo de pensarlo notó la queja de las marcas que tenía en la espalda. El sentido de la vista no le permitía asomarse entre las sombras ni podía oír con los oídos humanos lo que estaba ocurriendo encima del sótano. ¿Le estaba revelando Samson sus secretos a Kidan o estaba perdiendo los nervios? Su respiración se aceleró y luego se calmó. El roce de las planta de los pies contra el suelo se le antojaba insulso. Ya no podía sentir cada astilla ni cada partícula de polvo. No era muy distinto a estar sumergido en el agua.

Al menos no había espejos. Nada que le mostrase lo bajo que había caído.

No podría soportar esto mucho tiempo. Lo máximo que había conseguido aguantar eran siete horas, de rodillas en el observatorio.

Cuando la puerta del sótano volvió a abrirse, los ojos de Samson carecían de cualquier vestigio de luz. Susenyos no sabía dónde ni cuándo había desaparecido aquel resplandor juvenil que antes siempre le envolvía. A veces los recuerdos le jugaban malas pasadas y convertían al amigo con el que corría aventuras desde los siete años en un fantasma del castillo, en una historia de su imaginación. Habían representado demasiados papeles a lo largo de los años.

El criado y el príncipe. Eso fueron una vez. El guardia y el emperador. Ahora el vampiro y el humano.

—Al final has ganado. —A Susenyos nunca le traicionaba la voz, aunque lo hiciera el latido de su corazón—. Al final has conseguido presenciar la caída en desgracia del emperador. Me admira la intensidad de tu compromiso con la empresa de arruinarme la vida. ¿Es tal como lo habías imaginado?

La cicatriz de Samson se tensaba cada vez que Susenyos sonreía, y por eso lo hacía a menudo. Era como si su felicidad, aunque solo fuera al nivel de una sonrisa superficial, provocase auténtica perturbación en el alma de Samson. La sonrisa de Susenyos se ensanchó y la expresión de Samson se ensombreció aún más si cabe.

—Todavía lo haces —rugió Samson—. Hablas como si el mundo entero tuviera que inclinarse ante ti.

—No te olvides de los ángeles.

Las palabras de Samson sonaron como un gruñido.

—Príncipe consentido y traidor. Tu padre era una bestia, pero al menos él cumplía su palabra.

La sonrisa de Susenyos flaqueó y Samson se aferró a ese gesto como un sabueso, husmeando ese mínimo trastorno que le había infligido. Ese era el problema de las antiguas amistades: uno nunca olvidaba lo que habían sanado en ti ni que, con un único arañazo, podían reabrir la herida. Por eso tenía que deshacerse de Samson rápidamente. Susenyos jamás se enfrentaría a él tal como era ahora: un ser digno, que se había reconstruido con una fuerza increíble. Para Samson, siempre sería un niño humano asustado de su padre.

Y ese niño jamás podría ganar.

—Mi padre siempre me aconsejaba que te desollara con un látigo —dijo Susenyos con una voz fría como una tumba—. Yo no soy como él.

Los ojos de Samson recorrieron el rostro de su antiguo amigo con asombro.

—Piensas que me ahorraste castigos.

—Te ahorré castigos.

Su mano de metal resonó cuando dobló los dedos.

—¿Cuándo? ¿No te pareció raro que dejara de participar en las carreras? Sabía que me observabas, que envidiabas mi velocidad desde que te puse en evidencia durante la celebración de Gena. ¿Y qué me dices de esos meses en los que apenas podía cargar alimentos en tus meriendas campestres? ¿No te extrañó?

Susenyos entornó los ojos.

—No tenías cicatrices.

—Tenía los pies destrozados —gruñó Samson destellando ante los barrotes, de modo que el rojo de sus pupilas adquirió un tono increíblemente intenso—. Los guardias de tu padre dijeron que lo hacían porque no paraba de correr y molestaba a los habitantes del castillo. Pero todos conocíamos la verdadera razón. Ganaste la siguiente carrera. Presumiste y sonreíste delante de tu padre como si hubieras escalado una montaña. Tú sabías lo que me habían hecho, pero no dijiste nada. Porque siempre has sido un cobarde. Siempre.

A Susenyos ya no le pareció necesario disimular la rabia que sentía; el sótano perdió su insoportable frialdad, los muros se derritieron como lava.

—Pero ella se dio cuenta.

Las pupilas de Samson se atenuaron una pizca.

Susenyos supo de quién estaba hablando porque su voz mudó en tierra blanda, una semilla del antiguo ser de Samson enterrado en sus profundidades.

—Talaa vino a curarme los verdugones mientras tú te exhibías por ahí.

Los recuerdos se enfocaban y se desenfocaban en su mente, pero Susenyos solamente podía evocar los aplausos de la gente, la descarga de adrenalina. No se dio la vuelta para ver dónde se había metido Samson. Ni su prometida. En el fondo le daba igual.

Su padre por fin estaba orgulloso tras meses de silencio, después de culparle de la muerte de su madre, y él quería disfrutar de la sensación tanto tiempo como pudiera.

Samson hizo chasquear la lengua y siguió hablando, ahora con voz pétrea.

—Tú sabías que no podías protegerla. No de tu padre. Ni de ese bosque.

—Yo era humano entonces.

Raudo como el rayo, Samson abrió la verja de la bodega y agarró a Susenyos por el cuello de la camisa, tan cerca que las dos caras estaban pegadas.

—Aférrate a esa excusa durante el resto de tu miserable vida. Pero ninguna inmortalidad, ningún poder, borrará lo que hiciste en ese bosque.

Su viejo amigo no había sonreído ni reído con sinceridad desde el día que Talaa perdió la vida. Además de culpar a Susenyos de su muerte, Samson nunca le perdonaría que hubiera encontrado alegría después de Talaa.

No se daría por satisfecho hasta que se hubiera asegurado de que Susenyos jamás pudiera volver a reír.

Samson era su creación, un amigo al que tenía que matar de una vez por todas. Pero aun ahora seguía viendo lo que no estaba ahí, un atisbo de aquel muchacho que mataba asaltantes y bebía tanto que pensaban que el cielo se estaba desplomando. La vida inmortal acarreaba la esperanza de que el paso de las estaciones le devolvería a su viejo amigo, derretiría el odio y haría que Samson le perdonara.

Era una tontería.

Samson solamente creía en el dolor compartido, en la desgracia compartida, en la tortura compartida. Incluso cuando eran niños, Susenyos había presenciado la brutalidad calculada de Samson. Cuando un niño del pueblo le suplicó que le perdonara después de salpicarlo con aguas residuales, Samson le hundió la cara en orines hasta que el niño se lo hubo tragado casi todo. Cuando un noble sedujo a su hermana y luego la dejó tirada, Samson pasó dos años maquinando para cortejar y hundir en la miseria a las tres hermanas del noble. Se volvió cruel y se obsesionó con impartir el castigo perfecto. Siempre pendiente de equilibrar la balanza. Y nadie en este mundo le había hecho tanto daño a Samson ni le había quitado más que Susenyos.

El castigo no hizo sino crecer en la mente de Samson con el paso del tiempo. Sería tan implacable como los golpes de un látigo.

Por eso Susenyos estaba preparado para lo que vino a continuación. Llevaba décadas preparándose. El golpe de los puños contra la carne, la conciencia aguda de su debilidad inculcada una y otra vez. Samson le golpearía hasta romperle los huesos, pero Susenyos nunca le daría la satisfacción de gritar. Siempre había tenido la capacidad de separarse del dolor físico, de desplazarse a un lugar de su mente en el que estaba a salvo.

La primera vez que lo hizo, Susenyos tenía trece años y estaba aferrado al cadáver de su madre. Los asesinos habían burlado a los guardias y se habían colado en el castillo principal. Su madre le cogió de la mano y le escondió en los túneles, pero los atacantes conocían esas rutas ocultas. Su madre recibió la puñalada que estaba destinada a su hijo, justo en el pecho. Él nunca olvidaría el sonido, como mantequilla aplastada con un puño. Susenyos sostuvo el cuerpo en aquel túnel sembrado de telarañas, apartando las arañas de su cuerpo. Unas cuantas se ahogaron en la sangre.

Su padre jamás le perdonó que hubiera sobrevivido a aquel ataque.

La vez siguiente tenía diecinueve años y se había perdido en un bosque con Talaa. Había podredumbre negra y nudosa como raíces retorcidas, el tipo de podredumbre que te hacía sangrar la nariz y viajaba por las venas hasta que la muerte capturaba el alma.

Y allí estaba ella de nuevo, su Sabia. Un sueño de salvación a medida.

«Corre —le dijo ella con su voz poderosa y atronadora, el rostro deslumbrante en torno a los bordes de su máscara—. Corre y sobrevive».

Susenyos se había aferrado a la vida tras eso y, según encajaba un puñetazo tras otro, y el dolor estallaba en su cuerpo, volvió a notar su presencia cuando acudió a rescatarlo al borde de la muerte.

«No te matará —le aseguró con voz luminosa y el aroma de las rosas presente en la brisa—. No vas a morir».

Como siempre, creyó en sus palabras.

54

KIDAN

LAS HEBRAS DORADAS EN TORNO AL PECHO DE SAMSON SE ALARGA-ban con cada hora que pasaba torturando a Susenyos. Kidan intentó bloquear la sensación de su dolor, tan parecido a todas aquellas veces que había pasado horas sufriendo en el observatorio, y cenó con Samson en calma y tranquilidad.

Kidan solía evitar el comedor. Era una zona preservada, una extraña muestra de la gran familia que ya no existía. Dos mesas gigantescas, de pared a pared, una roja y otra blanca, ocupaban el espacio como para albergar a un ángel y a un demonio. En torno a la mesa cubierta de blanco había cinco sillas y sobre la misma cinco copas y cinco platos, con un nombre grabado en cada uno. Kais Dawit. Yodit Adane. Silia Adane. Mahlet Adane. Aman Yisak.

Samson se había sentado a la mesa del mantel rojo con Kidan en el extremo opuesto. En esta había quince sillas, quince copas de metal, ningún plato. Los nombres grabados en las copas eran más antiguos. Ruth. Daric. Beniam. Susenyos. Kidan miró la copa de Susenyos y lo imaginó allí, sentado entre los demás, riendo y bebiendo. Los dranaicos que habían jurado lealtad a su familia. Antes de que él los asesinara a todos.

La carne del plato de Kidan no sabía a nada y se acordó de los *siga wots* de Etete, tan especiados. Todavía oía el violento crujido del cuello, veía el momento en que la vida abandonó los bondadosos ojos. El recuerdo de Etete la atormentaría durante años y lo único que podía hacer Kidan era honrar su único deseo: colaborar con Susenyos y dejar de pelearse con él.

Aunque le daba miedo ejercer presión demasiado pronto, arriesgarse a estropear el plan, Kidan se estaba impacientando. No podía irse a dormir estando Susenyos encadenado en el sótano. No podía quitarse sus gruñidos de la cabeza.

Kidan masticó despacio un trozo de filete y preguntó:

—¿Adónde vas cuando no estás aquí?

Samson dejó el tenedor en el plato y la miró desde el otro extremo de la mesa. Debajo del mantel, los dedos de ella no paraban de dibujar un pentágono, su símbolo de la confianza, que bañaba la sala de un resplandor dorado. Pequeñas motas brillantes caían en los hombros de Samson y se hundían en su cuerpo.

Él le hizo un gesto con la mano y Kidan arrastró la silla hacia atrás y se acercó. Los ojos rasgados de Samson recorrieron su figura por primera vez. Llevaba un vestido que le dejaba los brazos y el cuello al descubierto para facilitarle el acceso.

Con un movimiento raudo, Samson se puso en pie y empujó la cabeza de Kidan hacia atrás. A ella se le aceleró el corazón. Por fin iba a atreverse con su cuello. Los colmillos afilados como cuchillas se hundieron en su garganta. El deseo de Samson era una fuerza palpable, asfixiante. Se veía a sí mismo como emperador ante la corte de vampiros de Susenyos, esgrimiendo lo que todos ellos más ansiaban: las tres reliquias. Y... una chica de piel color caramelo y risa contagiosa con un anillo en el dedo.

Talaa.

La escena de la corte mudó en una imagen de Samson a solas. En posesión de las espadas. Las famosas armas, largas y plateadas, parecidas a la superficie del agua. Un tajo de esas hojas podía cortar en dos el fino pelo de un niño. Samson intentaba romperlas. Según las leyendas, aquel que rompiera las reliquias se convertiría en Sabio. Y sin embargo… ni siquiera una fuerza sobrenatural era capaz de doblarlas. Cada músculo de su cuerpo lo intentaba sin resultado. Como eso no funcionaba, Samson lo probaba con el fuego. Pero no había calor capaz de fundir las hojas. Incluso cuando las hundió en lava reemergieron intactas.

Se lo mostró todo a Kidan en imágenes sueltas y rápidas. Durante décadas, Samson había empleado un método tras otro para tratar de quebrar la reliquia. Era imposible.

El miedo de Samson era un dragón con aliento venenoso, su deseo de triunfar abarcaba cada centímetro de su cuerpo.

Una vez que la soltó, Kidan se desplomó en la silla y volvió al presente despacio. Samson la observaba con atención.

Ella se frotó las pequeñas marcas del cuello mientras trataba de entender lo que había descubierto. No era la ubicación del escondrijo nefrasi ni dónde estaban las espadas, sino algo aún más desconcertante.

—No… No puedes romper las espadas, ¿verdad? —dijo Kidan—. Temes que, después de tantos años, aun teniendo las reliquias, no seas capaz de quebrarlas.

Samson no dijo nada. Todavía la miraba con una mezcla de confusión y rabia. Kidan se revolvió en el sitio, incómoda con su silencio. Enseguida cayó en la cuenta de que Samson también debía de haberse asomado a su deseo. ¿Qué había visto?

—Le saboreo por todo tu cuerpo. —Samson entornó los ojos—. Deseas que sea libre.

Mierda.

—Él me salvó una vez. —Kidan optó por la sinceridad mientras se rehacía a toda prisa—. Siento que se lo debo.

—Es lo que hace. Él decide quién merece seguir viviendo y quién no. Juega a ser Dios. Si te salvó, seguro que no pagó ningún precio por ello.

Las hebras de confianza titilaron, pero no desaparecieron, así que Kidan siguió insistiendo.

—¿Qué le pasó? A Talaa.

Un destello de dolor asomó al rostro del vampiro.

—Él la mató.

—¿Qué?

Puro odio se arremolinó en los ojos de Samson, suficiente para que Kidan reculara en su silla.

—¿Sabes lo que se siente cuando pierdes a la única persona que te entiende, heredera? No hay luz en el mundo sin ella. Y ya nunca la habrá. No hay más risas. Y una vez que sea Sabio, si no puedo estar con ella, le enseñaré al mundo lo que es la auténtica oscuridad.

Kidan no respiró hasta que él se enfundó el abrigo, miró el reloj y dijo:

—Tengo que reunirme con tu puto profesor. No bajes.

Abandonó la casa. La luz parpadeó rápidamente en lo alto y las paredes se estremecieron con una advertencia de la que se hizo eco el corazón de Kidan latiendo con fuerza. Ella nunca había visto semejante desolación y odio en una misma alma. Una entrega absoluta a la venganza.

Kidan se puso en pie a toda prisa y cogió un cuenco de agua antes de bajar a la celda de Susenyos. Trató de sacudirse el helor que le habían dejado las palabras de Samson, pero el frío la siguió de cerca y volvió a calarla hasta los huesos. Imaginó un mundo gobernado por las reglas y las leyes de un nuevo Sabio. La decisión de salvar o destruir en la palma de una mano; era aterrador. Emocionante.

Iniko y Taj estarían cerca, vigilando el regreso de Samson, así que se llevó el teléfono consigo.

Abrió el sótano y se acercó a Susenyos. Él estaba leyendo *Los amantes locos* en el rincón, a la luz de la pálida bombilla, anotando algo en el margen. La imagen hizo sonreír a Kidan. Un suave canturreo los envolvía.

Él tenía una mancha roja en la mejilla, ahora seca, las manos y la cara llenas de polvo. Su cuerpo debía de estar sembrado de contusiones, pero la camisa ensangrentada las tapaba. Kidan se arrodilló a su lado y una rabia ardiente le excavó un pozo en el estómago.

—¿Estás...?

Susenyos hizo un gesto de dolor y dejó el libro en el suelo.

—Estoy bien.

Ella notó una sensación de ahogo en la garganta, deseosa de que todo aquello acabara pronto.

Empezó a limpiarle la cara en silencio. El corte que ella misma le había hecho con el cuchillo. Susenyos la observaba y siseó al notar el escozor.

—No te puedo poner una tirita —le dijo ella sin apartar la mirada—. Sabría que he sido yo.

—No pasa nada.

Kidan devolvió el paño al cuenco y lo escurrió.

—Gracias... por todo esto. Ya sé que es muy peligroso.

—Sí que lo es. Sobre todo tu puntería. Por poco me sacas un ojo.

Una sonrisa de medio lado le bailó en los labios cuando percibió el brillo de los ojos de Susenyos. Saber que estaba de su lado le sentaba de maravilla. Le reventaba estropear ese ratito de descanso.

Pero tenía que ser sincera con él.

—He descubierto algo —le dijo.

—¿Hum? —murmuró Susenyos.

—Samson no puede romper las espadas. Lleva años intentándolo.

Él se echó hacia atrás una pizca y parpadeó de la sorpresa.

—No puede...

Kidan asintió. Inspiró hondo y se sentó en el cemento. No estaba frío, la casa los mantenía calientes a los dos.

—Lo he visto. Si las reliquias no se pueden romper, entonces todo esto es una gran mentira. Nadie puede ser Sabio, nadie puede romper los vínculos.

Susenyos arrugó el entrecejo antes de negar con la cabeza.

—Es imposible. Simplemente aún no conocemos la forma de romperlas.

El silencio los devoró. La mirada de él se perdió en el infinito. Era este último golpe el que lo había destrozado, más que la paliza.

—Hay algo que se nos escapa —insistió.

—Lo averiguaré.

Los ojos de Susenyos se desplazaron sobre ella. Él nunca renunciaría a esa búsqueda, ¿verdad?

—He visto algo más —dijo ella en un tono de voz ligeramente atormentado—. Si no puede estar con Talaa, lo destruirá todo. Destruirá el mundo. —Dibujó con la mirada un símbolo en el suelo—. Me pregunto qué se debe sentir. Cuando proyectas todo tu odio hacia fuera, cuando dejas que crezca tanto que solo puedes sentir alivio si el resto del mundo es tan desgraciado como tú.

Como Susenyos guardaba silencio, levantó el mentón para mirarle. Él la observaba con ojos intensos, fijos.

—Pareces fascinada en lugar de aterrorizada.

Ella frunció el ceño.

—Estoy asqueada.

—Cuidado, *yené* Roana, no te entretengas demasiado rato en la oscuridad.

El ambiente del sótano se suavizó y Kidan notó que la barrera volvía a disolverse entre los dos. Quiso acercarse aún más, pero se quedó donde estaba.

—Pensaba que te gustan las chicas que sueñan en la oscuridad —dijo.

Susenyos no estaba inquieto, solo se mostraba cauto, como si se hubiera planteado antes esa vía y supiera los peligros que acechaban en ella.

—Soñar en la oscuridad sí. Pero debes saber que las tinieblas también albergan sus propios sueños, una necesidad de enterrarnos a todos en el olvido. Y a mí me gusta mucho mi existencia. Y quiero que tú disfrutes de la tuya. Así que debemos controlar la oscuridad, nunca dejar que nos posea.

La línea era muy delgada. Y ella sabía por propia experiencia lo fácil que era caer en su hechizo.

VOTACIÓN DE LAS CASAS DE UXLAY

CASA ROJIT
65 DRANAICOS

TRAS SUS DELIBERACIONES, LA CASA ROJIT HA DECIDIDO QUE LAS CASAS FUNDADORAS DEBERÍAN SEGUIR SIENDO LAS ÚNICAS QUE PUEDEN HEREDAR EL DECANATO. LA CASA ADANE NO DEBERÍA PERDER SU POSICIÓN CENTRAL.

Declarado en el tribunal de los Mot Zebeyas
el jueves 21.

55

KIDAN

ANTES DE QUE EMPEZARAN LAS VACACIONES DEL SEMESTRE, EL PROfesor los convocó para comprobar sus progresos con la tarea del Hilo Rojo. Yusef no había sido capaz de encontrar a Arin, que en teoría era su compañera, para realizar su trabajo.

El profesor Andreyas le había regañado.

—Deberías saber dónde está tu compañera, Umil.

Yusef se frotó el cuello.

—Es que ella va a su aire.

Sí, pensó Kidan. Todavía tenía grabados en la retina la reacción de Arin a la sangre de Kidan y el blanco de sus ojos mudando en rojo cuando desapareció en aquel hoyo. Al menos ahora estaba enterrada.

Slen ya había terminado la tarea con Taj, con quien había pasado seis horas. «Fácil» fue la palabra que usó. Pero Warde, igual que Arin, tenía la costumbre de desaparecer. Kidan tomó nota mental. ¿Estaría June con él?

—Ese es el problema de los renegados. —Los labios del profesor se convirtieron en una línea prieta—. No sienten respeto por Uxlay. Espero que a partir de ahora demostréis más sabiduría en la elección de vuestros compañeros.

Si el profesor supiera…

Cuando Kidan comentó que las cosas iban bien con sus compañeros, el profesor arqueó una ceja.

—¿Y cómo lo has abordado?

«Recurriendo al engaño y a la tortura».

—Mediante la comunicación y la confianza —dijo—. Al modo del Último Sabio.

Yusef se rio por lo bajo, mientras que Slen se volvió a mirarla con curiosidad.

—Comunicación y confianza —dijo el profesor Andreyas a la vez que paseaba la vista por sus alumnos—. Vosotros os reís, pero es la única manera. Un error que todos cometéis es pensar que el Último Sabio tiene poco que ver con vosotros, que pertenece al terreno del mito. Sin embargo, si os digo que todos estáis practicando el Sabismo como dueños de vuestras casas, ¿estaría mintiendo?

Intercambiaron miradas.

El profesor Andreyas adoptó una expresión casi jovial.

—Me preocupa lo poco que sabéis en esta etapa avanzada de vuestra educación. No leéis con atención, no buscáis significados alternativos.

A Kidan le molestó el tono, pero guardó silencio. Estaba claro que, en su experta opinión, no estaban a la altura, y reconocerlo era el primer paso para aprender.

El profesor formuló las siguientes palabras con cuidado:

—Tres Vínculos. Lleváis oyendo este concepto desde que erais niños. Sin embargo, ninguno de vosotros lo ha reexaminado ni analizado desde el prisma de lo que sabéis ahora. Hacedlo, reexaminadlo. ¿Qué paralelismos encontráis?

Slen frunció el ceño con actitud concentrada, al igual que Yusef. Kidan estaba tan perpleja como ellos.

—Un sinónimo, actis. —El tono del profesor se endureció—. Eso al menos me lo podéis decir. Un sinónimos de «vínculos».

—Ah. ¿Lazos? —propuso Yusef.

—¿Restricciones? —añadió Kidan.

—No. —Slen había clavado los ojos en la pizarra—. Leyes.

En el instante en que escuchó la palabra, Kidan comprendió que Slen había dado en el clavo. El profesor Andreyas les había dado la respuesta masticada, así que no se mostró impresionado.

—Los Tres Vínculos o Las Tres Leyes. No hay diferencia. Como alumnos de Dominio de la Ley de la Casa, estáis aprendiendo también el arte del Sabismo. Todo está conectado. Un Sabio o una Sabia es un alma encarcelada por muchas leyes. El dueño o la dueña de una casa es un alma encarcelada por una ley.

«Encarcelada» era una forma curiosa de expresarlo.

Kidan pensaba que «libre» lo definía mejor. Estaba segura de que si tuviera la capacidad de promulgar cualquier ley, se sentiría totalmente liberada.

Echó un vistazo a sus notas. El Último Sabio otorgó a los actis poder sobre sus propias casas, una porción de su propio gobierno. Sin embargo, a diferencia de ellos, las leyes del Último Sabio se extendían por toda la tierra, sin límites. Kidan apenas podía concebir un poder semejante. Se preguntaba qué cosas podía crear una persona desde esa posición. Siempre había pensado que el Último Sabio era débil, por cuanto les había impuesto restricciones a los vampiros en lugar de matarlos. Pero debía de haber límites que ni él podía cruzar. En caso contrario, no sería distinto de un dios.

Kidan se aventuró a formular una pregunta.

—¿Es verdad que los Tres Vínculos se pueden romper?

Las cejas de Yusef desaparecieron debajo del nacimiento de su pelo y Slen enderezó la espalda en el asiento. La sangre rugía en los oídos de Kidan. Quizá no fuera prudente preguntar tan abiertamente. Un rumor sobre el descubrimiento del asentamiento del Último Sabio había provocado la muerte de sus padres, y Kidan no quería que Slen o el profesor pudieran pensar que eso era verdad.

El profesor Andreyas se quedó pensando un ratito.

—¿Qué poderes tiene un Sabio? ¿Se pueden romper los vínculos? ¿Cómo funcionan las famosas reliquias? Estas son las preguntas a las que siempre llega Uxlay, misterios que planean sobre nosotros.

Esa respuesta no le bastaba. Kidan estaba harta de misterios.

—Pero las respuestas están en el libro *Ye Abyssi Tarik*, ¿no? —insistió Kidan, incapaz de morderse la lengua—. Usted tiene que saberlo. Debe de haberlo leído.

Como vampiro más antiguo de la institución, no existía ningún libro que el profesor no hubiera leído de cabo a rabo.

Un tenso silencio los devoró a todos.

Yusef le advirtió con la mirada que lo dejara estar, pero ella no hizo caso.

El profesor no parecía enfadado, solo divertido.

—Los secretos que contiene ese libro requieren décadas de estudio. Conocimientos de lengua y de filosofía. Ninguno de vosotros podéis entenderlo en esta etapa, y eso implica que no estáis listos.

Kidan estaba cansada de ese tono condescendiente.

—¿Por qué complicarlo tanto?

Las pupilas del vampiro se transformaron en pozos negros y aterradores.

—Los mitos proceden de mil fuentes distintas. Pasan de padres a hijos y en cada ocasión se transforman. Son imposibles de capturar y es difícil diferenciar la verdad de la mentira. Es difícil porque vosotros pedís respuestas sencillas. Relatos sencillos. El origen de las cosas rara vez es simple. ¿Acaso el estudio de Dranacti no os ha enseñado nada? A menos que os desafiéis a seguir buscando y a dejar suficiente espacio en vuestras mentes para la paradoja, para destruir todo lo que sabéis y volver a construirlo, no comprenderéis los orígenes de los dranaicos, los actis y los Sabios.

Kidan bajó la mirada al mismo tiempo que se palpaba el mentón. Estaba buscando, pensando. Revisaba mentalmente las leyendas que había leído las últimas semanas; historias sobre Demasus.

El gesto severo en la boca del profesor le provocó deseos de esconderse debajo del pupitre.

—Pero es curioso —dijo—. Tu hermana sabe más de *Ye Abyssi Tarik* que tú. Por eso fue una gran decepción descubrir que había dejado los estudios.

Kidan levantó la cabeza de golpe.

—¿Ah, sí?

¿Acaso el hecho de haber intentado matar a Kidan la había hecho reaccionar? Si June había dejado los estudios, ¿dónde estaba ahora?

El profesor ladeó la cabeza mientras interpretaba la expresión de Kidan.

—Tu hermana ha destacado mucho más de lo esperado. Cuando quiero expulsar a un alumno, le formulo una pregunta. Una pregunta sobre las Seis Melenas de Sangre, porque ningún alumno mío menor de cincuenta años la ha respondido nunca. Hasta que llegó June.

El corazón de Kidan latió con fuerza y el pupitre que tenía debajo le heló los huesos. Ella no sabía qué o quiénes eran las Melenas de Sangre.

Le vino otro pensamiento a la mente. Los diarios de su madre. Dibujos de seis leones que empuñaban distintas armas de plata. ¿Serían esos?

La mirada implacable del profesor Andreyas saltó a Slen y Yusef, y Kidan respiró aliviada. Por lo que parecía, ninguno de los dos sabía tampoco de qué hablaba.

—*Ye Abyssi Tarik* empieza con las Seis Melenas de Sangre. Con Varos el León Nocturno, el primer vampiro.

Slen frunció el ceño.

—Pensaba que Demasus Colmillos de León había sido el primero.

Una expresión que Kidan no supo identificar brilló en los ojos del profesor, una mezcla entre hilaridad y decepción.

—Demasus fue el primero en forjar la paz. Varos fue el primero en forjar la guerra.

Los límites del aula se oscurecieron. El profesor posó en Kidan su antigua mirada y ella notó un frío gélido. Le estaba leyendo el pensamiento.

—Es una verdadera pena que perdiéramos la mente de tu hermana. Me parece que ella conoce la mayoría de las respuestas a tus preguntas.

Durante el resto de la lección, Kidan no prestó atención. Estaba pensando en June. Si al profesor le habían llamado la atención sus conocimientos, la cuestión era: ¿cuándo había aprendido June todo eso? No habían pasado mucho tiempo separadas. ¿Le había bastado ese periodo para aprender una lengua como el aarac de cero y descubrir conocimientos ocultos?

Varos el León Nocturno.

El nombre era como una corriente fría en la nuca, la materia de las pesadillas. Kidan se estremeció pensando que preferiría no haberlo oído. Y ahora temía por su hermana, que poseía conocimientos de seres más terroríficos que los nefrasis.

56

KIDAN

A SAMSON SE LE ESCAPÓ ALGO MÁS DURANTE LA TERCERA NOCHE QUE pasaron juntos. Estaba saciado de la sangre de Kidan y sus siniestras facciones reflejaban una infrecuente calma. Aquello que antes se le antojara hierro reforzado se había tornado maleable, como arcilla ablandada, y Kidan podía moldearlo como quisiera.

—¿Adónde vas cuando no estás aquí? —volvió a preguntarle.

Estaban sentados en el sofá, justo bajo la zona del techo donde Kidan pegó una vez globos rellenos de ceniza de impala.

Esta vez no la miró con recelo, no había muros en su mirada. La confesión surgió con un suspiro, las puntas de su cabello de un rojo fresa.

—A ver a Lusidio.

Kidan disimuló la sorpresa.

—¿Por qué?

—Porque él me llama y yo acudo. —Su voz reflejaba agotamiento—. Porque él exige y yo cumplo.

—Pero tú eres libre. Los nefrasis son libres.

Los ojos negros de Samson adquirieron un brillo especial, casi como si hubiera lágrimas en ellos. La hebra dorada de confianza giraba a su alrededor.

—Sí, lo son. Creen que yo los rescaté de Lusidio.

El miedo se desplegó en las entrañas de Kidan.

—Hiciste un trato con él para liberarlos.

Él echó la cabeza hacia atrás exhibiendo las cicatrices de su mandíbula.

—Era el único modo. No podíamos soportar sus torturas. Nadie podía.

Fuertes golpes resonaron en la casa, como si la embistiera una almádena.

—¿Qué quiere?

—Lo mismo que queremos todos. Romper los Tres Vínculos.

La sangre rugió en las venas de Kidan. La verdad, por fin.

—¿Dónde están las espadas?

Samson se volvió a mirarla y Kidan contuvo el aliento.

—Las enterré con ella.

—¿Con… Talaa?

—¿Por qué te cuento todo esto? —murmuró él. Alargó los dedos de metal para acariciarle el contorno de la cara—. Eres como tu hermana.

Kidan se puso tensa.

—¿Como June?

—Ella también quiere la reliquia. Me parece que solo se muestra amable conmigo por eso.

Cerró los párpados y recostó la cabeza en el respaldo.

—Necesito descansar. Tengo un largo viaje por delante.

¿Por qué estaba interesada June en la reliquia?

Kidan siempre había dado por supuesto que June deseaba el objeto porque Samson lo quería. Para entregárselo como una especie de muestra de lealtad.

—¿Adónde vas?

—A ver a Lusidio.

—¿Dónde está June?

—En casa.

Kidan enderezó la espalda.

—¿Con los nefrasis?

Samson asintió antes de quedarse dormido. Kidan desvió la mirada. Todos los seres parecían menos monstruosos cuando dormían.

No obstante, qué desgracia tan grande estar sometido a algo así. Una búsqueda loca sin ninguna garantía de poder.

57

SUSENYOS

—TENGO UNA COSA QUE CONTAROS —DIJO KIDAN, PLANTADA delante de Iniko en la sala de estar.

Samson había vuelto a ausentarse de Uxlay y su marcha le había concedido a Susenyos cosa de una hora para hablar y estirar las piernas. La noticia de Kidan debía de ser importante si también había invitado a sus amigos. Se frotó las muñecas doloridas por las cadenas, intentando no pensar en las celdas del campamento de Lusidio.

—¿Dónde está Taj? —preguntó Susenyos.

—Está de bajón —dijo Iniko mirándole a los ojos.

Susenyos sospechaba que se debía a que June había desaparecido de Uxlay sin dar explicaciones. Taj se marcaba objetivos a largo plazo y siempre acababa conquistando a las personas que Susenyos le asignaba como objetivo. Nunca había fallado. Excepto quizá con June.

Le devolvió la atención a Kidan.

—¿Qué querías decirnos?

—Samson sigue trabajando con Lusidio —dijo ella con expresión precavida.

El silencio se apoderó de la estancia.

Iniko cerró el puño.

—Eso explica por qué ningún lusidio ha vuelto a atacar a los nefrasis.

—Lo habrás entendido mal —dijo Susenyos—. Samson odia a Lusidio tanto como yo o más. Lusidio mató a tantos de los nuestros...

Negó con la cabeza cuando la neblina inundó su mente.

Susenyos nunca olvidaría los sufrimientos que padeció su pueblo cuando fueron capturados. Jamás olvidaría cómo los amantes perdieron la esperanza, tan despacio y dolorosamente como el sol cerraba su ojo al anochecer; a los guerreros de rodillas, impotentes contra las hordas de lusidios; a los estrategas derrotados, incapaces de planificar y culpándose a sí mismos... No soportaría volver a verlos tan derrotados.

Y, si lo que decía Kidan era verdad, todo había sido un espejismo.

—Piensan que son libres.

Susenyos caminaba de un lado a otro, mirando la mancha de sangre de la alfombra.

—Piensan que él los salvó.

—Debió de hacer el trato por su cuenta —dedujo Iniko, y a él no se le pasó por alto el cambio de tono—. Arin nunca trabajaría con Lusidio. No después de lo que les hizo a sus chicas.

Susenyos hizo una mueca al recordarlo. Las chicas de Arin. Seis jóvenes extraordinarias a las que escogió personalmente para que se entrenaran con ella, convertidas en magníficas guerreras. Lusidio había asesinado de un modo horrible a cinco de ellas. Iniko, la sexta, fue la única superviviente.

Iniko se palpó el collar con la flor que le tapaba las tres cicatrices del cuello. Sus ojos eran azufre y fuego.

—Ya lo tengo —dijo Susenyos despacio—. Eso será lo que usaremos para poner a los nefrasis de nuestro lado. Les contaremos que Samson está trabajando con Lusidio.

Iniko asintió con una determinación tan ardiente como la de su amigo.

—Hay algo más. Las espadas... —Kidan carraspeó para aclararse la garganta—. Dice que las enterró con ella.

Susenyos agrandó los ojos.

—¿De verdad te dijo eso?

Ella asintió.

La habría besado en ese mismo instante.

—Iniko —dijo en cambio.

Todos sabían dónde estaba enterrada Talaa.

—Voy.

Iniko se encaminó a la puerta. Susenyos intentaba asimilar las nuevas informaciones. Kidan estaba cumpliendo su promesa. Consiguiéndole todo lo que quería. Realmente era una suerte tenerla de su parte. Cuando ella ponía a trabajar esa mente tan peligrosa que tenía contra un enemigo, quería estar con ella, no contra ella.

Nunca más.

Vio los restos de sangre en su muñeca y contuvo el aliento por costumbre, como hacía antes, cuando su presencia le agobiaba.

Kidan le estaba mirando con perplejidad. Se había percatado de la inmovilidad de su pecho.

—¿Va todo bien?

Susenyos sopló el aliento con delicadeza, medio esperando que le brotaran los colmillos, pero no lo hicieron. Frunció el ceño. Por primera vez, el haber perdido parte de su vampirismo casi le producía alivio.

Observó la muñeca marcada de Kidan, la reluciente burbuja de sangre roja, con fascinación.

—Es raro verte sangrar tan cerca de mí sin sentir hambre —confesó él entrecerrando los ojos.

Ella le lanzó una larga mirada por debajo de las espesas pestañas, y el pulso de Susenyos se aceleró. Otra cosa rara que hacía su cuerpo humano.

—¿Me estás diciendo que ser un humilde humano como yo tiene sus ventajas?

Kidan hizo un mohín para romper la tensión.

Él estuvo a punto de sonreír.

—Antes moriría que admitir eso.

Una carcajada queda iluminó la cara de Kidan y Susenyos aguzó el oído. Cosas que no deberían alterarle el corazón se lo alteraban. El mundo estaba patas arriba en esa casa y él se sentía paradójicamente atrapado en el tiempo. Como si volviera a ser el niño que vivía en el castillo, cuando el mundo era nuevo y él lo estaba aprendiendo todo por primera vez.

Kidan se acercó al mueble bar, echó mano de una botella, desenroscó el tapón y bebió un sorbo haciendo una mueca.

—Estoy deseando que todo esto termine. ¿Quieres? —le dijo a Susenyos a la vez que se enjugaba las gotas que le resbalaban por la barbilla. Un deseo salvaje y perturbador de lamerlas se apoderó de él. Por un momento pensó que su lado vampírico había despertado, pero esa no era un ansia que se apoderase de su mente. Simplemente sentía curiosidad por notar el sabor.

Kidan le miró de reojo, se ruborizó y apartó la mirada.

—¿Qué pasa? —le preguntó Susenyos.

—Son tus ojos —dijo ella, jugueteando con la botella—. Antes nunca tenía claro lo que expresaban, pero ahora sí. Y la habitación huele como los Baños de Arowa.

Él se fijó entonces en la dulce neblina que los envolvía como nubes circulares.

—Ah.

La pequeña carcajada de Kidan le hizo cosquillas en los oídos. Un sentimiento que nunca había experimentado. O puede que sí, cuando era humano, y lo había olvidado.

—Esto es horrible.

Susenyos hablaba en serio.

El rostro oscuro de Kidan resplandecía.

—Ahora sabes cómo me sentí la última vez que me leíste... el pensamiento.

—No me molesta que sepas lo que estoy pensando —articuló él despacio, tratando de expresar las complejidades de lo que estaba experimentando—. Sino sentirme... cohibido. —Entornó los ojos—. Yo nunca me siento cohibido.

—Me he dado cuenta. Ni siquiera cuando es evidente que deberías sentirte así.

—Ni siquiera entonces —convino él con seriedad.

Ella sonrió y la pura intensidad de esa sonrisa casi le deslumbró.

—Bueno, pues en eso consiste ser humano. En sentir vergüenza. Es un asco.

Susenyos torció el gesto al oír esa palabra. Nunca se había dado cuenta de que la inmortalidad le había privado de esas emociones: vergüenza, inseguridad, timidez. Le entraron aún más ganas de romper la ley de la casa.

Kidan lo miró con expresión grave.

—No puedes pedirme que acepte mi oscuridad si tú odias tu humanidad, ¿sabes? No funciona así. No es posible amar solamente la mitad de uno mismo.

El comentario le pilló por sorpresa. Las palabras rozaron una parte de Susenyos que él había intentado destruir y le provocaron una sensación cálida que no se esperaba. Sin embargo resultaba doloroso, como un regalo que no merecía, que no se había ganado. La idea le hizo torcer el gesto y mirar dentro de sí mismo. Esperaba que su yo mortal demostrara su valía, que fuera capaz de llevar a cabo actos sencillos de bondad, pero no que ejerciera semejante presión sobre su yo inmortal. Qué crueldad, pensó. Qué crueldad haberse colocado a sí mismo en esa posición. Siempre había compadecido a los humanos por estar condenados a precipitarse a esa trampa, pero allí estaba él, atrapado.

La irritación lo arañaba en círculos lentos y condescendientes. Le habría gustado postergar esas emociones para poder gestionarlas en el momento adecuado. Ser un humano era un inconveniente en sí mismo, la suma de patéticas cavilaciones y dudas sobre la propia valía.

Y se lo dijo a Kidan.

Para su sorpresa, una sonrisilla bailó en los labios de ella.

—¿Estás sonriendo? —le preguntó.

La pregunta fue un suave murmullo.

—Acabo de descubrir que me gusta que me pongas en situaciones incómodas. No puedo decir lo mismo de mucha gente.

Él abrió la boca y luego volvió a cerrarla con un centelleo en los ojos marrón oscuro.

—Cuidado, esa podría ser toda una declaración de amor.

Los ojos de Susenyos recorrieron el rostro oscuro de la muchacha, buscando alguna sombra de duda. No atisbó el menor rastro de mentira. ¿Cuándo había sucedido? ¿En qué momento Kidan había empezado a considerarle digno de su tiempo y atención?

—Me revienta que sepas que esta parte de mí existe siquiera. —Él suspiró, aceptó el licor y bebió el líquido ardiente—. ¿De qué te sirvo así?

Kidan frunció el entrecejo. Sus ojos eran un tramo de desierto con una hoguera en el centro.

Ella se acarició la muñeca.

—¿Te acuerdas de mi pulsera? Yo pienso a menudo en esa noche. En nosotros dos en la torre…, yo queriendo soltarme.

Susenyos no dijo nada. Se le heló la sangre solo de recordarlo.

—Tú querías que viviera. Me salvaste una y otra vez, antes de que yo fuera consciente siquiera de que me estaba ahogando.

Kidan volvió a tocarse la muñeca. La tenue huella de la pulsera seguía allí. La sinceridad de ella no dejaba de sorprenderle y Susenyos deseaba más, acercarse cuanto fuera posible a ese corazón que ella protegía.

—Ahora, cuando me toco esa zona, solo recuerdo tu voz. Me preguntaste por qué motivo quería seguir con mi vida.

Él cambió de postura, incómodo.

—Kidan…

—No, no pasa nada. —Agitó las largas trenzas—. Es una buena pregunta. ¿Y recuerdas lo que te dije?

Las arrugas se suavizaron en la frente de Susenyos.

—Que quieres vivir y vivirás. Es tu vida y puedes hacer lo que quieras con ella.

Ella volvió a sonreír, una sonrisa radiante esta vez.

—Pues lo mismo te digo, Yos. Existe, sin buscar motivos, sin buscar un resultado. Existe tal como fuiste creado, humano o vampiro.

Las espectaculares tonalidades de una puesta de sol dorada inundaron la habitación. Las pupilas de Kidan se dilataron al contemplar la manifestación de alegría que los anegaba.

Una esperanza traicionera se extendió por el cuerpo de Susenyos. ¿De verdad ella podía quererle tal como era?

Sonrió y echó mano de su ajado libro. Extrajo el bolígrafo que había encajado dentro y buscó la página 27, línea 4. Un fragmento de Matir.

La deseo como si estuviera enfermo, sabiendo que podría sanar cada parte de mí. Ella localiza todas mis debilidades. Así que le limpio la sangre de la cara y la llevo a la cama. Puede que me asesine, pero temo que me deleitaré en el contacto de sus manos.

Susenyos subrayó la cita y garabateó una nota.

—¿Qué señalas? —le preguntó ella observando la página.

Él cerró el libro.

—Nada.

—Espera. Vuelve a esa página. Me parece que he visto algo.

—Sí, mis pensamientos más íntimos y secretos. Tendrás que inventarte algo mejor.

Se dibujó una arruga entre las deliciosas cejas de Kidan cuando él se escondió el libro en la espalda.

—Has leído ese libro miles de veces —observó ella.

Susenyos le acercó el pulgar para suavizarle el pliegue del entrecejo. Ella se quedó inmóvil y él, demasiado tarde, cayó en la cuenta de que había vuelto a hacerlo. Tocarla se le antojaba lo más natural del mundo. Se concedió permiso para demorarse, para disfrutar de las reacciones de su cara. Le habría gustado oír los latidos de su corazón. Saber si se había acelerado tanto como su propio corazón humano.

—Sí, porque encuentro algo nuevo cada vez —respondió con una voz gutural—. Me habla de un modo que no lo hacen otros libros, como si lo hubieran escrito para mí. Me sirve de guía, supongo.

—Nunca te lo he preguntado. ¿Cuándo lo leíste por primera vez?

—Tenía diecinueve años. Lo encontré en el bosque el día que estuve a punto de morir.

—¿En el bosque?

—Sí, me gusta pensar que la diosa lo dejó allí para mí.

Kidan enarcó una ceja escéptica e hizo un mohín.

—Muy bien, no me lo cuentes.

Susenyos sonrió. Ella pensaba que le estaba mintiendo. Tomó la mano de Kidan y se la acercó a la mejilla. Cerró los ojos al notar la caricia, primero insegura y luego suave.

El aroma del eucalipto y del aceite esencial de rosa se derramaron sobre él. El deseo de Kidan igualaba en tal medida el suyo propio que tuvo miedo de besarla. Sería como unir dos cables de alta tensión.

Ella también parecía asustada, consciente del inmenso control que ejercían el uno sobre el otro; su conexión nunca había sido tan intensa, tan íntima.

Él agachó la cabeza con el corazón en un puño. Los tambores de guerra reverberaron entre la niebla. El miedo y el deseo se rondaban mutuamente como en un baile.

—Qué apropiado —murmuró Susenyos—. Me siento como si me fuera a morir.

Kidan le dio la razón con un suspiro.

Estaban más nerviosos que nunca. Susenyos le pasó la lengua por los labios con infinita suavidad y cada uno de sus huesos gimió con deleite. Kidan entreabrió la boca y él le hundió la lengua, solo un poco, para tocarle la suya. Mil descargas eléctricas le estallaron en las entrañas.

Sujetó los labios de Kidan con los dientes y ella jadeó. Susenyos aplicó una presión más firme, transformando la sorpresa de ella en un gemido grave, y luego saboreó la suave piel, disfrutando de la ausencia de los colmillos. No tenía que ser cuidadoso. Ya no.

—Puedo morderte sin perder el control —le dijo Susenyos después de soltarla, como si acabara de darse cuenta.

La suave huella que le había dejado en el labio hinchado se desvanecía por momentos.

Los ojos castaños de Kidan se iluminaron. Sus palabras sonaron ácidas entre el aliento entrecortado.

—O también podrías no morderme.

Un brillo complacido asomó a las pupilas de Susenyos. Impaciente, Kidan inclinó la barbilla para rozarle los labios. Una parte de él, profunda, oculta, suspiró aliviada.

Por fin.

Los brazos de Kidan se deslizaron por los anchos hombros hasta cruzarse detrás de su cuello. El brazo de Susenyos le rodeó la cintura y, poniéndola de puntillas, presionó su pecho contra su propio cuerpo.

Como él seguía sin hacer nada, Kidan le empujó.

—Venga, no me voy a morir si me besas.

Qué valiente por su parte.

—Puede que yo sí —respondió él.

Cuando ella sonrió, Susenyos la besó con fiereza, con un hambre que ningún monstruo podría igualar. Poseyó los labios de Kidan y se los abrió con tal urgencia que se sintió drogado. Era una experiencia embriagadora y nada podría haber tornado más vívido ese momento.

Se separaron con un jadeo al mismo tiempo, demasiado pronto. Se miraron a los ojos. Ambos con asombro. Como si los dos hubieran estado seguros de que iba a gustarles, pero no hubieran adivinado hasta qué punto.

Susenyos la levantó del suelo y ella le rodeó el cuerpo con las piernas. En su visión periférica la bombilla parpadeó y estalló con un zumbido de pura electricidad. Los dedos de Kidan ya se afanaban en quitarle la chaqueta y tirarla a un lado. Era admirable que ella pudiera hacer algo, porque él ya no servía para nada.

La boca de Susenyos estaba borracha de fuego y habían llegado al final de la escalera, pero los dormitorios seguían estando insoportablemente lejos.

—¿Recuerdas —dijo él con el aliento denso de deseo— lo que te dije? ¿Cuándo te querría en mi cama?

Solamente oía la intensidad con la que Kidan respiraba, el flujo y el reflujo de su cuerpo. No había aire entre los dos.

Los ojos de ella estaban hirviendo.

—El día que dejara de juzgarte.

Susenyos quería hacerle entender que eso no era un juego. Era real, distinto a sus encuentros previos.

—No lo haces —susurró él mirando las profundidades de sus ojos abiertos.

Ella no lo veía como un monstruo o como un mal que había que derrotar. No lo consideraba un humano prescindible o un poder del que apropiarse. Una tierna comprensión se instaló entre los dos, por la que ambos aceptaban que ninguno era mejor que el otro. Tenían defectos, eran impulsivos y cometían infinidad de errores, pero no se juzgaban.

Kidan le besó hasta que Susenyos no pudo respirar. Y luego le siguió besando.

58

KIDAN

EL CORAZÓN DE KIDAN MARTILLEABA CONTRA SU PECHO. SUSENYOS la dejó en la cama. La luz del atardecer le irritó los ojos, pero Kidan observó cómo los contornos de él se definían, una mandíbula firme enmarcada por las *twists*.

Le miró como quien ve una pintura cobrar vida. Los ojos de Susenyos capturaban el sol, sin ser como relucientes aceitunas negras, pero sí hermosos, del color de la tierra, humanos. Su cabello poseía el rizo de un tirabuzón natural; ya no era algo tieso e inmóvil.

Susenyos se agarró la orilla de la camiseta sin despegarle los ojos y se la quitó en un solo movimiento. Kidan pestañeó ante la visión del duro vientre desnudo que tenía delante.

Se desplazó al borde de la cama para examinarlo mejor. Estaba más delgado que antes, pero no se esperaba las magulladuras, negras y moradas, por toda la piel oscura. Deslizó los dedos con cuidado por el tenso abdomen, a lo largo de un verdugón más grande que el resto, y Susenyos hizo una mueca de dolor.

—Podría matarlo, ¿sabes? —le dijo Kidan con una furia sorprendente en la voz—. ¿Todavía te duele?

Una sonrisa burlona bailó en el rostro de Susenyos, que le acarició la mejilla con el dorso de los dedos, haciéndole cosquillas.

—Sí.

Kidan plantó el beso siguiente justo debajo de su ombligo y un estremecimiento le recorrió.

—A lo mejor puedo ayudarte.

Cuando levantó las pestañas parar mirarle, él cerró los ojos con un gesto curvado en los labios.

—Un poco más arriba.

Kidan se arrodilló en la cama y repartió besos por su pecho, su corazón y su tenso cuello, todo ello siguiendo sus instrucciones. Él sabía a cuero y a cítrico, un aroma distinto a ese otro terroso y ahumado.

—Más arriba —le indicó él.

Ahora se estaban mirando a los ojos.

Kidan se demoró sobre su boca.

—¿Te duele?

—Mucho —jadeó él.

Y al momento la estaba besando. Y las palabras que ella se disponía a pronunciar cayeron en el olvido. Nada importaba excepto ellos dos. Se fundieron en el beso, ajustando el tempo como una balada, rápido e intenso, lento y lánguido, nadando el uno en el otro, riendo y despegándose cuando la mandíbula, la lengua y los labios les dolían. Kidan nunca había estado tan conectada con cada intercambio y caricia, y sin embargo tan distanciada de todo al mismo tiempo.

Enroscó una pierna a la extremidad más larga de Susenyos, disfrutando del calor de su cuerpo y experimentando la necesidad urgente de despojarse de su propia ropa.

Él se detuvo súbitamente y le apoyó la cabeza en el pecho con la oreja sobre el corazón. Kidan se quedó quieta, desconcertada. Pero oía su propio corazón latiendo en cada una de las estancias de la casa. Susenyos le deslizó un brazo por la espalda para envolverla por completo.

Un suspiro satisfecho salió revoloteando de los labios de Susenyos.

—Este es mi sonido favorito del mundo.

Ella le miró las *twists.*

—¿El latido de mi corazón?

—Tú, viva.

Kidan le enredó los dedos en los rizos, con tiento, y él acentuó el abrazo para indicarle que le gustaba, de modo que repitió el gesto. Le dibujó círculos por el cuero cabelludo, según trataba de impedir que estallara la luz que crecía en su cuerpo. Pero los círculos no podían abarcar el sentimiento, no con él, así que dibujó su símbolo especial, el bucle del infinito cortado con tres líneas.

Susenyos le deslizó la mano por debajo de la camisa y resiguió con ternura la línea recta de la columna. Le quitó la prenda y se pasó un buen rato mirándole el sujetador. Kidan se mordió el labio, un poco nerviosa.

—Eres preciosa —susurró él antes de acercarle los labios al hombro desnudo—. Devastadoramente hermosa.

Ella se relajó debajo de su cuerpo mientras recordaba la última vez que le había arañado el hombro con los dientes.

—Durante el Día de Cossia me mordiste el hombro. —Kidan arqueó el cuerpo al notar el contacto de sus labios—. ¿Qué recuerdos revela?

Él se detuvo un momento.

—¿De verdad quieres saberlo?

Ella no se sintió lista en aquel entonces, pero ahora... lo estaba.

Los ojos de Susenyos se oscurecieron mientras le recorría la clavícula con una mirada cargada de intención que le provocó un estremecimiento.

—Los hombros revelan las obsesiones. Aquello que te cautiva por completo en una persona.

Kidan recordó aquella noche salvaje.

—Me vi en tus pensamientos, en tu regazo, con un vestido muy escotado.

Él resopló fingiéndose derrotado.

—Te pertenecía entonces y todavía te pertenezco.

Los ojos de Kidan chispearon.

—¿Tú qué viste en mi mente?

Susenyos levantó los párpados con una sonrisa de medio lado.

—Me vi a mí cubierto de sangre y matando a todos los dranaicos que se atrevían a ponerte un dedo encima.

Ella deslizó la mirada por su abdomen desnudo.

—Las huellas están ahí.

Él se rio y Kidan notó una oleada de deseo en el cuerpo. Quería volver a tener su boca contra los labios mientras él emitía ese sonido.

—He pasado años en los Edificios Sost Sur, he bebido de cientos de actis, y ellas siempre pensaban en otros, obsesionadas con sus propios amantes. Jamás, ni una sola vez, me vi bajo esta luz. Hasta que llegaste tú. Estuve a punto de besarte.

Se estremeció.

—Deberías haberlo hecho.

—Es peligroso —dijo él en tono sombrío, muy serio—. No puedo controlarme si dejo que tu lengua se acerque a mis colmillos. Ya viste lo que pasaba.

A Kidan se le derritieron las entrañas y las palabras no hicieron más que despertar sus ganas. Fuera de la casa, quizá en Arowa, bajo los grifos dorados en forma de león. Quería volver a experimentar ese paraíso.

¿Y qué si se moría un poco por el camino?

Kidan se dio la vuelta junto con Susenyos para sentarse a horcajadas sobre su regazo. Él sonrió con suficiencia y se pasó las manos por detrás de la cabeza. Sus brazos eran como las olas de un océano oscuro y ella quiso recorrer los surcos con los labios. Escalar sus arcos y besar sus pendientes. Recogiéndose las trenzas por encima del hombro, Kidan besó el torso amoratado. Estaba pendiente de su cara, porque el Yos humano no podía ocultar lo que sentía cuando le acariciaba. Un sonido especial brotó de su boca, una mezcla entre el nombre de Kidan y un gemido, cuando ella le deslizó la lengua, sal y cítrico en el vientre. Kidan comprendió que se le había escapado cuando él cerró los ojos al tiempo que susurraba:

—¿Qué me estás haciendo?

Kidan quería volver a oírlo, de modo que lo lamió de nuevo para saborear sus sonidos.

—No te haces una idea de cuántas veces he imaginado esa lengua tuya en mis colmillos —volvió a confesarle Susenyos.

Kidan se sentó y le rozó con los dedos la cintura de los pantalones.

—Bueno, podría ponerla en otros sitios también.

Él se puso alerta, se le agrandaron las pupilas, empezó a proyectar calor… Madre mía, Kidan estaba en el cielo.

Su sonrisa se amplió.

—Si es que te va ese rollo, claro. Me han dicho que a los humanos les gusta…

Él se incorporó al momento y cerró el espacio que los separaba.

—Doy gracias de poder besarte siquiera. Aquí y ahora. No tentemos al destino —declaró, y se lo demostró con un beso vertiginoso que la hizo olvidar dónde se encontraba.

Se desplomaron juntos, uno envuelto en el otro, doblándose y ajustándose para hacerle espacio al otro. Se le antojó tan natural que Kidan se preguntó cómo había existido todos esos años sin esa parte de su alma, tan buena, creada solo para ella.

Él era para ella.

Susenyos se echó hacia atrás y respiró con dificultad contra Kidan. Su rostro se crispó como si tratara de resolver un problema.

Él la observaba como en éxtasis. Como una estrella que se hubiera dividido en dos para revelar aún más galaxias. Y algo más, algo que los dos habían obviado porque era más peligroso que esas reliquias capaces de destruir el mundo.

—Casi me gusta… ser humano contigo.

La columna de Kidan se derritió cuando él buscó el cierre de su sujetador. Los dedos vacilaron, esperando la reacción de ella. Asintió.

—Me encanta cuando te rindes a mí —susurró.

Ella saboreó la palabra en el espacio entre los dos, temiendo que le provocara náuseas. Pero era dulce como néctar. Como el frágil comienzo de algo.

«La bondad requiere rendición», le había dicho Susenyos. De ahí que en realidad le estuviera diciendo: «Me encanta cuando eres buena conmigo».

Kidan quería saber hasta dónde podían llegar, cuán vulnerables se podían mostrar el uno con el otro.

«Kidan». El súbito tintineo de los huesos reverberó a su alrededor. GK. «Estás en peligro».

Kidan notó un pinchazo, como un pellizco en la mano. No hizo caso. Pero la sensación volvió, como si un millón de hormigas le mordiesen la piel.

Posó una mano sobre el pecho de Susenyos. Él se quedó petrificado.

«Estás en peligro», insistió la voz de GK, ahora con más potencia.

—¿Qué pasa? —preguntó Susenyos.

Kidan levantó la mano izquierda con el rostro desencajado de dolor. No vio nada raro en ella, pero le ardía como si fuera de hielo. Gruñó.

—¿Qué cojones? Me arde la mano como si… ¡Ay!

La bilis le ascendió a la garganta cuando su piel marrón empezó a cambiar de color para mudar en un negro ceniciento. Sus venas asemejaban hilos negros, como sumergidas en tinta. Aquello se parecía a las visiones que atormentaban a Susenyos. Solo que ahora la afectaban a ella, físicamente.

Susenyos seguía paralizado, la voz empapada de terror.

—Dios mío.

El dolor la recorría de pies a cabeza. Kidan levantó la mano un poco más entre los dos y tuvo que contenerse para no gritar.

No tenía claro lo que le estaba pasando.

Porque la mano se le estaba pudriendo. Ante sus ojos.

El pánico dejó sin respiración a Susenyos.

—¿Yos? —gritó Kidan con los ojos anegados de lágrimas de dolor—. ¿Qué me está pasando?

59

SUSENYOS

SUCEDIÓ A CÁMARA LENTA.

Las puntas de los dedos de Kidan se habían tornado oscuras como ceniza de volcán y unas vetas negras ascendían por sus manos. Kidan volvió a gritar y Susenyos reaccionó. Le apoyó una mano en la frente para tranquilizarla mientras ella se retorcía.

—¿Qué me pasa?

Tenía lágrimas en los ojos. A Susenyos le horrorizó el dolor que emanaba su voz.

—Intenta extraer fuerza de la casa, Kidan. Ahora.

Ella cerró los ojos con fuerza y él esperó con el alma en vilo. Cuando Kidan volvió a gritar, Susenyos supo que se enfrentaban a algo peligroso.

¿Cómo era posible que Kidan se hubiera infectado de podredumbre negra si el suelo no albergaba el menor signo de infección? Samson era el único contagiado que entraba en la casa; la enfermedad se alimentaba constantemente de su energía eterna. Y Samson se infectó porque tocó el terreno en el que yacía el cadáver de Talaa. La enfermedad no se contagiaba de piel a piel.

Susenyos echó mano de su teléfono y llamó a Taj. Le ordenó que se diera prisa. La sangre de vampiro la curaría. Tenía que hacerlo.

Volvió a enfundarle la camiseta a Kidan y no pudo hacer nada más que sostenerle la mano, dejarla que apretara la suya contra el dolor mientras esperaban.

Susenyos quería ser fuerte, pero los pensamientos le embestían una y otra vez con la misma frase demoledora.

«Se ha contagiado igual que Talaa. También vas a presenciar su muerte».

Perlas de sudor brotaron en la sien de Kidan. Le estaba subiendo la fiebre. Las venas negras como tinta ya le alcanzaban los brazos. La infección se extendía con más rapidez de lo normal.

Taj entró como un vendaval.

—¿Qué cojones está pasando…? Ah, mierda.

Susenyos estaba en la cama con Kidan, tratando de tranquilizarla sin conseguirlo. Ella gemía contra su pecho y cada gemido retorcía su propio corazón.

—¡Date prisa! —aulló Susenyos—. Tu sangre.

Taj se puso manos a la obra: se hizo un corte en la muñeca y la colocó sobre los pálidos labios de Kidan. Observaron horrorizados cómo ella esputaba la sangre de Taj.

—Rechaza mi sangre…

El corazón de Susenyos voló en pedazos.

—Vuelve a probar. Es imposible.

Taj estaba sujetando el brazo de Kidan, que no paraba de retorcerse, para examinarle las venas. Exhibía una expresión sombría cuando levantó la vista.

—Yos.

—No —replicó él con una rabia tan intensa que Kidan dio un respingo—. Mira el suelo. La podredumbre negra empieza en el suelo y solo aquellos que la pisan se infectan. No puede ser. Eso no es…

—Sí que lo es —le interrumpió Taj con severidad en el semblante—. Reconoceríamos esta infección en cualquier parte. Lo es. No sé cómo se ha contagiado, pero la ha contraído.

Kidan seguía retorciéndose en la cama, luchando contra las vetas negras que ahora le alcanzaban los codos. La mente de Susenyos ya estaba imaginando su muerte mientras los tambores de guerra retumbaban y retumbaban sin cesar. Taj esperaba sus órdenes. Pero ¿qué podían hacer?

Si existiera una cura, Talaa habría sobrevivido.

«Conviértela en vampiro».

Solo existía una cura. La única razón por la que Samson no había sucumbido por completo a la enfermedad.

—Yos… —Kidan tenía los labios agrietados. El súbito cambio de su piel, que había adquirido un tono amarillento en apenas unos minutos, era aterrador.

—Estoy aquí.

Le tomó la mano y la notó pringosa de sudor.

—Me duele, Yos —gritó ella contra la almohada.

Los ojos de Susenyos rezumaron dolor.

Le sujetó la cara y ella tembló como si tuviera frío y calor a un tiempo.

—¿Me estoy muriendo? —susurró Kidan entre el castañeteo de dientes—. Es la sensación que tengo.

—No —gruñó él—. Solo estás enferma.

Ella intentó sonreír, pero solo pudo esbozar una mueca.

—Quizá la muerte me quiera ahora.

—Yo te quiero. Te necesito y prenderé fuego a esta casa antes de permitir que mueras —prometió con seriedad letal.

El marrón luminoso de su piel había palidecido, pero los ojos de Kidan seguían siendo de color castaño oscuro y miraban a Susenyos con un cariño infinito. Él apenas podía soportarlo.

Algo terminante asomó a las facciones de ella.

—June… No he hablado con ella.

—No. —Susenyos apretó los dientes—. No vayas por ahí.

—Yos… —empezó a decir Taj, pero una mirada furiosa de su amigo le hizo callar.

El dolor debía de ser insoportable, porque el cuerpo de Kidan se quedó laxo de repente. Había perdido la consciencia. Un mar tormentoso rugió en los oídos de Susenyos.

Se quedó petrificado, incapaz de distinguir si Kidan seguía respirando.

Volvía a estar en los túneles con su madre, en el bosque con Talaa. Imploró que esta vez las cosas fueran distintas. No podía perder a otra persona querida.

El silencio era total. Susenyos se rompió en un millón de pedazos.

Entonces, de súbito, un sonido sutil le llegó a los oídos. El latido de un pájaro. Delicado y débil… Y, sin embargo, podía oírlo.

Un, dos. Un, dos.

Veía las líneas invisibles en la muñeca de Kidan, allí donde antes no distinguía nada; podía ubicar con exactitud dónde le había irritado la piel la pulsera de mariposa. Podía contar cada hebra de cabello en las lustrosas trenzas y oler los distintos aromas de su cuerpo: las trazas de rosa en su ropa, el aroma cítrico de sus labios, el olor a levadura de su mano pútrida.

Pero, por encima de todo, la enloquecedora sed de su sangre había regresado con saña.

Susenyos volvía a ser un vampiro.

En el interior de la Casa Adane.

¿Por qué la casa le devolvía la inmortalidad precisamente ahora?

Desplazó la mirada a la pared y una escritura dorada se reflejó en su rostro. Sus ojos se desplazaron en el sentido de la lectura. El horror se apoderó de sus facciones.

«Si Susenyos Sagad pone en peligro la casa Adane, la casa a su vez le quitará algo que para él tenga el mismo valor».

—No —susurró.

Susenyos se tambaleó hacia atrás hasta que Taj lo sujetó.

—¿Qué pasa?

El rostro preocupado de su amigo se desdibujaba y volvía a dibujarse ante él.

Susenyos se concentró en él para ser capaz de centrarse.

—Lo estoy provocando yo —susurró Susenyos. Se miró las palmas de las manos, vio la sangre invisible y luego volvió la vista hacia el cuerpo inconsciente de Kidan—. Yo le he hecho eso.

Taj lo agarró por los hombros.

—¿De qué estás hablando?

—Cambió. —Susenyos miró a su amigo con ojos empapados de terror—. Lo que yo valoraba cambió.

Taj no entendió lo que Susenyos le estaba diciendo hasta que lo sacudió una vez más y notó que había recuperado su fuerza inmortal. Entonces Taj desplazó la mirada a la figura de Kidan, cuya respiración era rápida y superficial. Lanzó una maldición.

—La casa te la está arrebatando.

60

KIDAN

—TENEMOS QUE SACARLA DE LA CASA —ESTABA DICIENDO Susenyos cuando Kidan recuperó la consciencia.

Sintió sus brazos en la espalda y debajo de las rodillas. Susenyos la sujetaba contra su pecho y notó que su respiración se apaciguaba al darse cuenta de que Kidan se movía.

—Has vuelto.

El cuerpo de Kidan se había sumido en un entumecimiento doloroso, la misma sensación que uno tiene cuando lleva mucho rato sin cambiar de postura.

No podía mover nada. Ni los dedos ni, desde luego, el cuello. En ese instante notó un dolor furibundo, implacable, que partía de la muñeca derecha. Le ardía la mano. Intentó pedir ayuda, pero no podía abrir la boca. Algo iba terriblemente mal.

—Lo siento muchísimo, Kidan. Es la ley de la casa. Vuelvo a ser un vampiro. Esto es culpa mía.

Kidan no sabía de qué hablaba. Ahora mismo para ella no existía nada más que el dolor.

—¿Ah, sí?

Una nueva voz hendió el aire como un hacha. El cuerpo de Susenyos se crispó y aferró a Kidan con más fuerza.

Ella se obligó a mirar. Samson estaba plantado en el umbral. Una figura de oro y sombras pasó por delante de Susenyos y de Kidan. La sensación de pánico desapareció cuando reconoció la cinta dorada.

—Taj —dijo Samson con desprecio—. June está abajo. Quiere hablar contigo.

El alivio inundó el cuerpo de Kidan. ¿June había regresado? Taj se había quedado paralizado.

—¿Dónde ha...?

Taj no terminó la pregunta. Una sombra se cernió sobre él y unas manos le aferraron el cuello. Susenyos gritó, pero era demasiado tarde.

Se oyó un horrible crujido.

El cuello de Taj cayó torcido en un ángulo extraño, igual que el de Etete. Su cuerpo se desplomó como un saco. Samson se sacudió las manos sin despegarles los diabólicos ojos. El miedo anudó la garganta de Kidan, le trabó la lengua.

—Qué pena que vuelvas a ser un vampiro. —Samson se internó en la habitación con andares pausados, cerrando el puño de metal—. Me gustaba tenerte a mi ordeno y mando. Pobre príncipe humano. Con la de cosas que yo tenía pensadas para ti...

—Aguanta, Kidan.

Susenyos temblaba de rabia. Echaba ojeadas a la entrada que Samson tapaba, a la ventana que tenían detrás.

—Recuerdas esta pequeña creación, ¿verdad?

Samson sostenía una esfera de plata, sus ojos eran ahora faros rojos y brillantes.

La visión de Kidan iba y venía, por lo que le costaba enfocarla. En alguna parte alguien maldijo por lo bajo.

—¿Cómo la llamaste? ¿Bola de muerte?

Samson se cortó la palma de la mano y cubrió de sangre la esfera plateada. Levantó la mirada y dijo:

—Píllala.

Susenyos maldijo en el oído de Kidan y la arrojó lejos de su cuerpo. Kidan surcó el aire antes de aterrizar en la cama al mismo tiempo que oía el estallido de algo metálico. La fuerza del impacto provocó grietas en el techo y las paredes con una rotundidad instantánea. Estacas parecidas a fragmentos de vidrio salpicaban el techo y los muros, e incluso se habían clavado en los bordes de la cama. Kidan no entendió qué había pasado hasta que el cuerpo de Susenyos se desplomó.

Tenía mil estacas de plata clavadas en el pecho.

La impresión la centró de golpe.

Gritó.

Intentó bajarse a rastras de la cama, pero antes de que pudiera alcanzar la figura petrificada de Susenyos algo la empujó de vuelta al lecho. A través del pánico oyó las palabras de Yos.

«Vuelvo a ser vampiro».

Ya no era humano. Podía curarse siempre y cuando el corazón siguiera intacto. Siempre y cuando la sangre de Samson no le hubiera alcanzado ningún órgano vital. Un sollozo de alivio brotó de los labios de Kidan. Le dirigió a Samson una mirada cargada de odio.

—No es para tanto. —El vampiro estaba mirando su mano putrefacta—. El dolor acabará por convertirse en parte de ti. ¿Te gustaría verlo?

Kidan intentó sentarse en la cama, pero el calambre del brazo le paralizó la columna vertebral. No podía moverse. El miedo anegó sus sentidos. Samson se cernía sobre ella, junto a la cama. Despacio se desabrochó los botones del guante metálico. Kidan ahogó un gemido. El antebrazo del vampiro estaba cubierto de vetas negras que se movían como olas del mar. Y se parecían a las venas negras de su propio cuerpo.

—¿Cómo…?

—Le pedí que me dejara morir. —Los ojos de Samson eran pura furia roja—. Quería que me dejara morir con ella. Se negó. Me convirtió en el segundo vampiro de los nefrasis. Ahora la podredumbre negra permanece atrapada en mi brazo, sin expandirse, pero dolorosa. ¿Sabes cómo te sientes cuando experimentas dolor constantemente?

Kidan no pudo hacer nada más que mirarle horrorizada.

—Tu hermana —continuó Samson con una expresión indescifrable— prepara un remedio con hojas de *sauag*. Día sí y día no me purifica las venas y me aplica un ungüento curativo. Es la única capaz de proporcionarme cierto alivio.

¿Que June… hacía qué?

Apretando los dientes, Kidan dibujó el símbolo de la confianza y dejó que su ira se convirtiera en algo maleable. Le costó mucho. Solo había pánico en su pecho, pero se obligó a pensar en Susenyos, invocó una chispa de confianza y la hizo reverberar por toda la habitación. Las volutas doradas reaparecieron y rodearon a Samson como un halo.

Cuando él volvió a mirarla, tenía los ojos velados como si no estuviera muy seguro de quién era ella. Bien. Más.

Samson tomó la mano putrefacta de Kidan y la acarició con una expresión vacua.

—Solo yo seré capaz de tocarte o abrazarte sin miedo.

Ella se encogió al notar el contacto.

—No te voy a hacer daño —le dijo Samson frunciendo el ceño—. Estoy aquí para consolarte.

—No has hecho nada más que hacerme daño.

Kidan intentó respirar, relajarse.

—Te interpusiste en mi camino. Y eres importante para él.

Ella escogió las palabras con cuidado.

—Y, como soy importante para él, ¿tienes que lastimarme?

Samson le tocó la mejilla con la mano metálica. Kidan hizo de tripas corazón cuando la caricia le provocó una descarga helada.

—Tú piensas que sabes quién es Susenyos. —Samson torció el gesto—. Te lo voy a mostrar.

Le subió la camiseta para dejar el vientre de Kidan al descubierto, que estaba pegajoso por el sudor. Ella intentó protestar agitando los brazos. Un mordisco en la barriga revelaba dolor, y ya no quería más; los colmillos de Samson se le hundieron a un lado del cuerpo, justo debajo de las costillas.

Kidan chilló y su visión se nubló cuando la hizo retroceder en el tiempo, contra su voluntad.

Samson estaba allí, con dos manos humanas, trabajando al aire libre, junto a las puertas del castillo.

Susenyos corrió hacia él procedente del bosque, temblando de pies a cabeza y cubierto de tierra.

—¡Avisad a la guardia! —ordenó Samson al tiempo que echaba mano de una espada y corría hacia el príncipe.

Samson lo aferró por los hombros.

—¿Qué ha pasado?

—Un... un monstruo —balbuceó Susenyos con lágrimas en las mejillas—. Muerte. Dios mío, Talaa.

Un millar de rayos azotaron la tierra.

—¿Dónde está? —preguntó Samson con urgencia.

Susenyos negó con la cabeza.

—Intenté... intenté salvarla.

—¿La dejaste sola? —ladró Samson.

—No podemos tocarla. Está infectada. Es demasiado tarde...

Samson reculó asqueado y salió disparado hacia el bosque gritando el nombre de Talaa hasta rasgarse las cuerdas vocales. Debió de pasar una hora buscándola, volviéndose a la menor señal de una sombra y creyendo ver su vestido y sus joyas centellear entre el verdor inacabable.

Encontró el terreno podrido antes de posar los ojos en ella. Algo le quemaba las suelas de las sandalias como un lecho de brasas, pero nada importaba excepto ella.

La hermosa piel tostada de Talaa estaba surcada de vetas negras, los rosados labios amoratados como arándanos, los ojos ciegos y blancos.

—No. —Samson se desplomó a su lado y dejó que las llamas negras le quemaran las rodillas y las manos—. No.

La arrastró hacia su propio cuerpo y gritó al cielo. Una bandada de pájaros alzó el vuelo.

La aflicción era insoportable. Kidan se retorció para liberarse del recuerdo, pero no pudo.

Samson llevó a Talaa al castillo, con los pies llenos de ampollas y los brazos ardiendo. Algo se estaba pudriendo, pero le daba igual. Una docena de guardias lo detuvieron en las puertas.

Apareció Susenyos, sin lágrimas esta vez y con la corona en la cabeza. Su padre le seguía de cerca, observando.

—Tenemos que quemar el cuerpo —ordenó Susenyos.

—¿Qué? —gruñó Samson—. La enterraremos.

—Es contagioso. Todo el mundo morirá.

Samson escupió a los pies de Susenyos y sonó un zumbido de espadas cuando los guardias las desenvainaron. El príncipe levantó una mano para detenerlos.

—Déjala en el suelo.

El rostro de Susenyos era un calco aterrador de la cara de su padre.

Samson se negó a dejar que nadie la tocara. Les dio la espalda al rey y a su hijo, esperando que cinco flechas le atravesaran, y se internó en el bosque. No se disparó flecha alguna.

Samson enterró a Talaa con sus propias manos. Horas más tarde reapareció a las puertas del castillo con la mano y el brazo izquierdos renegridos de podredumbre.

—Tendrás que matarme a mí también —jadeó Samson antes de desplomarse.

Susenyos apretó los dientes.

—Te dije que era contagioso.

Samson levantó una mano atenazada por el dolor. ¿Era eso lo que ella había sentido en todo el cuerpo?

—Pronto estaré con ella.

—Llevadle adentro.

Tres hombres lo ayudaron a levantarse con guantes improvisados.

—¡No! —gritó él—. Dejadme morir.

Le arrojaron a una celda. Con una mano enguantada, Susenyos sujetó la cabeza convulsa de Samson y le obligó a quedarse quieto.

—No dejaré que mueras.

Encarcelado, Samson hizo todo lo que pudo para enmascarar el dolor. Levantó el puño y lo estampó contra la dura tierra. El ruido sugería un suplicio insoportable, pero lo hizo una y otra vez. Sin embargo, el dolor no cedió ni por un instante. Ahora se extendía a su antebrazo, amenazando consumirlo por completo.

Cuando Susenyos volvió a visitarlo fue con la intención de convertirlo en vampiro. Samson estaba demasiado débil como para negarse; su vida ya era una llama parpadeante. Samson despertó y todo estaba sumido en un ambiente austero. Y la corte estaba llena de cuerpos dormidos, capturados en la transición entre la vida y la muerte. La podredumbre negra había dejado de extenderse. En vez de eso, se alimentaba de él, extrayendo su energía hasta tal punto que ya nunca tendría acceso a toda su fuerza.

Levantó la vista y vio a Susenyos recién transformado, eterno. Y a una chica de piel oscura con unos ojos antiguos y felinos a la que pronto conocería como Arin Tawendyo.

Kidan gritó cuando su propia mano ardió junto con la de Samson. La visión se disipó en la habitación y su cabeza recuperó el sentido de la gravedad. Susenyos y Taj seguían inconscientes.

«Por favor, despertad», les suplicó mentalmente.

Samson se enjugó la sangre de la boca.

—Duele, ¿verdad?

Ella todavía se retorcía como si intentara borrar lo que sentía.

—Tú también has sufrido lo tuyo —le dijo Samson con una emoción indescifrable en los ojos entornados—. Matar a la propia madre… es una herida que nunca sana. Y luego la traición de tu hermana. Eso destruyó una parte de tu alma. Ahora lo noto. Has perdido demasiado como para poder pasar página. Solo te resarcirá la venganza.

Las palabras le desnudaban aún más, dejaban al descubierto su necesidad de ser escuchado, comprendido. Era omnipresente, casi desesperada. Kidan comprendió vagamente que tenía que aprovechar esa oportunidad. Sacarle toda la información que pudiera.

—Siento mucho que os hiciera eso, a ella y a ti —susurró temblando por el asco reprimido—. Fue… una crueldad.

Samson la observaba detrás de mil muros, pero se estaba ablandando. Cada uno de ellos estaba perdiendo la lucha contra la influencia que Kidan tenía sobre la casa. Pero notaba el dedo agarrotado, incapaz de seguir dibujando su símbolo.

«Un poco más».

El dedo no la obedecía, se negaba a dibujar. No. Las volutas que envolvían a Samson se esfumaron.

—¿Dónde te ha mordido Susenyos? —le preguntó él con voz ronca, parpadeando como si despertara de un sueño.

—¿Qué?

La ira retornó más tormentosa que nunca. Los ojos de Samson recuperaron el color.

—¿Dónde?

Kidan no tuvo que fingir que tartamudeaba.

—En… en el hombro.

Le posó los ojos en el hombro con tanta rabia que a Kidan le temblaron las rodillas. A pesar de todo la voz de Samson permaneció serena.

—¿Dónde más?

Kidan notó los latidos de su corazón en la garganta.

—En ninguna parte.

—No es un santo. —Samson hizo chasquear la lengua—. Sé que te ha mordido en otras partes del cuerpo. Dímelo o daré por supuesto lo peor.

Ella no quería confesar que le había besado el pecho, así que dijo:

—En los muslos.

Samson cerró los puños, la viva imagen del poder y la amenaza.

La mirada del vampiro descendió y le aferró las piernas con tanta fuerza que debieron de brotar cardenales, Kidan estaba segura.

—En los muslos… Entonces te asomaste a su pecado. ¿Qué viste? ¿Le viste dejarla atrás como quien abandona a un animal? —le preguntó Samson con una desesperación casi maniaca.

—No, le vi convertiros a todos en vampiros y abandonaros.

Él se encogió como si le hubiera abofeteado.

—¿Cree que ese es su peor pecado? ¿Abandonarnos?

El grito arrancó un respingo a Kidan.

—Somos vampiros, podíamos sobrevivir. ¡Ella solo era una chica! ¡Una chica humana, y la abandonó!

Kidan se apartó a rastras. Samson se paseaba por la habitación, hablando en amárico para sí y soltando alguna que otra maldición.

Se detuvo y sus ojos oscuros se posaron en la figura encogida de Kidan. Taj y Susenyos no tardarían en despertar.

Si no lo hacían…

—Ella se parecía mucho a ti, y Susenyos acabó con ella. No dejaré que haga lo mismo contigo.

El juramento fue violento, salpicado con todos los ingredientes de un desenlace fatal.

Antes de que Kidan entendiera lo que estaba insinuando, la cogió en brazos y desapareció escaleras abajo. La rapidez del gesto le impidió protestar; el mundo se desintegró y volvió a recomponerse en un instante cuando el sólido contorno de un sofá le golpeó la espalda. Ella gritó y notó sangre en la garganta.

Supo por el tenue parpadeo de las llamas que estaba en la sala de estar.

Kidan no quería estar allí. Ese rincón les pertenecía a ella y a Susenyos, y los recuerdos de sus encuentros estaban por doquier.

La casa se hizo eco de sus pensamientos. Un escalofrío resbaló por su columna vertebral y se quedó allí, extendiéndose como una mancha.

Samson echó mano del atizador y hurgó en las brasas para avivar las llamas.

Mordiéndose el labio, Kidan movió los ennegrecidos dedos.

«Una vez más».

Tenía que dibujar su símbolo, volver a aumentar la confianza de Samson. Tenía el dedo tan rígido que temió que se rompiera. Se le saltaron las lágrimas, pero redobló el esfuerzo y completó los cinco ángulos de un pentágono. Las hebras doradas volvieron a manifestarse.

Kidan formuló con tiento:

—Yos me dijo…

—No le llames así, joder. Como si le tuvieras en gran aprecio.

El veneno de las palabras la sobresaltó, pero se recompuso.

—Tienes razón. Perdona.

La disculpa relajó los hombros crispados de Samson.

«Hablas igual que June», susurró una parte de Kidan.

—Susenyos me dijo que encontrasteis juntos las espadas. Eso significa que le perdonaste después de las escenas que me has mostrado.

Samson se giró a toda prisa y ella se hundió en las profundidades del sofá.

—Jamás. Le perdonaría si cumpliera su promesa, pero ya le conoces. A la mínima de cambio te ataca como una víbora.

—¿P-promesa?

—Encontrar las reliquias y convertirme en Sabio. Solo un Sabio es tan poderoso como para hacer lo necesario.

Lo necesario.

—¿Para qué?

Él la miró a la cara y sus ojos descendieron a la mano renegrida. Kidan intentó no mirar, temiendo que el dolor se acentuara.

—Para traer de vuelta a Talaa.

A Kidan le zumbaron los oídos. No tenía claro que le hubiera oído bien.

—¿Pero Talaa no está muerta?

Samson guardó silencio. Luego habló con una voz queda, mordaz.

—Un Sabio es capaz de romper los vínculos, sí, pero también de crear otros nuevos. Una vez que yo lo sea, podré traerla de vuelta.

Mil ideas se arremolinaron en la mente de Kidan. A Samson, en realidad, no le movía el ansia de poder.

Le movía el amor. Un amor trágico, enajenado.

Se concentró en las volutas doradas que se filtraban al pecho del vampiro.

—¿June todavía está con los nefrasis? —preguntó en su tono de voz más amable.

—Sí —respondió él.

Ella cerró los ojos y esperó un momento antes de seguir preguntando.

—¿Y dónde están?

Samson se puso rígido y aferró el atizador con fuerza. La miró con una expresión furtiva. Desplazó la atención a las vetas negras que se extendían por el brazo de Kidan. Ella no miró. Tenía que recurrir a cada átomo de su cuerpo para no temblar de dolor. Él contempló las venas un buen rato.

—¿Dónde está el escondrijo nefrasi? —preguntó ella suplicándole con todo su ser—. Dime dónde está GK, por favor.

La casa se difuminó en torno a él, lo bastante segura y cómoda como para que Samson se aviniera a revelar la verdad.

Un grito ahogado se agolpaba en la garganta de Kidan, un llanto, pero ella se aferró a ese sentimiento extrayendo fuerzas de las palabras de Susenyos.

«Confío en ti».

Podía soportar todo lo demás siempre y cuando tuviera un alma con la que compartir su carga. Susenyos le había enseñado eso. Kidan dirigió ese sentimiento hacia Samson, borró cualquier traza de soledad hasta que él la miró con ojos negros, incondicionales.

—En una finca de Drummond norte.

Por fin. Drummond era una localidad situada a un par de horas de la ciudad Zaf Haven. Lágrimas de alivio brotaron de sus ojos.

—Gracias —susurró, y su cuerpo se aflojó.

En ese momento Kidan perdió la concentración. Las venas se habían extendido a su brazo y la habían inmovilizado por completo.

«Estoy acabada».

La sala recuperó su aspecto normal, ya libre del pentágono.

Samson se volvió hacia ella con el atizador en la mano. Y finalmente Kidan comprendió lo que había estado haciendo todo ese tiempo. La punta de hierro refulgía anaranjada, ardiente y aterradora.

—Yo te puedo liberar de él.

Kidan notó un retortijón en las tripas.

—No, no necesito ayuda.

Samson ladeó la cabeza y levantó el labio con un gesto desdeñoso al mismo tiempo que recorría con la mirada todo su cuerpo. Kidan se estremeció de pies a cabeza.

—El hombro y los muslos. ¿Dónde más te tocó?

Se le revolvió el estómago al comprender lo que le estaba diciendo.

—En ninguna otra parte. Pero ni siquiera eso fue nada.

El pánico se había apoderado de ella y miró hacia la escalera.

Por Dios, esperaba que Yos estuviera despierto. ¿La oiría si le llamaba?

—Si sus mordiscos y sus caricias no fueran nada —la voz de Samson se hundió en la corteza de la tierra—, no seguirías pendiente de él. Esperando que te rescate. No vendrá.

Su manera de articular esas últimas palabras, complaciéndose en su crueldad, le provocó temblores en las rodillas. Samson salió disparado hacia ella y le aferró el brazo. Las orejas y las mejillas de Kidan ardieron cuando le pegó el atizador a la piel.

Su chillido sacudió toda la casa. El olor de algo que ardía, nauseabundo y próximo.

El atizador la mantenía pegada al sofá según le derretía el hombro.

La boca de Samson proyectó gotas de saliva mientras ella se retorcía de dolor.

—Tengo que limpiártelo. ¿No fue esto lo que tú le hiciste a tu pobre madre? ¿Limpiarle los pecados con cigarrillos?

La carne de Kidan se desprendió cuando el hierro incandescente llegó al hueso. En el instante en que se le pusieron los ojos en blanco, él retiró el atizador. Ella solo podía murmurar, suplicar.

—Por favor…, para. Por favor.

Desde el plano sesgado de su visión, la mirada de Kidan saltó a la puerta del jardín. Su mente abrumada debía de estar buscando alivio, porque vio encenderse la luz exterior y el delicado rostro de su hermana arrasado por el dolor. Kidan alargó la mano hacia ella, pero la lámpara volvió a parpadear y el fantasma de June desapareció.

Las lágrimas inundaron los ojos de Kidan.

—Lo necesitas —gritó Samson, un verdadero monstruo—. Los dos necesitamos liberarnos de él.

Volvió a acercarle el atizador, esta vez entre las piernas, al muslo donde ella le había dicho que Susenyos la había mordido.

Kidan cerró las piernas.

—¡No!

Entrando y saliendo de la consciencia, le pidió a la casa que le diera fuerzas igual que hiciera la otra vez, cuando June apareció en el porche. Un zumbido resonó debajo de la tarima, poderoso y estremecedor. Ella canalizó cualquier residuo de la energía de su madre que aún pudiera persistir, le suplicó que la protegiera.

Y entonces Kidan aferró el atizador con la otra mano y se lo arrancó a Samson con un violento tirón. Las pupilas de él se dilataron. Kidan le pateó en mitad del pecho y lo proyectó contra la chimenea.

Le hervía la sangre de rabia mientras caminaba hacia él.

—Debería haberte enterrado la bala en el pecho aquel día —le escupió a la vez que le estrujaba el cuello con un puño de acero y le hundía la cabeza en el fuego sin pensárselo dos veces.

Samson chilló.

El escudo de Kidan se estaba debilitando y ella había empezado a sudar, pero nada de eso podía compararse con lo que él estaba experimentando. La piel de Samson chisporroteaba y ardía. Pronto tendría todo el cuerpo en llamas.

«Por todo lo que les hizo a GK y a Yos, por lo que estaba a punto de hacerme a mí, lo voy a aniquilar».

Kidan hizo caso omiso de los gritos y lo mantuvo hundido en el fuego mientras los dientes le rechinaban con toda la fuerza de la casa. Pero el dolor que le ascendía por las venas era excesivo y la estaba debilitando.

No, todavía no.

Samson le asestó un golpe en el pecho que le arrebató el aire.

Kidan cayó de rodillas.

Él gateó para alejarse de la chimenea al tiempo que se abofeteaba la ropa para apagar las llamas. Tenía el rostro de un fantasma.

Al instante le había rodeado el cuello con la mano y ella supo con certeza absoluta que iba a matarla. Agotada, cerró los ojos. Ya no le quedaban fuerzas para luchar.

En sus últimos instantes, Kidan pensó en la chica que era cuando llegó a este lugar. Su manera de dar la vida por sentada, ansiosa por desecharla sin más. El aire salía de su cuerpo en ráfagas dolorosas. Se le nubló la visión. Pensó en lo mucho que deseaba vivir, en que merecía vivir. Por eso había luchado tanto tiempo. Aunque habría sido más sencillo renunciar.

La puerta se abrió de golpe. Samson le soltó el cuello y Kidan se dobló sobre sí misma entre resuellos. Los contornos de la habitación se estaban oscureciendo, pero vio a una horda de vampiros acompañados de una chica.

La chica, enfundada en una chaqueta ancha, corrió hacia ella.

Kidan enmudeció mientras observaba la furiosa expresión en el rostro de Slen, el contorno tenso de su mandíbula, la preocupación de su mirada.

«Ha venido… a rescatarme».

Ese fue el pensamiento que la acompañó a la oscuridad antes de desplomarse.

61

KIDAN

KIDAN SE DESPERTÓ EN UNA CAMA LIMPIA Y DURA. LOS ECOS INTERminables de su memoria permanecían reprimidos y contenidos. No se encontraba en la Casa Adane. Poco a poco el aroma de la colofonia y de la madera pulida le inundó las fosas nasales. A su izquierda había una colección de once violines, todos plantados como juguetes de madera. Reconoció el lugar de una visita anterior, tiempo atrás.

La Casa Qaros. Estaba en el dormitorio de Slen.

Lo primero que notó Kidan al incorporarse fue la ausencia de dolor. Su mano había recuperado el color marrón habitual, sin vetas negras que le ascendiesen por el brazo y le devorasen los huesos. Una tristeza inmensa se apoderó de ella. Kidan no podría volver a entrar en la Casa Adane. No hasta que cambiara la ley que afectaba a Yos.

«Esto es culpa mía. Vuelvo a ser un vampiro».

¿Qué significaba eso?

Kidan atisbó su imagen en el espejo que había al otro lado de la espaciosa habitación. El cardenal del cuello, donde los dedos metálicos de Samson le habían dejado su huella, empezaba a diluirse. Hizo una mueca de dolor y se palpó el hombro. La piel se había curado y solamente le quedaba una pequeña cicatriz. Dejó caer la mano. El dolor había desaparecido, pero algo más se había roto en su interior, y no sabía qué hacer para repararlo.

Vio una nueva expresión en sus ojos castaños, un aire de derrota que no le gustó. La última vez que Kidan estuvo en esa casa, Ramyn Ajtaf estaba viva y exhibía un aspecto frágil después de que Koril Qaros la hubiera intimidado.

«Ahora te pareces a ella».

La puerta chirrió al abrirse despacio. Kidan miró rápidamente a un lado y a otro buscando un arma y cogió el primer objeto que encontró junto a la cama, un peine.

—¿Kidan?

Slen.

Kidan escondió el peine debajo de la manta, todavía aferrándolo con fuerza.

Se encendió una luz tenue que las iluminó a las dos con más claridad. Slen iba vestida de pies a cabeza con sus botas militares y su chaqueta característica, mientras que Kidan se sentía frágil e insignificante por primera vez. Se levantó a toda prisa de la cama. De pie se sentía más fuerte.

La mirada de Slen se posó en el peine que Kidan aferraba.

—Ah —dijo Kidan notando el ardor de las mejillas. Volvió a dejarlo junto a la cama.

—Samson se ha marchado —dijo Slen sin mencionar la incómoda posición en la que se encontraban—. Dudo que vuelva a Uxlay después de que tantos de nosotros presenciáramos lo que hizo.

Kidan notó una sensación de ahogo en la garganta. Así que por fin se había marchado. A Drummond norte. Allí estaba la finca nefrasi.

Slen guardó silencio un momento.

—Susenyos no tardará en llegar. Los Sicion le están extrayendo las esquirlas de plata del cuerpo.

Kidan miró un momento al suelo y esperó a que se le pasaran los nervios. No podía dejar de visualizar la escena, de analizarla desde todos los ángulos. El cuerpo de Susenyos desplomándose como una piedra, el pecho sembrado de plata.

—¿Y Taj? —preguntó.

«También está consciente».

Bien.

—¿Cómo lo supiste? —preguntó Kidan—. ¿Qué te trajo a la casa?

Slen se acercó a sus violines y acarició las cuerdas para arrancarles un acorde.

—Lo supe porque la Casa Makary quiso que Samson saliera antes de Drastfort. Querían que te distrajera mientras duraban las votaciones.

Kidan notó la aceleración del pulso en los oídos, un pitido prolongado.

Para distraerla... Todas las cosas que Samson había hecho —matar a Etete, torturar a Susenyos y casi acabar con ella— no fueron ninguna distracción, sino un auténtico infierno.

El sentimiento de traición debió de reflejarse en el semblante de Kidan, porque Slen apartó la mirada.

—Me he enterado esta misma noche.

—No me lo creo. —Kidan entornó los ojos—. La verdad es que pensaba que el 13° te hacía caso.

En la frente de Slen se hinchó una vena. Un nuevo cardenal le brillaba a un lado de la cara, justo debajo de la barbilla. Una moradura que no podía tener más de un día de antigüedad.

Al notar la mirada inquisitiva de Kidan, Slen aclaró:

—Me atacó un vampiro de la Casa Rojit hace dos días. Tus partidarios.

—¿Qué? —Kidan alzó la voz al percibir la acusación—. Yo no les pedí que hicieran nada.

—Te creo —dijo Slen, y sus ojos inexpresivos le lanzaron una mirada elocuente—. Igual que yo no le pedí al 13° que liberara a Samson.

Kidan cerró la boca al instante.

El 13° y los Excavadores, al parecer, tenían sus propios planes ocultos y si no los mantenían bajo control provocarían más desastres.

—Hablaré con ellos —dijo Kidan en tono enérgico—. No te harán daño.

Una luz asomó a los graníticos ojos de Slen. Al momento pestañeó y la oscuridad volvió a apoderarse de ellos.

—Esto nos supera.

—Sí, empiezo a darme cuenta.

Kidan se acercó a la ventana y descorrió las cortinas. Ya había anochecido.

¿Había dormido todo el día?

Vio un fantasma en el cristal. Cálidos ojos castaños y un rostro apuesto. El tintineo de una cadena de falanges. Bondadoso hasta lo indecible. Kidan tenía la costumbre de fundir incontables objetos para transformarlos en armas y había hecho lo mismo con GK, había infiltrado sangre de vampiro en su cuerpo muerto.

Pero ahora podía arreglarlo todo. Porque algo bueno había salido de todo eso.

Por fin sabía dónde estaba el escondite de los nefrasis: una finca en Drummond norte.

GK estaba allí, y, si Samson se había marchado, no tenían mucho tiempo.

—Sé dónde esta GK —dijo Kidan despacio—. Y lo voy a traer de vuelta.

Aunque se lo esperaba, el silencio de Slen le dolió.

—Acompáñame —le pidió Kidan sin poder evitarlo.

El reflejo de Slen asomó a la ventana. Kidan la observó el tiempo suficiente como para que se le erizaran los pelillos de la nuca.

—Sabes que no puedo hacerlo —fue la respuesta de Slen—. Y no se lo digas tampoco a Yusef. Samson conoce tus debilidades. Las utilizará contra ti como la última vez.

Una sonrisa triste rozó los labios de Kidan. Quizá no tuviera que dar a Slen por perdida. Una parte de ella todavía se preocupaba. ¿Por qué si no iba a salvar a Kidan de Samson? Los acontecimientos del día les habían revelado algo a las dos. Las pequeñas rivalidades académicas y el dominio de las casas no tenían ninguna importancia si ellas no estaban a salvo. Y con qué facilidad podían ponerse en peligro, olvidando que eran seres humanos jugando en las fauces de los leones. Kidan había colocado a Slen por delante de Uxlay desde el día que se sentaron junto a aquellas escaleras apartadas y compartieron sus asesinatos. Y Kidan tenía la sensación de que Slen, hoy, había hecho una elección parecida.

Se trataba de algo tácito entre ellas. Algo que la vetusta institución no les perdonaría. Algo que Kidan albergaba en lo más profundo de su ser, una esperanza secreta.

«Puede que nos importe más protegernos los unos a los otros. Más que Uxlay».

Slen se marchó en silencio para dejarla descansar. Pero Kidan no podía dormir. Para cuando los Sicion soltaron a Susenyos, Kidan ya se había aseado y vestido para el viaje. Susenyos apareció en la puerta y su mirada la recorrió a toda prisa. La preocupación de su rostro mudó en alivio.

La estrechó entre sus brazos sin mediar palabra y ella aspiró su aroma para saborear ese instante de paz antes de despegarse de él.

—Samson —dijo Susenyos con un gesto implacable en la mandíbula—. ¿Te ha hecho daño?

Kidan notó una quemazón en el hombro y tragó saliva con dificultad al recordar el ahogamiento de serpiente al que la había sometido.

Pero negó con la cabeza.

—Luego te lo cuento.

Ya habría tiempo para la venganza más tarde. Tuvo la sensación de que Susenyos quería decirle algo más. Quizá sobre la ley de la casa y por qué había cambiado, pero asintió.

Había algo más acuciante. Kidan le contó lo de la finca nefrasi.

—¿En Drummond norte? —Se quedó de piedra—. ¿Averiguaste la ubicación?

—Sí.

La miró sacudiendo la cabeza y luego le plantó un beso en mitad de la frente.

—¿Te he dicho ya que me encanta esa mente que tienes?

Kidan se ruborizó mientras él se preparaba para partir con una expresión decidida en el rostro.

—Iniko se reunirá con nosotros por el camino. Ha llamado. Han saqueado la tumba de Talaa. La reliquia no está. Los nefrasis pronto abandonarán ese lugar.

A Kidan se le cayó el alma a los pies. El asunto de la reliquia era una decepción, pero hizo de tripas corazón.

—Tenemos que darnos prisa.

No volvería a perder a GK.

VOTACIÓN DE LAS CASAS DE UXLAY

CASA PIRAN
55 DRANAICOS

TRAS SUS DELIBERACIONES, LA CASA PIRAN HA DECIDIDO QUE LAS CASAS FUNDADORAS DEBERÍAN SEGUIR SIENDO LAS ÚNICAS HEREDERAS DEL DECANATO. LA CASA ADANE NO DEBERÍA PERDER SU POSICIÓN CENTRAL.

Declarado en el tribunal de los Mot Zebeyas el jueves 28.

62

JUNE

JUNE PENSÓ QUE NO HABÍA OÍDO BIEN A WARDE.

«Tu hermana está aquí con Susenyos. En la sala del trono».

Cruzó la finca nefrasi a la carrera y estuvo a punto de derribar el jarrón del siglo XVII del pasillo. Frenó derrapando al llegar a las gigantescas puertas y la sombra se la tragó por completo. June detestaba las cosas que eran más altas que ella y el mundo se convirtió en un lugar aterrador el día que comprendió que casi todo lo era. Las cosas pequeñas como ella solo podían sobrevivir si guardaban silencio y eran monas.

Pero su hermana estaba al otro lado de la puerta. Y si alguna vez hubo un momento apropiado para romper el silencio era este.

Mordiéndose el labio para reunir valor, June abrió la puerta y entró. Nadie le prestó la menor atención. Todas las caras estaban vueltas hacia Samson, que estaba sentado en su trono provisional. Habían tapizado la butaca con pieles de animales y los reposabrazos estaban tallados de modo que recordasen las fauces abiertas de un león. Hacía un rato había tratado la mano infectada de Samson junto a esa misma silla, desabrochándole con sumo cuidado la mano plateada.

Entonces estaban solos y él había hablado de evacuar a los nefrasis con aire nervioso.

Ahora las tinieblas que siempre le envolvían se habían vuelto opresivas. Parecía un rey oscuro de los pies a la cabeza, y sus penetrantes ojos estaban pendientes de una puerta lateral.

La puerta se abrió y Susenyos Sagad apareció al otro lado.

June soltó un grito ahogado. Era cierto que estaba allí.

El líder caído en desgracia avanzó con poderosas zancadas; llevaba dos espadas curvadas prendidas a la espalda. La energía cambió en la estancia, como cenizas ardientes de guerra que se desplazan. Todos los hombros se irguieron, incluidos los de June, como soldados que se ponen en posición de firmes. June había oído a los nefrasis referirse a Susenyos con todos los insultos que existían sobre la faz de la tierra y criticar al valiente emperador que había perdido el coraje frente a Lusidio. Escuchando las historias de las conquistas de Susenyos, June se había sentido más insignificante que nunca, un insecto en la inmensidad de la naturaleza.

Y hoy iba a presenciar con sus propios ojos lo que significaba gobernar.

Se le entrecortó el aliento cuando entró Taj acompañado de… Kidan. Su hermana pasó la vista por los presentes, como si buscara a alguien. June se apartó a un lado a toda prisa para esconderse detrás del temible guerrero Tilahun. Su figura, solamente superada por el tremendo tamaño de Warde, era lo bastante grande como para ocultarla con facilidad.

La última vez que June había visto a Kidan fue en la Casa Adane, ante el retrato de la Sabia, con un cuchillo entre las dos. Ella había implorado que Kidan la odiase lo suficiente como para poner fin a sus desgracias, que escogiera el poder de la máscara por encima de ella. Pero nada había funcionado.

Una sensación ardiente se adueñó de su corazón.

«Tienes que matarla antes de que sea demasiado tarde», dijo una voz arcaica en su mente.

June cerró los ojos con fuerza y le pidió que la dejara en paz.

—¿Has venido a rendirme pleitesía? —ladró Samson, y June se estremeció hasta los huesos.

La voz de Susenyos atronó en el inmenso espacio.

—He venido a recuperar a mi gente.

Los murmullos estallaron alrededor de June. Se asomó despacio para atisbar el trono.

Samson descendió los escasos peldaños.

—¿Te atreves a presentarte aquí después de todos estos años a pedir obediencia?

El semblante de Susenyos seguía siendo una tormenta nocturna. Miró a los presentes uno por uno.

—Creéis que sois libres, que os ha liberado…, pero os ha estado engañando. —Susenyos hablaba con la calma de un tornado en ciernes, la mirada salvaje—. ¿Sabéis que este usurpador sigue colaborando con Lusidio?

El trueno estalló en lo alto y June se estremeció al escuchar el nombre.

—¡El mismo vampiro que nos torturó! ¿Sabéis que Samson le rinde pleitesía, lo que significa que todos le rendís pleitesía?

Todas las cabezas se giraron hacia Samson. La cicatriz se movió como un rayo en la mandíbula del vampiro, pero se había quedado petrificado por lo demás.

June tuvo la sensación de que el suelo se desplazaba a sus pies. Se había aferrado al heroísmo de Samson, le había pedido incontables veces que le contara la historia del Gran Incendio San Er, el rescate de sus gentes de las zarpas de un tirano. Le había admirado como a un verdadero héroe. Siempre y cuando hubiera personas como Samson en este mundo, Lusidio y todos los seres malvados serían derrotados.

Pero… ¿acaso todo era mentira? Con las pupilas rojas, Samson no lo negaba. El hielo se apoderó de las venas de June. Unos barrotes invisibles se alzaron en torno a la sala del trono y los encerraron a todos en una cárcel de oro.

«¿Cuánto tiempo vas a seguir escondida? —La voz volvió a colarse en su mente, inmemorial y poderosa—. ¿No te lo he dicho? No hay seguridad que valga».

June se encogió y cerró los ojos con fuerza hasta que pudo enfocarlos en la sala, en la ira que empezaba a destellar entre los nefrasis, en los gruñidos que mudaban en un siseo quedo.

—Estáis enfadados —vociferó Susenyos mientras giraba sobre sí mismo con los brazos abiertos—. ¡Yo también! Los lusidios nos secuestraron, nos torturaron y asesinaron a nuestros seres queridos. ¡Son nuestros enemigos!

La puerta se abrió de golpe y June dio un respingo. Entró Iniko arrastrando a un vampiro envuelto en cadenas de púas. Los ojos rojos y líquidos, así como los colmillos negros, le señalaban como un humano que se había transformado después de la muerte; debía de ser uno de los lusidios. June retrocedió un paso y pisó a alguien.

—Perdón… —empezó a decir.

—Tu hermana nos ha traído un regalo.

Una voz letal habló por encima de su hombro y June dio un respingo al oírla.

La sonrisa de Arin se acentuó mientras sus ojos felinos recorrían el rostro de June. Ella no se atrevía ni a respirar. Arin había aparecido una semana atrás cubierta de sangre y polvo gris sin ofrecer ninguna explicación. A veces tenía la sensación de que la vampira veía a través de su carne, cada punto débil y cada fortaleza, siempre calibrando su valía.

De que veía su secreto.

«Tranquila. No hagas nada».

Arin la adelantó entre el taconeo de sus botas y June estuvo a punto de hundirse en el suelo.

La multitud se dividió como el mar para abrirle paso. Se hizo el silencio.

Un silencio tan profundo que June se aventuró a echar un vistazo.

Susenyos y sus amigos se habían quedado lívidos al ver aparecer a la mujer. Kidan abría los ojos como platos, anonadados.

Al parecer estaban viendo algo que nadie más veía, como June cuando caía en una de sus pesadillas. Solo había un horror silencioso en sus semblantes.

Arin sonrió como una pantera ante su presa.

—Estaba deseando veros.

63

SUSENYOS

ARIN ESTABA ALLÍ.
Viva y desde luego no era presa del sufrimiento.

Susenyos reculó y alargó la mano hacia Kidan como para protegerla de la ira que lo atravesaba como una flecha.

—Por Dios —dijo Taj entre dientes—. Es el mismísimo diablo.

Iniko adoptó una pose más amplia, lista para atacar, con la mandíbula prieta.

Junto al hombro de Susenyos, la respiración de Kidan sonaba rápida y agitada.

—¿Cómo es posible?

Susenyos no lo sabía. Miró las salidas de refilón, una detrás, la otra en el otro extremo de la estancia. Si agarraba la mano de Kidan y salía disparado, podrían llegar a un lugar seguro, encontrar una manera de sobrevivir a eso.

«¿Otra vez pensando en escapar? —parecía burlarse Arin desde la otra punta de la sala—. Huye, cobarde».

Sus pupilas negras le apuntaban como dagas. Pero no se movió. No atacó. Estaba esperando a que él hiciera el primer movimiento.

Igual que cuando Susenyos era humano y le suplicaba que lo ayudara a ser más fuerte.

Si salía huyendo ahora, perdería el poco respeto que aún le tenía su gente.

Arin no le mataría. Le torturaría durante décadas.

En cuanto a Kidan..., a saber qué demonios le haría.

Susenyos no tenía más remedio que atenerse a su plan. Relajó la mandíbula e intercambió una mirada con Iniko. Le cogió el extremo de la cadena que retenía al vampiro lusidio capturado.

Enrollándose dos vueltas de la cadena en la mano, Susenyos tiró al vampiro al suelo. El cuerpo rodó a toda velocidad por el estrecho pasillo entre gritos y rugidos hasta que Arin le apoyó el pie en la cabeza y le clavó el tacón.

—Bonita presa. —La voz de Arin era suave como una esquirla de cristal—. ¿Y qué se supone que demuestra?

Mirándola con sumo tiento, Susenyos respondió.

—¿Cuántos lusidios habéis matado desde que escapasteis?

Las mandíbulas prietas de los nefrasis respondieron por ellos.

—Samson os dijo a todos que os escondierais y lo hicisteis. Os dijo que no matarais a ningún lusidio y le hicisteis caso. Y yo me pregunto... Si os hubiera ordenado que los alimentarais, ¿les habríais ofrecido el cuello también?

Al verlos enarbolar sus relucientes espadas, Susenyos enderezó la espalda. El orgullo era la cualidad más distintiva de los nefrasis y él sabía cómo hacerlos rugir de rabia.

—Biruk. —Susenyos localizó el rostro castaño de Biruk a la izquierda—. ¿Qué le hicieron los lusidios a tu hermana?

Biruk se estremeció y giró la cara, pero al cabo de un momento dijo:

—Clavaron su cabeza en una estaca.

A Susenyos se le nublaron los ojos al visualizarlo. El desgarrador grito de horror que lanzó su amigo.

—Henok —continuó Susenyos—. ¿Qué le pasó a Asir?

Debajo del candelabro del techo, la mirada de Henok era puro hielo.

—Lo echaron a los leones.

Por fin Susenyos se volvió a Arin con ojos gélidos.

—¿Y dónde están tus chicas?

Un reborde rojo rodeó las pupilas negras de Arin y unos cuantos nefrasis retrocedieron. Ella era su líder en la misma medida que Susenyos y, si ordenaba que le mataran, estaba seguro de que todos acabarían muertos.

«Cuidado —parecía decir la mirada de Iniko—. No la presiones demasiado».

Pero era demasiado tarde para eso.

Susenyos los había metido en una trampa y tendría que sacarlos de ella.

—Todos habéis olvidado vuestro verdadero propósito: ¡destruir a Lusidio! —Susenyos proyectó una voz capaz de estremecer incluso a los moradores del infierno—. ¿Qué ha sido de vuestra venganza?

Las garras asomaron con un sonido como de cuchillas desenvainadas.

Arin levantó una mano y el silencio fue instantáneo. La sangre inundó los oídos de Susenyos. Aferró su espada de dragón con más fuerza. Tal vez no ganase contra un vampiro tan viejo como Arin, pero lucharía con uñas y dientes. Suficiente para que Iniko y Taj pudieran escapar con Kidan. Buscó los ojos de Taj como tantas veces había hecho, en los gloriosos Días de Cossia, en los devastadores campos de batalla, para comunicarse con él.

Su amigo volvió la vista hacia Kidan e inclinó la cabeza brevemente. Le había entendido.

—Samson. —El tacón de Arin seguía sobre el vampiro lusidio—. Explícate.

Samson movió el cuello como para destensarlo. Un millar de batallas circularon entre sus miradas y la violencia se tornó más intensa.

Sus ojos sin alma estaban lívidos.

—Yo os salvé.

—Entonces ¿es verdad? —preguntó Biruk con la voz espesa por la traición.

Samson no respondió. En vez de eso, fulminó a Kidan con la mirada. Susenyos enderezó los hombros y volvió hacia él sus ojos condenados.

El tono hiriente de Arin cortó el silencio.

—Así que tenemos a un cobarde que abandonó a sus gentes y a un mentiroso que los utilizó. ¿Cuál debería vivir?

Negó con la cabeza fingiéndose derrotada y los *puffs* afro bailaron en su cabeza. No habían conseguido enterrar viva a Arin. Y eso significaba que en el momento en que cruzasen esas puertas Susenyos se podía dar por muerto. Esto solo era un juego, una demostración de poder.

Susenyos echó un vistazo a Kidan, a la mirada asesina que le dirigía a Arin. Su valor le hizo sonreír. Contribuyó a sacar el coraje humano que llevaba dentro.

Si Susenyos iba a morir en cualquier caso, dejaría este mundo revelando una última verdad.

Solamente le sabía mal por Kidan. Le habría gustado pasar más tiempo con ella, años. Taj e Iniko la pondrían a salvo, pero no quería dejarla así.

Notando lo que se proponía hacer, sus amigos fruncieron el ceño. Taj negó con la cabeza.

Susenyos inspiró profundamente y observó a la muchedumbre, cientos de caras conocidas con las que le habría gustado sentarse a charlar, devolverles la ropa y las joyas de sesenta años atrás. Decirles que nunca los olvidó. Ni por un segundo. Había estado a punto de conseguirlo.

Pero no le quedaba otra salida. Arin por fin obtendría el sacrificio que tanto ansiaba.

Había llegado el momento de romper su coacción.

—Os diré por qué tuve que marcharme hace sesenta años. Por qué tuve que ir a Uxlay en busca de la máscara y dejaros atrás —anunció. Las marcas le ardieron en la espalda—. Os voy a contar la verdad. Entonces vosotros decidiréis.

Taj e Iniko gruñeron al unísono:

—No.

Pero Susenyos estaba decidido. No pensaba seguir huyendo.

64

JUNE

«LA VERDAD».

June se abrió paso a las primeras filas de la muchedumbre para tener una perspectiva mejor de lo que estaba pasando. Demasiado tarde recordó que pretendía permanecer escondida y, en ese instante, los ojos de Kidan se clavaron en ella. El estupor asomó a las facciones de su hermana, seguido de un destello de alivio. Desapareció al momento, como si hubiera sido un mero reflejo, pero June se aferró a él con egoísmo. Kidan todavía la quería. Se preocupaba por ella.

Estás complicando las cosas —le advirtió la voz—. *Deberías haberla matado.*

June negó con la cabeza y cerró las manos en un puño.

Cuando levantó el mentón, los ojos otoñales de Taj encontraron los suyos. Parpadeó rápidamente, un remolino de colores cálidos en su mirada. ¿Le reprochaba Taj que se hubiera marchado sin decirle adiós? ¿También él la odiaba ahora? June desvió la vista antes de averiguarlo.

Susenyos se subió la camisa y se dio la vuelta para mostrarles a todos la parte inferior de la espalda. Las marcas rojas y profundas de tres garras surcaban su piel marrón.

—Me marché por esto. —Suspiró.

«Marcas de coacción... No».

Taj se desató la cinta que llevaba en la frente y reveló las mismas marcas horizontales. Un zumbido saturó los oídos de June.

Lento, vibrante de peligro.

«Tengo una cicatriz horrorosa», le había dicho, pero eso era mucho peor.

El destino de Taj era existir en este mundo, bajo la dorada luz del sol de Uxlay, no en los pliegues de las pesadillas. Pero él había cruzado ese umbral, había mirado algo inefable y lo estaba pagando con un sufrimiento inmenso. A June se le encogió el corazón mientras miraba la pequeña sonrisa de su rostro. La resignación a su destino.

No había bálsamo ni remedio capaz de curar eso. Le temblaron las rodillas.

Iniko musitó algo y se arrancó la flor para mostrar su esbelto cuello arruinado por las mismas marcas.

«Todos las tienen».

La atención de su hermana estaba enfocada en las cicatrices; tenía la confusión grabada en el semblante. Cuando Kidan amaba a alguien, no podía ocultarlo. Su amor asomaba en las arrugas de su ceño, en las duras líneas de su frente, en los cuadrados que dibujaba. Incluso ahora su cuerpo estaba preparado para abalanzarse contra cualquier amenaza. Como si supiera, en el fondo de su corazón, que no había nada seguro en su vida.

June notó una piedra en las entrañas.

—Os abandoné porque...

—Os abandonó porque... —intervino Taj, interponiéndose. Susenyos agrandó los ojos.

Un temblor recorrió el cuerpo de June hasta la base de la columna.

Susenyos agarró a Taj de la camisa para apartarlo.

—No te lo permitiré. Soy yo el que debe sacrificarse.

—¿Yos? —dijo Kidan en un tono de alarma.

Susenyos se quedó inmóvil, pero no le devolvió la mirada. Su semblante reflejó una lucha interna antes de que sus ojos se endurecieran.

«Lusidio aplica esas marcas de coacción para ocultar su verdadera identidad».

Morirían si pronunciaban las palabras en voz alta.

June escribió esas palabras años atrás, arrodillada ante un pilar de piedra. Con los dedos manchados de tinta, a veces de lágrimas. Llevaba toda la vida escribiendo y escuchando.

Pero ¿de qué le servía ese conocimiento si no lo compartía?

Taj lanzó una última mirada a sus amigos y, con una expresión desgarradora, se volvió hacia el trono. Durante un instante sus cálidos ojos buscaron los de June. Algo delicado circuló entre los dos, una conversación entre almas. Estaba a punto de morir. Sin un adiós, sin una sola queja. No hacía mucho tiempo que June conocía a Taj, pero se sentía conectada con él. Todo lo demás desapareció, manchas en su visión periférica, cuando vislumbró la nostalgia de su mirada, el anhelo de un día más, de una hora más. A pesar de todo, no mostraba ira ni resentimiento. Quería estar donde cayeran los cuchillos, absorber todo el impacto y contenerlo.

Un pensamiento lacerante le arrebató el aliento.

«Así moriré yo también. Sin contar la verdad que llevo enterrada dentro».

Y por primera vez la rabia vibró en los huesos de June. La inundó en olas repentinas e irreconocibles que le provocaron la necesidad de defenderse. De robar un día o una hora. Por poco tiempo que le quedara, quería luchar.

Sin darse ni un segundo para pensar, June se precipitó hacia delante, un paso, dos, tres, hasta situarse en el centro de la estancia.

Todas las cabezas de las inmediaciones estaban vueltas hacia June, incluida la de Kidan. Taj le clavó unos ojos perplejos. Ella notó en la espalda el calor de la atención de Samson y de Arin, pero se obligó a hablar igualmente:

—Yo os diré lo que significan esas marcas. —Su voz flotó por el vasto espacio. No pienses, se ordenó. Habla rápidamente—. Lusidio no es un vampiro como vosotros. Su verdadero nombre es Varos el León Nocturno, el Primer Inmortal, el Imperecedero.

El corazón de June galopaba como lobos corriendo por el bosque. El sudor le empapaba las palmas de las manos. Se concentró en la pared del fondo y se aferró la falda con los puños.

«No puedes exponerte», le recriminó una voz furiosa, pero su secreto no merecía el sacrificio de esas vidas.

—Las Seis Melenas de Sangre son reales —continuó, sintiéndose como si volviera a estar en la clase, respondiendo las preguntas del profesor—. Se esconden en el mundo, entre nosotros. Varos graba esas marcas de coacción en todo aquel que descubre su verdadera identidad. Y, si la revelan, mueren. Así ha conseguido seguir siendo un mito todo este tiempo.

Las palabras se posaron despacio, como niebla sobre un páramo, más y más inquietantes por momentos.

La mayoría de los nefrasis conocían las leyendas de *Ye Abyssi Tarik*. Las Seis Melenas de Sangre representaban una plaga para el mundo. Especialmente Varos. No solo se alimentaba de sangre humana para conservar la inmortalidad, sino de toda clase de vida: plantas, animales e incluso de la misma tierra.

Se hizo un silencio absoluto.

Kidan la miraba con la boca entreabierta.

—June —dijo Samson desde atrás, y el nombre sonó como una herida en su voz—. ¿Qué estás…?

June se tambaleó ligeramente y notó la lengua seca, pero se obligó a seguir erguida. Observó el tapiz de la pared, contó los flecos del borde.

—Ya basta, June —le dijo Samson, ahora enfadado—. No sabes de lo que hablas…

—Déjala terminar —le interrumpió Arin al momento. June oyó el taconeo a su espalda y notó un escalofrío en la nuca—. Siento curiosidad por saber cómo sabe eso.

June hizo una mueca de dolor.

«¿Lo ves? Ahora te van a descubrir».

Volvió la mirada hacia Taj, cuyo rostro era puro estupor. Las cicatrices de su frente. Una cárcel, igual a la que encerraba a June. Se inspiró en él para reunir valor.

—Rasi —dijo, recordando al vampiro recientemente fallecido. Había renunciado a su inmortalidad por una joven enfermera y June había ayudado en la transformación sujetándole la mano—. Él también vivía coaccionado, pero me lo contó antes de morir. Conocía la verdad sobre Varos.

Rasi era el más amable de todos ellos y detestó utilizar su memoria con ese fin.

Kidan observaba a June con algo parecido a estupefacción y un sentimiento distinto, una luz que asomaba a sus ojos por primera vez.

En el rostro de Susenyos brillaba el respeto.

—Gracias, June —dijo con un tono de voz especial—. Estoy en deuda contigo.

Kidan se giró a mirarlo de golpe.

—Entonces ¿es verdad?

June agachó la cabeza mientras los susurros se arremolinaban en la estancia.

El repentino grito de Samson la sobresaltó.

—Es mentira. June, ¿te han amenazado?

—No —susurró ella.

Samson se acercó como un vendaval y ella se encogió esperando el pellizco de su garra en la carne. No había dado ni dos pasos antes de que Warde se interpusiera acompañado del tintineo de los huesos. Nunca dejaba de sorprender a June la rapidez con la que Warde aparecía siempre a su lado cuando estaba en peligro. Samson le gruñó que se apartara, pero Warde era una montaña de fuerza y se negó a moverse.

Él solamente obedecía a June.

«No pasa nada», le dijo ella a través de su vínculo.

Por encima del hombro de Warde, Arin la atravesaba con la mirada. Una sonrisa bailó en la comisura de sus labios.

—¿A quién tenemos que creer?

—Creed en el poder de un Sabio. —Las palabras de Susenyos cortaron el denso silencio, cargadas de determinación—. Yo lo usaré para derrotar a Lusidio y recuperar nuestra grandeza. Ya habéis oído lo que nos espera.

June miró al suelo. Toda la seguridad anterior la había abandonado de golpe.

—¿Y cómo te convertirás en Sabio? —preguntó Arin, mirando a la multitud—. Hemos oído infinidad de leyendas y promesas vacías, pero una sola cosa nos gobierna. Una sola cosa es sólida y cierta.

Susenyos asintió y desenvainó sus dos espadas serradas, que silbaron al surcar el aire.

—Te demostraré mi fuerza. Me enfrentaré a cualquiera que quiera desafiarme.

Los labios de Arin se curvaron como si fuera eso lo que estaba esperando.

No... June no quería eso.

Warde arrastró a June a un lado cuando Samson avanzó un paso. Activó un mecanismo en su antebrazo izquierdo y cuatro afiladas cuchillas surgieron de las placas plateadas. Se cortó la lengua para envenenar las hojas con su sangre.

A June se le cayó el alma a los pies. No quería presenciar esa lucha. No era seguro estar allí dentro. Corrió hacia Kidan y la agarró de la manga para salir con ella, pero su hermana se zafó de su mano. El broche de plata de la Casa Adane se desprendió entre los dedos de June, un cuchillo que se retorció en su pecho. Kidan no dijo nada. Se limitó a mirarla un buen rato, rebosante de preguntas, y luego se giró hacia Susenyos para dejarle claro que se quedaba. Una chispa se había apoderado de los ojos de Kidan, puro fuego. Como si quisiera presenciar la brutalidad que estaba a punto de desplegarse.

June trastabilló hacia atrás mientras intentaba sacudirse la imagen.

«¿Ves el hambre de sus ojos?».

—Empezad.

Arin subió los peldaños y se sentó en el trono.

En el instante en que una hoja se hundió en la carne y un grito hendió el salón, June dio media vuelta y se abrió paso a toda prisa hacia la puerta lateral.

«Esto no es nada comparado con la violencia que se avecina —le dijo el hombre que hablaba en su mente, de nuevo furioso—. Solo estás perdiendo el tiempo».

65

KIDAN

KIDAN SANABA CADA VEZ QUE SAMSON GRITABA DE DOLOR. SUSENyos maniobró para romperle otro hueso —esta vez del hombro— y el grito de Samson fue más animal que humano. Eso alimentó la rabia de Kidan como hojarasca arrojada al fuego.

Introdujo los dedos por debajo del jersey y se palpó la piel quemada. El atizador incandescente por poco le había derretido el hueso. Pero no quería vengarse del dolor físico. Samson le había dejado marcas mucho más antiguas, empezando por el día que se llevó a June del jardín dos años atrás. June solo fue un peón en su rivalidad con Susenyos, una vía para acceder a la Casa Adane.

La convirtió en su obediente sirvienta.

Hasta hoy.

Hoy June se había separado de Samson. La sorpresa y el sentimiento de traición de su rostro fueron deliciosos cuando descubrió, junto con todos los demás, que June tenía personalidad propia. Y que poseía conocimientos de cosas que a Kidan aún le costaba asimilar.

Las marcas de obligación.

La verdadera identidad de Lusidio.

Varos el León Nocturno.

Ahí estaba otra vez, el nombre que se escribía a sí mismo con un siseo, como aliento helado en la piel. Rebosante de maldad. Kidan desplazó los hombros tratando de sacudirse el nuevo escalofrío.

Y eso no era todo. Había cinco más. Seis Melenas de Sangre. Y, si eran tan poderosos y seguían vivos, como decía June, ¿dónde cojones estaban?

El corazón le latía pesadamente mientras su visión se enfocaba y se desenfocaba. Los rápidos movimientos de Susenyos por el vasto espacio parecían un baile según esquivaba los pinchos que asomaban del brazo de Samson. Había demasiado poder descontrolado en los golpes de Samson, una rabia ardiente, mientras que Yos permanecía tranquilo, centrado.

Arin lo miraba todo desde el trono, sus iris transformados en dos remolinos de un dorado rojizo. Se había sentado allí cuando nadie prestaba atención. Su poder era silencioso, contenido hasta que se derramaba en torno a ella como llamas oscuras. La vampira ladeó la cabeza al percatarse de que Kidan la miraba. Los piercings de color plata que llevaba en la nariz y en la clavícula destellaban como estrellas en la piel nocturna. A Kidan le habría gustado leerle el pensamiento. Proyectaba una energía aterradora que no procedía de su fuerza, sino de su contención. ¿Por qué permitir que otro gobernase a los nefrasis cuando estaba claro que todos se someterían a ella?

Iniko estaba de pie al lado de Kidan, observando.

—Tú también lo notas.

—¿Qué... pretende?

Arin sonrió.

Pues claro que la oía. Incluso a través del zumbido de las espadas.

Los labios de Arin se movieron cuando respondió. Si bien Kidan no alcanzó a oír nada, el rostro de Iniko se ensombreció. El sonido del golpe sibilante de Susenyos llegó a oídos de Kidan en vez de eso, un corte en el dorso de las rodillas de Samson con la hoja dentada. Todos los nefrasis estaban mirando, un círculo de soldados a punto de averiguar cuál de los dos combatientes se convertiría en su líder.

No había rojo en los ojos de Susenyos. No había cedido a su rabia y su plata lamida con sangre evitaba cortes graves en el cuello o en el pecho.

Gruñendo, Samson perdió el equilibrio cerca de los pies de Kidan, escupiendo sangre. Apenas era capaz de mantenerse en pie y tenía la ropa hecha jirones, pero no se rendía y trataba de levantarse apoyándose en las manos temblorosas.

Kidan le pisó los dedos deleitándose en el gruñido que le brotó de lo más profundo de las entrañas.

Un puñetazo brutal le había cerrado un ojo por completo.

Susenyos se acercó a ellos entre resuellos. Sonrió con la cara salpicada de sangre.

Una llamarada recorrió a Kidan. Él le gustaba así, victorioso.

Susenyos ayudó a Samson a levantarse y volvió la vista hacia Arin mientras el otro se tambaleaba a su lado.

—¿Te parece prueba suficiente?

Varios nefrasis exhibían los colmillos, mientras que otros observaban la escena con atención.

—Ya conoces las reglas. —Arin apoyó la barbilla en un puño cerrado—. Tiene que rendirse.

—Nunca me rendiré —escupió Samson con la cara ensangrentada—. Nunca.

—Ya lo sé. —Susenyos suspiró a la vez que le daba unas palmaditas en la mejilla—. Deja que te ayude.

Kidan notó el peligroso cambio en él. El descenso distendido a una oscuridad primitiva mientras un rojo salvaje se apoderaba de sus pupilas. Unos cuantos de los que estaban más cerca retrocedieron, y Kidan notó la presencia de la antigua voz que le decía que corriera, que hiciera una reverencia como el Día de Cossia.

Los ojos de Taj ya buscaban los suyos para calmar su corazón desbocado.

«Su ira es por ti», parecía decirle.

—Abre la boca —ordenó Susenyos con serenidad.

Samson balbuceó con furia.

—Qué demonios…

Susenyos le abrió las mandíbulas, introdujo la mano y le arrancó la lengua. El chorro de sangre salpicó la cara de Kidan, que parpadeó.

Samson se quedó paralizado un instante, sorprendido en mitad de la frase, antes de lanzar un aullido entre la sangre que salía a borbotones. El miedo de Kidan se revolvió un instante detrás de sus costillas, pero al momento se concentró en los músculos oscuros de los brazos desnudos de Susenyos. En su fuerza inconcebible. Su autocontrol era tan grande que a veces Kidan olvidaba su impaciencia. Susenyos le dedicó una larga mirada que le recordó que estaba a salvo con él y respiró aliviada, aunque apenas le quedaba aliento.

Susenyos volvió la vista hacia el trono.

—Ahora no puede rendirse.

Arin bajó los breves peldaños. Su sonrisa era tan afilada como la cola de un escorpión. El cuerpo de Kidan se tensó, temerosa de que Arin quisiera enfrentarse a Susenyos. A juzgar por su manera de aferrar la espada serrada, él tampoco las tenía todas consigo.

Arin miró a Samson con un ceño y luego los observó uno a uno, sopesando, decidiendo.

Por fin preguntó:

—¿Alguien más quiere desafiarle?

Muchas emociones titilaron entre el público. Pasó un minuto. Otro más. Kidan temió estallar en el tenso silencio.

Una mujer tatuada que lucía una larga melena negra se despegó de la multitud. Sus ojos eran de un color verde intenso.

—Si Samson no nos lidera, yo no quiero ser nefrasi.

El gentío estalló en murmullos.

Varios pasos resonaron entre la multitud cuando unos cuantos vampiros más se unieron a la mujer tatuada. Veinte como poco. Susenyos no parecía sorprendido. Se lo esperaba, aunque el dolor asomó a sus ojos.

Tras un silencio que a Kidan se le antojó eterno, Arin dijo en un tono de voz gélido:

—Si dejáis a los nefrasis, cada uno de vosotros tendrá que pagar un precio muy alto si desea volver.

Los seguidores de Samson no vacilaron. Sus miradas se endurecieron hasta tornarse casi graníticas. Implacables.

—Entréganoslo —pidió una vampira con un mechón morado en el pelo.

—Todavía no —respondió Arin inclinando la cabeza hacia un lado—. Todavía tiene algo que necesitamos. Los demás podéis marcharos.

«Debe de estar hablando de la reliquia», pensó Kidan.

Los seguidores de Samson tardaron un rato en partir, con las ansias asesinas escritas en las facciones. Pero los otros los superaban en número, y, por alguna razón que Kidan no entendía, todos respetaban a Arin lo suficiente como para obedecer sus órdenes.

—Por fin has regresado, Malak Sagad, ante el que se inclinan los ángeles. —Los felinos ojos de Arin lo recorrieron desde la corona de su cabeza hasta los zapatos ensangrentados—. Más fuerte que antes.

Él asintió.

La espada de Susenyos resbaló una pizca en su mano. Un pequeño gesto de alivio.

La gente empezó a corear su nombre y un hombre alto de ojos grises se golpeó el pecho dos veces. Las voces retumbaban y reverberaban cada vez más altas hasta que los gritos de «¡Sagad, Sagad!» saturaron el espacio hasta el techo.

Kidan había atisbado esa lealtad en los recuerdos de Susenyos, un amor que él codiciaba por encima de cualquier cosa. Giró sobre sí mismo con la mano levantada y una expresión radiante. La sonrisa se derramaba por su rostro. Este fue siempre su sitio. No en Uxlay, sometido a leyes y a compromisos, sino allí, como un emperador que salvaba a su corte de la muerte.

Samson gimió y todos se volvieron a mirar el charco de sangre que le envolvía, su rostro oscuro de dolor.

—Llevadle a las mazmorras —ordenó Arin, y un grupo de nefrasis procedió a arrastrar a Samson al exterior.

La palabra «mazmorras» sacó a Kidan de su aturdimiento.

—GK —dijo de repente—. ¿Dónde está?

Arin entornó los ojos con una expresión peligrosa. Posó la mirada en Susenyos.

Kidan recordó la presión mortal de sus dedos en la muñeca. Arin podría haberla matado, pero no lo hizo. Y había algo más. Sus ojos felinos estaban entonces completamente rojos, envenenados.

—Te llevaré con él —se ofreció Arin.

Un sonido ahogado brotó de la garganta de Kidan.

«Entonces está vivo. Gracias a Dios que está vivo».

Susenyos protegió a Kidan con su cuerpo. Arin le clavó los ojos.

—¿No confías en mí?

La multitud los estaba observando y, si Susenyos hacía amago de enfrentarse a Arin, perdería el apoyo que acababa de conseguir.

Kidan le posó la mano en el cálido hombro.

—Tranquilo.

—Que Iniko te acompañe —dijo Susenyos—. Lleva cuidado.

Kidan asintió mientras observaba su rostro salpicado de sangre. Había mil preguntas que quería formularle, pero tendrían que esperar. Una larga fila de nefrasis se acercaba para hablar con él.

Y Kidan estaba a punto de ver a GK.

66

KIDAN

LOS NEFRASIS HABÍAN ESCOGIDO UNA HERMOSA MANSIÓN CUYO ESTILO de decoración y mobiliario debía de estar inspirado, sospechaba Kidan, en Farah, una ciudad a la que Susenyos se refirió en una ocasión como su favorita. Las cortinas eran oscuras y suntuosas, y las velas abundaban más que las bombillas. Parecía un mundo sacado de un sueño febril.

Kidan notó un cosquilleo en la nuca; la sensación de que alguien la observaba. Un corrillo de vampiros nefrasis le dirigía miradas amenazadoras. Alejándose a toda prisa, siguió a Arin y a Iniko hacia un jardín retirado, decorado con columnas.

Caía una lluvia primaveral y Kidan respiró profundamente dejando que el agua le besara la cara. Oyó el leve tintineo de falanges que entrechocaban y se le aceleró el corazón. GK estaba cerca. Lo notaba. En el jardín, una escalera de piedra oculta tras los arbustos descendía hacia una puerta.

La penetrante mirada de Iniko no se despegaba de Arin.

—Relájate. —La sonrisa de Arin ya no era tan amenazadora—. No te voy a matar.

—No, seguramente tienes pensando algo peor.

Con un mohín en los labios, Arin no lo negó.

Kidan se puso aún más en guardia.

—¿Por qué me ayudas?

Cuando llegaron abajo, Arin desplazó una palanca para desbloquear una puerta de piedra. Accedieron a un espacio oscuro y húmedo. Siniestro.

Iniko detuvo a Kidan con una mano extendida.

—Responde a la pregunta —exigió.

Arin enarcó una ceja perfecta. La lluvia salpicaba su piel oscura.

—¿Por qué la llevo en presencia de un vampiro que lleva meses sin comer? Por favor, Iniko, yo te enseñé a ser más lista.

Una sonrisa maligna se adueñó del rostro de Arin. Las dos adoptaron una postura de lucha a la par, como bailarinas consumadas que siguen un mismo compás. Iniko y Arin agarraron a Kidan, que contuvo un grito cuando las dos garras le pellizcaron la carne. Tiraron de ella cada una por un lado, pero el brazo izquierdo, el que sujetaba Arin, cedió al tirón. Un empujón en mitad del pecho la dejó sin aliento y le nubló la visión. La gravedad se esfumó bajo su cuerpo y cayó al interior de la celda. Antes de que se estrellara contra el suelo, la puerta se había cerrado y la palanca la había bloqueado.

Desorientada, Kidan se puso de pie despacio, tratando de no dejarse llevar por el pánico. Había una ventana o una abertura que permitía la entrada de algo de luz y de la lluvia incesante, que había mojado el suelo de esa zona, pero reinaba la oscuridad en el resto del espacio.

—¿GK? —gritó Kidan hacia las sombras, forzando la vista. Su voz reverberó y supo que la celda era grande. Pestañeó para librarse de las gotas de lluvia que todavía tenía pegadas a las pestañas y entonces reparó en la figura que se perfilaba debajo de la ventana.

Se detuvo en seco.

Había un chico sentado, vestido con prendas negras y mojadas, y una cadena de huesos le colgaba de los dedos. Unos ojos oscuros, eclipsados, la observaban.

Kidan se tambaleó levemente, tratando de separar la realidad del sueño. Él permaneció sentado bajo el azote de la lluvia sesgada, sin moverse lo más mínimo.

«GK».

Kidan avanzó un paso hacia él notando el zumbido de la sangre en los oídos. Dobló los dedos para contener las ganas de abrazarle.

—¿Eres real? —La voz de él sonó rasposa, seca como hueso—. ¿O vienes de nuevo a atormentarme?

Kidan notó el escozor de las lágrimas en los ojos. Se arrodilló a su lado y escudriñó las sombras sobre sus mejillas huecas.

—Soy real —susurró—. Estoy aquí.

Los ojos transformados, sobrenaturales, se desplazaron y Kidan lo vio todo: el poder primitivo de sus pupilas, el odio que había extinguido el carácter reflexivo de su yo humano.

—Kidan. —Había rabia y sentimiento de traición en su voz desnuda—. ¿Cómo pudiste, Kidan?

Kidan se dibujó un cuadrado en el muslo con los dedos. Pero nada podía rescatarla de esto. Cerró la boca ante el odio de esos ojos. Igual que hizo cuando él la había acusado de matar a su madre de acogida.

Agachó la cabeza.

—Lo siento mucho.

Las cadenas repiquetearon.

Ese sonido. Cuánto lo había echado de menos.

GK se puso de pie despacio, apoyándose en la pared, y trastabilló hacia ella. Kidan no se movió cuando lo tuvo delante. Era la estatua de un ángel con el rostro de un diablo.

Kidan negó con la cabeza, desesperada por devolver a ese rostro la bondad que tan bien conocía. Pequeñas lágrimas resbalaron por su mejillas.

—Perdona por todo. Slen y Yusef cometieron un error. No pensábamos con claridad. El 13°, Dranacti, nos trastornó. Cuando lo supe, yo... por poco los mato. Te portaste tan bien con nosotros, GK... Conmigo. Deberían haber...

—No fueron ellos los que me destruyeron —la interrumpió él, recuperando las fuerzas por momentos—. Nos sentamos juntos en el patio de los Mot Zebeyas y te lo conté. Te conté hasta qué punto era malsana la transformación en muerte. La maldición que implicaba, más sed de sangre, más violencia. Tú lo sabías…, y a pesar de todo me convertiste en esto.

Kidan cerró los puños y dejó que cayeran las lágrimas. Se mezclaron con la lluvia que salpicaba el suelo.

—Mírame.

Despacio, lo hizo.

El rostro marrón de GK era aún más llamativo ahora, más transparente que antes a consecuencia de la inmortalidad. La transformación en vampiro tendía a incrementar la belleza, pero también acarreaba la ira demoledora que ahora nublaba la cara de su amigo.

—Me ordenaste que no me moviera. —La voz de GK se había transformado, había adquirido un tono duro en lugar de la cadencia suave e insegura que antes la caracterizaba—. Me ordenaste que no me moviera y yo te obedecí. Me quedé quieto incluso cuando me clavaron el cuchillo en la barriga.

Kidan se quedó atónita. Las palabras le entrecortaron el aliento.

—No… no te entiendo.

GK torció la cabeza y la miró con severidad.

—¿Me estás mintiendo? ¿Pretendes enredarme?

—¿Qué? No.

—Pues dime por qué no podía moverme. —No levantó la voz, pero ella se encogió igualmente ante la agresividad que destilaba—. Dime por qué llevo meses notando que hurgas en mi mente estando aquí dentro.

Kidan ahogó una exclamación.

—¿Notabas mi presencia?

Entonces ¿ella tenía razón? ¿Le hablaba GK mentalmente?

Él frunció el ceño y un músculo se crispó en su mandíbula.

—No sé si me estás mintiendo.

—¡No te miento! —le aseguró ella con vehemencia—. No sé a qué te refieres. Solo sé que soñaba con tu celda y que notaba tu hambre siempre que estaba en la Casa Adane. Y tu voz me advertía de que me alejara de la muerte. Pensaba que eran imaginaciones mías, pero… —Negó con la cabeza y se mordió el labio—. No tiene sentido. ¿Por qué tú?

Él la miró fijamente, sin parpadear.

—Eso mismo me pregunto yo. ¿Por qué tú, Kidan? ¿Por qué noto esta conexión inexplicable contigo?

Lo dijo en un tono acusatorio, como si Kidan le hubiera encadenado a ella adrede.

—El hambre que siento y el odio son peores que la muerte —prosiguió él pasado un momento—. Tienes que poner fin a esto.

—Lo arreglaré. —Kidan se frotó la mejilla con la base de la mano—. Arreglaré todo esto, GK.

—Sí. —Una expresión resignada se adueñó de su rostro—. Tienes que matarme antes de que acabe con una vida. Yo no puedo hacerlo. El Último Sabio nos lo prohíbe, pero tú sí puedes.

Kidan perdió el aliento de golpe. Se puso de pie a toda prisa e inclinó la cabeza para mirarle a esos ojos color rubí.

—¿Qué? No. Vuelve a Uxlay conmigo. A la Casa Adane…

—¡Nunca podré volver a mi monasterio! —El rugido la asustó, el destello rojo de sus ojos—. Una transformación en muerte es un sacrilegio. No solo tengo hambre, Kidan. Estoy famélico. Cada segundo de cada día. Me has maldecido con un destino peor que la muerte. Nunca podré tener un compañero, porque no podría alimentarme sin matarlo. Soy una abominación para todo aquello en lo que creo.

El silencio planeó sobre ellos. Esas palabras de desaliento sumían a Kidan en la desesperación. Dios mío, ¿cómo iba a arreglar eso?

—Deberías haberme dejado morir entonces —dijo GK con auténtico dolor—. Lo único que has hecho ha sido prolongar mi muerte.

Imposible. Se negaba a perder a ninguna de las personas que le importaban.

—Serás mi compañero —dijo Kidan con el corazón desatado. Lo repitió y le tomó la mano por encima de la cadena de huesos.

Abrió unos ojos enormes al notar el calor de su piel. GK ardía como si tuviera fiebre. Notaba sus propias manos heladas contra las de él y Kidan pegó la palma a la suya con la esperanza de tranquilizarlo, de mostrarle el camino que seguir.

Él miró las manos unidas con nada salvo miedo en el semblante.

En ese momento le asomaron los colmillos, negros como el carbón. Kidan contuvo un grito. Los ojos negros de GK aparecieron y desaparecieron como si lucharan para librarse de los anillos rojos, que brillaban como ascuas.

Colmillos negros..., igual que los lusidios. Una característica de los vampiros que habían sido transformados después de la muerte.

—¿GK?

Kidan intentó apartarse, pero él la aferró con fuerza. Como unas tenazas. Era metal endurecido en torno a su mano.

El triste corazón de Kidan dejó de funcionar. Tiró para liberarse.

—Suéltame, GK.

Al ver que él no le hacía caso, forcejeó. Los colmillos negros se acercaron a su mejilla. El corazón le latía desbocado y Kidan ya se disponía a pedir auxilio cuando él le pegó un tirón tan fuerte que la dejó temblequeando.

—Calla.

La orden la sorprendió tanto que cerró la boca de golpe.

Las cadenas que tenían enredadas a los dedos estaban vibrando.

El rostro de GK estaba pendiente de ella y agachaba un poco la cabeza con actitud de profunda concentración. En ese momento las pupilas se dilataron definitivamente en su color escarlata. A Kidan se le aflojó la columna vertebral.

—Tres..., no, cuatro —dijo GK por lo bajo.

—¿Qué? —preguntó ella con voz chillona.

—Cuatro nefrasis. Planean matarte.

—No hay nadie... aquí.

GK levantó la cadena de falanges, que temblaba como una serpiente hervida.

—Ahora se ve muy claro. Nítido.

Kidan apenas podía respirar.

—¿Qué ves tan nítido?

—La muerte —respondió él como si estuviera en trance, con una voz eterna—. Noto cuando viene a por ti.

El pánico de Kidan cedió una pizca. Aunque su amigo había cambiado, su instinto de proteger a los demás seguía intacto. Convertido en un fósil y cristalizado.

La primera vez que ella le preguntó por esa necesidad que tenía de ayudar a todo el mundo, GK se limitó a decir: «Si estás en peligro, es mi deber protegerte». Era su absoluto altruismo lo que todavía le atraía de él, lo que la había impulsado a conspirar con el diablo para resucitarle.

El pulso se le fue apaciguando.

—Por favor, ven conmigo a Uxlay. Puedo ayudarte.

Esperó con el aliento entrecortado mientras intentaba hacer inventario de las nuevas características de GK y lo que implicaban.

—No puedo matar a nadie —respondió él con un brillo de pura desdicha en los ojos—. No puedo hacer daño a nadie. No abandonaré esta celda. Jamás.

Kidan estaba desolada. En el fondo de su corazón, GK todavía quería ayudar a los demás. Y cualquier muerte, aunque fuera la de un enemigo, le partiría el alma.

«La pérdida de un dedo debería hacernos el mismo daño que la pérdida de una mano».

—No será necesario —le dijo Kidan con sinceridad, sosteniéndole la mirada—. Yo te ayudaré.

El rayo de luz que penetraba por la ventana se reflejó en los ojos de GK y, por un instante, su expresión fue tan reflexiva como cuando era humano.

—Kidan Adane debe vivir —dijo en un tono que ella no supo interpretar.

—¿Cómo?

—Los huesos. Eso dicen. Es lo que han dicho siempre.

Las miradas de ambos se posaron en sus manos unidas, en los huesos musicales. No era una mera amistad lo que los unía, algo antiguo y poderoso vinculaba sus destinos.

Despacio, GK se acuclilló en el suelo mojado y desperdigó los huesos antes de empezar a distribuirlos. Kidan tragó saliva al recordar la primera vez que le vio diseminar las falanges en el cementerio de Ahnd.

Se disponía a hacerle… una lectura.

GK ordenó los huesos en tres formas. Un cuadrado. Un círculo. Un triángulo. Igual que en sus diarios.

—¿Qué representan esos símbolos?

—Representan las reliquias del Sabio. El triángulo son las espadas. El cuadrado es el anillo. Y el círculo es la máscara.

Kidan le miró atónita, sin poderse creer lo que estaba oyendo. Llevaba dibujando esos símbolos con los dedos desde que era una niña.

¿Cómo era posible que los conociera? ¿Los había visto en alguna parte? Ella solo sabía que eran importantes, cruciales para mostrarle a su mente en qué debía concentrarse cuando estaba desorientada.

GK continuó su lectura, ajeno a sus cavilaciones.

—¿Y qué? ¿Me vas a predecir mi muerte? —preguntó ella con una vocecilla aniñada.

Él no respondió, pero estaba claro que se disponía a hacer precisamente eso.

Aunque una parte de ella quería negarse, no podía seguir escapando. Kidan había sobrevivido a muchas cosas y sobreviviría a lo que fuera que averiguaran. Tal vez hubieran tenido que hacerlo tiempo atrás para averiguar de dónde procedía su conexión.

Una sombra se apoderó del rostro de GK, un tipo de hambre distinta, por conocer la verdad, que era palpable en sus raudos movimientos.

—¿Sabes cómo consiguen los Mot Zebeyas sus cadenas de huesos? Una serie de huesos de cada una de las almas que fallece en Uxlay se lleva al monasterio. Allí los atan en el borde de los precipicios, donde repiquetean contra las rocas, casi como si cantaran. Algunos días sus voces son más altas que otros. Como pertenecen a personas difuntas, los huesos conocen la muerte y tienen la capacidad de comunicarnos cuándo llegará. Eso enseña el Último Sabio.

Desplazó el círculo al interior del cuadrado y luego al triángulo. Kidan contuvo el aliento, de nuevo hipnotizada por esas formas. Por los secretos que albergaban.

—Cuando cumplimos cinco años, nos llevan al borde del precipicio para que elijamos nuestra cadena. Yo tenía tanto miedo que lloré todo el camino. Pero escuché un sonido, la voz de una mujer que me hablaba, y me condujo a estos huesos. En cuanto los toqué, dejé de estar asustado. Supe cuáles eran mi propósito y mi fe.

Levantó los ojos para posarlos en los de Kidan. El rojo y el negro se arremolinaban en un nuevo color. Los Mot Zebeyas poseían una fe profunda y hermosa en ocasiones, pero ella nunca les perdonaría que separaran a los niños pequeños de sus familias. El Último Sabio afirmaba que se hacía para que aprendieran a ser ecuánimes, a liberarse de apegos egoístas. Kidan, sin embargo, lo consideraba una mera crueldad. Ella tenía la misma edad que GK, apenas cinco años, cuando perdió a sus padres, y eso solo había desembocado en una necesidad infinita de tener una familia.

GK extendió las manos. Las garras asomaban y volvían a ocultarse durante la espera. Kidan respiró profundamente y posó las temblorosas manos sobre las de su amigo. La piel todavía le ardía, pero mantenía el hambre a raya.

Él estaba hablando en aarac. Recitaba una oración que le había oído musitar otras veces, durante sus sesiones de estudio. Mirando ahora sus ojos cerrados casi podía imaginar que volvían a estar en la Torre de Filosofía, en compañía de Slen y de Yusef, riéndose por nada.

«Algún día —se prometió—, todo volverá a ser como era».

Un susurro resonó en la oscura celda y Kidan pensó que GK abriría los ojos, pero él seguía rezando con un ceño entre las cejas. Cuando terminó, los temblequeantes huesos enmudecieron también.

GK le despegó las manos.

Su semblante oscuro exhibía una expresión funesta, atormentada.

El nerviosismo bailaba por la columna vertebral de Kidan.

—¿Y bien?

—Veintiuno —dijo él en un tono desconcertado—. Los huesos predicen que morirás a los veintiún años. Es un dato muy... concreto.

Kidan abrió la boca y volvió a cerrarla. Tenía la sensación de que se le estaba durmiendo todo el cuerpo. Quiso reírse para romper la tensión, pero notaba la garganta anudada.

—Solo es una predicción, ¿no?

GK recogió los huesos y los ensartó en la cadena.

La miró con severidad. Tenía lluvia en las pestañas.

—He oído su nombre esta vez. Sé de quién eran estos huesos.

Kidan contuvo el aliento, sin atreverse a preguntar.

GK deslizó el pulgar por la cadena.

—Pertenecieron a tu madre, Kidan. Mahlet... Adane.

VOTACIÓN DE LAS CASAS DE UXLAY

CASA GORO
33 DRANAICOS

TRAS SUS DELIBERACIONES, LA CASA GORO HA DECIDIDO QUE LAS CASAS FUNDADORAS DEBERÍAN SEGUIR SIENDO LAS ÚNICAS HEREDERAS DEL DECANATO. LA CASA ADANE NO DEBERÍA PERDER SU POSICIÓN CENTRAL.

Declarado en el tribunal de los Mot Zebeyas el jueves 4.

67

JUNE

—Me has salvado la vida. —La voz se originó en la noche; era cálida, vacía de peligro—. Que sepas que estoy rendido a tus encantos.

June se quedó paralizada. Estaba en el jardín; acababa de vomitar en unos arbustos y rezaba por que nadie la hubiese visto. Era culpa suya. No debería haber vuelto a la pelea, donde había contemplado a Susenyos arrancarle la lengua a Samson.

June se volvió poco a poco mientras se secaba la boca. Taj se estaba atando la cinta, que se había vuelto a poner en la cabeza.

—Ya me imaginaba que tenías tus secretos, pero esto es más de lo que esperaba —añadió.

A ella le temblaban los brazos y las piernas.

—No tengo ningún secreto.

Taj sonrió. Le brillaban los ojos.

—¿Tienes idea de lo que has hecho? Hemos pasado sesenta años sin poder contar lo que sabíamos. Nos has liberado.

A pesar de lo exhausta que se sentía, June le dedicó una sonrisa tímida. Poder usar sus conocimientos para cosas buenas la hacía sentir muy bien.

Se percató entonces de lo tranquilo que estaba el jardín, de lo solos que estaban y del calor que irradiaba del cuerpo de Taj, a pesar del frío que hacía aquella noche. Se alisó la falda mientras pensaba en algo que decir.

Warde le habló en la mente: «Dile que se vaya».

June sonrió y negó con la cabeza.

Ocho jardines rodeaban la finca, y a June le encantaban todos ellos. Taj se sentó en un banquito cubierto de hiedra y, al cabo de unos segundos, ella lo imitó.

Incluso desde allí fuera, June oía los gruñidos de dolor que atravesaban la noche. Se estremeció. ¿Cómo podía Kidan soportarlo?

Su hermana albergaba una cierta oscuridad. Una faceta que June había intentado con todas sus fuerzas no ver.

—Kidan… no va a salir, ¿verdad?

—Hay gente que… —respondió Taj de forma pausada—. Que necesita la violencia. Después de todo lo que les han arrebatado, es el único modo que tienen de volver a sentirse plenos.

June se volvió hacia él y lo observó, recorriendo con la mirada sus suaves rasgos.

—Tú también estás aquí fuera.

—Tengo otras intenciones. —Le dedicó una sonrisa luminosa mientras la observaba por el rabillo del ojo—. Rasi no estaba coaccionado.

June cerró los puños, arrugando la tela de su falda lila.

Taj negó con la cabeza, moviendo sus largas rastas.

—Un día de estos, June, tendrás que contarme cómo narices sabes cosas que no deberías saber.

—Igual es que soy muy sabia y ya está —repuso ella mirando al suelo, con la voz apagada.

Taj se rio en voz baja.

—Tal vez. Y tal vez todos seamos estúpidos por subestimarte.

June sintió un cosquilleo en un lado de la cara, pues Taj no dejaba de mirarla.

Una hoja muerta cayó sobre su regazo, y se dedicó a observar las grietas que la atravesaban.

—¿Puedo decirte una cosa? —se aventuró a preguntarle al chico.

—Lo que quieras.

—Sé lo mucho que sufrieron los nefrasis bajo las órdenes de Lusidio. Conozco cada uno de sus nombres. Sé por qué algunos no pueden dormir, comer o beber. Por qué algunos tienen el deseo de matar o son más sensibles al sol o al hambre. He tratado de ayudarlos a todos con las medicinas que preparo. He intentado que olviden las torturas a las que fueron sometidos, pero tú... —Él alzó la barbilla y ella, sin poder evitarlo, cogió aire de golpe—. Nunca había conocido a un nefrasi como tú.

Él le sonrió.

—¿Así de guapo?

June sintió que le ardían las mejillas, pero había un peso en su propia voz que no sabía identificar.

—Alguien a quien no le haya afectado todo lo que tuvo que sufrir. Tú no me necesitas.

«No me necesitas para ser bueno».

June se arrepintió de inmediato de sus palabras. Temía haber hablado demasiado.

Taj exhaló despacio y apartó la vista, lo que era extraño, pues jamás lo hacía.

—A veces creo que hay algo muy malo en mí. —El vampiro habló mirando el cielo salpicado de estrellas—. Viví todo aquello: la guerra, las torturas de Lusidio, la muerte... Y fue terrible. —Se estremeció de repente—. La mayoría de los nefrasis creen que soy incapaz de tomarme nada en serio. Incluso durante la guerra de Farah, iba de tienda en tienda, con el pelo apelmazado por culpa de aquel barro espantoso, e intentaba hacerles reír. Con que una sola persona se riera un día, ya sentía una especie de... alivio. —Se tocó el pecho—. Necesito escuchar risas, June. Así que supongo que sí que hay algo que necesito de ti.

La sonrisa de June se había ido ensanchando con cada una de sus palabras, hasta que casi se estaba riendo. Volvió a notar una presión en el pecho, pero esta vez era distinta.

«Él es distinto».

June negó con la cabeza. Una chispa traviesa brilló en su mirada.

—Lo siento, eso es pedir demasiado. No soy un payaso.

Taj enarcó una ceja y se acercó a ella, que se quedó muy quieta. Sus hombros se estaban tocando, y cada nueva caricia despertaba en ella una nueva sensación. Como chispeante. Se preguntó si él sentiría lo mismo.

—Tienes razón —dijo él.

Ella parpadeó rápidamente.

—¿Ah, sí?

—Por supuesto. Si quiero que te rías, tendré que ganármelo.

—Ah. ¿Me vas a contar un chiste?

—No.

Entonces, Taj la cogió de las manos y descansó los dedos sobre sus muñecas. Ella bajó la vista y contempló las manos de ambos, unidas. ¿Notaría él su pulso acelerado con las yemas de los dedos?

Siguió distrayéndola con caricias. Atrapó sus muñecas con una sola mano y alargó la otra hacia su barriga, donde empezó a tamborilear con los dedos rápidamente, haciéndole cosquillas sobre las costillas sin piedad. June soltó un chillido y trató de apartarse, pero él la tenía agarrada con firmeza. Y, entonces, una carcajada incontrolable brotó de sus labios. Puso unos ojos como platos.

Taj le sonrió.

—Qué sonido tan bonito. Ya me siento mejor.

Aumentó la presión, danzando con los dedos sobre su esbelta cintura. La atrajo hacia sí, hasta que casi acabó con las rodillas de ella sobre su regazo. June se retorcía, tratando de liberarse de su implacable ataque, mientras las risotadas seguían brotando sin parar de entre sus labios.

—Para... ¡Taj! ¡No puedo...! —le suplicó entre carcajada y carcajada. Estaba llorando de la risa.

Él dejó que se calmara poco a poco. La soltó. Ella se abrazó a sí misma en un gesto protector y lo miró con severidad, un gesto que habría funcionado mejor si no hubiera tenido todavía la sonrisa pintada en la cara.

—No vuelvas a hacer eso nunca más —le ordenó.

—Como desees.

Se metió las manos en los bolsillos, como si quisiera contenerse.

Se quedaron allí, dejando que el eco de su risa sofocara los sonidos distantes de las torturas.

June miró de reojo su rostro marrón y anguloso. Estaba mirando al suelo y la cinta dorada se movía al compás del viento. Por unos instantes, se permitió preguntarse si Taj Zuri sería capaz de soportar su verdad. ¿Qué le diría si le contara que, durante los últimos dos años, su único objetivo había sido asegurarse de que nadie encontrara jamás las reliquias del Sabio? ¿Que ni June ni Kidan lograran ponerles un solo dedo encima?

La primera la tenía Samson.

La segunda se encontraba en la Casa Adane.

Y June sabía dónde se hallaba la reliquia del anillo desde antes de aprender a montar en bicicleta.

Sin embargo, había decidido no pensar en todo aquello, enterrarlo en lo más profundo de su ser. Tenía el caro reloj de Taj en el bolsillo de la falda. Lo había roto para que las agujas de los minutos y las horas dejaran de moverse. En ese instante, bajo aquel cielo, no era más que una chica sentada al lado de un chico. Habían robado un poco de tiempo juntos.

—Gracias —susurró June.

Él la miró sorprendida.

—Pero si no he hecho nada.

—Me has hecho reír. Yo también lo necesitaba.

Taj le sonrió y a ella se le aceleró el pulso de nuevo.

—Cuando quieras.

68

KIDAN

KIDAN CONTEMPLÓ LAS FALANGES DE SU MADRE COMO SI FUERAN una extraña reliquia, incapaz de comprender lo que acababa de descubrir.

—Pero los huesos de mis padres fueron destruidos. Los incineraron.

GK la observaba en silencio. Kidan le contó todo lo que había descubierto las semanas anteriores sobre el misterio que rodeaba al asesinato de sus padres, sobre cómo heredar la cultura de una casa. Y, sobre todo, le habló de la Resurción.

—¿Querías utilizar los huesos de tu madre para ver sus recuerdos? —preguntó cada vez más alarmado.

Kidan no le culpaba por sus recelos. La Resurción era una técnica Aseracti, hallada en los escritos de Lusidio… No, los de Varos.

—Ya sé lo que parece. Pero, si veo sus recuerdos, podré entenderla mejor. Podré conseguir la máscara y promulgar la ley que yo quiera. Una ley que te haga humano.

GK la miró conmocionado durante unos segundos, tratando de asimilar lo que acababa de decirle. Pero su rostro no tardó en sumirse de nuevo en la oscuridad.

—No.

—¿No?

—No seré más que un prisionero en tu casa.

A Kidan se le encogió el estómago. Veía la tristeza que se ocultaba bajo la ira de su amigo.

—Yo… no sé qué más hacer.

GK levantó la cadena, dejando que se reflejaran en ella las pequeñas partículas de luz, y luego cogió la mano de Kidan y se la puso sobre la palma. Dejó de llover; el tiempo se detuvo. Los ángulos de su rostro eran suaves, del marrón del cuero.

—Cuando un Mot Zebeya ya no puede profesar la religión de la Sabiduría, tiene que entregar su cadena de huesos. —Esa vez, volvía a parecer el viejo GK, terriblemente familiar, terriblemente triste—. Ya no puedo seguirte.

El frío que subía desde la piedra húmeda la hacía temblar. Notaba el traqueteo en los huesos y en los dientes.

—Dijiste que todas las vidas merecían protección y, si estoy en peligro, es tu deber protegerme. —De sus palabras no irradiaba más que pena, tristeza ante la posibilidad de perderlo de nuevo. El semestre anterior podría haber aceptado su marcha. Sin embargo, Kidan había comprendido que siempre existía un modo de vivir con uno mismo, aún en su peor versión. GK solo necesitaba una cosa o una persona a la que aferrarse—. ¿Era mentira?

Él apretó los labios en una mueca triste.

—Pues claro que no. Pero no puedo vivir así y seguir profesando mi fe.

Kidan negó con la cabeza. Aquello no podía terminar así. Le había devuelto la vida y había prometido ayudarle, y lo haría, porque estaba destinado a estar a su lado.

—Sí que puedes —insistió ella. Le escocían los ojos.

—Kidan…

—Yo te ayudaré —lo interrumpió con firmeza—. Lo arreglaré todo.

GK no dijo nada, guardó un silencio que sabía a resignación. A una derrota fría e insoportable. A Kidan le partía el alma verlo sumido en aquella guerra contra sí mismo al ver que aquella alma, la más pacífica que había conocido nunca, se hallaba perdida en las profundidades.

En ese momento, la puerta se abrió una rendija y una explosión de luz se derramó en el interior. Kidan se puso de pie y cerró la palma de la mano, en la que descansaban los huesos de su madre. Estos temblaron, dándole fuerza.

Esperaba que fuese Iniko, o Arin, pero era June.

Con una especie de taza en las manos.

Detrás de ella, una enorme figura tapaba la entrada. Un par de ojos tan negros como aterradores se acercaron, acechantes.

Warde.

June parecía irradiar un resplandor ocre, acentuado por su ropa, una falda larga y vaporosa y una camiseta entallada. Miró a GK y luego a Kidan, y un extraño alivio pareció asomar a sus ojos.

—Lo has encontrado.

Kidan no sabía qué decir. Se quedó allí plantada, inexpresiva, contemplando cómo su hermana colocaba la taza delante de GK. La falda se movía al compás de sus pasos, envolviéndola en tonos de negro y púrpura intenso.

—¿Qué haces? —preguntó Kidan al fin.

June se quedó paralizada unos instantes y luego miró atrás.

—Es un brebaje. Ayuda con el hambre. —GK cogió la taza y se la bebió con un gesto de desagrado. Como si fuese veneno—. He oído lo que decíais —le dijo June al muchacho con amabilidad—. Sé que te parece imposible seguir viviendo siendo lo que eres, pero no lo es.

Kidan se puso en guardia, tratando de analizar las intenciones de June. ¿Habría visitado a su amigo otras veces? Él no parecía nada sorprendido de verla.

—Enséñaselo, Warde —añadió June.

Warde dio unos pasos al frente y Kidan se apartó. Era increíblemente alto, casi dos veces más grande que June. Se metió la mano en la camiseta y sacó una cadena blanca: un collar hecho de falanges entrelazadas.

GK levantó la cabeza de golpe, con una expresión maravillada.

—¿Eres un Mot Zebeya?

Warde asintió levemente.

June esbozó una sonrisa tan sincera que a Kidan le dolió verla.

—Deja que te ayude.

GK miró hacia la ventana por un instante; se le había encendido en los ojos una diminuta chispa de esperanza. Y Kidan se atrevió, también, a esperanzarse. Su amigo la miró; algo estaba cambiando en su expresión, cada vez más dividida.

June se dirigió a la puerta y, nerviosa, dijo:

—Kid, ¿podemos hablar?

Escuchar el sobrenombre fue como si tallaran un doloroso recordatorio en su memoria. Kidan se puso recta, preparándose para lo que venía, y luego miró a GK y asintió. El gesto era una promesa.

—Volveré —le dijo.

Al ver que él no respondía, salió detrás de su hermana. El lazo que llevaba en el pelo caía sobre sus trenzas rizadas, siempre tan bonito, tan limpio, como una luz que la guiaba.

June la condujo al espacioso pasillo, que parecía propio de un palacio, y abrió una puerta con una llave.

Y, cuando Kidan se dio cuenta de dónde estaba, sintió que la bilis le trepaba por la garganta.

Aquella debía de ser la habitación de June.

Kidan vaciló. No quería ver el lugar en el que su hermana había vivido durante casi dos años. Donde había vivido lejos de ella.

Sin embargo, al ver que la miraba desde el umbral con el ceño fruncido, Kidan se aferró a la cadena de falanges de su madre y entró en la estancia.

Olía a June, a flores silvestres mezcladas con pastas dulces. Había plantas por todas partes, en todas las esquinas curvadas. Podría haberse confundido con un invernadero, o con el suelo de un bosque lluvioso. A Kidan incluso le picaba la nariz por culpa del polen y los olores.

Una parte de ella quería romper todas las macetas, arrancar las faldas colgadas con esmero. Sin embargo, se contuvo al ver una Polaroid en la que salían ambas con diecisiete años. Era una prueba de que, al menos en cierto modo, a June todavía le importaba; se había guardado un pedacito de ella. Siempre habían celebrado sus cumpleaños con cinco días de antelación. Había sido June quien había iniciado aquella tradición, ya que le gustaba quitar la presión que recaía en el día en cuestión. Aquel había sido un cumpleaños sencillo, pero había sido el más memorable, porque lo habían celebrado en un lugar público, en un restaurante encantador con precios razonables. Kidan recordaba a los desconocidos que se habían animado a cantarles el cumpleaños feliz cuando les habían traído un pequeño pastel. Las velas les habían iluminado el rostro a ambas, que estaban radiantes, y, por unos instantes, habían sentido el amor de una gran familia. Kidan estaba segura de que sus padres, la tía Silia y sus abuelos habían estado con ellas aquel día.

Había sido el último cumpleaños que habían celebrado juntas. ¿Lo había sabido June entonces? ¿Había sabido, cuando le sonreía, que cuando llegase su decimoctavo cumpleaños ya se habría marchado?

Kidan acarició la foto con un dedo y se preguntó si algún día volverían a celebrar un cumpleaños tan feliz como aquel. Su decimoctavo cumpleaños había sido catastrófico, y Kidan había pasado el decimonoveno en su apartamento diminuto, con los fideos, rodeada por el desorden y los montones de papeles, buscando Uxlay sin cesar.

Su vigésimo cumpleaños estaba al caer. Y el vigesimoprimero…

Las palabras de GK flotaban en el fondo de su mente. ¿Por qué una fecha tan concreta? ¿Qué tenía ese número que perseguía también a su madre, hasta el punto de llevarla a escribirlo en sus diarios una y otra vez? Y, si era cierto y Kidan moría ese día…, June se quedaría sola.

«¿Y qué? Que se quede sola. Que sepa lo que se siente».

Pero ese pensamiento no tenía mucha fuerza. Más que una venganza, lo que Kidan quería de su hermana era la verdad.

Siguió oteando la repisa, en busca de más fotos, hasta que encontró otra que hizo que se le retorcieran las entrañas. La foto de una mujer que sonreía y rodeaba a dos chicas con sus grandes brazos.

Mama Anoet. De repente, la anegó el olor de los cigarros y la piel abrasada. Kidan puso la fotografía boca abajo enseguida e intentó calmar su respiración.

Se aclaró la garganta.

—Entiendo por qué te fuiste. Este sitio… Parece ideal para ti. Es bonito.

June se mostró sorprendida. Frunció el ceño.

—No me fui porque este fuese un lugar bonito.

Kidan no estaba de humor para discutir. Lo cierto era que estaba exhausta y, sobre todo, confundida.

—¿Cómo sabías lo de las marcas de coacción? —le preguntó mirándola con atención—. ¿Cómo sabías de Varos?

Su hermana se retorció los dedos.

—Por Rasi. Él me lo dijo.

—¡Esto te lo contó un vampiro antes de morir? —June asintió, tensa—. ¿Por qué ayudaste a Susenyos? ¿No estabas con Samson?

Vio un destello de decepción en su rostro.

—Porque no quiero que nadie resulte herido.

Kidan resopló. Fue un gesto duro e inesperado, pero lo había hecho, y no podía retirarlo. A June se le ensombreció el rostro.

—Yo… —musitó—. Cómo te he tratado… Fue cruel, Kidan. No tengo excusa y lo siento.

Ahí estaban.

Las palabras que Kidan tanto ansiaba oír. Lo único que había deseado los últimos dos años era que June volviera a casa, que pronunciara esas palabras exactas y que la abrazara. Pero se había visto obligada a renunciar a ese sueño, aunque hacerlo casi había acabado con ella. Se había enfrentado a Susenyos una vez, a Samson varias veces, pero era su propia hermana la que parecía dejarla completamente indefensa.

—Esto es cruel, June, esto. Lo que estás haciendo ahora mismo. —Tenía la voz rota de tanto dolor—. No lo hagas si piensas volver a marcharte.

June corrió hacia ella y la cogió de las manos. Su tacto era como el de la podredumbre negra, ardiente e infeccioso, y sus ojos, dos pozos de tristeza y dolor. A Kidan se le constriñó el pecho al verlos, pues así era como June lloraba cuando se sentía indefensa, cuando Mama Anoet le gritaba o cuando le daban tirones al trenzarle el pelo. Siempre prefería sufrir en silencio, temerosa de decir algo que causase más problemas.

—Intentaste matarme —le reprochó Kidan, tratando de soltarse—. Me odiabas tanto que querías verme muerta. ¡Muerta!

June la cogió con más fuerza y negó con la cabeza, salpicándolo todo de lágrimas.

—No, no estaba pensando con claridad. Fue un error.

La Dranacti. Eso era lo que había llevado el conflicto entre ambas a un punto de no retorno. La búsqueda del poder, de las reliquias. Kidan había acabado eligiendo a su familia antes que aquellas dos cosas, pero no se podía confiar en su hermana.

—Quieres la máscara, ¿verdad? —preguntó Kidan—. Más que cualquier otra cosa.

No soportaba las lágrimas de su hermana ni sus convulsos sollozos.

—No tenía elección…

—¿Por qué? —gritó Kidan con tanta fuerza que sus manos se separaron—. ¿Por qué quieres encontrarla con tanta desesperación?

June se abrazó a sí misma y no respondió. Tenía las pestañas plagadas de gotitas diminutas.

Kidan exhaló y negó con la cabeza. Su mirada se desvió hacia la fotografía volcada de Mama Anoet.

—Quería morirme, June. Cuando te fuiste, quería morirme.

June levantó la vista poco a poco.

Kidan prosiguió:

—Les compré una pastilla a los Mathew, los del instituto, y la metí en el colgante de la mariposa. Pensaba tomármela cuando te encontrara.

A su hermana se le descompuso el rostro de terror.

—Yo no sabía… Yo nunca quise esto.

Kidan apartó la mirada. Dar voz a todo aquello, por fin, hacía que se le cerrase la garganta, pero necesitaba desahogarse. Necesitaba contárselo todo. Miró al techo para evitar que cayeran las lágrimas.

—Estaba cada día más convencida de que me estaba convirtiendo en lo mismo que ellos. Los vampiros. En un ser que sería capaz de matar sin sentir remordimientos. No había ninguna línea que no estuviera dispuesta a cruzar por ti. Así que yo también debía morir, ¿no? Para que el mundo fuera un lugar más seguro para gente como tú.

En el rostro de June afloraba una emoción tras otra.

—No puedo arreglarlo, ¿verdad? —se lamentó— ¿Es demasiado tarde?

El dolor que emanaba de su voz le retorció las entrañas. Kidan se preguntó cómo era posible sentir tanto dolor y a la vez desear que la persona que tanto te había herido no sintiera ninguno.

Tenía que ser amor. Sin embargo, el tiempo que habían pasado separadas las había endurecido, había roto su confianza en mil pedazos. Kidan deseó que pudieran viajar al pasado, porque, por mucho que lograsen curar aquella herida, jamás volvería a ser lo mismo. Kidan necesitaba darse permiso para llorar a la antigua June, a la que existía antes de Uxlay.

—Dime cómo arreglarlo —insistió June, con ojos cálidos y llameantes.

—No lo sé —respondió Kidan, observando el rostro de su hermana—. No sé por qué me dejaste, y no podré confiar en ti hasta que lo sepa.

June asintió despacio y trató de sonreír, a pesar de las lágrimas.

—Entonces esperaré. Estaré aquí hasta que puedas confiar en mí de nuevo.

Era un paso muy pequeño. Frágil. Ingenuo, tal vez.

En la pared había un espejo ovalado en el que se reflejaba la mitad superior de la espalda de June. La camiseta verde estaba ligeramente húmeda, y en el centro de su espalda marrón había una cicatriz en forma de luna creciente, parecida a la que Kidan tenía en el pecho.

«Los actis no tienen cicatrices». Si las marcas de Susenyos tenían un significado, ¿lo tendrían también aquellas cicatrices?

—June —le dijo con el ceño fruncido—, ¿te acuerdas de cómo nos hicimos las cicatrices?

June se llevó los dedos al hombro; el lazo se le movió al hacerlo. Se quedó unos instantes así y después bajó la mano.

—No.

Kidan asintió y se dio la vuelta.

—Necesito ver a Susenyos.

June asintió. Y, mientras caminaba sobre los azulejos pulidos en busca de Susenyos, Kidan se preguntó por qué su hermana parecía nerviosa, como si estuviera mintiendo.

69

JUNE

DESDE LOS CINCO AÑOS, JUNE VIVÍA A CABALLO ENTRE DOS MUNDOS. Uno existía cuando estaba despierta; era el mundo en el que también vivían su hermana y Mama Anoet. El otro, al que ingeniosamente había llamado la Tierra Herbácea, se materializaba mientras dormía.

Nadie salvo June podía visitar ese lugar.

Aunque aquello no era cierto. «Visitar» no era la palabra adecuada para describirlo, pues June no tenía ningún poder de decisión al respecto. Se veía arrastrada hasta allí cada día. La arrancaban del mundo real como si fuese una marioneta a la que arrojaran a un infinito campo verde desde el cielo azul.

Un campo de un verde implacable, eterno, salvo por una enorme columna de piedra que había en medio.

Poco después de que Kidan se marchase de su habitación, había empezado a notar que le pesaban los párpados. No le había dado tiempo de coger el tarro de cuerno de ciervo antes de desmayarse, y ahora abría los ojos en ese mundo, tumbada en mitad de aquella hierba que llegaba hasta las rodillas. Pero ya estaba acostumbrada a las afiladas briznas y no le irritaban la piel.

Soltó un gemido y se incorporó.

A unos pasos de distancia, en un claro, la esperaban un libro abierto y una pluma sobre una piedra plana. En la columna había tallada una caótica miríada de símbolos: triángulos, cuadrados, círculos... Estaban todos entrelazados y formaban nuevas formas. Contaban historias, viejas leyendas.

Normalmente, June se sentaba ante los símbolos y cogía la pluma, dispuesta a escribir. Sin embargo, ese día se puso de pie y se dirigió a la columna con los puños apretados. Levantó la cabeza y gritó:

—¡Me prometiste que me darías una noche!

Las palabras flotaron sobre la maleza hasta llegar a su destinatario.

—Debes continuar con tus clases. Hay muchas cosas que todavía desconoces —clamó una voz poderosa desde los cielos.

June solía pensar que se trataba de un ángel.

—¡Una noche! —gritó June, mirando al hombre que guardaba un perfecto equilibrio sobre la columna. Iba vestido con un grueso manto de algodón, un *gabi*.

Era la segunda persona más poderosa que jamás había existido. El creador de los Tres Vínculos y el infierno personal de June.

El Último Sabio.

Estaba sentado de piernas cruzadas, la viva imagen de una tormenta silenciosa.

—No tenemos mucho tiempo.

Tiempo.

Otra vez.

June se volvió, presa de la frustración. Ya no llevaba su ropa, sino el traje tradicional de los amharas, un *kemis* bordado de sus ancestros que le caía desde los hombros hasta los tobillos y que se ataba a su cintura con un cinto.

—Ven, Desta —le ordenó el Último Sabio con su voz antigua y poderosa.

—¡Yo no me llamo así! —le espetó June.

—Aún han de llamarte de muchas maneras, pero tu madre te llamó Desta, así que yo te llamaré Desta. Si te lo cambió fue solo para esconderte del resto del mundo.

«Desta. La que trae felicidad».

—No perdamos más tiempo —prosiguió él—. Hoy hemos de hablar de los Mot Zebeyas.

Era la palabra preferida del Último Sabio. «Tiempo».

Llevaba diciéndole desde el primer día que lo había visto, cuando solo era una niña, que se le estaba acabando el tiempo. La destrucción del mundo se acercaba, las reliquias debían permanecer ocultas, y June debía darse prisa y matar a la persona que más amaba antes de su vigesimoprimer cumpleaños.

June había hecho todo lo posible por no hacer caso del tiempo. Incluso en su cumpleaños; hacía mucho que había decidido celebrarlo con unos días de antelación para robarle al tiempo todo lo que pudiese.

Apretó los puños, se sentó frente a la piedra y miró el libro, cuyas páginas estaban escritas de su puño y letra. Con dedos temblorosos y la visión nublada, cogió la pluma y escribió el título de una nueva entrada.

Lecciones del Último Sabio

Sobre los Mot Zebeyas

Esperó. Miró la página tanto rato que las letras se tornaron borrosas.

Y entonces el Último Sabio habló, y su mano empezó a moverse a un ritmo que le resultaba familiar, el ritmo con el que documentaba sus palabras. «Cuanto más tiempo pasa un potencial Sabio con un Mot Zebeya, más se fortalece el vínculo que existe entre ambos. El Zebeya siente la necesidad de proteger y de entregar su vida y, a cambio, el Sabio cuenta con la protección necesaria para cumplir con su obligación. Igual que a Varos el León Nocturno lo une un vínculo de sangre con sus vampiros, y por lo tanto es capaz de coaccionarlos, el Sabio comparte un vínculo de luz con su ejército de Mot Zebeyas y puede darles órdenes. Este vínculo no hace sino fortalecerse cuando uno da nombre al otro. El intercambio de nombres es un voto muy poderoso; los Mot Zebeyas que reciben la bendición de semejante fe residen en las montañas de Semain».

June apretó los labios en una fina línea. Ya se temía hacia dónde se dirigía todo aquello.

—No pienso ir.

Había oído hablar de aquellas montañas malditas durante toda su vida; esa era la razón por la que odiaba los broches de la Casa Adane. Se le hacía un nudo en la garganta cada vez que las montañas eclipsadas de plata centelleaban en su manga. El abismo la aguardaba entre esas dos montañas, la esperaba para engullirla y mandarla a un universo del que jamás lograría regresar.

Las voluminosas nubes negras avanzaron. La suave brisa se transformó en un gélido vendaval contra el que las páginas de su cuaderno no tenían nada que hacer. Se inclinó hacia delante, preparada para la ira del Último Sabio.

—¡Hace años que tendrías que haber ido a esas montañas! —bramó.

Un trueno atravesó el cielo. June se estremeció.

—¡No! —June se puso las trenzas detrás de las orejas para que el viento dejara de azotárselas—. ¡No lo haré!

La pradera entera tembló, a punto de partirse en dos. June se agarró a la mesa de piedra con todas sus fuerzas. Le castañeteaban los dientes, pero no estaba dispuesta a ceder. No lo había hecho en quince años y no lo haría tampoco ahora.

Porque había una cosa que debía hacer antes de ir a aquellas montañas.

June aunó hasta la última onza de fuerza que quedaba en su cuerpo tembloroso y se volvió hacia el cielo asolado por los rayos.

—¡No mataré a mi hermana!

La contrariedad del Último Sabio reverberó a través del vínculo que los unía, y su violencia le sacudió hasta los huesos. Le temblaba el labio inferior, pero lo detuvo con sus propios dientes.

—¿Por qué me elegiste a mí? —susurró primero June, pero enseguida alzó la voz, enojada—. ¡Tendrías que haber elegido a Kidan!

Los rayos y el fuerte vendaval desaparecieron al instante, como un océano que se convirtiese en un lago de aguas mansas. June se puso tensa. A veces, el Último Sabio no respondía a sus preguntas, alegando que no estaba preparada. Pero ¿qué sentido tenían ahora los secretos? Su vigesimoprimer cumpleaños no tardaría en llegar, y, con él, una decisión espantosa.

Cada generación, dos hermanos de las casas actis eran elegidos para cumplir con la voluntad y el sacrificio promulgados por el Primer Sabio, Yonas el Pájaro del Sol. June y Kidan, las hermanas de la Casa Adane, eran las encarnaciones actuales de aquella voluntad.

June lo había aprendido en su primera lección, y aquello la había perseguido desde entonces en todos sus momentos de vigilia.

La voz del Último Sabio regresó junto al sol, anegándola. Su rostro estaba oscurecido debido a la gran altura de la columna, pero a veces, cuando el sol no la cegaba, June lograba distinguir vagamente unos ojos oscuros y una nariz recta.

—Un Sabio debe rechazar la violencia y renunciar a la oscuridad —proclamó—. Tú, June, eres de corazón puro. Kidan Adane ha demostrado no ser merecedora de ese honor.

June se llevó las rodillas al pecho. Arrancó un puñado de hierba y dejó que la brisa se llevara las briznas.

—Quieres que la mate.

—Yo maté a mi hermano para cumplir con la voluntad de Yonas —replicó el Último Sabio con voz dura—. Nuestra carga es caminar solos por la vida. El Primer Sabio entendió que el amor que se depositaba en una sola persona era la causa primera del mal. Si una abominación como Varos el León Nocturno llegó a existir fue porque su hermano lo amaba tanto que consumió toda vida vegetal, toda vida humana, para revivirlo. Rompió todas las leyes por una sola alma y fue castigado por ello. Un Sabio jamás puede estar cegado por una persona. Así que sí, debes matar a la persona con la que viniste al mundo, debes renunciar a ese egoísmo. Debes aceptar al desconocido, al niño, a la mujer, al hombre como tu familia, comprender que la pérdida de un dedo debería hacerte el mismo daño que la pérdida de una mano y proteger la vida, toda la vida. Debes comprender y llorar la verdadera pérdida sin dejar que te consuma. Es el único sacrificio que permite que los poderes de un Sabio existan en esta tierra. Es lo que te ayudará a acabar con todo el mal.

«Acabar con todo el mal».

Podía explicárselo un millar de veces que no serviría de nada. June jamás mataría a Kidan.

Negó con la cabeza con violencia.

—No puedo hacerlo.

—¡Estúpida! —rugió, haciéndola gimotear—. Si no cumples con tu obligación todos nuestros vínculos se desvanecerán. El linaje de la Sabiduría dejará de existir. ¡Varos y las Melenas de Sangre reducirán esta tierra a cenizas!

June temblaba bajo la luz del sol. La tierra bajo su cuerpo era nieve. Siguió negando con la cabeza una vez tras otra.

«No puedo hacerlo. No puedo hacerlo».

—Estúpida. Necesitas verlo.

—No. —June se puso rígida—. No, no quiero. Por favor.

Los recuerdos que el Último Sabio guardaba de la horrorosa guerra entre dranaicos y humanos se arremolinaron a su alrededor, convertidos en un denso humo que le tapaba la boca y la nariz. June ahogó un grito y se precipitó hacia delante, apoyándose en las palmas de las manos. La hierba desapareció y en su lugar surgieron rosas abisinias y sangre. El grito agónico de los hombres y el silbido de las espadas quebraban el aire a su alrededor.

«No es real. No es real».

Pero repetírselo no le servía de nada. Fuese o no real, ese ambiente impregnado de tanto dolor hacía que hasta el último pedacito de su cuerpo se retorciera y gimoteara. June se puso de pie y echó a correr en busca del sol y el calor, tropezándose con los cuerpos heridos y las manos que trataban de aferrarse a ella.

Una figura encapuchada apareció en el horizonte, alta, sin rostro, con unas garras largas como cuchillos.

Por debajo de la capa oscura centelleaban dos ojos rojos.

Varos el León Nocturno.

A June se le paró el corazón. Él nunca estaba solo. Cuatro figuras encapuchadas aparecieron entonces a su lado, cada una con un arma de plata distinta.

Ralonar. el León Venenoso.

Lidia. la Leona de Dos Lenguas.

Helenik. la Leona Cornuda.

Nira. la Leona Silenciosa.

Solo había una persona al lado de June: Demasus Colmillos de León, que se enfrentaría a la muerte que se avecinaba con sus espadas de plata.

Sus rostros siempre quedaban ocultos; no eran más que una imagen borrosa, sombras y una máscara. El Último Sabio se los escondía a propósito para esconderla a ella de su ira, y porque todavía no se lo había ganado. Solo después de matar a Kidan y asegurar la continuidad del ciclo de la Sabiduría le revelaría sus rostros. «Porque serán los únicos rostros que verás a partir de entonces —le había dicho—. Desde ese momento y hasta el día de tu muerte. Y si cometes alguna estupidez, como buscarlos, morirás. Y todo estará perdido».

Lo único que June sabía era que Demasus tenía la piel de color caoba. Se abrió paso a través de la horda de dranaicos a una velocidad pasmosa, y luego se convirtió en humo y June se quedó sola. Cayó arrodillada; a su alrededor, la hierba se marchitaba y dejaba a su paso solo podredumbre negra. La atravesó un poder malévolo que no podía ver, pero que sentía como el sudor sobre la piel. Varos quería consumirla por entero, quebrar su mente y su espíritu.

Al final, cuando no pudo soportarlo más, gritó.

—¡Esto es lo que caerá sobre nosotros si no cumples con tu obligación! —bramó el Último Sabio—. ¡Debes matar sin maldad, por el bien! Por nuestro legado.

June siguió gritando mientras la figura encapuchada rascaba contra su carne, metiéndose en su cerebro.

—¡Basta! ¡Por favor, basta!

Pero no paró.

Los vampiros eran el ejército de Varos y estaban forjados en sangre y oscuridad. El Último Sabio también contaba con su gente, hombres y mujeres armados con cuernos de impala y protegidos con armaduras: los Mot Zebeyas.

Los horrores no terminaban; el daño se propagaba eternamente, y June también moriría de un momento a otro. Y, de repente, la imagen se rompió en mil pedazos, como una piedra atravesando un cristal.

June se despertó de golpe. Se encontraba de nuevo en el mundo real, en el suelo de su habitación. Tenía las mejillas bañadas en lágrimas.

Se dirigió a su tocador con piernas temblorosas. Tenía la piel sudada, y en la boca aún saboreaba las cenizas de la guerra. June se volvió despacio y se bajó la camiseta un poco para ver la cicatriz de la mitad de su espalda.

Si lograra sacarse la reliquia, el rubí del anillo, del cuerpo... Pero la tercera reliquia no estaba solo dentro de su cuerpo. La otra mitad, un aro de oro, estaba dentro de Kidan. El anillo, vinculado a la ley de la inmortalidad, se guardaba siempre en el interior de los cuerpos de los hermanos elegidos, para que nadie lo descubriera.

June alargó una mano y se arañó la piel con tanta fuerza que se estremeció. Apretó más y chilló cuando por fin la atravesó con las uñas y manó la sangre. No funcionaba. La reliquia estaba cerca de su corazón y debía llevársela a la tumba. Odiaba aquella cicatriz, que le recordaba su destino maldito.

Para honrar la voluntad del Primer Sabio, Kidan tenía que matar a June, o June tenía que matar a Kidan, antes de que cumplieran veintiún años.

¿Por qué a esa edad? Era un misterio que el Último Sabio aún debía descubrirle. Lo único que sabía era lo siguiente: si tanto ella como Kidan fracasaban en matarse la una a la otra, ambas morirían. Y el poder de la Sabiduría que había permanecido vivo durante siglos y que había mantenido unidas tantas leyes se vería brutalmente cercenado.

Varos reinaría.

June soltó un grito y dio un manotazo a su bonita colección de perfumes y joyas, destrozándola.

Luego se dejó caer en el suelo, aún hurgándose en la espalda, con el rostro contorsionado de tristeza.

«Para, Desta».

Era Warde. Un repiqueteo de huesos acompañaba su voz. Era la única alma, además de ella misma, que sabía lo que le esperaba.

«Lo odio», dijo June frotándose la mejilla.

«Debes salvarnos de lo que está por venir».

June dejó de mover las manos poco a poco, tratando de no hacer caso de lo mucho que le dolía la espalda.

«¿Cómo está GK?».

«Su alma está dividida, pero puede sanar. Tiene curiosidad, y eso no tardará en conducirlo a la verdad».

Bien.

Kidan lo necesitaría para estar a salvo.

«Necesitamos la reliquia de las espadas que tiene Samson —dijo June—. Y no se la dará ni a Susenyos ni a Arin».

«¿Qué quieres que haga?».

June se quedó pensativa unos instantes y luego volvió a hablar a través de su vínculo.

«Ayúdalo a escapar y llévalo a la casa de marfil».

Percibió cierta vacilación por parte de Warde, pero él nunca la presionaba demasiado. Se sentía muy agradecida por su apoyo.

Porque, cuando Kidan se hiciera con la reliquia de la máscara, todo estaría más claro.

«Jamás sostengas una reliquia vinculada a una ley», le había advertido el Último Sabio toda su vida.

Los mitos que perseguía todo acti y todo dranaico no eran del todo inciertos. Para convertirse en un Sabio, debían poseerse todas las reliquias. Debían romperse. Pero no podía hacerlo cualquiera: igual que una casa la heredaban sus descendientes o alguien designado en un testamento, las reliquias estaban destinadas a June y Kidan. Estaban escritas en sus corazones. Ambas llevaban el alma, la cultura y la voluntad del Último Sabio en la sangre. Podía romper y hacer leyes. Podía gobernar.

«¡Desta!».

La advertencia del Último Sabio penetró en sus pensamientos, pero June alzó su escudo mental enseguida. Si se concentraba, no podía llegar hasta ella cuando estaba despierta.

Se miró al espejo. Sus ojos de miel estaban húmedos, pero decididos. No pensaba seguir teniendo miedo. No pensaba seguir obedeciendo.

Sí, June coronaría a su hermana como Sabia. Mentiría y haría cuanto fuese necesario para asegurarse de que Kidan sobreviviera. Haría todo lo posible por morir a manos de su hermana.

Samson:

Yo nunca quise que pasara esto. No soporto que estés sufriendo. Warde te liberará y te llevará a la casa de marfil que fuimos a visitar una vez. ¿Te acuerdas? Donde murió el último acti que tuvieron los nefrasis. Cuando lloré por no poder salvarlo, vi que en tu rostro también había lágrimas. Fue solo por un segundo, pero ahora lo sé con certeza. Sé que estás enfadado. Siempre lo estás.

Pero también sé que los nefrasis te importan de verdad.

Warde te atará en la casa de marfil, pero no intentes resistirte, por favor. Perderás.

Espérame allí. He obedecido todas tus órdenes desde la noche que apareciste en mi jardín, así que lo justo es que ahora me hagas caso tú a mí.

Sé lo que quieres. Sé que quieres a Talaa.

Te llevaré la reliquia de la máscara.

Y tú me darás la reliquia de las espadas.

Te ayudaré a romper los vínculos.

Con amor,
June

70

KIDAN

KIDAN OBSERVÓ A SUSENYOS. ESTABA EN EL SALÓN DEL TRONO hablando con miembros de los nefrasis. Había al menos tres docenas a su alrededor, dándole suaves puñetazos y palmaditas en el hombro con sonrisas satisfechas.

Él se reía, y el sonido se propagaba hasta los altos techos, convertido en olas de felicidad. Tornaba sus rasgos hermosos, daba una nueva fluidez a sus movimientos, casi como si el vampiro no cargara ya ningún peso sobre los hombros. Kidan no sabía cuándo había ocurrido, pero su felicidad despertaba también la de ella. Sonreía solo con mirarlo por una broma que no había oído siquiera.

Le parecía extremadamente preocupante y… agradable sentir que sus emociones cambiaban, se amplificaban, al ver cómo a él se le curvaban los labios hacia arriba o cuando se descubría bajo su mirada ardiente, casi igual que en la Casa Adane.

Susenyos se detuvo a mitad de la conversación y se volvió hacia la puerta, donde la vio a ella. Al ver que le brillaban los ojos, la atravesó una descarga de adrenalina. Le dijo unas palabras más a los nefrasis, que asintieron y se fueron, mirándola con curiosidad. A diferencia de lo ocurrido antes, aquel grupo no parecía querer verla muerta. Pasó un rato antes de que la sala se quedase completamente vacía. Cuando los últimos pasos se apagaron en la distancia, quedaron allí solo Kidan y Susenyos.

Estar a solas con él se le antojaba peligroso. En su cuerpo había una especie de interruptor que se accionaba cada vez que se daba cuenta de que no había nada que le impidiese tocarlo. O besarlo, con mucho cuidado, para no morir. Tener ese acceso a él le resultaba de lo más emocionante. Un secreto que solo les pertenecía a ellos dos.

Susenyos se quitó la camiseta manchada de sangre y se acercó a ella. Le enjugó la mejilla y ella parpadeó, sorprendida. Se le había quedado la mente en blanco. Tardó unos segundos en darse cuenta de que le estaba limpiando la sangre que antes le había salpicado. La sangre de Samson.

—Sigues aquí. —Su voz sonaba áspera, grave y terrenal.

—¿Por qué no habría de estarlo?

Al contemplarla, una chispa dorada floreció en sus pupilas. Tras ella, lo que se intuía era asombro.

Como si no pudiera creerse que siguiera viva.

No, eso no podía ser. Debía de pensar que sería él quien no seguiría vivo. No por su pelea con Samson, sino por la coacción.

Kidan lo agarró de la muñeca, se sentía asolada de repente por el pánico.

—¿De verdad estabas dispuesto a morir?

Él le puso una mano en la cintura, abrasándole la piel, y con la otra le limpió el cuello con la camiseta.

—No pienso seguir huyendo.

—Pero esto… Yo… No entiendo nada.

—Lo sé. Pensaba que este secreto seguiría arrebatándomelo todo. No sé cómo lo sabía June. Hoy tu hermana nos ha salvado.

Kidan sintió que la inundaban tanto el alivio como la confusión. Parecía que su hermana no se enteraba de nada, hasta que había dejado de parecerlo. Kidan seguía sin creerse que se lo hubiera contado todo ese vampiro, Rasi. Pero ¿qué otra explicación había?

—¿Tan poderoso es Varos?

Era la primera vez que Kidan pronunciaba ese nombre en voz alta, y le dio la sensación de que hacerlo no era lo correcto, de que tenía más de maldición que de nombre.

Susenyos se puso rígido y no dio muestras de querer responderle. Como si tuviera la lengua aprisionada. Sin embargo, no le escondía la preocupación que lo torturaba, el horror de lo que aquello podría significar para todos ellos.

De repente, afloró en su mente algo que le había dicho el semestre anterior, cuando lo estaba apuntando con una pistola. «No puedo. Me resulta físicamente imposible hablar de ello».

Se le pusieron los pelos de punta.

Le hizo entonces una pregunta que sí podía responder.

—¿Es poderoso Lusidio?

Él asintió despacio.

Y, cuando ella empezó a dibujarle un cuadrado en el brazo con el dedo, él inhaló con fuerza, casi estremeciéndose.

Y, poco a poco, el hambre se fue adueñando de su rostro. La pelea con Samson debía de haber acrecentado su sed.

—Puedes beber de mí —susurró Kidan.

Susenyos cerró los ojos y exhaló, subiendo y bajando los hombros. Al cabo de un momento, descansó la frente sobre la de ella. El contacto le provocó una descarga eléctrica.

—Solo un poco, amor. —Su voz sonaba contenida, atormentada por la necesidad.

Ella se arremangó y alzó la muñeca hacia él.

—Quiero que lo hagas aquí. Para saber más sobre ella. Si estás preparado…

Susenyos tragó saliva. Había entendido a quién se refería.

—¿Samson te enseñó lo que pasó?

Kidan asintió.

—Enterró a Talaa tras su muerte. Así se le infectó la mano.

—Talaa Asefa era una princesa de la provincia vecina. —El nombre se quedó atorado en la garganta de Susenyos, pero prosiguió, cogiendo poco a poco la mano de Kidan—. Nos comprometimos a los once años. A partir de entonces, cada verano visitaba mi corte y nos obligaban a jugar juntos. Aunque era famosa por hacer trampas. —Kidan sonrió—. Su compañía marcó casi toda mi infancia —añadió él con tristeza.

Acarició las venas de Kidan y elongó los colmillos, tan blancos que hacían que todo lo demás pareciera más oscuro. Cuando le atravesó la piel, Kidan no se asustó. Apoyó los dedos en su pelo y lo abrazó mientras el recuerdo los envolvía a ambos.

—¿Qué haces? —preguntó Susenyos en voz baja. Estaba de pie frente a una Talaa de expresión salvaje, delante de un bosque. Ambos estaban rojos, porque habían hecho una carrera desde el castillo. Los árboles los bañaban en brillantes franjas de luz moteada—. No podemos estar aquí sin los guardias. Samson...

Talaa se dio la vuelta de golpe.

—Se ha ido a hacer un recado. Esto no puede esperar. —Se acercó a él y, con un brillo en la mirada, susurró—: Sava me ha dicho que ha visto un demonio por aquí.

Susenyos soltó una carcajada escéptica, la cogió de la muñeca e hizo ademán de volver al castillo.

—Tienes que dejar de creerte todo lo que te dicen los sirvientes.

Talaa apartó la mano y clavó los talones en la tierra, obligándolo a detenerse.

—O vienes conmigo, o voy sola.

Hizo un puchero, sacando el labio inferior, como hacía cuando eran pequeños. Y entonces echó a correr hacia el bosque. Susenyos, como siempre, la siguió.

No era la primera vez que jugaban en aquellos bosques, así que no había arbusto o árbol que él no conociera. Por eso se detuvo a examinar la tierra quemada que vio alrededor de unas flores. Le extrañó. Movió la sustancia negra con un palo, pero no encontró ceniza.

¿Levadura negra? ¿O sería algún tipo de plaga? Se incorporó.

—Talaa, ven a ver esto.

Pero estaba solo. La llamó otra vez y se dirigió adonde la había visto por última vez.

—Talaa, no estoy de humor para jueguecitos. Aquí hay una cosa que tengo que analizar.

Pero solo le respondieron los sonidos del bosque: el croar de las ranas, los pájaros nativos y el ulular del viento.

—¡Susenyos!

El grito vino del cielo mismo; cayó sobre él igual que un terror digno de hacer temblar la tierra.

Echó a correr antes de saber siquiera hacia dónde iba. Un arbusto le impedía el paso, así que lo cortó de un golpe con su espada corta.

Cuando lo atravesó, casi se le cayó el arma de la mano.

Una enorme figura encapuchada tenía a Talaa suspendida en el aire, agarrada del cuello. A la muchacha se le habían caído las zapatillas y movía los pies con todas sus fuerzas. Los ojos se le salían de las órbitas.

Susenyos gritó, agarró con fuerza la empuñadura de la espada y la blandió contra la espalda del atacante. Había vertido en el golpe todas sus fuerzas, así que esperaba cercenar su carne en dos. Y, sin embargo, lo que impactó contra su espada fue la más pura e impenetrable roca, tan sólida que, con el retroceso de su embestida, la espada rebotó y le cortó a él.

Chilló, y se agarró con una mano el hombro ensangrentado.

«Pero ¿qué demonios…?», pensó.

La figura encapuchada se volvió poco a poco hacia él y dos ojos rojos lo atravesaron como agujas llenas de veneno. Susenyos sintió que el cuerpo se le tornaba líquido. Era cierto, el demonio estaba allí.

La criatura soltó a Talaa, que cayó al suelo tosiendo y retorciéndose. Solo entonces Susenyos se fijó en el polvo negro que había en su cuello, en la plaga que crecía por sus venas, que reptaba por su hermoso rostro. Ella empezó a pedir socorro a gritos.

—Talaa… —Susenyos ahogó un grito.

La plaga se propagaba más rápido que ninguna otra enfermedad que hubiese visto. Le tiñó los ojos del más puro negro y se adueñó de su lengua.

Susenyos retrocedió, apartándose de la mano que ella le tendía. El corazón le latía desbocado, retumbaba en sus oídos. Con los ojos llenos de lágrimas, llamó a gritos a sus guardias, aun a sabiendas de que estaba en lo más profundo del bosque, donde solo los pájaros podían oírle.

La figura fue hacia él. La tierra se resquebrajaba bajo su capa; la hierba, envenenada por la criatura, se marchitaba. Alargó una mano oscura desde dentro de la capa: tenía garras, tan gruesas y anchas como las de un león, y las dirigía a Susenyos.

Mientras retrocedía, Susenyos encontró de nuevo su espada. Sintió que el tacto del metal renovaba el fuego de su interior; se puso de pie, si bien tambaleándose, y atacó con un grito. La criatura no se movió ni un ápice a pesar del impacto. Desde aquel ángulo, la hoja tendría que haberle perforado el corazón, pero no lo hizo. Era como intentar atravesar una pared.

Cada vez que blandía la espada, su determinación se debilitaba un poco más. La criatura le quitó la espada de la mano, igual que se le quitaría un muñeco a un niño, y la partió en dos. Susenyos abrió unos ojos tan grandes y redondos como la luna. Le temblaban las piernas, pero no podía caerse allí.

Moriría si lo hacía.

Con el corazón roto, miró una última vez a Talaa, que seguía retorciéndose en el suelo, y echó a correr.

Los gritos de la muchacha le perseguían, acechándolo desde todas las direcciones. Las gruesas hojas y las ramas se le clavaban, trataban de agarrarlo para que volviera a buscarla, pero no había nada que pudiera hacerle dar media vuelta. Sabía que moriría allí mismo, y no estaba preparado. No había sido lo bastante fuerte para salvarla, pero si corría, si lograba vencer a las dolorosas protestas de sus pulmones, sobreviviría. Llegaría hasta sus guardias y viviría.

«Perdóname. Perdóname».

Susenyos logró dar veinte zancadas antes de que la criatura encapuchada apareciera ante él. Se dio de bruces contra el más duro acero. El golpe en la frente resonó como el metal contra una estatua; empezó a sangrarle la nariz. Se tambaleó y cayó hacia atrás.

El horror se adueñó de su rostro al ver que la criatura se le acercaba de nuevo. Retrocedió, arrastrándose por el barro, pero no encontraba nada que lanzarle o que empuñar.

Los ojos rojos resplandecían bajo la capucha como ascuas infernales.

Tenía un torrente de hebras negras enrolladas en los brazos. Bastaba un solo roce de esos gruesos hilos para que cualquier cosa viva se pudriera, se calcinara. Se propagaban como un incendio descontrolado, prendiendo fuego a todo. Los pájaros se desplomaban desde los árboles, con los cuerpos hinchados y vacíos, exangües.

Susenyos exhaló aliviado, sin aliento, cuando la podredumbre se detuvo a escasos centímetros de sus pies.

—¿Qué… qué eres? —Le temblaban hasta los huesos; su voz era patética.

—Me llaman por muchos nombres. —La criatura tenía voz de hombre. Era una voz antigua, con un acento muy marcado. Hablaba con el poder de un millar de voces, pero seguía quieto como una lápida—. Eres el nuevo muchacho emperador, y me servirás a mí.

Susenyos apretó los dientes para dejar de temblar, pero no le sirvió de nada. Su cuerpo entero se sacudía de terror, como si fuera un niño. El aire era denso; la sed de sangre flotaba en el ambiente, así como una avidez de destrucción inimaginable.

—¿Qué… qué quieres?

La criatura encapuchada dio un largo paso hacia él y Susenyos se puso de pie de golpe, preguntándose en qué dirección estaba el camino más corto hasta el castillo.

—Mi ejército de vampiros no tardará en arrasar tu país. Pronto asesinarán a toda alma que encuentren y tu tierra se pudrirá desde dentro.

El terror se adueñó de su pecho. Ya no podía respirar; soltaba el aire en suaves silbidos. Se llevó una mano allí, tratando de luchar contra la repentina opresión.

—Patético —canturreó la criatura.

Susenyos se inclinó hacia delante y vomitó. Una bocanada de aire torturado brotó de su garganta al ver la imagen de la hermosa Talaa, muerta, con la piel de ceniza.

—Te mataré —dijo Susenyos con la cabeza gacha, mirando su propio vómito.

Sintió que le tiraban con fuerza del pelo y gimió. De repente, vio el cielo. El hedor de la levadura fermentada y la tierra mojada le inundó la nariz; la criatura se cernía sobre él.

—Deja que te enseñe cómo vas a morir.

La podredumbre negra le trepó por la boca de repente, de forma violenta y enfermiza. Se retorció, tratando de expulsar el torrente que se abría paso en su interior, que le llenaba todos los orificios y el blanco de los ojos. Sintió que el cuerpo se le quedaba fláccido y le sobrevino la sensación de que lo lanzaban desde lo alto de un acantilado.

No era una visión de muerte, sino de vida. De su vida.

Se vio a sí mismo con Talaa, Iniko, Taj y Samson. Vio sus vidas ante ellos, vio cómo bromeaban, cómo se chinchaban, cómo se enamoraban. Vio un rostro hermoso, el de su futura esposa, y sus manos adornadas con anillos, y oyó el llanto de un niño en algún lugar. Su hijo. Jamás sería padre; nunca llegaría a ser un progenitor más amable y dulce que el suyo. No volvería a experimentar el otoño ni el invierno, ni a abrazar a sus amigos. Aquel día, que había empezado igual que todos los demás, sería el último de su vida.

Jamás había conocido un terror como aquel.

«¡Por favor! Por favor…».

Susenyos no quería morir. Había visto morir a hombres en el campo de batalla llorando por sus madres, y él también lo hizo.

Haría cualquier cosa por vivir. Era demasiado joven. Lo único en lo que lograba pensar era en las cosas que no podría hacer nunca. Sintió que le ardían las entrañas y que lo anegaba una profunda rabia por todos los años que había malgastado. Había sido una pérdida de tiempo tratar de complacer a su padre, y ahora moriría así, sin haber conseguido jamás su aprobación.

«Un día más —le rogó al universo y a todas las deidades—. Un día más».

Qué bello sería disponer de un día más.

Susenyos Sagad, ante el que se inclinan los ángeles, muerto en un bosque.

Al pensar en cómo lo recordaría la historia, sintió que todo el cuerpo se le entumecía.

«Por favor, Señor. Un día más».

Su madre acudió a él entonces. Su caricia fue como si lo tocara el sol mismo, y se echó a llorar. ¿Estaba en el cielo?

—Abre los ojos. —Su voz calmaba el dolor de todo hematoma, de todo verdugón. Era como un bálsamo de naturaleza.

—No quiero morir —susurró, todavía con los ojos cerrados.

—Abre los ojos y vive, Susenyos.

Susenyos.

Su madre nunca lo llamaba así.

Poco a poco, abrió los párpados y el humo negro a su alrededor se esfumó.

Una figura enmascarada con unas trenzas que caían en cascada se erigía sobre él, enmarcada por el fuego.

«He muerto».

El corazón se le encogió de dolor.

«Estoy en el cielo».

—Tu pueblo está en peligro —le apremió una poderosa voz femenina—. Haré todo lo que pueda para detener al

ejército dranaico, pero debes fortificar tus muros y convocar a tus generales. No salgas.

Susenyos parpadeó despacio.

¿Un ejército? ¿Había un ejército en el cielo?

Se incorporó con lentitud, pasando las palmas de las manos por debajo de su cuerpo. ¿Hierba? Puso unos ojos como platos al ver la tierra calcinada de su alrededor. Seguía en el bosque.

Y aquella oscura criatura había desaparecido.

¿Era ella otra criatura? Llevaba unas espadas en forma de medialuna atadas a la espalda, una faja blanca ceñida a la cintura, un chaleco y una máscara, una máscara de madera rojiza con remolinos dorados alrededor de la nariz que le cubría la boca y los ojos.

—Tú… no eres humana —tartamudeó.

—No —respondió con voz amable—. Soy una Sabia.

Y una luz extraordinaria irradió de ella cuando pronunció aquellas palabras.

Ella era la vida misma. La vida, abrasadora y hermosa, y Susenyos se descubrió olvidando su miedo y tambaleándose hacia ella.

Cayó de rodillas, agarrado a su hombro ensangrentado.

—Me has salvado —le dijo con la voz rota de gratitud y adoración.

Ella se movió, arrojando su luz sobre él, una luz que lo calmaba y lo abrazaba.

—Ahora salva a tu pueblo —le dijo la Sabia—. Se avecinan criaturas que beben sangre humana y debes prepararte.

Se volvió para marcharse. Los extremos de la faja blanca se arrastraban por el suelo, pero estaban impolutos.

—¡Espera! —gritó Susenyos, que ya sentía el frío de su ausencia—. Yo… no puedo salvarlos a todos. Soy débil.

El viento sopló y las motas de sol se movieron, resplandecientes.

—Encuentra las fuerzas.

Y se desvaneció como una voluta de humo dorado. Él se quedó allí, sintiendo la tierra bajo las uñas. Una rosa abisinia había florecido, sobreviviendo a la desolación del suelo. A su lado, había un libro hundido en la tierra, como si, al igual que la flor, hubiese brotado de ella. En la portada de cuero había un pomelo partido del que brotaba su jugo. Susenyos lo cogió, sorprendido, mientras se preguntaba cómo aquellas dos cosas habían podido sobrevivir al fin del mundo. Se llevó la rosa a la nariz, y el aroma de la dulce vida y la salvación —su nuevo olor preferido— lo embargó en deliciosas oleadas.

Con el libro y la rosa en la mano, Susenyos miró al cielo y esbozó una sonrisa de oreja a oreja.

Vivo. Estaba vivo.

Se le escapó una carcajada entrecortada.

Hizo una promesa entonces. Él viviría para siempre, le costara lo que le costase.

71

KIDAN

KIDAN APARTÓ LA MUÑECA DE LA BOCA DE SUSENYOS Y LA VISIÓN DE los árboles y del aliviado joven se desvaneció, hasta que volvió a hallarse junto a él en el salón del trono.

Parpadeó y lo descubrió mirándola con los ojos entrecerrados, y, aunque no estaba la casa para contarle lo que él sentía, su tristeza era palpable; su culpa, una sombra imposible de ignorar.

Kidan sabía lo que había ocurrido después. Se lo había mostrado el semestre anterior como parte de su tarea para Cuadrantismo, en la que había atisbado su peor pecado. Cuando el ejército de dranaicos había llegado, Susenyos había encontrado fuerzas en la inmortalidad y se había convertido en uno de los mismos cazadores que habían ido a por él. Luego había obligado a todos los miembros de su corte a convertirse también en vampiros.

En aquel momento Kidan lo había juzgado por sus actos, incapaz de tolerar tanto egoísmo. Tampoco había logrado entender por qué los había abandonado.

Pero no eran los primeros a los que había abandonado. Talaa había muerto.

«Nadie me querría así».

—Di algo. —Susenyos exhaló con fuerza; en sus ojos se arremolinaba una tormenta—. No sé qué estás pensando.

De su voz emanaba necesidad y desesperación. Sin la casa, eran casi dos extraños que se estaban conociendo el uno al otro de nuevo.

—Soy egoísta —añadió, analizando la mirada de ella, fijándose en una pupila y luego en la otra—. Soy débil, un cobarde. Cometí un error. Él... Samson tiene toda la razón en odiarme. Jamás debí haber abandonado a Talaa.

Kidan no se apartó de su errática mirada. Se encontró con sus ojos con calma, anclada con una certeza que hasta a ella la sorprendía.

Él tenía los puños apretados; las venas verdosas se le marcaban bajo la piel oscura. Apartó la vista y siguió hablando con la mirada fija en la pared. Su voz sonaba desolada, rota.

—No hacía más que decirle a mi cuerpo que diese media vuelta, que regresara junto a ella, y aun así seguí corriendo. Corrí tan rápido que me sangraron los pies durante semanas. Eso es lo que hace mi yo humano: aferrarse siempre a la vida. Después de Talaa, tuve que curarme de tanta cobardía. Necesitaba hacerlo, costara lo que costase. Encontré a Arin poco después; ella me ayudó a convertirme en vampiro. Quería dar caza a la criatura yo mismo, con mi ejército de nefrasis.

»Pero no, me doblegaron de nuevo. Lusidio esclavizó a mi pueblo. ¡Lusidio! Mi vampirismo no era nada comparado con su fuerza. Pasamos años buscando las reliquias bajo sus órdenes. Años de tortura. Solo había un modo de salvar a mi pueblo: conseguir todas las reliquias y convertirme en un Sabio.

En aquel entonces, en el transcurso de un solo día, Susenyos había sido marcado por la mano del mal y salvado por un resquicio de bondad. Ser consciente de la insignificancia de su existencia lo había asfixiado. Sabios e inmortales... Aquellos nuevos conocimientos se abrían paso en el interior de Kidan, apresándola de un terror que jamás había experimentado. Era como si estuviese desnuda en plena naturaleza. Los humanos estaban a merced de absolutamente todo. ¿No era por eso por lo que estaba tan desesperada por dominar su casa? ¿Para tener una pizca de control en sus insignificantes manos?

Sin embargo, al acariciar la piel de Yos, de una suavidad antinatural, con sus dedos imperfectos se acordó del cruel precio que pagar. Era imposible ser humana y a la vez todopoderosa.

Aceptar la muerte. Eso significaba ser humana.

Kidan rezó por ser lo bastante valiente para seguir siendo humana. Sin embargo, su humanidad se le antojaba como una vela ante el viento, fuera de sí misma, atada a la gente que amaba. Era fácil plegarse a la oscuridad.

—La Sabia que te salvó… ¿Dónde está? —le preguntó.

Susenyos negó con la cabeza. Parecía lamentar una profunda pérdida.

—No lo sé. A veces estoy convencido de que me lo imaginé todo. La he buscado por todas partes, pero los Sabios están extintos. Aunque, según mis investigaciones, conseguir las reliquias hará que se erija uno nuevo.

—¿Y el libro de *Los amantes locos*? ¿Fue ella quien lo dejó allí?

Susenyos frunció el ceño.

—A veces pienso que sí. Pero podría haber sido fácilmente otra persona, que alguien lo hubiera perdido viajando por el bosque.

—Tiene sentido.

Susenyos alargó una mano y entrelazó los dedos con los suyos.

—No soy lo bastante fuerte. Ni siquiera con mi vampirismo soy lo bastante fuerte para lo que nos espera. Se acerca una guerra.

Se le encogió el corazón al mirarlo. Lo que había sufrido con las torturas de Lusidio —¡de Varos!—, fuera lo que fuese, le había dejado unas secuelas tan terribles que estaba temblando.

Kidan alzó la barbilla poco a poco.

—No estás solo. Me tienes a mí, tienes a Taj y a Iniko.

Él la miró de un modo que le rompía el corazón.

—¿Cómo puedes soportar mirarme así, como si nada?

—¿Cómo debería mirarte?

—Con ira.

—Yos…

—Es lo que siento yo por mí constantemente.

Kidan le acarició la mejilla marmórea, apartándole una *twist* con la mano. Su tacto era distinto al de los poros y el pelo encrespado que había tocado cuando él era humano. Incluso entonces parecía turnarse entre ambos mundos, tan poderoso y aún tan tierno en presencia de ella. Su oscuridad inmortal le resultaba tan atractiva como terrorífica. Ahora comprendía que él la necesitaba para sacar fuerzas, y que aquella versión verdadera de él, la humanidad que había ocultado durante tantos años, se sentía cálida y delicada en sus manos. Un verdadero intercambio de confianza. Él siempre había cargado con la vida frágil de ella, instándola a vivir cuando había querido morir, y, a cambio, ella había cargado también con la suya, instándolo a no temer a la muerte con tanto ardor que le partiera el alma.

—Te perdono —susurró ella, con la misma suavidad que la lluvia al caer sobre la piel.

No porque ella necesitara perdonarlo, sino porque lo necesitaba él, que parpadeó, moviendo las pestañas, con el dolor esculpido en el rostro.

—No lo merezco.

Ella esbozó una sombra de sonrisa triste y le repitió sus propias palabras. Las mismas palabras que él le había dedicado en un momento delicado, pudiendo haberlas usado para destrozarla, pero que, en cambio, usó para hacerle levantar la cabeza bien alta.

—Ya basta de castigarte y de compadecerte. Lo único que me interesa es lo que puedas llegar a ser.

Él la miró con una adoración tan profunda, tan absoluta, que se le encogió el corazón.

—Una vez me preguntaste por qué no regresé con mi corte. Me dijiste que los buscara, dondequiera que estuviesen, que los ayudase. —Le dio un beso en la palma de la mano—. No lo hice porque tenía miedo. He sido un cobarde durante décadas…, pero ahora pienso sacarlos de este infierno.

Kidan asintió, tocando la llave que él llevaba colgada del cuello.

—Siempre me había preguntado por qué un emperador había elegido Uxlay de entre todos los lugares del mundo.

Él sonrió y dio un paso a un lado para mirar el trono vacío. El suelo estaba manchado de sangre, y él iba dejando sus huellas en ella. Sin soltarle la mano, se volvió y subió las pequeñas escaleras. Acarició con suavidad el reposabrazos y se sentó. Se arrellanó en él y alzó la cabeza.

Kidan lo vio entonces con más claridad. La luz del sol se colaba desde los altos ventanales, haciendo que la sangre que cubría el suelo brillase como rubíes que acariciaban los bordes de sus pies. En ese momento, Susenyos era la viva imagen de aquel regio retrato de él que había encontrado en la biblioteca de Uxlay.

Un verdadero rey perdido.

—¿Cómo te sientes? —se oyó susurrar Kidan mientras se acercaba más a él.

Él la observó con esa sonrisilla que había empezado a amar.

—Falta algo.

Aquellos ojos negros como la tinta se clavaron en los suyos para luego recorrer lenta y perezosamente el resto de su cuerpo, hasta que ella empezó a notar un cosquilleo.

Se miraron a los ojos hasta que sus sonrisas se transformaron en un fuego abrasador e imposible de ignorar.

Poco a poco, Kidan se subió a horcajadas sobre él, con las tumbonas del Día de Cossia en mente. Sintió que la atravesaba de súbito una oleada de calor, y no fue capaz de esconder su deseo de vivir. Se lamió los labios; le brillaban los ojos.

—¿Qué te pasa cuando me ves cubierto de sangre, que te pones tan…? —Le deslizó una mano por dentro de los pantalones, apenas rozándola, y ella se puso tensa. Él sonrió.

—No es la sangre, aunque la verdad es que me gusta. —Su voz flotaba al ritmo de los latidos de su corazón—. Es tu protección. Suelo ser yo la que mata por otros.

Él le alzó la barbilla con suavidad.

—Yo siempre te protegeré.

Dejó que sus palabras la anegaran, tan brillantes como inquebrantables.

—Te creo —respondió Kidan.

Susenyos asintió, abriéndole el cuello de la camisa. Luego le acarició la piel con el dorso de los dedos. Al cabo de unos segundos, se quedó quieto, interrumpiendo el placer que vibraba entre ambos.

Ella se acercó para besarle la mejilla, pero él seguía igual de tenso.

—Esto te lo ha hecho él.

Kidan se apartó, tratando de entender a qué se refería. Susenyos estaba mirando fijamente la quemadura que tenía en la clavícula. El recuerdo del atizador ardiente irrumpió en su mente, pero Kidan lo apartó a toda prisa. No pensaba permitir que Samson arruinara nada más.

Unos remolinos negros giraban sobre el rostro de Susenyos; de sus pupilas brotaba un rojo furioso.

—Tiene suerte de que no me haya enterado antes de nuestra pelea.

—Ya lo has torturado bastante.

—Ni por asomo. —Sus rasgos se habían tornado pétreos—. Podría haberte matado.

Kidan sonrió otra vez. Empezaba a costarle contenerse.

—Estoy bien.

—Ya no tienes a la Casa Adane para protegerte. Lo que más valoro ha cambiado, lo que significa que, en cuanto pongas un pie allí, la casa tratará de apartarte de mí. Te matará para castigarme. —Seguía mirándola a los ojos, primero a uno y luego a otro, mientras se devanaba los sesos. La frustración y la determinación hacían turnos para aflorar en sus rasgos—. Deberías hacerlo ahora.

—¿El qué? —preguntó Kidan con el ceño fruncido.

Él se colocó su mano sobre el pecho húmedo. Fuerte e inquebrantable.

—Fuerza, Kidan. La inmortalidad. Convertirte en vampiro.

Le pitaban los oídos; no estaba segura de haberlo oído bien. Sintió la conmoción hasta en las puntas de los dedos, que trazaron un símbolo en la piel de él. Pero él no se desdijo.

Estaba hablando en serio.

—Yo... no puedo.

—¿Por qué? —Miró a su alrededor, oteando el enorme salón—. Todas las personas que has visto en este salón son importantes para mí. Yo los ayudé a convertirse en vampiros, así que están protegidos incluso cuando yo no estoy a su lado. ¿Por qué no iba a querer lo mismo para ti? —Se lo preguntó como si fuese la cosa más obvia del mundo.

Kidan exhaló, incrédula.

—Para empezar, ¿quién me daría su vida?

—¿Quieres la mía?

Se quedó rígida al oír su sugerencia. Era peligrosa.

Susenyos, que antaño había valorado la inmortalidad sobre cualquier otra cosa, que había cazado y luchado por retenerla, ahora se la ofrecía. ¿Qué le decía eso sobre él? ¿Qué decía sobre lo que eran el uno para el otro? ¿Pensaría que lo estaba usando?

—¿De verdad crees que aceptaría tu inmortalidad? —susurró con la mirada gacha.

—Para estar a salvo. Para proteger a otros, a tus amigos, a tu hermana.

—Lo siento —lo interrumpió.

—¿Qué?

Alzó la mirada de nuevo y, al hacerlo, sintió que sus ojos eran como un bosque en llamas.

—Siento no haber sido más clara. No haberte aclarado que tú estás también bajo mi protección.

Él curvó ligeramente los labios; la oscuridad que parecía acecharlo se desvaneció, como si el sol hubiese asomado entre las nubes.

—¿Ah, sí?

Se lo preguntó como si fuera algo frágil, una esperanza infantil, como si ganarse la protección de ella fuese imposible. Kidan sintió que se derretía.

Dios, ¿qué estaba haciendo con ella?

Descansó la frente contra la suya e hizo un juramento que echaría raíces profundas e irrompibles.

—Yo te protegeré.

—¿Con ese amor tan aterrador y peligroso que te reservas para unos pocos?

Le ardían las mejillas. Recordó lo celoso que se había puesto cuando le había exigido que salvara a sus amigos.

—Tú también estás en la lista. De hecho, tal vez estés más arriba de lo que te piensas…

Susenyos le dio un beso en la mejilla, cerca de los labios, pero no del todo, y lo que estaba pensando se le borró de la mente de inmediato. Cuando se separó de ella, le ardían las puntas del pelo.

—Dímelo otra vez —le pidió él.

—¿En serio? —Kidan se echó a reír—. ¿Eres consciente de que eres una de las criaturas más fuertes de la naturaleza y de que yo no soy más que una humana?

—Sí.

Negó con la cabeza.

—Yo te protegeré, Susenyos.

Sonrió como un bobo, y ella también. Qué tontería, que quisiera la protección de ella, de sus débiles manos humanas. Eso mismo le dijo.

—No es por tus manos —respondió él acariciándole la sien—. Es por esto. Te mueves, actúas, piensas y respiras al servicio de la gente que te importa. Siempre son parte de ti. Y ahora me has confesado que yo también lo soy.

Le dejó una ristra de besos en la mejilla y por el cuello, prendiendo pequeños fuegos por todas partes. Kidan se sentía como si estuviera cayendo de espaldas desde un acantilado. Todo se le subía a la cabeza.

—Piénsalo —insistió él—. Una vida como vampira tiene muchas ventajas. —Le lamió la base del cuello y ella entreabrió los labios—. Todo es más nítido. Embriagador. Tu aroma, tu piel, incluso ese gritito ahogado que te crees que yo no he oído, tus ojos, cuando se encienden por mí… Y esto, tu corazón, cuyos latidos se aceleran más con cada palabra que pronuncio, que está tan a punto de salírsete del pecho que me preocuparía por ti si no estuvieras a salvo, entre mis brazos.

El pecho le subía y le bajaba rápidamente, pegado al de él, y mientras tanto trataba de luchar contra su voz tentadora.

—Me gusta ser humana.

No supo lo cierto que era aquello hasta que no salió de su boca. Entornó los ojos al comprender aquella revelación. Tenía miedo de que esa faceta suya que ansiaba poder arrasara con todas las demás partes de ella, como un objeto que pudiera romperse y rehacerse con más solidez. Y se sentía valiente por elegir no romperse.

De repente, la predicción de GK se abrió paso entre sus pensamientos. Su muerte, a los veintiún años. ¡Veintiuno! Pero a Kidan no le preocupaba. Ya le había puesto fecha a su muerte en otra ocasión y había seguido viviendo después.

Susenyos suspiró con aire burlón y se inclinó hacia atrás.

—Ya te convenceré.

—Puedes intentarlo.

Kidan sonrió con la boca pegada a su cuello y luego le lamió la nuez, haciéndolo estremecer.

La otra noche, antes de que la casa la enfermara de podredumbre negra, habían estado tan cerca… Ella había alargado una mano hasta la cintura de sus pantalones, pero él la había detenido. «Tú y yo no podemos tener ese tipo de intimidad —le había dicho, y sonaba verdaderamente apesadumbrado—. No puedo permitirme perder el control».

Kidan casi se había olvidado. Pensó en la Casa Adane. En las habitaciones que le habían robado la inmortalidad, algo por lo que ella las había maldito una y otra vez. ¿Quién le iba a decir que aquello iba a ser una suerte? Ambos habían sido humanos. Libres. Pero ahora habían perdido el único lugar en el que podrían haber conectado de verdad.

—¿En qué estás pensando? —le preguntó él, apartándole las trenzas de la cara.

—En que no deberíamos haber parado cuando estábamos en mi habitación. —Abrió los ojos, sorprendida por su propia confesión.

Vio una chispa de asombro en las pupilas de él, que esbozó una sonrisa voraz.

—Me temo que no tenías elección, mi amor. Te estabas muriendo.

Se sentía terriblemente frustrada. Era cruel que, cuando por fin quería estar con él, no pudiera.

—No quiero seguir hablando —murmuró.

—Sigue diciéndome lo que quieres. No te cortes ahora —se lo pedía con cierta urgencia, con un brillo en los ojos. Como si sus palabras tuvieran gran importancia, como si lo afectaran tanto como cualquier reliquia. La envalentonaba. Dejó que su confesión saliera de sus labios sin miedo.

Se inclinó hacia delante, frotando las caderas contra él y deleitándose al ver que tenía que contener un gemido.

—Te deseo a ti —admitió Kidan, regalándole las palabras que sabía que siempre había querido escuchar. Se acercó a su oído y siguió hablándole con una voz que llamaba al pecado—. Pero tienes que dejar de provocarme. No tengo tanto autocontrol como te crees. Es más, creo que puede que tenga más hambre que tú.

Susenyos soltó un ruido a medio camino entre un gemido y un gruñido, provocándole a ella una deliciosa descarga eléctrica. Se inclinó hacia atrás y lo miró con los ojos llameantes de triunfo.

Trató de marcharse, pero él se lo impidió. Se puso de pie, erigiéndose frente a ella todo lo alto que era.

—Creo que no me has entendido bien. Soy yo quien ha de tener cuidado. Pero tú… tú puedes recibir cualquier tipo de placer. Todo el placer que quieras. Sobre todo después de tu último comentario.

La condujo al ancho trono y se arrodilló ante ella. Con ágiles movimientos, le desabrochó los pantalones, haciendo que el corazón empezase a latirle desbocado. Se deslizó hacia el borde del asiento para que pudiera quitárselos. Fue entonces cuando los movimientos de Susenyos perdieron su urgencia, pues empezó a recorrer con la mirada sus muslos desnudos. Bajo las manos firmes de él, que exploraban su carne, se sentía flexible, dúctil.

Ahogó un grito cuando metió los dedos por debajo de su ropa interior.

Y entonces se detuvo y esperó.

Ella se mordió el labio.

—¿No te vas a sentir tentado de…?

No logró terminar la frase.

Una sombra de sonrisa asomó a los labios de él.

—Aquí no. —La besó donde más nerviosa estaba, haciéndola arquear la espalda—. Aquí es donde voy a ser amable, bueno y generoso.

La besó allí con más pasión y ella abrió los labios para dejar escapar un gemido mudo. Alargó una mano, buscando algo a lo que aferrarse, y él le dio la suya, entrelazando los dedos con los suyos.

Respiraba fuego en su interior. La hacía subir al cielo.

—Aquí es donde voy a servirte.

VOTACIÓN DE LAS CASAS DE UXLAY

CASA LUROZ
23 DRANAICOS

TRAS SUS DELIBERACIONES, LA CASA LUROZ HA DECIDIDO QUE LAS CASAS FRONTERIZAS DEBEN PODER OPTAR AL DECANATO. APOYAN LA MOCIÓN DE QUE LA CASA ADANE PIERDA DE INMEDIATO SU POSICIÓN CENTRAL.

Declarado en el tribunal de los Mot Zebeyas el jueves 11.

72

KIDAN

KIDAN SE DESPERTÓ EN UNA DE LAS HABITACIONES DE INVITADOS, acariciando las suaves sábanas de algodón. Sola. Esbozó una sonrisa perezosa. Todavía le vibraba el cuerpo entero tras lo ocurrido en el salón del trono. Las cosas que Susenyos sabía hacer con la boca deberían ser ilegales.

Luego se habían encerrado en aquella preciosa habitación y habían pasado horas enteras hablando sobre GK, sobre los huesos de su madre y sobre... ¿los leones que Yos había tenido de niño como mascotas? No lo recordaba porque había empezado a besarla de nuevo, en todas partes menos en la boca, hasta que se había derretido completamente de placer. Él no le dejó que ella le tocara, le inmovilizaba las manos cada vez que trataba de hacerlo.

Esa era la razón por la que no lograba librarse de aquella molesta sonrisa ni del calor de sus mejillas. Trató de contener un gemido; ya estaba pensando en cuándo podrían estar a solas de nuevo.

Le vibró el teléfono. Se dio la vuelta para leer la notificación que le había llegado.

Maldijo en voz baja al leer el voto de la Casa Luroz. La casa de las piedras preciosas siempre se decantaba por la riqueza o el poder, así que no era ninguna sorpresa. Sin embargo, aquello significaba que la única casa que quedaba por votar era la Casa Umil. Ellos tendrían el voto decisivo.

La votación podía terminar con un empate, seis casas en cada bando, lo que era, como Adjoa le había dicho, lo mejor que podía esperar. Se celebraría una nueva votación al cabo de tres años, pero, durante ese tiempo, la Casa Adane tendría asegurada su posición central. No obstante, si Yusef votaba a favor de las Casas Fronterizas, perdería la oportunidad de promulgar una ley antes del final de la semana.

Se le encogió el corazón al pensar en Yusef. Al final, todo dependería de él.

Susenyos entró en la habitación, cerró la puerta y se tiró en la cama. Llevaba una camisa limpia, abierta hasta el ombligo, y le brillaba el rostro, a pesar de que sus ojos tardaron un segundo en centrarse. En su caso, eso solo podía significar dos cosas.

—¿Estás borracho o herido? —preguntó Kidan, olvidándose del teléfono.

Él entornó los ojos y la encontró entre toda aquella luz. Sonrió. Con una velocidad pasmosa, la cogió y se la subió al regazo, de modo que quedaron cara a cara. Ella contuvo un grito ahogado y se apoyó en su ancho pecho. La ventana, que ocupaba toda la pared, permitía que los rayos del sol matutino les rebotaran en la piel, iridiscente como el oro bajo el agua.

—Taj y los demás me arrastraron anoche para celebrarlo —le dijo en voz baja. Despedía un aroma a fruta ácida—. Me temo que el vino de mil años de edad estaba envenenado.

Después de las décadas que había pasado solo en la Casa Adane, cenando sin compañía, pasando todo su tiempo rodeado de objetos, se lo merecía.

Ella sonrió y le trazó una línea en la frente.

—No tienes pinta de rey.

—Mejor, porque soy un emperador. Conquistan mucho más que los reyes.

Ella enarcó una ceja en un gesto divertido.

—Te falta una cosa.

Se metió la mano debajo de la camiseta y se desabrochó el collar. No se lo había quitado desde el día que le había dejado encadenarlo a la bodega. Una chispa roja se prendió en los ojos de él al ver la piel expuesta de ella, y sintió que le ardían las entrañas. Sin embargo, se obligó a concentrarse. Cogió la corona que había convertido en un collar, la abrochó y la colocó en su pelo lleno de *twists*. La luz del sol se reflejaba en las cruces de rubíes que caían sobre su frente oscura, en sus labios entreabiertos y en sus ojos teñidos de sangre.

—Hum… —murmuró ella.

Él le sonrió. La miraba maravillado, con admiración.

—¿Sabes que eres pura poesía?

—¿Poesía? —Se rio—. ¿Es una confesión de borracho?

Le sostuvo la mirada, con ojos abrasadores, pacientes. A ella se le paró el corazón.

—Una belleza dulce y exquisita que se te clava en el corazón y te secuestra la mente.

Kidan se acercó la frente de él a la suya y observó su boca. ¿Qué más daba si besarlo era peligroso? En ese momento, le importaba bien poco. Con cuidado, eliminó la distancia que separaba sus labios y dejó que se rozasen brevemente, perdiéndose en el cosquilleo que le despertaba.

—Kidan… —la avisó—. No juguemos con mi autocontrol.

Pero ella quería jugar.

Y lo habría hecho de no haber estado Uxlay acechándola desde los recovecos de su mente. La casa. GK. Su última clase de Dominio de la Ley de la Casa. Con un suspiro, se bajó de su regazo y le tendió su móvil.

Susenyos entornó los ojos para leer el anuncio oficial del voto de la Casa Luroz. La ensoñación anterior se esfumó de su rostro en un instante.

—Queda Umil, pues. Todos los demás han votado.

Después de la Casa Umil, le tocaría votar a ella.

Kidan asintió despacio.

—Cuando vuelva, usaré la Resurción. He de entender qué quería mi madre, heredar su cultura con cualquier método posible.

Si Yusef vota en mi contra, perderemos la Casa Adane, y con ella la máscara. Se nos está agotando el tiempo.

Susenyos frunció el ceño; su expresión desenfadada había desaparecido. Kidan ya añoraba la frágil paz que habían logrado alcanzar.

—Vámonos ya. —Se quitó el collar de la corona de la cabeza y se lo puso en el cuello. Las suaves puntas de sus dedos le pusieron la carne de gallina—. ¿Sabes qué? En otro tiempo, en otro mundo, habrías sido una emperatriz formidable.

Ella acarició el metal frío con ojos ardientes.

—Emperatriz, poesía… Normalmente, me llaman cosas mucho peores.

Él sonrió, curvando los labios de forma irresistible.

—¿Quién? Dime sus nombres. Iré a corregirles educadamente su error.

—¿Educadamente?

Asintió.

—Se puede arrancar una lengua con educación.

Kidan se rio con ganas, pero, mientras lo miraba con ojos brillantes, los interrumpió una llamada a la puerta.

—Yos, es urgente.

Él inhaló con fuerza y se volvió.

—Pasa.

Iniko abrió la puerta y los observó un instante, tirados en la cama, antes de endurecer su expresión.

—Es Samson. Se ha escapado.

Mientras Susenyos y sus amigos buscaban a Samson, Kidan volvió a visitar a GK con la esperanza de que la acompañara a Uxlay. Cada vez que pensaba que Samson estaba libre le hervía la sangre. Pero lo atraparían. O, con un poco de suerte, lo matarían, ya que la mayoría de los nefrasis estaban furioso con él.

—Yusef y Slen quieren verte —le dijo Kidan con cautela al llegar a la celda de cemento—. Para disculparse.

GK no la miró con asco, pero seguía recluido en una esquina de la celda oscura.

En silencio.

—¿Te está ayudando hablar con Warde? —le preguntó ella al cabo de unos instantes.

—No lo sé. No habla. Solo asiente o niega con la cabeza. —La cualidad áspera de su voz había menguado un poco—. Siempre nos han enseñado que un Mot Zebeya sigue todas las reglas del Último Sabio. Warde... dirige su propia vida. Pero no. No voy a ir a Uxlay.

Kidan asintió mientras toqueteaba los huesos de su madre.

—Entonces volveré. En cuanto las cosas se calmen un poco.

GK no respondió, pero, al ver que ella se daba la vuelta, habló:

—Ten cuidado.

Se le escapó una pequeña sonrisa. No era nada reseñable, pero había visto un destello del viejo GK, un recordatorio de que podrían superar aquello siempre que ella no tirase la toalla con él. Y no pensaba hacerlo.

Fuera, June esperaba a Kidan en la silla del jardín. Sonrió al ver a su hermana, y su expresión le resultó tan familiar como extraña.

—Voy contigo a Uxlay —le informó con una cierta emoción.

—¿Por qué? —Kidan frunció el ceño, recelosa—. ¿Todavía estás intentando hacerte con la máscara?

June negó con la cabeza a toda prisa.

—No, no. Te voy a ayudar a conseguirla. Necesites lo que necesites, te ayudaré.

Kidan dio un paso atrás y observó su rostro. Algo no iba bien.

—¿Quieres ayudarme? ¿Tan de repente?

¿Estaba intentando reparar su relación?

Kidan siguió andando. Esperaba que así su hermana se marchase, pero no funcionó, la siguió sin dejar de canturrear. Unos años atrás, aquel habría sido un día como otro cualquiera, un paseo por el parque o desde la escuela, pero en la bonita canción que entonaba June subyacía ahora algo espeluznante. Kidan se puso recta y trató de desembarazarse de la sensación de que alguien la estaba siguiendo.

Miró atrás. June aún tenía los ojos del color de la miel; su rostro marrón parecía igual de inocente. Cuando se adentró bajo unas sombras, un destello verde oliva pareció adueñarse de las pupilas de su hermana. Kidan sacudió la cabeza.

«Estás paranoica».

Pero June ya había intentado matarla una vez. No significaba que no fuese a intentarlo de nuevo.

«Pues dile que se vaya».

Kidan se mordió el labio inferior. El aroma a flores silvestres de su hermana le hacía cosquillas en la nariz. No quería que se fuese, y tampoco quería tenerla cerca, pero, aunque aquello no durase, quería caminar junto a ella. Eso no tenía nada de malo. Podían fingir durante un ratito.

Cuando llegaron a Uxlay, las vacaciones de mediados de semestre habían terminado y los estudiantes iban arrastrándose a sus clases con bebidas con cafeína y frotándose los ojos, cansados de las fiestas de la noche anterior. Kidan respiró hondo al reencontrarse con la opresiva arquitectura del lugar. Era fácil olvidar que había un mundo entero tras aquellos enormes portones dorados. Al pasar por los edificios de ingeniería Ajtaf y sus agujas negras, June se detuvo en una panadería con el tejado rojo y, con ojos brillantes, le preguntó:

—¿Te apetecen unos dónuts?

Varios estudiantes estaban disfrutando de los dulces de la panadería Mordiscos y, sin embargo, Kidan hizo una mueca al escuchar aquella sugerencia. Sabía que June se estaba esforzando, pero no se vio capaz de entrar. Era como si alguien hubiera accionado un interruptor; Kidan no sabía cómo comportarse ante la nueva actitud de su hermana.

Esta, decepcionada, vaciló y dijo:

—Bueno, ya voy yo.

Y la dejó allí esperando.

Kidan todavía estaba tratando de decidir si debía o no aceptar los dónuts cuando Sacro, el vampiro bien vestido, apareció a su lado.

—Adjoa quiere hablar contigo. —Su tono era educado pero firme.

Kidan miró a su hermana, que hacía cola bajo la suave luz, cambiando el peso del cuerpo de un pie a otro. Se sintió como si estuviese mirando a otro tiempo y otro mundo. A un desconocido se le cayó la caja de dónuts al chocarse con ella, y June se agachó a toda prisa con una sonrisa para ayudar al nervioso muchacho, que llevaba el emblema de la Casa Goro en la bufanda. Kidan sintió que se le retorcían las entrañas. La amabilidad que June prodigaba como si nada era como un puñetazo en el estómago. Habría sido mejor si hubiese tratado a todo el mundo con crueldad. Habría sido más fácil odiarla. Sin embargo, June no parecía haber cambiado con nadie más. Solo con Kidan.

Apartó la mirada, incapaz de seguir siendo testigo de la compasión de June.

—Vamos.

Sacro la acompañó hasta la Casa Piran. Estaba en la frontera norte de Uxlay y, para su sorpresa, era una construcción de simples ladrillos viejos, como algo que perteneciera a otro siglo.

Adjoa Piran la estaba esperando con una expresión de acero.

—Tenemos que hablar de Yusef Umil.

73

KIDAN

—NO PUEDO QUEDARME MUCHO RATO —LA ADVIRTIÓ KIDAN con recelo—. Dentro de poco empieza mi última clase.

La última clase de Dominio de la Ley de la Casa se celebraba en la mansión de la decana Faris. El cambio de ubicación la ponía nerviosa. La última clase de Introducción a la Dranacti había sido perturbadora, y a Kidan no le parecía imposible que el profesor les revelara algo igual de tenebroso.

—Yusef ha cambiado de bando —la informó Adjoa, que estaba de pie bajo el limonero de su jardín delantero. Kidan parpadeó; no sabía muy bien qué había oído—. Mis vampiros lo han estado siguiendo durante las vacaciones. Ha estado con Slen Qaros todos los días, sin excepción.

Kidan sintió una punzada de alarma, pero se forzó a no hacerle caso.

—No, él quiere una Uxlay diferente. Segura, en la que no exista la Dranacti.

Adjoa apretó los labios.

—Ha perdido su fe en ti. No se cree que tu madre te haya dejado la máscara.

—¿Él ha perdido la fe? ¿O la has perdido tú?

Desde aquel ángulo, la líder de la Casa Piran parecía mucho mayor, cansada, como una soldado que lleva demasiado tiempo en el campo de batalla.

—Los demás están de acuerdo conmigo —prosiguió Adjoa—. La forma más segura de garantizar tu posición es librarte de Yusef. Su tía votará a tu favor.

—¿Librarme de él? —Kidan casi rugió—. Pensaba que estabais en contra del asesinato. Que queríais cambiar la Dranacti porque nos hace matarnos los unos a los otros.

Adjoa entornó los ojos.

—Podemos recurrir a otros métodos. Tu madre no querría que cometiéramos un asesinato.

—Es mi amigo —replicó Kidan con voz contenida. No le gustaba el tono de la mujer. Se aferró con fuerza a los huesos de su madre, que llevaba en el bolsillo—. Hablaré con él.

El aire se enrareció, adoptando un aroma a cítricos y a peligro. Adjoa no dijo nada, sino que se volvió hacia el árbol. Con las manos enguantadas, empezó a cortar hojas podridas con unas tijeras de poda. Kidan esperó a que hablase, pero había terminado.

Irritada por sus formas, Kidan cruzó la suave hierba en dirección a los adoquines. Trabajar junto a los Excavadores le había parecido una idea estupenda al principio, pero no sabía cuánto tiempo podría seguir ejerciendo influencia sobre ellos. Con cada paso que daba, los huesos de su madre repiqueteaban. Le hablaban.

«Debes saber la verdad».

Cuando Kidan llegó al camino que la conduciría a la Casa Faris, también lo hizo otra persona. Llevaba puesta una ancha chaqueta. Kidan y Slen se quedaron de piedra, ambas sorprendidas por que la otra siguiera existiendo. El tiempo se ralentizó a su alrededor, y, en aquella quietud, Kidan vio las clases de idioma, las noches de estudio en la Torre de Filosofía en las que bebían peligrosas cantidades de café. Su amistad parecía más frágil que nunca, y se disolvía ante sus propios ojos.

¿Y para qué?

«Para ver quién tiene más poder».

Slen fue la primera en parpadear. Se ajustó el bolso que llevaba colgado del hombro y se puso las cortas trenzas detrás de la oreja.

Tras un largo silencio, Slen desvió la mirada hacia el lado noreste del campus, donde se encontraba el monasterio de los Mot Zebeyas.

—¿Lo has encontrado? —preguntó, con una voz que carecía de su frialdad habitual.

GK.

Kidan estuvo a punto de sonreír.

—Sí.

Una sombra de sorpresa cruzó el rostro de Slen.

—¿Le has contado que sostuve su corazón entre mis manos?

La pregunta relajó la tensión. Ambas retomaron el camino.

—Supuse que ya se lo contarías tú.

—Me parece poco probable. Me matará primero.

Cuando ya estaban cerca de la Casa Faris, unos brazos les rodearon los hombros y la cabeza de Yusef apareció entre las dos.

—¡Aquí están! Mis chicas preferidas. Echaba de menos veros juntas.

Olía a café caliente y a tostadas, pero, a pesar de su sonrisa, había cierto cansancio en sus ojos.

Slen también lo estaba mirando con una pizca de preocupación.

Kidan recordó entonces las palabras de Adjoa. Si Yusef y Slen habían pasado tanto tiempo juntos, ¿cuánto le habría contado él? Trató de interceptar su mirada, pero Yusef la evitó, cruzando las enormes puertas de color marrón rojizo.

—¡Por nuestra última clase!

La última vez que habían estado en la Casa Faris, la decana les había hablado de Lusidio. De lo peligroso que era. Ahora, Kidan ya sabía que era la primera criatura inmortal y que no se le podía matar. La protección de Uxlay parecía empalidecer al lado de aquella información. Había treinta y una casas actis que apoyaban a Varos el León Nocturno. Con dedos temblorosos, Kidan trazó un cuadrado en el asa de su bolso.

Se tomó un momento, respiró hondo y siguió a Slen al interior.

La casa de la decana les dio la bienvenida con su silencio. Había Sicion apostados junto a cada columna, como estatuas, y en el interior del despacho de la decana habían dispuesto tres sillas de madera.

Yusef eligió el asiento del medio. Estaba nervioso; se le notaba en la mirada. Slen y Kidan se sentaron en los extremos.

El profesor Andreyas llevaba las cuatro trenzas cosidas sujetas con un pasador negro con el emblema de la Casa Faris, el cuervo de ojos plateados. A Kidan siempre le intrigaba ver muestras de lealtad hacia la Casa Faris tan visibles, sobre todo en algo tan personal como el pelo. Si el vampiro más viejo de Uxlay podía estar tan atado a una mujer mayor, ¿qué no era posible? Incluso en ese momento, estaba de pie cerca de la decana, un paso por delante de su silla, como una imponente figura protectora.

La decana los estudió uno a uno con su aguda mirada. Tenía las manos entrelazadas y en el enorme escritorio de roble había un objeto tapado por un velo, un montón de cartas con el sello de cera de Uxlay y la figurita de un impala. Igual que la madre de Kidan, la decana creía que la creación era obra del Último Sabio.

Allí solo estaban ellos tres, pero Kidan habría jurado que oía los susurros de advertencia de todos los fantasmas de los demás estudiantes que habían pasado por allí, apremiándola a levantarse y marcharse.

—La mayoría de las revueltas las encabezan los estudiantes, así que no me sorprende que vosotros tres estéis metidos en una —dijo la decana Faris—. Os pido disculpas por el estrés añadido que todo esto os ha causado, pero la votación terminará pronto.

A Kidan no le pareció sincera.

—¿De verdad le parecería bien que la Casa Faris pasara a estar en la frontera? —preguntó, incapaz de contenerse—. La Casa Faris y la Casa Adane siempre han estado en el centro.

La decana no reaccionó rápido a la confrontación. Cogió su té, de hierba limón, a juzgar por el aroma que permeaba el aire, y le dio un sorbito.

—Para mí, lo primero siempre será que Uxlay esté protegida del mundo exterior, que la ley universal la mantenga a salvo. Si las

Casas Fronterizas protestan y rompen la ley universal, ¿qué pasará con la paz que hemos mantenido durante tanto tiempo? Se convertirá en cenizas.

Sus palabras cargaban mucho peso; eran duras, pues llevaban consigo un conocimiento en el que resonaba la verdad. Por un instante, la mirada oscura de la decana se detuvo sobre Slen; una comunicación silenciosa que hizo que Kidan se recolocara la bufanda, incómoda. Como había estado fuera de Uxlay, no había podido vigilar a Slen.

El profesor Andreyas quitó, poco a poco, el velo que cubría el objeto que había sobre la mesa, con cuidado de no tocar la figurita del impala de cristal.

Era… un cuenco. Un cuenco de un intenso color turquesa, todo de cristal, que bañaba la piel caoba del profesor en un resplandor parecido al de la luna. Kidan sintió que su suavidad la hechizaba, y, además, oía una especie de sonido, como el eco de una campana que repicaba, un largo ululato.

—Antes de que os dé la última lección, los tres beberéis de este cuenco —dijo el profesor.

—No está intentando envenenarnos, ¿verdad, señor? —Yusef sonrió, pero se puso serio de inmediato al ver la expresión severa del profesor.

—Solo aquellos que han sufrido la obligación de las leyes pueden tragar agua de un cuenco Lasi —dijo la decana con voz queda.

—¿Qué es un cuenco Lasi? —preguntó Slen.

Kidan odiaba lo mucho que había echado de menos la voz interrogante de Slen, que ambas aprendieran juntas. ¿Sería de verdad su última clase? Cuando ya no fueran compañeras, ¿sobreviviría su amistad fuera, en el mundo salvaje?

—Este cuenco es un tesoro de las familias acti. —La voz de la decana era más tensa—. De antes de que destruyeran todas estas herramientas.

Quienes hubieran sufrido la obligación de las leyes… Ese era el propósito de la tarea del Hilo Rojo. Obedecer a tu compañero vampiro y sentir lo restrictivas que podían resultar sus instrucciones.

Kidan ladeó la cabeza. ¿Había una ley activa en la Casa Faris otra vez? ¿Algo que determinara su valía?

La decana Faris se puso de pie, se alisó la falda verde oscuro, cogió el cucharón dorado que había en el interior del cuenco y vertió su contenido en una taza de té.

—Este cuenco tiene muchos nombres. Los Ojos del Sabio. La Manzana Dorada. Las Lágrimas de Sheba. Sin embargo, en Uxlay lo utilizamos para evaluar si estáis preparados para el sacrificio. Convertirse en el Dueño de una Casa no es solo un camino de ganancias, sino también de tremendas pérdidas.

Kidan tragó saliva e intercambió una mirada con Slen. A juzgar por el ceño fruncido de esta, habría preferido analizar una veintena de textos complejos antes que aquello. Y Kidan coincidía con ella.

Yusef se puso de pie.

—Después de todo lo que hemos pasado, un brindis no me parece muy difícil.

Slen negó suavemente con la cabeza.

Yusef cogió la taza, brindó con la decana y su compañero y se la bebió.

Se hicieron unos segundos de silencio. Y entonces se atragantó, doblándose sobre el escritorio.

Slen se puso rígida.

—¿Yusef?

—No... no puedo respirar —logró decir con un hilo de voz.

A Kidan se le cayó el alma a los pies.

—¡Ayúdelo! —le gritó al profesor, que miraba la escena con una expresión pétrea. Luego miró a la decana, que también lo miraba impertérrita. ¿Qué narices les pasaba?

Slen estaba en el suelo con Yusef, tratando de apartarle las manos del cuello.

—¿Has terminado, Umil? —preguntó el profesor, con una expresión contrariada.

Kidan estaba confundida. Sin embargo, de repente, Yusef dejó de ahogarse y esbozó una sonrisa de oreja a oreja.

Era... una broma.

A Kidan le entraron ganas de abofetearlo, pero Slen se le adelantó y le dio un empujón.

—Eres un idiota.

Él se echó a reír mientras se ponía de pie.

—Es como agua, pero sabe más dulce.

—No ha tenido ninguna gracia —repuso Kidan mientras los latidos de su corazón se acompasaban.

—Slen Qaros —dijo el profesor tendiéndole la taza.

Tras lanzarle a Yusef otra mirada de furia, Slen bebió. No hubo reacción visible en su rostro, pero el profesor estaba buscando algo. ¿Cómo suspenderían aquella tarea? ¿Se les pondrían los ojos rojos como a un vampiro que hubiera bebido de actis sin graduar?

Cuando le tocó a Kidan, se sintió todavía más confundida. Era cierto, parecía agua. No pudo evitar pensar que aquella prueba tenía más de psicológico que de sobrenatural. El agua se deslizó por su garganta, dejando un regusto dulce.

—Bien —dijo la decana al cabo de un instante—. Podéis continuar. Yo tengo otros asuntos de los que ocuparme.

Y se marchó. El profesor empezó a indicarles que se dirigieran a la Torre de Filosofía, pero Kidan no lo estaba escuchando.

Era ese sonido de nuevo: una melodía suave, familiar.

Como el canto de una mujer.

Dirigió su atención al cuenco. ¿Era una especie de vibración causada por el cristal? A Kidan le fascinaba cómo estaba construido: era casi ovalado, pero no del todo. Su libro de texto de Deconstrucción de Objetos decía que todos los objetos se comunicaban los unos con los otros, que el cristal había sido arena, y la arena había sido tierra, y la tierra contenía trazas de metal.

Alzó un dedo para acariciar la superficie del cristal, que era de una suavidad antinatural, para pasarlo por el caos de símbolos que se veía en el fondo, e intentó dibujar sus formas.

De súbito, el profesor Andreyas apareció ante ella y le agarró la mano. Ella dio un brinco y retrocedió, pero la tenía cogida con fuerza.

—Ya hemos terminado. —Sus ojos antiguos la evaluaban de cerca. Se detuvieron en su mano.

La tenía cogida con una fuerza aterradora. Un escalofrío le recorrió la espalda y se dio cuenta de que Slen y Yusef también se habían quedado paralizados.

—No toques objetos con ese descuido, Kidan —añadió. En sus ojos negros refulgió un destello rojo.

Era la primera vez que la llamaba por su nombre de pila. Y, por extraño que fuera, su tono no era frío, sino que contenía una advertencia, como un padre que le dijera a su hijo que no se adentrara en un bosque oscuro.

Casi le hacía daño, de tanta fuerza con que la tenía agarrada. Ella tiró hasta que la soltó.

—Encontraos conmigo en la torre —les ordenó, zanjando el encuentro—. Los tres.

Kidan trató de dejar atrás el efecto de su intensa mirada y se marchó, sin hacer más caso del cuenco Lasi ni de su canción.

En la sombría torre, una expresión severa se había adueñado de los rasgos antiguos del profesor.

—Esta es nuestra última lección: el tercer criterio para dominar una ley. La ley de una casa no puede cambiarse sin antes romperse.

Kidan anotó aquellas palabras, las releyó y frunció el ceño. Esperó a recibir más explicaciones.

—Debéis recordar lo que os dije sobre que la casa y su dueño son uno —continuó—. Es el dueño el que manifiesta su voluntad, su única ley, a través de la casa. —Los tres asintieron—. También debéis recordar que el Último Sabio creó las casas para enseñar y disciplinar a los humanos, para que no abusaran de ese increíble poder. Como tal, una ley se aplica primero a su dueño. Él es el primero en estar atado a aquello que promulga sobre los demás.

Con cada palabra que pronunciaba el profesor, más sentía la expectación que le atenazaba la garganta. Kidan tenía la sensación de que se acercaba una gran revelación.

—Si el dueño de una casa rompe la ley de su propia casa, ocurren dos cosas: la primera, esa ley se hace permanente en el mundo exterior.

—¿Permanente? —lo interrumpió Kidan sin pensar—. Pero una ley solo funciona en el interior de la casa.

La mirada del profesor Andreyas seguía igual de impenetrable.

—Sí, hasta que su dueño rompe esa ley, momento en el cual pasa a ser permanente en el mundo exterior.

Kidan puso unos ojos como platos. Hasta entonces, tenían entendido que las leyes funcionaban solo en los confines de sus propias casas. Slen también se había inclinado hacia delante, sorprendida.

Yusef negó con la cabeza. Tenía el ceño fruncido.

—Un momento, señor. Si mi ley es… «Quienquiera que mienta en mi casa perderá la capacidad de hablar»… —Su expresión cambiaba a medida que trataba de explicarse—. Kidan viene a mi casa, miente y pierde la capacidad de hablar, pero eso solo ocurrirá en la Casa Umil. Si se marcha de mi casa, podrá hablar todo lo que quiera.

Aunque no le gustaba que la pusiera como ejemplo de mentir, Kidan apreciaba lo mucho que estaba aclarando las cosas.

Yusef centró su atención en el profesor.

—Pero si yo, como dueño de la Casa Umil, miento, lo que significa que he roto mi propia ley… —continuó con voz tensa—. ¿Me está diciendo que perderé la capacidad de hablar para siempre?

La temperatura de la sala descendió de golpe. De repente, se les había helado hasta la sangre.

—Sí —confirmó el profesor Andreyas, dejando caer así la guadaña sobre sus cuellos.

Kidan emitió un ruidito de asfixia.

—Justo cuando pensaba que las cosas eran cada vez más fáciles —protestó Yusef, pasándose una mano por el pelo.

Slen estaba hojeando sus apuntes una y otra vez, como si aquello fuese algo que se le había pasado por alto en sus lecturas.

—Por eso el dueño de una Casa Fronteriza está tan desesperado por estar en el centro de Uxlay. Para promulgar una ley que sea permanente en el mundo exterior. —Yusef se rio, más para sí mismo que para los demás. Un sonido colmado de misterio—. ¿Lo sabías?

Kidan tardó unos instantes en comprender que la pregunta iba dirigida a Slen, a la que dirigía también una mirada dura e interrogante.

Slen dejó de hojear su cuaderno.

—No.

Lo que implicaba un poder como aquel… lo cambiaba todo. Las Casas Fronterizas —el 13°— jamás permitirían que Kidan conservara la posición central.

Y la decana Faris…

—Le pregunté a la decana Faris acerca de esto —intervino Kidan en voz alta, tratando de desentrañar sus pensamientos—. Me dijo que las leyes solo funcionan en el interior de una casa.

El profesor se apoyó en el escritorio.

—Solo quienes han superado la prueba del cuenco Lasi tienen el privilegio de saber esta información. Esta lección es tan valiosa como el conocimiento que se encuentra en las páginas de *Ye Abyssi Tarik*, y quienes la conocen comprenden las consecuencias de compartirla. Este es un secreto que los actis han escondido a los vampiros desde que tengo memoria. Es la razón por la que, incluso hoy, soy uno de los pocos dranaicos que saben hasta dónde llegan los poderes de una casa.

Lo que significaba que Susenyos… no lo sabía. Mahlet nunca se lo había contado.

A Kidan se le aceleró el pulso. Trazó las cuatro líneas de un cuadrado con los dedos.

Si Susenyos se hubiera convertido en el dueño de la Casa Adane y hubiera roto su ley, no solo habría sido humano en el interior de la casa, sino que lo habría sido de forma permanente y en todas partes, también fuera de la casa.

Los huesos de su madre se enroscaron en su bolsillo como una serpiente, casi venenosos. Kidan no la conocía en absoluto. Cuánto había calculado, tejiendo misterio tras misterio. Susenyos no valoraba a los humanos, así que Mahlet se había encargado de que solo recibiera la reliquia de la máscara si se convertía en uno de verdad. Dentro y fuera de la casa.

¿Era cruel su madre o solo había querido asegurarse de que no hubiera alma que tocase la reliquia sin antes pagar un alto precio?

—Señor, ha dicho que pasan dos cosas —intervino Slen, trayéndola de nuevo al presente—. ¿Qué más pasa si el dueño de la casa rompe la ley?

Kidan tragó saliva con dificultad y prestó atención.

El profesor esbozó de nuevo esa sombra de sonrisa que se adueñaba de su rostro siempre que las dudas de sus alumnos le complacían.

—El dueño de la casa no podrá promulgar una nueva ley para rectificar lo que ha roto. Siguiendo con el ejemplo de Umil, significará que habrá perdido la capacidad de hablar para siempre.

Los tres empalidecieron.

—Eso… ¡Eso no es justo! —estalló Yusef, como si a él mismo le hubiera pasado.

—¿Ah, no? —El profesor Andreyas ladeó la cabeza—. ¿Qué os dije al principio? La casa se les dio a los humanos para que aprendieran disciplina y honor. Es un poder que debe ejercerse con cautela y con respeto. Si un dueño es tan descuidado como para promulgar y romper leyes sin sufrir las consecuencias, sumirá al mundo entero en la sublevación.

El profesor no se equivocaba, y aun así…

No poder arreglar lo que habías roto era una idea aterradora. Ahora Kidan comprendía por qué recaía una responsabilidad tan grave sobre las Casas Fundadoras.

Si promulgabas una ley que no podías arriesgarte a romper sería tu ruina.

Debías asegurarte de no establecer nunca una ley demasiado dura, porque, cuando llegase el momento de cambiarla, serías el primero en ser víctima de lo que establecía.

—Si no podéis vivir con las consecuencias de romper vuestra propia ley, jamás debisteis haberla promulgado —añadió el profesor en voz grave y lúgubre.

No existían mayores consecuencias que las de la ley de la Casa Adane.

—Señor… —Kidan sentía que se le estaba nublando la vista, pero parpadeó, tratando de concentrarse—. ¿Y si una ley se refiere a una persona en concreto? Tomando el ejemplo anterior, ¿y si promulgo una ley en la Casa Adane que diga: «Si Slen Qaros miente, perderá su capacidad de hablar»?

Slen masculló algo entre dientes referido a aquel horrible ejemplo. El profesor la miró con el ceño fruncido, pero Kidan necesitaba saberlo.

Porque la Casa Adane tenía, en ese momento, una ley que se refería a una persona en concreto: Susenyos Sagad.

¿Cómo se le aplicaría a ella si se convertía en la dueña de la casa?

En su corazón latía un redoble de tambores.

—Establecer una ley de la casa específica sobre un individuo en concreto es un crimen muy grave, y esa es la razón por la que no ha salido a colación. ¿Por qué lo preguntas? —El profesor le clavó una mirada penetrante.

Kidan trató de sonreír.

—Por curiosidad.

Si el profesor Andreyas se dio cuenta de que estaba mintiendo, no dijo nada al respecto. Ladeó el rostro anguloso.

—No importa que la ley se refiera a una persona en concreto, siempre se le aplicará primero al dueño en el momento de la Absorción.

A Kidan le palpitaba la sangre en las sienes. Le costaba encontrar las palabras que buscaba, pero el profesor no parecía tener el mismo problema.

—En el momento en el que la casa te acepta como su dueño, heredas la ley que impusieron tus padres, sea cual sea. La Absorción es el momento en el que la ley se hace visible en tu piel. A partir de entonces, te corresponderá a ti romperla y hacer frente a las repercusiones. O mantenerla intacta.

«Mierda».

Kidan no escuchó ni el resto de la conversación ni el resto de la clase, no se lo permitieron los estruendosos latidos de su corazón. Slen le dirigió una mirada interrogante. Le sudaban las palmas de las manos, tanto que tuvo que secárselas en los muslos.

«No. Esto no puede estar pasando».

—Si no recordáis nada de lo que he dicho, recordad al menos esto: es más importante saber cómo se rompe una ley que saber cómo establecer una nueva. Si no, las consecuencias serán catastróficas. Cuando una casa se ha alineado por completo con su dueño, tanto con su mente como con su cuerpo, la ley escrita en la casa quedará también escrita en su piel. Cuando llegue este momento, debéis tener mucho cuidado. Cada una de vuestras acciones, desde cualquier ángulo o consideración, deberá respetar la ley de la casa.

«Encarcelada». Esa era la palabra que el profesor había usado una vez.

«Un Sabio es un alma encarcelada por muchas leyes. El dueño de una casa es un alma encarcelada por una ley».

Cuando la clase terminó, Kidan se quedó mirando fijamente la pizarra con el rostro inexpresivo, perpleja. Dibujó un cuadrado en su mesa de madera, con mirada torturada.

Si quería dominar su casa, tendría que absorber la ley de la Casa Adane y, en ese momento, se le aplicaría también a ella: «Si Kidan Adane pone en peligro la Casa Adane, la casa a su vez le quitará algo que para ella tenga el mismo valor».

Si le hubieran quedado energías para gritar y chillar, lo habría hecho. Pero estaba agotada. Exhausta. Le dolía pensar en todo lo que había tenido que pasar solo para seguir sufriendo.

El Último Sabio… El creador de las casas, las leyes y los Tres Vínculos…

Esperaba que se estuviera pudriendo en el infierno.

Alguien movió una mano delante de sus ojos. Parpadeó; apenas si vio a Yusef, que estaba con ella en el aula vacía.

—Tienes pinta de necesitar una copa —le dijo con una mueca—. Por suerte para ti, yo también. Vamos.

74

KIDAN

DOS MINUTOS DESPUÉS DE HABER EMPEZADO A TOMARSE EL RON ESpeciado en el bar de Rita, Yusef le escupió la mitad a Kidan.

—No te creo —tartamudeó—. ¿Lo has encontrado? ¿Está bien?

Kidan se echó a reír a pesar de todo. Se enjugó la mejilla con la manga.

—Sí, lo he encontrado. Está… Lo está pasando mal, pero está vivo. Podemos ayudarle.

Un dulce alivio mitigó las bolsas que Yusef tenía bajo los ojos, y su piel se tornó más cálida bajo las lucecitas que colgaban del techo. Eran los únicos clientes del bar, así que podía hablar con libertad. Le contó que a GK le estaba costando mucho salir de su prisión porque tenía miedo de hacer daño a otras personas.

Yusef entornó los ojos. Su mirada se había tornado profunda, como si estuviese conteniendo las lágrimas. Apartó la vista, se aclaró la garganta y le sonrió a la mesa gastada.

—Sé que me odia —dijo en voz baja—. Pero espero poder verlo. Qué alivio. Por fin las cosas empiezan a ir bien. Solo falta una cuestión.

—¿Cuál?

—Mi padre. —Levantó la vista—. Necesito sacarlo de la cárcel.

Kidan reconocía el color peligroso de la desesperación. El semestre anterior, el amor obsesivo que Yusef sentía por su obra había sido lo que a ella más le había preocupado: que, en su anhelo por ser el mejor artista de todos los tiempos, se destruyera a sí mismo y a todo el que lo amenazase. Y no podía predecir de qué forma se manifestaría el amor por su padre. Yusef siempre parecía estar bien… hasta que golpeaba a alguien en la cabeza con un martillo. Un escalofrío le recorrió la espalda. En ese momento, los animales salvajes debían de estar alimentándose del cadáver de Rufeal Makary, que yacía fuera de los muros de Uxlay.

La advertencia de Adjoa volvió a su mente, como un ruido molesto del que no conseguía librarse.

—Me han dicho que has estado pasando mucho tiempo con Slen —dijo con cautela antes de dar un trago de su vodka con limón.

Él se movió en su asiento y se acarició la mano derecha, en la que llevaba el guante de Slen.

—Cuando me lo permite.

Kidan lo notó de nuevo: ese hilo que los unía a ambos y que era privado, casi invisible. Se había solidificado un poco cuando Slen le había regalado su guante para que ocultara sus cicatrices, un gesto cargado de anhelo silencioso.

Kidan cogió aire. No veía otro modo de afrontarlo.

—Yusef, ¿la amas?

Él se sorprendió, pero de forma fugaz. Enseguida trató de distraerla con una sonrisa.

—Es una pregunta un poco personal, ¿no crees? Podría hacerte a ti la misma.

Kidan empezó a darle vueltas al vaso frío, recordando la primera vez que había oído la voz de Slen, tan inexpresiva, hasta que había leído el poema de Ojiran. «Si el origen de todo el odio es este ojo, ciégame. Pero, si aun así el odio sigue, arráncame el otro». Le había parecido fría y hermosa desde ese momento.

Yusef observó su rostro con atención y suspiró con aire derrotado.

—Intento no hacerlo —admitió.

Kidan se apoyó en el respaldo y exhaló despacio. El peso de aquellas palabras se le había instalado en el pecho.

—Vale —respondió. Necesitaba tranquilizarse y tranquilizarlo también a él, asegurarle que todo iría bien.

—Tengo mis objetivos. Quiero ver una Uxlay mejor, quiero ayudarte a conseguir la reliquia y romper este círculo de desgracias, pero cuando llega ella… —Se interrumpió; el agotamiento quedaba patente en su mirada—. Soy incapaz de decirle que no. Cuando apuñalé a GK en aquella cripta, sabía que no estaba bien. Lo sentía en lo más profundo de mi ser. Pero ella me cogió de la mano y me llevó hacia él. Y, por un instante, me pareció lo correcto, porque se trataba de ella. Porque es la persona en la que confío más que en mí mismo.

Kidan negó con la cabeza y decidió recordarles a ambos lo peligroso que era querer a Slen.

—Nos dejó claro lo que quiere, Yusef. Quiere poder y nada más. No puedes volver a hablar con ella, al menos, no hasta que votes, ¿de acuerdo?

Él dio varios tragos más de su bebida. Llevaba la tristeza escrita en el rostro.

—¿Y si no tiene por qué ser así? ¿Y si conseguimos que entienda el plan de los Excavadores? Si supiera que las reliquias del Sabio no son un mito, sino que son reales…

—¿Qué? —preguntó Kidan, que se había puesto tiesa como un palo. Se le hizo un nudo de aprensión en las entrañas.

Él no la miraba a los ojos.

—Yusef —le dijo con voz baja y tensa—. Por favor, dime que no le has contado que la reliquia de la máscara está en mi casa. —Él hizo una mueca y apartó la mirada con gesto culpable—. ¡Yusef!

Se levantó de golpe y alzó las manos.

—No me mates, ¿vale? No quiero tener que elegir entre vosotras dos. Porque todo cambiará en cuanto lo haga. Si Slen supiera la verdad, si supiera que de verdad podemos encontrar las reliquias y cambiar la Dranacti, volvería a estar de nuestro lado. Esperaba que fuera así.

Kidan tenía varias maldiciones en la punta de la lengua, pero se las tragó, porque se dio cuenta de que Yusef se estaba preparando para que ella explotara.

Tuvo que hacer acopio de todas sus fuerzas, pero se limitó a preguntar:

—¿Y bien?

Yusef se frotó la nuca.

—Me dijo que tengo que elegir.

Gritarle se le antojó difícil, porque ya se le veía exhausto, con aquellas bolsas enormes bajo los ojos y el aroma a café pegado a la piel. Yusef solo tomaba café cuando quería «castigarse». De todos modos, Kidan se mordió la mejilla y siguió reconcomiéndose en silencio. Por mucho que se hubiera equivocado, Yusef solo estaba tratando de arreglar su amistad rota.

Su amigo encorvó los hombros.

—¿Sabías que los Excavadores también tienen a gente en Drastfort? La noche que tus padres murieron, todos perdieron a alguien. El marido de Osa fue a la cárcel; aún le quedan doce años. A la mujer de Mikhail, veinte. Y Adjoa… En fin, ya sabes a quién perdió ella.

Kidan estaba demasiado enfadada para responder, pero acababa de enterarse de aquel detalle.

—Si no tenemos cuidado, esos seremos nosotros dentro de unos años —añadió él con tristeza—. La mitad en la cárcel y la otra mitad muertos. Odio este sitio, Kidan. Lo único que quiero es que seamos libres.

A regañadientes, Kidan dejó de apretar la mandíbula y puso una mano sobre la de él. Suspiró.

—Siento cómo te está afectando todo esto. Pero tienes que votar, Yusef. Slen… y yo… ya pensaremos qué hacer. Haz lo que te parezca correcto.

Fuera como fuese, aquello debía terminar. Solo quedaban dos días para el jueves. Entonces, Yusef se presentaría con sus dranaicos en el tribunal de los Mot Zebeyas y decidiría su destino.

75

KIDAN

KIDAN SE DESPERTÓ CON EL SONIDO DE LA VOZ DE GK, QUE LE INsistía con urgencia.

«Márchate de Uxlay».

Se incorporó de golpe y miró a su alrededor. Casi esperaba verlo allí. Sin embargo, en la biblioteca reinaba un completo silencio. De cada esquina asomaban las cabezas petrificadas de las estatuas.

No. Lo estaba oyendo de nuevo desde el interior de su mente. Levantó los huesos que estaban en mitad de la página del libro, abierto en el capítulo titulado *Las consecuencias de la Resurción*.

«¿GK?», lo llamó con su mente, sintiéndose bastante tonta.

No hubo respuesta. Era extraño, pero su conexión parecía funcionar sin orden ni concierto, y solo de forma unilateral.

Susenyos la había llamado aquella mañana, nervioso por la huida de Samson. No habían logrado encontrarlo. Kidan sospechaba que había sido Arin quien lo había dejado escapar, pero no lograba comprender el porqué.

—Volveré mañana; antes quiero mirar en un sitio más —le había dicho, arrancándole una sonrisa—. No quiero que te enfrentes sola a los resultados de la votación.

Como no podía entrar en su casa sin que se le pudriera la mano, Kidan volteó la página y leyó otra frase más sobre la maldad de la Resurción. Utilizar los huesos de una persona y sumergirse en sus recuerdos y pensamientos era una vulneración total de la intimidad, una violación del alma misma. Si la descubrían, la expulsarían de Uxlay de inmediato. Sin embargo, aquello no era lo que más le preocupaba. Kidan había malgastado horas y horas en la biblioteca porque tenía miedo de heredar la cultura de su madre. Pero, además de eso, había otro peso sobre sus hombros: saber que vería el momento de su muerte.

«Tienes que hacerlo».

Pero, aun si tenía éxito, la casa le arrebataría algo que tuviese el mismo valor para ella en cuanto intentase cambiar la ley. Justo en ese momento, June cruzó las puertas automáticas, frotándose las manos para aliviarse del frío. Buscó entre la gente con la mirada mientras se quitaba la bufanda roja y, al ver a Kidan, esbozó una sonrisa de oreja a oreja, como si solo con verla su día hubiese mejorado.

La hizo sentir bien. Las preocupaciones que la reconcomían se apagaron al instante, y se aligeró la carga que ni siquiera era consciente de llevar sobre los hombros. Aquella era su hermana del pasado, la misma por la que Kidan se había destruido a sí misma, por la que había sacrificado a Mama Anoet. Y, sin embargo, con cada paso que daba hacia ella, con aquella ancha sonrisa, el pánico que se había alojado en su pecho crecía.

Estaba cayendo de nuevo en sus viejas costumbres. No podía volver a lo de antes. No podía obsesionarse con June, no podía volver a quererla. No cuando ni siquiera le había dado una explicación de por qué se había escapado de casa.

June cruzó los azulejos lisos hacia la mesa en la que estudiaba, pero Kidan se levantó de golpe, cogió sus cosas y se adentró en los pasillos.

—Espera, Kid…

Kidan la dejó con la palabra en la boca y se apresuró, perdiéndose entre los libros hasta que el rostro decepcionado de su hermana desapareció. Salió por una de las puertas laterales, inhaló una bocanada de aire frío y trató de calmar su corazón. No estaba preparada para enfrentarse a June.

Ninguno de los Excavadores se había puesto en contacto con ella en toda la tarde. No le habría resultado extraño de no ser porque le preguntaban constantemente si había logrado dominar la casa. Inquieta, llamó a Adjoa. No obtuvo respuesta.

Yusef votaría al día siguiente.

Justo cuando Kidan empezaba a pensar en ir a la Casa Kidan, le llegó un mensaje de un número desconocido.

«Reúnete conmigo en el Gran Salón Andrómeda».

Tal vez fuese Slen. Allí era donde practicaba violín mientras Yusef dibujaba. Kidan se dirigió al norte y, al pasar junto al delicioso y dulce aroma de la panadería, intentó no pensar en June. Subió las escaleras flanqueadas por las estatuas doradas de leones de Demasus e hizo una pausa para estudiar el nombre resplandeciente. Ahora que sabía de las Seis Melenas de Sangre, el símbolo del león no hacía sino despertar su cautela. La bestia adornaba cada farola, cada grifo y cada pomo de las puertas. Las Seis Melenas de Sangre los observaban constantemente, acechando entre las sombras.

Kidan recorrió los amplios pasillos del edificio, pasando por muchos salones vacíos, hasta que llegó al que había en el ala este.

Exhaló con suavidad.

Estaba completamente transformado. Las estatuas de mármol, que antes estaban cubiertas por telas, estaban destapadas, pulidas y colocadas alrededor de unas enormes mesas con bonitos centros de mesa. Pero eso no era lo que la había cautivado.

Las paredes estaban decoradas con dibujos al carboncillo y en todos ellos aparecía... Slen. En el primero, el que estaba cerca de la entrada, aparecía mirando al frente con los ojos borrosos y el violín apoyado en la pierna. Cuando Yusef lo había dibujado, el semestre anterior, le había emborronado los ojos en un gesto de frustración porque no había logrado capturar la multitud de matices de su mirada. En la siguiente escena, Slen estaba cogiendo el violín. Cada dibujo era como un fotograma de una película de animación: su rostro inclinado sobre el arco, su brazo derecho moviéndose hacia atrás, tocando las cuerdas, hasta llegar al retrato central.

Kidan se acercó cautivada. Era sutil, pero la punta del arco del violín aparecía más afilada, casi como la punta de un arma blanca. Kidan fue hacia la derecha y contempló cómo el arco se transformaba poco a poco… en una larga espada.

Poco después, el violín también empezaba a transformarse, tornándose plano y plateado, como un escudo. En la última obra, Slen tendía la espada hacia el público con ojos feroces y el escudo ante la pierna.

Unos segundos después, oyó el eco de unos pasos en la silenciosa habitación.

Y allí estaba Slen, recorriendo las paredes con la mirada. Se acercó poco a poco a uno de los dibujos; sus botas militares no hacían ruido alguno.

—¿Qué es esto? —preguntó, con una voz inesperadamente dulce.

—¿No me has mandado tú el mensaje? —preguntó Kidan.

Slen tardó unos instantes en apartar la vista del dibujo.

—No. Pensaba que habías sido tú.

La preocupación asomó a los rostros de ambas a la vez, junto con la sensación de peligro.

«Vete, Kidan».

Algo horrible se retorció en su interior al oír la advertencia de GK. Algo no iba bien.

En ese momento, se abrió la puerta del almacén y apareció Yusef con una enorme caja de lienzos. Se puso recto y se secó la frente. Llevaba la ropa manchada de polvo y carboncillo.

Cuando las vio al otro lado de la sala, dio un respingo, como si hubiera visto un fantasma.

—¿Qué hacéis aquí? —preguntó con un hilo de voz, aterrorizado.

Antes de que Kidan pudiera explicarse, corrió hacia ellas, las cogió de las muñecas y las giró hacia la puerta.

—Tenemos que irnos. Ahora. Ahora mismo —sonaba irracionalmente aterrorizado. Era un manojo de nervios.

—Oye, espera un momento —protestó Kidan mientras él las arrastraba hacia la puerta.

—¡Suéltame! —Slen también se resistía—. ¿Qué te pasa?

Yusef cogió el pomo de la puerta y tiró, pero no se abría. Volvió a intentarlo con ambas manos, zarandeando con fuerza.

Estaba cerrada con llave.

—No —susurró—. Es demasiado pronto.

—Oye —dijo Kidan, que también estaba asustada—. Háblanos. Nos has invitado tú a venir, ¿no?

—No. —Se volvió hacia ellas con unos ojos como platos.

—Yusef —lo llamó Slen con el rostro deformado de preocupación—. ¿Qué has hecho?

Yusef alzó la vista hacia el techo abovedado. Una expresión de auténtico horror se estaba adueñando lentamente de su rostro. La lámpara de techo empezó a temblar; miles de cristales castañeteaban como dientes rotos, como si intentasen advertirles de lo que iba a pasar.

Él volvió a cogerlas de las manos, con tanta fuerza que les podría haber roto los huesos, pero esta vez ninguna de ellas se quejó.

—Lo siento —susurró.

Un trueno atravesó el cielo.

La lámpara de techo se rompió y el oro y los cristales cayeron en picado. Yusef las empujó hacia el suelo y echó los brazos sobre sus cabezas al tiempo que un devastador estrépito resonaba a su alrededor. El corazón de Kidan martilleaba contra el cemento; un agudo chirrido engullía todos los demás sonidos.

El aire se había llenado de polvo. Quiso chillar y gritar sus nombres, pero tenía la garganta cerrada, atenazada por el terror.

Yusef las ayudó a levantarse. Tenían el pelo y los hombros cubiertos de yeso y los rostros arañados. Les estaba gritando algo, pero Kidan no oía nada, y las piernas le temblaban tanto que no podía ni siquiera moverse.

Los pitidos sonaban demasiado altos.

Pitidos.

—¡Ese solo ha sido el primero! —El grito de Yusef se abrió paso entre la burbuja de ruido—. ¡Tenemos que salir de aquí!

Yusef, frenético, señaló las ventanas. Un pasaje hacia un lugar seguro.

Kidan pidió a sus piernas que se movieran, que se concentraran en aquel pedacito de luz del sol y no en el fin del mundo. Y, tropezándose entre los escombros del techo derrumbado, echaron a correr.

Slen se quedó atrapada con algo y, de repente, la perdieron. Se había tropezado con la pierna rota de una estatua y se había torcido el tobillo.

El suelo volvió a temblar.

La segunda explosión era inminente.

—¡Slen! —gritó Kidan, que por fin había encontrado su voz—. ¡Levántate!

La chica tenía la frente llena de sangre; los ojos como platos y colmados de terror, pues ya atisbaba la muerte. Trató de levantarse, pero se volvió a caer. Kidan echó a correr hacia ella, pero Yusef llegó primero y la apartó justo antes de que la segunda explosión les hiciera perder el equilibrio. Cayeron de rodillas contra el cemento.

¡BUM!

Kidan cayó al suelo de espaldas, protegiéndose la cabeza con los brazos. Todo le daba vueltas, no veía nada entre las nubes de polvo. Alguien gritaba su nombre, suplicándole ayuda. Se obligó a centrar la vista y encontrar la fuente del sonido.

Slen, encorvada sobre un cuerpo.

Y estaba chillando.

El cuerpo de Yusef estaba atrapado bajo una monstruosa columna.

Aplastado.

Kidan exhaló un gemido roto, desolado.

El mundo se tornó completamente oscuro; lo único que veía era a Yusef. El grito de Slen la hizo levantarse, la obligó a cruzar el suelo de cemento roto para llegar hasta ellos. A Yusef le manaba sangre de los labios; miraba al techo con los cálidos ojos marrones. Estaba tratando de hablar.

—Te vas a poner bien. Te vas a poner bien.

No reconocía su propia voz de lo mucho que le temblaba. Sin embargo, siguió repitiendo aquellas palabras.

Slen y ella trataron de apartar la columna blanca para liberar el cuerpo de Yusef, pero era tan grande como una montaña, y no había manera.

—¡Mierda! —chilló Kidan a pleno pulmón, con la esperanza de que alguien los oyese—. ¡Socorro!

Slen se deslizó por la piedra curva, respirando de forma entrecortada. Una certeza terrible había aflorado en su rostro. Se acercó cojeando a Yusef y se arrodilló junto a su cabeza.

—¡Slen! —gritó Kidan—. ¡Ven a ayudarme!

Pero Slen no se movió. Tenía el rostro desencajado.

—Se suponía que iba a ser solo una distracción. —Yusef hablaba con un hilo de voz mientras la sangre corría por su frente y se mezclaba con sus suaves rizos—. Para que pudieran liberarlo. A mi padre.

Slen acunó su rostro. Por una vez, en su voz no había más que dolor y emoción.

—¿Qué has hecho?

—Los Excavadores me ofrecieron un trato.

Slen le dirigió a Kidan una mirada acusadora. Tenía el rostro lleno de lágrimas, desencajado de dolor.

—No… —Kidan negó con la cabeza—. No lo sabía.

—Ya lo sé. —Yusef esbozó una débil sonrisa—. Quería hacerlo yo solo. Por una vez. Mi padre quedará libre gracias a este caos. Lo único que tenía que hacer era provocar una distracción lo bastante grande en Uxlay para que los Sicion tuvieran que dividirse. Pero la explosión tenía que empezar cuando yo me fuera. Vosotras no teníais que estar aquí. Y yo… tampoco.

Kidan tenía la voz embargada de terror.

—¿Por qué no nos lo contaste?

—Te lo dije… No quiero seguir siendo una carga. Puedo ocuparme yo solo de las cosas, sin poneros en riesgo a vosotras dos.

Aunque supongo que en eso he fracasado. —Tosió y borbotones de sangre negra resbalaron por su barbilla.

Slen, sobrecogida y temblorosa, le secó la sangre.

—Pero qué idiota.

—Quería liberarte a ti también. Se acabó, Slen. No volverá a ponerte una mano encima. Koril morirá en la revuelta. Me he asegurado. —Yusef cogió la mano enguantada de Slen y se la llevó a la mejilla—. Tendría que haberlo hecho entonces. La primera vez que te hizo daño y te encontré.

Más lágrimas rodaron por las mejillas arañadas de la chica.

—Calla.

Kidan se clavó las uñas en las palmas de las manos y se puso de pie. Se lanzó sobre la columna una y otra vez, gritando de dolor y de pena cada vez que se movía una pizca para luego volver al punto de partida.

—¡Vamos, Slen! —gritó, empujando con todas sus fuerzas—. ¡Tenemos que moverla!

Pero Slen se quedó donde estaba.

—No se puede.

—¡Slen!

El Gran Salón Andrómeda se estaba derrumbando a su alrededor. Los dibujos al carboncillo caían como las plumas de un cuervo, y el rostro desencajado de Yusef ya no pudo mantener la sonrisa. Respiraba de forma cada vez más superficial.

—¡Joder! —Kidan chilló hasta que le quedó la garganta en carne viva. Trató de encontrar la ventana, pero solo veía gris: la había tapiado una columna al derrumbarse. Tosió con la boca escondida en el brazo para expulsar el polvo que se le acumulaba en la lengua.

Débilmente, Yusef alargó una mano para acariciar la mejilla de Slen; los dedos le asomaban del guante roto.

—Quería enterrar aquí lo que siento por ti. Liberarnos a los dos. Qué estupidez, ¿verdad? Como si fuese fácil librarse de ti.

Slen estaba quieta como una estatua. Sus pestañas eran como una línea oscura que enmarcaba sus ojos mojados.

Él tosió de nuevo, y oleadas de dolor cruzaron por su rostro.

—Dime que todo irá bien, Slen. Aunque sea mentira. Te creeré igual.

Kidan ya no veía; tenía los ojos llenos de lágrimas. Sin embargo, atisbó la forma de la cabeza de Slen, que descendía para darle un beso en la mejilla, y, con la voz más dulce que le había oído nunca, dijo:

—Todo irá bien. Te pondrás bien, Yusef. Los dranaicos te curarán y verás a tu padre. Cuando esté libre, los dos os iréis a vivir muy lejos de aquí. Irás a las montañas de Semain y gritarás desde la cima del mundo. Viajarás, y dibujarás, y serás feliz, porque es lo que te mereces.

El brillo de los ojos de Yusef se estaba apagando; sus iris habían perdido su calidez. Pero consiguió pedirle:

—Una mentira más.

Slen se volvió hacia un lado. Tenía los ojos rojos y le temblaba el labio. Pareció buscar fuerzas; tardó unos instantes en volver a mirarlo.

Se sorbió la nariz.

—Un día, te querré como tú me quieres a mí y me arrepentiré de no habértelo confesado.

Yusef exhaló un suspiro de alivio y, con él, su último aliento.

Sus labios seguían curvados hacia arriba, camino de esbozar una sonrisa. Slen contuvo un sollozo, pero luego se le escapó otro desde lo más profundo, uno que ya no pudo reprimir. Kidan sintió que se marchitaba. Y entonces todo empezó a temblar de nuevo, con urgencia, sin concederles otro segundo para pensar. Las dos se lanzaron sobre el cuerpo de Yusef y se miraron a los ojos en mitad de la catástrofe.

«Así es como vamos a morir».

Un grito se formó en el interior de Kidan, pero no tenía espacio para dejarlo salir. Su cuerpo entero se meció con violencia, como una campana, cuando llegó el tercer estallido, pero se agarró con fuerza a sus amigos. A pesar de los pitidos, a pesar de estar en el fin del mundo, no los soltó, y Slen le estrechó las manos también a ella. Cuando el estrépito se calmó y el polvo empezó a asentarse, un halo de luz cayó sobre ellas.

Y aterrizó sobre los ojos apagados de Yusef.

El sol…

Una de las ventanas volvía a estar despejada.

—¡Vamos! —gritó Slen, que tenía el rostro cubierto de cenizas.

Kidan se puso de pie tambaleándose. Rasgándose las manos con los pedazos de piedra rota, trepó hasta la pequeña abertura y se arrastró a través de ella. Había solo un metro de distancia hasta el suelo, así que saltó de cabeza y rodó por el césped en dirección al sur.

—¡Ayuda! —gritó Kidan, pero no había nadie en aquel lado del campus. Echó a correr hacia la fachada principal del Gran Salón Andrómeda y vio a la multitud y a los Sicion, que obligaban a retroceder a los estudiantes, alejándolos de la catástrofe.

—¡Hay gente dentro! —gritó. Todas las cabezas se volvieron hacia ella—. ¡Daos prisa!

Uno de los Sicion se le acercó a toda prisa con gesto severo.

—¿Estás bien?

—¡Dentro! ¡Hay gente viva dentro!

—Necesitas ayuda —dijo, llevándosela.

—¡Estoy bien! —gritó—. ¿Qué haces? ¡Te estoy diciendo que hay gente dentro!

Otro Sicion la cogió en brazos y se adentró con ella entre la multitud. No le hacían caso. Ella pataleó con violencia.

—¿Por qué no…?

Pero la interrumpió otra estruendosa explosión.

De repente, se encontró de rodillas en el suelo, aunque no recordaba haberse caído. Los demás estudiantes chillaban, también con las cabezas escondidas entre las manos. Kidan se puso de pie tambaleándose, pero se balanceó de un lado a otro hasta caer de espaldas de nuevo. Ante ella se desplegaba un furioso tornado que amenazaba con engullirla, y que tardó un buen rato en calmarse.

Poco a poco, el Gran Salón Andrómeda resurgió entre la enorme nube de polvo que se asentaba.

Y lo único que quedaba de él…

Eran sus ruinas.

No quedaba en pie ni una sola estatua en forma de león.

—No. —Aquella palabra rota era lo único que le quedaba dentro—. ¡No!

A su alrededor se extendía un mundo gris y devastado. La bóveda se había derrumbado: solo había una columna, que, de repente, también se desmoronó con un estruendo.

La multitud chilló.

Kidan se abrió paso entre la gente, medio arrastrándola, medio usándola para apoyarse, porque tenía las piernas demasiado débiles. Se cayó otra vez, ahora ante la multitud, mientras contemplaba las ruinas.

Su voz era irreconocible. Estaba hecha jirones, igual que su ropa, pero era suya, porque solo ella sabía quién se había quedado atrapado dentro.

—¿Ha conseguido salir?

Caras y más caras se acercaban a la suya, y luego se la quitaban de encima con miradas de terror. Quería ver un rostro familiar. El que fuese.

Yos.

«¿Dónde está?».

GK.

«Os necesito a los dos. ¡Os necesito!».

Pero la persona que la encontró fue Sacro, que le puso una mano en la espalda y le dijo:

—¿Kidan?

—¿Ha conseguido salir? —preguntó, con las lágrimas nublándole la vista—. Por favor, ¿ha conseguido salir?

Él se quedó quieto.

—¿Dónde?

El vampiro se puso de pie al ver la angustia en su rostro.

—Al fondo del edificio. Slen…

Sacro se esfumó en un abrir y cerrar de ojos. Kidan corrió tras él, haciendo caso omiso de las protestas de sus huesos. Le daba igual estar sangrando. Necesitaba llegar hasta ellos.

«Por favor, sigue viva».

Cuando llegó hasta allí, Sacro estaba de pie, inmóvil.

—¿Qué haces? —gritó Kidan, y lo apartó de un empujón para llegar a la ventana.

Pero ya no estaba.

Estaba totalmente tapada por los escombros.

Rebuscó con las manos y las uñas entre el desastre gris, pidiendo con todas sus fuerzas que reapareciera.

—Estaba aquí. Justo aquí.

Sacro tenía la cabeza gacha. No la miraba a los ojos.

Kidan se tambaleaba.

—Están... Los dos están...

Sacro la sostuvo antes de que se cayera y la volvió hacia él.

—Lo siento mucho.

Kidan no oía nada.

No sentía nada.

Una parte de ella seguía allí dentro, con ellos. Aplastada, desfigurada. Empezó a deslizarse hacia el suelo, a abandonarse por completo, cuando algo llamó su atención.

Por detrás de Sacro, una figura débil estaba apoyada en un árbol, desfallecida. Tenía el rostro blanco como la ceniza, completamente arañado, y se estaba agarrando un brazo fláccido e hinchado.

Y una chaqueta negra y ancha colgaba de sus estrechos hombros.

¡Slen!

Antes siquiera de darse cuenta de lo que hacía, Kidan echó a correr, a pesar de su cuerpo magullado. La abrazó con fuerza, salpicándolo todo con las lágrimas. Ambas cayeron al suelo, débiles. Slen apoyó la barbilla en el hombro de Kidan, sin despegar la vista del colapso.

—Lo he abandonado —susurró con voz torturada—. Lo... lo he abandonado.

Kidan no hizo sino abrazarla con más fuerza.

IMPACTANTE HUIDA DE LA PRISIÓN DE DRASTFORT

En uno de los motines más violentos que se recuerdan desde el verano de 1982, cinco prisioneros se han escapado de la prisión de Drastfort en mitad del caos.

Como resultado de un apagón inesperado, y debido a un fallo en el funcionamiento del generador, los prisioneros se quedaron en el patio sin vigilancia. Tras el estallido de tensión, varios guardias fueron agredidos y tuvieron que ser hospitalizados.

La huida coincidió con un ataque devastador en el Gran Salón Andrómeda, donde se concentraban la mayoría de los Sicion. El número de víctimas todavía se desconoce y la investigación que determinará si ambos sucesos están relacionados todavía está en curso.

Los convictos huidos que se encuentran en búsqueda y captura son: Omar Umil (52), Aser Rojit (61), Talia Piran (35), Lau Temo (32) y Zarius Faris (23).

76

KIDAN

Los Sicion recuperaron el cuerpo de Yusef y lo restringieron al público durante doce horas para evitar que se produjera una transformación en muerte ilegal.

A Slen y a Kidan las confinaron en sendas salas de interrogatorio, ya que eran sospechosas de haber participado en el ataque. Sin embargo, Kidan casi ni oía las preguntas del detective jefe. Lo único a lo que prestaba atención era a su brazo peludo, a su reloj de oro, en el que contaba las horas que le quedaban a Yusef para poder revivirlo mientras seguía ahí encerrada sin poder hacerlo.

Doce horas.

Once horas.

Diez.

Para que una transformación en muerte fuese posible, el corazón debía permanecer intacto. Con cada hora que ella pasaba allí atrapada, el corazón de Yusef iría descendiendo más y más desde su posición original, hasta que ya no pudiera curarse.

Kidan tenía los ojos rojos y la voz ronca de lo mucho que había rogado que le dejasen ir a verlo. A hablar con la decana Faris. Con Sacro. Con Adjoa Piran.

Se habían negado cada vez.

Y, cuando se había puesto violenta y había estado a punto de desgarrarle la cara al detective con las uñas, le habían puesto una inyección que la había hecho verlo todo cálido y borroso, como caramelo derretido. Cuando le empezaron a pesar los párpados, la arrastraron de nuevo hasta la silla. Yusef la visitó en sueños, envuelto por el sol como si de un sudario se tratara, sonriente y con la piel marrón.

—Se acabaron las diatribas debilitantes sobre la creatividad. Creo que he terminado.

Y ella lloraba.

—Así no. No puedes dejarnos así.

Yusef oteó el sol cegador, con una expresión ligeramente apesadumbrada.

—Yo quería ser un héroe. Tendría que haberle hecho caso a Slen. Siempre mueren, ¿verdad? Mira a GK. —Su cuerpo empezó a desvanecerse; los pantalones marrones y el jersey mostaza empezaban a derretirse—. No seas una heroína, Kidan. Sobrevive. Y ya está.

Kidan supo que Yusef había muerto de verdad cuando se abrió la puerta y le dieron permiso para marcharse.

La Casa Umil se envolvió entera en cortinas negras para el funeral, que se celebró a la mañana siguiente. Miraras donde mirases, se veían los emblemas de la mujer hermosa que danzaba con las llamas azules pintados de rojo en señal de duelo. El cuerpo de Kidan aún no había expulsado las drogas del todo, así que June la había ayudado a vestirse con una falda y un jersey negros y la había acompañado en silencio hasta el cementerio de Ahnd. El clima era frío e implacable. No había ni rastro del sol, a diferencia del día del funeral de Ramyn.

Yusef tenía una familia pequeña. Su tía abuela Yusra volvía a ser la cabeza de familia y sollozaba más alto que todos los demás.

A Kidan ya no le quedaban lágrimas. Y palabras tampoco. Slen y ella lloraron a Yusef igual que habían llorado a Ramyn, la una al lado de la otra y sin hablar. Cuando un anciano Mot Zebeya pasó un cuenco de pasta *mot*, tanto la una como la otra mojaron los dedos en la granulosa pintura roja y la esparcieron en sus broches de plata. Una muestra de su respeto a la Casa Umil y de su dolor.

Era una marca visible que decía: «La muerte ha llegado y he fracasado en mi misión de proteger contra ella».

Kidan no sabía a quién culpar. ¿A sí misma? ¿A los Excavadores?

Cada vez que se enfrentaba a la muerte creía hacerse más fuerte, pero nada le había alejado más de sí misma que aquello. ¿A quién podía señalar para quitarse ese peso que le aplastaba el pecho?

June estaba al lado de Qara Umil, cogiéndola de la mano mientras ella sollozaba en silencio.

Kidan miró el montón de tierra fresca y apretó con fuerza las falanges de su madre.

Yusef no podía estar ahí dentro.

Seguro que la estaba esperando en su estudio, dibujando distraído, con los dedos manchados de carboncillo, sonriendo y arreglándose el pelo una vez tras otra. Sintió la horrorosa necesidad de desenterrarlo, de proporcionarle un poco de aire, porque Yusef no podía estar bajo tierra. Aquello tenía que ser un error. Se habían dado demasiada prisa en enterrarlo, porque no estaba muerto.

Cuando dio un paso al frente, alguien la agarró del codo. Slen.

Kidan alzó la vista para encararse con aquella expresión pétrea. Carente de lágrimas. Nunca en público. Tal vez nunca, sin más.

—Está muerto —le recordó con una voz tan fría como el tiempo.

Kidan apartó la mano de golpe y le dio la espalda. La ira era lo único que la ayudaba a seguir con la cabeza alta, así que pensaba aferrarse a ella con todas sus fuerzas.

Los Excavadores se habían quedado rezagados al final de la procesión, vestidos con largos abrigos y expresiones de solemnidad. A Kidan le hervía la sangre. Estaba contando los minutos que faltaban.

Cuando la ceremonia terminó, fue directa a por Adjoa Piran.

—Has sido tú —le espetó con los dientes apretados. Su voz gélida se abrió paso entre la multitud de gente.

Adjoa miró a la gente que la rodeaba, que se había sobresaltado, y luego cogió a Kidan del brazo y se la llevó aparte. Kidan apenas si percibía que la estaban arrastrando; estaba vacía por dentro, más ingrávida con cada segundo que pasaba. Quería derrumbarse y no levantarse nunca más. Sin embargo, eso no sería posible. Sacro las siguió, como siempre. No dejaron de andar hasta que el ataúd no se hubo difuminado en la distancia.

—Ahora no es el momento —empezó a decir Adjoa, y su voz hizo que Kidan reaccionase de golpe.

—¡Está muerto! —gritó, retrocedió un poco, tambaleándose—. ¡Yusef está muerto! —Al pronunciar en voz alta aquellas palabras, le dio la sensación de que el suelo se hundía, blando, bajo sus pies—. ¿Has sido tú? —preguntó, y dio un paso al frente, acercándose lo bastante para agarrar a la mujer del cuello del abrigo—. ¿Lo has mandado matar?

La ira asomó al rostro de Adjoa, pero, como hacía la decana, la contuvo enseguida.

—Te dije que su voto era incierto. Necesitábamos que se marchase de Uxlay. Y sabíamos que quería liberar a su padre. Yusef se ofreció a provocar una catástrofe en Uxlay para que nosotros pudiéramos sacar a Omar Umil de la cárcel.

—Y a tu hermana y a los demás —le espetó Kidan con desdén. Adjoa no lo negó—. ¡Sabías que era peligroso!

—Sí, pero no teníamos pensado matarlo, solo desacreditarlo —insistió Adjoa—. Íbamos a encargarnos de que quedase expuesto como el causante del derrumbamiento, así le habrían despojado de su título. Yusra habría vuelto a ser la dueña de la Casa Umil.

A Kidan le daba vueltas la cabeza. Un auténtico tornado se estaba gestando en su interior, y quería gritar y causar estragos a su paso.

—¡Está muerto! —Señaló la tumba de su amigo—. ¡Nada de esto importa porque está muerto! —añadió con la voz rota.

Adjoa miró hacia la montaña de tierra fresca. Su dolor quedó patente en la vacilación de su voz.

—Jamás lo habríamos matado. Yusef tenía que salir de aquí. Ha sido el 13°. Debieron de descubrir nuestros planes y de encerrarlo dentro.

Kidan ya no lo soportaba más. Se pasó los dedos por las trenzas; todo le daba vueltas.

—Se supone que teníais que ayudarme. Se supone que estabais de mi lado.

—Te he ayudado —replicó Adjoa con voz más tensa y una chispa de furia en los ojos negros—. Más de lo que te imaginas. Te ayudé a descubrir la mismísima clave para adueñarte de una casa.

—La clave... —Resopló, sin aliento—. ¿Cuándo...?

—Aseracti —la interrumpió Adjoa con ferocidad.

Kidan dio un paso atrás, desconcertada.

—¿Tú?

Adjoa suspiró, como si no fuese así como quería que se desarrollase aquella conversación.

—Habrías malgastado meses, si no años, sin ese libro.

El mundo seguía dando vueltas, como si se hubiese salido de su eje.

—¿Por qué me lo diste, sabiendo quién lo escribió?

Adjoa hizo un gesto duro con la boca.

—Porque no podemos cambiar Uxlay si seguimos haciendo lo mismo que hemos hecho hasta ahora. Tu madre lo entendía. Y porque quiero saber la verdad.

—¿La verdad?

—Mi Daric no mató a tus padres. Él jamás habría hecho una cosa así. —En sus ojos nadaban décadas de dolor—. Quería que usaras la Resurción para averiguar la verdad.

Kidan la miró de arriba abajo, incrédula.

—Pero los huesos de mi madre fueron destruidos.

—Yo también lo pensaba. Hasta que Silia me escribió, unos días antes de su muerte, y me dijo que había tres huesos de Mahlet que se habían conservado. Silia se recorrió toda Uxlay para dar con ellos, pero, cuando su enfermedad avanzó, me dejó la tarea a mí.

—Apretó los dientes—. Pero yo también he fracasado. Esperaba que tú lo lograras.

—¿Por qué no me dijiste todo esto en lugar de dejarme ese libro? —A Kidan le ardía el rostro, a pesar del viento gélido.

—Porque para ti no soy más que una desconocida. Porque Daric era mi compañero, mi amigo más querido, y Uxlay afirma que él asesinó a tus padres. ¿Por qué ibas a confiar en mí? —A Adjoa le tembló la voz, y por un momento se pareció a la joven de la fotografía, la que sonreía en el patio—. Sé lo que se siente cuando muere un amigo. Las dudas que se siembran en tu interior. Yo todavía estoy tratando de comprender.

Adjoa desvió la mirada hacia unas lápidas más lejanas que las otras. Un ángel de piedra envolvía con sus largas alas emplumadas una de ellas.

Mahlet Adane.

Kidan se quedó de piedra. Al lado, se leía el nombre de su padre: Aman Yisak. Ambos compartían el mismo epitafio.

«Búscanos donde el abismo se encuentra con la luz».

Kidan sintió que una hoja fría le atravesaba el corazón. Era la primera vez que veía sus tumbas. Hasta entonces, casi se había engañado a sí misma pensando que estaban en el mundo exterior, vivos, sanos, sin interesarse por ella o por June. Que solo eran unos padres inútiles y despreocupados. Ni siquiera los huesos pulidos que llevaba en el bolsillo la habían convencido de que su madre estaba muerta. Y, sin embargo, aquello… Ver sus tumbas fue como un puñetazo en el estómago que le hizo comprender por fin la verdad. Cerró los ojos y se preguntó cuántas veces podría permitirse llorar por ellos. Sus cumpleaños siempre hacían aflorar su recuerdos, pero ahora solo pensaba en cosas insignificantes, como en su boda. En que no vería sus sonrisas en el día más feliz de su vida. Estaba rodeada por infinidad de momentos fracturados.

Kidan no supo cuánto rato estuvo allí plantada, jugando con los huesos de su madre. Alguien se le acercó por la izquierda: Slen. Se quedó mirando a Adjoa. El brillo de su piel oscura se había apagado, así como la luz de sus ojos.

Con las manos en los bolsillos, dijo:

—Fue el 13°. Se encargaron de que Yusef se quedase atrapado dentro.

Kidan retrocedió tambaleándose, herida de nuevo.

—¿Por qué? —gritó.

Slen bajó la vista unos instantes.

—Era un voto indeciso. No podían arriesgarse a que votara a tu favor.

El horror se le instaló en las entrañas. Los Excavadores habían dispuesto las fichas del dominó y el 13° se había encargado de derrumbarlas. Aquello era culpa suya. De Kidan y de Slen.

No se diferenciaba en nada de lo que había ocurrido con GK.

Habían matado a su amigo.

—Dios —susurró Kidan—. Es culpa nuestra.

Los ojos de Slen adquirieron una cualidad distinta, más cálida, como los de Yusef, cuando la miró a los ojos largo rato. Ambas sabían quién tenía el poder. La respuesta a la pregunta que había iniciado todo aquello: Yusef. Su muerte sería el catalizador de todo lo que ocurriera después. Él era su influencia y su brújula, y Slen también debía de saberlo, porque jamás volverían a ser las mismas.

Fue Adjoa quien interrumpió el silencio.

—Por mucho que el 13° haya intentado matar a Yusef, eso no explica qué hacíais allí vosotras dos.

Por supuesto.

Los mensajes que habían recibido.

Había alguien más que quería verlas muertas a ambas.

Slen miró a Adjoa con una expresión de acero.

—Tengo intención de descubrirlo.

Esa vez, cuando Kidan acarició la falange de su madre, sintió que le arrebataba un pedazo del alma. No pensaba seguir huyendo de la verdad. Descubriría cómo su madre había vivido… y cómo había muerto.

Ese mismo día.

Y quizá también descubriera quién quería matarlas a ella y a Slen.

77

KIDAN

PARA QUE SU CONEXIÓN CON SU MADRE FUESE MAYOR, KIDAN LLEVÓ uno de los diarios de Mahlet a la Casa Adane. Se lo tendió a June cuando esta le abrió la puerta y la casa exhaló un aliento de bienvenida. Aunque todavía no estaba del todo preparada para perdonar a June, solo su hermana podía acompañarla en esto, así que se había puesto en contacto con ella. Además, cómo había cuidado de ella tras la muerte de Yusef, había mitigado parte de su resentimiento. June casi se había levantado de un brinco de su asiento, entusiasmada por ayudarla.

«Cualquier cosa que necesites», le había dicho.

—Si, como me has dicho, la casa está intentando matarte... —June todavía trataba de comprenderlo—. ¿Cómo lo vas a hacer?

—Ya me las arreglaré —contestó Kidan con voz temblorosa—. Pero quiero oír sus voces, si es posible. Oír sus risas. Quiero saber si aquí fueron felices de verdad.

«Y necesito ver cómo murieron».

June se puso a hojear el diario de su madre y abrió unos ojos como platos al ver el número que se repetía.

—Veintiuno...

—No sé lo que significa, pero estaba obsesionada. ¿Te dice algo?

June negó con la cabeza, pero su mirada se veía más apagada.

—Voy a ir directamente al salón. Allí fue donde… ocurrió. Sácame si ves que es demasiado.

—Por favor, Kid… Esto es peligroso. Si no logro sacarte…

La súplica de su hermana estuvo a punto de convencerla, pero Kidan no pensaba resultar herida. Solo quería ver si funcionaba.

Kidan respiró hondo y entró. Las puntas de sus dedos empezaron de inmediato a ennegrecerse y a pudrirse.

June la miró sorprendida.

—Es igual que con Samson.

—Y duele de narices. —Kidan echó a correr por el pasillo oscuro y abrió las puertas de madera. Hizo una mueca cuando aquel dolor atroz trepó hasta el principio de su antebrazo.

Pensó en su madre, en las respuestas a los Cuatro Aspectos de la Cultura. La única razón por la que Kidan no había logrado heredar la ley era porque algo fallaba en ellos. Había una desconexión entre las dos.

MAHLET ADANE

¿En qué idioma sueña la dueña de la casa?
En amárico.

¿Cree la dueña de la casa que la creación fue obra del Último Sabio o de Demasus Colmillos de León?
Del Último Sabio.

¿Cree la dueña de la casa que el poder debe residir en la comunidad, en la tradición o en los individuos?
En la comunidad.

¿Cree la dueña de la casa en el coraje, en la venganza, en la lealtad, en la responsabilidad o en la familia?
En la responsabilidad.

Kidan colocó las falanges de su madre sobre el mantel blanco de la mesa tras apartar el plato asignado a Mahlet Adane. Después dibujó el símbolo de la tristeza, una lágrima, e invocó los ecos de los recuerdos ligados a ella: la pérdida, el desamor y la muerte. Tal y como indicaba el proceso de Resurción.

«Los huesos son un portal entre los vivos y los muertos. Para los historiadores, son reliquias que no tienen precio. Para los devotos, recordatorios de su fe. Para la casa, son vestigios de sus dueños. Para heredar o cortar lazos, uno debe conocer bien la mente del dueño. Mátalos, recupera sus huesos y ellos te revelarán todas las verdades. A este proceso se le llama Resurción».

Muerte. Muerte.

Recordó el artículo. «Recostados sobre la mesa del comedor en una espantosa imagen, intactos salvo por la ausencia del corazón».

Quizá, por fin, pudiera descubrir la verdadera razón por la que Daric había matado a sus padres. Descubrir si Adjoa Piran se lo había ordenado y si era ella el enemigo oculto al que Kidan debía matar.

Un hilo blanco emergió de las falanges y flotó en el aire antes de partirse en un centenar de volutas que se propagaron a toda velocidad por la casa entera, cazando, recolectando, para luego regresar ante sus ojos convertidas en un torrente de luz deslumbrante.

Kidan alzó un brazo, entornó los ojos y ahogó un grito. De repente, volvió a ver el salón, pero ahora había dos personas sentadas debajo de ella. June, que estaba a su lado, se desvaneció.

Mahlet tenía la frente alta, la nariz recta, como Kidan, y unos rizos gruesos que suavizaban sus facciones. A su lado, una densa melena coronaba la cabeza de Aman, que tenía el ceño fruncido. Ambos estaban sentados a la cabeza de la mesa.

—Lo que dices no tiene sentido —dijo Aman, tratando de cogerla de la mano.

Mahlet la apartó y lo miró, fuera de sí.

—Tenemos que parar. ¿Qué hemos hecho?

—¡Estamos cambiando Uxlay! —insistió él—. ¡El mundo!

Mahlet lo miró con el rostro lleno de lágrimas. Aman se detuvo, poseído de repente por una expresión de terror.

—¿Te han amenazado? ¿Han amenazado a las niñas? Podemos mandarlas lejos de aquí, esconderlas. Pero los Excavadores no pueden parar. Esto es más importante que nosotros, tú misma me lo dijiste. ¿Qué ha cambiado?

Ella lloraba sin parar.

—Porque veintiún años no son suficientes. No son suficientes, Aman.

Él la miró confundido mientras ella se hundía en la silla y miraba a través de la ventana.

—Sé dónde está la reliquia del anillo —añadió.

Aman se estremeció junto a la casa y soltó una suave exclamación de asombro.

—Entonces lo hemos conseguido. ¿Solo nos queda encontrar la reliquia de las espadas?

Mahlet negó con la cabeza, furiosa, pero, antes de que le diera tiempo a hablar, una advertencia ganó peso; las figuras empezaron a desvanecerse y a ganar nitidez.

—Armadura —dijo su madre en voz baja, y la casa se movió hacia delante, apresurándose a protegerla.

Ambos se dieron la vuelta, pero no vieron ninguna amenaza. Y entonces se oyeron unos ruiditos y una sombra se alargó sobre el suelo del salón.

A Kidan se le encogió el estómago de miedo.

No quería ser testigo de su muerte. Y, sin embargo, su asesino estaba allí, en la casa. Sentía que las cortinas se rebelaban, que las luces parpadeaban para avisarlos del peligro.

Aman se dirigió poco a poco hacia la derecha, hacia la vitrina. Mahlet se quedó en la silla con una mirada feroz.

—Has venido —dijo Mahlet.

—Uxlay va primero. Antes que la familia, antes que los amigos —dijo la decana Faris con los ojos llenos de pesar.

El rostro de la decana era años más joven, pero ya iba vestida con su americana y el pasador turquesa. La seguía de cerca su sombra, el profesor Andreyas.

—Corren rumores de que planeas convertirte en la decana. De que planeas dedicar todos nuestros recursos a localizar las reliquias míticas y suspender los estudios de Dranacti —continuó la decana, entrelazando los dedos.

El fuego de los ojos de Mahlet no se atenuó.

—Esta no es forma de vivir. ¿Cuántos estudiantes deben sacrificar su alma para alimentar a los vampiros? Mira sus ojos. Todos perdemos una parte de nuestra alma cuando matamos.

—Tu sentimiento de culpa te está nublando el juicio.

—¡Esto no trata de mi sentimiento de culpa!

—¿Ah, no? ¿Sabe tu marido a quién mataste para graduarte? —La decana Faris no perdía en ningún momento el control sobre su voz, pero, por un segundo, pareció bordear la ira.

Aman miró a Mahlet, que había cerrado las manos en sendos puños y miraba a la decana con gesto desafiante.

—No necesito saberlo —repuso Aman—. Tiene que haber un sistema mejor que este.

—Tú no eres acti —replicó la decana en tono cortante—. No sabes cuántos sistemas implementó Uxlay antes de decantarse por este. Mahlet, ¿de verdad quieres instigar una guerra civil?

Mahlet guardó silencio.

—El rumor de que la Casa Adane ha encontrado la reliquia de la máscara ha ganado fuerza desde que se descubrieron las ruinas de Axum —continuó la decana con contundencia—. Los Sicion han informado de dos intentos de asesinato contra vosotros dos, que además se encargaron de interrumpir. ¿Es cierto el rumor? Si lo es, dímelo ahora y entrégame la reliquia. Si no lo es, disuelve ese grupo tuyo y deja de perseguir sueños. La Dranacti es el camino más seguro y menos violento para que la sangre acti pueda ser consumida.

Aman se estaba preparando para hablar, pero Mahlet lo interrumpió:

—El rumor no es cierto. No tenemos la reliquia de la máscara.

La decana Faris clavó su aguda mirada en Aman, que alzó la barbilla y asintió despacio.

—¿Estáis seguros? —preguntó—. Pensadlo bien. El único modo de desmantelar vuestro grupo es eliminar a sus líderes.

Se hizo un silencio, y entonces Aman la miró de arriba abajo.

—¿Qué narices significa eso?

La madre de Kidan estaba tan serena como las aguas quietas de un lago.

—Quiere matarnos.

Aman, horrorizado, soltó un sonido entrecortado.

—No… no puedes. Tenemos hijas.

—Silia las cuidará. —La expresión de la decana Faris se tornó más dura—. A no ser, por supuesto, que Silia también forme parte de vuestro grupo.

—No —respondió Mahlet con frialdad—. Silia nunca se ha interesado por el trabajo. Ahora mismo está viajando por las Islas Caimán.

—Bien, entonces el linaje de la Casa Adane podrá continuar.

Aman se dio la vuelta.

—Espera. Por favor. Hablemos sobre esto.

Las dos mujeres se comunicaban sin palabras, solo con el fuego que ardía en sus miradas.

—¿Tenéis la reliquia de la máscara? —repitió la decana.

Aman lanzó a su mujer una mirada de desesperación.

Mahlet se acarició fugazmente el collar y luego apoyó la mano sobre la mesa.

—No finjas que hay nada que podamos hacer para salvar nuestras vidas. Lo has decidido cuando has puesto un pie en mi casa sin invitación —sentenció. La expresión de Aman se serenó un poco, reflejando una horrorosa resignación—.

Pero te lo ruego... —La voz de Mahlet se suavizó un segundo—. Déjales a su padre. Dejadle ir.

La decana Faris le sostuvo la mirada con una amabilidad que tal vez podría haberse confundido con amor.

—Primero Uxlay, Mahlet.

Su madre apretó los dientes y apartó la vista, furiosa. Y entonces, de repente, su piel se endureció, como si la protegiera un escudo.

—¿Lo vas a hacer ahora? Vamos, pues. Lucha contra mí.

—No seremos nosotros —contestó el profesor Andreyas, hablando por fin—. Pero se hará. Será alguien que todos conocéis. Alguien que pondrá fin a vuestros desacertados Excavadores. Despedíos.

Mahlet cambió de postura a una más desafiante. En su rostro estaba tallada la furia de las llamas eternas.

—Si me apartas de mis hijas, quemaré tu casa hasta sus cimientos. Destruiré esta preciosa institución por la que lo has sacrificado todo y la reconstruiré a partir de sus escombros. Y luego te mataré.

Cada frase era una flecha envenenada, preparada para la destrucción. La decana Faris seguía irritantemente inmóvil.

—Esa es la diferencia entre tú y yo —le contestó al fin—. Tú te dejas llevar por las emociones, no por la razón. El dolor es el primer enemigo para dominar una casa. Por eso nunca podrás ser nuestra líder.

A Kidan se le había nublado la vista; su cara era un mar de lágrimas. Se las enjugó una vez tras otra al tiempo que su madre y su padre se daban las manos, y el recuerdo de esta se apagaba.

No logró discernir sus últimas palabras. Kidan estaba bajo el agua, sintió que su centro de gravedad la sacaba de allí.

No. Todavía no.

El sonido no se aclaró, y lo último que vio fue a su padre, cayendo de rodillas en el suelo, y a su madre inclinando la cabeza hacia la suya.

Kidan ahogó un grito y se encontró con los ojos marrones de June, abiertos como platos.

—¡Kidan! ¡Tenemos que irnos!

Fue entonces cuando se dio cuenta. El lado izquierdo de su cuerpo se estaba devorando a sí mismo. Unas venas de color carbón palpitaban bajo su piel marrón. Ahogó un grito mientras June la ayudaba a levantarse, pero le fallaron las piernas y se derrumbó en el pasillo.

—Fue la decana. —A Kidan le faltaba el aliento, de tanto dolor y furia que sentía—. La decana los mandó matar.

June se quedó de piedra.

A Kidan se le nubló la vista. Pensó en Daric, la bestia que le había arrancado el corazón a sus padres. Daric, el amante de Adjoa Piran, el hermano de Mikhail Temo, que había recibido un intercambio de vida de los Rojit, pero había elegido servir a otra casa. Había sido el corazón de los Excavadores y la decana Faris, de algún modo, lo había obligado a desmantelar el grupo.

Aquella era la verdad que yacía enterrada en la casa Adane, una verdad de catorce años que por fin había salido a la luz.

Sin embargo, lo que más resonaba en su mente eran las últimas palabras de su madre, las que había pronunciado con más fuerza. Las que habían culminado con una maldición contra la decana.

«Quemaré tu casa hasta sus cimientos. Destruiré esta preciosa institución».

Era venganza. Lo último que había deseado su madre era venganza. Kidan cogió su cuaderno, que se encontraba sobre la alfombra, y buscó la página en la que estaban las respuestas. La mano podrida le temblaba sin parar.

—Un boli —gritó; las palabras brotaban con brusquedad de su boca—. Necesito un boli.

June se apresuró a ponerle uno en la mano.

Era como si le cortara la carne. Lo que sostenía era en realidad una espada. Y, aun así, Kidan se obligó a tachar lo que había escrito y a escribir la verdad.

¿Cree la dueña de la casa en el coraje, en la venganza, en la lealtad, en la responsabilidad o en la familia?

~~*En la responsabilidad.*~~

En la venganza.

De repente, las letras doradas aparecieron en la pared, iluminando sus rostros. Con un gesto de dolor, Kidan alargó la mano envenenada y las acarició mientras susurraba un «por favor».

Por un segundo, no ocurrió nada.

Y entonces una luz extraordinaria inundó el pasillo. Kidan dejó que la cegara mientras su carne chillaba de dolor, mientras aquella energía pura le besaba las puntas de los dedos y se acumulaba en el centro de la palma de su mano, como si estuviese atrapando la luz con ella.

Y, cuando los estallidos de luz desaparecieron, una ley apareció escrita en esa misma palma.

«Si Kidan Adane pone en peligro la Casa Adane, la casa a su vez le quitará algo que para ella tenga el mismo valor».

Ahogó un grito y dio un paso atrás.

Había funcionado.

La Absorción.

Kidan había heredado la ley y la cultura de su madre. La casa se doblegaría a su voluntad. Y, si quería la reliquia de la máscara, solo tenía que cambiar esa ley… rompiéndola.

Sosteniéndola para que no se cayese, June la llevó afuera. Kidan cruzó el umbral, desfallecida, y cogió una bocanada de aire.

—Descansa —le dijo June, con los ojos llenos de una emoción indescifrable.

Pero Kidan no podía descansar. Se negaba a hacerlo. Su madre le había legado su voluntad, su cultura, que era contradictoria, esperanzada, bondadosa, pero marcada por la venganza. Era buena y mala a la vez, no había distinciones, no había ninguna línea que separase ambas cosas. Para existir, se convertiría en lo que fuera necesario.

«Soy mi madre. Soy su hija».

Kidan iba a asesinar a la decana Faris.

VOTACIÓN DE LAS CASAS DE UXLAY

CASA UMIL
10 DRANAICOS

A LA CASA UMIL LE HA RESULTADO IMPOSIBLE VOTAR ESTA SEMANA. EL TRIBUNAL DE LOS MOT ZEBEYAS DA SU MÁS SENTIDO PÉSAME A LOS MIEMBROS DE LA CASA UMIL Y A TODOS AQUELLOS QUE LLORAN SU PÉRDIDA.

78

KIDAN

—La quiero ver muerta. Quiero matarla con mis propias manos. —Kidan se paseaba arriba y abajo por la Torre de Filosofía, apretándose los dedos y crujiéndose los huesos una y otra vez.

Slen guardaba silencio. Estaba sentada con una expresión sombría en el rostro.

—Cuéntame qué ha pasado.

—Fue la decana —confesó Kidan—. ¡Ella los mandó matar!

Slen entrecerró ligeramente los ojos. Solo con decirlo en voz alta, Kidan sintió que se rompía de nuevo en mil pedazos.

—Descubrió lo de los Excavadores —prosiguió. Se le quebraba la voz, pero se obligó a seguir adelante—. Era amiga de mi madre y la mandó matar de todos modos. Y yo pensando que me había salvado de ir a la cárcel. Que quería ayudarme. —Lágrimas de furia rodaban por sus mejillas y se le colaban en la boca, ácidas y saladas—. La voy a matar, Slen. Te juro que la voy a matar.

—Piensa en lo que estás diciendo. —Slen la cogió de la mano con fuerza, tanta que le hizo daño—. Si matas a la decana, Uxlay se hundirá. Los Sicion te darán caza. No estás pensando con claridad.

—Me da igual. Suéltame.

Kidan trató de soltarse, pero Slen tenía una fuerza sorprendente. Se acabaron chocando con el montón de libros que había sobre la mesa, tirándolos al suelo con un estrépito.

—¿Quién crees que se encargó de que estuviéramos en el Gran Salón Andrómeda? —Kidan trató de hacerla comprender—. La decana quería que las dos muriéramos junto a Yusef, Slen. Quería librarse del 13° y de los Excavadores de un plumazo. Es lo que hace siempre. Elimina toda amenaza que penda sobre Uxlay.

Slen movía los ojos de un lado a otro, tratando de encajar las piezas y devanándose los sesos. Seguía con los dedos clavados en el brazo de Kidan.

—Si no me vas a ayudar, lo haré yo sola —sentenció Kidan. Se soltó por fin y se dirigió a la puerta.

—¡Morirás antes siquiera de acercarte a ella! —gritó Slen, dejándola de piedra.

Slen había perdido el control sobre su voz dos días atrás, cuando había chillado sobre el cuerpo aplastado de Yusef. Kidan se dio la vuelta poco a poco. La pequeña grieta en la máscara de Slen bastaba para atisbar el torrente de dolor que esperaba detrás, preparado para ser liberado.

—Deja que te ayude —le pidió su amiga, recomponiéndose, aunque aún sonaba desesperada—. ¿Por qué ninguno de los dos deja que le ayude?

A Kidan, el cuerpo le decía que se marchase, que usara aquella rabia, una vieja conocida que ya la había visitado una vez, con Mama Anoet, y que la impulsaba a hacer lo que hubiera que hacer. Sin embargo, Slen la miró a los ojos con una expresión suplicante, casi… asustada.

—Acabo de perderlo. —El pánico afloró en la mirada de Slen—. Déjame pensar un momento. Déjame pensar antes de que vayas directa a la muerte tú también. Ven a mi casa.

Kidan dejó la mano fláccida. La deslizó por el pomo de la puerta.

Slen exhaló y se llevó una mano a la frente. Era fácil ver las marcas que la muerte de Yusef había dejado en ella, por muy bien que las escondiera. Kidan respiró hondo y volvió junto a ella. Se sentó, con la sensación de que el fantasma de Yusef las estaba vigilando.

—Está bien —aceptó.

—Kidan… —Unos dedos cálidos le acariciaban la mejilla. La voz era grave, baja, cercana a la tierra. El aroma a la lluvia de verano y a tierra flotaba en el aire—. Estoy aquí, amor.

Abrió un ojo. Susenyos estaba sentado en la cama y la miraba con una sonrisa triste pintada en la cara.

Kidan estaba en la cama de Slen, aunque no recordaba haberse quedado dormida. Se habían pasado la noche hablando sobre cómo llegar hasta la decana, intercambiando una idea tras otra, hasta que se había quedado traspuesta.

Y Susenyos había vuelto por fin.

Kidan se incorporó y se lanzó a sus brazos. Él la rodeó con los suyos, presionando las fuertes palmas de sus manos contra la parte baja de su espalda. Los acontecimientos de los últimos días cayeron de golpe sobre ella, y se dio permiso para desmoronarse mientras él la abrazaba.

—Yusef… —Se le rompió la voz.

—Lo sé. Lo siento.

Susenyos no dijo nada más y le permitió a ella elegir cuánto debía durar aquel abrazo.

—Fue la decana Faris quien los mató —le contó, con la cara enterrada en su hombro—. Fue ella quien mató a mis padres, Yos. —Él se puso tenso y trató de apartarse, pero ella lo abrazó con más fuerza, manteniéndolo cerca—. La voy a matar —susurró, y sintió que a él se le elongaban las garras y se le clavaban en la espalda un segundo, antes de retractarlas—. ¿Estás conmigo?

—Siempre.

No vaciló, y, en ese preciso instante, Kidan supo que jamás querría soltarlo.

Ni en ese momento ni nunca.

«Kidan». Era la voz de GK en su mente. «Estás en peligro».

Antes de que a ella le diera tiempo a reaccionar, Susenyos se apartó de golpe y levantó la vista hacia la ventana. Se puso de pie, abrió las cortinas y, con los ojos como platos, soltó una maldición en amárico.

Con un tono de voz oscuro como una noche sin estrellas, dijo:

—Ya sé que te lo he dicho mil veces, pero voy a asesinar a esa traidora de tu amiga.

Kidan se puso de pie despacio, con los nervios de punta, pero no llegó a ver lo que había hecho que Susenyos se pusiera tan rígido y alarmado, porque dos Sicion aparecieron en la puerta con sus espadas en forma de luna creciente colgando de las caderas.

La decana Faris, junto con su compañero, el profesor Andreyas, dio un paso al frente.

—¿Qué es esto? —La voz de Kidan sonaba firme, pero era un engaño, porque la sangre le palpitaba con fuerza y el terror se colaba por todos los poros de su piel.

Aquellos dos habían matado a sus padres.

Susenyos esperaba unos pasos más atrás, como una sombra amenazadora.

—Un poco excesivo, ¿no te parece? ¿Una docena de Sicion para una chica?

Una docena. Kidan trató de disimular su sorpresa.

La decana Faris lucía la expresión pétrea de un general de guerra. Miraba a Kidan con la misma cautela con la que había mirado a su madre.

Ya no iba a fingir más. Se había acabado la falsa amabilidad.

—Kidan Adane, has sometido a los residentes de Uxlay y a la sociedad entera de actis y dranaicos a un grave peligro —declaró la decana—. Responderás por estos crímenes ante las leyes más punitivas de Uxlay, y también entregarás la reliquia del Último Sabio que está escondida en la Casa Adane.

79

KIDAN

TODO OCURRIÓ MUY RÁPIDO.

Los Sicion inmovilizaron a Susenyos contra el suelo, valiéndose de sus espadas en forma de medialuna, a pesar de que él les recordaba a gritos que debían respetar el protocolo. Sin embargo, habían ido a detenerlos brutalmente a ambos y no atendían a razones.

Antes de que sacaran a Susenyos de allí a empujones, la miró a los ojos. Un brillo rojo refulgía en sus pupilas.

—No le digas nada —le ordenó mientras forcejeaba—. No te hará daño. Te necesita para...

Casi trató de darle la mano, pero los separaron de golpe. Él soltó un grito que resonó en sus oídos.

Kidan terminó en la prisión de Drastfort.

No había estado encerrada en una celda desde la noche que había matado a Mama Anoet. Las paredes de cemento hacían que su respiración fuese más superficial, que el pelo recogido en trenzas se le encrespara y que su frente estuviera permanentemente perlada de sudor. En aquel entonces, cuando pensaba que moriría en una cárcel, se había obrado un milagro que la había rescatado. Un ángel había pagado la fianza.

La decana Faris de la Universidad de Uxlay había salvado a Kidan de aquella miserable vida e, ironías del destino, había sido esa misma mujer quien había acabado encerrándola en una jaula, como a un animal. ¿Cuándo aprendería Kidan que la amabilidad siempre tenía un precio? Solo una madre se preocuparía de ella sin pedir nada a cambio, y Kidan no tenía madre. No, aquello no era cierto. Había tenido una madre, si bien no por mucho tiempo. Había tenido a Etete. Un dolor agudo le atravesó el pecho. ¿Cuántas veces la había sacado Etete de los pasillos cuando sus visiones la estaban castigando? Kidan se apretó los ojos con los puños. Echaba de menos a Etete de una forma nueva, dolorosa e implacable. Había sido la única persona con la que se había sentido a salvo y también la había perdido.

El profesor Andreyas y la decana pensaban que podrían quebrar su espíritu en aquella oscuridad, que podrían obligarla a obedecer a base de aterrorizarla. Sin embargo, Kidan había pasado en Uxlay el tiempo suficiente, había estudiado lo suficiente, para saber que lo único que podía quebrarla por completo era cambiar la ley de la Casa Adane.

Y no estaba preparada.

«Si Kidan Adane pone en peligro la Casa Adane, la casa a su vez le quitará algo que para ella tenga el mismo valor».

Sabía, en lo más profundo de su alma, lo que la casa le arrebataría. Y era una idea perturbadora que no se atrevía siquiera a pensar.

June moriría.

Así que Kidan permitió que la decana la encerrase y la sumiese en la más completa oscuridad. No le resultaba completamente desconocida, y se sentía agradecida con GK por ello. Ya se había sentido así con él, en sus sueños, en su cuerpo. Si se concentraba en un sonido concreto para contar el tiempo, como el tintineo de las llaves del carcelero, que estaba fuera, lograba soltar el pánico en lugar de dejarlo atrapado en su pecho.

«¿Dónde está June?».

«¿Dónde está Yos?».

El silencio amenazante que se hizo después de que se plantease aquella pregunta la hizo perder la cuenta de las veces que tintineaban las llaves.

Al cabo de una semana, la decana Faris cambió de táctica. Irrumpió en la celda y le soltó el mismo discurso suplicante sobre salvar el mundo, pero Kidan se recostó en la pared y no pronunció ni una sola palabra.

—Muy bien. —La voz de la decana casi nunca temblaba, casi nunca fallaba en su ritmo quedo, pero esa vez casi lo hizo—. Que la traigan.

Un guardia trajo una tablet en la que se veía un vídeo en directo. Kidan se obligó a ponerse de pie, tambaleándose un poco, y se acercó. Hizo una mueca al ver la luz brillante, pero trató de concentrarse en las imágenes. Y, cuando lo hizo, casi se cayó hacia delante, horrorizada.

—Los Sicion son excelentes torturadores en los interrogatorios. Me temo que no me dejas elección —dijo la decana.

Kidan casi ni la oía. En la imagen aparecía una chica con los ojos vendados, a la que el profesor Andreyas rodeaba una y otra vez. Solo su lazo delataba de quién se trataba.

A Kidan casi la cegó la rabia.

—Te juro que te mataré.

La decana Faris no le hizo ningún caso, como si recibiera amenazas de muerte cada día.

—Si no cooperas, continuaré infligiéndole dolor a tu hermana. Estamos hablando de la esencia misma de nuestro mundo. Me entregarás la reliquia de la máscara.

—No. Si lo hago, perderé a mi hermana. —Su voz estaba embargada de rabia.

—Yo he perdido a toda mi familia por Uxlay —replicó la decana, clavándole los ojos de color bronce con furia. Sin embargo, enseguida recuperó la compostura, irguiéndose—. También es tu responsabilidad poner a Uxlay primero.

Kidan se apartó de la mujer tambaleándose. Ahora la veía tal y como era. No había línea que no estuviera dispuesta a cruzar con tal de mantener a flote lo que ella entendía por paz.

Sintió un horrible sabor de boca.

—Debieron de oírnos pedir ayuda. Estábamos gritando. Los Sicion… tuvieron que oírnos. ¿Por qué no nos ayudaron? ¿Por qué no salvaron a Yusef?

La decana Faris siguió mostrándose igual de fría e imperturbable. Ni una sola sombra de emoción le cruzó el rostro.

Kidan exhaló con suavidad. Las piezas empezaban a encajar.

—Viste las propuestas y te preocupaste. El 13° quería romper la ley universal, ese fue siempre su propósito, y no podías permitirlo. —Kidan recordó la primera reunión de las casas, cuando la decana se había puesto de pie y había anunciado una nueva propuesta—. Así que decidiste desviar su atención hacia otro lado. Distraerlos con una falsa promesa de democracia. Nunca tuviste ninguna intención de renunciar a tu posición central.

La decana seguía con los labios apretados. El ojo del cuervo de su broche destacaba, contrastando con dureza. Era demasiado inteligente para reconocer aquellas acusaciones, aunque estuvieran a solas en aquella celda. Cuando por fin se decidió a hablar, eligió sus palabras con sumo cuidado.

—Tus ancestros y los míos crearon Uxlay para poner fin a los asesinatos sin sentido, para que dejasen de cazar a los actis como a animales, así que nunca nos convertimos en esclavos, como los que sirven a Lusidio. ¿Es que no te das cuenta de que Uxlay es un regalo? —le espetó con tono gélido—. Has de ser capaz de poner a Uxlay primero. Por delante de la familia. De los amigos.

—¡Era una buena persona! —gritó Kidan, aporreando los barrotes con la palma de la mano—. ¡Y lo dejaste morir! ¿Y mis padres? ¿Qué hicieron que fuera tan malo? ¡Querían cambiar la Dranacti! ¡Querían construir un sistema mejor!

La decana la miró con una evidente decepción y dio un paso atrás.

—Esperaba que fueses diferente. Esperaba poder educarte para ser la decana de Uxlay.

—Pero ya tienes a tu estudiante predilecta, ¿no? ¿Dónde está? —le espetó Kidan entre dientes, incapaz incluso de pronunciar su nombre—. Sé que te lo ha contado todo.

—Slen Qaros ha demostrado una lealtad a Uxlay excepcional. Deberías aspirar a ser más como ella.

Le hizo un gesto con la mano al guardia y este dejó la tablet en el suelo.

Kidan se sentó al lado, con los ojos llenos de lágrimas, y vio a su hermana, acobardada ante el interrogatorio del profesor.

Pero… faltaba algo.

—Un momento. —Kidan levantó la vista y miró a la decana que ya se estaba marchando—. ¿Dónde… dónde está él?

—¿Susenyos Sagad? —La voz de la decana se tensó, llena de amargura.

Kidan apenas logró asentir. Tenía un mal presentimiento que se hacía cada vez más fuerte.

—Conspiró con tus padres para esconder un objeto muy poderoso y trazó un plan para poseerlo y para romper los vínculos, amenazando nuestra coexistencia. ¿Qué castigo crees que debería imponerse para un crimen como ese?

A Kidan se le estremeció todo el cuerpo solo de pensarlo.

—Por favor, haré cualquier cosa menos lo que me has pedido. Suéltalos a los dos. Por favor.

Le decana Faris se volvió para mirarla sin girarse del todo. El pasador turquesa que llevaba en el moño tirante brillaba como un tercer ojo.

—Solo con el rumor de que la reliquia se encuentra en la Casa Adane, Uxlay se ha fracturado de formas que ni te imaginas. Sigue habiendo protestas; se está gestando la violencia otra vez. Debemos recuperar el equilibrio.

—Quieres que la reliquia esté en un lugar seguro, ¿verdad? —Kidan se acercó a ella—. Jamás permitiré que nadie cambie la ley que hay ahora. Está en un lugar seguro.

Su tono de súplica hizo que la mujer se volviera hacia ella un poco más. Cuando volvió a hablar, Kidan casi detectó cierta tristeza en su voz.

—Deberías haber venido a hablar conmigo al principio. Ahora es demasiado tarde. Ni yo ni Uxlay podemos confiar en que protejas la reliquia. Eres peligrosamente impredecible. El destino de nuestro mundo no puede estar en tus manos.

La decana se alejó, repicando con los zapatos de tacón bajo, la puerta se cerró y Kidan volvió a quedarse sola. La pantalla cuadrada le iluminaba la barbilla, el brillo hacía que le escocieran los ojos, pero no se atrevió a apartar la vista. June tenía el rostro torturado y lleno de lágrimas.

Kidan se sentía inútil. Aquella debilidad suya la reconcomía; siempre estaba a merced de los más poderosos. Echaba de menos la armadura que la había protegido en la Casa Adane. Si la hubiera tenido en ese momento, habría podido doblar aquellos barrotes y estrujar el cuello de la decana Faris hasta que soltase a su hermana.

June dio un respingo en la silla, con los ojos cerrados en un gesto de dolor. Kidan no había visto qué le había hecho el profesor Andreyas, pero a él también lo mataría si pudiera.

Debió de quedarse dormida así, incómoda, con la cabeza apoyada en el metal, porque hizo una mueca cuando la puerta se abrió y la despertó.

Los Sicion entraron con paso firme y ella retrocedió arrastrándose. Abrieron su puerta y, sin mediar palabra, tiraron dentro un cuerpo fláccido.

—Esto es para ti —dijo el vampiro pelirrojo.

Kidan tuvo que hacer acopio de todas sus fuerzas para acercarse al cuerpo. Alargó una mano temblorosa hacia la sombra, encontró el hombro y le dio la vuelta, poniéndolo boca arriba.

Susenyos. Ensangrentado más allá de lo imaginable, desde la boca hasta la camisa oscura y mojada.

Kidan gritó.

Nerviosa, buscó su cuello con las manos y descubrió que estaba roto, torcido en un ángulo antinatural. Tenía todo el pecho cubierto de cortes hechos cuidadosamente con una espada. Si las espadas de plata cubiertas de sangre de los Sicion habían perforado alguna arteria vital…, moriría. Kidan sintió que se precipitaba al abismo. Unas fuertes palpitaciones resonaban en sus oídos. Empezó a zarandearlo y a gritar su nombre.

Pero, cuando palpaba con los dedos sobre su corazón, no sentía sus latidos.

—Yos —lo llamó más alto, cada vez más alto. Su visión había cambiado; ahora sangraba, estaba teñida de un rojo furioso. Al principio no oyó a los Sicion, centrada como estaba en el pecho inmóvil de Yos.

«Muévete, muévete. Por favor, por Dios, muévete».

Alguien lo tocó, tratando de llevárselo, pero ella se revolvió y lo atacó con las uñas, casi arrancándole la cara. El Sicion gritó entre dientes y retrocedió. Era el pelirrojo, le estaba enseñando los colmillos.

—Déjalo aquí —dijo el otro Sicion, que estaba fuera de la celda, observando la escena con los ojos grises y los brazos cruzados—. Volveremos en una hora. Seguro que el hedor de su cadáver en descomposición le suelta la lengua.

Cadáver en descomposición.

«Cadáver en descomposición».

Las tres palabras se desarmaron en su mente. Era incapaz de volver a formarlas; se negaba a pensar en lo que significaban.

El Sicion se incorporó con una mirada amenazante y se fue junto a su compañero. Kidan estaba ya al lado de Yos, acunando su cabeza en su regazo. Le salía tanta sangre de la boca que le abrió los labios para ver si le habían arrancado los colmillos.

Se le llenaron los ojos de lágrimas. Pegó su frente a la de él, que estaba ensangrentada y pegajosa.

No sentía el calor de su aliento. Tenía la boca y la nariz frías. Acercó la oreja a su boca, esperando oír ese torrente de vida que tan bien conocía. Pero no había nada.

Absolutamente nada.

«Cadáver en descomposición».

En un abrir y cerrar de ojos, se cortó la palma de la mano con una roca, gritando entre dientes, y la puso sobre sus labios entreabiertos. Su sangre empezó a gotear lentamente en su boca.

—Por favor… —Se le escapó un sollozo entrecortado—. Abre los ojos, Yos.

Esperó un minuto que se alargó siglos, pero él seguía sin moverse. Apretó los puños y, antes de darse cuenta de lo que hacía, empezó a golpearle en el pecho inmóvil una vez tras otra.

Una vez, él había recurrido a la violencia para alejarla de las puertas de la muerte, y ahora ella haría lo mismo por él: le aporrearía el pecho hasta que su corazón volviera a latir.

—¡Yos! ¡Despierta!

Le pegó hasta que ya no le quedó más energía en los brazos. Se inclinó hacia delante, dejando que sus trenzas cayeran como una cascada a los lados del rostro de Susenyos. Los hombros le subían y bajaban con violencia, igual que el pecho, al compás de su respiración.

—Por favor, no me dejes sin él —rogó, susurrándole a él, a los dioses, a quienquiera que escuchase a las almas rotas—. No puedo perder a nadie más. Por favor.

80

SUSENYOS

ALGUIEN LO ESTABA LLAMANDO.

En aquella voz se retorcía un grito, y lo estaba llamando a él. Sintió el apremio de ser llamado de aquel modo, porque alguien lo necesitase tanto como respirar.

Pero cada vez que trataba de responder se perdía en el interior de su cuerpo roto. Los Sicion habían perfeccionado el arte de llevar a una criatura inmortal hasta los bordes de la muerte, y era allí donde se encontraba ahora, haciendo equilibrios para no caer.

Solo haría falta un corte más de sus espadas cubiertas de sangre para cruzar el umbral que lo condenaría al olvido. Sentía el veneno de su sangre en su interior, acercándose inexorablemente a las arterias de su corazón, por lo que hacía todo lo posible para que este no palpitara. Corría el riesgo de que el veneno se introdujese en el órgano que lo mantenía vivo. El hedor de un bosque podrido empezó a anegarlo poco a poco. Buscó en la oscuridad y encontró una brizna de vida en su lengua. Sabía al material del que están hechas las estrellas. A un oasis en el desierto.

«¡Yos!».

Esa voz, de nuevo. ¿Por qué se desprendía de ella tanto dolor?

Permitió que su corazón se despertase un poco y abrió los ojos.

Sobre él había el rostro de un ángel y, por un instante fugaz, pensó que se trataba de ella. De la Sabia que le había salvado la vida. Un fulgor resplandeciente irradiaba de su máscara. Olía a rosas blancas.

Estaba llorando; sus lágrimas le humedecían las mejillas. Con la tercera gota se le aclaró la vista, y se descubrió mirando un rostro desenmascarado, unos ojos oscuros y anegados en lágrimas y un labio tembloroso.

Kidan.

Su corazón dio una violenta sacudida, aunque se le ensombreció el rostro al ver su expresión de angustia.

—No estoy muerto todavía —la tranquilizó con voz ronca y una mueca de dolor—. Y, aunque lo estuviera, no merezco tantas lágrimas. Ya es suficiente, pajarillo.

Solo consiguió que sollozase aún más.

—No oía los latidos de tu corazón. Han dicho que… Pensaba que…

Su voz lo envolvió por completo, consumiéndolo.

Susenyos se esforzó por hablar, a pesar de lo seca que tenía la garganta. Se tragó con ansia la sangre que le ofrecía y, aunque no había átomo en su cuerpo que no pareciera atravesado por una aguja, era como un lento bálsamo.

—A veces pasa. Mi corazón late, solo que muy despacio. Mi cuerpo está tratando de curarse.

Ella le acarició el pecho ensangrentado con una mano temblorosa.

—¿Qué puedo hacer?

—Ya lo estás haciendo. Tu sangre… Me ayuda a concentrarme en algo que no sea el dolor.

Enterró los dedos en sus trenzas. Era como acariciar la más preciosa seda; su pelo era como las lianas de un árbol antiguo. Sintió el martilleo de su corazón, el cambio que se produjo en su respiración.

Que se hubiera convertido en su única forma de nutrirse iba más allá de nada para lo que estuvieran preparados, así que no le pediría más de lo que pide un compañero cualquiera hasta que encontrase el modo de romper aquel vínculo. Aquel juramento mortal. Se negaba a hacerla cargar con aquel destino durante el resto de su vida.

Moverse le dolía como mil demonios, pero alargó una mano hacia su esbelto cuello para atraerla hacia sí, para acercarla a su pecho, hasta que notó que presionaba la oreja contra él.

—Estoy bien, pajarillo —susurró—. Escucha.

Entonces dejó que su corazón palpitase. Ella no paraba de sollozar, pero poco a poco se fue tranquilizando. Lo abrazó, aferrándose a él con todas sus fuerzas. Por su culpa, le sangraron más copiosamente los crueles cortes de los Sicion, pero no se atrevió a protestar. Posó una mano sobre su cabeza para seguir acariciándole las trenzas con dulzura. No podía más que abrazarla. Dejó que su dolor y su miedo resonaran en ella antes de que la abandonaran.

—No sé qué hacer —susurró ella—. La decana no va a echarse atrás, pero no puedo romper la ley. No puedo.

Cuando Kidan le explicó lo que el profesor Andreyas les había enseñado, maldijo.

Una ley permanente. Si Kidan, como dueña de la casa, rompía la ley, no habría forma de rectificarla. Ignoraba que algo así pudiera pasar. Por supuesto, Mahlet no le había confiado aquella información.

Jamás se perdonaría por no haber visto la trampa a la que se dirigían. Y, además, tenía un presentimiento que no podía ignorar y que le decía que había algo más.

«¿Qué es? —preguntó—. ¿Qué más hay?».

Pero no se le ocurría nada. Samson se había escapado y se había escondido como una cucaracha. Arin exigía que Susenyos regresara lo antes posible, de lo contrario, perdería a su pueblo de nuevo. Pero aquellas amenazas eran obvias.

Había otra más que flotaba sobre él, invisible y peligrosa, fuera de su alcance.

Frustrado, centró su atención en algo que sí podía resolver. Kidan no tardaría en perder algo que para ella tuviese el mismo valor. Y aquello solo podía ser June.

—No puedes perder a June —susurró, tratando de mantener los ojos abiertos—. Haz que la decana te prometa ejecutar una transformación en muerte si June muere.

Kidan dejó de respirar de golpe. Poco a poco, levantó la cabeza y lo miró con los ojos colmados de horror.

—¿Me estás diciendo... que June será una vampira?

Le enjugó las lágrimas.

—He visto cómo te afectó su pérdida una vez. No puedes volver a pasar por ello.

—Pero la perderé de todos modos. Será una vampira.

Comprendía por qué su voz sonaba tan torturada. Deseó poder salvarla de aquel dolor, pero, sin su ejército de nefrasis en Uxlay, los superaban en número. Aunque, cuando encontrase a Slen Qaros, le bastaría con su ira para extinguirla del mundo.

Kidan no dijo nada más. Volvió a abrazarse con fuerza contra su pecho.

Él gimió; el dolor le robaba el aliento. Ella se apartó enseguida, pero él la atrajo hacia sí de nuevo, acallando sus protestas. Se apoyó de nuevo en él con vacilación, y él dejó que el calor de su cuerpo, que los latidos rítmicos de su corazón y su aroma embriagador, lo calmaran un poco más.

—¿Y si June no quiere? —le preguntó ella cuando casi se había quedado dormido de nuevo—. ¿Y si June no quiere ser una vampira? ¿Y si la obligo y me odia por ello, igual que...?

GK.

No tenía una respuesta para eso. Elegir era una cuestión difícil, y no era la primera vez que se enfrentaba a ella. La mitad de su pueblo todavía le guardaba rencor por lo que les había obligado a ser. No era quién para decirle a Kidan que debía elegir por su hermana. Quizá no sobrevivieran a ello.

—Voy a cerrar los ojos —la avisó, respirando despacio—. Quizá no oigas los latidos de mi corazón, pero estoy aquí. Estoy recuperando fuerzas. Llámame y moveré los dedos.

Ella asintió y lo dejó descansar.

Casi no había pasado ni un segundo cuando lo llamó.

Sonrió y movió los dedos contra su muslo, trazando el símbolo de un círculo. Ella suspiró y le besó en el pecho.

«Se te está pasando algo por alto». Aquella voz tan molesta había vuelto, más apremiante esta vez, y un poco más clara. «Sabes que debes advertirla».

Y entonces, de repente, presa de un cruel tormento, Susenyos entendió de qué se trataba. Cada uno de los cortes de los Sicion empalidecía al lado del que acababa de sufrir su corazón. No podía ser. Se negaba a pensarlo, ni aunque fuese un solo segundo. Pero, tal vez, en un mundo que le sonriera, Susenyos sería aquello que ella más…

«No».

Se negó tanto el placer que le causaba pensarlo como el pánico que se había alojado en su interior. Jamás se habría atrevido a reclamar para sí una parte tan importante del alma de Kidan.

Se negaba.

Pasara lo que pasase, él seguiría allí, vivo y a su lado, tanto tiempo como ella lo quisiera, y se defenderían contra todo y contra todos.

«Pero si no…». Si no… Susenyos la abrazó más fuerte, a pesar de que su cuerpo chilló a modo de protesta. No podía enfrentarse a aquello armado solo con esperanzas. Si ocurría lo peor imaginable, tendría que prepararla. No solo a ella, sino también a sus amigos y a su pueblo. Tal vez incluso a sí mismo. Nadie conocía la crueldad del castigo de una casa tan bien como él. Empezaría con lo único que podría sobrevivir a una ruina como aquella: con palabras sobre un papel.

Kidan se acurrucó contra él y exhaló un profundo suspiro.

Su encantadora y testaruda compañera.

El alma más preciada para él.

81

KIDAN

NO HABÍA ESTUDIANTE, HEREDERO O HEREDERA DE UNA CASA O Mot Zebeya que no hubiera acudido a ver cómo Kidan Adane recuperaba una de las preciadas reliquias del Último Sabio. La casa estaba rodeada por una muchedumbre implacable de cuerpos, con los rostros endurecidos por la ira, el asombro y la envidia.

Los Excavadores habían protestado a su favor, afirmando que aquel procedimiento era cruel e ilegal. Sin embargo, la decana Faris había presentado su razonamiento ante el tribunal de los Mot Zebeyas.

—Como recordaréis, no es la primera vez que Kidan Adane infringe una de nuestras leyes. Recibió una advertencia oficial y firmó un documento en el que renunciaría a su casa. Si se descubría que infringía cualquier otra de nuestras leyes, se le requisaría la Casa Adane, que pasaría a ser propiedad de Uxlay, como estaba establecido.

No había suficientes maldiciones en el mundo que calmaran la rabia que sentía Kidan. Aunque le habían permitido lavarse la cara y tener un aspecto relativamente presentable, la roña que tenía bajo las uñas y las ojeras que lucía no dejaban dudas acerca de dónde había estado. Se sentía tan humillada que casi no podía respirar.

Comprendía por qué la decana Faris había invitado a tanta gente como había sido posible: para restaurar su creencia en el equilibrio de poder y calmar su angustia, tenían que participar de aquel momento histórico.

La decana tomaría posesión de la reliquia y la Casa Adane perdería su estatus de Casa Fundadora. Ya no podría promulgar sus propias leyes.

Una humillación pública.

Apaciguaría las protestas y restauraría cierta apariencia de orden.

Kidan apretó los dientes al ver lo entusiasmadas que estaban las Casas Ajtaf y Makary. Siempre habían querido ver caer en desgracia a la Casa Adane.

Susenyos también estaba allí, flanqueado por los Sicion. También lo habían aseado, pero ella notaba los estragos que habían causado las agresiones prolongadas de los soldados en cómo se tambaleaba. Tenía los dedos manchados de tinta negra; había estado escribiendo. La miró a los ojos y asintió con suavidad.

Iniko y Taj ya habían llegado. Estaban entre la multitud, alerta, esperando instrucciones. Pero, fuera lo que fuese lo que pudieran hacer, dentro de Uxlay, la decana era más poderosa.

En último lugar, trajeron a su hermana. Las trenzas rizadas de June se veían carentes de vida, caían lacias alrededor de su rostro marrón y asustado. Se miraron a los ojos. Los de June rebosaban dolor; los de Kidan eran un torbellino de ira.

La decana había prometido revivir a June como vampira y permitirles que abandonasen Uxlay en paz. De todos modos, Kidan habría preferido cualquier tortura antes que quedarse en aquel lugar un solo segundo más. Lo único que quería era coger a June y a Susenyos y marcharse lejos, muy lejos de allí.

—Tendrás un minuto antes de que expire nuestro acuerdo —la informó la decana Faris, contemplando el ruinoso estado de la Casa Adane.

Kidan se fijó en los canalones sucios. Ambas estaban justo donde habían estado el primer día que la decana la había llevado a aquella casa.

—¿Alguna vez te has preguntado cómo conseguí heredar la cultura de mi madre? —le preguntó Kidan entre dientes, para asegurarse de que solo la oyera ella—. Vi lo que hiciste. Lo sé todo.

La decana Faris entrelazó los dedos. Lo único que delataba su ira era la fuerza con la que se apretaba las manos; una pequeña victoria que alimentó aún más la furia de Kidan.

—Procede, Kidan.

Kidan le dedicó una sonrisa amarga y sin alegría.

Cruzó el porche y abrió la enorme puerta para entrar en su casa por última vez. Contuvo el aliento, aterrada, esperando que su mano empezase a agarrotarse de dolor, pero la podredumbre negra no hizo acto de presencia. La ley que afectaba a Susenyos ya no estaba en vigor; ahora, el sujeto de la ley era la propia Kidan. Vio la chimenea apagada al final del pasillo recto, robándole a la casa toda su calidez.

—Muéstrame la ley de la casa —ordenó.

Unos hilos dorados tomaron forma en la palma de su mano.

«Si Kidan Adane pone en peligro la Casa Adane, la casa a su vez le quitará algo que para ella tenga el mismo valor».

Tragó saliva, a pesar del nudo que tenía en la garganta. Todos sus instintos le decían que la dejase así. Se lo decían sus huesos, sus ancestros, sus padres; hasta la misma casa se lo decía.

Pero no tenía elección. Debía cambiar la ley. El término «Casa Adane» se refería a la reliquia de la máscara, lo que significaba que, poniéndola en peligro, pondría también en peligro el linaje de la Casa Adane, a Kidan y a June.

Quizá su madre había sabido que aquello ocurriría. Quizá había predicho que sus hijas serían rehenes de la búsqueda de aquellas reliquias.

Kidan cogió aire. Y entonces, como Susenyos había hecho una vez, puso la casa en peligro.

—Deseo entregarle a la decana Faris la reliquia de la máscara que se encuentra en el interior de esta casa.

Con cada paso que la decana Faris daba en el interior de la casa, la ley convulsionaba, rompiéndose en pedacitos como un puzle, hasta que desapareció por completo. Kidan sintió que una ola rompía sobre ella, sobre la decana y sus Sicion, y que luego retrocedía para buscar aquello que Kidan más valoraba en ese mundo para extinguirlo. El precio a pagar.

Se volvió hacia el pasillo con los ojos llenos de lágrimas para buscar a June, que seguía fuera. ¿Se habría desplomado ya? Kidan trató de correr hacia ella, pero los Sicion le impidieron el paso.

—No te desconcentres —le ordenó la decana con aspereza—. Promulga la ley que revelará la reliquia.

Un torrente de llamas cobró vida alrededor de Kidan. Una vez más, la casa amplificaba sus emociones.

Recitó mentalmente los tres criterios para establecer una ley.

«La ley de una casa solo puede magnificar, duplicar o destruir lo que ya existe dentro de sus límites establecidos».

«Una ley siempre debe estar ligada a una circunstancia».

«La ley de una casa no puede cambiarse sin romperse».

Sin apartar ni un solo segundo la mirada gélida de la decana, Kidan habló:

—Si doy una palmada, la reliquia de la máscara que está oculta en esta casa aparecerá ante mí.

La nueva ley se escribió en la palma de su mano.

Y entonces, por segunda vez, Kidan infringió la ley.

Dio una palmada.

Una oscuridad completa y repentina descendió sobre ella, borrando a la decana y a los Sicion. Kidan ahogó un grito y miró el vasto vacío que la rodeaba.

Y, entonces, algo duro y antiguo se posó en sus manos. Brillaba, irradiando una luz cegadora. Entornó los ojos, tratando de acostumbrar la vista a aquel pedacito de sol que le vibraba en las palmas de las manos.

La reliquia de la máscara estaba tallada en una preciosa madera marrón y tenía unos remolinos dorados, blancos y resplandecientes dibujados alrededor de los ojos. Kidan había tocado muchos objetos y reliquias a lo largo de los años, pero ninguno de ellos le había parecido tallado a propósito para sus manos. La suave superficie era como el agua, tallada con elegancia y precisión.

De repente, el retrato de la diosa de la sala de los recuerdos de Susenyos apareció en su mente. Aquella máscara era una réplica exacta salvo por una cosa: la de la diosa tenía una grieta.

De pronto, volvió a oír aquel canturreo, el mismo que había oído con el cuenco Lasi. El canto de una mujer. Sin embargo, allí no había ninguna amalgama de símbolos. Mientras el cuenco le había parecido antiguo y sobrenatural, aquella máscara le resultaba familiar.

Kidan sintió que le palpitaba el dedo al tiempo que se imaginaba la grieta que recorría la máscara desde la frente hasta la nariz recta. Casi podía verla, y le brillaban los ojos.

La máscara era hermosa intacta, sí, pero sería extraordinaria si se rompiera.

Y aquel extraño pensamiento pareció invocarla, la instó a ejercer algo de presión y ver qué ocurría. La cogió de ambos extremos con los dedos y presionó, esperando una resistencia como la del hierro. Samson había tratado de romper aquellos tesoros con fuego, tierra y fuerza bruta y había fracasado una vez tras otra.

«¿Qué estás haciendo?».

Kidan no lo sabía, pero sus manos sí. Siempre comunicaban lo que su mente jamás acertaba a comprender, hablaban un idioma propio, actuaban sin su permiso.

Círculo. Cuadrado. Triángulo.

«Rómpela».

Un escrito empezó a aparecer por el puente de la nariz de madera. Entornó los ojos, tratando de leerlo. Aquello era importante.

Y, entonces, el profesor Andreyas le arrancó el objeto de entre los dedos. Justo cuando aquel mensaje empezaba a trasladarse a las palmas de sus manos.

—¡No!

Después de todo lo que había sufrido para hacerse con aquella máscara, le hervía la sangre por tener que entregarla así, como si nada. Casi pensó en arrancarla de la fría mano del profesor, porque habría podido jurar que había ocurrido algo. Que la máscara le estaba hablando. Como si ella sí pudiera romperla.

A Kidan se le paró un instante el corazón. Se preguntó si se lo habría imaginado. Contempló las palmas de sus manos. ¿Era la casa? ¿Su armadura? ¿Acaso la respuesta a cómo romper las reliquias... era ella?

«Imposible».

El profesor no apartaba su inquietante mirada de ella. La decana y los Sicion habían empezado a salir de la casa, pero él no se movió. En un abrir y cerrar de ojos, se plantó delante de Kidan y la agarró de la barbilla. Sus ojos parecían estar hechos de un árbol de caoba milenario.

—¿Estás aquí? —preguntó.

Solo la había cogido de la barbilla, pero Kidan no podía mover ni el cuello. Siempre había sospechado que el profesor era más fuerte que la mayoría de vampiros, pero ahora acababa de cerciorarse. Su fuerza era implacable, total.

Le costaba mover los labios.

—¿Qué... quiere... decir?

—Andreyas —lo llamó la decana con desconcierto.

El profesor se apartó, se ajustó las mangas y salió tras mirarla una última vez, moviendo el pelo trenzado.

La decana Faris hizo un gesto a los Sicion, que cogieron la reliquia y salieron.

—Uxlay te da las gracias por tu sacrificio.

Fue aquella última palabra la que sacó a Kidan de su ensimismamiento.

«Sacrificio».

June.

82

KIDAN

«June. June. June».

El pasillo parecía eterno. Kidan corría hacia la puerta, preparándose para ver a su hermana tirada en el suelo con el rostro exangüe. Se paró en seco cuando un par de brazos delgados y un cuerpo que olía a flores silvestres se abalanzaron sobre ella.

El golpe le provocó un fuerte dolor de cabeza, pero no le importó. Nada le importaba.

June estaba en sus brazos

Viva.

Abrazándola.

Kidan se aferró a su hermana con fuerza, con las comisuras de los ojos llenas de lágrimas. Retrocedió un poco y le palpó el cuerpo a toda prisa, para asegurarse de que estuviera bien, y June se rio porque le había hecho cosquillas.

Humana. Viva.

—¡Estás bien! —susurró Kidan maravillada.

June lucía una sonrisa que le iluminaba la cara. Kidan volvió a abrazarla y aprovechó para ver quién más esperaba tras ella.

Todos estaban vivos.

Taj. Iniko. Yos.

Ilesos. Kidan estuvo a punto de echarse a llorar de puro alivio.

En ese momento, apareció la decana Faris, tan serena como siempre, y se dirigió a la multitud:

—Kidan Adane ha entregado la reliquia de la máscara. Será expulsada de nuestra sociedad en una hora. Por favor, regresad a vuestras clases y vuestros hogares.

La multitud se dispersó, aunque varios rezagados se quedaron por allí, fulminando a las dos hermanas con la mirada. Kidan les hizo una peineta, alimentando todavía más su furia.

—¡Kidan! —la reprendió June cogiéndola del brazo. Luego la llevó al interior de la casa.

Susenyos y los demás las siguieron. Se quedaron cerca del despacho.

—¿Por qué? ¿Qué ha pasado? —preguntó Kidan al cabo de un segundo.

Taj fue el primero en hablar. Su expresión, antes tan preocupada, era radiante.

—Igual la ley piensa que entregar la reliquia ya es castigo suficiente.

—No, la ley es específica —repuso Iniko, que estaba apoyada en la pared con una expresión atribulada—. Se refiere a algo que tenga el mismo valor para la persona. El mismo. La reliquia es menos preciada para Kidan que su hermana, así que no tienen el mismo valor.

Kidan se dejó caer en el sofá. Todos tenían un mal presentimiento, la horrible sensación de saber que había algo que se les había pasado por alto, algo importante. Pero Kidan no sabía qué podía ser.

Mientras los demás se trasladaban al salón, Kidan apretujó a su hermana en otro abrazo, haciendo caso omiso de sus protestas. Qué cruel habría sido perder a June por la ley de la casa.

June se rio y cedió, dejando el cuerpo fláccido.

—¡Estoy bien!

—Pensaba que te había perdido —le susurró Kidan—. Sabes perfectamente que no puedo vivir sin ti.

June se puso tensa y se apartó y, esta vez, Kidan no se resistió. De los ojos de June se desprendía una gravedad que la había puesto alerta.

—Sí puedes vivir sin mí —repuso June con una débil sonrisa—. Ya lo has hecho. Cuando me escapé.

A Kidan se le contorsionó el rostro. ¿Por qué sacaba ese tema ahora? Pero, antes de que le diera tiempo a protestar, June fue hacia Taj y le habló en voz baja y con gesto íntimo. Kidan negó con la cabeza. Se negaba a perder esa nueva luz que acababa de recuperar.

Y hablando de luz…

—¿Dónde está Yos? —preguntó Taj.

—Arriba, recuperando fuerzas.

Kidan subió despacio, tratando de apartar la ley de su mente.

La habitación de Susenyos la ayudó a calmar su inquietud, y alejó el resto de sus preocupaciones. Inhaló con fuerza y permitió que el sonido de la lluvia y el crujido de los pergaminos ahuyentaran la tensión que todavía albergaba en los músculos.

Susenyos estaba sin camiseta, mirándose en el espejo. Tenía la brutalidad de los Sicion dibujada en la espalda. Las púas y los alambres plateados le habían desgarrado la piel, que estaba plagada de heridas abiertas que se curaban con increíble lentitud. Cada movimiento que ejecutaba debía de causarle un dolor atroz. A Kidan le tembló el labio al verlo, pero la furia no tardó en nublarle la vista.

Un día, la decana Faris pagaría por lo que había hecho.

Kidan se acercó a él y acarició con suavidad la hermosa piel masacrada. Él se estremeció.

—Soy yo —susurró contra su piel oscura, y lo rodeó con los brazos, posando las manos en el abdomen duro. Él se puso rígido y se apoyó en el espejo—. ¿Todavía te duele?

Había ensuciado el marco del espejo con los dedos manchados de tinta. Kidan solo le había visto las manos así cuando respondía a los mensajes de *Carta al Inmortal.* Escribía cientos de cartas en unos pocos minutos, concentrado al máximo, y la tinta le explotaba en los dedos.

—¿Has estado escribiendo? —le preguntó, acariciándole los dedos magullados.

—¿Por qué me tocas? —Sus palabras sonaron mal, extrañas, como atrapadas entre un siseo y un gruñido.

Kidan se quedó de piedra.

Se le aceleró el corazón al oír la violencia de su voz.

—¿Qué…? ¿Estás enfadado conmigo? —Él se sacudió bajo sus brazos, como si lo estuvieran electrocutando, y ella lo volvió hacia ella y lo cogió de la cara—. Siento mucho lo que te ha hecho. Odio lo que ha ocurrido, Yos. Pero ahora ya ha pasado.

La mitad de su rostro quedaba oculta bajo las sombras y la otra mitad estaba iluminada por la pared de cristal. Kidan miró un ojo negro como la tinta, notó que apretaba los dientes y sintió el aliento abrasador que escapaba de su boca, como el de una bestia.

—Quítame las manos de encima —le espetó con voz ronca.

La calma que reinaba en la habitación se fracturó de golpe, dando lugar a un terror que la cegaba, que le atenazaba la espalda. Sin embargo, no lo soltó, a pesar de que su odio le abrasaba la piel. Y, atrapada entre la súplica y el pánico, le susurró:

—Yos. —Pronunció su nombre como si le fuera la vida en ello, como una orden—. ¡Yos!

En los ojos que la miraban no había ninguna luz.

Susenyos la agarró del cuello, manchándoselo con la tinta húmeda de los dedos, y ella ahogó un grito. Bajó las manos mientras él la sacaba de allí, hasta que la barandilla de las escaleras se le clavó en la cintura.

Si la arrojaba desde allí, se rompería todos los huesos.

La luz de la bombilla del pasillo por fin le permitió ver su rostro entero. Había sacado los colmillos y en sus ojos oscuros llameaban dos esferas rojas, un odio crudo y vibrante que la dejaba sin aliento.

—¿Yos? —Kidan no podía sino repetir su nombre en voz baja, como una oración.

Él cerró los ojos y la atrajo hacia sí, apretujándole el cuello.

—Deja de pronunciar mi nombre así.

La esperanza se le alojó en la garganta, como un cuchillo.

—¿Así, cómo?

—Como si yo fuera tuyo.

Abrió la boca, inhalando su aliento abrasador, que contrastaba con la sensación gélida que se estaba abriendo paso en su interior. Si él cerraba aquellos ojos imponentes, su rostro parecía en paz, calmo como la luz del sol sobre la superficie del agua. Ella inclinó la cabeza, sin poder controlarse, y le rozó el labio inferior con los suyos. La más suave caricia. Notó en las entrañas los susurros de aquella corriente eléctrica que tan bien conocía.

Él dio una sacudida y abrió los ojos. Solo había furia.

—No soy tuyo.

Y entonces la empujó.

Kidan se precipitó hacia atrás con la boca abierta en un grito mudo, arrastrada por la gravedad que tiraba de su cuerpo. Le rozó el pecho con los dedos, pero él se apartó con una expresión cruel. Y ella cayó.

Cayó, como lo había hecho tantas veces antes, de una torre, y esperó a que él la agarrara. Pero Susenyos se limitó a mirarla con odio.

Kidan no llegó a gritar.

Tal vez, de haberlo hecho, alguien la habría salvado. Sin embargo, dedicó su medio segundo, el que quizá sería su último instante en la tierra, a susurrar su nombre de nuevo, a tratar de que él volviese a ella. A contemplar aquellos ojos ardientes y darse cuenta de que la casa sí le había arrebatado algo.

Kidan no oyó el crujido de su espalda al romperse, pero debió de ser estrepitoso, pues todos sus amigos acudieron a toda prisa. No podía moverse; se limitaba a mirar hacia arriba, hacia él, con el pelo extendido alrededor de su cabeza, torturada por el dolor.

—¡Dios mío, Kidan! —chilló June.

—¡Dios! —gritó Taj.

Fue él quien apareció de la nada y le presionó un líquido caliente contra los labios.

—Bebe. —Su sangre se deslizó por su garganta, curándola. Mientras tanto, él la miraba con el rostro ensombrecido de preocupación—. No, no muevas el cuello. Bebe. —Taj miró hacia arriba y descubrió a Susenyos, que contemplaba la escena—. ¿Qué narices ha pasado?

Con cada trago que daba, el dolor estallaba en el cuerpo de Kidan, pero se quedaba atrapado en su pecho. Sintió que movía los dedos, que estaba completamente curada. Y entonces su espina dorsal dejó de doler. Meneó los dedos de los pies. Ya podía moverse. Se incorporó de golpe, sobresaltando a Taj.

—Espera. Todavía te estás curando…

Susenyos saltó por encima de la barandilla y aterrizó sin hacer ruido, con el brazo plagado de venas verdosas.

A Kidan le temblaba la voz, igual que la luz de la bombilla que los iluminaba. Se tambaleaba, pero se mantenía firme.

—Tú no. Tú no.

Él ladeo la cabeza y esbozó una sonrisa malvada.

Cuando ella se atrevió a tocarlo de nuevo, la agarró de la muñeca y se la retorció, haciéndola gritar de dolor.

—¡Yos, soy yo!

La apartó de un empujón que, esa vez, provocó las protestas y los gritos de los demás.

Taj la liberó de él con sus fuertes brazos.

—¿Se puede saber qué te pasa? —le gritó.

—¿Disculpa? —replicó Susenyos en un tono letal, con una cualidad oscura que se filtraba en sus palabras.

Kidan dio un paso hacia él.

—¿Quién soy?

Sus propias palabras la hacían temblar. Tenía un miedo atroz de la respuesta.

¿Acaso la casa había hecho que se olvidara de ella?

Él inclinó la cabeza.

—Kidan Adane. —Su nombre en sus labios… Kidan cerró los ojos. Gracias a Dios. La conocía—. La hija de Mahlet y Aman, la chica que me dejó sin la herencia que me correspondía y que me robó la inmortalidad durante meses para luego entregar la reliquia de todos modos.

Kidan abrió los ojos de golpe.

—¿Qué...? ¡No! ¿Quién soy para ti?

Kidan lo tocó. Lo cogió de los brazos y él gruñó de nuevo. No podía evitar tocarlo; las palabras le habían fallado, así que esperaba que sus manos lograran recordárselo todo.

Pero lo único que parecía conseguir con ellas era hacerlo rechinar los dientes.

June se tapó la boca. Tenía los ojos muy abiertos en una expresión de horror.

—Kidan... Él...

Iniko observaba a Susenyos en silencio, reparando poco a poco en el cambio.

«Llega hasta él. Llega hasta él».

—Si vuelves a hacerle daño, te juro que... —gritó Taj.

—Si quieres que te deje sin lengua, solo tienes que terminar esa frase. —La ira de Susenyos se dirigió hacia su amigo con la rapidez de un látigo.

Taj parpadeó, boquiabierto.

—Iniko —gritó Susenyos—. Si vuelve a tocarme, rómpele las piernas.

Y, antes de que Kidan comprendiera lo que acababa de decir, la empujó y surcó el aire hasta golpearse contra un pecho que evitó su caída. Iniko.

Y Susenyos se esfumó a una velocidad pasmosa sin mirar atrás. Cerró de un portazo que reverberó por toda la casa.

Kidan se puso de pie al instante, pero Iniko le impidió el paso.

—¡Quítate de en medio!

—¡Ya basta! —gruñó Iniko, mostrando emoción por primera vez—. Ya basta.

Kidan retrocedió. En el rostro de Taj estaba escrito el mismo dolor, la misma pérdida.

«No. No...».

Kidan les dio la espalda y se dirigió a la casa, mirándose las manos con determinación.

—Si doy una palmada, Susenyos volverá a estar como antes.

Las palabras empezaron a escribirse en su piel, pero se desvanecieron antes de formar la frase entera.

«No».

—Si doy una palmada, recuperaré a Susenyos —dijo, más alto.

Pero la ley volvió a fallar.

«El dueño de la casa no podrá promulgar una nueva ley para rectificar lo que ha roto».

Fue la expresión de Taj lo que acabó de hundirla. La confusión de su rostro, que poco a poco se fue transformando en perplejidad ante lo que era una certeza; la insoportable desesperanza que rebosaba de sus ojos castaños.

—La casa… te lo ha quitado.

«No —quiso decirle—. No lo he perdido».

Taj apartó la vista y se quedó con la mirada clavada en la alfombra roja y los puños apretados.

Kidan le dio un puñetazo a la pared y soltó un grito desgarrador, un grito que la estaba partiendo en dos. La casa también se partió, como un eco de su dolor. Se dejó caer al suelo.

—Kidan… Lo siento mucho. —June se arrodilló a su lado. Tenía el rostro deformado de angustia.

La rodeó con los brazos. Kidan notó una presión creciente en el pecho hasta que sintió que no le circulaba el aire en los pulmones.

—Lo he perdido —le dijo a su hermana con la mirada perdida—. Lo he perdido.

83

KIDAN

EN EL ESTUDIO, UNA IMAGEN QUE LE RESULTABA CONFUSA, KIDAN tenía la mirada clavada en la chimenea, perdiéndose en las llamas. Serían exiliadas de aquella casa, de Uxlay, en unos pocos minutos.

June estaba haciendo las maletas porque Kidan era incapaz. No sentía nada.

Solo desesperanza.

Estaba aferrada al broche plateado de Susenyos. Lo había dejado sobre su cama. Recordó que un día le había dicho que lo llevaría siempre puesto, que era un símbolo de su lealtad hacia ella, hacia la Casa Adane. Todavía estaba caliente. Todavía olía a él.

Kidan no recordaba la última vez que cruzó el pasillo, ni que bajó las escaleras del porche hacia el camino de piedra. Una gran multitud de gente se había reunido ante la puerta principal para presenciar su humillación. Kidan tenía los ojos en carne viva, como si se los hubieran frotado con papel de lija, y sabía que estaban rojos, por culpa de toda la ira y el dolor reprimidos. Lo único que evitaba que se pusiera a chillar o se derrumbara allí mismo era la mano de June, que cogía la suya con fuerza.

Cada pocos segundos, Kidan le daba un apretón y esperaba sentir la firme presión a modo de respuesta.

Jamás olvidaría la satisfacción que había en todos aquellos rostros. Un brillo enfermizo centelleaba en sus pupilas ante aquel escarnio. Se fijó en las narices arrugadas, como si por fin hubieran encontrado el origen de un hedor insoportable y hubieran logrado sacarlo.

Aquellas eran las personas a las que su madre quería ayudar. Ella, que quería reconstruir la Dranacti para salvar sus almas, no sabía lo tarde que había llegado.

—Por fin —escupió un hombre de la Casa Ajtaf con la piel marrón claro y los ojos verdes.

El hermano de Tamol.

Kidan sintió que un fuego violento se le prendía en las entrañas. Si era lo bastante rápida, se las arreglaría para deformarle esa cara engreída con unos cuantos puñetazos, para aplastarle la nariz con los nudillos.

Se detuvo.

—Kidan. —June le estrechó la mano y tiró de ellas—. No. Por favor.

Sus ojos marrones parecían fundirse bajo el sol poniente. Un lugar seguro. Kidan permitió que tirase de ella, concentrándose en su lazo rojo como un campo de amapolas.

Cuando hubieron cruzado la puerta principal, Kidan miró atrás.

La decana Faris estaba al final del camino de adoquines, bajo una farola en forma de león, quieta como una lechuza.

A su lado había otra figura, empequeñecida por su ancha chaqueta. Slen Qaros la observaba con el rostro desprovisto de emoción. Había sido una estupidez por parte de Kidan esperar algo distinto. Había elegido el otro bando.

«Yo te quería», pensó Kidan.

Las puertas doradas empezaron a cerrarse, hasta que las espadas que los leones llevaban en las bocas se cruzaron con un «clic». Kidan observó a Slen a través de los barrotes brillantes. La habían seleccionado como aprendiz de la decana en lugar de su amiga. En poco tiempo, la casa Qaros se trasladaría al centro de Uxlay, y con esa posición reclamaría para sí un inigualable poder.

«Las ratas de la Casa Qaros roban».

La tía Silia ya se lo había advertido.

Kidan se mordió el labio y se dio la vuelta.

Al otro lado de la carretera, debajo de un árbol, había un chico vestido de negro con los ojos oscuros como dos eclipses.

Kidan parpadeó, tratando de discernir la realidad del sueño. A su lado había un hombre gigantesco e inmóvil: Warde.

June les sonrió y se dirigió hacia ellos. Kidan miró las puertas de Uxlay por última vez antes de seguir a su hermana con paso lento. GK la miró con cautela, como si supiese todo lo que le había ocurrido.

Ella no dijo nada, temerosa de ahuyentarlo. GK… Había salido de la celda de los nefrasis.

—Tenías razón —dijo. Las hojas secas crujían bajo sus pies—. Un Mot Zebeya ha de proteger todas las vidas. Y la tuya está en peligro.

La presión de la espada que Kidan sentía contra su pecho se alivió un poco. Se metió la mano en el bolsillo, sacó la cadena de huesos de GK y se la tendió. Cuando él la tomó en sus manos, los huesos respondieron con fuerza, susurrándose los unos a los otros.

GK detuvo la mirada sobre el broche de Kidan, que aún estaba rojo, cubierto de pasta *mot*.

—¿Yusef? —preguntó con el rostro ensombrecido. Kidan apartó la vista—. Ya veo. No quería creerlo. Por muy enfadado que estuviera con él, quería que viviera. Que me dijera por qué hizo lo que hizo. Y que me explicara en qué le fallé como amigo.

A Kidan le escocían los ojos. Hablar le resultaba imposible, así que no dijo nada.

Al cabo de un largo momento, GK añadió:

—Iré contigo, Kidan, pero has de prometerme una cosa.

Tenía un nudo en la garganta, pero logró decir:

—¿Qué?

—Si pierdo el control y le hago daño a alguien, me detendrás —le pidió con voz firme—. Me dejarás morir.

Kidan apartó la vista, fijándose en la mirada esquiva de June. ¿Cuánto tiempo mantendría el hambre a raya con el brebaje que ella le daba? Sin embargo, aquello parecía importante para él, más vital que el aire mismo.

Kidan asintió despacio.

—Te detendré.

«Pero no te dejaré morir».

June y Kidan echaron a andar por el estrecho camino que llevaba a la ciudad de Zaf Haven, lejos de Uxlay. Las seguían los dos Mot Zebeyas, con sus temblorosas cadenas de la muerte cantando a la vez.

84

KIDAN

Kidan observaba la ruidosa rejilla de ventilación, que soplaba el polvo, propagándolo a su alrededor, con la cabeza apoyada en el regazo de June.

Estaban en un motel en la ciudad de Zaf Haven, tratando de decidir adónde ir. La voz dulce de June, que le acariciaba las trenzas, era como un bálsamo sobre una herida.

—Estarás bien, Kid. Te lo prometo.

—Sentí que se resquebrajaba —dijo Kidan con el rostro inexpresivo.

—¿Cómo?

—La máscara. Sentí que… que se agrietaba, a pesar de que Samson no había podido romper la reliquia de las espadas. Sé que parece una locura, pero creo que puedo hacerlo. Que puedo romper la máscara.

June guardó silencio y siguió acariciándole el pelo.

Kidan pensó en las palmas de sus manos y revivió la sensación de poder que la había atravesado al sostenerla.

Una idea peligrosa se coló en sus pensamientos sin invitación. Una que quizá tuviera el poder de sumir al mundo entero en la ruina eterna, pero no podía acobardarse ante la violencia que le prometía ese camino. Ese plan, ese plan escrito en letras de sangre, lo cambiaría todo de forma irrevocable. Se perdería a sí misma en el proceso de cumplirlo, o, tal vez, se encontraría por fin. Tal vez por fin se casaría con la oscuridad, se uniría a ella hasta que nadie pudiera distinguir a la una de la otra.

—Quiero romperlas todas, June. Quiero usar todo poder que logre obtener para recuperarlos. Quiero utilizar el poder del Sabio.

Kidan se hizo un ovillo y esperó la respuesta desaprobadora de su hermana. Su hermana, tan buena y razonable, le quitaría esa idea tan peligrosa y devastadora de la cabeza. Y entonces aún se sentiría más avergonzada.

—Hazlo —susurró June—. Yo te ayudaré.

Kidan se incorporó, llorando en silencio.

—¿Qué?

—Que te ayudaré. —June tenía los ojos muy abiertos, casi esperanzados.

—¿De verdad? —Sintió una opresión en el pecho—. Nuestros padres sabían dónde se esconde la reliquia del anillo. Estaban a punto de encontrar todas las reliquias de los vínculos.

Sonaba absolutamente…

—Te creo.

Kidan parpadeó. Tenía las pestañas húmedas.

—¿Me crees?

June le enjugó las lágrimas con dulzura y la miró con los ojos decididos, vivos.

—Sí.

Una sensación cálida las arrulló a ambas. Kidan abrazó a su hermana con fuerza. Era maravilloso que la creyeran con tanta facilidad, sin tener que demostrar nada, sin que tuvieran que validarla.

—¿Crees entonces que podré recuperarlos? ¿A Yusef y a Yos?

June vaciló unos instantes, pensativa, y luego dijo:

—Creo que tienes que intentarlo.

Kidan se puso de pie. Gracias a aquel nuevo plan, su corazón volvía a latir. Sin embargo, se detuvo al darse cuenta de una cosa.

—He de encontrar a Samson. Él sabe dónde está la reliquia de las espadas. —June desvió la mirada y se mordió el labio inferior—. ¿Qué pasa?

—Yo sé dónde está la reliquia de las espadas —confesó.

Kidan enarcó las cejas.

—¿Dónde?

Sus labios rosados se curvaron en una sonrisa.

—En la casa de marfil.

En una calle silenciosa, Kidan y GK esperaban frente a una puerta de hierro a que June saliera de la mansión blanca abandonada. Kidan cambiaba de postura, nerviosa, mientras trataba de ver a través de las ventanas tapiadas.

GK la observaba con ademán tranquilo. Guardaba silencio, pero aun así decía mucho.

—No te parece bien —dijo ella.

—No, no me parece bien. Romper la reliquia de las espadas acabará con el Primer Vínculo. Los vampiros podrán alimentarse de cualquiera, no solo de los actis. Lo que piensas hacer dañará a civiles.

—¿Y qué pasa con los actis que viven en Uxlay? ¿Los que tienen que matar para compartir su sangre? Tú mismo dejaste de estudiar Dranacti porque viste lo horrible que era —respondió, preparándose para la decepción que irradiaría de él.

GK la miró con aquellos ojos marrón oscuro, que seguían albergando más bondad que los suyos propios, a pesar de que su alma fuese inmortal.

—No lo hagas, Kidan.

Pensó en sus padres, en Yusef y en la promesa que le había hecho a Susenyos.

«Yo te protegeré».

Recordó la felicidad que había aflorado en su rostro solo por pensar que ella lo consideraba digno de su protección. Y, después, la mirada fría y desalmada con la que la había castigado hacía apenas unas horas.

Era su compañero, el primero en tenderle la mano cuando se estaba ahogando, y, si tenía que romper el mundo para rescatarlo, lo haría.

—Llóralos y sigue adelante —le aconsejó GK en voz baja—. Puedo ayudarte.

Pero ella ya estaba negando con la cabeza.

—Sé que duele —prosiguió él—. Sé lo mucho que duele. Por eso los Mot Zebeyas debemos convertirnos en maestros de la soledad, porque el dolor de una pérdida puede destruirte si se lo permites. —GK clavó su mirada en lo más profundo de su alma—. Yo puedo enseñarte a estar sola.

Kidan retrocedió. Aquellas palabras... Había paz en ellas, estaban despojadas de pérdida y dolor. Aquello era lo que la atraía a GK, ya incluso el día que lo había conocido. El modo en que abrazaba su soledad y encontraba consuelo en ella.

Le escocían los ojos. Se acarició la muñeca, donde antes llevaba la pulsera de la mariposa.

—Ya he estado sola, GK. Antes de conoceros a vosotros. Y sé en lo que me convertí. No puedo volver a eso.

La puerta se abrió y June les hizo un gesto para que se acercaran.

Kidan se aclaró la garganta y dio un paso al frente.

—Te traje de entre los muertos, GK. Prometí volver a hacerte humano. Puedo recuperar a Yusef. Y a Yos. Puedo protegeros a todos.

Él la miraba con severidad. Con el rostro lleno de advertencias.

—Además —continuó, tratando de sonreír—, me has dicho que moriré cuando cumpla los veintiuno. Si solo me queda un año en este mundo, pienso intentar recuperar todo lo que he perdido.

Al ver que no le respondía, Kidan se puso recta y subió al porche. Y, aunque la cadena de huesos repiqueteó a modo de advertencia, ella recibió el sonido con los brazos abiertos. Aquel nuevo camino estaría plagado de muerte, pero ahora ya conocía en profundidad al señor oscuro.

En silencio, su Mot Zebeya, su Guardián de la Muerte, la siguió.

85

JUNE

JUNE ESTABA ENTRE LOS DOS, Y SENTÍA LA RABIA QUE IRRADIABA DE ambos. La misma cantidad. El rostro de Kidan amenazaba tormenta; era casi irreconocible. Y los ojos de GK se habían teñido del rojo más puro. Estaba dispuesto a atacar.

Samson, al que Warde tenía encadenado, gruñó al verlos.

«Por favor, que funcione».

—No pienso colaborar con él —dijo Kidan con los dientes apretados. Y entonces enarcó las cejas—. Un momento… ¿Lo soltaste tú?

June se estremeció. Asintió tímidamente. Odió la expresión traicionada que asomó al rostro de su hermana.

—Prefiero que me arranquen los colmillos a trabajar contigo, bruja traicionera —replicó Samson.

June se deshinchó un poco, pero se negaba a perder la esperanza.

—Te soltaremos.

—¡No lo vamos a soltar! —gritó Kidan—. ¡Mató a Etete!

En los ojos de Samson no había ninguna emoción.

—Qué devoción de parte de la misma chica que me dijo que la asesinara.

Kidan tenía una daga en la mano y se abalanzó sobre Samson. Cuando estaba a meros centímetros de clavársela en la cara, una pared la empujó hacia atrás.

No, una pared no. Warde.

June supo que le había cortado en el brazo cuando sintió el dolor de la puñalada. Corrió hacia él y estudió el color de sus ojos para asegurarse de que conservaba la calma.

«No estoy herido», le dijo mentalmente.

Respiró aliviada y se volvió hacia los otros dos, furiosa.

—Parad.

—GK. —Los ojos de Kidan llameaban—. Ayúdame.

GK dio un paso al frente.

Samson se agarró con más fuerza a sus cadenas.

—Venga, chico devoto, ven aquí. Pon a prueba tu oscuridad.

—¡Ya es suficiente! —June alzó la voz más de lo que le gustaba, pero logró llamar la atención de ambos—. Los dos queréis romper los vínculos. Esta es la única manera.

La contrariedad de Samson se respiraba en toda la estancia.

—¿Por qué iba a ser ella capaz de romper las espadas? ¡Una humana débil! Esto es un truco, y ni siquiera lo que me importas bastará para salvarte, June.

—Samson, por favor. —Alargó una mano para tocar su brazo de metal. Él bajó la vista y se quedó quieto un instante, pero luego se apartó.

Le dolía ver que no confiaba en ella. Todos los meses que habían pasado juntos se habían ido al garete.

—GK —dijo Kidan con un gesto de desdén—. Estoy a punto de vomitar.

El silencioso Mot Zebeya le dirigió una mirada penetrante, pero su cadena de huesos se quedó quieta. Kidan no estaba en peligro.

Bien. Significaba que a Samson se le habían pasado las ganas de arrancarle el corazón.

Por el momento.

—¿Qué ha ocurrido con tu media naranja? —Samson ladeó la cabeza y miró a Kidan—. ¿Dónde está tu Yos, el humano?

Su hermana se estremeció. Samson se inclinó hacia delante con una chispa en los ojos.

—Susenyos está… —empezó a decir June, tratando de ahorrarle a Kidan el dolor.

—No está —la interrumpió Kidan con frialdad—. Se ha ido.

Samson las observó a las dos unos instantes. Se olía que era mentira. Contempló la barbilla desafiante y los ojos rojos de Kidan y la mirada gacha de June.

Pero se limitó a decir:

—Es lo que mejor se le da.

Se hizo un silencio extraño a su alrededor. June deseó poder borrar todo el dolor y el malestar que los torturaban a todos.

—Deja que lo intente —le pidió a Samson con gentileza—. Por favor.

Una vez más, la habitación quedó dividida por dos polos opuestos evidentes. Aquello terminaría, o bien con sangre, o bien con el principio de una frágil alianza.

Samson zarandeó sus cadenas.

—Primero, suéltame.

—No lo hagas, June.

Pero no había otro modo.

June le hizo un gesto a Warde con la cabeza y él desabrochó el grueso metal negro.

Samson se frotó las muñecas.

—Yo elijo el momento y el lugar. Y tendré a mis seguidores conmigo.

Kidan entornó los ojos.

—Yo necesito que vengan los Excavadores y sus vampiros.

—No más de diez —dijo Samson.

—Veinte.

—Está bien —replicó en tono cortante—. Y, cuando no logres romper las espadas, me daré un festín con todos vosotros.

June se estremeció al oír la promesa. Al percibir su miedo, Samson alargó una mano y le acarició la mejilla con el dedo de metal.

—Contigo no.

En momentos como aquel, June se preguntaba si estaba condenada a ser la única que viera en Samson una semilla de esperanza y de bondad. Era un corazón roto que no dejaba de sangrar. Igual que su hermana.

Pero se curarían. June pensaba encargarse de que así fuera.

Miró a Warde y le habló a través de la mente.

«Por favor, asegúrate de que Taj no se entere de lo que vamos a hacer».

Se oyó un repiqueteo. Warde asintió.

«¿Seguro que quieres engañar así a tu hermana? —le preguntó—. Para que se convierta en una Sabia, tendrá que matarte».

June sintió que la culpa la atravesaba como si de una lanza se tratara. Pero no tenía elección. Kidan jamás mataría a June por voluntad propia; siempre preferiría volver el cuchillo contra sí misma.

«Sí —respondió June—. Ahora me toca a mí sacrificarme».

En el fondo de su mente, oyó el rugido de protesta del Último Sabio, tan fuerte que a punto estuvo de caerse al suelo. Se clavó las uñas en las palmas de las manos y se obligó a erguirse. El esfuerzo era tan mayúsculo que le brotó un hilo de sangre de la nariz, pero se lo limpió antes de que lo viera Kidan. Se negaba a rendirse.

86

KIDAN

LOS EXCAVADORES Y SUS VAMPIROS SE HABÍAN REUNIDO EN EL MISMO salón de actos comunitario en el que GK se había convertido en vampiro. Kidan había apretado los dientes al ver el lugar que había elegido Samson. Quería recordarle la última vez que la había derrotado.

Por mucho que lo intentase, Kidan no lograba entender el extraño vínculo que había entre June y ese vampiro. Rezaba por que los sentimientos de él no fuesen de naturaleza romántica, porque solo de pensarlo se ponía enferma. Sin embargo, por alguna razón, June creía en ella. Confiaba en que Kidan fuese capaz de hacer lo inimaginable y rompiera esas antiguas reliquias.

Lo menos que ella podía hacer era corresponder su confianza.

Kidan se acercó a los Excavadores, a pesar de que todavía estaba furiosa por el plan que habían trazado y en el que habían involucrado a Yusef.

Adjoa Piran se puso a su lado y la miró con sus agudos ojos negros.

—¿Qué es todo esto?

Kidan la miró e inhaló con fuerza.

—Daric no mató a mis padres. La decana... lo obligó a hacerlo.

Por primera vez vio titubear a aquella mujer de hierro, una pequeña muestra de debilidad. Una especie de neblina le nubló los ojos.

Fue Osa Rojit quien habló con voz tensa.

—¿Estás segura?

El terror de sus padres en aquel recuerdo amenazaba con romperle la voz, pero lo apartó.

—Sí. La decana quería desmantelar vuestro grupo y Daric era quien os mantenía unidos.

Mikhail Temo maldijo con los dientes apretados y cerró la mano musculosa en un puño.

—¿Cómo pudo hacer algo así?

Les dio unos momentos para que asimilaran lo que acababan de descubrir, y después les habló de Samson y de la reliquia de las espadas.

Bajó la voz y añadió:

—Debéis tener preparados a vuestros vampiros por si no logro romperla. De un modo u otro, saldremos de este salón con la reliquia en nuestro poder.

Adjoa todavía parecía un poco perdida.

—¿Puedo contar con vuestro apoyo? —añadió.

Adjoa parpadeó y, poco a poco, su peligrosa determinación volvió a hacer acto de presencia.

—Estaremos preparados —le aseguró.

Un coro de dudas resonaba por toda la sala.

June abrió la puerta y apareció Samson Sagad, acompañado de los pocos nefrasis que todavía le eran leales. En la mano del guante de metal llevaba dos espadas curvas. Kidan había visto aquellas armas en las bocas de los leones de Uxlay y en el retrato de la sala de los recuerdos, en el que la diosa las llevaba atadas a la espalda como alas de metal. Y allí estaban.

Samson se acercó a ella poco a poco, suscitando gritos ahogados y murmullos a su paso. Le alzó la barbilla valiéndose de una de las puntas de las espadas.

—Asegura ser capaz de romper esta reliquia —anunció a la multitud, a pesar de que la miraba a ella—. Según la leyenda, cuando la reliquia de las espadas se haya roto, los vampiros podrán beber de cualquier humano y los actis ya no tendrán que matar para poder alimentar a los vampiros.

Se oyeron carcajadas burlonas entre sus seguidores. Estaba la mujer tatuada que Kidan reconocía de haberla visto en el salón del trono. También había presentes al menos veinte vampiros y varios estudiantes de las casas Piran y Temo que no simpatizaban con las decisiones de la decana.

—Y, si fracasa, la mataré aquí mismo —amenazó Samson.

El odio que sentían el uno por el otro era casi palpable. Kidan tuvo que recurrir a toda su fuerza de voluntad para no apuñalarlo con las espadas míticas.

Al cabo de un segundo, el vampiro apartó la espada y se la entregó junto a la otra.

—Llevo sesenta años intentando romperlas, heredera.

Kidan exhaló y agarró con fuerza la empuñadura. Eran muy pesadas; estaban hechas de la plata más pura y densa.

Miró a su hermana, que estaba al fondo de la sala y le sonrió con los ojos brillantes. ¿Serían lágrimas? Estaba demasiado lejos para saberlo con certeza, pero entonces asintió, un gesto firme, claro y decidido, y Kidan no necesitó nada más. GK lucía una expresión severa pero alerta. Estaba preparado para cualquier cosa.

Un canturreo llegó entonces a sus oídos, donde se transformó en un idioma extranjero. Un canto en amárico, hondo y triste.

Y, mientras sostenía las famosas espadas, vio que unas letras aparecían en la superficie lisa. Esta vez, nadie la interrumpió, y pudo leerlas.

«Mientras la espada de agua siga intacta, los vampiros beberán solo sangre de actis graduados».

—Lo veo —susurró—. Son… leyes.

—¿Qué? —dijo Samson mirando las hojas plateadas—. Yo no veo nada.

Kidan le dedicó una sonrisa triunfal.

—Supongo que no eres especial.

El rostro de él se contorsionó de furia.

—Tú intenta romperlas.

Más palabras aparecieron en la segunda espada.

«Mientras la espada de agua siga intacta, Varos y las Seis Melenas de Sangre beberán solo sangre de vampiros».

Kidan se quedó muy quieta. Varos… ¿La segunda espada afectaba a Varos y a las Seis Melenas de Sangre? Ellos también habían estado sometidos todo ese tiempo. Obligados a alimentarse solo de vampiros. ¿Lo sabía Susenyos?

Kidan respiró hondo y empezó con la primera, presionando sus dos extremos opuestos. Empujó con fuerza la punta curvada como la cola de un escorpión y la empuñadura envuelta en tela. Era como tratar de doblar un pedazo de hierro.

Empujó de nuevo, esta vez apretando los dientes del esfuerzo.

No ocurrió nada.

Vio una chispa de furia en los ojos de Samson.

«Por favor, que funcione. Por favor».

Necesitaba poder. Un poder que nadie pudiera robarle, un poder que le permitiera recuperar todo lo que había perdido contra la ruina y la sangre.

Siempre había tenido algo dentro. Incluso de niña lo sentía. Nunca había sabido darle nombre, pero era sólido y de bordes afilados, una fuerza que pedía salir para romper el mundo y luego rearmarlo. Y, mientras tocaba aquella espada, se cantaron el uno al otro, llamándose mutuamente a un despertar. Para marchar hacia el horizonte y armarse para la guerra.

Una presión empezó a acumularse en su pecho, en su mismísimo corazón, como si el objeto que estuviera rompiendo se hallase también dentro de ella.

Y entonces se alzó y estalló un grito que hizo que todos los que la rodearan dieran un paso atrás. Apenas si reconoció su propio bramido. Sonaba como muchos y como uno solo. Como si emergiera del cielo y de la tierra.

Kidan siguió esforzándose con todo su empeño. El objeto se doblaba y se doblaba, pero no se rompía. En lugar de eso, un poderoso brillo brotó de la superficie, como un rayo. Fue un parpadeo; estalló y desapareció.

Una llamada a su espada gemela.

Al ver el destello plateado, Kidan cogió la segunda espada y acercó su borde a la primera. Se prendió una chispa en cuanto se tocaron.

Todo el mundo dio un paso atrás a la vez. A Kidan le ardían los ojos, pero no apartó la vista. El poder fluía desde las puntas de sus dedos, parecido al de la ley de la Casa Adane, pero más permanente, enraizado a su linaje. Se sentía cargada de energía, como un cable eléctrico; le ardían todas las células del cuerpo, pero se curaban a la vez.

Una violenta ráfaga de viento azotó sus trenzas hacia atrás.

Y, entonces, los escritos de las espadas se desvanecieron como si jamás hubieran existido.

Todos los vampiros que había presentes cayeron sobre sus rodillas, agarrándose los colmillos, y sus gemidos de dolor reverberaban por todo el salón. Era como si les estuvieran creciendo colmillos nuevos.

Samson abrió los ojos de par en par. Una chispa de luz atravesó sus pupilas oscuras como la noche.

Kidan bajó las espadas con el corazón desbocado. Quizá no tuviera que romperlas. De algún modo… había bastado con sostenerlas.

Adjoa acarició a Sacro en la espalda doblegada hacia delante, alarmada.

—¿Sacro? —Al cabo de unos segundos, el vampiro se puso recto poco a poco, saboreando sus propios colmillos—. ¿Ha funcionado? —susurró Adjoa.

Todo el mundo contuvo el aliento. Sacro se acercó a June, la única de los presentes que no se había graduado en Dranacti. La única que no había matado.

Ella le ofreció la palma de la mano y tragó saliva.

Sacro la pinchó en un dedo y se lo llevó a la lengua. No tuvo que apartarlo para escupir.

Alzó la cabeza y sonrió.

—Podemos beber sangre de cualquier humano.

Un coro de vítores estalló de nuevo. Kidan se tambaleaba, mirándolo todo con asombro.

La Dranacti ya no tenía razón de ser. El vínculo entre actis y dranaicos ya no existía.

Lo había logrado. Lo había logrado de verdad. Se quedó mirando las espadas que aún tenía en las manos; todavía sentía el poder que le fluía por las venas. Habría sido una pena destruir unos objetos tan hermosos.

Sonrió. Aquello no era más que el principio.

June también le sonrió. Se le habían formado unas arruguitas alrededor de los ojos, de los que brotaban lágrimas de felicidad.

—La rompedora de vínculos —susurró Samson maravillado. Descansó una mano en su hombro y ella se puso rígida, preparada para luchar. Sin embargo, en su rostro había una luz extraña, desatada e incrédula. Le estrechó el hombro con los dedos fríos como el hielo y... se echó a reír.

Soltó una carcajada que sonaba normal. Casi humana.

—Tú. Todo este tiempo te estaba buscando a ti —añadió, y ni siquiera su voz parecía su voz. Era casi infantil. Pura.

Kidan, confusa y desconcertada, no se apartó.

Samson se volvió hacia la multitud.

—¡Esto es solo el principio! —gritó—. ¡Encontrad la máscara que la decana ha robado de la Casa Adane y traédnosla! La reliquia del sol ha reprimido nuestras fuerzas, pero eso va a cambiar. ¡Pronto la romperemos! Y, cuando seamos verdaderamente libres, ¡coronaremos a un nuevo Sabio!

A Kidan le vibraban los oídos, inmersa como estaba en la exaltación de la multitud. Como sospechaba, algunas personas se habían ido con sigilo a toda prisa para informar a la decana o a otras personas.

Que se fuesen.

Que les contasen lo que se les venía encima.

En la distancia, Kidan oyó un ruido divino.

El campus de Uxlay. Los gritos.

Buscó en la multitud sin rostro unos ojos de noche y una melena llena de *twists*. Una sonrisa divertida.

«Lo he conseguido, Yos. Lo he conseguido. ¿Dónde estás?».

De repente, sintió una punzada de dolor en la sien y gimió, tropezándose. Samson trató de sostenerla, pero ella lo apartó y bajó de la tarima. Se abrió paso entre la multitud con las espadas en la mano, y atisbó destellos maravillados en el rostro de Adjoa Piran y la aprobación en los de Osa Rojit y Mikhail Temo. Sin embargo, estaba demasiado lejos para oírlos y necesitaba urgentemente un poco de privacidad. Tenía una sensación rara en la boca; le dolía y le escocía. No quería vomitar delante de toda aquella gente.

El estómago le dio un vuelco poco halagüeño.

Un vampiro de la casa Goro la agarró y, con ojos brillantes, le dijo:

—Nos has liberado.

Pero Kidan no podía hablar. Tenía miedo de que se le cayera la lengua. ¿Qué demonios le estaba ocurriendo? Otro vampiro la cogió para darle las gracias. La habían rodeado, la estaban empujando; ya no le quedaba aire para respirar.

—Por favor, yo… Necesito irme.

Pero la emoción de los vampiros sofocó sus palabras. De repente, un repiqueteo resonó en sus oídos y, con un suspiro de alivio, se volvió hacia él. GK le dio la mano con firmeza y se abrió paso entre la multitud, partiéndola en dos. La miró de reojo y, sin que tuviera que decirle una palabra, pareció entenderla. Salieron de allí en un abrir y cerrar de ojos.

GK la acompañó a unos baños y ella entró a toda prisa, tapándose la boca con la mano. Por mucho que lo intentase, no lograba expulsar lo que le estaba retorciendo las entrañas. Se sentiría mejor si vomitaba.

Se mojó la cara con agua fría y luego hizo lo mismo con el cuello, suspirando de alivio al notar el frescor. Se le estaba derritiendo la piel. Notaba el calor de la fiebre y un cosquilleo en el interior de los dientes, que picaban como una herida testaruda que no se quisiera curar. Se apartó el labio para examinarse las encías por si tenía alguna herida.

¿Se habría tragado algo afilado? ¿O se había resfriado y…?

—¡Ah! —gritó. Se había cortado el dedo con los dientes.

Una gota de sangre cayó sobre el lavabo.

Se miró el pulgar. El corazón le latía desbocado.

Abrió la boca poco a poco.

Sus caninos eran anormalmente… grandes. Y estaban afilados.

Kidan se apartó de golpe del espejo y parpadeó. Negó con la cabeza, se frotó los ojos y se miró de nuevo.

Kidan había visto aquella versión de sí misma en su viejo apartamento, antes de Uxlay, cuando se repetía el mantra «tú no eres como ellos» una y otra vez. Pero aquello habían sido visiones fruto de la deshidratación. De su miedo a su propia oscuridad.

Pero lo que veía en su reflejo estaba claro como el agua: sus dientes eran como los de ellos.

Como los de él.

Colmillos.

—¿Qué coño es esto? —susurró. Se pasó la lengua por el colmillo y se cortó al instante. Notó el sabor metálico de la sangre—. ¡Joder! —maldijo y escupió.

El pánico se había adueñado de ella.

¿Era… una vampira? ¡Porque aquello eran colmillos!

De repente, notó una sensación abrasadora en la cara interna del codo y reprimió un grito. Dios. ¿Qué le estaba pasando? Se arremangó a toda prisa, al tiempo que una lágrima brotaba en la comisura de su ojo. Se quedó rígida.

Había unas letras doradas grabadas en su piel marrón. Todo le daba vueltas.

«Mientras la espada de agua siga intacta, Kidan Adane beberá solo sangre de vampiros».

Ahogó un grito roto. El único sonido del mundo.

Se arremangó de golpe la manga del brazo derecho. Allí había escrita otra ley terrorífica, casi idéntica a la anterior. Una ley que había absorbido.

«Mientras la espada de agua siga intacta, Kidan Adane beberá solo sangre de actis graduados».

Oyó el eco cruel de la voz del profesor Andreyas. Su pecho subía y bajaba a toda velocidad.

«Una ley siempre se aplicará primero a su dueño… Se llama Absorción».

—Esto no puede estar pasando —dijo con un hilo de voz apenas audible.

Cogió las espadas malditas con manos temblorosas. El poder que contenían resonó en sus venas, notó la atracción que tiraba entre su voluntad y algo más grande que ella. Intentó romperlo, pero estaba forjado con el acero más antiguo y se negaba a doblegarse. Trató de devolver las leyes, de hacer que reptaran de nuevo hacia las hojas, pero no hicieron sino refulgir sobre su piel marrón.

Lo habían entendido todo mal.

Las reliquias no eran distintas de las casas. Contenían una ley que se heredaba y se absorbía. ¿Acaso no la había advertido el profesor?

El dueño de una casa es un alma encarcelada por una ley. Un Sabio es un alma encarcelada por muchas leyes. Y Kidan no había hecho sino construir una jaula para sí misma.

Kidan se apresuró a hacerse un corte en un brazo, gritando de dolor. Si se había convertido en una vampira, se curaría sola. Pero el corte siguió abierto, ardiente. Poco a poco comenzó a comprender: solo había absorbido el Primer Vínculo, lo que significaba que Kidan seguía siendo humana en todas partes menos en sus dientes. En lo que bebía.

Se quedó sin aliento. Las espadas se le resbalaron de los dedos e impactaron contra el suelo de piedra con un furioso estrépito que hizo temblar tanto el lavabo como el espejo.

GK llamó a la puerta y le preguntó si estaba bien. Ella apenas lo oía.

Contempló la oscura mirada de su reflejo. Las pupilas aterrorizadas. Los colmillos afilados.

«Eres humana», suplicó.

Pero hacía mucho tiempo que sabía que esa palabra no la describía. No había nada bueno en ella, ninguna belleza frágil, y, sin duda, ninguna compasión. No había nada divino en ella.

El ardor de su boca tenía un significado muy claro. Debería haberlo reconocido antes.

Al final, después de todos aquellos meses, solo le quedaba su verdadera compañera: una sed de sangre inimaginable.

EPÍLOGO

VAROS EL LEÓN NOCTURNO ESTABA SENTADO EN UN TRONO DE piedra de ónice sobre el anfiteatro de la muerte, vigilando a tres niños actis que temblaban de terror.

No podrían empezar hasta que él no alzase la mano. Los lusidios, con sus ojos rojos y sus colmillos negros, salivaban y daban vueltas por el recinto.

La promesa de sangre acti libre de veneno era un acontecimiento poco frecuente.

Los niños actis estaban apaleados y muertos de hambre. El que saliera victorioso ese día creía que degustaría una maravillosa cena. Aquello no era una simple pelea, solo ganarían aquellos que verdaderamente estuviesen dispuestos a matar.

Sí, por supuesto, el acti cenaría. Pero también se convertiría en la cena.

Varos, que solo podía alimentarse de vampiros, observaba con aburrimiento. Echaba de menos el sabor de la sangre humana, la carne delicada y aterrorizada bajo sus garras y el consumo de su inocencia. Anhelaba volver a beber de la tierra misma, exprimir la vida de los árboles eternos en sus venas. Pero el Último Sabio, maldita fuera su alma, le había prohibido nutrirse con esos alimentos.

Hacía ya siglos que la sangre humana le calcinaba la lengua, que se la agujereaba. Era veneno.

Varos alzó la mano, la señal que daría inicio a la pelea, pero, justo entonces, sus vampiros empezaron a gritar de dolor y cayeron de rodillas, agarrándose los colmillos. A él mismo le dolían los dientes; era una sensación extraña.

Habían pasado siglos desde la última vez que había sentido esa suerte de dolor, pero jamás lo olvidaría. Aquel era el poder del Último Sabio, silencioso y vinculante; el que viajaba a través de las raíces de los árboles. Igual que el de Yonas.

Varos se puso de pie y descendió por los escalones de hueso. Tocó la mejilla del acti que tenía más cerca con una garra negra. La piel macilenta del niño se llenó de hebras negras, como venas, al instante. El niño ahogó un grito y puso los ojos en blanco. Pero Varos no quería matar. Solo quería probar.

Para cerciorarse de lo que, indudablemente, era un error.

Clavó la garra, rompiendo la fina piel y haciendo que manara una sangre roja y brillante, que se llevó a los labios.

Un placer divino y prohibido le cubrió la lengua y se deslizó por su garganta. Su visión se tornó de un rojo ardiente y violento.

Varos no se sorprendía fácilmente, pero en ese momento lo estaba. Después de tantos años, alguien había roto por fin el Primer Vínculo.

Quién fuera ese alguien no importaba.

Era hora de llamar a sus viejos amigos. Ralonar, Lidia, Helenik y Nira.

Incluso al traidor de Demasus. Pronto se reuniría con él y la sangre del mundo se teñiría de negro.

Varos sonrió. Sus colmillos eran del color del carmesí líquido.

El niño rompió a llorar.

AGRADECIMIENTOS

Como escritora, si tienes suerte, cada libro te enseña algo. *Eternal Ruin* me ha enseñado paciencia, tanto conmigo misma como con las muchas formas que puede adoptar una novela. Tras varios comienzos en falso, me siento muy orgullosa de la historia que ha surgido.

Muchísimas gracias a mi editora, Ruqayyah Daud, por haber pasado horas con estos personajes y sacar lo mejor que hay en ellos. Gracias a Paige Terlip, por su apoyo continuo y constante.

Este libro no sería lo que es sin los ánimos de mis compañeras escritoras. Hanna Bechiche, gracias por tus comentarios. Tus opiniones siempre tendrán un valor incalculable para mí. Gracias especialmente a Tracy Deonn, que me dio sabios consejos cuando más lo necesitaba. Gracias a Sarah Mughal Rana, Emily Varga, Maithree Wijesekara y a Ann Liang por su amistad.

Estoy emocionadísima por seguir trabajando con el maravilloso equipo de Little, Brown Books for Young Readers. Gracias a Megan Tingley, Alvina Ling, Lily Choi, Lauren Kisare, Deirdre Jones, Nina Montoya, Esther Reisberg, Jenny Kimura, Savannah Kennelly, Bill Grace, Andie Divelbiss, Emilie Polster, Cheryl Lew, Hannah Klein, Hannah Koerner, Janelle DeLuise, Jackie Engel,

Shawn Foster, Danielle Cantarella, Christie Michel, Victoria Stapleton, Sasha Illingworth, Jen Graham y Kimberly Stella.

En el Reino Unido, gracias a Nazima Abdillahi y al resto del equipo: Joelyn Esdelle, Victoria Ing, Bec Gillies, Nils Jones, Emily Thomas y Karis Pearson. Y en casa, en Australia, gracias a Jeanmarie Morosin, Emma Rafferty, Christabella Designs, Claudia Scalzi y Georgina Harrison.

Mi más sentido agradecimiento a mi familia y mis amigos por haberme apoyado en este viaje. Espero seguir haciendo que os sintáis orgullosos de mí.

Y a los lectores que he conocido durante las giras, y a todos aquellos que me han enviado mensajes, quiero deciros que os estaré eternamente agradecida. Es un privilegio que hayáis acogido la historia de Kidan y Susenyos con tanto cariño.

ESTE LIBRO SE TERMINÓ DE IMPRIMIR
EN EL MES DE NOVIEMBRE DE 2025.